最受读者
喜爱的
文章

最受读者喜爱的文章

青豆 主编

中国华侨出版社
北京

最受读者喜爱的文章

图书在版编目（CIP）数据

最受读者喜爱的文章／青豆主编. —北京：中国华侨出版社，2010.12（2018.6重印）

ISBN 978-7-5113-1018-7

Ⅰ.①最… Ⅱ.①青… Ⅲ.①文学－作品综合集－世界 Ⅳ.①I11

中国版本图书馆CIP数据核字（2010）第244728号

最受读者喜爱的文章

主　　编：青　豆
出 版 人：方　鸣
责任编辑：文　洁
装帧设计：李艾红
文字编辑：黎　娜
美术编辑：潘　松
经　　销：新华书店
开　　本：720mm×1010mm　1/16　印张：24　字数：321千字
印　　刷：北京德富泰印务有限公司
版　　次：2011年2月第1版　2018年6月第5次印刷
书　　号：ISBN 978-7-5113-1018-7
定　　价：39.80元

中国华侨出版社　北京市朝阳区静安里26号通成达大厦3层　邮编：100028
法律顾问：陈鹰律师事务所
发 行 部：（010）58815874　传　真：（010）58815857
网　　址：www.oveaschin.com
E-mail：oveaschin@sina.com

前言

Preface

著名哲学家培根曾经说过："读书给人以快乐，给人以光彩，给人以才干。"在人生的旅途中，最糟糕的境遇往往不是贫困，不是厄运，而是精神和心境处于一种无知无觉的贫瘠状态。生命，需要鼓舞与希望；心灵，需要温暖与滋润。阅读是一种享受，读好的文章更是一种美的享受、一次心灵共鸣和思想升华的历程。

本书综合《读者》杂志"最受读者喜爱的文章"评选结果及《青年文摘》、《意林》等知名文摘类优秀作品，优中选优，择取其中精华结集而成，分为你的怀抱是我生命的终点、遇见世上最好的爱、原来你也在这里、陪着你慢慢地变老、人格是最高的学位、幸运会敲谁的门、乘着苦难的翅膀飞翔、幸福就是平常心 8 个篇章，选文内容丰富，视角独特，兼具思想性、艺术性与文学性，并且时代和生活气息浓郁。

本书的最大特点是内容全新、覆盖面广、层次多元。近几年内好文章一一包罗，是谓内容全新。举凡国家大事、生活小事、天文地理、世间真情、人生百味无所不有，是谓覆盖面广。照顾到不同层次、不同年龄读者的阅读需求和欣赏口味，文章或以情动人，或以理服人；或纯粹唯美，或质朴平实；或慷慨激昂，或侃侃而谈，风格多样，是谓层次多元。

这里，有诗一样的文字，格言一样的论说；这里，有畅谈理想、启迪智慧、激发哲思的人生感悟；这里，有或甜蜜或伤感、或浪漫或纯情的爱的故事……你可以从任何一篇文章读起，每一篇都能赋予你与众不同的全新感受，一句格言珍藏一生，一则故事感动一生，一篇文章影响一生。同时，在体例编排上，本书注重艺术理念和文化底蕴的有机融合，清新的版式与生动的文字有机融合，为你营造出一个舒适轻松的阅读空间，有利于你获得更多的审美感受、想象空间和人文熏陶。

最感动人的心灵读本，给生活以温暖与滋润；最启发人的智慧读本，给生命以启迪和感悟。近 200 篇最受读者喜爱的文章，汇集了生活中最鲜活的点滴，展现了世人追求未来的希望和勇气，曾经打动过千万读者的心灵，帮助你拓宽视野，启迪心智，使你活得激情满怀，爱得深沉博大，更加自信地去追逐内心的憧憬与梦想。

目录

Contents

最受读者喜爱的文章

目录

第一篇

你的怀抱是我生命的终点

未捅破的秘密

马德

父亲是个搓澡工。

我已经很大了，也没有人喊我的大名，只是说，他啊，是搓澡工家的小子，学习不赖。即便是在夸我，我也会远远地走开。

记得有一年夏天的晚上，我在用水冲凉澡，父亲说："小子，来，我给你搓搓背！"

我不冷不热地说："你给别人搓去吧，我用不着你搓。"说完后，我把剩余的水一下子兜头浇下来，一转身，就进屋去了。黑暗中，只剩下父亲一个人，呆呆地站在那里。

我为有这样一个父亲而感到丢脸。

上初中的时候，语文老师曾经出过一个《我的父亲》的作文题目，同学们都写了很多，整整一节课，我却只写了几行字，我不知道怎么去写这个每星期都到城里为人家搓澡的父亲。语文老师问我的作文为什么仅仅写了那么几行字，我始终沉默着，一句话也不说。这样的父亲，没什么可写的。

然而，没有料到的是，我快上高中的时候，父亲便不再去城里了。隐约听他说，好像要和别人一块儿去做买卖，便辞去了为别人搓澡的活儿。我说不出是高兴，还是解脱，总之似乎一下子轻松了许多。其实，父亲还不知道，我原本不打算去上高中了，因为高中就在城里，我不想让同学们知道我是搓澡工的儿子，更怕哪一天，突然在大街上看到他。既然他不去了，我便开始筹划上高中的事情。报到的那一天，父亲说，我去送送你吧，我说不用了，父亲便不做声，默默地在一边帮我拾掇行李。就在我跨上自行车的那一刻，他一下抓住车把，颇有些坚决地说："你没出过门，还是让我送你去吧。"我一口回绝了父亲，连头也没回就走了。父亲一个人，在坡上望了我许久。

上高中的那一段日子是快乐的。父亲终于不再是一个搓澡工了，每次月末回家的时候，我都会看到父亲和母亲在家里等我回来。我兴高采烈地给他们讲学校里发生的事情，看得出来，父母也为我在学校取得的成绩而自豪着。

上高三的那年冬天，一天我回到家已经很晚了，只有母亲一个人在家。我问，父亲呢？母亲说，出去好几天了，还没有回来。我便有些怅然。睡到后半夜的时候，听到院里沉闷的咳嗽声，父亲回来了。父亲的棉帽子上挂着白白的霜，像圣诞老人一样。推门进来，他便笑眯眯地冲着我说："小子，看，给你买来了啥？"说完后，父亲便从挎包里倒出几本书来，我一看，竟然是一整套的《高中各科复习综合训练》。我翻着崭新的书，心里有说不出的高兴。

父亲抚摸着我的头，不断地重复着：“好好学吧，好好学吧。”

那一刻，我的心里突然间涌动着一种从来没有过的异样感觉，后来我知道，那叫幸福。

高中毕业后，我考上了大学。然后，又分配到另一座城市。一次，我见到了读初中时的语文老师。他说：“你还不知道吧，你父亲为你付出了多少。”见我愣在那里，他接着说，“那年，我把你那次作文课的情况告诉你父亲后，他便以做买卖为名，偷偷地躲着你和别人，到邻县的澡堂里搓澡去了。为了不让你知道，估摸你什么时候回家，他就提前等在家里，就连你们村里的人，也不知道你父亲那几年到底在忙什么……”

此后，我理解了父亲，我也知道了一个孩子的虚荣给父亲带来了什么。是的，父亲没有别的手艺，为了养家糊口，他有的只是劳作和承受。

后来，我一直没有问过父亲这件事，我不想把它捅破，我想珍藏起来，用一生的时间去体味其中的辛酸。前些日子，我洗澡，父亲正坐在沙发上看电视，我说：“爸爸，给我搓搓背吧。”

就在父亲给我搓背的那一刹那间，不知怎的，我竟哭了，而父亲也泪流满面……

世上最完美的爹娘

菊花遍地开

结婚那天，妈问我：坐在角落里那两个要饭模样的人是谁?

我看过去的时候，有个老头正盯着我，旁边还有个老太太，发现我看着他们时赶忙低下头。我不认识他们，但也不像要饭的，衣服是新的连折印都看得出来。妈说像要饭的是因为他们佝偻着身子，老头的身边倚了根拐杖的缘故。妈说天池是个孤儿，那边没亲戚来，如果不认识就轰他们走吧。

我说不会，叫来天池问一下吧。天池慌里慌张把我的手捧花都碰掉地上了，最后支支吾吾地说是他们家堂叔和堂婶。我瞪了妈妈一眼：差点儿把亲戚赶走。

妈说天池你不是孤儿吗? 哪来的亲戚呢?

天池怕妈，低头说是他家远房的亲戚，好长时间不来往了。但结婚是大事，家里一个亲戚没来心里觉着是个遗憾，所以……我靠着天池的肩埋怨他有亲戚来也不早说，应该把他们调一桌，既然是亲戚就不能坐在备用桌上。天池拦着，说就让他们坐那儿吧，坐别桌他们吃着也不自在。

直到开席那桌上也就坐了堂叔和堂婶。敬谢席酒经过那桌，天池犹豫了一下拉着我从他们身边擦了过去，看到他们的头埋得很低，想了想我把天池给拽了回去：堂叔、堂婶，我们给您二老敬酒了!

两人抬起头有点儿不相信地盯着我。二老的头发都是花白的，看上去应该有七八十岁的样子，堂婶的眼睛很空洞，脸虽对着我但眼神闪忽不定。我拿手不确定地在她眼前晃了晃，没反应。原来堂婶是个盲人。

堂叔、堂婶，这是俺媳妇小洁，俺们现在给你们敬酒呢! 天池在用乡音提醒他们。

哦、哦。堂叔歪歪斜斜地站了起来，左手扶着堂婶的肩，右手颤巍巍地端起酒杯，手指上都是黄黄的茧，厚厚的指甲缝里留着黑黑的泥。面朝黄土背朝天的日子让他们过早地累弯了腰。我惊讶地发现，堂叔的右腿是空的。

堂婶是盲人，堂叔是瘸子，怎样的一对夫妻啊!

别站了，你们坐下吧。我走过去扶住他们。堂叔又摇晃着坐下了，无缘由地堂婶眼里忽然就吧嗒吧嗒直掉泪，看到堂叔无言地拍着她的背。

本想劝他们两句，但天池拉着我离开了。

第一年除夕，天池说胃疼没吃晚饭就回房睡觉去了。我让妈妈熬点儿大米粥也跟着进了房。天池躺在床上，眼里还憋着泪。

我惊讶地问天池原因，天池闷了半天说，他想起堂叔和堂婶还有他死去的爹娘。他怕在桌上忍不住悲伤，惹爸妈不高兴才推说胃疼。

我接着他说：真是个傻孩子，想他们我们过完年看他们去就成了。天池说算了，那条山路特别难走，你会累着的，等以后路通了我们生了小孩再带你去看他们吧。

第二年的中秋期间，我正巧在外出差，中秋节那晚，我们煲电话粥直到把手机聊得发烫没电为止。

躺在宾馆的床上，看着窗外圆圆的月亮，我怎么也睡不着。想到天池估计也没睡着，说不定正在网上神游，于是我申请了一个QQ号名叫“读你”想捉弄一下天池。把他加为好友后，我问他：这样一个万家团圆的好日子，你为什么还在网上闲逛呢？

他说：老婆在外出差，想她睡不着觉，所以就上网看看。接着他问我：你怎么也在网上闲逛呢？

我说：我在外打工，现在想爸爸和妈妈。刚刚和男朋友通完电话还是睡不着，就上网了。

我也想我爹和娘，只是，亲在外，子欲养而不能。你叫“读你”，今天就听听我的心里话吧！

我有点儿莫名其妙，天池怎么说这样的话？于是，我意外地知道了天池一直隐藏在内心的事情——30年前，我爹快五十了还没娶亲，因为他腿瘸加上家里又穷，没有姑娘愿意嫁他。后来，庄上来了个要饭的老头还搀着个瞎眼的女人。老头病得很重，爹看他们可怜就让他们在自己家歇息。没想到一住下那老头就没起来过，后来老头的女儿就是那瞎眼的女人嫁给了我爹。

第二年生下了我。

我家的日子过得很清苦，可我从来没饿过一顿。爹和娘种不了田，没有收入就帮别人家剥玉米粒，一天剥下来十指全是血泡，第二天缠上布条再剥。为了我上学，家里养了三只鸡，两只鸡生蛋卖钱，留下一只生蛋给我吃。娘说她在城里要饭时听说城里的娃上学都吃鸡蛋，咱家娃也吃，将来比城里的娃更聪明。

但他们从来都不吃，有回我看见娘把蛋打进锅里后用嘴舔着蛋壳里剩下的蛋清，我搂着娘号啕大哭，说什么也不肯吃鸡蛋了。爹知道原委后气得要用棍子打娘。最后我妥协，前提就是我们三人一块儿吃。虽然他们同意了，但每次也就象征性地用牙齿碰一下。

庄上的人从来不叫我名字，都叫我瘸瞎子家的。爹娘一听有人这样叫我必定会跟那人拼命。

那年中考，“瘸瞎子家的”考了全县第一的喜讯让爹娘着实风光了一把。镇上替我们家出了所有的学杂费，送我上学的那天爹第一次出了山。上车的那会儿，我眼泪扑簌簌地直掉，爹一手拄着拐一手替我擦泪：进了城要好好学，以后就在城里找工作娶媳妇。别人问起你爹娘，你就说你是孤儿，没爹娘，不然别人会看不起你。特别是娶不上媳妇，人家会嫌弃你。误了你娶媳妇，我都无脸去见老祖。

爹！我让爹别再说了，这是什么话，还没有出息呢，咋就不认爹娘呢？娘也说这是真话，要听。以后，你带了城里媳妇回家就说俺们是你的堂叔和堂婶。娘说完就在那儿抹泪。

我的眼泪也扑簌簌地往下掉，残疾不是他们的错，那是老天对他们的不公。

但他们却生了一个完美的天池给我。这个傻天池，这样的爹娘，无法再完美了。我很生气，他怎么就这么小看我呢？

那后来，你就告诉你媳妇他们是你堂叔和堂婶？我敲过去这句话。

我曾经谈过一个女朋友，当我认为时机差不多的时候，就带她回了趟家。谁知到家后，她晚饭都没留下吃就走了。我追出去，她说，和这样的人过日子她一天都过不下去。

后来，我遇上了第二个女朋友，就是我现在的老婆。我很爱她，做梦都怕失去她，她们家又很有钱，亲戚都是些上等人家，有了前车之鉴我很害怕，只能不孝了。但是一到逢年过节我就想他们，心里堵得慌，难受。

那你从来就没有告诉过你老婆？也许她不计较这些呢？

我没说过，也不敢说……

天将放亮时，我敲开了部门经理的门，告诉他下面的事情请他全权处理，我有点儿非常重要的事情要尽快办。然后简单收拾一下行李我就直奔火车站。还好，赶得上头班列车。

那条山路确实很难走。刚开始腿上还有点儿劲，后来脚上磨起了泡我就再也走不动了。正是中午时分，太阳又晒得厉害，我只有喘气的份儿。背来的水差不多快喝完了，我也不知道下面还有多少路程要走。但一想到天池的爹娘此时还在家劳作着，腿上忽地一下就来了劲，站起来继续往前走。

当老村长把我领到天池家门口的时候，那一片烧得红红的晚霞正照在他们家门口的老枣树上。枣树下坐着堂叔,哦不,是天池的爹。爹比结婚时看到的老多了，手上剥着玉米，拐杖安静地倚在他那条残缺的腿上。娘跪在地上准备收晒好的玉米，手正一把一把地往里撸。

我一步一步地往他们跟前走着，爹看到了我，手中的玉米掉在了地上，嘴巴张得老大，吃惊地问：你，你咋过来了？

娘在一旁摸索着问：他爹，谁来啦？

天、天池家的。

啊！在、在哪？娘惊慌失措地找着我的方向。

我弯腰放下行李，然后一把抓住她的手，对着他们，带着深深的痛重重地跪了下去：爹！娘！我来接你们回家了！

爹干咳了两下，泪无声地从他爬满皱纹的脸上流了下来。

俺就说，俺的娃没白养啊！娘把双手在自个儿身上来回地搓，然后一把抱住我，一行行的泪水从她空洞的眼里热热地流进我的脖子里。

当天池打开门，看到一左一右站在我身边的爹和娘时吃惊不小，怔怔地愣在那，一语未发。

我说：天池，我是读你的人。我把咱爹娘接回来了。这么完美的爹娘，你怎么舍得把他们丢在山里？

天池泣不成声，紧紧地抱住我，像他娘一样把一行泪流进我的脖子里。

必须赶走猫头鹰

佚名

想起小时候看到过一篇文章，说猫头鹰这种动物，是吃母亲肉的。母亲生育了它，抚养了它，倾其一生，连同最后的一身血肉……

还是在未谙世事的年龄，我便知道母亲与父亲是合不来的。他们很少说话，常将我关在房门外吵架。战事往往由母亲挑起，房门里边，她的声音大而持久，父亲只是唯唯诺诺地接上几句，像心虚的小学生。

在那时的我所能理解的范畴里，母亲便是胜者了。可他们走出来时，她丝毫没有胜利的满足，脸上甚至挂着眼泪。后来听到一个叫做“恶人先告状”的词语，一下便想起了母亲的眼泪。把父亲打败了，她却哭了，她真是恶人先告状。

初中时住校，一个星期回一次家。那天，父母亲一起来学校看我。午休时一家人上街，他们一左一右牵着我，任由我挑吃的，穿的，用的，买给我。我欣喜不已，那个中午始终沉浸在幸福里，梦想着那是今后一家人和谐生活的美好开始。

然而，再回家便不见了父亲。母亲在我犀利、疑惑的目光里，眼神闪烁，措词生硬，倒是极力在说父亲的好。我大嚷：“我不想听这些。你都赶走他了，又为他讲话，这只能证明你心虚了，是因为你心里有别人了吗？”一个十几岁的孩子，对母亲喊出的竟是心里认为最恶毒的辱人俚语，连我自己都吃惊不小。

母亲望着我，咬着下唇不再做声。

单亲家庭的孩子果真叛逆。我不与母亲多说话，逃学、早恋，一次次离家出走，一次次被母亲找回来。她问我到底想怎么样，我就理直气壮地拿“要去找爸爸”这样的话来呛她。每到这时，她便不说话，只是望着我，眼里写着的焦虑与失落，竟在我心里激起快感。

有一次，我偷偷拿了钱，逃了课与一群同学去郊区“踏青”。归家时已是三天后，母亲的怒火如山洪暴发，她骂我，拿起缝纫机上的戒尺，一下接一下地抽打我的手掌。我站着，不缩手，不皱眉，不叫痛，也不哭，我昂着头，像一个坚强的“革命战士”，她就不停地抽着。最终，她败于这场对峙，她哭了。她哭着朝我吼：“求求你叫声疼，只要你叫疼我就不打了！”

我高昂着头，不叫。

她一下跪倒在我面前，哭得不知所措。她说：“我只以为我悉心抚慰你，家庭的残缺应该不会拖累你。然而，为解脱自己，我却伤害了你，孩子……”

我听不懂她的话，也不想去深究，而是跑进房间，抱着父亲的相片喊“爸爸”，哭得悲怆苍凉。许久，她走进来，将我抱在怀里，又为我清理红肿的手掌。我不望她，只感觉到掌心有什么东西在拍打着，温温润润的很舒服，那是她的眼泪。

突然就想起一句话：打在儿身上，疼在娘心里。是谁说过的？我想着，搞不懂是为这句话还是为自己，鼻子酸了一下，就流泪了。

那一夜，母亲面带微笑，和我坐在餐桌旁吃晚饭，从那端辗转着往我碗里添菜。又坚持送我回房休息，却坐在床前久久不愿离去。待我一觉醒来，她已趴在床头睡去。我打量她，她睡得安详宁静，头上若隐若现的白发让人恍惚。

突然，我觉得自己不应该惹她伤心。

然而，十几岁的年纪，最做不来的是乖巧，最不懂得的是母爱的深沉和回报母亲。偶尔闪现的那些好念头，不过是雨后的彩虹，短暂且不可期待。次日清早，我仍提着书包目不斜视地穿过满桌的早餐，出门。

我的成绩一直不理想。连我自己都认命，她偏不信邪，不停地给我换家教。我们的经济状况并不好，她上完班，给一家电子厂加工零件，是往那种棱角分明的小玻璃珠子里穿银丝，要穿1000个才赚得1块钱。她每晚都守在灯管下，不厌其烦地干着。手指先是起茧，茧子再经磨破，那手指便没了样儿，皮肉血水一团糟。搽上酒精，用纱布缠住，仍穿。她给我请家教，专挑名校学子，人家开价从不还一分。

几年后，我从当地一所三流大学毕业，我们的矛盾再次激化。我要随男友去南方，她不同意。我们谈话，决裂，再决裂。她问原因，我硬了心肠说："这一生没有爸爸，找一个长得像爸爸的男孩子，便是最大的理想。"她低下头，不再言语。其实，真正的原因我实在是不忍说出口，早在两年前，父亲便与我有了联系。这次南下，与其说是去追随爱情，不如说是去寻一份失落太久的梦。

走的那天，母亲规劝，哀求，终于暴跳如雷。最后，无望地在我身后放声大哭："你走出去就不要再回来，我不要你这不识好歹的东西！"我愣了片刻，头也不回地走掉。

离开母亲，很长一段时间里，心却被她的眼泪浸润着，缓不过气来。才发现自己其实是深爱着她的，只是孩提时印于脑海中的"恶人"形象根深蒂固。或许，还因为这些年里，我们之间冷漠的相处方式，将那一份最温馨的亲情深深封起。我是爱她的，我却不知。

没有母亲的异乡之夜，漫漫无尽头。我裹在被子里哭泣，不停地给母亲打电话，她再不似离别那日的浮躁，很平静。仿佛想明白了，我于她，已经是一只挣脱了绳索的风筝，即使她再眷恋，如今我飞了，她只能无望守候。

与父亲的相见，是在他的家里。一个与母亲有着相当年纪的女人，我叫她阿姨；一个高及我肩头的8岁男孩，他叫我姐姐。望着弟弟眉眼里那抹父亲的神韵，有妒忌自心底掠过。我在心里细细掐算：弟弟他8岁了。也就是说，父亲离开我时，弟弟就已经生根发芽了。

当然，事情过去了那么久，我也不是那个朝自己的母亲嚷"你心里有别人了"的傻小孩了，对于父亲现在的生活，我是不应有什么想法的。但不知为何，感受着他们的愉悦，一边为父亲高兴，一边却是失落，为母亲鸣不平。她与父亲，曾在同一屋檐下生活十几年，他们曾携手走过那么多个朝朝暮暮。而如今，他已拥有另一份天伦之乐，他撇她而去时她不到40岁，这些年里她却守着成天朝她讨要爸爸的女儿，低调、晦涩。

父亲意识到了，伸手过来握住我说：“你在怪我吗？”我想了想，微笑着说：“不会了，‘爸爸’那个字于我，已在妈妈这些年的良苦用心下消磨殆尽。人都有抉择的权利与理由，我懂。就是妈妈，她都没有怪过你，我们祝福你。”那一刻，却是泪如雨下，归心似箭。

跨进家门，母亲坐在沙发上缝补着一件我小时候穿过的背心。叫了一声“妈”，她有片刻的停滞，手指大概是被针头刺到了，噙在嘴里飞快钻进厨房。我追到厨房喊“妈”，母亲仍不理，背影在颤动！

我想起小时候看到过一篇文章，说的是猫头鹰这种动物，是吃母亲肉的。母亲生育了它，抚养了它，倾其一生，连同最后的一身血肉……如此，这么多年，我便是一只猫头鹰了！我吞噬母亲的血泪赖以成长，还要伤透她的心……我跪倒在母亲脚下。

母亲抹着眼泪将我扶起，只是几秒钟，她的神态恢复得极其自然，就像我们并不是一对芥蒂多年的母女。

那天下午，我搬着小板凳挨着母亲坐在阳台上，一份久违的温情在心间袅袅升起。我终于鼓足勇气，小心翼翼地跟她聊起爸爸。母亲却平静，全然没有常人对负心男子经久不灭的那种愤慨。我终于忍不住问：“可是妈妈，那时，你为什么不向我说明呢？”

母亲微微一笑：“我们已经不能给你一个完整的家，为什么还要将阴晦的真相压在你幼小的心灵里呢？”

原来，她是不让女儿过早地去消化沉重的抉择，不想让我过早地面对那份拘谨与无奈。为此，她愿意活在我的简约的积怨里，耐心去守望，而我，从此有一颗恬静、懂爱、感恩的心灵。

最后的背影

张秀超

父亲在我尚没有真正踏上人生旅途的时候就离我而去，已经20年了。

父亲走后的多年里，我在生活的海里沉浮飘荡，他不怎么入我的梦。昨日夜里，我忽然见到了他。父亲身穿青袄，坐在地头的榆树下，口中叼着烟袋，我似乎知道他已是隔世之人，问他："你还好吗？"

"我在那边还种地。"说罢，他转头向田里走去，留给我的是若有若无、缥缥缈缈的影子。

我撵他，可腿迈不开步子，叫他，却喊不出声。在惊悸中醒来，秋夜正浓，半轮月儿在天，四近一片寂静。我不能再入睡了。

踮着脚离开寝室，走进书房，默然地坐在书桌前，父亲生前的影像便浮现在眼前。

那一年，父亲近60岁了，又患了肝病，他骨瘦如柴，虚弱无力。那时候，我的几个哥哥姐姐都已成家了，只有刚刚结婚的小哥同我和父母一起过，小哥的媳妇看到父母年老又有病，不能干活，我又读书，觉得同我们一起过是吃亏的，故此，对供我上学是颇不情愿的。父亲为了证明我们三人不全是吃闲饭的，就硬撑着下地。

那年秋天收土豆，嫂子说忙不过来，执意要我回家收秋，我不敢违拗，只好请假回去。我怕落的功课太多，做活的间隙，看几眼书，哥嫂不愿意了，怨我的心事不在做活上，有气的哥哥抡起鞭子使劲地打那头拉犁的年迈老牛，眼看鞭子就要落到我的身上。父亲脸色青黄，大口喘着气，他从哥哥的手中拿过鞭子，扶着犁杖向着地的那头走去。犁杖太重了，病得一阵风就能刮倒的父亲，被犁杖带着踉踉跄跄地往前跑。瘦削的父亲架不起衣服，宽大的黑褂子在风中一飘一飘的，父亲像一个影子人，飘荡在苍茫空旷的天地间，跑了两条垄，就一头栽倒在地上了，此后许久起不了床。

深秋的时候，学校放了几天假，让我们回去拿换季的衣服和准备冬天烧炉子的柴火。

镇上中学离我们深山里的小村子有50里山路，走了大半天，午后的时候才赶到家。父亲不在，患眼病的母亲在摸索着剁猪食，母亲说父亲到北蔓甸摘草穗去了。我匆匆吃了口饭就去找父亲，我登上山顶，已到夕阳落山的时刻。塞外的秋，风霜来得早，8月的草洼，已呈现凋零之势，青的草已变成一片苍茫的白色，这草是碱草，细高的秸秆上都挑着个穗子。当年，镇上的货站收购这种草穗，说是到沙漠去播种，也有人说是喂种马。乡里人都满山遍野地采这种草穗，这山顶也早已被人采过了，多数的草茎上已都没了穗头，只有晚长起来的或人们采摘时从指间遗落的，稀疏地藏在草棵中。

我站在草洼边，四处张望着寻找父亲，许久，我发现远处，苍茫的草丛中有个小小的黑点在蠕动。我奔着那儿跑去，走近了我看到了父亲。他背对着我，身穿一件青夹袄，腰扎一根用黄色的羊胡草挽成的草绳，怀前是一个系在草绳上的小木筐，他弓着腰，头低在草丛中，白草在他的头顶上飘摇，他的两只手扒拉着草棵，寻找着草穗，直到我走到身边，他才发现了我。

“回去吧，天快黑下来了。”我说。

父亲停下手，他怀前的木筐里有大半筐草穗，父亲的脸青中透着层暗黄，发白的嘴唇裂着血口子。父亲把筐里的草穗装入袋子里，用手掂了掂，嘴角绽露出一丝笑意：“这些卖卖，够你交学费的了。”

父亲无力地瘫坐在地上，说我得吃一口下山，要不就走不动了。他打开手巾包，里面是母亲烙的两张饼，他咬了一口饼，饼干硬得咽不下去。父亲站起来，用石片划破一块桦树皮，很快那小小的洞口就渗出细密的水珠，父亲舔了几口，才又接着吃干粮。我的眼里涌动着泪水，我说：“我不想读书了，你也别再受这累了。”

“不算啥，只要我能动，就能供你。”他又说：“人说天生我材必有用，你那么爱读书，学得又好，咋也得把书念下去！”

这次上学走的时候，我难以启齿地告诉父亲，学校要交冬天烧炉子的柴火，交钱也行。父亲说，不犯愁，过几天送柴去。

初冬一天的下午，父亲来了，他赶着牛车，拉一车柴火。都是一小捆一小捆的。后来，母亲告诉我，那是父亲一捆捆从山上扛回来的，他没力气，每次只能背两小捆。老师看父亲吃力的样子，招呼一些男同学，帮助我把车卸了，父亲蹲在墙角，灰黄的脸上挂着感激的笑。

卸完车，父亲让我跟他到镇上去一趟。他送柴火，也把那些草穗拉来了。

到镇上的货站，卖了草穗。我看父亲脸色已冻得发白了，我说去吃碗馄饨，暖暖身子吧。父亲说不用，一会儿就到家了。他把卖草穗的18元钱全给了我，又从青棉袄里襟的小兜子里，掏出一个小布包，里面是21元钱，他叮嘱我一定要拿好，并告诉我这钱是悄悄地给我攒下的，不要跟别人说。

我的心苍凉而沉重，有说不出的酸楚，我把父亲送出小镇，过了白水桥，就是通往家乡的山路了。

父亲站住了，他说：“你照管好自己，以后遇事要往前想，就总有奔头！”父亲说这话的时候并没有看我。说罢，他转过身，手牵着牛的缰绳往前走，父亲与黑牛并肩走在空旷的山路上。寒冬的风呼呼地刮动着，父亲只穿一件黑棉袄，外边没有皮袄大衣之类遮寒，他弓着身子，一只手牵着牛，一只手遮在额前挡风，吃力地往前走。我望着他一步步走远，后来我站在一块大石头上眺望，视线里那凄寒的背影，渐渐变成一个黑点儿，一会儿融进苍茫的暮色里了。

不想，这背影竟是父亲留给我的最后的记忆。父亲回去不到十天就去世了。

父亲死后不久，我的书就没有办法念下去了，我被命运沉入生活的海中，上下漂浮，左右奔突挣扎，受尽了风霜浪打，可在漫长的求索旅途上，眼前总有个影子，耳边总有个声音对我说："天生我材必有用。"是这影子、这声音使我在任何艰难的境遇下，永不言弃，百折不挠，坚定地向着心中的目标远行。

生活不辜负我，我终于实现了用文字铸造事业的梦想。

今天，父亲入梦，勾起了我点点滴滴的忆念。可父亲留给我的记忆仍旧是模糊的：他的笑容是模糊的，他的喜怒是模糊的，就连他的面庞似乎都是模糊的；而留在记忆中最深切的仍是那身着黑衣的、踉跄而凄寒的背影！

爱，无法逃离

李清浅

一

妈妈第 N 次逃跑时，我 6 岁。那天，我如往常一样去上学，刚到教室，就看到邻居王婶心急火燎地向我跑来，说："清儿，你妈又跑啦，快跟我一起去找她。"教室里所有的孩子都把目光盯向了我。

6 岁的我漠然地抓起书包，就跟着王婶往外走。我妈妈跑了，这是这个家反复上演的故事。我习惯了她不断地逃跑，以及家人不断地去寻找她。

我到家时，奶奶正抱着只有 20 多天的弟弟，一次次向门口张望。见到我，奶奶一把把我拉入怀中，一个劲儿地说："可怜的孩子，你要是没有妈妈了怎么办呀？"然而那时的我以为，没有了妈妈，至少还有奶奶。

半夜，爸爸和两个叔叔疲倦地回来了。妈妈音讯全无。那是妈妈最成功的一次逃跑，所有的人都以为，妈妈不会回来了。

妈妈是爸爸从外地领来的。我一直搞不懂，老实憨直的父亲是如何把妈妈"骗"回村的。妈妈多漂亮呀，还梳着两根长长的辫子，妈妈的眼睛尤其迷人。妈妈虽然漂亮，可我却从不敢和她亲近，她常坐在一条板凳上发呆，不吃饭，也不说话。可能妈妈认识到了在这样的小村庄待一辈子意味着什么，所以，逃跑成了家常便饭。可是她很少成功：山路不熟悉，加上村里人少，彼此都认识，就算她逃跑了，随便一个撞上她的人，都可以把她的下落说出来，这样很方便父亲一次一次地把她找回来。

曾经有一阵，我们以为妈妈再也不会逃走了。妈妈生了个儿子，奶奶原以为，我拴不住妈妈的心，儿子就可以拴住妈妈的心了。并且因为妈妈刚生产的缘故，家里放松了对妈妈的看管，没有想到的是，妈妈在弟弟刚出生第 23 天的时候，就跑了。

6 岁的我哄着大哭不止的弟弟，看奶奶忙着去给他冲米粉。我冷冷地咬着牙，狠狠地发誓永不原谅妈妈。

可是，3 天之后，出乎所有人意料，妈妈竟然又回来了。奶奶和爸爸都有些惊奇：好几年了，全家人都腾出一只眼来看着妈妈，妈妈好不容易成功逃走了，却为何突然回头？

那个晚上，妈妈抱着弟弟一个劲儿地落泪。她对奶奶说，她都到了北京了，耳边却一直是弟弟的哭声，她想孩子，她舍不得这两个孩子。

一天，我放学回来，家里只有妈妈一个人，妈妈于是叫过我，小声地说："清儿，你和弟弟跟妈妈去北京好不好？"我沉吟了一下，说道："你给我一块钱让我去买个雪糕，我就跟你走。"妈妈毫不犹豫地掏出一块钱，我拿起钱就往外走。走出家门，我便拼命地跑了起来，我一边跑一边喊："爸爸，妈妈又要跑了，她想带着我和弟弟一起跑……”

现在想来，我都觉得可怕，小小的我何以如此有心机？面对妈妈的离家出走，我何以如此沉着冷静？一会儿，奶奶和爸爸回来了，奶奶不再去地里干活了，名义上是帮妈妈看孩子，实际上是对她进行监督。

妈妈看我的眼神满含幽怨。我像个小奸细一样，把妈妈所有的情况如实汇报给奶奶。妈妈有时会扯过我，瞪着我说：“你到底是不是我生的？”

有那么一阵子，我不理妈妈，妈妈也不怎么理我。

二

我和弟弟渐渐长大了，妈妈也明显地老了，奶奶已经70多岁，两腿走路已经有些不利落，可是她耳朵很灵，眼睛也很尖，她用了10年的时间，牢牢地看着妈妈。她仿佛是个监狱长，而妈妈，则是她的犯人。

奶奶的去世很突然，她是因脑溢血抢救无效走的。奶奶的去世，于我而言，如同天塌了一般。因为从小到大，我都是奶奶带着的，我和奶奶就像一个战壕里的战友，而我们的共同目标，就是不让妈妈逃走。

奶奶下葬时，妈妈歇斯底里地哭起来，任谁也劝不住，这让所有的人都吃了一惊。我冷冷地跪在一旁，对妈妈的号哭十分厌恶。我想，如果可以交换的话，我宁肯去世的那个人是妈妈。

我已经做好了妈妈再次逃走的准备，当时我已经在县里读高中了，爸爸终日在田间劳作，弟弟还小，没有人看管的妈妈，不跑更待何时？我甚至很想对爸爸说，如果妈妈真的要走，你就不要拦她了。

一个月后，我回到家，家里竟然没有乱成一锅粥，而是井井有条，房前屋后，都收拾得干净整洁。

爸爸说，妈妈开始拿起奶奶用过的针线缝缝补补，拿起奶奶的锅碗瓢勺煎炒烹炸，俨然成了一个家庭主妇。我有些吃惊，不大相信地看着妈妈。妈妈咧开嘴要对我笑，然而我却别过脸去，妈妈嘴角的笑便有些僵硬了。

这个家在妈妈的操持下，竟然渐渐有了点起色。不久，妈妈劝爸爸去县城做小生意，而她自己，则在家里忙里忙外，有时甚至去地里干些农活。

高考报志愿时，一向不怎么管我的妈妈，突然说：“你考北京的学校吧。”我撇撇嘴，北京又冷风又大，有什么好呢？

可是妈妈很固执，坚决要求我报考北京的学校，后来爸爸也对我下了死命令，说我不考北京的学校就不供我上学。

最后，在他们共同的压制下，我不情愿地报考了北京一所工科学校。通知书到手上时，妈妈满脸笑成了花，她一遍又一遍地看着，很兴奋地说：“清儿，我去送你上大学吧。”

她的眼神那么凄楚哀婉又满含期待，倒让我有些吃惊，我突然就没有了拒绝她的力气。

三

去学校报到那天，爸爸、妈妈和弟弟先送我到学校。办完入学手续，我们一家4口便去逛街，妈妈眼神里的喜悦是我这么多年来没有见过的。我总觉得在北京的妈妈有些不同寻常。我甚至有点担心，妈妈可能马上就要跑掉了。弟弟全然没有发现妈妈有什么不同，大声喊着要去吃肯德基。交完我的学费，爸爸已经没有几个钱了，倒是妈妈，从兜里摸出50块钱，递给爸爸，让他领我们两个一起去吃。

我推说不饿，不如在外边凉快，其实是担心妈妈趁我们不注意溜掉。我和妈妈坐在门口的椅子上，我终于还是忍不住好奇，小声地问她："你来过北京吗？"

"我在北京长大的。"妈妈有些兴奋地说，我撇撇嘴，不大相信。她便絮叨着说，她家住在某某胡同，胡同口有一棵大槐树，那棵大槐树被虫子蛀空了，里边填上了铁皮，小时候，她常常在那棵树下面跳房子……突然，妈妈改变了语气，悠悠长叹一声："清儿，为什么你始终不肯相信我呢？你留下来陪我，是怕我逃走吧？"

我一怔，这时爸爸和弟弟从肯德基店走出来了。爸爸把一个汉堡塞给妈妈把另一个塞给我，妈妈说，我一点都不饿，让孩子们吃吧。边说边别过脸去，我清楚地看见妈妈眼角的泪痕。

上大学后，我和妈妈的关系渐渐有所缓和。

大三那年，我恋爱了，男孩儿生在城里，长得帅气。我第一次领他到村里，他满眼都是惊喜，好奇地问这问那，看得出，他没有嫌弃我的农村出身。爸爸高兴得有点儿不知道把手放在哪里，妈妈却淡淡的，反复打量着他，做着种种试探，对他似乎有点不满。送走男友，妈妈说："我觉得这个男孩儿有些不靠谱，我怕你将来会受委屈。"我很生气，不以为然。

我照常和那个男孩儿来往，直到有一天，知道他同时有3个女朋友。我不管学校还在上课，伤心地回到了家里。妈妈看我的样子，就知道发生了什么事情。

而我，也终于知道了妈妈年轻时曲折的故事：当年，她喜欢上了一个干部子弟，后来却被抛弃了。她本来想在北海公园自杀，就是在那时，她遇上了进城打工的父亲，父亲便说，你要实在没地方去，就跟我走吧。年轻的母亲便跟着父亲来到了村里，并且迅速地和父亲结了婚。

妈妈说，结婚后，我就后悔了呀。我那时才20岁呀，比你现在还要小一岁，我就是一个孩子的母亲了，你理解我当时的心情吗？我总觉得是你父亲骗了我，而你奶奶，更是像看贼一样盯着我，还有你，那么小，就有那么冷漠的眼神。我当时真是恨死你们了。

我心里一凛，冷冷地插一句："所以你一直想着逃离？"

妈妈愣愣地看着我，良久才说："你6岁那年我离开这个家时，我耳边全是你和你弟弟的哭声，我一想到从此以后再也见不到你们，心里就跟掏空了一样，所以才会跑回来，从此我就再也没打算离开这个家……"

妈妈的眼里满是泪花。而我，也泪流满面。我终于明白，作为一个母亲，无论她对那个家多么心有不甘，她都不会真的逃走。因为，孩子是她今生无法割舍的牵挂。

有一种爱是不能被猜疑的

佚名

他是个抢劫犯，入狱一年了，从来没人看过他。

眼看别的犯人隔三差五就有人来探监，送来各种好吃的，他眼馋，就给父母写信，让他们来，也不为好吃的，就是想他们了。

在无数封信石沉大海后，他明白了，父母抛弃了他。伤心和绝望之余，他又写了一封信，说如果父母再不来，他们将永远失去他这个儿子。这不是说气话，几个重刑犯拉他一起越狱不是一两天了，他只是一直下不了决心，现在反正是爹不亲娘不爱、赤条条无牵挂了，还有什么好担心的？这天天气特别冷，他正和几个“秃瓢”密谋越狱，忽然，有人喊道：“有人来看你！”会是谁呢？进探监室一看，他呆了，是妈妈！一年不见，妈妈变得都认不出来了，才五十开外的人，头发全白了，腰弯得像虾米，人瘦得不成形，衣裳破破烂烂，一双脚竟然光着，满是污垢和血迹，身旁还放着两只破麻布口袋。

娘俩儿对视着，没等他开口，老人浑浊的眼泪就流出来了。老人边抹眼泪，边说：“娃儿，信我收到了，别怪爸妈狠心，实在是抽不开身啊。你爸……又病了，我要服侍他，再说路又远……”

这时，指导员端了一大碗热气腾腾的鸡蛋面进来了，热情地说：“大娘，吃口面再谈。”

老人忙站起身，手在身上使劲地擦着：“使不得、使不得。”

指导员把碗塞到老人的手中，笑着说：“我娘也就您这个岁数了，娘吃儿子一碗面不应该吗？”

老人不再说话，低下头“呼啦呼啦”吃起来，吃得是那个快那个香啊，好像多少天没吃过饭一样。

等老人吃完了，他看着妈妈那双又红又肿、裂了许多血口的脚，忍不住问：“妈，你的脚怎么了？鞋呢？”

还没等老人回答，指导员冷冷地接过话：“是步行来的，鞋早磨破了。”

步行？从家到这儿有三四百里路，而且很长一段是山路！他慢慢蹲下身，轻轻抚着那双不成形的脚：“妈，你怎么不坐车啊？怎么不买双鞋啊？”

老人缩起脚，装着不在意地说：“坐什么车啊，走路挺好的。唉，今年闹猪瘟，家里的几头猪全死了，天又干旱，庄稼收成不好，还有你爸……看病……花了好多钱……你爸身子好的话，我们早来看你了，你别怪爸妈。”

指导员擦了擦眼泪，悄悄退了出去。他低着头问：“爸的身子好些了吗？”

他等了半天不见回答，头一抬，见妈妈正在擦眼泪，嘴里却说：“沙子迷眼了，你问你爸？噢，他快好了……他让我告诉你，别牵挂他，好好改造。”

探监时间结束了，指导员进来，手里抓着一大把票子，说：“大娘，这是我们几个管教人员的一点心意，您可不能光着脚走回去了，不然，您儿子还不心疼死啊！”

老人双手直摇，说：“这哪成啊，娃儿在你这里，已够你操心的了，我再要你钱，不是折我的寿吗？”

指导员声音颤抖着说：“做儿子的，不能让你享福，反而让老人担惊受怕，让您光脚走几百里路来这儿，如果再光脚走回去，这个儿子还算个人吗？”

他撑不住了，声音嘶哑地喊道：“妈！”就再也发不出声了。此时，窗外也是泣声一片，那是指导员喊来旁观的劳改犯们发出的。

这时，有个狱警进了屋，故作轻松地说：“别哭了，妈妈来看儿子是喜事啊，应该笑才对，让我看看大娘带了什么好吃的。”他边说边拎起麻袋就倒，老人来不及阻挡，口袋里的东西全倒了出来。顿时，所有的人都愣了。

第一只口袋倒出的，全是馒头、面饼什么的，四分五裂，硬如石头，而且个个不同。不用说，这是妈妈一路乞讨来的。妈妈窘极了，双手揪着衣角，喃喃地说：“娃，别怪妈做这下作事，家里实在拿不出什么东西……”

他像没听见似的，直勾勾地盯住第二只麻袋里倒出的东西，那是——一个骨灰盒！他呆呆地问：“妈，这是什么？”

老人神色慌张起来，伸手要抱那个骨灰盒：“没……没什么……”

他发疯般抢了过来，浑身颤抖：“妈，这是什么？！”

老人无力地坐了下去，花白的头发剧烈地抖动着。好半天，她才吃力地说：“那是……你爸！为了攒钱来看你，他没日没夜地打工，身子给累垮了。临死前，他说他生前没来看你，心里难受，死后一定要我带他来，看你最后一眼……”

他发出撕心裂肺的一声长号：“爸，我改……”接着“扑通”一声跪了下去，一个劲儿地用头撞地。“扑通、扑通”，只见探监室外黑压压跪倒一片，痛哭声响彻天空……

母亲和那口老掉的井

谢云

入夏后，一个多月时间，持续艳阳，持续高温，滴雨未落。母亲从老家来信，说“天干得很”，包谷蔫了，树叶萎了，村前那条河，断流了，连屋后那口井，也快没水了。

那井，就在我家屋后，这些年来，一直被我深情眷念着，清澈、甘洌、幽深，仿佛将永远长流。我渐渐觉察，自己的许多作为，似乎都与那井有关。而现在，它居然就这样老了。

那一天，接到母亲来信的那一天，得知那口井老了的那一天，它的形容、情调、场景，竟又一次在记忆里清晰。那清洌的水，素色的青石板，紧挨着的穷人的家，屋顶上袅袅升起的一柱柱炊烟……我跟着那气息走了回去，在薄暮中，在柴烟弥漫的一天结束时。

井水没了，那口老井，或许真是老了。就像一丝涓细的泉流被堵塞，被淤埋，我忽然想不起下面该有什么内容。我只是莫名地想到母亲，在乡下奔波操劳的母亲。然而，父亲上次来我这里时说过：“你母亲这两年，又老了一大截，头发也白了许多。”

记忆中，母亲是有过一头茂盛的长发的，乌黑，柔软，油亮，光洁。那是她的骄傲，是她在乡村里的旗帜。母亲喜欢它们，疼惜它们。即使在最困难的年头，她也把它们梳洗得一丝不苟，呵护得无微不至。我一直记得，小时候，再忙的时节，从田地里，或山坡上归来，洗脸或洗手后，母亲总要抚点水在头上，然后认真梳理，到一丝不乱了，再将它们精心编成两条粗大的辫子。

劳作或奔走，它们就在母亲肩上，在田边或地埂，在蜿蜒的村道上，一晃一晃地荡着秋千，像极了母亲当年的身影：活泼，轻盈，欢跳。

后来，父亲曾不止一次对我们说，你母亲每次洗头，都是蹲在井边，用一大盆水，将头发漂着，用皂角荚浸润。这让我总禁不住想象，在那些岁月里，这该是怎样的一种风景：黑发披垂下来，该是多么闪亮的瀑布，而当它们飘扬，也该是微风柔柔拂过湖面的感觉吧。苦难的岁月，艰辛的生活，把母亲磨砺得那么粗糙、泼辣、强悍，唯有那一头黑黑的秀发，似乎远离了生活的困厄和挫顿，一如既往地在乡村里柔顺着、飘拂着。

然而，自从几个妹妹依次出世后，母亲就不再蓄发了。她剪了便于梳洗的短发。早晨起来，只需用手蘸水，略微抿抿，再蓬松零乱，也变得顺溜了。贫困，劳累，鸡鸭猪狗的忙乱，养儿育女的繁杂，使她早早告别了年轻和爱美的心境。像她的头发一样，母亲提前进入了枯涩的中年——而那时，母亲还不到30岁。

现在想来，母亲那时实在太操劳了。从我知事起，家里家外，大烦小事，都得靠她奔波，操持。父亲一直体弱多病，几乎是母亲一个人，撑持着我们的家，撑持着那方遮风避雨的天空。她的一生，始终在为我们操劳、操心。起早贪黑，含辛茹苦。她像母鸡一样，护卫着她的鸡崽。孩子长大后，却鸟儿一样飞走了，只有节假日才能回家看看。而母亲，仍像一只窝旁守候的老鸟。她牵挂的心，始终那样悬着，被我们牵扯着，放不下来。

儿子出世后，我常常在想，母亲究竟是什么？

想不出明确的答案。我只知道，那个在下雨的黄昏，在路的尽头，满眼焦灼，静等迟归孩子的人，是母亲；那个把叮咛缝进鞋垫，把牵挂装进行囊，把所有慈爱写在心底的人，是母亲；那个在孩子面前不流泪，在困难面前不低头，为孩子辛苦奔忙，毫无怨言的人，就是母亲——我只知道，这世上有一个最伟大而最平凡的女人，那就是母亲。而在我懂得爱人的时候，我最爱的人，便是母亲。在我仅有的文字里，写得最多、最富感情的，也便是母亲。我在远离她的地方，通过文字诉说、感叹，但母亲只是默默奔忙，像深井一样沉默。

自读大学后，我在家里待的时间，就一年比一年少，离家时，走得也一年比一年仓促。偶尔回家，母亲总是格外高兴，不知疲倦地在菜园、井边和灶台上忙活，为我们做饭，给我们炒菜。在母亲，或许这就是最快乐、幸福的事。记得前年春节，早早写信回家，告诉了母亲行期，却没料到，接连不断线的事情跟在脚边，弄得我一时半时动不了身。待好不容易做完事，回到家中，差不多已是预约时间一周以后。刚进村口，就有乡邻告诉我，你妈天天到街上等你们，把垭口都望矮了。未能如期而归，母亲该是如何着急，这我能够想象。但当我带着风尘和一脸歉意，出现在母亲面前，她却只说了一句："回来了就好。"我所有的歉意，凝为泪滴落下来。

也就是那时，猛然看见母亲头发中间，凛然生出一撮撮白发，像春天黛青的远山阴影里的一抹抹残雪。这不经意的发现，在我心里，不啻一次剧烈的山崩或海啸。

近年来，母亲常说，她眼涩了，手钝了，缝东西时，穿针都很困难了。而我记得，母亲的手脚，曾是全村里最快的，母亲的针线活，是全村最出色的。无论她缝制的衣服，还是衣服上打的补丁，都会惹得别人夸赞。小时候，每年春节前，母亲都要给我们几姊妹做鞋。那时，她的眼睛明亮如镜，她纳的鞋底，针脚又细又密，鞋帮和鞋底，都有好看的花纹。可是现在，她却连穿针引线，都感到困难了。

"本来想给孙娃做两双鞋的，眼睛看不清了。"母亲声音里，有些无奈和惶恐。

我听了，鼻子酸酸的，眼睛涩涩的，直想哭。为母亲的苍老，也为自己的粗心。虽然我早知道，南来北往人自老，白发取代青丝，是自然规律，谁也无法抗拒。但是，这些年来，我们一直忽略了母亲的变化。每次想到她，浮现眼前的，总是年少时看到她的样子：精神，精明，能干。数十年如一日，母亲一直辛苦奔波、承忍，一直为我们提供着温暖和关爱。那样的自然而然，让我们以为，她会一直如此。让我们一点儿也没觉察到，她会一年比一年老；她的皱纹，会一年比一年密；她的头发，会一年比一年白。也许，我是真的太大意了。连7岁的儿子都知道，世界上一去不复返的东西是时间，我怎么就没在意呢？

就像那口沉默在屋后的井。那井水，一直那么清澈、纯净，一直那么源源不断，让我们从没想到，它也会有枯衰的一天，也会有再不能让我们汲饮的一天。

记得，读过台湾诗人琼虹的一首诗，叫《妈妈》：

“当我认识你，我十岁／你三十五。你是团团脸的妈妈／你的爱是满满的一盆洗澡水／暖暖的，几乎把我漂起来……等我把病治好／我三十五／你刚好六十／又看到你，团团脸的妈妈／好像一世，只是两照面／你在一端给／我在一端取／这回你是泉流，我是池塘／你是落泪的泉流／我是幽静的池塘。”

或者，对我们而言，母亲就是那不停地供我们汲饮、滋润着我们心田的一眼井。

左手写爱

张翔

有一个新认识的朋友，他很阳光，喜欢各种娱乐和运动，尤其喜欢打篮球。

他打篮球的方式很奇特，总用左手运球，居然能用单手在人群阻挡中准确地上篮。他的动作一气呵成，总让我们备感惊喜。其实，他总这样做的原因并不是出于卖弄球技，而仅仅是因为——他只有一只手，一只神奇的左手。这只神奇的左手能打一手好球，写一手好字，甚至能在钢琴上演奏出动听的歌曲。

而他更让我敬佩的，是他对生活乐观的态度和健康的心态。他身上总弥漫着一股阳光的味道，他的言语总是那样的亲切和轻松，他会跟每一个用诧异的眼神打量他的人挥手，他有一个漂亮的女朋友，他工作努力，与同事朋友的关系融洽，与客户的交流愉悦，他甚至常常得到老总的嘉奖……他是那种能让你忘记他有任何缺失的人。见过许多因为身体残疾心理也一同“残疾”的人，所以一直不理解他的“健康”，无法理解他用一只左手支撑起这样完美人生的根源。直到有一天，见到了他的家人，我才猛然醒悟。

那天，我和一个朋友去看他，他的父母非常热情，邀请我们留下吃饭。

他家的院子很大而且整洁干净。爷爷奶奶年事已高，看上去都还很健康，他的父母亦显年轻，家里的电视机播放着欢快的文艺节目，很有其乐融融的家庭氛围。而且他们一家人都很热情，谈起他的时候，言语之中总透露着无尽的温情爱意与骄傲。

聊了半个钟头之后，晚餐准备好了，大家就围坐在桌前，品尝起他母亲做的美味佳肴。而就在大家执筷的时候，我忽然发现这么一大家子人，居然同时用左手握筷。在那一瞬间，我甚至怀疑是自己的视觉出了问题，我和同去的朋友，竟然都迟疑起来。

这时，朋友冲我笑了笑，提醒我一切都很正常。于是我才用右手夹起了一块鱼……

晚餐过后，在院子里聊天的时候，我握着他的左手笑着说：“我终于明白为什么你的左手这么神奇了，原来你们一家人都是左撇子啊！他们赋予你太强的天赋了！”

听我这样一说，他哈哈大笑起来：“你想错了，我们家天生的左撇子只有我一个，在我出生之前，他们都用右手做事，而从我出生之后，他们才都成了左撇子。”

我不解：“那为什么最后都成了左撇子呢？”

他说：“在我懂事之前，我一直都以为大家都是用左手生活的，因为我的家人都用左手做事情，后来我才知道，其实大多数人都在用右手做事情。而家人为了让我能习惯用仅有的左手生活，也统一用起了左手，用左手关灯、洗脸、拿筷子……父亲甚至把门的把手都调换了方向……慢慢地，他们都和我一样成了左撇子……”

那一刻，感动如潮水般涌上心头，我从来都没有想象过，这个世界原来还有这样整齐、真挚而细致的爱，一家人为了给自己残疾的亲人一个平和而正常的环境，一齐改掉自己坚持了几十年的习惯。我完全可以想象，在他年幼时用左手第一次笨拙地操起筷子，夹起一片菜叶之前，他的家人们也正同样笨拙地、用左手反复练习那个动作，直至成为习惯。而这样的习惯与爱伴随着他，与他一起成长。为了让他健康和乐观地生活，他们把所有的爱，全部写在了左手上。

18 个红包

唐生德

高三那年，父亲被查出晚期直肠癌，住进医院。接到病危通知书后，我不知道父亲还有没有机会回家。

在我收到大学录取通知书的那天，父亲伸出瘦得只剩皮包骨头的手，将一把钥匙放到我手心，说："儿呀，有样东西我本想亲手交给你，可现在只能让你自己回家拿了。"家里为了给父亲治病已经一贫如洗，父亲还能给我什么？

后来，父亲已无法进食，也说不出话，手上的血管再也打不进液体。那天，他"嗯呀"地从喉咙里挤出一丝声音，我凑近细听，听出是"钥匙"两个字。父亲的脸憋得通红，我这才想起他给我的那把小钥匙。父亲睁大空洞的双眼盯着我，张了张嘴，嘴角抽了抽，头一歪，便没了气。

白床单覆盖了父亲的脸，我双腿发软，跪倒在他面前，心脏像被剐成了一片片。父亲走了，我仿佛成了一截无根之木，轻飘飘的，全身虚空。办完丧事，我用那把钥匙打开了父亲的抽屉。抽屉里有个发黄的小木盒，里面放着 18 个红包。

最旧的那个红包已变成猪肝色，封皮上有两行模糊的蝇头小字，我认出是父亲的笔迹：儿子，从现在开始，爸爸每年会将从单位领到的新年红包，连同吉祥如意留给你！落款是"1990 年正月初八"。那是我出生后的第三天。抚摸着发黄的字迹，我仿佛看到年轻的父亲嘴角含笑，正虔诚地为新生的我写下期许和祝福。

父亲是个温和的人，不抽烟不喝酒。最大的爱好是做饭。每次他炒的菜被我一扫而光时，他便会摸着我的头"嘿嘿"憨笑。虽然父母都是普通职工，收入不高，但日子过得平静幸福。

20 世纪 90 年代末，父亲的单位开始走下坡路。拖了两年，后来连工资也开不了，父亲只好去拉保险。他穿着极不合身的旧西装，提着又大又沉的业务包，脸上堆满刻板的笑。他结结巴巴跟客户解释保险，紧张得打颤，不停地用手抹脑门上的汗珠。

我抚摸着两个薄薄的、封皮印着保险广告的红包，泪水再次模糊了双眼。如果时光可以倒流，我再不会躲在角落里嘲笑父亲蹩脚的推销。我要大方地走过去，为他拎拎包捶捶背。

父亲早出晚归，还是拉不到多少业务。春节后，父亲耷拉着脑袋到处找工作。小小县城里活难找，父亲只好去学开车，后来总算在公交公司当了司机。

最后一个红包，是 2008 年的，装着 125 元钱。那时，父亲刚动完手术，生命朝不保夕，时时需要救命钱。他不仅没动用这些红包，还从医药费中抠出了珍贵的 125 元！

平静的日子，父亲将祝福装成红包；贫穷落魄的岁月，父亲将温暖装进红包；生命最后的时光，父亲将希望装进红包。我数了数，18 个红包装着 5252 元钱，读起来正是"吾爱吾儿"！

从 13 岁开始享受自由

（美）安妮·兰伯特

愿意对自己的人生负责，这是一个人自尊心萌芽的表现。

从小妈妈就教我凡事都问个为什么。她是那种对没完没了的“为什么”永远不厌其烦的妈妈。

不过，妈妈从不简单地给我答案，而是让我自己先思考。渐渐地，我学会了在做事之前，先用自己的小脑瓜分析所有的可能性，遇事常常自问：“如果有人这么对我，我会怎么想？”妈妈的循循善诱和严格要求为我形成良好的品性打下了坚实的基础。

我 13 岁生日那天，妈妈把我叫进她的房间。“安妮，我想和你谈谈。”妈妈拍了拍身边的床铺。

“我用了 12 年的时间培养你的价值观和道德观，”她开口道，“你觉得自己具有分辨是非的能力了吗？”“当然。”我答道。这个出人意料的开场白让我不觉隐去了笑容。

“今天是你的 13 岁生日，从今以后你就不再是小孩了，生活会变得复杂很多。”妈妈语重心长地说，“我已经为你打下了基础，现在是你开始自己拿主意的时候了。”我茫然不解——拿什么主意呀？妈妈笑了。“从现在起，你自己的规矩自己定。什么时候起床，什么时候睡觉，什么时候写作业，和哪些人交朋友，这些都由你自己决定。”

“我不明白。你生我的气了吗？我做错什么了？”妈妈伸手搂住我的肩膀，“每个人迟早都要自己做主。很多被父母严格管教的年轻人，往往在他们离开大学，没人给他们指导的时候犯下了可怕的错误，有些甚至毁了自己的一生。所以我要早一点给你自由。”

我目瞪口呆地盯着她，各种念头一起闪过脑海。那么，我随便多晚回家都可以，自由参加各种聚会，没有人催促我写作业……这简直棒极了！

妈妈站起来，莞尔道：“记住，这是一种责任。家里人都在看着你，而只有你一个人为自己的过错负责。”

“你为什么这么信任我？”我有些兴奋不安。“因为我宁愿你现在犯错，现在你还在家里，我能给你建议和帮助。”她说着用力抱了抱我，“别忘了，我一直在你身边。任何时候，如果你需要，我会随时帮助你。”

我们的谈话就这样结束了。同以往一样，这个生日是与家人一起度过的，有蛋糕，有冰激凌，还有礼物，而母女间的这次交谈却是我收到的最有意义的生日礼物。我明白，妈妈并没有彻底走出我的生活，只是给我空间来伸展翅膀，准备未来的飞翔。

在之后的数年间，我也做过不少错事，但那是每个少男少女必经的人生体验。我有时不完成作业，偶尔熬熬夜，还有一次参加了一个危险的聚会。妈妈从没有为这些而责骂我。当我成绩下滑时，她会平静地指出我想进入理想大学的机会正在减少，成绩越差，机会越少；如果我熬夜，她会幽默地取笑我是不是心情不佳。那次聚会后，她只是问我认为那些朋友10年后会干什么，是否希望自己的未来和他们一样。我当然不希望那样。当我明白了这些，我就不断地改变自己的行为来弥补过失。

人生如织锦，妈妈总是用最好的建议来帮我修补裂痕。我从未像许多青少年那样对父母有过叛逆和怨恨。实际上，妈妈的教育方法使我们更加亲密。

几年前，在我女儿13岁生日那天，我也把她带进了我的房间，进行了一场类似的谈话。在她的青春期，我们也一直很亲密。我的儿子在这个年龄也和他的父亲谈过。孩子们虽然犯过不少错误，但事实证明，那些都只是成长的里程碑而已。同时，更多严重的错误因此避免了，因为他们凡事认真思索并和我们商量。他们把父母视为良师益友而非监管人，两代人的关系因此健康而和谐。

生命和智慧就这样在这个家庭延续下来。爱、荣誉和对经验、智慧的尊重得到了珍视。这些都得益于我最好的朋友——我的妈妈。

与众不同的妈妈

（美）珍玛丽·库根

小时候，妈妈简直就是我的“心腹大患”，因为她太与众不同了。我很早就知道了这一点。

去其他孩子家玩的时候，他们的妈妈开门后，说些“把你的脚擦干净”或“别把垃圾带到屋里”之类的话，不会让人觉得意外。但在我家，却是另外一种情形。当你按响门铃后，就会有故作苍老的孩子的声音从门里传出来：“我是巨人老大，是你吗，山羊格拉弗？”或者是甜甜的假嗓子在唱歌：“是谁在敲门呀？”有时候，门会开一条缝，妈妈蹲伏着身子，装得跟我们一样高，然后一板一眼地说：“我是家里最矮的小女孩，请等会儿，我去叫妈妈。”随后门关上大约一秒钟，再次打开，妈妈就出现在眼前——这回是正常的身形。“哦，姑娘们好！”她和我们打招呼。

每当这时候，那些第一次来的伙伴会一脸迷惑地看着我，仿佛在说：“天哪，这是什么地方？”我也觉得自己的脸都让妈妈给丢尽了。“妈——”我照例向妈妈大声抱怨。但她从来不肯承认她就是先前那个小女孩。

说实话，大人们都很喜欢妈妈，但毕竟与妈妈朝夕相处的是我，而不是他们。他们一定无法忍受“观察家”的存在。这是个隐形人，妈妈经常跟他谈论我们的情况。

“你看看厨房的地面。”往往是妈妈先开口。

“哎呀，到处是泥巴，你才把它擦干净，”“观察家”同情地答道，“他们就不知道你干活有多累？”

“我猜他们就是健忘。”

“那好办，把污水槽的抹布交给他们，罚他们把地面擦干净，这样才能让他们长记性。”“观察家”建议。

很快，我们就人手一块抹布，照着“观察家”给妈妈的建议开始干活了。

“观察家”的语调和妈妈如此迥异，以致根本没人怀疑那就是妈妈的声音。“观察家”注视着家庭成员的一举一动，不时地挑毛病、出主意，所以我的朋友们经常问我：“谁在跟你妈妈说话？”

我真不知如何来回答。

时间流逝，妈妈的言行没有丝毫变化，但她在我心目中的形象有了改善，一个偶然事件使我第一次意识到，拥有与众不同的妈妈是很不错的事。

我家住的那条街，有几棵参天大树，孩子们喜欢沿着树爬上爬下。如果一个妈妈逮到哪个孩子爬树，马上就会引来整个街区的妈妈们，然后是异口同声地呵斥："下来！下来！你会摔断脖子的！"

有一天，我们一群孩子正待在树上，快活无比地将树枝摇来摆去。刚好我妈妈路过，看到了我们在树上的身影。当时，大伙儿都吓坏了。"没想到你还能爬这么高，"她大声冲我喊，"太棒了！小心别掉下来！"随后她就走开了。我们趴在树上一言不发，直到妈妈在视野中消失。"哇！"一名男孩情不自禁地轻呼。"哇！"那是惊讶，是赞叹，是羡慕我拥有这样一个与众不同的妈妈。

从那天起，我开始注意到，同学们下午放学回家的时候，总喜欢在我家逗留一段时间；同学聚会也经常在我家举行；我的伙伴们在自己家里沉默寡言，一到我家，就变得活泼开朗，跟我妈妈有说有笑。后来，每当我和这些伙伴遇上成长的烦恼时，总愿意向我妈妈求助。

我庆幸自己是妈妈的女儿，我终于喜欢上了妈妈的与众不同，而且为有这样的妈妈感到十分自豪。

关于一只熊猫的爱的碎片

颜歌

自行车上的歌

是他教我唱歌的。坐在他破旧自行车的前杠上一起穿越整个小镇回家，然后我们唱歌，啦啦啦，啦啦啦，不成调子，但声音洪亮。我毫不怀疑，有一段时间我们成为小镇中除拾破烂儿的张二外，另一对最受人瞩目的疯子。唱的都是一些古老的歌曲，多年以后我甚至羞于在人前唱起，或许也忘记了是什么歌曲。但是我始终记得这个：我们两个一起唱歌，大声唱歌，无比欢愉，没有烦恼。

某一年的十二月三十日，我们在回家的路上遭遇了本镇规模最大的一场堵车。我们从南街跑到北街，穿越每一条可能的小巷，但是哪里都被堵得水泄不通。于是他丢下自行车，把我举在脖子上，从人群中一步步地挤出去——我被高高举起来，只能俯瞰那些人群。就这样，突出重围。

多年以后，我们依然会一次又一次地谈起那一天。十二月三十日。本镇规模最大的一场堵车，我毫发无损，而他狼狈不堪地挤破了一件衬衣。

旅途中的汗衫

他很胖，缺乏运动，就像一只养尊处优的熊猫。每一个假期，我们都会一起经历一场狼狈的旅行。一般是夏天，他穿同一件汗衫，必定是从当地买来的很丑的纪念文化衫。衣服湿了又干，干了又湿，臭得任何人都避而远之。

有一年长江涨水不通航，我们被迫流落到武汉。那真是我记忆中最为炎热的夏天，我一直躲在旅店里面吹空调。他一次次跑出去，烈日下面的大胖子，问火车票，问飞机票，问什么时候通航。

最后还是去了黄鹤楼，被他拖去的。他爬到楼上突然诗兴大发，旁若无人地开始大声朗诵诗歌。他念起诗歌来的时候，就以为自己是李白，小眼睛在厚镜片后面闪闪发光，不管别人惊讶的眼光，也不管我尴尬得想要跳楼。

后来终于回家了。挤在一列装了不知道多少人的火车上，我累得要死，靠在他身上一路大睡。半途醒来，看见可怜的“熊猫”大汗淋漓地睁着小眼睛给我打扇。我问他，你要睡吗？他笑着说不，我不困。

试卷上的小意外

现在我要很羞愧地谈到他的职业，他就是出语文考试卷的人。我必须承认这真是我童年的一个噩梦。每次期中或者期末语文考试，我必定早早交卷一路狂奔回家，免得被我愤怒的、可怜的同学撕成碎片。

他经常出人意料地在试卷上搞一些比如梨花什么时候开、哪里的小麦先成熟之类的天怒人怨的语文考试题目。我回去骂他，他就嘿嘿一笑，他说这都不会，这是生活常识。

那时候，我常常想他要是不出题了多好。现在，我依然这样想，特别是当我看见他在深夜一两点还坐在电脑前面一支接一支地抽烟的时候。有时候，我问他为什么要接那么多工作，他装得很高尚地说，我不接工作，怎么赚钱，不多赚钱，你怎么买衣服臭美。

他居然把我描绘得如此卑劣，我很愤怒。于是，我常常坐在他旁边像特务一样监视着他，直到他终于投降上床睡觉。

错位的礼物

他是一个总体来说很抠门的男人。据说当年和我妈谈恋爱的时候，只给她买过一枚七分钱的毛主席徽章。这让我一方面为我妈不值，另一方面又疑惑他对我一贯的慷慨，是否包含了某种不可告人的恶毒目的。

很小的时候，他给我买过一个芭比娃娃，忘记多少钱了，反正很贵。我很喜欢那个娃娃，每天放学都绕路到商场去“瞻仰”。他发现了，就买来送给我，感动得我在很长一段时间内，说起这事就要眼泪汪汪。

但他显然没有对我的礼物抱以同样的感激。我卖稿子赚了钱就给他买衣服。某一段时间，我狂热地喜欢给他买一个北欧牌子的男装，因为模特穿起来很帅。他总是狂喜地接过去，但穿了一次就束之高阁。每次我看见他又把他穿了“几万年”的破衣服穿出来，就很愤怒地问他为什么不穿我给他买的那些。他闪烁其词老半天，最后终于对我吐露那些衣服没有口袋。没有口袋哪里放打火机？他说得理直气壮。

他给我另一种礼物就是书。无论他去哪里出差，都会去当地最偏僻的角落给我买很多盗版书回来。然后献宝一样翻给我看，配以详细的说明解释。有一段时间，我写一个关于西晋的长篇小说，他就到处去给我买中国古代民俗服饰之类的怪书。奇丑的封面，怪怪的味道，粗糙的纸张，都是我最厌恶的盗版。但是，很有用。

他出差的时候还会偶尔给我买些衣服。就像我给他买的衣服好看得他不敢穿那样，他给我买的衣服难看得我从来都不敢穿出去。偏偏他就会一次次问我，你怎么还不穿，你怎么还不穿。我只好拍马屁地对他说，我要等到一个重大的好日子穿。

然后就像每一个故事一样，这个重大的好日子在本世纪结束之前都是不会到来的。

一个秘书的理想

他的另一个工作就是当我的秘书。这份工作包括：把我所有的手写稿打到电脑上去和改错别字、标点；收集关于我的所有的资料——这一点我觉得他过分婆妈——用一个一个文件袋装起来；把那些需要寄的合同、身份证复印件，还有别的杂七杂八的东西寄出去；在我写稿子到心情不好的时候，好言相劝带我出去，晚上给我做夜宵、端茶、送水、削苹果。

作为报答，我会在某一天良心过意不去时洗碗一次。他于是到处向别人夸耀说我洗的碗顶呱呱，厨房干净得他都不敢进去云云。

他对我的所有夸奖，我都是从别人那里听到的。在此之前，我从未想到他会觉得我是一个如此不错的姑娘。这个发现同样让我精神振奋了好几个月。

但时间证明，他和我的审美取向越来越不同了。他从不看完我写的任何小说，也不会看完我推荐给他的任何书和电影。他喜欢的就是端坐在电脑前面，编写各种密卷、正卷，哄骗那些还没脱离苦海的孩子们的钱。

到最后，就像我对他的骗钱生涯抱以极大的愤怒一样，他也对我的写作事业产生了巨大的抵触情绪。他常常对我说，你可不可以不写东西了。接着，他对我讲述他的愿望，那便是我安稳地大学毕业，找一份稳定的工作，然后嫁一个好男人——像他那样的好男人，他强调——每个星期回家看他一次。然后，他还像任何一个封建迷信的老太婆那样，对我细细列举那些死于非命的写作者，他说不是每个文学青年都可以安享天年的。快回头是岸！

爸爸，我爱你

妈妈生病以后，他在医院走廊隐秘的尽头，像一个孩子那样号啕大哭。那时候，我抱着他胖胖的身体拍他的肩膀，就像我还是一个孩子时，他常常安慰我的那样。我没有哭。是的，因为他哭了，所以我没有哭。我只是抱着他，告诉他说，一切都会过去的，一切都会好起来的。

就像那些共同回忆中的旅程，爸爸，我向你保证它们必然会继续下去。我会和你一起走遍所有我们能去的地方，新疆、西藏、普罗旺斯，任何你想要去的地方。

他造就了我的一切恶习，比如好吃懒做、生活邋遢、买盗版书，总是想要不停地跑出去受罪烧钱。他也帮助我形成了一些美德，比如尊重、平和、宽容，最重要的，就是如何去爱。

而这些，都是写给我的父亲，那个我最爱的男人。无论如何，我想要尽我所能，让他成为世界上最幸福最快乐的一只熊猫。

憨憨的继父

张军花

从“小犯人”到继父的宝贝

父亲的概念，一度跟痛苦绝望联系在一起。

在河北省那个偏僻的小村子，我的无忧无虑的童年，就因父亲的突然入狱而告终结。那年，我才4岁，眼睁睁看着父亲在家里被警察带走。他脚步踉跄面色苍白，回头看着我和仅仅1岁的弟弟，满脸是泪。

家里已经是山崩地裂，母亲搂着我们，蹲在门槛边痛哭失声。父亲因误伤他人被判刑8年，从此我和弟弟的生活变得暗无天日，受尽了村里孩子的白眼和谩骂。“小犯人”成了我们的绰号。在学校我们被孤立，回家的路上又常遭到偷袭，被一些野孩子打得鼻青脸肿——趴在渗透着青草味的泥土里，我哭着大喊，爸爸，快回来啊！

3年过去了，我们渐渐习惯了没有父亲的生活，甚至忘记了父亲的模样，他却突然回来了，是被人用担架抬到自家炕上的。在例行的体检中，父亲被检查出“肝癌晚期”，回家作最后的团聚。不久，这个病入膏肓的男人撒手西去，撇下了悲痛欲绝的母亲和懵懂无知的我们。白天，母亲强打精神下地干活儿，给我们姐弟做饭洗衣，晚上却精神恍惚，缩在那间年久失修、透风漏雨的旧房子里，整夜发呆。

父亲去世后一年，有人替同村的张福朋提亲，经不住三番五次的劝说，也为了让我和弟弟有个照应，母亲答应了这门亲事。

于是，母亲选了个好日子，就带着我和弟弟搬出了即将倒塌的旧房，住进了张家。

张福朋是老光棍了，这个强壮、高个子的男人，从小就是孤儿，成人后也不善与人交往，憨厚到有些木讷，一直找不着媳妇。结婚那天，他穿得很光鲜，看见我们就嘿嘿地笑，看见母亲就把头低下，腼腆得像个大姑娘。

我们看他红着脸傻笑，觉得很有意思，也朝他身上丢花生和瓜子，跟旁人一样起哄。

真正开始一起生活，母亲和我们都感到了久违的幸福。继父多年孤独，特别珍惜这个新家，体贴母亲，疼爱我们，甚至超过了我们的生父。

一次我被人欺负，额头还破了个小口子。继父扛着锄头回来，看见我嘟着嘴巴，就故意装木头人，直着腿和胳膊走路，逗得我哈哈大笑。还有一次，淘气的弟弟爬到邻居家的果树上找果子吃，还是继父给火冒三丈的邻居赔礼道歉。弟弟怕挨打，躲到母亲身后，继父却乐呵呵地说："下次想吃果子，我给你们弄去。别再拿别人的东西，那样不好。"

继父从不打骂我们，而且有好吃的，一准儿给我们留着。我和弟弟渐渐忘记了丧父的不幸，每天背着小书包，昂首挺胸地去上学。继父刷新了父亲的定义，重新给了我们幸福时光。

继父成了我们唯一的亲人

两年一晃而过。

那天，我正在教室上课，突然被班主任招呼出去，沉着脸让我赶快回家。我心跳加速，飞快地跑回家，在门边就听到继父压抑的哭声。

母亲去世了！上午她在田里突然晕倒，在送往医院的路上就咽了气，没有留下只言片语……我扑上去抱着妈妈，摸着她不复温暖的脸庞，被一种天塌地陷的恐惧和绝望包裹着，不由放声痛哭。

母亲走了，我和7岁的弟弟该如何面对以后的生活？继父还会要我们吗？不知道哭了多久，我迷迷糊糊地睡着了，醒来时，我已经被抱到了床上。继父红肿着眼睛，守在我身边——他神色憔悴，仿佛苍老了许多。

料理完母亲的后事，继父习惯沉默，我和弟弟也变得小心翼翼，看着继父的脸色生活，害怕有一点点过失就会被遗弃。继父很快发觉了我们的变化。一天吃完晚饭，搁下碗筷，他看着我和弟弟认真地说："孩子，你们的爸妈走了，我就是你们的爸爸。我们一直是一家人，我不会不管你们的。"弟弟哇地哭了。继父一边用粗糙的大手给弟弟擦眼泪，一边尽量轻柔地说："你们只管好好学习，别的我来想办法。"

我拉着弟弟，泪流满面地跪在了继父的面前。继父一把将我们紧紧搂进怀里。

以前，都是母亲照顾我们的饮食起居，现在都由这个大男人负责。每天继父起早贪黑，忙里忙外，要给我们准备三餐饭，还得去地里忙活，完了去附近的集市卖菜。他给我们准备饭菜很精心，自己却只带个冷馒头，就着老咸菜和凉水填饱肚子。

傍晚收摊回家，继父还得帮我和弟弟洗衣服，包括缝扣子、补袜子，我有时想帮忙，他大手一挥："去，写作业！"晚8点继父还要赶到邻村的铁器加工厂打晚班，10点多才能回家。以前他一个人吃饱全家不饿，现在我和弟弟的学费成了他最大的开支，他不得不拼命干活儿。我和弟弟也很懂事，成绩都是名列前茅，继父一拿到成绩单就呵呵地笑。

那晚刚下过大雨，没有月亮，一颗星星都不亮，继父一直没有回来。我和弟弟都不肯睡，倚在大门口，打着手电筒，射向他回来的小路，苦巴巴地等着。时间拖泥带水，走得特别慢……

"爸回来了！"弟弟突然高呼，飞一般地奔了过去。是继父，正一瘸一拐地走过来，衣服沾满泥浆，破了的膝盖还有鲜血渗出。我心里一酸，眼泪夺眶而出。

继父进了屋，弟弟端来了温水，我边擦拭他膝盖上的伤口，边轻轻呵气。弟弟问："疼吗？"继父摇头，感慨地说："前些年也掉到山沟里过，回家孤孤单单的，伤口真疼。今天一点都不觉得，有儿女就是好啊。"

继父说得轻描淡写，却让我想哭。是为了我们，继父才去邻村打工，才会不顾天黑路滑急着赶回来……其实，我们是他的累赘，他却让我们感觉，我们对他是那么重要。

委屈了你们让我心疼

我和弟弟相继升学，继父从不短我们的吃穿和学费，自己却长年累月穿粗布衣裳，吃干饭酱菜。而且继父一直形单影只的，虽然有人提亲，但女方都觉得我家负担重，扭头就走。

"这样也好，省得新妈进了门，委屈了你们让我心疼。"继父笑得憨憨的，"咱们一家人不是挺好的吗？"

有一次，我拿一直节约的钱，买了几只香蕉带给继父。继父舍不得吃，等我下周回来，他从柜子里拿了出来，说："你吃，我留着呢。"香蕉皮已经皱了，枯了，满是黑点。一抬头，看见继父鬓边的白发，那耀眼的白刺得我心疼……继父咳嗽着又递给我下周的生活费，全是零票。

"您总咳嗽？胃病呢？好点了吗？"我问。继父不以为然地说："人老了，哪能没病？"

看着他消瘦的背影，我特别内疚。如果不是长年劳累，继父那么健康的汉子，怎能……干脆，不读书了，为这个家减轻负担。

那个周末，我郑重其事地开了口，想放弃中考。正在清理农具的继父停了手，坚定地摇头："不行！我不同意！""爸爸，我可以卖菜、打工，挣钱供弟弟上学，也让您轻闲下来。这些年，您太累了，都是我们拖累的啊。"

继父垂下脸说："我要是嫌你们拖累，早就嫌了。我也是孤儿，我知道没爹没妈的苦……听爹的话，好好读书，这就是最好的报答。"站在继父面前，我久久无语。

那年中考，我考上了市里的一所中专，如今已经毕业，工作不错，弟弟也以优异的成绩考上了大学。

继父却过早地衰老了，近20年啊，全凭几亩田抚养没有丝毫血缘关系的子女，这份胸怀，这份艰辛，村人皆知。隔壁的老奶奶就说："你爸怕是上辈子欠了你们姐弟俩的债，今生要当牛做马地来偿还！"

继父听了还是一笑："孩子们是我的福星呢，人生在世，最怕活得没有牵挂啊。"

命运对我和弟弟格外残酷，童年就父母双亡；命运却又在补偿我们，让憨厚的继父陪在身边，用他坚实的臂膀、宽广的胸怀，为我们姐弟撑起了一片无雨的天空……

谁让你来温暖我

环配叮当

一

宝贝，我是先爱上你，后来才爱上你爸爸的。

记得很清楚，那天我在街心公园坐了一下午。我刚刚结束了一场8年的恋爱，分手不久我发现自己怀孕了。那天，医生提醒我，因为身体原因，如果不要这个孩子，以后可能没机会做母亲了。

坐在冰凉的石凳上，我不知以后的日子该怎么过。

就是在那时看到你的，你一边哼哼唧唧地哭一边叫着“爸爸”。我看了你一眼，没有理会。半小时后你又哭着从远处走过来。这片新开发的小区，街道和房子都差不多，看来你是迷路了。

你停下来望了我一眼，“哇”地大哭起来。我问你是不是迷路了。你这个倔犟的小家伙，什么也不肯说。我试着打动你：阿姨生病了，阿姨住那个楼上，你能不能送我回家？

你望望我，点了点头。帮你脱下外套时，我看到了你脖子上挂着的金属牌子，心里明白了你离家出走绝不是第一次。那天晚上我煮了一大锅排骨面，跟你一人吃了两碗，洗过澡，我让你在客厅的沙发上睡下了。确认你睡着后，我拨通了你爸爸的电话。

二

两年前你妈妈因病过世，你爸爸做生意，顾了这头顾不了那头，只好请保姆看护你。你以为爸爸不爱你了，脾气开始变得倔犟，稍不合意就离家出走。

对我，你爸爸很坦白，他之所以与我交往全是为了你。你除了爸爸谁也不亲，竟然喜欢陌生的我。后来你爸爸爱上了我，我就成了他的妻子。

问你为什么喜欢我，你说我像你妈妈。为这话我特意找了你妈妈的照片研究，结论是我和她毫无相像之处。你一点也不在意我的看法，坚持说像。

我们一直生活得很幸福。有了我的关爱，你变得开朗了，不再抗拒爸爸送你回外婆家。有一次你从外婆家回来后，闷闷不乐的，老是趁我不注意偷瞄我的肚子。晚上洗澡我帮你搓背，你问我，妈妈，你要是有了自己的小孩子，是不是就不喜欢方方了？我说不会。你激动了，骗人，外婆说每个女人都只爱她自己的孩子，不会真正喜欢别人的孩子。

那天晚上我问你，如果告诉你一个秘密，能不能保证不跟别人说。你先是不解，接着很兴奋，催我快说。我说我是个不能生孩子的女人，所以才会嫁给你爸爸的。你“哦”了声，原来是这样啊。我说是啊，如果方方不保守秘密，让爸爸知道的话，爸爸会不要妈妈的。你一脸认真，我不会说的。过了会儿，你又确认：是真的吗？

那天晚上你兴奋地在房子里跑来跑去，翻跟斗，大声唱歌，故意调皮捣蛋，你爸几次忍不住想揍你，我拦住了。

那年，你 7 岁，我 27 岁。

三

方圆的到来完全是意外的惊喜。婚后我一直没采取任何避孕措施，反正我不能生育了。没想到你 12 岁那年，我意外怀孕了。每个人都为我高兴，连你的外婆都送来补品，衷心祝福我。

那时还可以做 B 超，知道是个女儿。你爸高兴得像年轻了 10 岁。我们一遍遍逛商店，买回各式各样的婴儿用品。周末，你爸去接你回来，我在家里准备晚餐，想象着你知道自己要有个小妹妹时的惊喜表情，我快活地笑了。

吃饭时你抱怨：妈妈一点也不注意形象，白天也穿睡衣。你爸笑了：你妈穿的是孕妇裙，你要有个小妹妹了！短时间的迷惑后，你的脸色沉下来，冷冷望向我：是真的吗？忽然记起有个晚上你也跟我确认过一件事，也是问——是真的吗？

骗子，你说。眼睛直直盯着我，里面的寒意哪像是一个 12 岁孩子能有的。我目光瑟缩，你反而笑了。难怪你们要把我送到寄宿学校，说什么教学质量好，原来是这样。没等我解释，你摔下筷子回了房间。

那天怎么敲门你都不开。怎么解释是意外，你都不信。

你爸很生气，让我别管你。说是等孩子出生了，你看到妹妹就好了。我还是担心，第二天买菜回来，父子两个正在打架，你哪是爸爸的对手，我忙去拉开。

婴儿房一片狼藉，能砸的都砸了，小枕头、小被子丢了满地。不用说都是你干的，我终于明白自己在担心什么了，如果我要女儿，那么将失去儿子。

我决定放弃女儿。瞒着你爸独自去了医院。没想到体检后，医生说我的体质不适宜做人流手术，回家后我哭了又哭，不知该高兴还是该伤心。晚上，你爸知道了，抱着我，从不轻弹的男儿泪落了我一脸，他说太委屈我了。

我不怕委屈，只是妹妹还在，我怕你终不能释怀，我怕真的失去你。

四

然而还是失去了你。

那天以后，你再没有叫过我一声“妈妈”。你哪里知道，之所以让你去寄宿学校，是因为你从小孤僻，我们怕你长大不合群，不能融入社会。你去学校的第一个星期，每个晚上我都要去你学校，在远处看着，直到你们寝室熄了灯才肯回家。

我放在书桌上的零用钱，你从来不动。我给你买的衣服，你看也不看。我跟你讲话，你总是把头扭到一边。无奈，我只好把钱交给你外婆，让她给你零花钱，给你买衣服，请她多关心你。

妹妹出生时，我既心酸又骄傲。孩子，你哪里懂得一个做母亲的心啊！

妹妹很可爱，白白胖胖，逗人喜欢。感谢你的外婆来帮我，她把妹妹抱给你看，要你抱抱，你既不看也不抱。

我知道你是爱妹妹的，那些不理不睬都是装出来的。妹妹半岁时，有一天我在客厅听电话时，妹妹醒了大声地哭，我知道你在家，故意跟朋友聊个没完。妹妹哭了十来分钟，我忍了又忍不去看。终于，她的哭声停止了。孩子，你知道吗？我在门外看见你抱着妹妹做鬼脸时，有多么欣慰。

高中毕业，你闹着要去南方打工，说是不考大学了，要自立。那是唯一的一次，我狠狠打了你一巴掌。你质问：你凭什么打我？我说：就凭你以前说过我像你妈。

五

这一巴掌把你打进了大学。可是，大学四年，你再也没回过家。听着你妹妹跟你通过电话跟你见过面后说哥哥这样哥哥那样时，我总是握紧了右手——那是当年打过你的手。

时间过得真快呀，一晃你带着女朋友回家了。你的眼光不错，选了个好媳妇。那天在厨房帮我做菜时，她说：谢谢你，妈妈。

一定是窗外的阳光晃眼，我眯了眼睛，眼泪流下来。

后来你们在外地结婚成家，一年后有了女儿。我带你妹妹去贺喜，你抱着女儿，大概是想交到我手上，想了想，还是交给了你妹妹。妹妹说孩子的眉毛眼睛跟你一模一样，我讨好地说女儿像爸爸好，有福气。你望望我，想说什么，终归没说。

后来，你把女儿交给我带，直到满两岁你接她回去上幼儿园。你随孩子叫奶奶，不叫妈。

昨天是你妹妹的婚礼，家里贴满喜字，装饰一新。你们也回来了，你媳妇帮我忙里忙外，孙女追着小姑进进出出，亲友们都来道贺，你爸高兴得合不拢嘴。

早晨喜车接走你妹妹，吃过午饭，亲友们都散了。想着昨天的欢喜，今天的凄清，我很伤感。你也要走，我知道小孙女要上学，你们要工作，都耽误不得。可我多么希望你们能留下来，哪怕只多留一天。

我擦地板，收拾屋子，想着小鸟一样远走高飞的儿女，想着你们都幸福，很想能笑一笑。

有人敲门，没想到是你站在门外。原来，你们在机场候机时，媳妇说起她的妹妹出嫁后，母亲哭了一整天。你若有所悟，把她们送上飞机，你却没走。

那天晚上，你说打电话跟妹妹商量过了，让她度完蜜月就搬回家住。你说，这样妹妹不用花钱租房子，你们也有人做伴。你还说，妈妈，养儿方知父母恩。

宝贝，你终于长大了。

给儿子一个骄傲的背影

戚祥浩

他是那种连阵风都能吹走的小老头，可工地还没开工，他便三番五次地找到我。花生、番薯提来了一袋又一袋，还打来了村里的特困证明，让我无论如何给他一样活儿干。我拗不过他，只好将负责看管搅拌机的差事交给他。

他对我连声道谢，然后，扭头跑回村子。那时候，我正打算向他介绍搅拌机的操作方法，他居然不听我一声解说，就走掉了。正在我气恼的时候，他又回来了，身后还拖着个脸蛋红红的小男孩。他老远便指着我身边的搅拌机大喊：这是爸爸要开的机器！

我大吃了一惊：这老头居然有这么小的儿子！但很快想到这是在农村，晚年得子的现象多着呢，何况农民都显老，看起来像个小老头的他说不定只有 40 来岁。

小男孩不知什么时候蹿到搅拌机边，将整个脑袋探进搅拌机内。我惊出了一身冷汗，大声斥责孩子。孩子躲到一边后，我又开始训斥他，怎么将孩子带到工地上来，要知道工地上处处充满危险！他跟儿子一起低下了头，好半天，才嗫嚅道：我只想让儿子开心一下，爸爸终于找到工作了！我懒得听他解释，冲他摆摆手说，我来教你怎样开搅拌机吧。

他很快学会了怎样操作搅拌机，在搅拌机的轰鸣声中，他儿子挥舞着小手喊：爸爸，好厉害！我看见他笑了，脸上的皱纹拧成一块块，还露出了蜡黄的牙齿。距离开工还有两三天，可他几乎是次日一大早就来到工地上了，拿着一块抹布，一点点地抹去搅拌机上的水泥灰，有些硬块抹不去，他就用指甲一点点地抠掉。我说搅拌机上的水泥灰就不要弄了，反正一开工就又脏了。他却嘿嘿地笑着说，他要给儿子一个惊喜：昨天还是旧机器，今天就变新了。望着认认真真清洗搅拌机的他，我忽然不知说什么才好。

工地开工那天，他竟然穿了件崭新的衣服来。启动搅拌机没多久，四处飞扬的水泥灰，就在新衣服上厚厚地蒙了一层。一转眼，他就跟其他工友没啥区别了。他显然发现了这一点，赶紧腾出一只手拍打身上的水泥灰。我从工地的一侧转到另一侧，回来时，看到他的那只手还在拍打身上的水泥灰。

紧挨着工地的是一所小学，尽管隔了用铁片搭成的围墙，校园里的嘈杂声还是清晰地传来。每当上下课的铃声响起，他都要情不自禁地用手拍得更加紧促。看管搅拌机，原本挺轻松的活，他却累得满头大汗。我知道他是被那只不停拍打的手累的——他既然怕弄脏新衣服，为什么又穿着它来工地；新衣服脏了洗洗就可以了，这样不间断拍打，再好的衣服也容易坏呀！

铃声又一次响起，工地外面传来孩子放学的嬉笑打闹声，他忽然触电般脱下新衣服，使劲地甩了两下，然后迅速穿回到身上。他那件被抖落水泥灰的衣服，看起来又跟新的一样了。然后，我听见一个甜甜的童音传来：那个穿最漂亮衣服的人，是我爸爸；接着又传来另一个孩子的声音：你爸爸是不是这里官最大的？循声望去，在两片铁片的缝隙中，探着两个小脑袋，其中一个正是他的儿子。

我看见笑意漾满了他的嘴角。原来他拍打了一个上午衣服上的水泥灰，只想留给儿子一个干净的后背，只想让他的儿子在小伙伴面前能多少拥有些骄傲！

儿子哼着歌儿走远后，他才像忽然记起了什么似的，赶紧用另一只手去揉那只一直拍打衣服的手，边揉还边吁吁地喘气。我忍不住说，你儿子真可爱。他忽然间涨红了脸，他说儿子其实是抱养的，可小家伙一定要喊他爸爸，怎么教都改不了口。他又接着说：我上了年纪，干不了重活，以后你这边负责看管搅拌机的活都交给我做好不好，我多少要给儿子留些钱啊！

我使劲点头，那一刻，我的眼泪不可遏止地落下。

用爱喂养的梦

佚名

他出生的那个年头，村前原本郁郁葱葱的树木，全都做了和尚——树叶子早被饥饿的人们苦涩地咽在了肚子里。或许是因为营养匮乏，反正和他同龄的孩子都遍地跑了，他还是不能站起来走路。

又过了几年，他终于离开了母亲搀扶他的那双手，但也没能和两个哥哥那样在田野上撒欢儿般地奔跑——他的右腿是跛的。

贫穷的屋檐下，从有记忆开始，他觉得父亲好像就没正眼看过他一下。他7岁那年，13岁的大哥已能在坡地里轻松地推起载满地瓜的独轮车，11岁的二哥也已能担起两箩筐粪。在食物匮乏的饭桌上，偶尔出现几次令他馋涎欲滴的面食时，幼小的他却从未敢伸过手，虽然母亲一再地递给他。他盼望有一天，父亲能像递给两位哥哥那样亲手递给自己一个面馍，而父亲的大手却永远只递向两位哥哥。

那年的冬天特别冷，雪一连几天下个不停，铺天盖地。院子里，他家“最贵重的财产”——那头大黑羊却立在皑皑白雪里“咩咩”地叫着，痛苦地生产了。

大黑羊一连生下了3只小羊崽，其中有一只却是畸形的——有一条腿没有蹄。鲜红的雪地里，满头大汗的父亲提起腿部畸形的小羊崽，淡淡地对母亲说，扔掉吧，成不了材的，况且，留下来恐怕老羊的奶水也不够！

穿着哥哥们传下来的宽大的破棉袄的他，一直瑟缩在父亲的身后。听到父亲说要扔掉小羊，他急忙抢到父亲的面前，苦苦哀求着父亲，说，少脚的小羊会长大的，再说，它也不一定会长得比那两只瘦呀。

那天，父亲没有像往常那样对他粗暴地大吼大叫，而是沉默了许久，静静地将小羊留了下来。

晚上，“丰盛”的饭桌上，炖好的大黑羊生产后留下的胎盘，父亲破例递给了他一碗最多的。

以后的日子，饭刚吃了一半儿的他，常常揣起一块煎饼或者菜饼之类的饭食就去打草，他说饭在路上吃；深更半夜里，他常以去院子里大解为借口，披着破棉袄为那只腿部畸形的小羊偷偷加夜餐——淡淡的月光下，他像喂孩子似的将白天从自己口中省下来的饭食，一口一口地嚼碎，细心地喂给跛脚的小羊。日子一天天过去，几只小羊渐渐地长大了。正如他所说过的，那只腿部畸形的小羊果然不比其他两只瘦，整天活蹦乱跳的。此时，他发现父亲还格外疼起了那只小羊。

有一次，一向不苟言笑的父亲抚摸着小羊笑笑说，这家伙，没想到比那两只长的还大了，还是个母羔儿，不愁熬上几窝羊崽。一旁的他听了心里美滋滋的。

第二年的春天，在家人和村民意料之外的目光里，父亲做了一个“惊人之举”：

将家里的4只羊一并牵到集上去卖。他躲在一边偷偷地流了泪，那只跛脚羊身上有他用心裹着的多少梦啊！

但令他和母亲都没想到的是，父亲只卖掉了3只羊，他将那只腿部畸形的羊又牵回了家。

这只羊人家“南集羊肉馆”不要，父亲说。可是，卖给宰羊的又不是卖给户里养羊的，人家怎么会不要呢？

更令他们预料不到的还在后头，一段时间后，父亲用卖那3只羊的钱把他送进了“东庄小学”。一直以来，包括他在内的村里人早就认为，这个家里上学的资格在他二哥身上。因为二哥最能干，人又机灵。

父亲的这一举动，令村里人大惑不解，同时，也令他感到震惊……

时光荏苒，十年寒窗后，他听从了父亲的建议，走进了一所市里普通的医校。这是父亲对他学业的唯一一次过问。

后来，他学医所在的城市里便多了一个最有名的医生，这个医生的右腿是跛的。

再后来，他成了省城里在国内医学界最具权威的一所医学院的院长，他的医学论文多次在业界引起轰动……这年中秋，他特地从省城赶回乡下老家与年迈的老父亲团聚。

那夜，皓月当空。红酒与月饼香飘四溢的酒桌上，他与满头银发的父亲对饮着。这时，院子里忽然跑进来几只活蹦乱跳的小羊，是当年那只跛脚羊的后代，那只跛脚羊早已死去多年。他曾听母亲悄悄地说过，当时那只老羊死去时，父亲的眼圈红红的。

面对这几只活蹦乱跳的小羊，他啜了满满一口酒，咽下，对父亲说，爸，你知道当年那只跛脚羊为什么会比其他两只肥吗？

父亲淡淡一笑，还不是当年你半夜出去为它偷偷加了口粮。

他一下子愕然了，多年来这一直是他心中的一个秘密啊！

父亲用手摸了摸嘴，接着说，当年半夜起来小解，月光下，知道了你小子给那只跛脚羊开起了小灶；那年集上怕卖掉它伤了你的心，所以就又把它给牵回了家；你升学时，觉得你做事心细，暗地里又有股犟劲，当年对只羊就那么好，何况对人呢，就建议你从了医……

泪，“刷”地一下淹没了他的面庞，他突然明白，自己，原来竟是父亲心中一直用爱喂养着的一个梦啊！

母爱给了我力量

刘蓉　编译

一

35 岁的希尔弗是澳大利亚一位民间艺术家，她和丈夫杰佛生活在澳大利亚中部城市艾利斯斯普林斯市郊的一幢乡间别墅里。2000 年春，希尔弗怀上了第一个孩子，11 月 27 日，离希尔弗的预产期还有一周的时间，杰佛上班前告诉妻子，他今晚公司有应酬，可能不会回来。

快到中午时，希尔弗给附近一家比萨饼商店打电话预订一份水果馅饼。40 分钟后，比萨饼送到了，开车的是店里的送货员汉特。突然，希尔弗感到腹部一阵剧痛，紧接着又是一阵剧痛，可能自己要生了，希尔弗咬紧牙关坐了下来。

汉特猛然注意到希尔弗脸色苍白，额头上汗珠直冒，赶紧问道："夫人，您什么地方不舒服？"希尔弗忍着疼痛说："孩子恐怕要提前出生了，我必须到医院去。"汉特赶紧搀扶着希尔弗走出家门，汉特开的是辆小型厢式货车，他将希尔弗扶上驾驶室的副座，随后迅速启动汽车。

二

汽车沿着蜿蜒的山间公路以 80 英里的时速向前急驶，当汽车行驶到一半路程时，希尔弗的羊水破了，她不由得痛苦地叫唤一声。从未见过如此情景的汉特听到希尔弗叫唤声，心里一紧张，方向盘失去了控制，车子径直朝一条长满灌木的峡谷冲去。

汽车扫过一大片树林和草地，一头栽到谷底。不知过了多久，希尔弗苏醒过来，惊讶地发现自己还活着，可是汉特被甩出车外，头部砸在一块岩石上，被夺去了生命。希尔弗的右腿被汽车的引擎盖紧紧压住了，根本无法脱身。

刚才的车祸使她腰部以下的躯体暂时失去了知觉，她仍处于即将分娩的状态中。当希尔弗朝四周看看后，不禁出了一身冷汗。原来卡车是在斜坡上冲了好几百米后才跌落到这个峡谷的，根本没在道路旁留下事故的痕迹，而周围密密麻麻的灌木丛又完全将事故现场掩盖住了。

平时这条公路行驶的车辆就很少，即使有车辆经过，也很难有人会发现在这深深的峡谷里发生了一场重大车祸。希尔弗陷入深深的绝望中，她想，看来自己必须独自将这个孩子生出来了。

三

希尔弗的父亲曾是个产科医生，希尔弗当过父亲的助手，亲眼目睹过父亲接生和动手术的情况。她判断孩子很快就要出生了，她开始有意识地用力，可她发现，由于下身麻木，她根本使不上劲。

一直到晚上孩子仍未降生，也没有营救人员出现，而此时，车祸前的那种阵痛又慢慢地回来了。整整一晚上过去了，希尔弗都在这种痛苦中煎熬。当新的一天的太阳照亮东方地平线时，希尔弗的心里又重新燃起了希望。

她努力调整身体的姿态，尽最大的可能用力，然而直到下午，孩子仍没有生出来。此时，希尔弗已精疲力竭，她的身体因出汗过多而接近虚脱，她感到靠自身的力量已不可能让孩子自然生产了。

她想到了父亲当年曾教给她的：产妇无力将孩子生出时，应该立即施行剖腹产，进行剖腹产！希尔弗被这个想法吓了一跳，她不知搜救人员何时才能找到她，可如果错过了时机，孩子的生命都会有危险。终于，一种强烈的母爱使希尔弗下了决心：给自己做剖腹产！

四

可是，到哪儿去找做手术的工具呢？她知道，在每辆澳大利亚车上，都应该有一个医疗急救箱，终于，她在驾驶室的座位下找到了那个箱子。她打开箱子，里面有碘酒、绷带、纱布、缝合伤口的针线，但是却没有最关键的东西——手术刀，也没有麻醉剂和针头。

希尔弗几乎痛哭起来，难道命运真要将自己逼上绝路吗？为了孩子，她不能放弃希望！终于，她在汽车仪表板的一个隔间里找到了一把切比萨饼的圆盘形状的刀子，然后，她闭上眼睛，竭力回忆当年目睹父亲做剖腹产的一些细节。

她知道，关键是要找准位置，其次是避免割到动脉，如果造成大出血，她是没有办法止血的。希尔弗将纱布准备好，用碘酒将刀子和腹部消了毒，然后咬紧牙用刀子划破肚皮，判断着腹部各器官的位置，最后，她小心翼翼地划破了子宫。

令希尔弗意想不到的是，先前麻木的下身此刻突然恢复了知觉，一阵阵撕心裂肺的疼痛向她袭来，她的双手浸满了鲜血，这是最关键的时刻，她告诉自己一定要挺住！终于，她摸到了那个温热的小生命，她赶紧将婴儿连同胎盘一起拉出体外。“哇”——让人心颤的哭叫声顿时让这位鲜血淋漓的母亲激动得热泪盈眶。紧接着，希尔弗迅速用针线将子宫和腹部缝好，将纱布紧紧缚在腹部，又将婴儿的脐带割断、包扎好，她将孩子紧紧地抱在胸前，并用自己的衣服包护好，随后因失血过多昏过去了。

五

前一天晚上，未能赶回家的杰佛给家里打电话一直无人接听，他赶紧给他们常去看病的医院打去电话，院方说她的妻子并未前来就诊。杰佛当即连夜赶回家，妻子不在家。突然，他看到了厨房桌子上尚未食用的比萨饼。

杰佛又给比萨饼店里打电话，得知送货的小伙子也一直未回来。杰佛猜测，也许妻子因提前分娩而坐上了汉特的车，难道出了车祸？杰佛当即报警，警方连夜展开搜寻，但未找到任何线索。第二天，警方动用了几条警犬，到天快黑时，一条警犬终于找到了失事地点。

当搜救人员找到希尔弗时，她已昏迷快两个小时了。让所有人都目瞪口呆的是，在她浑身是血的怀抱里有一个小生命在蠕动。人们当即将母子俩送进医院，在医护人员的急救下，母子平安。

令人惊讶的是，希尔弗除了有一根脊椎受到创伤和身体虚弱外，其他都良好，她那条被压伤的腿居然也保住了。希尔弗一夜之间成了澳大利亚最著名的母亲。当记者问她是什么力量让她在危急关头断然采取如此勇敢的行动时，她说：“是母爱给了我力量。”

父亲的眼泪掉下需要多长时间

红颜添乱

一

我 6 岁那年，父亲去了上海的一个建筑工地打工。父亲第一次看到了繁华的南京路，看到了我们那个小山村与大上海的巨大落差。父亲想让自己的女儿以后有出息，能到大上海，能过上幸福的日子。父亲悄悄握紧拳头，暗暗下了决心：不管以后多苦多难，一定把女儿供养出息。

为了赚更多的钱，父亲打算去山西大同下煤窑当矿工。结果，刚下火车就被骗了，被人领进了一个黑砖窑。砖窑三面环山，唯一的出口处，拴了两条大狼狗，还有工头看着。父亲与一家人失去了联系。父亲在黑砖窑里干活，一天十六七个小时，吃饭只是馒头和白开水，有时候，能吃点咸菜，睡的是地铺……

后来，这个黑砖窑被人举报，警方抓了窑主，父亲在当地警方的资助下，才回到了家，一家人终于团圆。父亲瘦了很多，他用一双忧伤的眼睛疼爱地看着我，父亲说："爸爸被骗了，本来想出去给你挣以后念书的学费，可是给人家白干半年活，连给你买糖果的钱都没挣到！"父亲越说越难过，眼泪在眼眶里打转，我知道父亲要流泪了，赶紧说："爸爸，我不吃糖果，只要每天能看到你，我就高兴了！"父亲拍了拍我的头，一仰脖子，喝了一盅酒，眼泪就憋回去了。

父亲的眼泪没有落下。

二

父亲在家休息了几天，做了个大胆的决定：他要送我去县城里读书。在一个远房亲戚的帮助下，我进了县城里的一所学校读书。

父亲在县城里的医药市场拉板车。我们租的房子离医药市场不远。一个星期天下午，我写完作业，就到医药市场去玩，我看到父亲坐在自己的板车上等活儿。一辆面包车停下了，从里面走出一个胖子。父亲赶紧迎上去，大声喊："老板，是不是进药，我这有板车！""20 件药多少运费？""6 元！""4 元行吗？"就在父亲与胖子讲价的时候，旁边一个拉板车的赶紧说："4 元，我去！"胖子指指那人，一挥手："就用你的车！"父亲赶紧拦住了那个胖子："4 元，我给你拉！"胖子轻蔑地笑了："不用你了！一边待着去。"胖子边说边用胳膊使劲把父亲扒拉开，父亲一下子摔倒在地，鼻子碰到了旁边一辆板车的车把上。从地上起来后，父亲居然一点也不恼怒，只是尴尬地笑了笑，他甚至都没注意到自己鼻子流血了。

我忍了又忍，才没有跑过去。我知道，如果我出现了，父亲知道我看到了刚才的那一幕，他一定会非常尴尬的。

晚上，看着父亲认真地把白天赚来的钱数了一遍又一遍，我心里非常难受。父亲为了我，真是忍辱负重，任何委屈都无所谓了，他现在就一个心思，挣钱把我供到大学，然后在上海工作。

父亲数完钱，坐在桌子的另一旁看我写作业。半天没听到父亲说话，我抬头偷偷地看看父亲，灯光下，我清晰地看到他眼睛里有亮晶晶的眼泪在滚动，他一脸的忧伤，肯定在回想下午的事情，越想心里越难过吧。亲爱的爸爸，你太委屈自己了。我暗下决心，一定不能辜负他啊。

三

我读高中的时候，因为医药市场周围拉板车的人太多了，竞争很激烈，根本挣不到什么钱，父亲只好放弃了这多年的营生。

父亲租了个露天的摊位卖菜。每天凌晨3点，父亲去蔬菜批发市场进菜，去得早，可以挑选品相最好的蔬菜。

一个冬日，风雪交加，寒冷的北风吹到脸上，像是刀子割人。待在温暖的屋子里，想着风雪中的父亲，我牙一咬就冲出了家门。

风雪中，我跌跌撞撞地来到了菜市场。平时几十家摊位，今天就我父亲一个人出摊，所以生意很不错，摊位前站了好几个顾客。由于戴手套给顾客找零钱不灵便，于是父亲就那么光着一双手，手冻得又红又肿。我对父亲说："别人都没出摊，咱们也回去吧！"父亲没吭声，送走了这拨顾客后，父亲说："傻闺女，别人不出摊，咱们出，才能挣钱！你赶紧回去吧，陪我受冻也没啥意义。"在父亲的苦苦劝说下，我回了家。

父亲一直忙到下午才回到家，不过，他的一条腿受伤了。因为积雪掩盖了路，父亲回来的路上，掉进了马路边一个被盗去井盖的污水井里。幸亏父亲是骑在三轮车上，当前轮陷进去的时候，父亲一下子就被甩出去了，重重地摔在积雪上。

父亲在外面冻了一整天，回到家，手里捂着一个热茶杯，身体还直哆嗦。看着受伤的小腿，听着窗外呼啸的北风，沉默的父亲表情很忧伤，眼睛里渐渐就漫出了泪水。不过，父亲很适时地给自己倒了盅白酒，一饮而尽。

那个时候的父亲艰难地挣钱养家，艰难地挣钱给女儿铺设未来的路，只有喝些白酒，才能缓解身上的压力和内心的忧伤，才能让眼眶里的泪水没有落下。

四

高考后，我填报了几所学校，全部都是上海的。因为那个繁华的大上海有着父亲很多的梦想，多年来，他苦苦地挣钱，也就是想让女儿有能力在这个繁华的都市里幸福地生活……

从华东师范大学毕业后，我进了上海的一家外企工作。几年后，我谈了男朋友，在上海买了房子。结婚以后，我把父母接到了上海。

父亲到了我们家，兴奋地在三室一厅的新楼房内里里外外地看了好几圈。那天中午，在父亲的坚持下，我们没去饭店。全家围坐在一起吃饭，父亲照例要喝点酒。

父亲喝完了一杯酒，叹道："闺女真是争气，你老爸没有白吃苦，总算把你供养出息了！"说完，眼泪就掉了下来……

从黑砖窑被解救出后回到家的那天，父亲痛苦的眼泪在眼眶里打转，但是，没有落下来；在医药市场卖苦力被人当众羞辱推搡，鼻子受伤流血，父亲屈辱的眼泪在眼眶里打转，但是，没有落下来；在刺骨的严寒中，辛苦了一天的父亲路上摔伤了，父亲忧伤的眼泪在眼眶里打转，但是，依然没有落下来。

当生在小山村的女儿成长为繁华大都市的体面白领，当女儿在上海有了自己宽敞漂亮的住房后，父亲的眼泪终于落了下来……

我计算了一下，在我的成长过程中，父亲的眼泪从流出到最后落下，中间整整花费了 22 年。

世上最心酸的秘密

程青衣

楼下的简易房里住着父子俩，这间简易房是临时建筑，指不定什么时候就要拆了，门窗不严不说，屋子还极破，也没有床，只有两个铺盖卷。我每次回家，都要经过这间简易房，促使我多看两眼的原因是父子俩，白天他们去捡破烂儿，晚上回来就住在这儿，父亲40岁的样子，儿子10多岁吧。更让人心酸的是，他们都有残疾，走路一拐一拐的。父亲驼背，看上去只有一米六的样子；儿子长得很好看，腿脚不好。

我见过他们吃饭，一人端着一个大碗，吃着乱七八糟的东西，也许是别人剩下的吧。

他们一拐一拐地去捡破烂儿，一前一后走着。也收藏破烂儿，有一辆破三轮车，搬家的时候，我把不要的东西给了他们——旧书、旧报、旧家具，还有一张小床。我说："不要钱，是我送给你们的。"

显然他们很感动。就这样，我们认识了。

男人姓白，是从安徽过来的，因为穷，媳妇跟人走了。他一个人带着孩子来北方，靠捡破烂儿生活。

后来，我告诉邻居们，有破烂就卖给他们，当然，能送给他们更好。

男人舍不得花一分钱，常年穿着那身破衣服，只有在过年的时候给孩子买身新的。他们还是在简易房里过年，有人给他们送饺子，我送的是单位里发的腊肉，他感激地说："城里人真好。"

他木讷，不肯多言。一天，邻居突然对我说，老白好像有对象了。

我说："真的啊，谁能看上他啊？"

后来我还真看到过一次。

是一个也拉扯着一个孩子的女人，家在本地，有房子，打算和他一起过。

老白却不愿意。

我有点纳闷儿，去问老白，老白抽着烟，一袋一袋地抽着。

他说："我不敢结婚，一是怕耽搁人家，二是我得攒钱。儿子的腿要做手术，得10多万。大夫说越早做越好。我不能让他一拐一拐地走路。我不能结婚，一结婚，负担就更重了。"

后来，我很多天没有看到老白，我总怀疑他去了外地，因为简易房拆掉了。只是可怜天下父母心，十几万，什么时候可以攒够啊？！

再后来，我听说了一件事，眼泪当时就掉下来，是我朋友那里出了事。朋友是做建筑的，招了一个男人，没做几天，就从楼上掉下来了，公司要给他治病，他说：

“别治我了，我都 40 多岁了，赔我点钱，给我儿子做手术吧。”

公司的人不理解，也不愿意给这笔钱。

男人哭着说：“求求你们，给他做手术吧，我……我是故意的……出了意外就会赔钱，我想让你们给我儿子做手术，这孩子跟着我不容易：我还想告诉你们，儿子……儿子是我捡来的，我根本就不能生育……

所有人都惊呆了。

那个朋友哭了，他告诉公司的人，给他儿子做手术，也要救他！

孩子做了手术，手术后再也不一拐一拐地走路了，可男人还是仍然是一拐一拐的，父子俩依旧以捡破烂儿为生。

过年过节，父子俩就给公司老总送点玉米、山芋过去，他们知道感恩。公司老总仍然穿梭于生意场上，可是，他忘不了那个秘密。

老白曾说：“这个秘密我不想让儿子知道，因为儿子说我是世界上最好的爹。”

世上总有各种各样的秘密，其中最心酸的秘密，是老白倾尽所有爱着这个孩子，这个孩子却不知道，老白不是他的生父。

也许真正的爱就是这样：我爱你，不图一丝回报；我爱你，用我的心，用我的生命，用我的所有——只要我有。

妈妈，我的世界你最懂

高茜 口述　马拉松 整理

爸妈经过长达3年的“冷战”，2001年夏天最终分道扬镳了。他们离婚后，心情郁闷的我便迷上了上网——遨游网络能让我暂时忘却家庭破碎的悲伤。

不久，17岁的我就陷入了一个迷茫的情感漩涡。

通过网上聊天，我认识了25岁的湖南男孩许彬——长沙一家广告公司的文员。他说他喜欢玩电脑、踢足球，而且唱歌的水平相当不错。不久，许彬给我发来了一张照片，旁边写着：请高茜评委打分。照片上的他穿着红色足球衫，春风满面地站在球场边，脚下还踩着一只足球。他虽长得不算特别帅，但看起来绝对是个阳光男孩。第二天许彬在网上问我给他打多少分？我回答：去掉一个最高分，去掉一个最低分，许彬的最后得分为88．8分。

由于身处异地，平日我们主要通过网上进行交流。每周通个电话，一聊就是几十分钟。为了打电话，我常常一天只吃两餐，把妈妈给我买中饭的钱都买了磁卡。那段时间，时隔半月，许彬就会给我写封信寄到妈妈单位（之所以选择那里，是因为我知道她从不私拆我的信件），然后通过妈妈转交我。许彬的钢笔字写得很漂亮，我喜欢这种“见信如人”的感觉。我把他的每封信都仔细收藏着，作为我初恋的见证常常翻出来品味。

暑假，我跟妈妈说，要和班上几个女生相邀去昆明玩。拿着从妈妈那里骗来的钱，我和同桌悄悄去了长沙。在长沙的5天，我对许彬似乎有了更多了解。离别时，他为我买了个“随身听”，还把自己唱的歌录成CD送给我。

就这样，我们朦朦胧胧地相爱了，而且似乎爱得很深。至于最终结果会怎样，彼此都不去谈也不愿多想。这种迷茫使我偏离了正常的生活和学习轨道，初恋的激情燃烧得我食不知味夜不能寐。晚上睡眠不足，白天上课也难以集中精力，许彬的声音和样子动辄就会溜进我的脑海。

我的成绩开始大幅度下滑。这一切，当然都逃不脱妈妈的眼睛。

当时班上我有个要好的女生黎佳，她与高年级的一个男生早恋了。她的秘密是被父母通过私拆信件得知的，父母对她又打又骂，还把这事对班主任说了。一次上课，班主任批评黎佳时被她小声顶撞了一句。盛怒之下，班主任就将黎佳早恋的事捅了出来，并当着全班同学断言：“像你这样的年纪就知道谈情说爱，成绩要能搞好，我拿手板心给大家煎鱼吃！”在学校与父母的双重重压下，羞恼万分的黎佳竟与那男生离家出走了……

说实话，我早恋那会儿，如果妈妈也像黎佳的家长那样对我横加干涉，没准儿我也会义无反顾地走向她所期望的反面。毕竟，情感过敏的我像只惊弓之鸟，充满了叛逆之心，一丁点的动静都可能使我惊惶而逃。

但妈妈一直装作很平静的样子，既未过分关注我，更没责骂我，甚至还将许彬寄来的信原封不动地带给我，表面上看起来一切如旧。到现在我才明白，妈妈是在小心翼翼、不动声色地转化着我。记得我把黎佳的遭遇讲给妈妈听时，她问我，你觉得黎佳这么做对吗？我说，初恋的诱惑确实不易抵挡，需要有缓冲的时间，她的父母也太急躁、太武断了，要换了我也接受不了。妈妈听后笑了笑，说："还是我女儿通情达理。黎佳的爸妈和老师的做法不够妥当，女孩情窦初开，有些早恋的想法和举动都是很自然也是可以理解的，家长应晓之以理而不是采取过激方式。但早恋确实有很多你们不能预见的副作用，要不然，黎佳的爸妈也不会那么着急和冲动。你说是不是？"

接着，妈妈帮我分析了其中一些害处，又给我推荐这方面的书看。其实我已感到和许彬相恋后学习的退步，只是一时还不愿舍弃这份爱罢了。

那天我正在做作业，爸爸忽然打来电话。电话里，他和妈妈说着说着吵了起来。原来，他不知怎么听说了我早恋的事，他认为我变坏了是妈妈对我太纵容的缘故。妈妈放电话时最后说了一句："高茜是个懂事的孩子，我相信她，同时我也希望你不要把她想得那么坏！"我听后心头猛地一震，忽然想对妈妈忏悔：妈妈，也许就是我的不应该。我觉得，我是该认真想想了。这之后，妈妈因突发急性胰腺炎住进了医院。入院当天，医生就下了病危通知。在妈妈病床边，憔悴的她对泪流满面的我说："茜茜，不管怎样你都要好好生活，如果妈妈不在了，还有爱你的爸爸……至于你和那个男孩要好的事，妈妈建议你不要为它过早地分散精力。你今后长大了，应该有更多更好的选择，我女儿有这样的实力。我相信你会处理好这种感情的。这样，即使妈妈在另一个世界也会心安……"

在妈妈平和、温存的母爱下，我那一度沉迷的理智苏醒了。

我毅然决然地给许彬发了一封分手的电子邮件。邮件发出去，我就把自己邮箱的地址更改了，并让妈妈把家里的电话号码换掉。我知道，割爱必须忍痛，只有通过这种很痛的"绝情"，才能使我和许彬不至于藕断丝连、旧情缠绵。妈妈得知后感叹道：还是我的茜茜明白事理啊！

然而这之后，我开始失眠，并迅速消瘦。毕竟，这样的决断对我来说是痛在心底的。一位来家做客的阿姨问我为什么突然这么瘦，妈妈淡淡地说是准备高考累的，还说这孩子近来学习很苦，她正想法给我增加营养。我在卧室里听到了她们的谈话，忍不住潸然泪下。

离开自己迷恋的人是不容易的，分手后的日子更难熬。2002 年高考，仍有些魂不守舍的我以微弱的分差与大学擦肩而过。妈妈说："茜茜，你读了这么多年书，太辛苦了，先放松一下吧。这次落榜没关系，再努力一下，你会成功的。"就这样，我去了一趟九寨沟和峨眉山，表面上是游山玩水，暗地里是独自疗伤、积聚动力。那些日子，我兴之所至地写了很多"抽屉文学"，它们倾诉了我的忧愁，化解了我的哀伤，使我走出了情感的沼泽。

通过复读，2003 年我终于跨进了大学的门槛。中榜后的一天，妈妈突然对我说："这里有一些信，是我刚从单位拿回来的。"原来，信全是许彬写来的，而且仍寄到妈妈单位。这些信都没有被拆开，用橡皮筋整齐地捆成一捆。妈妈把信递给我说："我不想让这些信重新撩起你心底的疼痛，但我没有权利丢弃它。妈妈相信，我的茜茜现在已能很好地处理它了。"

信中，许彬倾诉了对我突然"断交"后的留恋和惆怅。我想，如果这些情意绵绵的话语让我在一年前看到，我肯定会毫不犹豫地重新投入爱河之中。但当爱已成往事，所有的情书情话，都不过是隔夜的盛宴罢了。

对于我的早恋，妈妈没有更多地说什么，但她用行动帮我作出了正确的选择，同时还把对我的伤害减少到最低限度。这使我意识到，真正的爱和宽容如同大自然的空气，尽管它无声无形，却无所不在地滋养着我们。

第一趟班车

夏小桔

我上床的时候是晚上 11 点，窗户外面下着小雪。我缩到被子里面，拿起闹钟，发现闹钟停了——我忘记买电池了。

天这么冷，我不愿意再起来。我就给妈妈打了个长途电话："妈，我闹钟没电池了，明天还要去公司开会，要赶早，你六点的时候给我个电话叫我起床吧。"妈妈在那头的声音有点哑，可能已经睡了，她说："好，乖。"

电话响的时候我在做一个美梦，外面的天黑黑的。妈妈在那边说："小桔，你快起床，今天要开会的。"我抬手看表，才五点四十。我不耐烦地叫起来，"我不是叫你六点吗？我还想多睡一会儿呢，被你搅了！"妈妈在那头突然不说话了，我挂了电话。

起来梳洗好，出门。天气真冷啊，漫天的雪，天地间茫茫一片。公车站台上我不停地跺着脚。周围黑漆漆的，我旁边却站着两个白发苍苍的老人。我听着老先生对老太太说："你看你一晚都没有睡好，早几个小时就开始催我了，现在等这么久。"

是啊，第一趟班车还要五分钟才来呢。

终于车来了，我上车。开车的是一位很年轻的小伙子，他等我上车之后就"轰轰轰"地把车开走了。我说："喂，司机，下面还有两位老人呢，天气这么冷，人家等了好久，你怎么不等他们上车就开车？"

那个小伙子很神气地说："没关系的，那是我爸爸妈妈！今天是我第一天开公交，他们来看我的！"

我突然就哭了。我看到爸爸发来的短消息："女儿，妈妈说，是她不好，她一直没有睡好，很早就醒了，担心你会迟到。"

忽然想起一句犹太人谚语：

父亲给儿子东西的时候，儿子笑了。

儿子给父亲东西的时候，父亲哭了。

第二篇

遇见世上最好的爱

手心与手背的另一种诠释

蝶舞沧海

他出生那年，正开始实行计划生育。母亲只生了这一胎，就做了结扎。按理说，他应该是家中的独苗了，集万千宠爱于一身。但是偏偏在他呱呱坠地之前，已经有个和他长得一模一样的小家伙哭声嘹亮地候着他了。于是，他就这样做了弟弟。

两个人长得实在太像了，父母不知谁是谁的时候就解开他们的纽扣。他的胸前有一颗痣，而哥哥没有。

学校里，两个人你追我赶谁也不服输，年年捧回的奖状都是花开并蒂。他们兄弟俩成为村里人教育孩子的楷模，成为父母的骄傲。然而，这种安宁维持到他们初中时却出现了变化。那天，父亲在地里被一条毒蛇咬伤，因救治不及时永远地闭上了眼睛。他们虽然清贫却幸福的天空一下子坍塌了，母亲瘦弱的肩膀扛不起两个孩子的求学路。在父亲的遗像前，母亲流着泪高高抛出一枚硬币。正面代表他，反面代表哥哥。三个人，同时紧张地屏住了呼吸。一道银白的抛物线后，是反面。他急得一脚踩在硬币上，这样不公平！看母亲态度坚决，他突然灵机一动，指着自己胸前的那颗痣，强词夺理地说，你们看我，我与哥哥有什么不同？我胸怀大“痣”，我才是上天注定的读书人。母亲闻言，崩溃般坐在地上自责地哭号，为一个 10 多岁孩子的绞尽脑汁，为她自己的力不从心。

哥哥主动退了学，挽起袖子和裤腿下了田，他穿得干干净净去了学校。他很开心很快乐。只是，眼前老是不由自主地晃过两个画面，让他的快乐突然沉下。一个是哥哥退学时的伤心眼神，另一个是哥哥涨红了脸强忍着不哭的面孔。

高中时学习紧张，他住校。因为穷，食堂的荤菜他吃得少，哥哥就隔三差五骑着自行车给他送菜。是各种不同的鱼，有鲫鱼、鲤鱼、鳝鱼。做法也不同，大鱼是煎的或红烧的，小鱼是晒干了油炸的。还有虾，红红的虾与青绿的椒丝炒在一起，色香诱人。这些口味纯正的野生鱼让整个寝室的人很嘴馋，常有同学买了别的荤菜要和他交换。他胃口大开，身体长得结实强壮。

那天他要找一本学习资料，匆忙回了家。母亲在菜园里忙活，告诉他哥哥又捕鱼去了。他沿着水边寻找，看到了哥哥。哥哥胸前挂着一个鱼篓，浑身上下水淋淋的。渔具是用两根烤弯的竹竿和一面渔网制的，三面封一面开。哥哥正扑通扑通用一只脚使劲儿朝开的那面踩水，提网时，里面就活蹦乱跳着几尾鱼。

小弟！你回来啦？他突然听见哥哥欢快地叫道。哥哥上了岸，竟没有穿鞋，用一块布裹着脚，一直缠到小腿上系着。他张了张嘴，还没问就有了答案。水那么深，能穿什么鞋呢？他们往回家的小路上走。哥哥落了他一拍，在他身后慢吞吞地磨蹭。他感觉到有点儿不对劲，身后的影子似乎一瘸一拐的。黄昏将至的寂静空气里，他甚至能听到一种隐忍的、倒吸凉气的声音。刹那间惊悟，他回头，果然看到一条蜿蜒带着血迹的脚印。他想过去搀一把，但哥哥那满身的泥浆让他无处落手。好在很快到了家。哥哥褪下长裤和裹脚布时，他的喉头一下子哽咽了。那脚，被水泡得发白发皱，脚底划开一条口露出红嫩的肉来，像婴儿张开哭泣的小嘴。腿上也渗着血，一条蚂蟥贪婪地扎进了半个身子。看他这样，哥哥咧嘴一笑，说没事儿，沟里的碎瓷烂瓦划的，几天不沾水自然就好了。他给哥哥用棉球擦洗伤口时，哥哥居然忸怩得红了脸。哥哥脚上有多少新伤旧痕啊，他想起那些美味的鱼，眼圈禁不住红了。

后来他常常想，人的一生就像一盘棋，一着不慎，全盘皆输。他庆幸自己当初推翻了硬币的决定，否则遭罪的就会是他了。但转念一想，如果退学的是自己，自己会这样给哥哥捕鱼吗？他想了很久，却没有肯定的答案。这样一比他脸上有些火辣辣的。他这才知道，根本不是有没有痣的问题，而是谁爱得多谁就输的一种必然。

他考上一所医科大学，外地的。母亲身体越来越差，家中举债累累。哥哥说，弟，我随你一起去城里打工吧，我供你读书。他没有异议，也只能这样了。走的那天母亲将他们的手紧紧地攥在一起说，你们兄弟，就是妈的手心手背啊。他知道母亲的担心，信誓旦旦地保证以后一定兄弟同心，绝不忘哥哥。

大二时，他喜欢上了系里的一个女孩。他给她写情书，一封又一封，却如石沉大海。

但女孩太美丽了，他欲罢不能。于是他想在财物上给女孩来点儿刺激。哥哥再骑着三轮车送生活费来时，他心里作着激烈的斗争。他不是不知道哥哥的苦。哥哥在一家建材市场做搬运工人，每一分钱都是从汗水里挤出来的。哥哥的收入也就刚好够他们俩紧巴巴的开销，他计算不清这些钱要经过多么艰辛的积累。所以，那句要钱的谎言在嗓子里被他吞下吐上，难以出口。

就在犹豫不决时，他意外地发现了哥哥的一个小动作。他看到哥哥掏出钱时，顺手把一张百元钞票塞到了另一个衣兜里。哥哥的房租早就交了，盒饭三五元一份，何况每天都有固定收入的，还留着100元钱做什么？于是接过钱时他心里带着气，毫不犹豫地说，学校要交资料费，100元。哥哥吃惊地看着他，迟疑了一会儿，还是摸出那张钞票放到他手上。他得意地笑笑，掉头走开了。当晚他就买了一大束火红的玫瑰，约女孩看了场电影。爱情正甜蜜地靠近，可是花钱却如流水。

周末，他坐了两趟公交车，找到那个建材市场，准备再去要哥哥的私房钱。在灰尘与喧嚣中胡乱穿梭，他头都晕了。这时一个满身汗臭的搬运工人跑了过来，拍拍他的肩膀用浓重的乡音说，兄弟，没内伤吧？你看看你，不是我说你，有钱不给搬运队交管理费，反而买了身新衣服穿上。早就跟你说了，搬运队的头儿是黑道上混的，咱惹不起呀。他听得一头雾水，目瞪口呆。那人接着说，赶紧去把那100元月费交了再来吧，再这样偷偷摸摸地干，被头儿逮住又得挨顿毒打。况且你这样谁都怕遭连累，不敢与你共事的。我先干活去了，家里孩子等着我寄钱上学呢。

他看着那个人走开，脑子里突然漆黑一团，像灯火通明的夜晚没有任何预兆地断了电。他在原地愣了好久，反复咀嚼着这些话。然后，像一头发疯的困兽撒开了腿四处乱窜，在每个门面、每个角落。

终于，他在拐弯处的角落里看到了那个熟悉的身影。果然没人和哥哥共事，哥哥正咬着牙关一个人下货。哥哥鼻青脸肿，被汗水渗透的衣背上还留有散乱的皮鞋印和隐约的血痕。哥哥那么吃力，每走一步，整个人连同扛着的木板便晃晃悠悠。他一直坚硬的心，像玻璃“咣当”一声落了地。哥哥瘦弱的肩，扛起的何止是木板，而是他的整个人生啊。

哥……他声嘶力竭地大叫一声，不管不顾地，终于哭出声来。

仿佛在一夜之间长大成熟。他把精力重新放回学业上，课余兼了两份家教。哥哥被他“赶”回了家照顾母亲。他欠哥哥的，实在太多了。

他毕业后回到家乡，分到市里最好的医院。就在那一年冬天，哥哥在乡下结了婚。婚礼上，他当着满堂宾客给了哥哥1000元的礼金，哥哥拉着嫂子给他鞠了一躬，说，弟弟真好。围观的乡亲也在啧啧赞叹，这个弟弟好，真好。他在一旁听着，鼻子发酸。

后来，他遇上了一个温婉的女子，两人相爱了。他带她回乡下，临走前他到医院开了一堆的护肝片。她好奇地问他买给谁的，他便给她娓娓讲述了一对孪生兄弟的故事。于是，她知道了那枚硬币和那颗痣；知道了哥哥给弟弟捕鱼患上血吸虫病，廉价药物治好了血吸虫病却让哥哥落下“血吸虫病肝”，要是再不控制就会引起肝硬化；弟弟被蒙在鼓里心安理得那么多年，前不久才从嫂子口中得知一切……他问她，如果孪生兄弟是一只手，那么谁是手心，谁是手背？

没等她回答，他就忍不住先哭了。他说，妈妈说手心手背都一样，其实不一样。在这个故事里，无私的哥哥是手背，自私的弟弟是手心。因为要用手遮蔽风雨烈日时，始终是手背向上，呵护着手心；而伸出手迎接礼物和花朵时，手背就退居其次，手心朝上。

爷爷，让桐桐再帮你卷支烟吧

风为裳

一

爷爷是在我的婚礼前三天走的。那天，我还在婚纱店试婚纱，电话惊心动魄地响了起来，姑姑泣不成声：桐桐，爷爷……爷爷不行了！

每个路口都在堵车，我和晨阳给爷爷买了中华烟，我的眼泪像拧开了的水龙头，止也止不住。那条走过无数次的路这次仿佛永远也走不完。到了巷口，我恍惚了一下，巷口空空荡荡，而以前每次我回来，爷爷总是在这里站着，不管是几时，爷爷都要等在这儿，用目光把我迎进家门。

这次，爷爷的目光不在了，我的眼睛再次泪水粼粼……

二

我穿着婚纱站到爷爷的床前，爷爷的眼睛睁着，嘴微微张着，我拉住他的手，手却不是我熟悉的温热，而是冰凉……我喊了声爷爷，人倒了下去。醒来时，天已经黑透了，晨阳出去为爷爷守灵，屋子里只剩下我跟姑姑。

姑姑拉着我的手，桐桐，爷爷说的最后一句话是，好好把桐桐嫁出去，看着她别受委屈……

爷爷那么心疼我，可是，他再也不能抽我为他卷的烟了，再也不能给我一次机会让我陪他下馆子了，想到这些，我泪如雨下。

我记得晨阳第一次跟我来看爷爷时，爷爷拉着我的手臂给晨阳看这块疤，他说：晨阳，桐桐是个苦命的孩子，你不能伤了她。他的话郑重而不容置疑。就像我6岁那年被他带到法庭上，他说：桐桐是个孩子，对一个孩子能下这种毒手，我怎能饶他们？

我撩起胳膊给大家看，那是被烧红的铁条烫的，我的继母比白雪公主的后妈更狠。

那场官司我赢了。从此我跟爷爷一起过，那一年爷爷57岁。奶奶过世得早，爷爷病多，风湿、高血压。我跟爷爷说：长大了，我挣钱，天天请你下馆子。爷爷嘿嘿笑着说好。

三

7岁，我上小学了，花费骤然增多。爷爷不知从哪买了个毛驴车。每天早上，用毛驴车送我上学，然后就去小批发市场拉脚。

每天晚上，我跟爷爷最开心的事情就是他掏出来一天拉脚的钱，他说：桐桐，帮爷爷数钱。那时，我们祖孙俩在昏黄的灯光下，像百万富翁一样数着一块几毛的钱。有时钱多，爷爷会抽出两毛给我，想买啥买啥。那口气很自豪，我也为爷爷自豪。可是，每晚我都会听到爷爷睡觉时的哼哼声，我知道他的腿肯定又疼了。

看到这种样子，我跟爷爷说：要不，我回我爸那儿吧？

爷爷卷烟的手抖了一下，烟末儿洒到了地上，他低头拢起来，说：桐桐，爷爷想你陪我哩！

我哭出声来。从那天起，我学会了帮爷爷卷纸烟，学会了做饭，学会了给爷爷洗衣服。他是我最亲的亲人，爷爷在，我就不会再害怕了。

爷爷的小驴车属于非法营运，被城管遇到，是要收车罚款的。那次，我在家里做好了饭，左等右等爷爷不回来，我的心里像揣了小兔子，怦怦跳个不停。终于爷爷的身影出现在巷子口，不知什么时候，爷爷的腰弯得这样厉害了。

爷爷的衣兜撕破了，裤子上沾满了泥水，毛驴车呢？爷爷没答，只是摸了摸我的脑袋说：没事，咱们吃饭。

那晚，我跟爷爷没有数钱。爷爷躺在床上叫我：桐桐，给爷爷卷支烟吧！我坐在他身边，给他卷了一支烟，可是他并不抽，只放在鼻子边闻了又闻。他说：桐桐，你快点儿长大吧，长大了，嫁了人，爷爷就放心了。我的泪“哗”地就流了下来。

毛驴车被城管收了去，我跟爷爷靠他极少的退休金生活。偶尔姑姑会偷偷地给我们送点儿好吃的，爷爷总是舍不得吃，全都留给我。再或者姑姑偷偷地给爷爷塞点儿钱让爷爷买药，爷爷更是舍不得花，就连买烟叶也舍不得，他总是卷上一根烟，闻了又闻。

四

父亲又出现在我跟爷爷的生活里时，我觉得不可思议。眼前这个买了很多好吃的东西的人，是我那个只会喝酒打人的父亲吗？

过了好久我才明白，传说爷爷住的小巷子要动迁，父亲回来是讨好处的。爷爷说我不想你跟着我过苦日子，如果那畜生有良心，我把钱都给他，然后我回乡下老家去。

我说：爷爷，桐桐就是想跟你在一起，就是想帮你卷一辈子纸烟！爷爷粗糙的大手抹了一把眼睛，他说，你这孩子，你这孩子……

爷爷去菜市场做搬运工，除了挣点儿零花钱，人家还会送他些卖不掉的菜。左邻右舍也会同情我们祖孙俩，谁做了好吃的，都要端给我们一碗。爷爷总是对我说：桐桐，咱们受人滴水之恩，这辈子走到哪，都别忘了。

从小学到初中，所有写人的作文，我写的都是爷爷。有时候我把作文读给爷爷听，爷爷的脸笑成了一朵菊花。我说，爷爷，知道吗，你是我的偶像，一辈子的偶像。爷爷赶紧摆着手说：那可别，把爷爷当偶像，你还有啥出息？

家很小，很穷，但是，快乐一点儿都不少。过年时，我跟爷爷会用家里有的菜，包各种各样的饺子。守着别人家淘汰下来的14英寸的黑白电视机，我跟爷爷过了一年又一年。

五

我考上大学，爷爷又高兴又难过。他在家里转来转去，我知道他被上学的学费难住了，就说：爷爷，要不我就不读大学了，咱就在近处找个工作，再找个对象，守着您，多好！

爷爷狠狠地瞪了我一眼，我养你，不是要你养我的。

好在学校知道了我的家庭情况，替我申请了助学贷款。爷爷送我去了大学。在偌大的校园里，爷爷不停地啧啧赞叹，他说：我家桐桐了不得呢，出来起码当个县长。我笑了，笑着笑着就哭了，爷爷，我不在家，你怎么办呢？爷爷的大手替我抹眼泪，他说，爷爷得好好活，等着你结婚抱重孙子呢！

再回家时，爷爷每天都很早出去，我问他，他便说出去锻炼身体。可是，怎么会天还没亮就出去锻炼身体呢？我偷偷地跟在爷爷后面。他拎着个彩条袋子一个垃圾箱一个垃圾箱捡垃圾，朝霞给他的背影镀上了一层光，我强忍着泪水，走到他面前接过袋子，我说：爷爷，明天我陪您！

姑姑说那是爷爷想帮我尽早还清助学贷款，他说一个姑娘家带着一身债，好小伙子谁敢娶哪！

爷爷不让我跟他一起拾废品，他说一个大姑娘，还是大学生，干这个，多掉价啊！我噘着嘴，第一次在他面前那么任性，我说：爷爷在外面拾废品，孙女在家里享清福，那才掉价。爷爷说不过我，只好听我的。

我们又像我小时候一样，每晚祖孙两个人守财奴一样守着一堆零钱数。数完了，心满意足地睡觉。梦里都是幸福。

大学毕业，我带着晨阳回到了小城，找了份工作安定下来。我第一次拿到工资，带着爷爷去小城里最好的馆子吃了一顿饭。

我给爷爷买好烟，却不让他多抽。我管他时，他总是一副小孩子的样子，生气，可忍不住一会儿又好了，跟晨阳告我状。

我们买了大房子，准备结婚了。爷爷让我搬过去先住，我不肯，我说要在结婚那天跟爷爷一起搬过去。可是，一切都准备好了，爷爷却走了……

六

我坐在爷爷面前，最后一次给他拉好衣角，给他梳好头发。晨阳说：桐桐，让爷爷上路吧！我的心像被人用刀捅了一下，我进屋找出爷爷藏在柜子里的烟叶和烟纸，我抖着手一根一根给爷爷卷烟。

爷爷，就让桐桐再帮你卷支烟吧！

姐姐将我团团围住

蒋成红 编译

童年的回忆是幸福的：有妈妈的吻，有咯吱咯吱的小摇车，有不着边际的幻想，有肆无忌惮的嬉闹，还有什么？对了！是……违反天意、大逆不道的小弟弟命中注定会有几个姐姐来处罚惩治他，令他苦苦修行、赎罪赎孽。对此，我在尚年幼无知时就深信不疑了。

说起姐姐，我有三个。她们乖戾无常，冷酷无情，非把活在世上的弟弟折磨成一名坏人并且死后移住魔鬼岛的居民不可，只有这样才解心头之恨，感到心满意足。她们酷爱粗糙的黄肥皂和滚烫的洗脸水，每天 3 ~ 4 次，这些铁石心肠“小妈妈”中的一个会用力擦洗我的躯体。轮到最小的姐姐替我清洁时，真恨不得把我的脸给撕了，原因是她无比痛恨我那一脸的雀斑。她声称：脸面的瑕玷无疑是家门不幸，奇耻大辱，她恳求母亲：在我 28 岁以前不能放我越出家门一步。

我姐姐痛恨棒球棍、木杖和石头，可这些都是我十分倾慕的玩意儿。

她们决不允许我干“玩命”的事。她们谆谆教导我：手是生来准备饭菜的，得放进奇痒难忍的毛线手套里，并且用来祈祷上苍。精瘦纤细的姐姐们的唯一企图就是让我的日子过得痛苦悲惨。

姐姐们总能把蔬菜都吃完，并以喝牛奶为乐事，身上老带着绣花镶边的小手绢。她们喜欢洗澡、学校，还有老师，一回家就做功课，几乎从不打翻墨水瓶。

我每每想起那些日子，屋外阳光灿烂，天高云淡，我多么想在绿色的田野里打滚啊！姐姐们命令我只能坐在门口台阶上。我坐在那儿痛苦不堪地梦想自由，而姐姐们却在痴痴地思念着她们的“翩翩少年”，或者专心致志、耗尽心血地编织着，最终织成一块毫无用处并且令人费解的东西。不过有时我也想法子溜出去寻欢作乐。

立刻，我的姐姐们便在街坊邻里对我紧追不舍，如同围捕一只疯狗，口中还恶狠狠地诅咒着。

我的监护人偶尔也攥紧我的胳膊上电影院。尽管她们不断给我喂糖，可我禁不住还是要在地板上打滚、尖叫、欢笑，面对银幕上的江洋大盗高声喝彩。直到影院工作人员走来劝我：“小声说话。”这时，姐姐中的一个便会站在我的座位前，尽量把我往靠背上挤。我只好讨饶，可一旦我被挤得滑出来后，便越发肆无忌惮起来，我将拇指和食指做成手枪，瞄准观众一一点射。三个姐姐和几个影院工作人员竭尽全力，在走道上下、空排前后向我追赶进逼，最终将我团团围住。由于在电影院里犯下罪行滔滔，姐姐们发誓早晚要报仇雪恨。一俟妈妈外出购物，她们便把我绑在后院的篱笆上，就像我是个小杂种。有时她们让我吃菠菜，或者命我咽下煮了好几天的老白菜。

在我长到 12 岁，有着一头金发时，我姐姐们已到了与小伙子频频约会的年龄了。星期六晚上，家里乱成了一锅粥，全家鸡犬不宁。她们在屋里东奔西跑，翻箱倒柜，寻找皮鞋、腰带、衣裙和丝线；她们时而脸色愠怒，时而尖声叫喊，对谁先用浴室也争论不休。我异常喜欢这疯狂的夜晚，瞧着她们歇斯底里大发作无疑是一大乐趣。她们会突然想起要买的东西：丝袜、别针、发夹、鞋油，等等。所以每逢星期六晚上，我就跨骑在厨房的椅子上，听候吩咐，力尽跑腿之劳。奉献手足之情理所应当。常常，我为一个姐姐跑一家商店，一次只买一件东西。每次买东西她们付我小费。尽管恨我，可她们无法否认镇上唯我最为精明强干。这样，每个星期六我就可以发一笔 70 ~ 80 美分的小财。由于把姐姐和小伙子的世界连接起来的是电话，所以我奉命做好每个电话记录。我最漂亮的一个姐姐刚进家门就立刻问我:“有我电话吗？”“一个叫弗兰克的打过电话。”我答道。“弗兰克，姓啥？”我灵机一动，说道：“弗兰肯斯坦（玛丽·谢利小说中的主人公，为自造怪物所毁）。”

有时我也开开玩笑。我最小的姐姐曾有一段时间自以为颇具琼·克拉福特的风姿,步态、声调、发式无不模仿克拉福特小姐。有一天,我在糖果店给家里打电话,学着制片人的口气对小姐姐说：“我在商店时，非常惊异地发现您有着优雅的步态和飘逸的秀发，能否来好莱坞当个替身演员？”她忽然声音一变，拿腔拿调地问我：“是吗？为谁做替身演员？”

人间易岁，我们姐弟之间的战争终于平息了。这时，我才真正发现我的姐姐们是那样的美丽、善良、极富人情味。我一下子成了她们的保护神，我打心眼里憎恨门前逛荡的年轻人，他们的头发梳得油光锃亮，浑身上下同上过蜡一般。我还发现每个姐姐都有一颗体贴入微、慷慨大度的心。看看那些圣诞节和生日礼物吧,件件皆是悉心挑选,深合我意的。1941 年我离家服役时,她们一个个泪如雨下。尔后，她们寄来封封暖人心肺、柔情蜜意的家信，大大抚慰了我在太平洋上的恐惧心灵。我不由地回想起她们在审讯、惩罚她们的小弟弟时那副尽心尽力、任劳任怨的模样，不由感慨万千、深怀敬意。人生能有如此令人难忘的姐弟之情，还不知恩图报么？

妹妹的“情书”

玄圭 编译

我有一个孪生妹妹，她叫尼莎。如你所知，尼莎和我的模样如出一辙：天然的栗色卷发、微笑时露出两个小酒窝、鼻头调皮地翘着、眼睛碧蓝澄澈。父母认为我和妹妹是上天赐予他们的最神奇的礼物，他们也像许多拥有孪生宝贝的父母一样，总是把我和妹妹打扮成一个模样。

但是我认为这样做糟糕透顶。想想看，这世上还有一个和你长得一模一样的人，她时时出现在你身边搅得许多人都分不出到底谁是谁，你必须穿跟她一样幼稚的衣服，留跟她一样夸张的发式。更重要的是，我的妹妹尼莎除了模样和我无甚区别外，其他地方根本和我南辕北辙：尼莎性格倔强，什么事都不愿意遵循规则，考试成绩总是排在最后，小小年纪居然就有了男朋友！而我，在学习和生活方面都是无可挑剔的乖乖女。

有一次，我在路上被一群学生指着说：“喏，她就是那个和班主任打架的尼莎！”我大声跟他们解释说我是桑托斯而不是尼莎，可他们谁都不相信。还有一个傍晚，我被一个满脸酒气的坏小子堵在楼道口，他说：“尼莎，你为什么要抛弃我去找那个混蛋托雷？”我哭着跟他解释说我不是尼莎，那家伙不仅不相信，最后还恶狠狠地给了我一巴掌！我每次不幸的遭遇，都是因为被人误认为是尼莎而带来的。随着年龄的增长，我越来越讨厌妹妹，我迫切希望摆脱她的阴影。桑托斯，她和尼莎根本就是完全不同的一个人。

我跟妈妈说想穿一些看起来端庄稳重的衣服，比如说淑女套裙和系带子的皮靴。妈妈却不同意：“尼莎喜欢色彩鲜艳的衣服，再说她也不喜欢穿皮靴的。”她的回答让我觉得很恼火，她分明在袒护妹妹。我大声质问她：“为什么要把我和尼莎弄得一模一样？我为跟她穿一样的衣服感到羞耻！”妈妈听到我的怒吼后很惊讶，不过她考虑了一会儿后，还是同意了我的要求。在14岁的那个夏天，我终于可以摆脱尼莎的影响，穿上只属于我的衣服了。为了在模样上看起来和尼莎有很大区别，我甚至狠下心，把一头及腰长发剪成了板寸。日子久了，认识我们的人都知道，那个披散一头长发、穿色彩斑斓短裙的，是成绩一塌糊涂的坏姑娘尼莎，而那个蓄着齐耳短发、穿草绿色长裙的，是“五好学生”桑托斯。

尼莎看到我的装扮，在一旁笑我老土、俗气。我不理会她，心里想：“只要不被人误会成你，就是穿成乞丐我也愿意。”

16岁那年，我爱上了班上的一位男生，思虑很久给他写了情书。那是我生命中第一次对一个男生动心，长长的情书里面还夹了一张我5岁时的照片，信后面也没有落款，我是怕万一被拒绝了还可以装作不是自己干的。

我最坏的打算是，他默默拒绝我，不给我回音。但是，第二天中午课间休息时，他却大踏步走向讲台。这个混蛋居然要当着全班同学的面，念我给他写的情书！他展开信的时候，那张照片不小心掉了出来，恰好被前排的同学捡到了。同学们开始把目光投向我，我想他们仅仅通过照片还不能判断出是我，但是那个家伙举着的情书昭示天下，谁都熟悉我那工整的笔迹。我长期以来维护着的尊严瞬间坍塌了，恨不得马上找个地洞钻进去。正在这时，坐在教室后面的尼莎径直走上讲台。她一把抢走男生手上的信和照片，接着甩了他一巴掌。然后，妹妹还展示了她贬人的经典动作，将大拇指竖起来后直指地下，她对那个男生说："你是个小人，我为自己曾经暗恋你感到羞耻！"

尼莎的举动显然让同学们大吃一惊，因为谁也不相信书法最差的她能写出那么工整的情书来。尼莎一屁股坐上讲台，丝毫不为此感到难为情地宣告："不瞒你们，这封信是我花了10英镑贿赂我优秀的姐姐桑托斯代笔的。如你们所知，我亲爱的姐姐一向对我的无耻要求毫无还手之力！"她说得那么轻松随意，看得出来所有人都对此深信不疑。尼莎那么坦然地担当了孪生姐姐带给她的"耻辱"，而她的姐姐桑托斯做不到。

我羞愧万分地低下头，但是心里在跟那个和我长得一模一样的丫头说：从今以后，我会跟你穿毫无二致的衣服，留同样飘逸的长发，我会感恩上天赐予我和你一样的生日和容颜，更会和你一起担当人生的苦辣酸甜！

责任的另一个名字

佚名

一

5岁，我随着母亲和3个哥哥离开了生活多年的山村，来到离家600多公里的城市，第一次见到了高耸的楼房、宽阔的马路、来来往往的车流，一切陌生而新奇。那个时候的我并不知道，我们的城市生活是父亲用生命换来的，父亲所在的化工厂发生爆炸，正在当班的父亲和两名工人遇难，作为补偿，厂里给3个遇难者的家属安排了工作，答应给每个孩子每月两块钱的生活补助，直到18岁，这在1979年的中国已经算是做得仁至义尽了。

厂里给3名家属安排了保管员、报纸收发员和食堂管理员3个职位，母亲不识字，只好去了厂里的食堂做打饭工作。

另外两个家属也是从农村来的，一个人家是两个孩子，另一个只有一个孩子。虽然她们和母亲的工资差不多，但母亲因为要养活我们兄妹4人，我们家的生活明显比另外两家拮据许多。好心的邻居给母亲联系了一项糊火柴盒的工作，每个火柴盒给两厘钱的加工费。每天晚上，哥哥们都会早早做完作业，然后帮着母亲一起糊火柴盒。怕影响他们第二天上学，母亲一到10点便催促他们去睡觉，二哥三哥都很听话，唯有大哥，坚持要和母亲一起干到12点。大哥是个犟牛，只要认定的事，撞到南墙也不肯回头，母亲说服不了他，只好答应。于是，昏黄的灯光下母亲和大哥糊火柴盒的背影贯穿了我整个童年的记忆。

二

后来的一天，母亲忽然就发了很大的火儿，拿着笤帚没头没脑地往大哥身上打。大哥跪在地上，梗着脖子，一声不吭。

原来，大哥逃学了，背着母亲去粮库里当搬运工。母亲从邻居的嘴里知道了此事，非常生气，罚大哥跪在屋中央。母亲让他认错，然后去上学，大哥不肯，母亲越打越生气，后来干脆扔了笤帚，坐在地上悲天恸地地哭了起来。

一见母亲哭，大哥害怕了，去拉母亲的衣角："娘，别哭了，你要生气就接着打我吧！"

母亲瞅着大哥，喃喃地说："国良，你是老大，没有了你爹，你就该给弟弟妹妹们做个榜样，年纪轻轻的就不上学了，娘还有啥奔头儿啊！"

"娘，正因为我是老大，才有责任帮您支撑这个家。您老这样没黑没白地干活，早晚会累坏的，看着您的身体一天天垮下去，我在学校坐不住啊！"大哥说着，也哭了起来。

最后，母亲还是没能拗过倔强的大哥，母亲找到厂里，领导安排大哥和一个50多岁的老师傅学习钳工。

三

1986年4月的一个周末，母亲忽然买了许多糖果，把家里收拾得干干净净，还给我们几个拿出了只有过年才穿的衣服，说家里有人要来。

果然，邻近中午的时候，隔壁刘建超的娘领来了一个老太太和一个姐姐，母亲看上去非常高兴，留她们在家吃的饭。后来我才知道，是给大哥介绍的对象，那姐姐很喜欢大哥，对方家长对大哥也很满意，可是却提出了一个条件，要求大哥结婚后得分家另过，言外之意很明显：不想让自己的闺女一结婚便要负担起3个未成年的小姑小叔的生活。母亲同意了，给那姐姐买了订亲的衣服和布料，还买了一块手表。然而第三天媒人便把东西送了回来，说大哥找她了，非要把婚给退了。母亲责问大哥为什么要退婚，大哥愤愤地说："我是老大，抚养弟弟、妹妹是我的责任，她凭什么一过门就把我们一家分开。去她的吧，我就是打一辈子光棍儿也不娶这样的媳妇。"

大哥的犟劲儿又上来了，没办法，母亲只好把婚退了。那段时间，一说起这事儿母亲便叹气，忧心大哥会被我们拖累。

初秋，刚刚升上高二，学习成绩非常优异的二哥突然自作主张的在学校报名参了军，母亲得知消息的时候，木已成舟，气得母亲坐在床头一把鼻涕一把泪地哭诉自己命苦，养了一帮不听话的孩子。

春节，二哥没能回家过年。按照家乡的习俗，吃年夜饭的时候要给故去的和没在身边的亲人拣出几个饺子来放在一边。母亲先是给父亲拣了几个，让大哥放到外屋的供桌上去，然后又给二哥拣了几个，放在窗台上。

娘让我去外屋拿醋，刚跨出东屋的门，就见大哥把饺子放在父亲的遗像前，轻声地说："爸，老二今年没回来过年，您别怪他，老二是怕拖累我娶不上媳妇才走的，您要怪就怪我吧，是我没尽到一个老大的责任。"

大哥哽咽了……

四

1990年，那是我们家最喜庆的一年，二哥在部队被提拔当了排长，三哥考上了上海师范大学，大哥也结了婚。

一直以来，我都非常感激大嫂，她没有嫌弃我们的贫穷，从结婚的那一天起，她便无怨无悔地和大哥一起，省吃俭用，拉扯着两个孩子，供我和三哥读书。

1995年，我上高二。夏日的一天，母亲坐在院子里的马扎上择豆角，毫无征兆的，母亲在择完豆角站起来想去洗菜时，忽然就向后仰去。

医生说，母亲死于心力憔悴，过度的劳累加上长期的营养不良导致母亲的心肌严重缺血，梗塞致死。一家人哭得死去活来，大哥顿足捶胸，抽自己的脸，骂自己没出息，让母亲受苦受累。

母亲过世后的第二年，我考到广州去读书，那年秋天，三哥也考上了研究生。每个月，大哥发了工资第一件事便是给我和三哥寄钱，他总是嘱咐我们不要节省，身体要紧，可是他自己却恨不得一分钱掰成两半儿花。

1997 年，二哥结婚时，大哥给他寄去了 6000 块钱。那个时候，大哥已经下岗，在街上靠给人修理自行车度日。后来听二嫂讲，拿着汇款单，二哥半天没说话，一个人躲到厕所里哭了很久，这 6000 块钱在别人眼里也许算不了什么，但二哥知道，这些钱却是大哥所能给他的全部。

大学毕业后，我在一家合资企业上班，结婚生子，生活一帆风顺。

大哥依然守着他修理自行车的摊子，风雨无阻。听大嫂说，大哥经常会向前来修自行车的路人谈起他的两个弟弟和一个妹妹，一脸的骄傲。嫂子还告诉我，大哥每天晚上必干的一件事便是看中央电视台的天气预报，他最关心的 3 个城市是北京、沈阳和上海。

我知道，大哥之所以关心这 3 座城市是因为那里有他的亲人，有他永远无法割舍的牵挂。

五

2004 年冬天，大哥的身体莫名其妙地瘦了下去，大嫂催他到医院检查，大哥心疼钱，一拖再拖，直到后来浑身无力再也干不了活时，大哥才在大嫂的陪同下去了医院。

大哥患的是糖尿病，需要天天吃药，大哥不让大嫂告诉我们，每次我和二哥、三哥打电话回去时，听到的总是大哥那句“一切都好”的敷衍。

直到二哥出差路过老家，看到大哥消瘦的样子，一再逼问，大哥才道出了实情。

2006 年初秋，我被公司派驻澳大利亚的分公司做项目经理，大哥听说了此事，打电话来，非要让我回去看他。

回到老家我才发现，离上次见面仅仅过去 5 个月，大哥又瘦了一圈儿，眼睛已经看不清东西了。知道我忙，只在家待了一个晚上，大哥便催我回去，他说，他只想在我出国前再见我一面。

临行前，我在床头放了一万块钱。让大哥看病用。大哥说什么也不肯收，说二哥、三哥给寄的钱都用不了，我到国外用钱的地方会多，穷家富路，愣是又放回到我包里。

我把钱塞回到大哥手里，一字一句地说：“哥，当初我上学时，你一个月挣 330 块钱，每月给我寄 150，给三哥寄 100，你说，你是老大，抚养弟弟妹妹是你的责任。现在，我们都成年了，帮你早日恢复健康难道不也是我们的责任吗？”

说着，我的眼圈儿红了。

大哥的嘴唇剧烈地抖动着，眼里涌出泪来。

大嫂帮我拎着行李往外走，大哥送我到屋门口，我强忍着泪，低着头正欲转身离开，忽然听到大哥喊我，抬头看时，大哥已走到我身边，扶着我的肩，两眼在我的脸上扫来扫去，喊着我的乳名，喃喃地说："四丫，让哥再瞅瞅你。"

我喊了声哥，扑到大哥怀里，大哥紧紧地抱住我，舍不得放手，兄妹俩抱头痛哭，深怕这一次，会成为永别。

六

到达墨尔本后，每个晚上临睡前我都会给大哥打个电话，希望遥远的亲情能温暖大哥那颗病痛中的心。同时，我和二哥三哥一起，四处打听着治疗重症糖尿病的方法。

就像当初大哥坚持认定抚养我们长大供我们读书是他的责任一样，我和二哥、三哥也一致认定给大哥治病是我们兄妹三人的责任。因为，我们是亲人，我们深爱着大哥，期盼这份血脉相连的手足情能战胜病魔，重新找回当初那个像大山一样给了我们依靠和支撑的大哥。

奶奶

（美）雷·布莱德伯里

她是个女人，手里拿着扫帚、簸箕、抹布或是汤匙。你看，她早上哼着歌儿切馅饼皮，中午往餐桌上送新出炉的馅饼，黄昏收拾吃剩的冷馅饼。像个瑞士摇铃，手叮叮当当地把瓷杯摆放整齐。又像个真空除尘器，一阵风走过每一间屋子，找出没弄好的地方，把它弄整齐。她只需手执小泥刀在花园里走上两趟，花儿就在她身后温暖的空气中燃起颤巍巍的红火。她睡得极安静，一夜翻身不到三次，舒坦得像一只白色的手套，但是天一亮，手套里插进了一只精力充沛的手。她醒着时总像扶正的画框一样，把每个人都弄得端端正正。

可是，现在呢？

"奶奶，"大家都在喊，"祖奶奶。"

现在她仿佛是一个庞大的数学式子终于算到了底。她填满过火鸡、家鸡、鸽子的肚子，也填满过大人、孩子的肚子。她洗擦过天花板、墙壁，照顾过病人和孩子。她铺过油毡，修理过自行车，上过钟表发条，烧过炉子，在一万个痛苦的伤口上涂过碘酒……回顾她所开始、进行、完成的30亿件大大小小的工作，归纳到一起，最后的一个小数加上去了，最后的一个零填进去了。现在她手拿粉笔，退出了生活，她要沉默一个小时，然后便要拿起刷子，把这个数字擦去。

"我来看看，"奶奶说，"我来看看……"

她不再忙碌了。她绕着屋子不断转来转去，观看每一样东西。最后，她到了楼梯口，谁也没有告诉一声便爬上了三道楼梯，到了她的屋子，拉直了身子躺下，准备死去，像一个化石的模印打在越来越冷的雪一样的被窝里。

……

"奶奶！祖奶奶！"又有声音在叫她。

她要死了。这消息从楼梯间直落下来，像层层涟漪，荡漾进每一间屋子，荡漾出每一道门，每一个窗户，荡漾出榆树掩映的街道，来到苍翠的峡谷口上。

……

"祖奶奶，听我说，你现在不过是在闯过难关。这屋子没有你是会塌的呀！你至少得让我们有一年的准备时间。"

祖奶奶睁开了一只眼睛，90年的岁月像是沙尘鬼从迅速撤空的屋顶上的窗口飘了出来，静静地望着她的医生。

"汤姆呢？"

汤姆被送到她那悄声低语的床边。

"汤姆，"她说，声音微弱而辽远，"……汤姆，当你看到同样的西部英雄在同样的高山顶上跟同样的印第安人打仗的时候，那就是离开座位往剧院大门走的时候了，你必须毫不留恋，不要回头。因此，我也该在看得津津有味的时候离开剧院了。”

第二个被叫到身边来的是道格拉斯。

“奶奶，明年春天叫谁去给房顶换木瓦呢？”

从有日历以来，每年四月你都以为听见啄木鸟在啄屋顶。不，那是奶奶心醉神迷地哼着小曲在钉钉子，是她在九霄云里给房顶换木瓦！

“道格拉斯，”她细声细气地说，“不觉得盖屋顶挺有趣的人就别让他去盖。”

“是，奶奶。”

“到了四月，你向四面看看再问：‘谁愿意盖屋顶去？’谁脸上放出光彩你就叫谁去，道格拉斯。在房顶上你可以看到全城的人往乡下走，乡下的人往天边走，往波光粼粼的小河边走；还看得到清晨的湖泊，脚下树梢上的小鸟。最舒畅的风在你周围呼呼地吹。这些东西哪怕只是为了一样，也值得找一个春天的黎明往风信鸡那儿爬一趟。那是很动人的时刻，只要你有机会去试试……”

她的声音低弱了，像在轻轻地颤动。

道格拉斯哭了。

她鼓起劲来，“唉呀，你哭什么？”

“因为，”他说，“你明天就不在了。”

她把一面小镜子转向孩子：“……道格拉斯，你真丢脸！你剪手指甲了吗？”

“剪了，奶奶。”

“你的身子每七年左右就全体更新一次，指头上的老细胞，心上的老细胞都得死去，新的细胞长出来。你不会为这个哭吧？不会为这个难过吧？”

“不会的，奶奶。”

“那么，你想想看，孩子，把那剪下的手指甲收藏起来的人不是个傻瓜吗？你见过把蜕去的蛇皮保存起来的蛇吗？今天躺在这里的我也就跟手指甲和蛇皮差不多，一口气就能把我吹得片片飞落。重要的不是躺在这儿的我，而是那个坐在床前回头望你的我，在楼下做晚饭的我，躺在车房汽车底下的我，在藏书室里读书的我……

“起作用的是这许许多多的新我。我今天并不会真正死去。人只要有了家就不会死了，我还要活许久许久。一千年后会有多得像一座城市的子孙，坐在橡树树阴里啃酸苹果。谁拿这种大问题来问我，我就这么回答他！好了，快把别的人也都叫进来吧！”

全家人来齐了，站在屋子里等着，像是在火车站给旅客送行。

“好了。”祖奶奶说……

“明天不要举行什么告别仪式，也不要为我说些动听的话。这些话我在自己的日子里已经满怀骄傲地说过了。一切食物我都吃过了，一切舞我也跳过了。现在我要吃下最后一个我还没尝过的糕饼，用口哨吹出最后一曲我还没吹过的小调。

但是我并不害怕，我还真感到好奇呢！我要把它吃得干干净净，不会在嘴边给死亡留下一点点碎屑。不要为我难过。现在，你们都走吧，我要去寻找我的梦了……”

门在某个地方静静地关上了。

“我好过一点了。”在温暖雪白的亚麻布和毛毯铺就的被窝里，她感到舒适宁静。贴花被子的颜色和往日马戏班的旗帜一样斑驳陆离。她躺在那儿，感到自己还很小、很神秘，好像 80 多年前的某些早晨一样。那时，她一觉醒来，在床上心满意足地伸伸她的嫩胳膊嫩腿。

很久很久以前，她想，我做了一个梦，做得正甜时却不知叫谁弄醒了——那就是我出生的日子。现在呢？我来想想看……她的心又回到过去。那时我在哪儿？她努力回忆。我到哪儿去寻找那失去的梦？它的线索在哪儿？它是什么模样？她伸出一只小手。在那儿！……是的，那就是它。她微笑了。她在枕头里转动转动脑袋，让它更深地埋进温暖的雪堆里。这样就好些了。现在，是的，她看见它在她心里静静地形成，平静得像沿着蜿蜒无尽的岸滩流淌的海洋。她让那久远的梦碰了碰她，把它从雪堆里举起，让她从那几乎被遗忘的床上飘了起来。

在楼下，她想到，他们在擦银器，在清理地窖，在打扫厅堂。她听得见他们在屋子的每一个角落生活。

“好的。”奶奶小声地说，梦把她飘了起来，大海把她送回到岸滩边上。

阿婆谣

杨燕群

在我们侗寨，有一首很单调的歌——《阿婆谣》。歌词只有两句极简单的问答：“太阳歇得么？歇得。阿婆歇得么？歇不得，歇不得。”

我小时候，阿婆把我背在竹篓里，在灶头教我唱这首歌的时候，我把她头上包着的黑色丝帕扯下来，用小手指戳着那个大大的发髻，问阿婆：“怎么歇不得哩？”阿婆边舀米汤边回答说：“阿婆要带枫妹子长大，枫妹子长大了，还有弟弟。”

等阿婆的竹篓换上我弟弟时，她的牙已经全掉了，花白的头发仍盘成一个小小的髻。由于她用茶油枯洗头，所以头发仍很光亮，只是她的背已经弓得像水牯牛的角了，我常常担心弟弟从竹篓里掉出来。

我念初中的时候，妈妈去了广州打工，父亲跟着一个江湖医生走街串巷去了，阿婆的眼睛黯下去了很多。两个姑母虽然离娘家很近，但一年也难得来走动几次。每次我在阿婆面前愤愤地说她们没有孝心时，阿婆总是说两个姑母都已经是别人家的人了，每家都有自己的事，她不怪她们。阿婆已经年近八旬，雨雪风霜，四季交替，让她对人对事都看得很淡了。

阿婆喂了几只鸡，吃过早饭阳光很好的时候，她会坐在靠板壁的长凳上，把丝帕解下来，边梳着几根稀疏的头发，边守着鸡吃食。当看到咯咯叫的大公鸡欺负小母鸡时，便会跺着脚把公鸡赶开，再在别处撒一把米，让那涎脸的公鸡去吃。当然那公鸡是免不了要被教训一顿的。骂骂鸡，阿婆似乎可以排遣一下终日无人说话的憋闷。

一天到晚，阿婆总是弓着背，抬起小脚转着，很少有坐下来歇憩的时候。虽然家里只有阿婆一人，不用去田里做阳春，可她得自己料理菜园。四月的时候，用簸箕晒很多干菜，豆角啦、笋子啦、蕨菜啦……晒干了，好让弟弟带到学校去吃。阿婆老了，胳膊的劲儿也泄了，所以只挑得动半担粪水，而且还得慢慢地歇几次才能到菜园。夏天的时候，她得把辣椒摘下来，晒干或剁碎了泡进坛子，秋天再泡进一些生姜，等着我和弟弟过年回去吃。冬天的时候等母猪生了崽，一天得要三篮猪菜。下雨的时候，手摸到菜觉得冰沁冰沁的，洗完一篮菜烘烘手，再去扯两篮。找完猪菜，一个下午也过去了。总之，一天到晚，从春到冬，娇小的阿婆总有她忙不完的事。她一个人转悠着，很难找到人说说话。

阿婆常说自己老了，就像萤火虫尾巴上绿豆大的一点光，微弱得很。身体弱了，胆子也就小了。我家对面是两座坟山。一个山头上有祖坟，另一个山头是荒坟，埋了些死得不干净的人。如上吊死的，喝农药死的，夭折的孩子。老屋又是那么孤零零的，上下前后都没有人家，于是，和阿婆相伴的只有夏日傍晚对门坡上那绿莹莹的鬼火和寒雨之夜呜呜的鬼哭。阿婆说，人越老阳气也就越枯了，于是鬼便会缠上身来。秋天的时候，屋门口那棵合抱的枫树经过几个早上的白霜，叶子便黄起来，又带些深紫。晚上的时候，叶子刷刷地落，而且经常有猫头鹰凄厉地叫着："快拖，快拖。"阿婆说那是阎罗王叫鬼拖人的魂走，于是每晚早早地关门睡觉。

有时，也有几个老妇人来串串门子，阿婆必留下她们吃饭，有特别要好的，她便拿出自己的绣花寿鞋和的确良寿衣给别人看看，谈谈棺木板子的材料和厚薄。当别人看着她那双自己绣的寿鞋，流露羡慕的神色，她便说："我现在是一点也不怕死的，只是我死了家里便冷清了，两个孩子遭孽啊。"

大姑母家养了一只小狗，那只狗经常跑到我们家来，阿婆给它取了一个名叫温皮。温皮是我爷爷的小名。每次吃饭前，阿婆总是先给狗装好饭菜，然后才端起自己的开水泡饭。阿婆待狗极好，那只狗便很少愿意回姑母家了。它喜欢跟着阿婆，阿婆走到哪儿，它跟到哪儿。

可有一天，温皮不见了。阿婆猜想可能它回姑母家的时候被姑父用绳子拴了起来。那是他买来看家的狗，把它拴起来不让它乱跑似乎也是理所当然。阿婆想得通这个道理，但觉得一幢大房子，没有了熟悉的狗叫，便冷清了。

那晚下着雨，她没有吃晚饭便缩在火厢里。恍惚中她看见了一个穿蓝衣的"鬼"翻窗进了房，然后去翻箱子。箱子里是她的寿衣和绣花的寿鞋。她战战兢兢地习惯性地叫了一声："温皮。"可狗没有叫。床离火厢只有三步远，可她不敢下火厢。于是就这样蜷在小小的火厢里眼睁睁地看着"鬼"翻了一夜的箱子，一直等到鸡叫，她才上床。

第二天，阿婆下不了地，一个人躺在床上，不吃也不喝。到了下午，酒喜从屋旁过路叫她的时候，才知道阿婆病了。酒喜煮了稀饭喂她，可阿婆只是别过脸去，叹口气说："温皮要带我去了，我也应该去土垄里歇歇了。"说完，泪便流了下来。酒喜用衣角擦擦眼睛，劝她说："娘妈，你还得撑下去，你死了，两个孩子便没有了着落，你守着老屋，枫妹子和她弟弟进屋的时候也有阿婆可以叫。"阿婆用枕巾擦了一把脸，勉强坐了起来，喝稀饭时，一滴泪滴到了碗里。

等我和弟弟赶回家的时候，阿婆已经可以在灶屋做饭了。只是她的颧骨更加凸了出来，眼睛灰蒙蒙的，像是夏天早上起的雾。她恳求我叫来村东头的童子婆。

吃过晚饭，阿婆把一升米放到八仙桌上，米上用红纸封了皱巴巴的十块钱，那是阿婆卖了二十个鸡蛋得的。熄了电灯，童子婆开始双腿颤抖起来，念念有词地跟着"师父"去阴间找爷爷的魂了。阿婆定定地望着童子婆，灰色的眼睛里有两点亮光在跳动。突然，童子婆的腿停止了颤动，重重地咳嗽了一下，阴阳怪调地问："你是不是这样咳的？"童子婆顿了顿，用一个男人的声音问道："金川，你还好吗？"阿婆意识到爷爷的魂已经托了童子婆的体，于是哭了起来："你什么时候来接我过去？"弟弟牵了牵我的手，打了个冷颤，我紧紧地握着他的手，叫他别怕。我不忍心告诉阿婆那是骗人的把戏，因为它可以把阿婆的生活装扮得不十分枯燥，在平凡而单调的日子里，让生命发出一点希望和幻想来。在自己的鬼神世界里，守着自己的命运和良心单纯而宿命地活下去，我想阿婆也许是累了，但爷爷的魂说要她再在世上活几年，于是阿婆似乎又意识到了自己的责任，活下去的责任。但她仍止不住哭，无助得像被扔到深山老林的婴儿。

我考上大学那一年，弟弟刚初中毕业便去了广州。我进了北京一所大学，阿婆逢人便会高兴地说：“我孙女考上北大了。”别人恭维她命好，老来得福，于是，她满是皱纹的脸便会笑成一团，像蜕下的皱巴巴的蚕皮。

我走的前一天，阿婆办了八桌酒席。她颠着小脚挨家挨户地通知了邻近的所有亲戚，而且给乡政府和村长送了两包烟，算是请柬。那晚，别人敬了她很多酒，每杯酒她都一饮而尽，而且还和一些老妇人对唱了酒歌。散席后，阿婆拿了一把有靠背的竹椅坐在枫树下，让我陪在她旁边。她的脸因喝了酒而有点酡红。阿婆笑眯眯地望着我，似乎很满足很骄傲地说：“枫妹子有出息了，是阿婆把你背大的哩。”我望着浓茂的枫树叶子，低低地说：“阿婆，我走了，别挂念我。”阿婆不说话，半晌她才说：“我教你唱山歌吧，到了城里，无论做了什么大官，都不要忘了家乡的根、家乡的人。”我点点头。于是，阿婆微闭着双眼，用沙哑的声音教我唱山歌。

现在阿婆仍独自守着老屋。她不知道什么叫幸福，什么叫不幸福。她只知道人不应该随随便便地停歇下来，因为活着有时是一种责任。

第一次看到他笑

刘殿学

自打昨天夜里接到录取通知书，全家高兴异常，妈也不知是哭还是笑，不时地用手揉眼睛。通知书没到，她总担心我考不上；通知书到了，她又担心我路上咋走。说，一个女孩儿家，第一次出远门，路上又乱，没个伴，家里不放心。

我说没事，我自己能走的，人家到外国留学，也一个人走哩。

妈叫我别犟，说明天不是叫他送，就是叫他爸送，反正得陪个人一起去。

没办法，最后我只好妥协了，同意让他送。

自从我爸去世后，他们爷儿俩，每年都从甘肃老家一起到我们家来帮助拾棉花。那一年，棉花拾完了，他们就不走了。

他们一来，我就觉得家里处处不自然，眼睛鼻子都碍事，总不想看到他们，更不想跟他们说话。每天天一亮，我就上学，天黑透了，才回家。一天三顿饭，我一个人端到自己房间里去吃，从不跟他们在一起吃。我讨厌看到那两双眼睛，尤其讨厌后爸那双黑黑的手，动不动就往我碗里夹菜。他每次夹给我的菜，我都偷偷地丢到桌下边喂猫。我知道，我这样做，妈心里是很难过的，她很希望我跟他们好，跟他们说话，叫声爸，叫声哥。可是，我办不到，怎么努力，也办不到。一看到他们爷俩，总觉得像小数点后边除不尽的数字——多余。我只有一个决心，一定要考上大学，离开这个家，永远不跟他们在一起。

接到录取通知书，一家人高兴得整夜不合眼，给我忙吃的，忙带的。

忙完了，天都快亮了。妈说我明天就要离开家了，今夜要跟我睡会儿。

可妈倒在我床上，老是睡不着，小声跟我说话："秀，你明天就要离开妈了！"妈刚说话，就开始抹泪："妈对不起你，秀。你爸死后，妈也实在是没法，才走这一步。妈又有病，这么多地，这家里没个劳力，多困难哪！不用说供你上学了，就是每月的面粉也打不回来。你四年大学，少说，还要三四万，这还得靠他们爷俩。哎，妈也知道你看不起他们，女儿家，人大心大，妈也不怪你。天亮，你就要走了，妈也没什么别的话说，天亮临走，叫他们一声好吗？他今年二十了，比你大一岁。"

我不说话。我知道妈这一辈子不容易，爸死了，妈那样困难，也没让我辍学。这一点，我深深地懂得，我知道妈心里很难受。但要我叫爸，叫哥，实在是难办到。为了临行前能安慰妈，我把手放到妈的手上，表示我愿意听话。可，天亮了，我还是又一次地错过叫爸、叫哥的机会。

说实在话，他们爷"俩"人并不坏，一老一小，两个老实疙瘩，来到这个世界上，似乎天生就是干活儿的命，天生就是往地里下力气的人。每天，天不亮下地，天黑透了，也不见回家。平时，吃好吃坏，穿好穿坏，一声不吭。我家承包的一百多亩棉花地，从春到秋，他们父子俩就像两头牛，没白没黑地干。就连到了拾棉花最忙的时候，他们也不让我缺一节课。说，念书的人不能离开书，一离开，脑子就会死。不管地里的活多么紧，每逢下雨下雪，妈还叫那个儿子给我送雨伞、送雨鞋。其实，我宁可淋着，也不想让他到我们学校去。每次，一见他走到学校前面大门时，老远地，我就跑出教室，去接他手里的东西，生怕班里的同学问我他是谁。后来，他也自觉，一次也不往学校大门里走，就站在学校前面路旁边的林子里，淋着雨，等我放学出来。身上披块塑料布，湿透了，他也不敢撑开我的小花伞。如果我不带任何偏见的话，其实，他长得并不难看，高高的个子，长长的脸，眉宇间还带有几分帅气。新疆一天十五六个小时的日照，把他晒得又黑又瘦。要是命运能够公平地让他上学的话，我敢说，他比我们班上许多男生都长得好看，他完全有资格成为一名优秀的大学生。可是，他也很不幸，他妈死得早，甘肃老家在山沟里，穷，上不起初中。来到我家那年，他才十五，我妈想让他继续上学。可家里这么多地，他爸就早早地拿他当成了整劳力，整天在一眼望不到边的戈壁滩下晒日头。

轧嘎，轧轧，轧嘎，轧轧……

火车把我与家的距离越拉越长。

坐在火车上，我第一次有了离家的感觉。这种感觉使我好想哭。我知道，我这一去，不是永别，实如永别，要很久很久才能回家一次。我好想妈妈，我就从车窗往外看，想看到妈妈。看累了，就把头放在小茶桌上，假睡。反正不想朝对面看。我知道，他正端坐在那儿，双手夹在两腿中间，也在朝窗外傻看。

他在看什么呢？我下意识地朝对面的他瞥了一下，他仍像根木头一样，不说，也不动，眼睛永远是那样老老实实地看着窗外。

他也知道，一般情况下，我不会跟他说话的。所以，他也就一心一意，一个人看那车外不停地流动的景物。

一天一夜过去了，同坐在一起的旅客，根本不知道我们是一起来的，更不知道我们还是一家人。

我觉得十分寂寞，几次努力，想跟他说话，但，都没有成功。

再有一天一夜，就到西安了。也就是说，我们之间，已经是两天一夜，三十多个小时，互相没说一句话。有时，他去给我打杯水来，啥也不吭，就那么不声不响地放在我跟前的小茶桌上。我看书，他不看书。我不吃车上的饭，吃干粮。他饿了，就自己买一点儿饭吃。

火车进了一个小站。停车三分钟。

那些卖东西的人，一个个扒着车窗叫卖。

我看见一个卖五香花生的乡下妇女，就问："哎，花生多少钱一包？"

"一块。要不要？"那个乡下妇女拿起一包花生，举在手里，问。

于是，我就拿出一张五块钱，说："买两包。"

那乡下妇女收了钱，先给了我两包花生。随即，手在袋子里抓了抓，不找钱，掉头想走。

我急得正要喊，只见他眼疾手快，立即从车窗中探出大半个身子，一把将那个乡下妇女的头发抓住，命令似的："找钱！"

他那样子好凶。

天，我还是第一次看到他那怒不可遏的样子。如果那个乡下妇女再不老老实实地找三块钱，他一定会把她从车窗外提进来的。

车又开动了。

我对他看了一眼，心里好一阵感激。将手里的两包花生，分给他一包。

他说他不饿，要我留着慢慢吃，到西安早着哩。

由此，那包花生，就在小茶桌上放着。一直到西安，我收拾东西准备下车时，才将那包花生装在兜里。

火车晚点了。夜里十一点才到西安。

西安火车站好大呀！

车站上，到处都是拥挤的人。

我下了车，头晕晕的，不知东西南北。在人海中，到处看不到一个熟人，我才真正觉得，我已经离开了家，离开了妈妈，来到了一个陌生的世界，心里好想哭。大概是因为自己胆小的缘故，提着包，一步不离地跟着他往前挤。原先那种厌恶、傲慢的感觉，不知哪儿去了。只觉得他就是我的亲哥，那么细心，那么卖力，肩上背着两个大包，手里又提着小包，走得那么艰难，还不时地回过头来看我，生怕我被挤丢了。

我没钻过火车站地道，心里很害怕。问："哎，这走到哪了？哎，对不对？哎，还是问问人家再走吧。"

他说："不问，对着呢。就打这儿出去。"

"你走过吗？"

"走过。那年，跟大去新疆，也是这样钻的。没错，走，跟着我。"

我心里暗自庆幸，幸好听妈的话，让他来送我。否则，这大包小包的，拖不动，扛不动，又不识方向，这会儿，准该哭鼻子了。

几个弯儿一拐，忽见前方一片灯火辉煌。车站出口处好不热闹。我一眼就看到人头上举起一溜的牌子，都是各个高校来车站接新生的。

老远地，我看见一块牌子上写着"陕西师范大学"几个字，高兴地大叫："哎，陕西师大！那儿，哎，你看，在那儿！哎，有人来接我们了！"我高兴得跳起来，嘴里一个劲儿地"哎"，从人空儿中挤过去，拿出入学通知书。

那些大学生们便热情地接待了我。

一个戴眼镜的高个儿男同学，从我手里接下包，往车上送。还叫我们动作快些，说他们夜里还要接三趟新生。

另一个男生走过去，从他肩上往下拿包，问我："他是你什么人？你哥吗？"

我点点头。

那男生又说："那好，就一起上车吧。学校有招待所。"

他放下包，说："不了。秀交给你们，我就放心了。我在车站上坐会儿，明天天不亮，就搭上海来的54次车回去。"

那个戴眼镜的高个儿男同学说："明天天不亮就回呀？忙啥？到了西安，还不好好玩玩？难得来一趟，去看看半坡呀、兵马俑呀，去华清池洗个澡呀……来来来，上车上车。"

"不了，俺家里还有事，地里棉花开始拾了，俺爹俺娘忙不过来。"他说着，硬从车上往下跨。

车开了。

那个戴眼镜的高个儿男同学看我好像傻了，赶快捅我，说："咦，跟你哥说再见呀！"

"哥！……"我从车窗伸出手。一下子觉得心里泪汪汪的，好想哭，连忙用手捂着脸。

他一听，连忙转过身，笑着对我挥手。

我第一次看到他笑。

有一种怀疑叫爱

雪燕

“你们总不信我，我长大了，可以照顾自己了……”我埋怨着。

父亲在一旁默默无语。我不懂父母怎么这样不信任我，我早已不再天天吃泡面了，可他们总是用怀疑的口吻问:“真的去食堂吃饭了吗？”我很不耐烦地点头。

这个问题，父母问过N遍了，可他们仍按惯例——我住校一回到家，他们就要先拷问一遍，絮叨着吃泡面没营养，不正常进食的话就会搞坏胃，可能会得胃病，这可难治呀。

父母总是拖长声音，能将我的灵魂扯出来晾晒一遍，仿佛我就是个爱撒谎的孩子。

下午，我们去姥爷家，我爱姥爷。姥爷人好，好得让我生气，他总是把我孝敬给他的东西分给别人。

“姥爷，你又把我上次孝敬你的梨给分了？”我一见面拉着姥爷的手问。

“没，自己吃了。”

“骗人！”

“我真的是自己吃了！”姥爷挺委屈地说。

进屋，我先检查冰箱，仅剩两只梨子了，上周我带了满满一塑料筐的，这么快就吃了？我眼光乱晃，终于找出姥爷两个10岁小友的溜溜球、小豆子的两把弹弓，便说：“看，你分给他们吃了。”

“没，前几天咳嗽，都煮了吃了，很甜。”姥爷说。

“真的？”我仍旧不放心地询问。

“真的，你个小丫头怎这么烦人咧！”

姥爷叫起撞天屈来了。

“不骗人！”

“骗人变小狗！”姥爷吹胡子瞪眼睛。

晚上，回到家。

我仍想着姥爷，原来父母不信任我正如我不信任姥爷一样，那种不信任来自不放心，来自内心最深切的爱。这一种怀疑就是爱。

真爱总是隐藏在困惑与不解中，当你读出爱的真谛，那便是幸福的所在。

永远的二月兰

杨洋

从那一天起，我叫她外婆。二十年前，我到北方一个偏远的乡村度假，那是一个宁静、民风淳朴的小村庄，人们叫它裕庄。它坐落在长城脚下，村前有一条清清的小河，它从高高的山上像一条玉带蜿蜒飘下，溪水清澈，映照着蓝蓝的天，白白的云；她默默地流淌着，好像在悄声细语地叙说着四季的故事和往昔的惆怅。

我每天都坐在村前的小河旁，手里翻着画册，两只脚拍打着溪水，水花顽皮地溅到我的脸上，望着那蓊郁的远山，从遥远的天际绵绵延延而来，挥洒着无尽的远古的气息和质朴的情韵。

在村口的一棵古槐树下，我经常看见一个老人手里提着一个竹篮子，来回张望着。风撕扯着她花白的头发；她穿着青色夹袄，腋下的搭扣没有系上，露出一抹白色的衬里，那被岁月摩搓的脸是苍老的，但却透出一种清癯和洁净。她遇到有人从村子里出来便问："到孟庄吗？费心捎点东西吧。"她不断地重复着，直到有人接过篮子，老人才弯着腰默默地走了。她总是一个人来，又一个人走。我把身子趴在膝盖上，不再看山也不再看水，只望着她，想着她：她到底是怎样的一位老人？

听村里人说，她姓张，抗日战争时代失去了丈夫和儿子，家里只剩下她一个人；她没有再改嫁，她说孩子他爹是为打鬼子死的，他没有别的亲人了，不能让他的坟头上长了荒草。她一个人苦苦地支撑着，战争中她给八路军做了许多衣服被子，冒着枪林弹雨悄悄送到大山的那边。那个住在孟庄的大娘有着和她一样的遭遇，是她的亲人也是战友。这个平凡而动人的故事悄悄地走入了我的心灵，从此我担当起裕庄和孟庄的信使，传递着她们彼此情感的信息。从此我经常走入老人那爬满青藤的院落，一架古老的纺车吱吱地响着，窗外的花椒树摇着一树的葱绿。

裕庄到孟庄要翻两座山一条河，日头出来走，日头落了才能回来。她给孟庄的老人带的是些吃的用的：拨落饼（把面摊在树叶上里面放上馅蒸熟）、萝卜糕、白面饺子、手套、袜子、帽子……然后我又从孟庄拎着差不多同样的东西返回裕庄。讲究实效的现代人往往会把这种往返看做没有意义的重复；现代趋于沙漠化、功利化的人际关系，很难理解正是这种往返，这片情感的绿洲，支撑着两个人互相牵挂的生命。

有一次我要到集市上看皮影戏，老人让我顺便到孟庄看看，我答应了。看过了皮影又在镇上的书店转悠了大半天，早已把去孟庄的事抛在脑后了。太阳已落山了，我只好打道回府。回来时，我站在屋檐下，隔着竹帘说："我去孟庄了，她很好。”院子里的鸡咕咕地叫着，老人拉着风箱，点了点头，灰白的炊烟袅袅地溢了出来，我转身便走了。

过了两天传来消息，孟庄的老人溘然长逝了！我一下子就扑向了她的怀里哭得死去活来：“那天我没去孟庄，我撒谎了，我该去看看她，也许……”她抱着我也哭了：“我知道，你是好孩子，好孩子，人老了随时都会蒂落入土，只要她走时没受罪就是福，人老了只求这个福了，求到就好。”她突然笑了一下，好像是在安慰我，又像在安慰自己，她的笑容那样动人、慈爱，那是不常笑的人才有的笑容。我不禁叫了一声“外婆”，她抬起了头，蓦地又流泪了，她抚摸着我的手，我的辫子。我看她疲倦的眼睛里燃烧着爱。

外婆总是摩挲着一封又一封寄给我的信，她说：“这信里都装着要说的话吧，有那么多人要和你说话，多好。”她的神情有些寂然。“能把信给我念念吗？”于是我一封一封给她朗读。她一边听，一边做活计，一会儿针涩了，便把只做了一半的鞋面子抵住下颌轻轻地唱了一支歌：“长亭外，古道边，芳草碧连天，晚风拂柳笛声残，夕阳山外山。天之涯，地之角，知交半零落。一斛浊酒尽余欢，今宵别梦寒。”声音有些沙哑低沉，似充满了惆怅之情。

假期很快就过去了，我离开了外婆，每个月每个节日我都给她写信，我想让她知道世界上有人与她紧紧牵着。又过了几年，外婆去世了，村里的人告诉我，经常看见外婆拄着拐杖站在村口的大槐树下，等着邮差，无论是春夏还是秋冬，外婆在盼望中走完了她最后的路。

去年我去裕村，看见埋葬外婆的土地上开满了漫山遍野的二月兰，外婆坟前的草绿生生的，我把一封信悄悄放在外婆的身边：“外婆您慢慢读吧，明年我还来看您。”

妹妹的信

刘贤冰

我和弟弟离家读书后，妹妹就是家里唯一的“文化人”了。母亲没读过书，父亲读的书不足以将一封信写完整。总之，我们与家里的通信联系全靠妹妹来执笔。

“文化人”是我们送给妹妹的称呼，其实她只读到小学三年级。她是自己主动弃学的。家里拿不出足够的学费，当时大概也就几块钱吧。老师说，再不交齐学费就不要读书啦！第二天，妹妹就把一张破桌子和一把断了腿的椅子搬回家了。结果挨了母亲一顿骂。母亲骂她时有这样的内容：“今后连给你哥写封信都不会！”母亲骂过之后也没别的办法，她确实拿不出那几块钱的学费来。

妹妹赌气不上学时，确实没认识到“写封信都不会”的严重性。但她马上就认识到了。一个小学三年级没读完的农村女娃，要担负起与两个在外求学哥哥的通信任务。当然，她还得干活。她干完活后晚上伏在煤油灯下写信，像个被老师罚抄作业的学生。实际上，给两个哥哥写信，成了妹妹弃学后特殊的“家庭作业”。

这些情况是我收到妹妹第一封信后才知道的。这封信很短，有很多错别字，她陈述了不再上学的理由：她在家里帮忙做事我们会安心些——她说得不对，我们并不安心，而是更加愧疚。

记得那封信的结尾是这样的：“今天就写到这里吧，我还要给小哥写一封信呢。”

后来我发现，妹妹每封信的结尾都要写上这句话。后来我还知道，她写给弟弟的信的结尾是这样的：“今天就写到这里，我还要给大哥写信呢！”回家后问她：“你是不是每次要同时写两封信？”她想也没想便说：“不是啊，我写一封信要好久的。”

原来，她认为既然是一封信，就应该多写一点字，可又实在不知道说什么，便有这个“通用式”的结尾。她有两个哥哥，便想到用这个似乎是顺手拈来的句子凑字数。

母亲说，妹妹写信从不让人看。虽然家里谁也看不懂，她还是把自己关在房间里认认真真地写，旁边摆上她三年级下学期发的课本——一副真正做学问的样子，所以后来我们称她为家里的“文化人”。

信写完，也不读给父母听，只是说：“都写上啦都写上啦！”母亲对她说：“你不念，你哥还是要看的啊！”她说：“看就看呗！”

我们放假回家，她便提前打招呼：“不要笑话我写的信哦，不然我就不写了。”

我们还是要说：“写得好写得好，错别字越来越少了。”

说真的，妹妹的信中，错别字的确是越来越少了。后来听说，她写信和发信也没原来那么害羞了。我们那儿发信，要走到十几里地的小镇上去发。她出去发信时，不再将信揣在口袋里，而是大大方方地拿在手上，遇到熟人问，她还要将它扬起来，自豪地宣称："给我哥发信去！"在她看来，这确实是件值得骄傲的事。在我们那小村子里，只有妹妹能够说这样的话，因为她有两个哥哥上了大学。

弟弟考上大学后，家里更困难了。妹妹来信的内容也有了变化。这样的句子开始频频出现在妹妹的信中："哥，这次又让你失望了，家里还是没有钱寄给你，怕你着急，先写一封信给你……"在穷困中长大的孩子心是比较硬的，可每当看到妹妹的信，看到信中的这些句子，就忍不住要掉泪。

妹妹的来信虽然句子不太通顺，可我都能够读懂。但很长一段时间，我都没有考虑到我的回信妹妹能否读懂。我上小学时写字是很规矩的，后来就越来越不规矩了。后来发现，我竟然一直在用那些龙飞凤舞的字，在对付一个小学三年级没上完的学生！直到妹妹来信说："哥，你写的字又有好多我不认识……"

此后，我给一些同学写信，怎么笔走龙蛇都没问题。但面对信笺，一旦记起是在给妹妹回信时，我马上就变成了一个端端正正的小学生……

雪

（美）大卫·科波菲尔

亚当找来所有的枕头，把它们小心地堆在窗前，然后把窗上的霜擦去一小块儿，刚好可以看出去。他踩在堆好的枕头上，为了保持身体平衡，将下巴抵在窗台上，一直向外看，像是在等着什么出现。

过了一段时间，亚当终于看见有两个人走了过来。尽管他们穿着长长的黑色大衣，几乎把全身都裹了起来，隔着窗户根本看不清他们的脸，但亚当还是一眼就认出了他们，认出了那条紫红色的围巾，那是祖母亲手织的围巾。

人影越来越清晰，可以看见祖母的手挽在祖父的臂肘里，两人相互搀扶着缓慢地、小心地前进。亚当穿着睡衣跳下床，跑出门去迎接他们。祖父弯下身，将亚当抱起来，紧紧地搂在怀里。祖母在一旁轻抚着亚当的头发，慈爱地说："你祖父总是认为自己还很年轻，就像你一样。"

亚当刚想转过头去看她，天空中突然闪过一道炫目的白光，刺得他几乎睁不开眼睛。当一切又复归平静时，亚当突然发现祖母那条紫红色的围巾上缀满了一个个小白点，仿佛夜空中漂浮着的、闪烁的繁星。这太神奇了！亚当从未见过这样的景象。

"快进来，外面下雪了。"亚当听见妈妈在屋里喊道。

"雪。"亚当轻声重复着这个神奇的名字。他伸出手，想抓住更多的白色雪片。

这些落在亚当手掌上的白色的东西，它们起初是那样的柔软、蓬松，渐渐地化了，融化在亚当的手里，终于消失不见了。亚当仰起头、望向天空，张开嘴、伸出舌头，想要抓住它们。

之后，亚当搬去佛罗里达州和父母一块儿住。当再次见到祖父时，亚当已经过完了他的 4 岁生日。爸妈告诉亚当，祖母过世了，祖父现在一个人，非常孤单。

但值得高兴的是，祖父答应从新泽西搬过来和亚当他们一起住。祖父径直地走向客房的床——带着他的轮椅、一个塞满了衣服的皮箱、一张破旧的摇椅和祖母那条紫红色的围巾。

祖父搬来后，最兴奋的是亚当，因为能和祖父在一起，亚当每天都显得特别高兴，今天也是如此。和往常一样，亚当走进祖父的房间时没有敲门，祖父睡着了，发出轻微的鼾声。为了不吵醒祖父，亚当蹑手蹑脚地走到床边祖父那个破旧的枫木摇椅旁，轻轻地坐了上去。

看着祖父桌上的那张熟悉的照片，亚当脸上露出了幸福的笑容。"嗨，祖母！"亚当低声地与照片上的人打了个招呼。照片是在新泽西时的一个午后，妈妈为他和祖父母拍的。

就是下雪的那天。

亚当非常喜欢这张照片，这让他想起了祖母，想起了他和祖父母在一起的日子，想起了那场雪。

他用手指轻抚着照片上祖母那张慈祥的脸，重复着这个曾经做过千百次的动作。他还记得祖母头上的每一根头发，祖母脸上的每一条皱纹，但他所能记住的有关新泽西的回忆，却只有那个午后——落在祖母围巾上的白色雪片，仿佛夜空中漂浮着的、闪烁的繁星。祖母和祖父抱着他，还有，融化在他手心和舌尖上的雪。

亚当从椅背上取下祖母的围巾，缠在自己的脖子上，把脸贴在上面摩挲着，感觉就像祖母的手在温柔地抚摸着他。

“过来让我抱抱，亚当。”祖父醒来了，嗓音中带着一种亚当特别喜欢的独特的沙哑。亚当从摇椅上跳了下来，扑到祖父怀中，把他的脸紧贴着祖父那张有些粗糙的面颊。没等祖父开口，亚当就将围巾放在祖父的床上，又给祖父倒了一杯水，然后爬上床，钻进祖父枯瘦的臂弯里，满足地依偎在祖父身旁。

“一起出去玩好吗？”过了一会儿，亚当问。

祖父有气无力地躺在床上，眼皮低垂。他知道自己的时间已经不多了，但仍然掩饰着说道：“好主意！可我不能陪你玩得太久，我太累了。不如我们现在就来做个有趣的游戏吧。”

亚当似乎明白了些什么，就像爸妈告诉他的一样，祖父快要死了。虽然他还不能完全明白死亡的含义，但他知道他将永远与祖父分开，再也见不到祖父了。

“来点新鲜的，”祖父说，“我闭上眼睛休息一会儿，醒来时，相信你会给我一个惊喜。”

没想多久，亚当就有了一个好主意，既让自己开心，也会给祖父一个惊喜。他看了看四周，很快就找到了他需要的东西。他滑下床，踮起脚尖，很费力地够着了桌子上的一沓稿纸，撕下来其中一张。

显然是撕纸的声音引起了祖父的注意，“你在干什么？”他问亚当。

“我要给你下一场‘雪’！”亚当回答道，同时加快了撕纸的速度。当他把纸撕成不能再小的碎片时，便扬起手，猛地把纸屑撒向空中，“爷爷，快看！”亚当伸开双臂，同时转着圈，“雪，下雪了。”

“太美了！”祖父一下子仿佛换了个人似的，变得精神抖擞。他坐在床上，看着一片片白色的“雪”在亚当的手中扬起、飘落。

亚当不停地撕，不停地撒，直到用完最后一张纸，地板上也铺满了厚厚的一层白色的“雪”。

祖孙俩又欣赏了好一会儿，祖父才建议亚当在妈妈回来前将房间打扫干净。亚当不情愿地把地上的“雪”铲起来，倒进了废纸篓里。

之后的几天里，爸妈只允许亚当进祖父的房间看一眼，问声好。到了第三天，当亚当再见到祖父时，他看起来似乎又老了许多。

“我好害怕你会离开我，爷爷。”亚当本来想说点别的什么，但却忍不住心中的担忧。

“离开你？”祖父微笑着，指了指躺在角落里的轮椅，“不，我的心仍然在这里，我哪儿也去不了，你说呢？”

说完这些，祖父看着亚当的脸，他的声音突然变得严肃起来，“这就是你想说的，亚当？”

亚当开始沉默起来，他想说，他知道祖父快要死了，将会永远地离开他，对他来说，这是一件十分可怕的事，但亚当始终没有说出口。

“还记得你给我‘下雪’的那天吗？”祖父似乎猜到亚当在想些什么，“还记得我说过，有一天我真的会累了……”

“我记得，但是……”

“等等！”祖父举起手，做了一个停止的姿势，手上的皮肤几乎薄得透明，“让我们过一会儿再说这些好吗？”

他指了指放在桌子上的一沓雪白的稿纸，亚当心领神会，拿起稿纸，然后望了望祖父，祖父神秘地微笑了一下，说：“来，我们一起看雪吧！”

窗户敞开着，柔和的海风吹进来，吹起亚当的“雪”，亚当开始在“雪”中跳起舞来，一圈又一圈……祖孙俩沉醉在这漫天飞舞的“雪花”中，不知道过了多长时间。“雪”停时，时间已经很晚了。妈妈推门走了进来。

“哦，我的老天，看这里乱成什么样了！”

亚当看了祖父一眼，祖父朝他眨了眨眼睛，什么也没说。亚当明白这是什么意思，“雪”是他和祖父两人共同的秘密，谁也不能告诉。“我会打扫干净的。”亚当对妈妈说。

第二天早晨，祖父去世了。晚上，祖父被抬走了。他是亚当的朋友、伙伴、老师——是他唯一的玩伴，现在祖父死了，亚当难过极了，他感到孤独、失落，就像是被遗弃了一般。

就连去祖父的房间里呆着，也丝毫不能减轻亚当心中的悲伤。而且，妈妈已将祖父住过的房间重新布置过了，现在已成为了一间缝纫房。家里除了那张照片和祖母紫红色的围巾，好像他们从来就不曾存在过一样。亚当把照片拿回到自己的房间，那是他和祖父母在下雪的那天拍的照片。亚当把照片小心翼翼地放在自己的枕头底下，睡觉时抱着祖母的围巾，但仍然于事无补，祖父和祖母走了，不可能再回来，他们永远地离开了亚当。

每天晚上，亚当都会梦见祖父，祖父站在雪地里，祖母也站在那儿。亚当大喊着“爷爷，爷爷！”而每次他都会被自己的喊声惊醒，醒来时枕头早被泪水浸湿。

一天晚上，亚当像以前一样，又从睡梦中惊醒，他拿着照片，裹上围巾，来到海边。亚当把围巾铺在沙滩上、月光下，围巾看上去就像是一大块浴巾。风把一张纸吹了过采，亚当伸手抓住。

他把纸撕成了碎片，用力地抛向空中，然后闭上眼睛，伸出双手，手掌向着天空，仿佛回到了从前，回到了与祖父、祖母在一起的快乐时光，回到了那个下雪的午后……一阵风吹来，吹乱了亚当的头发。

睁开眼睛，祖母的围巾上落满了这些雪白的东西。它们从天而降，落在亚当的身上，落在他的睫毛上、鼻子上、手掌上。

这些落在亚当手掌上的白色的东西，它们起初是那样的柔软、蓬松，渐渐地化了，融化在亚当的手里，终于消失不见。亚当仰起头、望向天空，张开嘴、伸出舌头，想要抓住它们……

我与姐姐

杨海蒂

姐姐名字叫海棠，比我大不到两岁。小时候，也许就因为姐姐与我年龄相仿、个头等高，我从来都大咧咧直呼其名“海棠”！即使有求于她，她趁机威逼利诱让我“叫姐姐！”时,“姐姐”二字我也讷讷难以出口,对此,她总觉得自己吃了亏，心里一直颇不畅快。

据上辈人讲,姐姐是人见人夸的乖女孩,我则整个一坏小孩。比如说照相时，她准能按照大人的旨意甜甜地笑着，我却比褒姒还不爱笑，而且不肯受任何摆布。又比如玩玩具，她一定能将它们完璧归赵，而任何玩具到了我手里，不出几分钟便会四分五裂。母亲说之所以让我 4 岁就上学，让我与姐姐同一个班级读书，就是因为没有玩伴的我时常闯进课堂对姐姐胡作非为，而她每回都只是无可奈何地哭泣……

对于这种说法，我一直很是怀疑。在我的记忆深处，母亲、老师和姐姐曾经是压在我头上的“三座大山”，姐姐对我更是无恶不作：她会悄悄地把我辛苦种植的玉米苗连根拔掉，会偷偷地把我的“百宝箱”摔得粉身碎骨，诸如此类的“罪行”不胜枚举。告状更是她整治我的第一法宝，我生性偏执又倔强，不肯为自己辩白、求饶，因此没少挨打受骂，透过泪水朦胧的双眼，我总能看到姐姐那一脸的幸灾乐祸。

5 岁的弟弟倒肯说句公道话。别人问他：“小家伙，你两个姐姐哪个更好？”他毫不犹豫地回答:“没一个好东西。大姐阴着坏,二姐阳着坏。大姐更坏。”当时，姐姐对弟弟的“忘恩负义”恨得咬牙切齿，我则对弟弟的仗义执言感激不尽。

姐姐有理由认为弟弟忘恩负义。为照看弟弟，姐姐曾停学两年，直接从小学一年级升到四年级，于是她的算术一塌糊涂。她在文学方面的天赋则让我暗暗妒忌。从小学四年级起，她的作文就是范本；上中学时，她是闻名遐迩的才女；凭着生花妙笔，她力挫群雄，成为某院编导系在我市张榜的状元。她的家书被父母津津乐道；好友把她的书信装订成册，处处炫耀“海棠是大陆的三毛”；她与男同学相互口诛笔伐时，对方称她为“心狠手辣的王熙凤”，同时又为她的文采所折服。

“王熙凤”自然能当领导者。少先队大队长、班长、团支部书记,这些“官衔”让姐姐从小到大风光无限，让只能当当小组长，顶多是个“文娱委员”的我曾对她高山仰止。中小学老师常夸姐姐：“这女孩真好，文文气气，走路都怕踩着蚂蚁似的。”夸她时还一边用眼睛斜睨着我。他们哪里知道，姐姐振臂一呼，便能应者云集；上课时，就在老师扭过头去的瞬间，一溜人马跟着她逃之夭夭，鼠窜而去。上山采野果，下河摸鱼虾，这是“日常课程”；偷红薯、板栗、枇杷，把河里游泳者的衣裤藏起来，“挑动群众斗群众”，始作俑者都是姐姐。我虽为老师的“不辨忠奸”感到十分冤屈，却从不敢对姐姐检举揭发，相反，我是她忠实的追随者。

但我们的和平共处仅限于“狼狈为奸”时。平常，我和姐姐相互间如同斗鸡，话不投机半句多，且一言不合便你揪我耳朵，我抓你辫子，然后拳脚相向；恼羞成怒的时候，棍棒、凳子、剪刀等都是两人的自卫和进攻武器。常常被打得落花流水落荒而逃的是我，为了报复，我在她睡着后狠命地掐她的腿、脚(两人睡一张床、一床被，各睡一头)。于是，被子里又是一场恶战，两人如蛇一般钻过来游过去，你掐我我揪你(还不能发出声响，否则母亲会对我们各打五十大板)，最后，以战败方不敢缩回被子，只能横睡在枕头上而告战事结束。成年后的我和姐姐有一次回忆起当年的这般情景时，两人在大街上笑得前仰后合、涕泪纵横，惹得行人纷纷对我们侧目而视。

我和姐姐终于“和为贵”，是在她过16岁生日那天。那天，作为市乒乓球选拔赛新出炉的女子冠军的姐姐，随团整装出征，参加省乒乓球全民选拔赛赛事。尽管姐姐在团里年纪最小，但她在我的心目中非常伟大——要知道，她是在乡下用土砖搭砌成的乒乓球桌上练出来而一路过关斩将杀入省城的啊。在火车站台上，送行的我一脸崇拜地仰望着已坐在火车上的姐姐；姐姐宽厚地微笑着，对我左叮咛右嘱咐。从那一刻，我感到了姐姐的成熟和来自她的温暖。

实话实说，姐姐以前长得像丑小鸭，这是她最不愿意提及的往事。尽管乒乓球赛事铩羽而归，但姐姐竟出落成海棠花般美丽、有韵致，这可是意外大收获。美丽的女子自信，自信的女子宽容。姐姐开始对我宽大为怀，甚至会由衷赞美我，使我受宠若惊、如沐春风。

不过，姐姐偶尔还会露出她的庐山真面目。在艺术学院念书时，漂亮端庄、气度雍容的姐姐被同学戏称为“国母”。然而有一次，不知被何事惹恼的“国母”在礼堂里一脚将板凳踢飞，把我们吓得鸡飞狗跳。事后，姐姐专门请我外出吃炒粉，名曰为我“压惊”。这次“压惊”，成了我和姐姐关系的转折点。从此，我们成了无话不谈的知心密友，喜怒哀乐、爱恨情仇，我与姐姐总是会与对方一起分享或分担。

正当大家对以优异成绩毕业的“国母”充满期待时，姐姐却很快陷入了情劫，而对方除长相尚可外，不堪一提。“名花”归这么个“主”，谁也想不通。一边是满嘴抹蜜的奶油小生，一边是坚决反对的亲人、恩师、朋友，母亲甚至绝食抗议，难以自拔的姐姐无所适从，于是，留下一封“遗书”后准备悄然出走，打算从庐山“舍身崖”上纵身下去殉情，被密切“监视”的我力阻。我本着“我虽反对你的爱情，但我誓死捍卫你恋爱的权利”的宗旨，成为替姐姐传送“鸡毛信”的“海娃”，并竭力帮她游说众志成城的反对派。经过3年艰苦卓绝的抗战，姐姐与奶油小生“有情人终成眷属”。从此，姐姐拘于方寸天地，沉于柴米油盐，与事业誓不两立。

一晃7年，在公众视野中早已消失身影的“国母”，带着5岁的女儿净身出户，逃到我处安身立命。

回首往事，姐姐恍若隔世，如梦初醒。梦醒是残酷的，但当初那个梦还是美好的——姐姐仍作如是观。对于过去无怨无悔，只把它当成命中的定数；可以对一个男人失望，并不对爱情失望，继续做着少女般的绮梦，这就是我的姐姐，一个名叫海棠的女子的天生禀性。

对于这样一个女子，我无可奈何，只好听之任之。事实上，我的青春期深受姐姐的影响。信守着姐姐伟大的爱情观，我的脑子里也装满着傻乎乎的念头；我在爱情的旅途中懵懂前行,因而总跌得头破血流。弟弟讥笑我和姐姐:一对“难姐难妹”。

爱情是美好的，不管它是什么样的爱情；但人生仅有爱情是不够的，幸亏这一点姐姐已经悟到。姐姐终于开始埋首文学写作，说是要“待从头，收拾旧山河”，且直言要很快超过我，扬言要尽快名满天下，以多挣些银子供养女儿。“予岂好名乎？予不得已也。”她如孟夫子般摇头晃脑地对我说。我看着她，嬉皮笑脸地笑了。

外婆的刀削面

林树森

差不多七八岁的时候，我被母亲送到了外婆家。

我至今仍不知道母亲为何要将我送到那里去，大约是我太过顽劣的缘故吧。我记得，当时的我很不情愿到外婆家去，曾用了各种啼笑皆非的方法来抵制。但最终，我还是被母亲拖去了那里。虽然我为此忿忿不平了三天之久，然而，现在想起来，我实在是应该感谢母亲的决定的。

上个世纪八十年代的时候，外婆那里还没有通公路，我和母亲这一路便好一阵走。待到怀揣糕酒、手携娇儿的母亲走了个七折七回，人困脚乏之际，看见满头白发、满面红光的外公，一路小跑着接了出来。

不知道为什么，儿时的我很怕外公，怕他满脸的络腮胡子和刀锋一样刚劲的皱纹，更怕他胡萝卜般粗细手指的大手，唯独不怕他抱我。母亲说，我刚出生的时候，外公就抱过我。那时是夏天，他似乎怕我热，便直着小臂抱我，托着我，满村子地绕，逢人便讲："这是我外孙。"

外公的出现，使我规矩了很多。得以喘息的母亲便和外公说笑着走进村里去。七拐八折地走了好一阵，柳槐相遮映的外婆家便出现在眼前。

花白头发，笑眯眯的外婆早已等在门口。她嗯啊地应着母亲的问候，伸手挡开母亲双手捧过的糕饼，蹲下身拉我到她怀里去，硬硬的手指摸着我的头，笑着说："俺家亮亮又长高哩。"我却嘟着嘴，老大的不高兴，我不喜欢这里，我觉得这里不是我的家。

一家人笑语欢声地往屋里去，除了被母亲踢了一脚的我。

屁股的疼痛，使我抽着鼻子，满脸的痛苦状，外婆悄悄地塞一块糖给我，然而不管用，我含着糖，嘴里呜呜地响。

午饭的时候，外婆端上一盆饽饽来。

饽饽的样子，很像是我们所说的馒头。或者它就是馒头，只不过叫法不同罢了。外婆蒸的饽饽，实在好吃得出奇，刚出锅的时候，带着微微的黄，不似城里食品店的馒头，白得扎人的眼，叫人一见便失了胃口。抓一个饽饽在手里，软软的烫一烫手，整个人都暖了起来，连心都软软烫烫的。就着腾腾的热气，尽着性地咬一大口，嫩嫩的香便流满了嘴，滚滚地淌到胃里去。软软甜甜的滋味，留在舌齿之间，叫人难以忘怀。

然而，我最难忘的，却是外婆精心调制的刀削面。

第一次吃到外婆的刀削面是在母亲走后不久。自小生活在母亲身旁的我，看着她渐渐远去的背影，忽然感到莫大的委屈。嘴一张，外婆的糖块箭拔弩张地飞了出去。还未等外公外婆反应过来，我已哇哇地痛哭起来。

外公古铜色的脸上立时渗出了汗珠，他喂我糖，给我买花花绿绿的贴纸，甚至用肩膀驮着我去看大牛家娶媳妇。我却丝毫不理会急得团团转的外公，自顾自地，张着大嘴嚎啕痛哭。

外婆一声不响地看着我，她悄悄走去了厨房，在那里叮叮当当地忙了起来。当我哭到荡气回肠之时，外婆也颠着小脚送出一碗面来。

一阵异香使我不由自主地停止了哭泣。

“吃吧，孩子。”她挑着面往我嘴里喂。

迟迟疑疑地，我咬了一小口。这的确是一小口，小小的嘴，轻轻地咬，但就是这一小口，却足以令我破涕为笑，我吮着舌头，响响地嚼着面，双眼再也离不开那碗和筷子。

从此，每当我哭闹的时候，外婆总要做面给我吃。

我至今也无法知道外婆是如何将一碗普通的面做到如此好吃的。听外公说，外婆年轻时便长于做面，尤其是刀削面，更是出名的好吃。我曾亲眼见过外婆做面，那的确不是一般人可以做得来的。首先，你必须有一身的力气，否则，单是做面条的面你便揉不来。揉得小了，面软，刚一出锅便粘在一起，缩成一坨面糊，吃不出任何味来。外婆揉面的时候，总是用着全身的气力，使劲地压下去，又用力地揪上来……直到那面硬到当当响，外婆才去揭开那口特大号的铁锅。

削面更是一个细致活儿，完全可以用赏心悦目来形容。外婆把笨拙的菜刀灵巧地上下挥舞，飞动的刀片仿佛翻飞的蝶翅，刀刀都险险地擦过手指，却永远不会削上去，闪着寒光的刀口吞吐着粉白的玉片，飞花溅玉地落入滚开的水中，晶莹的水花落到锅沿上。外婆所用的汤料，不过是紫菜海米和葱姜蒜白之类，最多加一个鸡蛋，这一锅的鲜味儿就齐全。滚滚地煮一会儿，热热地捞上来，再浇一大勺油花儿四散的面汤，画龙点睛般地点几滴香油，无上的美味热气腾腾地横空出世了。

抱着外婆家特大号儿的海碗，一路倒着手到屋里去，趁热呼啦啦地吞一气，那滋味儿，玉帝都坐不稳。

举着那碗面，吧唧着嘴去逗邻家的狗子，是我那时最爱做的事了。

做得多了，死没出息的狗子就哭起来，这时候，慈爱的外婆便叫狗子进来，要我分一半给他吃。我若高兴，便挑几根给他，若是心里烦，我就把碗抱在怀里，死也不松手。笑眯眯的外婆也只好另做一碗来。

现在想起来，在外婆家的那几年，大约是我这几十年的生活中最幸福的时光了。

我一天天地长大了，外婆却日渐苍老起来。她挺直的腰杆弯了下去，矫健的步伐也开始蹒跚，无法再时常做面给我吃了。我也渐渐懂事，不再缠着她要面吃。我不想看到她满头大汗地做面的样子，真的不想。

初中快毕业的时候，母亲要我回城去考高中。我不愿离开外婆，便处处躲着母亲。母亲无奈，只得叫外婆来劝我，外婆却一声不响，她佝偻着腰，一步一挪地去了厨房。

中午的时候，母亲喊我吃饭，我没有吱声，外公来叫，同样没有回答。直到外婆来了，我才磨蹭着走出门去。但我被惊呆了，我被桌子上满满的一锅面惊呆了。我回头看着外婆，外婆眼红红的。她捞了一大碗热气腾腾的面，细心地调上香油和醋，颤巍巍地递给我。

我无语，我知道外婆的意思，我只是低着头，大口地扒着面。饭后，母亲又小心翼翼地说要带我回去，我什么也没说。

回城的那一天，外婆拄着拐杖一直送我到村门。她死死地拉着我的手，丝毫不肯放松，外婆的手还是硬硬的，掌心却有些凉，不似以前的温暖。

班车来了，外婆猛地推开我的手，背过脸去。

我的泪早已蓄满眼眶，但我咬住了嘴唇，拼命地忍着。

车门打开了，我低着头冲上去，木然地坐在座位上，呆呆地看着自己的鞋尖。

车里空空的，像极了我的心。车子动了，飞滚的车轮将外婆远远地抛在后面。我再也无法忍受这感觉，急急地扭过头去。外婆的身影小小的，她挥着手，在脸上抹着什么。我的眼泪再也抑制不住，它自眼眶奔涌而出。

十几年过去了，外婆送我回城的情景，依然历历在目，记忆犹新。

去年春节，我去看外婆。得到消息的外婆早早便坐在村口的青石上等我，旁边站着我的小表弟，外婆的眼早已花了，她已看不清过往的行人。

看到我走出车门，小表弟拍着手叫外婆："姥姥，姥姥！表哥来了！"外婆颤颤地站起来，她拉住我的手，硬硬的手指去够我的头。

"俺家亮亮又长高了哩。"她咧开了空空的嘴。

外婆不知道，我已有很多年不长个儿了。她够不着我的头，只是因为她的腰越来越弯了。

我的心酸酸的。

到了家中，外婆放下拐杖就去做饭，谁也挡不住。不用说，她一定是去做刀削面了。幸好小姨已经把面做好，外婆只不过把面下到锅里，坐等面熟罢了。

好一会儿，被小表弟扶着的外婆才把面端到了屋里。"吃吧，孩子。"她把面递给我。

我吃了一口，愣住了，面是苦的。

外婆笑眯眯地说："听说你要来，俺一早儿就叫你姨做好了面。知道你口重，俺就多放了点盐。"外婆的手抖抖地指着柜子上的一个玻璃瓶。

我顺着外婆的手指望去，那哪里是什么盐，分明是满满的一瓶碱。

外婆真的老了！

我似乎应该说些什么，但我觉得我更应该保持沉默。

津津有味地，我把那面吃完。

月饼带去我的思念和爱

吴郁纯

八九月的天，乍寒还暖，秋风一阵阵地起，眼前的景物也似乎无端地萧条起来。

武汉的天气，冷热无常，穿衣服倒成为件麻烦事。“宁厚勿薄”，这是爷爷教的绝招。

小时候，我和爷爷特别贴心。我不小心摔倒了，被抱起来，爷爷会哄个不停，也只有爷爷能让我马上破涕为笑。我还是爷爷的小尾巴，喜欢跟着爷爷去买菜，他逢人便夸我乖，夸我孝顺，那时候，我最得意了。虽然满口蛀牙，但我爱吃糖，爷爷就给我买好多好多花花绿绿的糖，一直攒了满满一盒糖纸，糖的甜蜜也在我嘴角足足回味了二十年。每年中秋更是，爷爷跑遍整个城，买最老字号的“品籣居”的月饼，只因为我喜欢，只因为我爱吃，年年如此……也不知道，从什么时候开始，我们之间的话越来越少了，不再亲密。并不是我不健谈，和网友我能叽哩呱啦地聊上几个小时，和室友也能叽叽喳喳地说上半天。但现在，就是偶尔在家的日子，和爷爷也常是默默地对坐，交谈的话语也是越来越简单：好，好，挺好……一次次，我分明都能看见爷爷眼中那渴望的眼神，是期待么？期待我能给他讲讲在其他城市的见闻？期待我找到了一份很好的工作？还是期待我能够告诉他：爷爷，我是爱你的！他从未曾提到过，而我，也从不曾说过。

但无一例外的是，每年中秋我都会收到爷爷的月饼，月饼是个挺温情的东西，每次收到月饼，都能让我感到特别的温暖。爷爷是个对食物一点也不含糊的人——我一直这么认为。爷爷对月饼的选择也是煞费苦心，他并不习惯现在层出不穷的新花样，月饼的配方和工艺在不停地变化，月饼的滋味已非最初。但爷爷每年都寄，每年都寄一盒豆沙馅的月饼——爷爷习惯了的也是他最喜欢的口味。我也是喜欢的，就像绿妖曾说过：“在某些时候，吃东西是为了让某人高兴。”

今年，转眼又快到了中秋，我没有收到月饼，却收到奶奶汇给我的一百块钱和她的话：“就用这钱给自己买盒月饼，出门在外，一定要记得在中秋吃月饼。”我愣了半天，忽地，猛然意识到爷爷是真的，真的已经在今年二月份离开了我们。要不，他一定会给我挑选家乡最新鲜最美味的月饼，豆沙馅的。

我是不是不孝顺呢？我想如果我足够孝顺，我应该在每个中秋节给爷爷寄上一盒月饼，而不是二十年来一味地泰然接受长辈的疼爱，而没有用心关心过长辈。我是不是不孝顺呢？我想如果我足够孝顺，我就会像老舍笔下的那些老辈人，就是忙，就是累，也该留有足够的时间和父亲爷爷默默相对，一天一天。而我，回老家越来越少，就算偶尔相对，也总是无言。爷爷的最后一面，我也没能见着。我记得，妈妈说爷爷最后的一句话，是交待记得每年八月十五给我寄月饼。

难道亲情真的只能这样带着空间的距离，使满腔的情感在时间的流逝中默默燃烧？我不知道。也许亲情因为平静，因为深沉，反而更容易被忽略。

其实，一直以来，我并不是不爱你们，我并不是不想你们，而是，我从未曾说过。其实，一直以来，我都似乎可以看见你们眼里深藏的秘密，回眸转眼间流露的欣慰与焦虑——我明白你们希望我能够在你们眼中一天天成长起来，成熟起来，让你们一同分享成长的喜悦，也为此心甘情愿地付出。

但对爷爷，我错过了，我没有来得及亲口告诉他，而今，他还能听见吗？

李碧华曾在文章中写道："伤人心的，不只是旧时的月色呀！"

清冷的秋夜中，秋风吻过我淌着泪的脸颊。

伤人心的，不只是旧时月色呀！还会是你的冷漠和别人的无助。

来不及了？来得及！

今年的中秋，我要给家里寄去一盒月饼，并记得告诉你们：我是爱你们的，我也很想你们！

爷爷的毡靴

（苏）普里什文

我记得很清楚，爷爷那双毡靴已经穿了十来个年头。而在有我之前他还穿了多少年，我就说不上了。有好多次，他忽然间看看自己的脚说：“毡靴又穿破啦，得打个掌啦。”于是他从集上买来一小片毛毡，剪成靴掌，上上——结果毡靴又能穿了，跟崭新的一般。

好几个年头就这么过去了，我不禁思忖着：世间万物都有尽时，一切都会消亡，唯独爷爷的毡靴永世长存。

不料，爷爷的一双腿得了严重的酸痛病。爷爷从没闹过病，如今却呻唤不舒服起来，甚至还请了医生。

“你这是冷水引起的，”医生说，“你应该停止打鱼。”

“我全靠打鱼过日子呀，”爷爷回答道，“脚不沾水我可办不到。”

“不沾水办不到么？”医生给他出了个主意，“那就在下水的时候把毡靴穿上吧。”

这个主意可帮了爷爷的大忙：腿痛病好啦。只是打这以后爷爷娇气起来了，定要穿上毡靴才下河，靴子当然就一个劲儿地尽在水底的石头子儿上打磨。这一来毡靴可损坏得厉害啦，不光是底子，就连底子往上拐弯儿的地方，也出现了裂纹。

我心想：世上万物总归有个尽头，毡靴也不可能给爷爷用个没完没了——这不，它快完啦。

人们纷纷指着毡靴，对爷爷说：“老爷子，也该叫你的这毡靴退休啦，该送给乌鸦造窝儿去啦。”才不是那么回事儿呢！爷爷为了不让雪钻进裂缝，把毡靴往水里浸了浸，再往冰天雪地里一放。大冷的天，不消说毡靴缝里的水一下子就上了冻，冰把缝子封得牢牢的。接着爷爷又把毡靴往水里浸了一遍，结果整个毡靴面子上全蒙了一层冰。瞧吧，这下子毡靴变得可暖和结实了：我亲自穿过爷爷的那毡靴，在一片冬天不封冻的水草滩里来回蹚，啥事儿也没有……于是我重又产生了那种想法：说不定，爷爷的毡靴就是永远不会完结。

但是有一次，我爷爷不巧生了病。他非得出去上厕所不可，就在门道里穿上毡靴；可他回来的时候，忘了原样脱在门道里让它晾着，而是穿着冰冻的毡靴爬到了烫烫的炉台上。当然，糟糕的并不是毡靴化出的水从炉台上流下来淌进了牛奶桶——这算啥！倒霉的是，那双长生不老的毡靴这回可就寿终正寝啦。要知道，如果把瓶子装上水放到冰天雪地里，水就会变成冰，冰一胀，瓶子就得炸。毡靴缝子里的冰当然也一样，这时已经把毡毛胀得松散开来，冰一消融，毛也全成了渣儿……我那爷爷可倔啦，病刚好，又试着把毡靴冻了一次，甚至还穿了一阵子。可是不久春天就到了，放在门道里的毡靴化了开来，一下子散成了一摊儿。

爷爷愤愤地说："嘿，是它该呆在乌鸦窝里歇着的时候啦！" 他一气之下，提起一只毡靴，从高高的河岸上扔到了一堆牛蒡草里，当时我正在那儿逮金翅雀之类的鸟儿。"干嘛光把毡靴给乌鸦呢？"我说，"不管什么鸟儿，春天都喜欢往窝里叼些毛毛草草的。" 我问爷爷这话的时候，他正挥动另一只毡靴准备扔。"真的，"爷爷表示同意，不只是鸟儿造窝需要毛，就是野兽啦，耗子啦，松鼠啦，也都这当儿。爷爷想起了我们认识的一位猎手，记得那人曾经向他提过毡靴的事儿，说早该拿给他当填药塞儿。结果第二只毡靴就送给那位猎手了。

转眼间，鸟儿活动的时节到了。各种各样的春禽纷纷落到河边的牛蒡草上，它们啄食牛蒡尖儿的时候，发现了爷爷的毡靴，一到造窝那会儿，它们从早到晚全来剥啄这只毡靴，把它啄成了碎片儿。一星期左右，整只毡靴竟给鸟儿们一片片全叼去筑了窝儿，然后各就各位，产卵、孵化，接着是雏鸟啁啾。在毡靴的温馨之中，鸟儿们出生、成长；冷天即将来临时，便成群结队飞往暖和的地方。春日它们又都重新归来，在各自的树穴中的旧巢里，还会再次觅得爷爷那只毡靴的残余。那些筑在地上和树枝上的巢窠同样不会消逝：枝头的散落到地面，小耗子又会在地上发现它们，将毡靴的残毛搬进自己地下的窝中。

我一生中经常在莽林间漫游，每当有缘觅得一处以毡毛铺衬的小小鸟巢时，总要像儿时那般思忖着：世间万物终有尽时，一切都会消亡，唯独爷爷的毡靴永世长存。

缅怀我的爷爷奶奶

吟寒

谁知道，从塞外古城到江南水乡有多么遥远？是两天一夜的车程，还是数小时的飞行？

二十年前的夏天，当父亲臂上的黑纱尖利地划过我年幼的心口，我知道，那是穷尽一生亦无法弥合的、天人永隔的距离。

谁了解，从红枫之国到故乡金陵的路程该如何丈量？是一片浩瀚的太平洋，还是穿梭的浮云，瓦蓝的苍天？

八年前的春天，当父亲的泪滋润了满目新鲜的葱翠，我终于了解，那是游子们千悔万恨也填不平的沟壑。

那一年春天，雪融得格外早。当初春第一声北归的雁鸣由云间抖落，父亲的心就如张满风的帆，鼓荡着回家的希望。八年了，不是没有深切的渴望和思念，故乡的家中守着承载了一生苦难的老母亲，还有祭桌上那张蒙了灰尘的老父亲的照片，常常化作月圆之夜父亲心头挥不去的叹息……

我对于爷爷的记忆已经十分模糊，遥远得只剩下一张二十多年前的黑白照片。照片上，爷爷和奶奶第一次也是最后一次被五个孙女围绕着，脸上是淡淡的笑容。面对它，我试图去解读两位老人透过岁月投来的目光，苍老的眼眸中分明诉说着对平凡幸福的眷恋。儿孙承欢，安享天伦，平凡如此，却非唾手可得。幸福之神有时是个吝啬鬼，只在战火纷飞、世事纷乱的年月，在爷爷奶奶的生活中短暂地拂掠而过。

灾难的出现往往迅疾如龙卷风袭击，瞬息的肆虐，所过处便是满目疮痍。

五十年前，忽从天降的恶疾夺走了父亲年幼的弟弟，羸弱的奶奶仿佛一夜间迷失在一个陌生荒凉的世界里，再也找不回她曾经的美丽和柔情。“精神分裂”如魔鬼般在奶奶体内狰狞着。本就不富裕的家几乎受不住这样的浩劫，奶奶的病属于暴虐型的，病发时就如一架力大无穷的破坏机器，家中的物件十有八九支离破碎。在所有的努力和希望都破灭后，奶奶被送进了南京城郊的精神病院，在那个几乎与世隔绝的疯狂的天地里度过了漫长的、浑浑噩噩的三十年。

家，如一叶单薄的小舟在疾风骤雨中飘摇。正值壮年的爷爷，一家钟表店的小会计，只身带着四个儿子苦苦地支撑，最终还是万般无奈将最小的儿子送了人，这一送就是一生一世，再无音讯。苦难中的日子一定是步履维艰吧？没有女人的家庭，无论如何都是残缺不全的。少言寡语的爷爷，在几十年缺少温情的岁月中，承载了多少来自心理和生理的双重折磨，已经永远无从探知，也不再重要。对贫苦生活和不公命运的质问都在父亲以高分考取华东师大的那个夏天找到了答案。

十年动乱中，走出大学校门的父亲没能站在他梦中的讲台上，只有戈壁荒漠的风沙和矿井下的昏暗在等待他，最终在远离江南故土的高原小城立业安家。

我十岁那年的春节，父母带着我和妹妹从西北回南京过年。这个家几十年中惟一一次团圆，始终盘桓在我童年的记忆中。叔叔伯伯忙前忙后地张罗着，给家里的孩子们买来漂亮的莲花灯；病情渐渐稳定的奶奶回来了，笑呵呵地和我们坐在一起吃饺子，高兴得像个孩子；爷爷给五个孙女每人一个小红包，里面是几张崭新的一元纸币。于是，就有了那张珍贵的照片，爷爷奶奶的笑容永远定格在那个并不晴朗的冬日。

晚年的快乐是儿子们对老人的承诺，可往往人力在命运面前显得渺小而苍白。我那苦难了一生的爷爷啊，刚刚看到幸福熹微的光芒，却终因积劳成疾而双目失明。黑暗笼罩了爷爷生命最后的日子。父亲手握爷爷病危的电报，一路风尘从高原赶回江南。错过了，还是错过了，仅仅两个小时！从此天人永隔。在后来的很多年，父亲总是在回忆时动情地说起，爷爷的遗物中有一只多年不离身的钱夹，里面有一张发黄的婴儿照片，那上面笑得灿烂的胖娃娃就是我。

被病魔纠缠了几十年的奶奶终于在家里安度晚年了，尽管她依然时而清楚时而糊涂。每次回乡探亲，我们都去看望奶奶。随着年龄的增长，年少时在我心里对奶奶的几分惧意也消散了。奶奶会在清醒的时候叫出我和妹妹的名字，会亲自给我们煮一大海碗热气腾腾的臊子面；在她糊涂的时候，几个儿子便成了她惟一的惦念。她会从大樟木箱子里翻出自己亲手织的、色彩款式都漂亮得让我羡慕的小毛衣，喃喃自语："这是给我的春宝（我父亲的乳名）的，你们给他带去啊……"

已过不惑的父亲出国了，为着他心中从不曾放弃的追求。父亲在异国的土地上打拼了八年，酸甜苦辣尝遍，终于等到了一个美丽的春天，满目尽是雪融后新鲜的葱绿。

秋天，并不遥远，再过一季而已。父亲买回了新款的摄像机，要把老母亲皱纹中的笑容永远保留。还要多拍些异国风情的照片，带回去给老人家看看，不管她能否明白，都要告诉她，儿子是值得她骄傲的。

春天是象征希望的，不是吗？可我却只能在看似明媚的春光中残忍地将一封新到的家书塞进父亲怀里，上面写着奶奶突然去世的消息……

并不遥远的秋天，父亲还是回家去了，行囊中只有被泪水浸透的悔恨。

那一年冬天，雪来得格外早。在父亲从故乡带回的录像带上，我看到爷爷和奶奶合葬的坟茔旁，有并不娇艳的野菊花，在萧瑟的风中，美丽地盛开。

这辈子最爱的人

常草

我的家在一个偏僻的山村，父母都是面朝黄土背朝天的农民。我有一个小我3岁的弟弟。有一次，我为了买女孩子们都有的花手绢，偷偷拿了父亲抽屉里5毛钱。父亲当天就发现钱少了，就让我们跪在墙边，拿着一根竹竿，让我们承认到底是谁偷的。我被当时的情景吓傻了，低着头不敢说话。父亲见我们都不承认，说，那两个一起挨打。说完就扬起手里的竹竿。忽然，弟弟抓住父亲的手大声说："爸，是我偷的，不是姐干的，你打我吧！"父亲手里的竹竿无情地落在弟弟的背上、肩上，父亲气得喘不过气来，打完了坐在炕上骂道："你现在就知道偷家里的，将来长大了还了得？我打死你这个不争气的。"当天晚上，我和母亲搂着满身是伤痕的弟弟，弟弟一滴眼泪都没掉。半夜里，我突然号啕大哭，弟弟用小手捂住我的嘴说，姐，你别哭，反正我也挨完打了。

我一直在恨自己当初没有勇气承认，事过多年，弟弟为了我挡竹竿的样子我仍然记忆犹新。那一年，弟弟8岁，我11岁。

弟弟中学毕业那年，考上了县里的重点高中，同时我也接到了省城大学的录取通知书。那天晚上，父亲蹲在院子里一袋一袋地抽着旱烟，嘴里还叨咕着，两娃都这么争气，真争气。母亲偷偷抹着眼泪说争气有啥用啊，拿啥供啊！弟弟走到父亲面前说，爸，我不想念了，反正也念够了。父亲一巴掌打在弟弟的脸上，说，你咋就这么没出息？我就是砸锅卖铁也要把你们姐俩供出来。说完转身出去挨家借钱。我抚摸着弟弟红肿的脸说，你得念下去，男娃不念书就一辈子走不出这穷山沟了。弟弟看着我，点点头。当时，我已经决定放弃上学的机会了。

没想到第二天天还没亮，弟弟就偷偷带着几件破衣服和几个干馒头走了，在我枕边留下一个纸条：姐，你别愁了，考上大学不容易，我出去打工供你读书。

我握着那张字条，趴在炕上，失声痛哭。那一年，弟弟17岁，我20岁。

我用父亲满村子借的钱和弟弟在工地里搬水泥挣的钱终于读到了大三。一天，我正在寝室里看书，同学跑进来喊我，梅子，有个老乡在找你。怎么会有老乡找我呢？我走出去，远远地看见弟弟，穿着满身是水泥和沙子的工作服等我。我说，你咋和我同学说你是我老乡啊？

他笑着说，你看我穿得这样，说是你弟，你同学还不笑话你？

我鼻子一酸，眼泪就落了下来。我给弟弟拍打身上的尘土，哽咽着说你本来就是我弟，这辈子不管穿成啥样，我都不怕别人笑话。

他从兜里小心翼翼地掏出一个用手绢包着的蝴蝶发夹，在我头上比量着，说我看城里的姑娘都戴这个，就给你也买了一个。我再也没有忍住，在大街上就抱着弟弟哭起来。那一年，弟弟 20 岁，我 23 岁。

我第一次领男朋友回家，看到家里掉了多少年的玻璃安上了，屋子里也收拾得一尘不染。男朋友走了以后我向母亲撒娇，我说，妈，咋把家收拾得这么干净啊？母亲老了，笑起来脸上像一朵菊花，说这是你弟提早回来收拾的，你看，他手上的口子没？是安玻璃时划的。

我走进弟弟的小屋里，看到弟弟日渐消瘦的脸，心里很难过。他还是笑着说，你第一次带朋友回家，还是城里的大学生，不能让人家笑话咱家。

我给他的伤口上药，问他，疼不？

他说，不疼。我在工地上，石头把脚砸得肿得穿不了鞋，还干活儿呢……说到一半就把嘴闭上不说了。

我把脸转过去，哭了出来。那一年，弟弟 23 岁，我 26 岁。

我结婚以后，住在城里，几次和丈夫要把父母接来一起住，他们都不肯，说离开那村子就不知道干啥了。弟弟也不同意，说，姐，你就全心照顾姐夫的爸妈吧，咱爸妈有我呢。

丈夫升为厂里的厂长，我和他商量把弟弟调上来管理修理部，没想到弟弟不肯，执意做了一个修理工。

一次，弟弟登梯子修理电线，让电击了住进医院。我和丈夫去看他。我抚摸着他打着石膏的腿埋怨他，早让你当干部你不干，现在摔成这样，要是不当工人能让你去干那活儿吗？

他一脸严肃地说，你咋不为我姐夫着想呢？他刚上任，我又没文化，直接就当官，给他造成啥影响啊！

丈夫感动得热泪盈眶，我也哭着说，弟啊，你没文化都是姐给你耽误了。他拉过我的手说，都过去了，还提它干啥！

那一年，弟弟 26 岁，我 29 岁。

弟弟 30 岁那年，才和一个本分的农村姑娘结了婚。在婚礼上，主持人问他，你最敬爱的人是谁，他想都没想就回答，我姐。

弟弟讲起了一个我都记不得的故事：我刚上小学的时候，学校在邻村，每天我和我姐都得走上一个小时才到家。有一天，我的手套丢了一只，我姐就把她的给我一只，她自己就戴一只手套走了那么远的路。回家以后，我姐的那只手冻得都拿不起筷子了。从那时候，我就发誓我这辈子一定要对我姐好。

台下一片掌声，宾客们都把目光转向我。

我说，我这一辈子最感谢的人是我弟。在我最应该高兴的时刻，我却止不住泪流满面。

二姐

雪小禅

二姐在我们家的地位很特殊。她是我们家的人，却只在家里呆过6年，6年之后，她被大伯领走，做了人家的女儿。

大伯不能生育，于是和父亲说想要他的一个孩子，父亲和母亲商量了一下就同意了。

4个孩子，大哥、二姐、我和小弟，两个女孩儿两个男孩儿，父母当然考虑是把一个女孩送出去，他们首先考虑的是我，因为那时我4岁，小一些更容易收养。但我哭我闹，我说不要别人做我的爹妈，4岁的我已经知道和父母斗争。父母问二姐要不要去？二姐说："我去吧。"那时她只有6岁。

这一去，我们的命运就是天壤之别。我家在北京，而大伯家在河北的一个小城，我去过那个小城，偏僻、贫穷、萧条，风沙大，脏乱差，而大伯不过是个化肥厂的工人，伯母是纺织厂的女工，家庭条件可想而知。二姐走的时候还觉不出差异，但30年之后，北京和那个小城简直是不能相提并论了。

二姐从此离了家，她做了大伯的女儿，管大伯、伯母叫爸爸妈妈，管自己的亲生父母叫二叔二婶。二姐走后的好长一段时间，母亲总是躲在某个角落里偷偷流泪。是啊，二姐也是母亲身上掉下来的肉，她一个小孩子远离亲生父母到一个陌生地方去受苦，想起来怎么能不让人心疼呢。实在想得不行，母亲总会隔三岔五去小城看看二姐。二姐过年过节偶尔也会回来看我们。离别，不仅仅是母亲，我们兄弟妹也跟着泪水涟涟，真的舍不得二姐走啊。可这个曾经的她温暖的家已不再是她的家，她的家在那个贫苦的小城，她不走不行啊。好在我们还算听话，母亲在儿女双全的幸福中念叨二姐的次数渐渐少了。十几年之后，因为工作忙加上心灵上的那种疏远，二姐和我们仿佛隔了山和海了。

再见到二姐，是她没考上大学。大伯带着她来北京想办法，是复读还是上班？父母的态度很模糊，二姐是没有北京户口了，大哥因为有北京户口，很轻易就上了北京外国语学院，虽然二姐考的分数并不低，但在河北，却连三流的大学也上不了。父亲说："来北京复读也不是很方便，不如就找个班上吧。"母亲也在一边说："按说，我们应该把二丫头接到北京来读书的，可是，我们现在也没有这个能力啊。如果回去后一时找不到工作，我们再一同想办法。"虽然大伯心中多少有些不快．但他还是很理解父母的难处，便说："是啊，大家都有难处，只是怕误了二丫头一辈子呢！"

二姐再来我们家时，已长成大姑娘了。可她的头发黄，人瘦而黑，好像与我们不是一母所生。她穿衣服很乱，总是花花绿绿的，因为新，就更显出神态的局促来，而我们那时已经穿很时尚的牛仔裤了。母亲总是无限伤感地叹息："唉！苦命的孩子啊。如果当时不把你二姐送出去，她今天怎么也不会成这个样子。同是一母所生，命运竟是如此截然不同，我这辈子恐怕最愧对的就是你二姐了……"母亲每每说起二姐，便会情不自禁地落泪。可是二姐始终说伯父、伯母是天下最好的父母亲。她和大伯、伯母一起来的时候，总给人"刘姥姥进大观园"的感觉，好像什么也没见过。可她对伯父伯母的爱戴和孝顺很让人感动。大伯有一次兴冲冲地从外面回来，手里拿着一个头花，他说花了5块钱在楼下买的，二姐就喜欢得什么似的。我心里一动，长到16岁，父亲从没有给我买过头花什么的，他这时候已是政界要员，一天到晚嘴里挂着的全是政治。只有母亲在这个时候给二姐买许多新衣服、食品之类的东西，想必是母亲对女儿的最好补偿吧。

那次之后，二姐直到结婚才又来。

二姐22岁就结了婚。19岁她参加了工作，在大伯那家化肥厂上班，每天三班倒，工作辛苦工资却不高。后来，经人介绍，嫁给了单位的司机，她带着那个司机、我所谓的姐夫来我家时，我已经在北京大学上大二了，当我看到她穿得花团锦簇带着一个脏兮兮的男人坐在客厅时，我打了一声招呼就回了自己的房间。

那时我已经在联系出国的事宜，可我的二姐却嫁为人妇了。说实话，因为经历不同、所处环境不同，二姐说话办事、风度气质、言谈举止与我们有天壤之别，我从心底里看不起二姐，认为她是乡下人。大哥去了澳大利亚，小弟在北京师范大学上大一，只有她在一家化肥厂上班，还嫁了一个看起来那么恶俗的司机。我和小弟对她的态度更加恶劣，好像二姐的到来是我们的耻辱，因此，我们动不动就给她脸色看，二姐却显得非常宽容，根本不与我们计较，依然把我们叫得亲甜。二姐不会吃西餐，二姐不知道微波炉是做什么用的，二姐不爱吃香辣蟹，让她点菜，她只会点一个鱼香肉丝，而且一直说，好吃好吃，北京的鱼香肉丝比家里做的要好吃。

这就是我的二姐，一个已经让我们感觉羞愧的乡下女人。

几年之后，她下了岗，孩子才5岁。大伯去世，她和伯母一起生活，二姐夫开始赌钱，两口子经常吵架，这些都是伯母打电话来说的。而她告诉我们的是：放心吧，我在这里过得好着呢，上班一个月六百多，有根对我也好。有根是我的二姐夫。

大哥在澳大利亚结了婚，一个月不来一次电话，我办了去美国的手续，小弟也说要去新加坡留学，留在父母身边的人居然是二姐了。

不久，大哥在澳大利亚有了孩子，想请个人过去给他带孩子，那时父母的身体都不太好，于是大哥打电话给二姐，请她帮忙。二姐二话没说就去了澳大利亚，这一去就是两年。后来大哥说，在我最困难的时候，是二妹帮了我啊！

但我一直觉得大家还是看不起二姐，她文化不高，又下了岗，况且说着那个小城的土话，虽然我们表面上和她也很亲热，但心里的隔阂却不是轻易就能去掉的。我去了美国、小弟去了新加坡之后，伯母也去世了，于是她来到父母身边照顾父母。

偶尔我给大哥和小弟打电话，电话中大哥和小弟言语间就流露出很多微词。小弟说："她为什么要回北京？你想想，咱爸咱妈一辈子得攒多少钱啊？她肯定有想法！"说实话，我也是这么想的，她肯定是为财产去的，她在那个小城一个月死做活做五六百元，而到了父母那里就是几千块啊。我们往家里打电话越来越少了，直到有一天母亲打电话来说，父亲不行了。

我们赶到家的时候才发现父亲一年前就中风了，但二姐阻拦了母亲不让她告诉我们，说是会因此分心而影响我们的事业。这一年，是二姐衣不解带地伺候父亲。母亲泣不成声地说："苦了你二姐啊，如果不是她，你爸爸怎能活到今天……"

我看了一眼二姐，她又瘦了，而且头上居然有了白发，但我转念一想，说不定她是为财产而来的呢！

当母亲还要夸二姐时，我心浮气躁地说："行了行了，这年头人心隔肚皮，谁知道谁怎么回事？也许是为了什么目的呢！""啪"，母亲给了我一个耳光，接着说："我早就看透了你们，你们都太自私了，只想着自己，而把别人都想得像你们一样自私、卑鄙。你想想吧，你二姐吃了多少苦受了多少罪！她这都是替你的！想当初，是要把你送给你大伯的啊！"

我沉默了。是啊，一念之差，我和二姐的命运好像天上地下。二姐因为太老实，常常会被喝醉了酒的二姐夫殴打，两年前他们离了婚，二姐一个人既要带孩子还要照顾父母，而我们还这样想她。也许是我们接触外界的污染太多，变得太世俗了，连自己的亲二姐对母亲无私的爱也要与卑俗联系在一起吧。

晚上，母亲与我一起睡时，满眼泪光地说："看到你们现在一个个活得光彩照人，我越来越内疚、心疼，我对不起你二姐啊。"我轻描淡写地说："这都是人的命，所以，你也别多想了。"母亲只顾感伤，并没有觉察出我的冷淡。她接着说："那天晚上我和你二姐谈了一夜，想把我们的财产给她一半作为补偿，因为她受的苦太多了，但你二姐居然拒绝了，她说她已经得到了最好的财产，那就是你大伯、伯母的爱和父母的爱，她得到了双份的爱，还有比这更珍贵的财产吗……"

我听了大吃一惊，简直不敢相信自己的耳朵，可母亲话未说完已泪流满面，泣不成声，我不由得不信。渐渐地，我的眼圈也湿了，背过身去在心里默默叫着：二姐，二姐！我误解你了，你受苦了啊！

父亲去世后二姐回到了北京，和母亲生活在一起，母亲说："没想到我生了4个孩子，最不疼爱的那个最后回到了我的身边。"

过年的时候我们全回了北京。大哥给二姐买了一件红色的羽绒服，我给二姐买了一条羊绒的红围巾，小弟给二姐买了一条红裤子。因为我们兄弟妹三个居然都记得：今年是二姐的本命年。

二姐收到礼物就哭了。她说："我太幸福了，怎么天下所有的爱全让我一个人占了啊！"我们听得热泪盈眶，可那是对二姐深深愧疚、悔恨的泪啊！

飞翔的雪鸥

佚名

雪，越下越急。窗户木格的角落里，堆起了积雪。冬日的天空灰蒙蒙的一片。

忽然，一只小鸟扑腾着飞进院子，跌跌撞撞地落在雪里，嘴巴朝下栽倒在地上。接着又挣扎着站起来，摇摇摆摆地走来走去，不时低头在地上啄一下。

男孩趴在窗台上，鼻子顶着玻璃，望着这只小鸟，心里想着：晚上能不能避开家里人悄悄溜出去呢？院子里的那张长椅也落满了雪，应该把它倒扣过来呢……

妈妈在里面喊了他一声，男孩慢腾腾地穿过走廊向厨房走去。他走进暖洋洋的门厅，在餐桌旁坐下等着早饭。妈妈连头都没有往起抬，便命令道："去把手洗净。"男孩皱皱眉头，可还是进厨房在冷水里蘸蘸手，用力甩甩，又走回门厅。

像往常一样，妈妈又在做简短的饭前感恩祈祷。男孩心不在焉地用指甲在旧桌上划来划去。祈祷一结束，他就拿起勺子，伸进热气腾腾的鸡汤面条盆里。

他把饼干掰开，泡进汤里，勉强抬起眼皮望望对面坐着的妹妹。妹妹的目光一直在跟随着他的脸转。难道她能看穿他的心思？有时男孩真觉得这个哑巴妹妹能一眼把他望穿。

他吃完汤面，又一口气喝干他的牛奶："我可以走了吗？"

妈妈抬起头，迷惑不解："上哪儿？"

男孩不耐烦地盯着妈妈，觉得她早应该知道："我想到池塘那边试试我的新冰鞋。"

妈妈瞥瞥身旁的妹妹，温和地说："稍等几分钟，带上她。"

男孩一把推开椅子，高声叫道："我一个人去，不带她！"

"求求你，本杰，你从来不给她一次机会，你也知道，她喜欢滑冰。照你的想法，因为她是个哑巴，就可以不理睬她，但这回还是让她跟你去吧。"

一绺灰白的头发垂下来，挂在妈妈苍白的脸上，她疲倦地挥挥手："妹妹的冰鞋在门厅的壁橱里。"

男孩愤愤地逼视着妈妈和妹妹，声嘶力竭地喊道："我就是不带她！"

说完，他冲到壁橱前，抓起自己的大衣、连指手套和帽子，把门"砰"地在身后甩上，跑到车库，摘下冰鞋搭在肩上，跑进院子。

长椅仍然静静地躺在那儿。男孩走上前，把它们掀了个底朝天，微笑着朝田野跑去。

牧场的尽头，池塘在闪闪发亮，像一只睁大的眼睛。男孩在盖满雪的马食槽上坐下，穿上冰鞋，把换下的鞋系在一起，搭在肩上，朝池塘边走去。他立在池塘边，兴奋得发抖。

忽然，有一只手扯了扯男孩的大衣，他一惊，低下头，发现了妹妹。她的大衣的钮扣歪歪斜斜地扣着，围巾松松垮垮地搭在肩上，拖着两道鼻涕。

男孩把手伸进口袋，掏出一张揉成一团的纸巾，恶狠狠地给她擦干鼻涕，又抓住她的手，粗暴地拉到马槽前。

他把妹妹按着坐下，盘算了一下，想把妹妹送回去，可又想到，如果这样，会招来更多的麻烦。想到这里，男孩给妹妹穿上冰鞋，他狠心用力拉扯鞋带，抬起眼想看看妹妹脸上有没有怕疼的表情，但是没有……一丝变化也没有，尽管鞋带已经深深地勒进了她的肉里，可她还是静静地坐着，注视着哥哥，两只眼睛一声不响地看到他心底的最深处。

“妈妈为什么不生一个可爱的孩子，却生了个你。”男孩瞧着妹妹，好像她是一件累赘讨厌的物品，他甚至因为自己这样恨妹妹而恼恨起自己来。

对他来说，妹妹只不过是他和妈妈造成隔阂的一个原因，是妈妈和他之间的一个障碍。有时，他发现自己甚至记不住妹妹的名字；也许，是他有意忘掉了，他给妹妹系好鞋带，起身走开。

一阵不大的风刮来，吹透男孩的灯芯绒长裤。他溜到池塘中间，开始滑行，裸露的脚踝在寒风里有种舒服的刺痛。他能感到锋利的刀刃嗞嗞擦过雪被下的冰面。寒气逼人，冷风吹在他的脸颊和耳朵上，冻得生疼。

男孩倒退着滑行，看到妹妹从后面跟了上来，他盯着妹妹以优美的姿势朝他滑来，他也知道，自己永远滑不了这么漂亮。他承认，妹妹是一个极好的溜冰手。可是这个连话都不会讲的女孩，知道不知道自己滑得那么漂亮？也许，滑冰是她天生就有的一种才能。

妹妹的手指动作不很协调，但她却滑得比谁都好。也许正是她的矮小和清瘦让他感到厌恶，这个脸色苍白、灰不溜秋的倒霉东西！

男孩看着妹妹轻巧地滑过池塘，像一瓣削下来的冰片。他打了个弯，朝前滑去。再停下来擦鼻涕时，他觉得有人在扯他的大衣襟，他一把摔开妹妹的手，朝另一个方向滑去。

他经常把同学叫到自己家玩，可妹妹总站在厨房的门后面，盯住他们一直看，直到他们再也不愿意来了。伙伴们说妹妹的目光让人觉得不自在。

她能看出来他什么时候高兴，什么时候生气。他高兴时，妹妹常常轻手轻脚地跟在他屁股后面，拉扯着他的后衣襟。但大多数时间，总是一双眼睛跟着他转悠——一双在他毫无察觉时就看穿他心思的眼睛。

他抬起头，四下寻找她的身影，没有！他滑到池塘中间，四下张望，发现妹妹在池塘的另一头，超出了安全区！虽然没有标志，但他知道，那儿冰薄如纸。

一瞬间，男孩呆住了。可又一转念，一旦出事，很容易解释，他只要对妈妈说当时他不知道妹妹在那儿滑冰……从此，妈妈苍老和疲倦的神情就会从布满皱纹的脸上消去……从此，妹妹卧室里就再也不会传出一遍又一遍耐心和气的劝说；

再不会有妹妹拒绝自个儿学着系鞋带时，妈妈脸上出现的那种无可奈何的神情；也再不会见到妈妈的眼泪……

男孩目不转睛，看着妹妹越滑越远。忽然，一只小鸟闯进了他的视线，那是一只笨拙的雪鸦。此刻，它显得更加纤弱，却飞得那么漂亮，它慢慢掠过池塘。男孩正要仔细瞧瞧，它却消失了，但刹那间他还是看清了，它就是早晨在院子里见到的那只小精灵！

男孩的两腿开始加快蹬踩，冰刀发狂地凿在冰面上。妹妹不见了！男孩十分焦急，双腿像着了火，他飞舞双臂，竭力想加快速度，总觉得不够快。泪水从他的眼眶里涌了出来。妹妹不见了！他竟然眼睁睁地看着她滑到薄薄的冰面上。

接着，他听到冰层的巨大的断裂声，并且感觉到了冰面的震颤。男孩拼命滑到塌陷的冰窟边缘，小心地趴在冰上，一把抓住了妹妹大衣的后襟，冰凉的水立刻冻僵了他的手指，他紧紧攥住，用尽全身力气往上拉。

妹妹的头出现了，但大衣却从手里滑了出去，妹妹又向下沉去。绝望中，他把两只胳膊都伸进水里，疯了似的连摸带抓，终于又把大衣抓在了手里，这回，把妹妹拽出了冰面。

仿佛过了很长时间，他盯着妹妹发青的脸，默默祷告她的眼睛能很快睁开。妹妹终于慢慢睁开了眼睛。他的心一阵绞痛。

妹妹浑身发抖，男孩迅速地脱下她湿透了的衣服，把她瘦小的身体紧紧裹在自己的大衣里。他用冻僵的手脱下自己的滑冰短袜，套在妹妹的脚上。刺骨的寒气立刻顺着他的脚心爬了上来。冻僵的双手怎么也解不开鞋带，他把它们胡乱套上，抱起妹妹，朝岸上跑去。怀抱里的妹妹，身体僵硬。他注意到妹妹的嘴唇被划破了，在流血，就从口袋里掏出纸巾，为她擦干血迹。他低下头，想从妹妹的眼睛里找出什么表情，但仍然是什么也没有……没有痛苦，没有责备，什么也没有……只有眼泪。可从前，他未曾见妹妹哭过一次，尽管有的时候，妈妈在妹妹的面前伤心得死去活来，她依然是无动于衷地呆坐着。可现在，她眼眶里涌出了泪水，泪珠从脸上流了下来。男孩终于想起了她的名字——谢丽尔！她挣扎着往哥哥温暖的身上挤，男孩用尽力气把她紧紧搂抱在怀里，他注视着妹妹，轻轻呼唤着她的名字。终于，他发现妹妹的眼里流露出一丝柔情，她认出了自己的哥哥！

男孩加快了脚步，朝家里走去。

第三篇

原来你也在这里

爱，就这么简单

秀秀

那个时候，梅格和东安还处在热恋的季节，每次通电话，两个人都要缠绵很久，热恋的滋味总是这般甜蜜！末了，总是梅格在一句极为不舍的“再见”中先收了线，东安再慢慢感受空气中剩余的温馨，还有那份难舍的淡淡情愁！

后来，两个人因为一点琐事分手了，带着一丝虚荣和负气，梅格很快就有了新的男朋友，帅气、豪爽。起初，梅格感到很满足，也很得意，新男友带来的新鲜感让东安的身影渐渐模糊。

再后来，梅格渐渐感到，他们之间好像缺少些什么，这份不安一直让她有种淡淡的失落。可是究竟缺少什么呢？梅格自己也说不清，只是两人通话结束时，梅格总是感觉到自己的“再见”才说到一半，那边就已“啪”的一声挂线，每当那时，她总感到刺耳的声音在空气中凝结成冰，划过自己的耳膜。她仿佛感觉到，新男友像一只断线的风筝，自己那无力的手总也牵扯不稳那根无望的线。

是不是每段恋情都有这样那样的不圆满？女孩问自己，神智却被耳边传来的“嘟嘟”声打碎。

终于有一天，梅格和他大吵了一架，男友很不耐烦地转身走了。出乎自己的意料，梅格没有哭，反而有一种解脱的感觉。

一天，梅格又想起了东安，心里涌起一份温暖的感动——那个每次听完她说“再见”的傻男孩。这种感动让她慢慢拿起电话，东安的声音依旧质朴，波澜不惊。听着，听着，梅格竟无语凝噎，慌忙中说了声“再见”……

只是，这回梅格没有收线，一种莫名的情绪让她聆听电话那端的沉默。

不知过了多久，东安的声音传了过来：“你为什么不挂电话？”

梅格的嗓音涩涩的，为什么要我先挂呢？

习惯了，东安平静地说，我喜欢你先挂电话，这样我才放心。

可是后挂电话的人总是有些遗憾、有些失落的，梅格的声音有些颤抖。

所以我宁愿把这份失落留给自己，只要你开心就好。隔了好久，电话那头传来东安的声音，两人一阵无语。

终于，梅格抑制不住哭了，滚烫的泪水浸湿了脑海中有关爱的记忆，她终于明白，没有耐心听完她最后一句话的人，不是她一生的守望者……

原来爱情有时候就这么简单，一个守候，就能说明一切！

甜蜜的巧克力之恋

林雨白

一

两年前，21 岁的我大专毕业后，在一家比利时知名品牌巧克力专卖店做了一名柜台售卖员。我们的专柜设在沈阳市太原街一座大商城内。2003 年“情人节”这天，我早早地上班了。专柜上空挂满了五彩气球；所有的巧克力都包上了粉色的包装纸和红色的丝带，上面写着“送给最爱的人”；一个巨大的水晶花瓶里插满了盛开的“蓝色妖姬”——今年身价最昂贵的玫瑰花，我微笑着把“蓝色妖姬”送给每一位买巧克力的青年。

晚上 8 点多钟，专柜前的人流渐渐稀少了，水晶花瓶里只剩下一枝“蓝色妖姬”。还有 10 多分钟商店就要打烊了，我看着那朵孤零零的“蓝色妖姬”，心里忽然感到一丝丝渴望。我对自己说：“在这个甜蜜的日子里，如果有人送我一枝玫瑰，我会更加幸福。”想到这里，我有一点难过，但我接着笑了：“没关系，林雨白！没有人送给你玫瑰花，你就自己送自己一枝好了，祝福自己：明年的今天，得到一份甜美的爱情。”

我小心翼翼地把那朵“蓝色妖姬”从水晶花瓶里取出来，移到喝水用的玻璃杯里。这时，背后响起浑厚的男声：“小姐，我要一盒巧克力。”我回过身来，只见面前站着一个拖着行李箱、一身风尘的高大男子。

收完钱，递巧克力给那个男人时，我照例说了一句：“祝您爱情甜蜜！”那男人咧嘴笑了：“谢谢你！”突然，他看到了那枝“蓝色妖姬”，眼睛一亮：“小姐，能把那枝玫瑰卖给我吗？”我犹豫了一下，摇摇头：“这枝花不卖。”

那男子失望地拖着行李箱离开了，不一会儿又折回来：“对不起，还是把那枝玫瑰卖给我吧。我从加拿大飞到北京，又从北京坐火车马不停蹄地赶回沈阳，就是为了跟我的女友一起过一个‘情人节’。我们已经三年没见面了，我想送一枝花给她，可这么晚了，沈阳所有的花店都关了门。请你帮帮我，好吗？”

我把那枝玫瑰递给他：“你的女友真令人羡慕。好吧，这枝花是你的了。祝你有一个愉快的晚上！”

二

下班后，我刚走出商城大门，就被迎面吹来的寒风呛得打了个冷战。又是沈城一个寒冷之夜。走出没几步，忽然看到那个拖着行李箱的男人垂着头立在路边。我走过去捅捅他：“哎，不去见你的女朋友，在这里傻站着干什么？小心冻成冰棍。”

那男人抬起头来，刚刚的欢乐全然不见了，脸上写满悲伤。他哆嗦着说：“我的女朋友，我的女朋友她说，她有了新的男朋友……”眼泪突然从他的眼里涌出来，哗哗向外流淌。我第一次见到一个男人如此悲伤。我有点慌：“不见也罢了，这么薄情的女子！你赶紧回家吧。”

他坐在那里不动：“在沈阳我没有家，也没有亲人。我不知道我能去哪里。”说着，他悲从中来，泪水又流了下来。我突然生气了：“哭什么哭？哭能把你的女朋友哭来吗？把她的手机号告诉我，我给她打电话。”

也许是过度伤心让这个男人丧失了理智，他竟乖乖地把一个电话号码输进了我的手机里，拨通了，他把手机交还我手里。我接过来，一个柔美的女声传来：“哪位？”

我不理她的问话，开口就骂：“喂，有没有你这么薄情的女人啊？你的男朋友从加拿大飞回来，为你买了巧克力，又从我手里抢走玫瑰花，就是为了跟你一起度过这个‘情人节’，你怎么可以把他扔在这里看也不看他一眼呢？你要知道沈阳今天夜里的温度可是零下 20 多度啊，你这女子也太狠心了吧？”

对方长久地沉默。我放缓了语气，恳求她说：“你过来吧。两个人当面把话说清楚，以后各奔东西两不牵挂，不好吗？你想因为一时的躲避，让自己一辈子背负良心的谴责吗？”

那女人终于被我说动心了。她刚刚说了一句“告诉我你们在哪里”，我手中的电话已被人抢了过去。我抬头一看，那个男人像豹子一样圆睁双目怒视着我：“谁让你多管闲事？谁让你去哀求她？”不待我解释，他把我的手机狠狠地摔在地上，转身拉起行李箱匆匆走了。那盒巧克力和从我手里抢去的玫瑰花，被可怜地丢弃在地上。

我对着他的背影跳脚喊道：“你是混蛋，赔我手机……”

三

第二天晚上下班后，我刚刚走出商城，一个高大的男人走过来横在我面前，他是昨天那个男人。

我眼珠向上翻了翻不理他，继续往前走。不想一只大手伸过来，一把拉住我：“走吧，一起喝杯咖啡。”我感到那只手的力量和真诚，于是乖乖地跟在他后面，进了不远处的一间咖啡厅。

咖啡厅里温暖极了。一杯香热的咖啡下肚，我放松下来，调皮地望着他说：“打算怎样给本小姐赔罪？尽管说来。”

他苦笑笑，给自己燃了一支烟。一夜不见，他憔悴了许多，也消沉了许多。从他的谈话中我知道，他叫陆浩，今年 31 岁，7 年前，大学毕业去了加拿大，先是读书，毕业后在多伦多的一家大公司做技工；他的女朋友是他大学时代的同学，两个人恋爱了 8 年，他一直努力申请想把她办到加拿大去，没想到女朋友最终耐不住寂寞，离开了他。“我真的没有想到，当我从万里之外抱着一腔热望奔回沈城，等待我的居然是一个苦涩的夜晚。”

他说着，满脸的落寞。他从怀里拿出一部精巧的女式手机：“对不起，昨晚摔坏你的手机。这是赔给你的。”我说：“不用了，我的手机并没有摔烂。只是可惜了我的那枝玫瑰。”

他越发内疚：“啊，昨天我还抢你的花。虽然那花没能送出去，但我应该买一束花好好谢你的。啊！对了，这花该不是你的男朋友送给你的吧？”

我摇摇头，有点难过：“我没有男朋友，这枝花是我自己送给自己的。”

他的眉毛一挑：“自己送给自己的？”显然有点意外。

我虚弱地反抗他：“自己送给自己又怎么啦？在没找到爱情之前，难道不可以自己爱自己吗？”

他笑了。坐进这间咖啡厅以后，这是他第一次笑。他的笑容又干净又温暖：“好啊！自己爱自己——很不错的主意。看来从今天开始，我也要自己爱自己了。没有了爱情，更不该糟蹋自己——你真是一个可爱的小姑娘。”

陆浩的神情一下子开朗了许多。那天晚上，我们一直聊到窗外有了淡淡的晨光。见我困倦得要睁不开眼了，陆浩说：“谢谢你，卖巧克力的小姑娘，现在我要走了。一会儿就乘车回北京，明天返回加拿大。”他用那双黑黑的眼睛望着我。

然后转身他大踏步地走了出去，高大的身影很快就消逝在晨雾之中。

四

陆浩飞回了加拿大，他的邮件不时从加拿大飞来，问候那个“卖巧克力的小姑娘”。2003 年 5 月，陆浩在他发来的邮件中告诉我，他出差去了墨西哥，“你知道吗？在墨西哥，到处都是可可树。可可树上结的小小的豆子——可可豆，原是美洲热带独有的植物，16 世纪初才被探险者带入欧洲，到了 19 世纪，被英国人制作成固体巧克力。因此说，南美洲才是真正意义上的巧克力的故乡。现在，我要寄给你一包可可豆，是我亲自在可可树上采摘的。这些经过热带阳光洗礼的平凡的豆子，正是它，赋予了巧克力独特的魅力。看到它，我不由得想起你——一个‘卖巧克力的善良的小姑娘’。”

半个月后，我果然收到了陆浩从墨西哥寄给我的一大包可可豆，我把它们装进一个大大的玻璃瓶里，跟那些散发着甜蜜的芬芳的比利时巧克力摆放在一起，当有顾客问起的时候，我就笑着告诉他们：“瞧，巧克力就是由这些平凡的小豆子变出来的！”同时，我想象着陆浩在异国他乡那张微笑的、充满了生气的面孔，心中不由得生出一丝丝牵挂。

2003 年 12 月，陆浩在邮件里又说：“我又外出旅行了。这一次，我的目的地是欧洲，是开满郁金香的国度荷兰。现在，每到一个国家，我都要买一大包这个国家最著名品牌的巧克力，把它放进行囊里。本来我对巧克力是一无所知、没有任何感觉的，可是自从认识你，我竟时时处处留意起它来，即使不吃，只是看上一眼，都能令我想起你，想起你那明朗的纯净的笑容……”

五

2004 年 2 月 14 日，“情人节”到了，连空气中都流淌着甜蜜的气息。我的巧克力专柜上空挂满了五彩气球，所有的巧克力都包上了粉色的包装纸和红色的丝带，那只巨大的水晶花瓶里插满了盛开的“蓝色妖姬”。专柜前的客人川流不息，我忙得不可开交，直到傍晚，客人才渐渐稀少了。离商场打烊只有 10 分钟时，我看了看那只水晶花瓶，里面连一枝玫瑰也没有了。

“小姐，我要一盒巧克力。”我抬起头来，只见面前站着一个拖着行李箱、一身风尘的高大男子。我的眼前一亮：是陆浩。

“这是您要的巧克力。非常抱歉，作为赠品的玫瑰已经全部送完了。”

陆浩伸出藏在背后的手，手里是一大簇鲜艳的玫瑰：“吸取上一次的教训，在北京一下飞机，我就买好了玫瑰，可是我不知道那个姑娘肯不肯接受它。我很怕再次遭到拒绝……”

一年的邮件和电话，让我和陆浩变成了老朋友，我没有理由拒绝他。但我的心情有一点抑郁：这么快陆浩就有了心爱的姑娘，看来我跟他，这辈子只能做哥们儿了。

我们又去了去年的那家咖啡厅，刚刚坐定，陆浩就从他的行李箱里“哗”地一下子倒出一大堆巧克力，如数家珍地告诉我：“瞧，这是德国产的黑巧克力。黑巧克力是最纯正的巧克力，牛奶少，含糖量低，入口可可的芬芳在唇齿间四溢。这是日本产的白巧克力，牛奶含量较高，入口后有一种香浓奶味冲击你的味蕾。而这一块是美国产的，里面嵌着一粒粒大榛仁。这一块是由巧克力和花生制成的……”

我兴奋得两眼闪闪发光：“你把全世界的巧克力都搜集来了！”他把这些巧克力统统推到我面前：“这些都是你的。喜欢吗？”他招招手，一个侍应生走过来。陆浩对他耳语一番，递给他一块巧克力。那个侍应生退了下去，不一会儿，两杯热饮端上来了。陆浩放一杯在我面前：“这是按照我的吩咐做成的意大利巧克力热饮。你试一下，看看味道是否纯正。”

我笑着说：“陆浩同志，你什么时候变成巧克力专家了？”

“如果有机会，我还可以为你制作巧克力蛋糕、巧克力火锅。这一年来，我看了很多书，也上网查了很多资料，我敢保证，我了解的关于巧克力的历史和制作工艺不亚于专家。”

我慢慢地喝了一口巧克力热饮，巧克力的芬芳立刻充溢于我的唇齿之间。我说：“时间不早了，陆浩，这个情人节之夜很快就要过去了，快带着巧克力和鲜花去看你的女朋友吧！”说这话时，我把脸埋进杯子散发的热气里，不敢抬头看他，生怕我的目光会泄露心中的秘密。

陆浩站起来，捧起那一大束鲜花。想到他马上要转身离去，我心如刀绞。陆浩绕过桌子，走到我身边，把鲜花郑重地放进我的怀中：“这束花是送给你的。林雨白，请告诉我，你肯接受它，并从今天开始做我的女朋友。好吗？”

我呆住了，结结巴巴地说：“你从加拿大飞回来，就是为了送花给我吗？”

陆浩肯定地说：“是的，就是为了送花给你。一直记得一年前的今天你说的那句话：‘在这个甜蜜的日子里，如果有人送一枝玫瑰花给我，我会更加幸福。’林雨白，如果能帮你圆梦，我就是这个世界上最幸福的人。”

我一声欢呼，霎时间，幸福和快乐充溢了我的胸腔……

都是达西惹的祸

朱萍

一

达西是一条土狗。

一条棕黄色的土狗，短毛，黑鼻子。达西和乡下任何一条狗没有什么区别。

我，宗小慧，好歹是财务公司的白领。再怎么说也得养一条血统高贵的洋狗，比如蝴蝶犬，吉娃娃，可是我只有达西。

达西是我家老保姆千里迢迢从家乡带来的。视我如己出的老保姆慈祥地说："小慧，你还记不记得大吉？就是你小时候在乡下最亲密的那条大黄狗。这是大吉的孙子大喜。大喜一出生，就特别招人爱。我寻思着给你带来了。乡下的胡瞎子说，大喜能给你带来好运呢！"

看着老保姆喜滋滋的脸，我哭笑不得。大喜从竹篮子里跑出来，小鼻子使劲嗅我的鞋带，样子还蛮可爱的。好吧，我收留你了，我抱起它在毛茸茸的小脑袋上亲了一口。

但是，我帮它改名为"达西"，《傲慢与偏见》中那个高傲的充满魅力的贵族名字。我惭愧我有些亵渎达西老爷，可宗小慧，一个喝星巴克咖啡住在满是宜家家具的屋子里的小资女子，总不能向她的朋友介绍她的宠物叫"大喜"吧，都土得掉渣了。

二

我犹豫着要不要带达西下楼散步。

小区里，从来没有一条土狗在花园里悠闲散步，可达西的黑眼睛渴望地看着我，不时在我身边打转，像个孩子。我心软了，给达西装扮一番，戴上花帽子，穿上漂亮的蓝白汗衫，达西神气地抖抖身子。这下，谁还能看出它是条土狗呢？

得意了没有十分钟，就有张狂的声音从对面响起来："宗小慧，你牵着一条土狗！"

天，是田晓明！还是躲不过他！

田晓明和我在同一家公司，我最看不惯这家伙。好歹也是个白领，而且业务纯熟，偏生就了一副油嘴滑舌的面孔。见了谁都欢眉喜眼的，女的一律称"美女"，男的全是"帅哥"，连咱们老总五十多岁了还称人家"帅哥"，偏偏马屁拍得顺溜，全公司除了我讨厌他人缘还颇好。倒霉的是，我还和他住在同一个小区！

而且，他就爱跟我套近乎，办公室那么多人，他偏冲着隔着三张桌子的我大叫：

"宗小慧，你不愿意请我吃午饭？"结果，硬给他敲去了一顿午饭。

这家伙现在就在我对面笑得脸都变了形："宗小慧，你好没脑子，哈哈，一条土狗，你给它又戴花帽子又穿狗汗衫，这可比这条狗都贵上十几倍，哈哈……"

我涨红脸，恼羞成怒："我就是喜欢我的达西，我愿意！"

田晓明笑得更没形了，而且还伸出他的"魔爪"去抱达西，没骨气的达西撒着欢地往他怀里钻，我一用力，绳子把达西勒得直叫唤。田晓明凶巴巴地瞪大眼睛："宗小慧，你干吗虐待小动物？！"

第一次看见他的正经样，而且还是怒目圆睁正气凛然，倒让我有点心虚，可不能在他面前落败，便装作清高的样子"噔噔噔"地牵着达西回去了。

三

雨腾不喜欢达西，他说达西的眼睛有种奇怪的东西，"这是一条太精明的狗。"雨腾深思地说。

"胡说，它只是条土狗。"我把脸轻轻贴在他的胸前。可是他的体味，却没有爱情的荷尔蒙涌出，心脏中跳动着淡淡的疏离和冷漠。我以为是我的错觉，但是他抚摸我的手掌，已不再有澎湃的激情。渐渐加深的不安从我心中溢出，为了渐行渐远的温暖，我越发贴近他的胸膛，而他的手指也痉挛似的抱住我的背。

"喂，达西！"他突然大叫，紧张地朝门前走去。

达西正在翻他的上衣，把他的阿玛尼西装踩在地上，张牙舞爪地嗅来嗅去。我连忙喝止它，可是达西调皮地拖着西装绕来绕去，把衣服里的钥匙、钱包翻了个乱七八糟。我做出要打它的样子它才罢"足"，急忙收拾被达西翻乱的东西，雨腾赶紧说："我来我来。"

我终于明白我的不安来自何方了。雨腾的钱包里，我的照片已被他和另一个女孩的亲密合影代替。

"有多久了？"我奇怪我竟如此镇静。

"快半年了。我一直不敢告诉你。可是，小慧，我们的感觉已经完了，你看，我的钱包已经换了半年了，你都没有注意。原来的那个边角都磨损了……"

我制止了他的滔滔不绝。感情结束的时候，猥琐的男人喜欢为自己寻找负心的理由。我苦笑："你没说错，达西是条精明的狗。"然后开门，请他出去。

田晓明却站在门口，一脸的尴尬，手里还拿着个饭盒，看样子我们的谈话全听见，我的私生活全落在了他眼里！

他小心翼翼地走进来，打开饭盒，是几块香喷喷的排骨，弯下腰放在达西面前，结结巴巴解释："一般来说，土狗喜欢实实在在的肉，不喜欢狗罐头。而且狗罐头比较贵。"

"去你的实实在在的肉吧！"刚才努力维持的风度消失殆尽，我终于找到了宣泄口，把排骨一股脑儿扔出窗口，达西可怜地瑟缩在角落里，轻轻抽泣呜咽。

我的心卷成一团，泪水终于喷涌而下。

也不知哭了多久，只闻到饭菜的香。田晓明把一盘意大利肉酱面端到我面前，嬉皮笑脸地说："伤心可别伤胃。"

食物的香令人无法抵挡，灯光明亮，厨房收拾得干干净净，达西安静地在一旁吃田晓明为它烧的红烧肉。家的味道那样温情脉脉，心上绽开的伤口仿佛渐渐收敛。我深吸一口气，对自己说："伤心别伤胃。"

四

田晓明和达西成了好朋友，达西见了他比我还亲热，直往他怀中扎。他也来得殷勤，每次他来，人和狗同时饱口福。

我津津有味地吃着他炒的青椒肉丝，警告他："田晓明，你可别起什么歪心思。本小姐眼睛一扫，就知道你的花花肠子。想趁我失意时追我对吧？你不是我喜欢的类型。"

厚脸皮的田晓明嬉笑着问："美女，你喜欢什么类的帅哥？"

"深沉、高雅、精致的绅士类。"

他笑得瞧见大门牙："你也就是一馋丫头，还想找深沉的、精致的、高雅的，宗小慧，那全不适合你！"

谁说的？我和国彬就相处得很好。

国彬是我朋友介绍的，这个男人满足了我对梦中情人的所有渴望。他高大、温和、沉默，一个干净斯文的男人。

和他在一起，我努力地攻读哲学；每个星期天，我跑博物馆和画展，期望举手投足增添几分飘逸；我买了一大堆古典唱片，总之，我是真的非常在乎他。

他当然没有田晓明"三八"，把喜欢你明明白白放在脸上，但是我能感觉，他对我还是钟爱有加。

只是，他不喜欢达西。第一次见到达西就皱着眉："怎么是条土狗？"达西从他的脸色知道自己不受欢迎，可怜巴巴地退在一边，全没有见到田晓明的撒娇欢闹。

我的心狠狠抽了一下，眼睛里有不争气的湿雾。原来，我已是那样地爱达西，就如爱自己的孩子，见不得它受半点委屈。

第一次，我冷冰冰地对国彬说："这是我钟爱的狗，虽然它不高贵，但是我爱它。"

静默中听见他的呼吸，淡淡的疏离感在空气中飘荡。我们那些努力建立起的甜蜜，为什么一见到达西就全部瓦解？

五

国彬第二天严肃地对我说："小慧，你那样爱达西，我决定尊重你。但是，我想改造一下达西。将来我们的房子里有壁炉，有油画，总不能膝下打盹的，是一条没教养的狗吧？”

国彬带来一瓶金色染发剂，他说先要把达西染成金色，然后给它喷上香水。再给它做个手术，让它变成“狗太监”，以后不会到处撒野。除了第三条，前两条我勉强认同了。

达西一看到染发剂向它喷来，就像见了怪物似的没命地跑。从客厅窜到房间，房间窜到客厅，又窜到厨房卫生间，一路上盆啊罐啊丢了一地，凌乱不堪如战场。人和狗都筋疲力尽之时，我们终于抓到了达西。

达西的第一缕毛变成了金色，它一点儿也不兴奋，但是也不闹，只是无助地垂下眼，竟是浓浓的悲凉。一股浓重的悲哀，也如重锤似的击向我。我在做什么啊？达西眼中的悲凉将来也正是我的悲凉。我也将被国彬改造为一个高雅的、沉静的女子，但那不是我，其实我不喜欢听古典音乐，我只爱听邓丽君的靡靡之音，还有那些抽象派的画我一点都看不懂，哲学对于我来说更是莫名其妙。我那样努力地向国彬靠拢，可是我不快乐，我只是个爱吃小龙虾麻辣火锅的馋丫头，田晓明说得对。

我抱过达西，制止了国彬的染发行动。我把我的想法都对他说了，他很惊讶，但还是有教养地认同了。现在摆在我们面前的只有分手，我黯然说：“老保姆把达西送给我时，说它会给我带来好运。但是，一个接一个的恋人离开了我。”

国彬出乎意料地摸了摸达西的头：“这是一条聪明的狗。它告诉我，我不是你的幸福。小慧，继续寻找吧。”

六

我的幸福在哪里呢？我对绕在脚边的达西轻轻说，你是老保姆千里迢迢带来的幸福使者，可是一次次搅了我的爱情局。拥有你，真不知是我的幸福还是不幸。

达西轻轻地叫着，乖巧地把头蹭来蹭去，突然飞奔出去，原来是田晓明来了。

他张大嘴：“哇，怎么家里变成了战场？达西的毛怎么有一缕是金色的？我不在时，发生了什么？”

我没好气地说：“你以为你是圣人？我们一没有你就乱套？告诉你，我刚结束一段爱情，又是达西惹的祸。”

田晓明听了经过，张大嘴乐了：“那个什么特的先生还真够聪明的，你啊，宗小慧，也别老把自己往什么高雅里、小资里凑，你就是一馋丫头、一坏脾气丫头。”他边说边拿扫帚拖把开始打扫，达西欢快地在他身边转来转去。正午的阳光透过窗纱软软地照进来，田晓明的脸上有了一层淡淡的金色光辉，我突然发现，这个男人其实蛮可爱的。爱狗爱家爱烹饪，人缘好脾气好业务也好，长得也不错，老天，他不就是我男朋友的最佳人选？我的心中突然涌起一股甜蜜柔情，在这个男人面前我可以任性耍小性子不必伪装，他就是另一半的我，怎么我刚明白？是达西让我明白的，是达西为我找到的幸福啊。

我故意干咳几声，田晓明抬起头，我装作愁眉苦脸的样子问："你看我这样子能嫁给谁？"

这家伙果然中了我的圈套，毫不犹豫地说："当然是嫁给我啦，馋丫头，你和达西都离不开我烧的菜。"

"哼，"我恶狠狠地看着他，"你说，你处心积虑多久了？"

他脸一红，"呵呵"傻笑："要说，也真是从你来公司就喜欢你了，可你正眼都不看我。你还不如达西，真是有眼不识金镶玉。"

我大叫一声，狠狠地扑了上去，他用手抱住头，还不忘加上一句："馋丫头，可别再喝那个什么星巴克了，太贵了！你哥哥冲咖啡的手艺好得很呢……"

美错

BooBoo

我有 57 双帆布球鞋。这是我最丰富的收藏。

大学毕业时去公司应聘，作正装打扮。站在七厘米的高跟鞋上，我产生高原反应，每一步都走得气屏心虚，还是刚进门就狠狠崴了一下栽将下来。考官中一位好心人援手，用憋笑憋到颤抖的声音问候，我一骨碌爬起来落荒而逃。

57 双球鞋，正在穿的不过半数。已经穿旧磨破的，舍不得扔掉，就好好地放进纸盒用胶带粘住再贴上标签。尚留着中学时第一双黑色球鞋，就是因为这双再普通不过的鞋子，使我陷入对 CONVERSE 帆布球鞋疯狂的迷恋中。有朋友从国外带的，款式新颖，是限量版。

喜欢在鞋子上动手脚，穿上亮点珠片的 CONVERSE 总该有女人味；镶上皮毛边效果特棒，豪华得紧；换彩色鞋带，别几个别针；夏天来了，挖几个小洞好风凉；把高帮鞋剪作低帮，再来个左右不对称，看来甚是朋克；把低帮鞋花花绿绿接成高帮，明星穿去打歌都可以。

有时候，一双一双拿到阳台上晒太阳，蹲在 57 双球鞋面前看它们伸着舌头，新新旧旧高高矮矮煞是好看。回忆穿某双的时候遭遇罕见大雨，穿某双去参加高考，又穿某双结束初恋。似水流年，呼啸而过。

表姐要请我吃火锅，千叮咛万嘱咐要我打扮淑女，勿穿球鞋。吃火锅而已，哪来许多规矩？用大脚趾想也知道是相亲。我家女人个个貌美，就怕我嫁不出去，隔几日便安排一场，我总是欣然赴宴。

赶到饭店，表姐盯住我脚上的球鞋，脸色难看到想要把我丢进锅里涮。昨天刚改好的一双，穿出来秀一下有何不妥。我视而不见，坦然落座。对面已坐定一位先生，剑眉星目，灼灼地盯着我。我微笑致意，却听他“哈哈”一下大笑出声，吓得我赶紧望向表姐。对面也知道自己失态，急忙拱手，忍不住嘴角上扬，指着我说去年你是否去我公司面试，刚进门就摔倒，头也不回就跑掉——原来这件糗遇东窗事发，真是邪门儿，刚好是当年扶起我的那位仁兄。

表姐的眉目越发狰狞，在桌子下面拧我大腿。我不甘示弱反拧回去，还不是她那双贵得要死、高到无限的鞋肇事。青年才俊忍笑收声，在我和表姐脸上来回浏览，似乎看得有趣，被我横眉立目瞪回去。席间他二人言谈甚欢，我埋头大快朵颐。表姐大概不抱希望，不再偷袭。手机响，他接起，流利伦敦音脱口而出。表姐抽空看我一眼，那哀怨的眼神意味明显：这么好的人才，偏被你浪费机会。他挂断手机，连声道歉，我却瞅到他的手机是最新款的彩屏内置摄像头，停筷，在餐巾上擦擦手伸出道，借你手机给我看看行不行？

我觉得我的声音很动听，表姐还心有余而力不足地在用眼角瞪我。好在对面的人很是随和，立刻把手机奉上。我打开来将摄像头对准我的豪华球鞋“咔咔”拍了两张。果然是最高像素，连我缀上去的水钻长耳环都拍得一清二楚。手机又响，吓我一跳。赶紧双手奉还。

手刚伸到火锅上空，煮沸的汤汁恰好飞出一点溅在我手腕上。烫得我龇牙咧嘴，手一抖，手机不偏不倚直直落入锅中。只听见那二人大声惊呼，红色的辣椒汤高高溅起，洒我一身。我顾不得那许多，抄起一边的漏勺将手机捞了上来。只见那价值不菲的银白色手机伴着一根青菜无数花椒大料，淋淋漓漓狼狈无比地躺在勺子里。

在我执意坚持下，得以把火锅里的手机打包回家。第二天，我跑遍手机专卖店十余家，在店员好奇的目光下打开一次性饭盒展示那可怜的手机。众人乐不可支，而我被很遗憾地摇头告知，没有办法，重新买一个吧！

市价七千多。我可怜巴巴站在马路上打通手机主人的办公室电话，悻悻问可否拖延一阵？他不以为然，都说不要你赔，你偏折腾一天。吃饭了没有？那你等我。我低头看脚上的球鞋，还是走得我脚板抽筋。贴着公车广告牌蹲下，无意识地抓自己的鞋带，扯开，又系上。脑子里混混沌沌地思忖着：假如卖掉那些限量版CONVERSE……

一辆小车在我面前“刷”地停住，他微笑摇手要我上车。我站起身，迈步走过去。一举足，只觉得脚下绊到什么，重心不稳，直挺挺“吧唧”一声趴在了马路上。周围站着等车的几个人都被我骇了一跳，他忙不迭从车里跳出来抢救。我回神之后只觉得羞愤无极，恨不能捶地大哭。怎地这般邪门儿，又摔一次？

他最终使大力抱我上车，我鼻口火辣辣的，定摔到惨不忍睹，只是一味地遮住头脸。他倒是识趣，没有多问，快速驾车离开现场。行至另一个街口，才把车慢慢停下，扭头扒我的手，有不容拒绝的力量。我只得把手放下。他只是连声说去医院，重新开动车子。我朝后视镜偷瞄一眼，只见满头满脸是土，鼻子上蹭破一块，血肉模糊，恐怖之极。思前想后，眼泪不争气地滚落，倒霉至此，不如去死。他看也不看我，大手伸过来握住我手，温暖修长，我便不好再哭。

到了诊所，护士替我处理伤口，医生在一旁教训他，姑娘家摔成这样，怎么保护女朋友的？我欲解释，却听他唯唯诺诺说以后不敢。老医生又看我脚一眼，你这姑娘也忒邪性，人家都是踩高跷摔倒，你倒好！我也纳闷儿，低头一瞥，原来不知怎的，两根鞋带被我乱七八糟绑作一团。

一切完毕，他拿药拥着我一阵风出门。我不放心，回头高喊医生，我会不会留疤破相？他不容争辩插嘴，破相我也要你，何虑之有？只听得医生和护士在身后呵呵傻笑。

送我回家，我请他上楼坐。他倒也不客气，大步流星。进到家里，他立刻被满屋球鞋吸引，蹲下来细细鉴赏，赞不绝口。我立刻得意起来，爬上爬下拿最喜欢的鞋子出来献宝。他看我源源不绝搬纸盒，看直了眼。存这么多球鞋在家里，不是辟邪？

我捂着鼻子，惨笑。本来不邪，碰到你，再和鞋子有关系就倒霉了。他忽然笑得诡异，你知道为什么？我给你的球鞋施了魔法。我望他，他一手拿着一只球鞋喃喃做声，眼皮翻起，逗得我笑出来。

他问，为什么有这么多双球鞋，旧的也不丢掉？总穿球鞋，不怕男人不喜欢？

我站在地板上，滔滔发表：穿球鞋的女人就不能找到爱情吗？我偏要让我家那些装扮精致的淑女们大跌眼镜。所谓爱，不过就是这样的坚持嘛！

每次把脚插进新的 CONVERSE 球鞋里，都会想——这双鞋也会变旧的啊，等它旧了，脏了，丑了，难道就忘记曾经和它走过的路程，把它丢掉吗？那怎么可以。爱情也是一样啊，也会有不那么新鲜喜人的一天，那时候还会开心地拉着手雀跃地爱着彼此吗？

我会很努力很努力地不让爱情变旧，就好像我总是想尽办法延长球鞋的生命。用心地爱，百般地呵护，想方设法让它每天新鲜。即使鞋子都穿旧了，穿脏了，磨破了。即使爱的人也变旧了，变老了，有了皱纹、眼袋和肚腩了，我一样会紧紧地系好鞋带，紧紧地抱住他。对我来说，球鞋不在于时髦，只在于爱。旧旧的爱情，我喜欢。

他揉揉我的头发，深深望进我的眼睛，让我同你一起穿旧很多很多双球鞋好吗？

除非雨落之后仍是雨

蒹葭苍苍

她在他刚才淋过的细雨里走着，不急不躁，她想，雨落之后一定会天晴，相逢的人一定会再相逢。

一

在顾惜17岁的春天，她捡到一只刚出生的小兔，邻居扔掉的。因为母兔跑了，小兔没奶吃，迟早会饿死。顾惜捧了回来，每天用眼药水瓶吸牛奶喂小兔，小兔活了。

春天结束时，顾惜收到一个活动邀请，与市一中的同学做交换生，为期一周。跟顾惜一起去的还有4个同学，他们到对方班里上课，对方家里生活，角色互换，体验生活。

顾惜生长在乡村。老爸的职业是农民，但他教给顾惜许多道理和知识，所以顾惜早慧。

活动第一天，双方在市一中见面。对方是3个男孩，两个女孩。他们不怎么友好地打量着这些乡村孩子，与顾惜一起的4个同学都紧张局促起来，顾惜却扬起脖子，笑了一下。对方还有个穿淡蓝衬衫、米色布裤的男孩，他带着研究的神情打量着顾惜。老师叫他过来对顾惜说，这是余大城同学，你和他角色互换，这是他的校牌。

余大城朝顾惜点点头，顾惜微微一笑。余大城竟被这微笑电了一下，他紧张起来，并懊悔没有把房间收拾整齐。该出发了，余大城对顾惜说，房间很乱你别介意，唱片啊书啊你随便听随便看。另外我妈很啰嗦，做的菜也难吃，你忍着点。

顾惜笑了，这男孩真有意思。她说，我养了只兔子，它爱吃铁线草和灯笼花。

顾惜没体会到余妈妈的啰嗦，倒觉得她做的菜挺好吃。她被余大城房间的凌乱吓了一跳，也被满柜子的书和唱片吓了更大一跳。她收拾整齐房间，躺在他的椅子里，听着他的唱片看他的书。

城里的同学们有的好奇热情，有的冷眼蔑视，她既没感激涕零，也没惶恐自卑。

最后一天，双方在小镇中学再次见面。4个城市孩子正议论着要回去潇洒玩乐，余大城捧着兔子在一旁逗玩。道别时，余大城说，兔子能不能送我？他还保证，我一定拿它当宠物而不是食物！

二

一周后，余大城捧着兔子来找顾惜，还带来几本书和几张唱片。他说兔子很想你，我带它来解解相思。他说我给兔子取了个名，叫兔斯基。他说这几本书被摆在最外边，唱片放在最上边，应该是你看过听过喜欢的，送你啦。

余大城说，这次角色互换，我有很大触动，也许对我的人生有很大改变。顾惜说，我的目标早已确定，不会因一次小活动就改变。

余大城每周都来，他说兔斯基只喜欢吃野草，不爱吃超市里买的菜叶，那都是温室里种的，连阳光都没见到，谁爱吃啊。

余大城说我还带着兔斯基去参加了兔友聚会呢，那都是些狮子兔、老虎兔、安哥拉兔之类的昂贵宠物，可兔斯基竟不卑不亢的，嘿，气质性格跟你真像呢。

余大城东拉西扯。后来他说，我很喜欢你，顾惜，我希望将来你是我要娶的那个人。顾惜说，将来太远，谁都无法预见。

很快就是 9 月，高三了。余大城又捧着兔斯基来了，他高了一头，兔斯基也长成帅小兔了。余大城说，我也要好好学习天天向上，不能老来打搅你了。他说着掏出一枚镶嵌着绿色宝石的老戒指。他说，这是我外婆的外婆留下来的，我妈说是给我将来娶媳妇的，但我现在就要把它送给你。

顾惜拿在手里，问，是真心吗？余大城说，你若不信，我跳进湖里证明给你看。眼前的湖水深不见底。顾惜咯咯笑，她一扬手，把戒指扔进了湖里。

余大城目瞪口呆。顾惜说，既是真心，那我接受了。但人生漫长充满变数，有一天你忘记了我或是我弄丢了它，都再正常不过。现在，至少，在很多年以后，哪怕我已老去，我还知道它在哪里。

余大城问，你能给我多少时间来等你？

顾惜说，只要兔斯基还活着。

兔子的自然寿命有多长？余大城在 Google 里搜到答案：6 年。兔斯基即将 1 岁。

三

顾惜不是没有心动，只是她没信心。他热情勇敢，并不代表他就坚定深刻。而她死板又理智地想，与其充满希望之后再失望，还不如暂时将希望埋进泥土。

余大城的成绩很糟，顾惜是尖子生，余大城的高三在拼命。7 月，余大城来找顾惜，顾爸爸说，她打工赚学费去了。余大城的录取通知书来自那所名校所在的城市，另一所学校，两校隔一条街。他拿着通知书又来顾惜家，顾爸爸说，她早去学校啦。他问顾惜的专业和电话，顾爸爸说，闺女说不能告诉你，该遇见的，总能遇见。

余大城抱上兔斯基去了学校。他想，总会遇见，总能找到，不就是一条街的距离吗。

这是一条热闹的商业街，学生们的乐园，街上走着女孩男孩和恋人、宠物猫狗。在这条街上，他遇见过小学同桌，初中暗恋的女生，还捡到过一张百元人民币……带着兔斯基遛街的帅哥很引人注意，还有女孩主动搭讪，就是没遇见过顾惜。

他还去顾惜的学校找。他路过一幢幢女生宿舍，抬头仰望那些晾着鲜艳衣裳的阳台，他走过一间间教室，去图书馆呆坐，在拥挤的食堂徘徊。他还躺在她学校的草坪上睡过午觉，跟她的校友打过乒乓球，还带着兔斯基在花坛里打过滚。

余大城用去 4 年时间，胡须从柔软变得坚挺，下巴从圆润变得硬朗，而兔斯基，也从帅小兔变成了帅老兔。

余大城抱着兔斯基去宠物医院，希望医生能给弄点兔子吃的脑白金脑黄金之类。医生说，家养兔能活 5 年，已是奇迹。一般兔子老到吃不下东西，就会自动死去，如果它到时候不死，你再来吧。

其实顾惜看到过余大城。一次在食堂，但人太多，一个转身他就不见了。还有一次是在雨季，雨绵延下了很多天，她一直在图书馆靠窗户的位置看书，余大城在一个下午出现在楼下小路上，她以为他会上楼，她跑到楼梯口去等着，可他没上来，回到窗口，路上人已不见。

她在他刚淋过的雨里走着，不急不躁。她想，雨落之后一定会天晴，相逢的人一会再相逢。

四

毕业之后，余大城留在了这个城市。他去了顾惜家，顾爸爸说，她也留在那里了。

余大城做企划，常跟广告公司打交道。其中常来往的，是一家年轻公司。顾惜就在其中，她做设计，但余大城只需和客户代表接触，不用去设计部。

顾惜设计的很多样稿，经过客户代表，到达余大城的手上，余大城再签字给客户代表，客户代表只需要说，O K，顾惜的工作就完成了。如果要修改，她收到的，也是来自客户代表的意见单。

她并不知道余大城。余大城也不知道她。

但她时常想起他，她从爸爸那里知道，他还在找她。她微微笑了，似乎有了些信心，他们总能遇见。她也时常想起兔斯基，她觉得它一定还活着，除非雨落之后仍是雨，除非时光之后再无奇迹。

日子就这样过去。某个雨天，她加班修改设计稿，客户代表却因急事离开，走前留给顾惜一个地址说，麻烦你跑一趟吧，找企划部余经理签字。

雨很大，雨水顺着伞骨湿透了她的衣袖。她匆匆收起伞，跑进客户公司所在大楼，按下电梯，急急进去，门合上的一瞬，另一部下降的电梯抵达，余大城走了出来。

他们都不知道曾经相逢过，这一瞬。雨继续下，无边无际。

五

兔斯基很老了。除了吃喝拉撒，就是趴着睡觉，余大城真怕它睡着了就醒不来，他随时守护着它，用眼药水瓶吸牛奶喂它，带它去宠物医院注射营养液，上班也用笼子拎着去。

八卦的客户经理和设计部的女孩们聊天时，讲起一个奇怪的经理，他养着一只土兔子，跟宝贝似的，带着上班呢。那兔子真丑，牙都快掉光了，名字还很洋气，叫兔斯基呢。这笑话真生动活泼，可顾惜听不到了。她换了工作。

新工作没那么忙，她有了空闲的周末。一个人待着，很容易想念。她靠在窗边想，余大城，你还会不会来？兔斯基还好吗？

周末她去小动物保护基地做义工，被派到宠物医院取注射液。负责接待她的医生正在给兔子打针。她走过去，看到了一只牙齿掉光了的老白兔，医生说，它6岁多了，相当于人90多岁，它牙齿掉光吃不下东西了，只能靠注射营养液和喝水，但生命力还很顽强。

真是一只坚定、勇敢、珍稀、可贵的兔子。

兔子的主人眼里蓄满泪水，他抬起头，看见了顾惜。仿佛是预约好意料之中一般，他们都没有惊喜得跳起来，顾惜说，我来履行承诺。余大城说，兔斯基在等你。

水煮蛋上的“爱情情报”

林 珊

一

我记不清这学期吃了多少个水煮蛋了。高岩说，鸡蛋在水煮过程中营养的损失最小，而且有利于消化，是最理想的早餐。我并不以为然。我理想的早点应该是喷香的葱油饼、小笼汤包或者三明治之类的。如果一定是鸡蛋的话，最好是煎成两面金黄的荷包蛋——但这只是妄想。因为就像乞丐不能挑剔人家的施舍，通常“蹭饭”的人也没有权利抱怨食物难吃。

在学校住校，早餐经常会被忽略不计，非得赖到快迟到了我才会从床上一跃而起，抄起书本就往教室里冲。痛苦的是每天都要抉择——是一口气冲到四楼的教室，饥肠辘辘地盼着下课？还是冲到二楼时先拐到化学实验室，不顾高岩揶揄的目光，厚着脸从他桌上取一个水煮蛋？

最后我还是选择了水煮蛋，拿在手里时还有些烫，然后躲在立起的书本后，开始气定神闲地剥蛋壳。水煮蛋在我眼里只是充饥的俗物，滋味寡淡，却非得像美味小口小口地吃，因为囫囵而吞得把人撑得半死。

有一回，我正嚼蛋黄时被老师提问，噎得我一口气差点儿上不来。老师只好让我坐下，并认真地告诉我：“林珊同学，教室可不是餐厅。”我当然知道教室不是餐厅。因为餐厅里不可能只有干巴巴的水煮蛋。

二

我没课的时候常到高岩的实验室里消磨时光。他是化学系的研究生，平时只会闷头鼓捣那些瓶瓶罐罐。那天，他用酒精灯给我煮鸡蛋。我说：“我出个谜语你猜好不好？‘高岩请我吃东西’，打一部小说的名字。”他笑了：“我猜不着。”我叹了口气：“谜底是刘索拉的小说——《你别无选择》。”他爆笑，我也笑，连鸡蛋在锅里“咕嘟咕嘟”也像在笑。高岩说：“小时候我只有过年过节时才能吃上一个。那年我考上大学，我妈给我煮了10个鸡蛋，我高兴坏了。”“真可怜，吃几个鸡蛋就乐坏了？”“老家的鸡蛋格外香，这儿可没有。”他用筷子把锅里的鸡蛋夹了起来：“看，筷子能夹得动说明蛋已经熟了。”

高岩平时话不多，看起来挺酷，可有时也会做些极端迂腐的事情来。比如，他知道我第三次考“四级”，于是考试那天早晨给我煮了两个蛋，笑眯眯地说：“看，给你个好彩头，这次可别再丢脸啦。”可是吃了两个蛋也不管用。成绩出来那天我坐在他的实验室里很郁闷。那天刚好有几个人在里面做实验，还有一句没一句地讨论攻博什么的。我最烦这些，就跟着瞎起哄，说："我要做博士后。"所有的人都笑。当然，听一个英语四级考了三次都没过的家伙大言不惭是挺滑稽可笑的事情。可偏有一个人问我："你打算什么时候考呢？"我笑着说："我嫁一个博士，不就是博士后吗？"大家又笑。那个人就笑嘻嘻地说："巧了，我今年才上的博士。"

后来这个博士常来约我，我的舍友都说他是看上我了。我生日那天，博士送了我一束花和一盒金帝巧克力。高岩一大早却给我送了个红蛋。我不知道他用什么东西把蛋壳染得通红。他很认真地说："依我老家的规矩，过生日一定要吃红蛋的。"我郁闷了半天才憋出一句话："唉，受不了。这个土人！"

三

过完暑假，返校的第一天我见到高岩。他冲我咧嘴一笑时，我发现他被晒得黑不溜秋的皮肤反衬得牙齿特别白。他说是在家做农活时让日头给晒的。放假时，我曾想过和他联系，可是他家连电话都还没安。倒是那个博士给我打过好几次电话，还隔三差五给我发长长短短的 E-mail。

我给高岩带回一大包家乡的特产，毕竟这么久以来吃人家的有些嘴短。"我也给你带好吃的了。"高岩说着一拉抽屉，"瞧，有三十几个呢！"天哪，又是鸡蛋？！我失望得几乎想笑。

回宿舍把高岩带鸡蛋的事告诉舍友时，所有人都笑翻了。只有上铺的小敏意味深长地说："千里迢迢，礼轻情意重啊！"也对，那么远的路程，那么易碎的东西，真难为他了。以后每天再吃水煮蛋时我几乎是怀着虔诚的心情，也真吃出了特别的味道——山里的土鸡蛋果真比城里的多了几分清甜。

四

博士经常约我。我偶尔和他出去玩时也很开心。直到有一天，他忽然拉住我的手。那一刹那，我急急甩开他的手，脑子里闪过的却是和高岩在一起的画面——点点滴滴平淡质朴，久久地在心里盘旋，不能释怀。

我不能确定自己的感情，夜里却不断地想到他——想起他说过 11 岁才穿过第一双鞋；家里交不起学费几度要辍学；高考前一天还在地里挥汗如雨；还有，寒暑假往返 2000 多公里路途，40 多个小时只能一路站着，腿都站肿了……他总是笑着说起这些，淡淡地，仿佛事不关己。那时我听了只会啧啧称赞佩服他的刻苦耐劳，只是为什么现在想起来心中会如此酸涩？

五

高岩感觉不到我看他眼神的变化，对我刻意的修饰也熟视无睹。我对这截朽木实在是无计可施。小敏给我出主意："离毕业只有几个月了，你向他讨建议，他若留你就说明他在乎你，他若让你回家乡，那就算了。”

高岩认真地帮我查阅了大量资料，先阐述了就业形势的严峻，又强调我的专业太冷僻。最后说：“像你这样娇气的小丫头，还是回父母身边有人照顾比较好。”我知道他是为我好，可是一瞬间，心还是跌入谷底……

六

剩下的时间我开始发奋图强，每天早晨早读，走到教学楼底就低着头冲到四楼，不肯稍作停留。偶尔遇见高岩时也是隔着人群问好，我和他前所未有地生疏。有一回，他特意询问我毕业后的去向。我说，我爸帮我联系了一所小学，做英语老师。他笑问：“当真误人子弟去了？”我点头，心里却有个声音说：“如果你要我留下，我一定不走。”

不久，宿舍里的床铺慢慢空了，许多人走了。校园里弥漫着离别伤感的气息。那天在教学楼前梧桐树下高岩塞给我一个水煮蛋时，我只是愣愣地看着他恍如隔世，却一句话也说不出来。几个月过去了，心居然还会痛。我看着他匆忙沿着小路离去。犹记得，这条小路曾经走过的风花雪月、草长莺飞。如今 4 年的光阴就这么晃晃悠悠地从指缝间溜走，却什么也没留下。我站在路口发呆，一直到手中的蛋渐渐失去了温度。

我跌跌撞撞地回到宿舍倒头就睡，一觉醒来时已经错过了晚饭时间。想起高岩给的水煮蛋，就从包里掏了出来。蛋壳轻轻地从手中剥落，正要送进嘴里时，我却发现了异样。蛋白上清清楚楚地写着几个字——请你为我留下来！我顿时心狂跳，眼睛也湿润了，冲下楼一眼就望见倚树而立的他。

后来，这个化学系的呆子向我坦白——鸡蛋先煮熟，用醋酸在蛋壳上写字，干后，蛋壳上的字就清楚地印在蛋白上了，而蛋壳上却看不出一点痕迹。又说，二战时期用这种办法来传递军事情报，而他却是在向我传递“爱的情报”。

我对高岩所做的一切有些吃惊，因为我知道他根本就不是浪漫的人。果然，很快他就问我：“你饿了吗？我给你做水煮蛋去！”

你要王子还是青蛙

梅吉

那个时候，是青春期，正上高二。

翟小如微胖，个子矮，长相规矩，因为是市井的孩子，也就不觉突兀。谭三也是调皮捣蛋的主儿，上房揭瓦，下河摸鱼，整日里上蹿下跳。

草长莺飞的季节，整个世界在翟小如的眼里，都是清澈的蓝。

灰姑娘的条件

后来，另一个少年出现了。他是坐着黑色轿车来的，白衬衣，卡其色的裤子，眉眼温和，笑容阳光。翟小如正从那里经过，步子就踩乱了，心跳得厉害。

很快就传开了，他是从北京来的。爷爷是军区大院的将军，他来这里度暑假。小城的孩子，对首都，对从首都来的沈文安充满了好奇。他经过的时候，院子里的小孩都如鸟兽般散去，觉得不敢亲近，有着很远的距离。

翟小如捉了一只蝈蝈，在沈文安经过的时候捧到他手里：送你。她直直地说完，声音有些抖。

沈文安并不难相处，他们很快就相熟起来。她带他上山打枣，下河摸蟹，捉萤火虫，偷吃蜂蜜，用桔梗编蝈蝈笼……都是和谭三常玩的游戏，但对沈文安来说，是新鲜与稀奇的。

翟小如用了她所能想到的所有玩耍方法讨好沈文安，即使她从树上摔下来，即使她被蜜蜂蜇了一头包，即使她流汗流血，也在所不惜。看见他笑，她的心里就是高昂的自豪，那是最最美好的事了。

他会为她拉琴，巴哈的《小步舞曲》。他说以后要做音乐家，全世界巡回表演。她的嘴里就啧啧出声。

谭三穿着背心来找她玩，她看他的眼神就多了嫌弃：衣不称身，粗糙不堪，指甲缝里还有黑污。她就对他说，没空。谭三拿小石头砸她，狠狠地骂了句：叛徒。

她不在乎。只是，夏天过后，沈文安要走了。她问他要地址，咧着嘴笑：我给你写信吧。他拿了纸笔，给她写了串字，末了，写上，沈文安收。

大人们发现翟小如一夜间长大了，她不再疯耍，成天抱着书本看，脸也瘦出了尖下巴。她写了很多的信，沈文安回的信很少，慢慢地把她挤出了记忆。

她是补习了一年才考去了北京。沈文安并不知道，他的一次出现会改变一个女孩的命运。

花有花债

大学毕业，翟小如留在了北京，在一家小公司做文案，拿不高的工资，过得灰头土脸。

谭三也来北京了，他是在山西读的大学，很冷的专业，工作不好找。他偏偏想到北京来发展，他在北京西站给翟小如打电话，身上就剩100块钱了。

他惨兮兮的声音，让翟小如动了恻隐之心。她收留了他。她住的是那种单间，厕所和厨房公用。谭三睡地铺，说好了拿到工资就搬出去。谭三承诺说，翟小如，等我有钱了，请你吃龙虾，再买两杯酸奶，喝一杯，倒一杯。翟小如苦涩地笑，不置可否。

跟着领导去开行业研讨会，百无聊赖的时候，有个年轻的男子上台发言。她一眼就认出来了：不是沈文安又会是谁？

怎样也忘不了的脸，温润的气质，干净的眼神。他没有做音乐家，开了一家软件公司，在业界小有名气。有硬硬的风，一路杀到翟小如心里，生疼。

那天夜里，谭三买了鲜花回来。他终于卖出打印机了，不是一台，是足足40台。一家大型跨国公司要更换设备，他去得正是时候。这是奇迹，意味着他一年的业绩都有保证了。

他把玫瑰放到翟小如面前，她没收。要是没有看到沈文安，她也许会收下的。

谭三和翟小如是有共鸣的人，知根知底，家世单薄，都得靠自己打拼。但是，沈文安在翟小如的青春期走进了她的心里，带着一种宿命的悲凉。

她不能收谭三的花，花有花债，何况是他的感情？她不想欠下他的债。

翟小如辞了职，那时候离研究生考试已经不到3个月。她铆足劲地学，把自己瘦成了一枚果核。谭三做了她的邻居，住隔壁的单间。

就这样被凌迟

翟小如考上了北京大学的研究生，还拿到了三等奖学金。有了奖学金，学费就有了着落，帮着导师做点儿私活，也就有了生活费。

谭三还是卖打印机，他还是会下厨给翟小如做饭。夏天的时候，两个单间的门都开着，看见谭三在烟熏火燎里的背影，她的鼻头有些酸。

他们这样僵持好些年了，她明里暗里地让他放弃她，可他就是不放手，继续做她的老乡、邻居，把大片的肉往她碗里堆。吃，吃，他依然笑着说。

而翟小如应聘进了沈文安的公司，她也知道他们之间的距离不是山，不是海，是天，是地。但她还是不知死活地撞了进去。

他对她的资料很满意，他已经认不出她来了。她坐在他面前，看他越发英俊的脸。他更加成熟和内敛，带着一种天生的王者风范。

她留在他的身边，做软件开发。项目都是团体合作，她却自己搞了几个软件，一出手就锋芒毕露。这样的高调，终是引得了沈文安的注意。

她每次在遇上沈文安的时候，心里就会惊慌失措。他的眼神，他的语句，他的一个动作，都让她的心，被风席卷过。她沉迷于与他相处的每一分、每一秒，她急切地嗅着空气，想要把那一刻统统地吸进去。有时候，她会来不及收回自己柔情似水的眼神，与他的目光碰上，她就垂下了眼。

她想，她只要再美一些，再好一些，再出众一些，他就能排开众人看见她了。他会说，呀，翟小如，原来我们老早就认识了。

公司的周年庆，她喝了些酒。沈文安在发言时表扬了她，还发了很丰厚的红包给她。这是一个值得纪念的日子，苦尽甘来。

她有些踉跄地走出会场，风凉飕飕的，她抱抱手臂的时候，一辆黑色轿车悄无声息地滑到了她面前，窗户落下，是沈文安。

她上了车，她的身体欢喜得要哭出声来。他终于看到她的存在了，而她，用了很多的努力终于为自己打造了一双水晶鞋。

他很沉默，车子缓缓地停到了一家酒店的前面。他一边熄火，一边说：我先去开房，然后打电话给你，你再上来。

翟小如的欢喜，变成了一块玻璃，轰然碎裂。原来，他终于注意到了她，却用这样的方式凌迟了她，他把她当成了想傍老板的女人。

已是零点，没有梦可醒来

翟小如没有用鞋子砸他，虽然有一瞬间她很想那样做。她只是默默地下了车，然后头也不回地走开。她很疲惫。

很累。高跟鞋累赘，她抬起脚来，抛了它。

她想，这些年，她在忙碌些什么。不停地冲，超负荷地跑，只为了能来到他的身边。即使现在她终于拥有了做灰姑娘的条件，王子却依然不爱她。

有汩汩的辛酸，在她心里辗转。电话适时响了起来，是谭三。

她说：我累了，来接我吧。

他随意地套着T恤，在夜色里跑得飞快。她看了看腕上的表，已经过了零点。她的公主梦真的该醒了。

她趴在他的背上，安稳地睡着了。睡着前，她想，也许找一个爱自己的青蛙，比找一个不爱自己的王子，来得更幸福吧。

夜色在他们的身后沉了下去。那些过往的青春里，有眼泪轻轻地、轻轻地，被晒干了。

魔法蔷薇

佚名

在我的印象里，父亲知识渊博，心地善良，性格温和，和每个人都相处融洽。父亲擅长种植各种鲜花，然后把它们制成香料供应各大香水公司。

每到花开季节，总有一些来自巴黎、里昂，甚至国外的香水制造商特意来找父亲，收购上好的花料。他们跟父亲很熟，而且时常用感叹的口吻告诉我说：“知道吗，孩子，你父亲以前可不是这个样子。真没想到，这些魔法蔷薇居然可以把他由一个迂夫子变成这么有情趣的人。”

魔法蔷薇？难道世上真有某种具有魔法的花朵吗？

长大一点后，我去巴黎念书，从父亲的一些熟人那里得知，父亲年轻时曾在巴黎当过香水鉴别师，还是个不容忽视的大腕级人物。

说起香水鉴别，当年恐怕没有比父亲更在行的人了。闭着眼睛，只消闻一闻气味儿，他就能准确鉴别出香水的原料、类别、成色、浓郁程度，等等；如果有一位喷了香水的女士站在他身后，不用回头，他就能根据香味判断出对方的衣着；如果再稍微交谈几句，他能根据对方所喜好的香水类别分析出人的个性。

天有不测风云。有一次，父亲得了感冒，并不厉害，但却引发了严重的鼻窦炎，损坏了嗅觉。要知道，父亲之所以在业内出类拔萃，靠的就是一只超出常人嗅觉的鼻子。现在他失去制胜之宝了。

偏偏父亲又性格迂腐，别看他精于鉴别香水，走在大街上却常常分不清东南西北。除此本行，他简直想不出自己还能干什么。

他这么一根筋地往死胡同里琢磨，甚至失去了活下去的勇气，于是先试着吃安眠药，然后又把煤气放了一屋子。这么接二连三地寻死，却又接二连三地被救活。死都不让他顺心，这让他更绝望了。他住在医院的特护病房里，像犯人一样被全天看护。没辙了，他就拒绝吃药，拒绝吃饭，还接连骂跑了三个护士。

第四个护士是个年轻小姐，她笑眯眯地说：“先生，真遗憾你失去了超常的嗅觉。我护理过很多病人，有人因为失明而无法看见世界，有人因为失聪而无法倾听世界，有人因为失去腿脚而无法自由行走。你的情况充其量只能算是从狗鼻子恢复到人鼻子，没什么大不了的嘛。”

父亲气冲冲地反击说：“像你这样浑身药水味儿的护士怎么会懂得香水的世界？那就是我的全部世界。”那小护士继续伶牙俐齿地反驳道：“怎么会是全部呢？据我所知，这个世界上很多人即使没有香水也能很好地生活啊！”

父亲一时找不出更好的理由，他做了个手势说：“得了得了，无论你说什么都没用，反正对我来讲，心已完全死了。”

为了尽快打发掉这个饶舌的小姐，父亲随手一指病房里的墙纸说：“看见那些蔷薇花了吗？传说里有一种可以由粉红变成蓝色的魔法蔷薇，能给绝望的人带来奇迹。你能创造这样的奇迹吗？”

那病房的墙上贴着印有一些粉红蔷薇花图案的墙纸，护士张大眼睛看了看，说：“好的，我试试看。”父亲听后轻蔑一笑，他不信这个小丫头能创造出什么奇迹来。

可是第二天，当父亲从睡梦中醒来时，一眼就看见靠近床边壁纸上的几朵蔷薇花竟然变成鲜亮的蓝色。站在一旁的护士小姐，她正朝父亲得意地微笑……

没有人看见护士小姐做过什么，也弄不清原本粉红的花朵如何变成蓝色，但是，父亲却因此恢复了活力，而不再像从前那样窝在试验室里。同时，也开始用一种崭新的视角重新看待世界——尝试各种娱乐，尝试与人交往。哦，原来除了香水，生活中还有那么多的美好乐趣。

一年后，父亲娶了那个完全不懂香水的护士小姐，然后从繁华的巴黎搬到莫伦乡间，过着生儿育女的自在日子。由于谙熟香料制作中对花料的要求，父亲农场中种出的总是最好的花朵。他依旧是个佼佼者。

可是，那些魔法蔷薇又是怎么回事？我的母亲，也就是那位护士小姐悄悄将答案告诉我，而后我跑出去，把真相告诉一直蒙在鼓里的父亲。不料他一挥手，说：“别以为我是老糊涂，其实当我看见魔法蔷薇的第一眼，就知道是你母亲的小把戏。作为护士，她很容易从医院弄到试纸，先把试纸上粉红的石蕊抹在花样上，然后趁给我吃药的时候把嗅盐瓶打开，石蕊遇上嗅盐的强碱性就会变成蓝色。”

我惊叫道：“可是老爸，你一直没有揭穿她。”父亲说：“不说出来，是因为从那一刻起，我意识到，自己爱上那个丫头了，索性就装傻让她得意下去。”

父亲站在盛开的花丛间，笑得很得意，很狡黠！是啊！世界上根本没有什么魔法蔷薇，如果有，那也是爱情的魔法。

昼是太阳的暖，夜是月亮的蓝

菜芽童

宸珍的家乡，在大山脚下的一个小镇上。喜欢跳舞的宸珍，很快就到了上学的年龄。父母将她送到了一所寄宿的学校读书。学校里有舞蹈课，大家发现宸珍跳舞轻盈得像蝴蝶一般，令人眩目。老师立即把她吸纳进学校舞蹈队。

那一年，她们去参加电视台的演出，宸珍跳主角，台下有一个男人一直注视着她，等她跳完了走过去问她："想不想专门学习跳舞？"

宸珍点了点头。宸珍知道他是从很远的上海来的，她有一个远房姑姑在上海。就这样，她踏上了去上海的火车。

5 年以后，宸珍在舞蹈界已经小有名气。宸珍那一年 16 岁，个子很高，身体线条柔软，棕色的眼睛令她看起来像一名风情的异族少女。她念着属于自己的台词：啊，不要指着月亮起誓，它是变化无常的，每个月都有盈亏圆缺，也许你的爱情也会像它一样无常。

帷幕徐徐落下，观众席上掌声雷动。演出结束后宸珍看到报纸上业内人士的评价，他们说，宸珍再坚持下去，10 年之后会声震全球。但她的姑姑却不予置评。

宸珍的姑姑已经 30 多岁，在一家跨国公司做经理。姑姑对她说："女孩的生命就像蔷薇一样，盛开时有多喧嚣，枯萎时就有多寂寞。你现在跳舞很风光，但是 10 年后呢？ 20 年后呢？不会有人再看你跳舞，因为会有更年轻的女孩子取代你。"

宸珍愣了愣，轻声问姑姑："那我该怎么办？"

"所以你要做一个不能被替代的人啊。"姑姑说。

宸珍去过姑姑工作的地方，那是外滩一幢 30 层高楼的大厦，姑姑独自拥有一间办公室，窗外是缓缓流动的黄浦江。

她向往姑姑的那种生活。她去向老师请辞，所有人都怔在那里。当初带宸珍来上海的那位先生忍不住问："宸珍，为什么？"

"因为我会老，那时身体不再柔软，不能跳舞也不能唱歌。"

宸珍进入一所重点高中读书。她长得美，姿态又有一种舞蹈演员特有的优雅，走到哪里都引来大批注意力，而含糊不清的家世和多于常人的开销又令周围流言四起。宸珍并不理会这些，她把所有的精力都放在读书上。

学校每一次大型文艺演出都少不了她的出场。她坚持不肯跳舞，要么就做主持人。在一次英文演讲比赛上，她认识了段衡。

段衡也是学校里的名人，父亲是矿工，几年前在一次矿难中去世，母亲靠收废品维持日常开销。而他也不辜负母亲的辛劳，成绩永远是最好的那一个。

宸珍见到他时他穿着整洁的校服，一双很旧却洗得干净的白球鞋，个子高高的，很瘦。

所有人都认定冠军是段衡。段衡演讲完毕，宸珍走到他旁边，轻声说："看样子你得不到冠军了。"

段衡有些意外地看着她，只见她款款走上舞台中央，对着话筒说："接下来的参赛者是高二（3）班的许宸珍。"

她用舞台剧的语感背诵自己的演讲稿，表情生动，语句流畅，一口正宗的英式英文令大家都吃了一惊。演讲结束，观众席上照例是轰鸣的掌声。

对这一切宸珍早已习惯，她自信满满地退下，看到段衡时有些得意地扬了扬下巴，段衡则只是冷漠地颔首。

比赛的结果出来，宸珍众望所归。宸珍把领奖时的照片贴在床头，段衡比她高一个头，她刚到到他的肩膀处。她轻轻抚摸段衡的眉眼，他的耳朵，他的唇，心里忽然有了异样的感觉。

宸珍就此关注起段衡来。他是一个孤僻而内向的人，总是独自穿行在校园之中。

他的家其实住得很远，宸珍有一天特意跟踪他，快到他家时天已经黑了，浓浓的树荫落在他的身上，将他变成一个绿色的少年，青翠欲滴一般。而后路灯亮起，又将他照成昏黄，像一尊发光的铜像。

宸珍从来都不知道，原来一个人的背影也是可以这样值得留恋。

那一天晚上，宸珍想到段衡，忽然觉得哀愁。那种不被觉察的、隐秘的哀愁，如同夜色中朦胧的雾轻轻将她罩住，令她伤感。她犹豫了一下，问姑姑："我请个家教可以吗？"

姑姑浅笑着答应了。

第二天上课前，她在走廊里拦下段衡，问："你帮我补课好不好？"

段衡愣了愣，说："我没空。"

"你一边帮我补习也是一边再复习呀！而且……"她斟酌了一下，轻轻说："1个小时100块。"

即使是段衡也睁大眼睛，这不是一笔小数目。他想了想，最后说："我考虑一下吧。"

段衡第一次去宸珍家时吓了一跳，她的房间内有一整面墙都贴着宸珍演出时的特写。段衡愣了很久，才问她："这些，是你？"

"是。"宸珍微笑。

段衡指着某一张问："那这个呢？"

那是一帧相对来说很小的照片，上面是一座座起伏的高山和无垠的草原。宸珍把手伸过去，轻轻抚摸着照片回答："是我的家乡，天山。不过我很久没回去了。"

段衡又看到了那张他们领奖时的照片，他站在左边，而她站在中间，就像一只天鹅，高贵、优雅。

宸珍不敢告诉段衡，她一直不肯回家乡，是因为孤独的童年、贫瘠的土地。

段衡成了她的家庭教师。她学得很快，到后来他已经很少再教她什么东西了，两个人只是坐在餐桌前各做各的题目，时而互相交流一下。

有一次宸珍的姑姑忽然回来，看到他们俩，打了个招呼便回到卧室里去。

段衡走后，姑姑对宸珍说："他不适合你。"

宸珍吓了一跳，低声说："不是你想的那样。"

宸珍最终考进一所普通大学，段衡则进入了上海科技大学，两所学校距离遥远，乘公交车至少两个小时。

临别的那一天，姑姑亲自下厨做饭。段衡很高兴，他讲起小时候的事，说家里很少吃肉，每次吃也是和着蔬菜一起炒。他想把肉留到最后再吃，只得拼命地先吃菜。母亲看到了，就以为他爱吃青菜，于是每次炒肉时都夹很多青菜给他。

他边说着自己笑了起来，声音坦荡而爽朗，一丝酸楚的痕迹也没有，宸珍真心地佩服他。

姑姑这时说："小时候吃过苦的人，以后面对困难才能坚持下去，否则生活真会把他压垮。"

宸珍吃惊地看着姑姑，这是姑姑第一次聊起自己的事。段衡问她："姑姑也吃过很多苦吗？"

姑姑说："是啊，小时候一心想离开那座山，离得越远越好。因为那里贫穷、落后。后来来了，就一直待了下来。开始一无所有，总会遇到各种麻烦。很多时候都打了退堂鼓，但还是挺了过来。"

姑姑说完，宸珍愣愣的，段衡却低着头思考着什么。

段衡回家，宸珍送他下楼。在电梯里宸珍说："决定要好好念书后，我再也没有跳过舞。"

段衡转头望着她。她的眼睛里有微微的泪光。段衡怔住，还未来得及反应，宸珍已经抱住了他。

宸珍给段衡写信，每周四封，都是很短的内容，交代一下最近的生活，表示一下想念。段衡却很少回信，忙的时候干脆不回。

有时候宸珍真的很想什么也不说，冲进他的学校里，站在他的宿舍楼下大声喊一句："段衡你下来，我喜欢你！"

但热切的心却一次再次地被摁下去，摁下去。她不想吓到段衡，只能独自承受那份微酸的痛。

再一次见面已经是两年以后，那一天宸珍去参观一个生物展览，在展厅门口看到了段衡，她忍不住走过去说："嗨，段衡。"

段衡愣了一下，继而对她微笑："好久不见了，宸珍，你还好吗？"

听到这句话，宸珍觉得鼻子发酸。

段衡与同寝室的男生一起来的，那个男生名叫许明浩。许明浩和宸珍成了很好的朋友，他的女朋友也很喜欢宸珍，三个人便常常见面。

宸珍偶尔打听一些关于段衡的消息。段衡新得了一个什么奖啦，段衡在研究

DNA 啦……许明浩是最好的传话筒，他总是假装无意地提起关于段衡的事情，一边暗中观察宸珍的反应。

大学毕业后，段衡去西部工作，国家号召大学生支持西部，出台了很多有利的政策。这很适合段衡，宸珍想。

许明浩的女朋友过生日，邀请宸珍来参加聚会。许明浩喝了很多的酒，散场时已经醉了。

宸珍准备告辞，他却突然问："哎，你是不是因为嫌段衡穷，才不爱他？"

宸珍睁大眼睛，下意识地说："是他一直在拒绝我好不好？"

许明浩酒醒了一半，眼睛瞪大叫道："他说他觉得自己配不上你……"

两人仿佛都明白了。

宸珍的一颗心狂跳起来，那种心情就像是她第一次登台跳舞。她问许明浩:"他现在在哪里？"

"天山，"许明浩说，"那附近的牧场适合他做研究。"

啊，天山。宸珍闭上眼睛，仿佛又看到漫天的大雪，一朵朵、一片片，在狂风中飞舞，落在山间，落在湖面，落在辽阔的土地上。

爱上“赤脚大仙”的春暖花开

风为裳

偶遇赤脚大仙

春晓的父母都是大学里的老师。高中毕业时，春晓本想考南方的学校，可是临了，还是就近上了这所工学院。

报名那天，她在校园里闲逛，有个灰头土脸的男生上来问：“同学，请问法律系在哪儿报名？”是浓重的南方口音。春晓半天没说出话来：这人居然没穿鞋子。校园的路是水泥的，八月末的阳光洒上去，也是滚热的。春晓抿了抿嘴，指了指前面的一幢楼。男生转身走了几步回头看了看春晓，好像猛然想起什么，从身后背包里掏出一双黑色土布鞋穿上。“这人，真是个赤脚大仙！”春晓很想试试光脚踩在地上的感觉，于是偷偷脱掉鞋，踩了一下，烫且不说，单是硌了一下都觉得不舒服，这还隔了丝袜呢！

午饭时，她把这事当新闻说给父母听。父亲说：“现在许多贫困生的境况，是你想象不出来的。”“那也不能不穿鞋呀！”在春晓看来，不穿鞋简直太难以想象了。

第二天，春晓走进教室，居然一眼就看见了“赤脚大仙”。

他叫韩江秋。听人说他只带了50块钱来学校。他的家在遥远的深山里，据说得走六七个小时山路，才能到有车的地方。

春晓偷偷打量着眼前这个黑黑壮壮的大男生，感觉他仿佛来自天外。韩江秋倒是一点也不畏畏缩缩，很主动地帮同学搬行李，收拾教室，干起活来很麻利。他认出了春晓，憨憨地冲她笑，露出一口白牙。

他一直穿着那双黑土布鞋，鞋边上的白布牙子，还是干干净净的。

烤饼与很硬很硬的茧子

春晓是班里的生活委员，杂七杂八的账目都要她管。一天，去男生寝室找班长，正好听见一个男生下楼时说：“韩江秋这学可怎么上啊？刚开学就断顿了……”寝室里的灯昏黄如豆，春晓略略想了想，跑到韩江秋的寝室门口敲了门。

韩江秋与春晓走在校园甬路上，一个劲儿问有什么事。春晓指了指路角卖茶蛋和烤饼的地方说：“我晚上没吃饭，想让你陪我吃点东西！”说完头也不回地走在前面。

春晓买了茶蛋与烤饼，拉着韩江秋到操场的跑道边上。韩江秋有些拘束，吃得很慢。

“韩江秋，我知道你有困难，但是从今天起，你要学会接受别人的帮助，懂吗？接受，你才有可能更多地回报给别人。我不希望看到你活在自卑的世界里！我希望可以帮助你！”说完，春晓握住了江秋的手。手很大，很暖，也有很硬很硬的茧子。春晓的心里也硬硬地疼了一下。

“无论怎么难，我都会把学上完的。”江秋抬头看了看深邃的天空，“我们那里，出门就看得见山。我不知道外面世界这么大。还有，我报考这里，也是听说这儿冬天会下很大很大的雪，我还没见过雪呢！”江秋喃喃地说道，仿佛沉浸在对雪的遐想之中。

“从前外婆家住的地方就有山，不过都是小山。知道吗，我最喜欢吃西红柿，还喜欢闻西红柿叶子的味道，那味道有些涩涩的苦味，小时候去外婆家，就喜欢蹲在园子里边摘边吃。”春晓对江秋说。

九月的夜晚，风习习地吹着，天上的星星温润透明。春晓心无尘渣。江秋抬头望了望天，轻轻地吹起了口哨。

辛暖暖的汇款单

系里有个助学基金，很多好心人捐款资助贫困大学生。有一个署名“辛暖暖”的人也常给韩江秋汇款，这个好听的名字常让其他男生议论纷纷，个个都说弄不好就是个暗恋他的美女。

江秋很爱打篮球，没事时，春晓就站在场边上看他生龙活虎地打球。只是他时间太少了，学校照顾他，让他在图书馆帮忙。春晓有事没事就爱往图书馆跑。

慢慢地与江秋熟悉了，春晓也会帮他摆摆弄乱的书。江秋自尊心很强，轻易不接受别人的帮助。同学拉帮结伙去吃饭，江秋很多时候都找借口躲了。

他一直穿着那双土布鞋。冬天快来时，学校给每个贫困生发了一件羽绒服，一双棉鞋。

江秋来领这些衣服时，春晓说：“冬天多穿点，这儿比不得你们那里，冬天冷得贼死！”说完春晓先乐了。江秋的普通话好了很多：“如果贼都死了，那倒真不错！天下无贼了嘛！”

江秋穿着学校发的羽绒服，里面是件薄薄的毛衣。春晓回家找了父亲的旧毛衣，拆了，和妈妈学着织毛衣。妈妈很奇怪，要织就买点新线，织旧的干吗？

春晓不语，妈妈也就不再追问。江秋个子高，毛衣要织得很大。好在春晓是个手很巧的女孩子。把那件厚厚的大毛衣送给江秋时，春晓悄悄拉住江秋：“来，试试。”

江秋转过身，拉住春晓的手，眼睛亮亮地看着她。春晓的目光明媚温柔。

爱情就这样降临了。

春晓也会傻傻地问：“江秋，那个辛暖暖如果是个女孩子，你会不会喜欢她呢？”

江秋就揉了揉春晓的发，说：“傻丫头，我还不知道她是圆是方呢。”

春晓笑着：“或者她只是希望你可以不那么辛苦。江秋，我嫉妒那个辛暖暖了。”江秋轻轻把春晓拥进怀里，心里被爱与善良温暖着。

土里土气地爱你

春晓快过生日了。她不知道该不该和江秋说。说了，怕他难堪。虽然辛暖暖每个月给他寄一百块钱，他也在图书馆做事，可是他的生活还是很拮据。不说，心里总有些挺“那个”的，在相信爱情的年纪，为所爱之人，俯下身去，卑微而热烈，春晓愿意这样。但她也想让江秋千娇万宠她，像那些男士那样懂得浪漫，会说甜言蜜语。

辛暖暖的汇款如期而至，这次邮了二百元。

春晓有意无意提了，江秋却一点儿反应没有。春晓有些失望，淡淡的。她对他的爱从来就没把握。他从没直接说过喜欢她，爱她。寝室里路灵过生日时，她男朋友送了一大束玫瑰，请全宿舍的人去吃了一顿。春晓知道江秋没这个能力，可是那种被宠爱、受重视的感觉多好啊！

生日那天，江秋如常。春晓心里灰灰的，说晚上要回家。江秋说，那我等你回来。春晓嗯了声，不再理他。

春晓在家磨蹭到很晚，远远地就看见江秋站在校门口，手里捧着一个花盆。春晓奇怪：“干什么？”

“我在这里面种了西红柿，你说过你喜欢吃西红柿，也喜欢闻西红柿叶子的味道……你生日我送不起贵重的礼物，我只想用这个方式，土里土气地爱你……”

春晓抱住江秋，又哭又跳：“原来你什么都知道，坏东西，还敢骗我……”半晌，春晓抬起头，泪光盈盈，“只要你这样土里土气爱我就好！我喜欢……”他的吻落在她的唇上，如一片羽毛掠过另一片羽毛。姐妹们听春晓说这盆西红柿是江秋送的生日礼物，都大惊小怪地叫：“真没想到，那个呆瓜这么浪漫啊！”

那盆西红柿，春晓宝贝一样种着。到夏天，开了花，结了几个红红的小柿子，春晓舍不得吃，直到它们烂掉了。倒是那叶子，春晓每天闻，她说那是种亲切的味道。

春晓暖暖，春暖花开

辛暖暖的秘密在一个冬天终于被揭开。

那个冬天非常冷，江秋去了春晓家里。他很局促地坐在宽大的客厅里，陪春晓的父亲说话。春晓的父亲是个和气的老头，江秋觉得他有些像弥勒佛。

他说：我们家暖暖……话未说完，春晓蝴蝶一样飞了过来，接口道：我们家暖暖的是不是？我老妈最怕冷了。然后狠狠地瞪了老爸一眼。春晓父亲看了春晓一眼，赶紧呵呵地笑了起来。

江秋装着一无所知，心里却开始融化，眼角也开始浅浅地湿了起来。

这个傻丫头，她以为他一直都不知道吗？每个月最后的那个星期四中午，她都会独自找借口到学校外面去一趟。有一次，他偷偷地跟了去，看到她是在邮局寄钱。她不小心把存根丢到了地上。江秋拣起来，上面娟秀的小字写着：韩江秋收。江秋手里攥着那张小小的纸片，心里翻江倒海：这个傻丫头是想给他有尊严的爱呀。

原来，春晓的小名叫暖暖。这一个春，一个暖，让江秋的心里像春暖花开般温暖。但是，他却一直装做什么都不知道，什么也没有说，只是紧紧地捏着春晓的手，在心里低低地叫了她一声“暖暖”。

江秋知道，从今以后，他们的整个生活都将是春暖花开。

用一个火锅煮幸福

烟罗

在我大专毕业的同时，最疼爱我的外婆因为多年来的胆结石旧疾而住进了医院。

那是 2001 年的夏末，那时，我已经在省城长沙奔波了几个月，钱没有少花，但工作却毫无着落。

父母都是老实巴交的工人，为了供我上学，几年来日日节衣缩食。而这次外婆的手术费，对他们亦是不小的负担，同时，他们还要操心供养在省城奔波的我。

这一切我都无法回避，无法轻松。第二天，我打电话回家，对母亲说："我找到工作了，以后你们不用寄钱给我了，安心给外婆治病吧。"

挂了电话，我开始了真正意义上的一个人的生活。

其实那时，也是我最为艰难的时候。学校里的新生都陆续入住了，我必须从"赖"了一夏的宿舍搬出去，同时，我虽然在长沙最繁华的芙蓉路一家广告公司找到了一份文员的工作，但试用期只有 600 块钱，且长达三个月。

一个人生活，七七八八算起来，我要糊口都难。

只好走一步算一步。

我在离芙蓉路不远的南门口一条小巷子里租了一个单间，月租 300 元。那是一户人家自己建的小楼，一楼做小饭店，二楼是主人家自己住，三楼便隔成了四个小单间出租。

我租的是其中一个单间：一张床，一张桌子，两把椅子，十平方米的面积。

从房东嘴里，我了解到其他三间房里分别住着一个在附近读高中的孩子，一个来陪读的母亲，还有一个和我一样打工的年轻人。

那人叫李剑，也是刚刚大学毕业，一米八几的个子，却长了张娃娃脸。第一次看到他，他正"噔噔噔"地从楼下上来。主人家自制的木楼梯极窄，而且老摇晃，极不坚固，我看着他大踏步地踩在上面，很是担心楼梯会散架。

他走了几步抬头看到了我，便笑着向我打招呼："Hi！房东说你也参加了汉语言的自考，我们有空一起看书啊！"

他的开朗和热情像阳光一样在这个小楼梯间里迸射出来，我对陌生人的防范之心，一下子烟消云散。

我和李剑很快就结成了"兄弟般的情谊"，两个刚刚开始打工的"穷人"，住的地方没有任何娱乐设施，因此常常是下班后，他到我房间来看书。有时是看自考的教材，两个人像小学生一样，你问问题我回答；有时候是一起到路口租武侠书看，他偏好金庸我独爱古龙，我们各取所需，挑灯夜战，总是过了凌晨才想起明天还要上班。

就这样过了大半个月。一天晚上，我正拿着热水瓶里半温的水泡一元钱一包的方便面，李剑闯进来了，一进来，他就大惊小怪地嚷嚷：“哇！怪不得你长得一把骨头，原来每天吃这个啊！”

我气不打一处来，每天吃这个？难道我想？可除了这个，我能吃得起哪个呢？

一时间想起自己这一个月来中午吃米粉，晚上吃方便面，吃得都快想吐了，可离试用期结束还那么远——小女儿心性顿发，眼泪就涌上来了。

李剑在我边上转了几圈，突然神秘地凑近我，说：“哎，我说，你愿不愿意跟我搭伙，自己做晚饭啊？又省钱又好吃！”

我没好气地白他一眼：“拿空气做啊！这么点大的房间，没有煤气灶没有锅碗瓢盆，就算有，房东也不会允许的……”

他胸有成竹地说：“这么着吧，明天晚上我请你吃一顿好了，记着下班后快点回来啊！”我狐疑地望着他，不知道他卖的什么药。

第二天下班后，刚上三楼，就看到李剑从他的房间里探出头来招手叫我，我走过去，他马上把门关上了。

这是我第一次到他的房间里来，没想到，这么个大男人还挺细心的，屋里收拾得挺干净。除此外，靠窗的桌上放了一只锅子，体积不大，正在呼呼地冒着白气，好像在煮什么。与普通锅不同的是，它连着一根粗粗的尾巴，看来是个电饭锅。

我指着问：“煮面条的？”

李剑顿时露出一脸孺子不可教的表情，他摆出一个拍广告的姿势，夸张地念道：“美的电火锅，煎、炒、煮样样行！原来生活可以更美的！”我被他逗得大笑起来，李剑说：“你待着吧，今天我请你吃大餐。”

我看着他端了个盆，盆里放着一些已经洗好的金针菇，几片豆腐，一把白菜，过了一会儿，那电火锅的白气已经冒得满屋都是，整个小屋里云雾环绕。李剑伸脖子看了一下，利索地扯掉插头，拿出一个大的保温桶来，把电火锅的盖子一掀——哇，是满锅的白米饭！

我惊讶极了，想不到电火锅也可以煮饭啊。在这当口，李剑已经把饭全装到了保温桶里，盖好，然后拎着锅到水池边去洗净，再装了水端进来。

我看着他在锅里放上油盐醋辣椒和一些作料，然后继续插上插头把水烧开，水开后，他把盆里准备好的金针菇什么的一股脑儿放了进去，不一会儿，一股菜香便弥漫了整间屋子。李剑把窗子顺手推开，满屋的蒸气顿时向外飘去，不一会儿，就散光了。

现在，我的面前摆着香喷喷的米饭，还有一大锅素菜火锅，虽然都是极简单的东西，但对于现在的我来说，却无异于山珍海味。

当时已是十月，天气微寒，我和李剑却吃得热火朝天，我连夸李剑“手艺好”，而李剑则得意地向我传授他的法宝：比如六点左右是房东家饭店生意最好的时候，这时候“推窗散气”，绝对不会有人注意；再比如在这样的小屋里做饭，只能用电火锅，而且只能是这种说明书上说明了“煎、炒、煮、炸”都可以的电火锅……

从那天起，我正式和李剑“搭伙”，一个火锅两个碗，开始了我们的“火锅生活”。

李剑的火锅，味浓，下饭，加上天气越来越冷，吃完饭后喝一碗汤，那样的满足感，真是前所未有。

就这样每日下来，不到半个月，我的嗓子便肿到说不出话来。

我看着李剑活蹦乱跳的，不由得感叹自己身体不争气，好不容易吃上了几天热乎饭菜，还吃出了个火气过旺。

到了晚上，李剑竟然没有煮火锅，而是煮了一锅白米稀饭，加了糖递给我。稀饭绵软，入口即化，把我的不快一扫而光。

从那以后，李剑每次煮了火锅菜，一定要等到火锅的火气散掉，温度没有那么高，才开餐。这样虽然没有趁烫吃那么过瘾，却也让我的“火气”减了很多。

那个小火锅，几乎成了我们的宝贝，它还能够在早晨煮两个鸡蛋当早餐，晚上煮一碗甜酒当夜宵——我的脸色不仅红润了起来，而且笑容还越来越像一个幸福的傻瓜。

一直到后来我才知道，对于独漂异乡的女子来说，一锅热腾腾的可口饭菜，绝对比鲜花与情诗更能打动她的心。

我对李剑的爱情，就是在这样的日子里一点一点滋长了起来。

吃久了火锅，有时候就特别想吃一盘素炒的小菜，但是房间的隔音效果差，如果炒菜，不仅油烟太重难以散去，而且油爆锅的声音绝对会惊动房东，我们怎能因小失大？

一天下班，我左等右等不见李剑回来，一直心急火燎地等到快九点，楼梯上终于响起了熟悉的脚步声。

我几乎是以撞的姿势扑向门，与此同时，李剑也从门外“撞”了进来，他手上端的一个什么东西猛地洒了我一身。

我呆呆地低头看，原来是一个白色的盒饭盒子，里面那黄色的菜油全洒在了我衣服的前胸上。

一番手忙脚乱后，我才知道，今天晚上李剑他们老板请客，让李剑陪着，结果大家吃完后，李剑才发现有几个炒菜根本没人动过筷子，他赶快偷偷地叫服务员装好，给我带回来了。听完他的话，我一时间不知道是该悲还是该喜，几个小时的牵肠挂肚瞬间化成眼泪，哗哗地流了一脸……

2002 年 1 月，房东终于发现了我们的秘密。晚上，李剑来到我的房间，对我说他准备搬家了。

我的眼泪一下子涌了出来，这几个月以来，我对这个长着娃娃脸的大男人已经充满了依赖，每一天顶着寒冷的风往小屋赶，心里都会想着有一个人有一锅热腾腾的菜在等待，那样温暖而甜蜜的感觉，我敢肯定，那就是爱啊。

李剑看着我，第一次，他没有笑，他说：“我把小火锅留给你吧。”

我脱口而出："我不要！"

他惊讶地反问："为啥？"

我勇敢地看着他，我说："我想要的，是为我煮火锅的那个人……"李剑张大了嘴巴，然后，他的目光，就那样像火一样燃着了。

我们一起搬出了南门口那座小楼，在不远的地方一起租了个两室一厅。那里有着单独的厨卫，我们一起买了一个电饭煲煮饭，仍然用我们的电火锅煮菜。生活丰富起来。

后来，这个小火锅一直陪着我们度过了整个转折性的2002年，从最艰难的阶段一直到平稳，再到幸福完全降临。

到了2003年1月，我和李剑正式走进了婚姻登记处，同时，我们用分期付款的方式在河西买了一套两室一厅的房子，从此，我们终于有了自己的厨房，以及齐全的锅碗瓢盆。

蜜月期间，李剑领着我把小城所有的名火锅吃了个遍，什么小肥羊、谭鱼头……我们还专门去了湘西凤凰，把那里有名的鸭血火锅吃了个够。

每次我都问李剑："你说这比起你煮的火锅来，哪个味道更好？"他笑着捏我的脸。

其实，我们都心知肚明：有哪一味作料能够比"爱"更让人陶醉呢？那个已经掉漆的小火锅，现在仍不时地被我们搬出来，煮汤的时候，它会咕咕地冒着白气，仿佛是永不疲倦地在唱在笑……

20 份快件里的秘密

静女棋书

“林小素，我完蛋了”

马原发现林小素时，她至少已经在他面前站了半个小时。他看着马路发呆，她看着他发呆。

他发现她是从脚开始的，他看见一个个白皙玲珑的脚趾，花骨朵一样装在两只高跟凉鞋里，一个脚趾动了一下，另一个又动了一下，动作轻微，生怕惊醒什么。然后，马原埋在两只膝盖中间的脸，缓缓抬起来，他的目光慢镜头一样往上移动着。她是个身材单薄的女孩子，眉眼也是极淡的。

马原忽然很想哭。他说：“林小素，我的公司要完蛋了。”她淡淡地说：“我知道。”

他说：“林小素，若拉把我抛弃了。”她依旧淡淡地说：“我知道。”

马原被激怒了。她知道，她知道，这个笨蛋，她其实什么都不知道。她不知道，他的合伙人携款潜逃，他的快递公司濒临破产。他的房子，他的车，都给人家抵了债。一夜之间，“钻石王老五”的神话，稀里哗啦碎成一地玻璃渣。

她不知道，他倒了 3 次公交车来接若拉下班，看到的却是若拉偎在一位富态男子的臂弯里，极尽撒娇耍嗲之能事。在车水马龙的闹市街头，他感到头晕恶心、脊背发凉。他不得不用双手抱住头，缓缓蹲下身去，一米八的大男人，蜷缩成一只小小的毛虫。

那些伤痛，林小素哪里会懂？想想她的智商吧，这些年她一直像个尾巴一样粘在若拉身边，一个女人如果不傻，怎么会甘心做衬托别人的绿叶？

马原大步向前走时，林小素不得不小跑起来，后来索性脱了凉鞋，赤着脚一跳一跳地追着马原跑。

“乐观哦，一切都会好的”

林小素开始走进马原的生活。

她是个口拙的女孩，那些安慰的话，翻来覆去就那么几句。她说：“马原，一切都会好起来的，一切都是有希望的……”

不管马原怎么想，林小素真的很乐观。马原新租的房子，面北，看不见阳光。马原说自己掉进了地狱，林小素却说，她可以把地狱变成天堂。她给他买来色调明亮的窗帘、桌布和床单，上面都画着太阳和花朵，充满世俗烟火的温暖。挂窗帘时，林小素快乐得像一只鸟，嘴里哼着一首老掉牙的歌：我们的祖国是花园，花园里花朵真鲜艳。

一番布置后，黑乎乎的屋子就亮起来了。林小素站在窗台上，说了句很有诗意的话，这里多像童话中的小木屋。然后，林小素就在“小木屋”里给马原包水饺，煮青菜肉丝面。

林小素手艺不错，关键是她了解马原的胃口。她知道他最爱吃鲅鱼馅水饺，忌食大蒜和洋葱，还知道他煮肉丝面时只能放菠菜而不能放油菜。马原问她怎么知道的，林小素红了脸说，以前你说过，我就记下了。

林小素脸红的样子很可爱。马原想起了徐志摩的诗：最是那一低头的温柔，像一朵水莲花，不胜凉风的娇羞。

他想，林小素其实也是好看的，以后如果有机会……

但很快，马原就知道自己没机会了，因为林小素爱上一个名叫“林爱远”的男人。

她把一个文件袋交到马原手里，羞涩地说：“我想快递一份信件。”马原看了看文件袋上的收件人名字，问她，是给一个男人的情书吧？林小素没出息地低下头，不说话，那就是默认了。

马原心里有些不是滋味，他把文件袋扔到一边，酸酸地说：“傻瓜才会快递情书，我不给你送。”林小素生气地说:“你怎么可以这样对待客户？细节决定成败，你懂不懂？”然后，她放下 10 块钱，转身离开。

马原看着那个文件袋，呆了半天。前两天，他还愁眉苦脸地跟林小素说，没有业务，我真的要放弃了。现在，业务就摆在自己面前。虽然它数额很小，虽然它是林小素的情书，但他就可以对它置之不理吗？不可以，只要公司还在，他就不可以拒绝客户。

最后，马原决定亲自去送。他必须亲自去送，因为他已经沦落成光杆司令了。

“可是，她能幸福吗？”

恋爱中的林小素变得爱打扮了，买了新的衣裙，总要问马原好看吗，好看吗？马原忍不住就想打击她。林小素穿了复古式的连衣裙，马原便说，不是每个人都可以扮赫本；林小素换了碎花的小旗袍，马原便说，你以为你是张曼玉吗？尽管备受马原打击，有了爱情的林小素还是漂亮了很多，身材日益圆润，皮肤吹弹可破，眼神娇媚得能滴出水来。

只是，将近两个月过去了，她每隔 3 天就给那个名叫林爱远的男人快递一份情书，却不见那个男人送给她什么。

马原看着林小素，忽然有些心疼。这个眉眼寡淡的女孩，他曾经忽略了她好几年，然后在十几天的单独相处中，他又喜欢上她。再然后，知道她爱着别人，他满怀醋意却依然希望她幸福。可是，她能幸福吗？

有个秘密已经在马原心里压了很久。

其实，在他第五次去送快件的时候，就发现那个叫林爱远的男人家里多了一个风情万种的女人。本来，前四次，马原对林爱远的印象还不错，那是个笑容干净的男子，穿黑衬衣，每次都对他说辛苦了。马原酸酸地想，林小素的眼光还是不错的。可是，谁曾想，半路又杀出一个女人来。

很多次，马原想告诉林小素真相，但每次都是话到唇边又咽下去了，他实在不忍心打破她的美梦。

“我愿意，愿意啊”

是在公司出事的第 62 天，那个携款潜逃的家伙在广东落网了。马原激动得红了眼圈，这样的喜悦他首先要跟林小素分享。他在电话里大呼小叫：“抓住了，抓住了，你说得对，一切都会好起来的，一切都是有希望的。”

林小素听明白马原的意思后，比他还激动，她在电话那端哭出了声，一边哭一边说：“这下好了，这下好了。”林小素的哭声让马原的心软得一塌糊涂。他想起她赤着脚在马路上追着他奔跑，想起她为他挂窗帘时快乐地哼着歌，想起她把鲅鱼刺一根一根挑出来再为他包水饺，然后——他想起了那个深情款款的词语——相依为命。

滚滚红尘，找个相依为命的人多么不容易。马原想，这次，一定要告诉林小素真相。

然而，面对林小素那双认真固执的眼睛时，马原却不忍了。犹豫半天，他才没头没脑地说：“你别再给他写信了，勉强不来的。”林小素低下头，窘迫地看着一沓毫无内容的餐巾纸说：“其实，林爱远——”马原忙给她夹菜，并打断她说：“不提伤心事了，我知道你是个好女孩。”

马原的话立竿见影。之后，林小素再也没给林爱远寄过快件，从一段恋情中抽身而出，她并没有伤筋动骨死去活来，而是像往常一样，哼着老掉牙的歌，给马原包水饺煮面条，没心没肺地快乐着。

林小素快乐，马原便也跟着快乐。他想，一生一世，能和一个平凡快乐的女孩过平凡快乐的生活，其实挺好。

于是，在热气腾腾的厨房，马原对系着白围裙的林小素说：“我喜欢你。”林小素愣了片刻，然后用沾了白面的双手捂住脸，哭了。

马原尴尬地往外退，他说：“你别哭，不愿意就算了。”

就在马原要退回卧室时、林小素哭着追过来，泪水和着面粉横一道竖一道，将她的脸涂得像只花脸猫，她说：“我愿意啊，我愿意。”

“林小素，我们结婚吧”

有过一段同甘共苦的岁月，本以为接下来的一切会一帆风顺，但问题还是出现了。

那天晚上，马原应酬到半夜才回家，一进屋，却发现林小素正满眼柔情地凝视着一堆文件袋，那上面赫然写着一个熟悉的名字——林爱远。

看着手忙脚乱的林小素，马原说，不用藏，旧情复发是件好事啊。林小素涨红了脸说，不是的，不是的。马原不听解释，掀了桌子离家而去。

马原在朋友家过了一夜，第二天一开机，林小素的短信就源源不断涌进来。她说，我叫林小素，你叫马原，“原”和“远”是谐音，傻瓜，你有没有想到，“林爱远”就是林小素爱马原的意思？

她说，当初，你绝望地告诉我再没有业务，你就真的垮掉了。我想，必须让你振作起来，可是，我能快递什么呢？想了一夜，我决定把自己偷偷写给你的那些信寄出去。你不知道，我已经喜欢你好几年了，为了多看你几眼，我才不惜在若拉身边充当绿叶。我想，就算你永远看不到，只要有机会让那些信经过你的手，也不枉我写它们一回了。信件快递到一个同学家里，跟他说好了以后再拿回来，我怎么舍得丢弃它们呢……还有，你不知道，听见你说喜欢我时，我有多激动。

马原回到家里时，林小素正在一跳一跳地擦地，好似早把昨晚的不愉快忘了。马原从背后环住她的腰，眼睛湿漉漉地说：“林小素，我们结婚吧。”

稻草人最爱秋天

李蕾

23岁以后，秋天开始接受相亲，她并不渴望结婚，只是觉得迟早要嫁。女人的心很容易疲倦，多一个人爱总是好的。

见到稻草人的那个夜晚似乎下着雨，他送她回家，没有带伞。走在密密的树叶下，秋天忽然想起许仙和白娘子在断桥有伞不好好打，结果大家都淋湿，想着想着就不由自主地笑。第二天介绍人打来电话问怎么样。秋天说一点儿都没淋湿。介绍人就急了：我是问你人怎么样。秋天连声说对不起，努力想想，记得他穿了一件旧旧的黄风衣，很空旷，手脚在里面晃晃荡荡，像一个稻草人。

稻草人送秋天的第一份礼物是一大把野生雏菊。秋天在一本书上看过，这种雏菊可以用来占卜，如果想知道自己会在什么年岁结婚，只要随便拔起一丛，看看当中有几朵雏菊，每一朵距离结婚一年。看着这一大抱细碎的花儿，秋天觉得自己必须像妖精一样长命，才能等得上一段五百年的姻缘。

秋天住在东郊，稻草人在南郊，那段时间秋天常常说要养一只狗，因为阳台外面有老鼠。稻草人很爽快地答应星期天陪她去买。找一只女狗，纯白的，黑鼻子。叫它麦子好不好？稻草人说得很认真，好像麦子就在那里，扭着圆圆的小屁股等秋天领它回家。

两天后，稻草人来找秋天，心怀鬼胎地从大衣口袋里揪出来一只又小又脏的猫。秋天很好奇地问：这是谁的猫？弄得这么可怜。稻草人说这是你的麦子。秋天愣了一下，等回过味儿来简直愤怒地想从手心里放一道闪电劈他：我敢肯定这不是狗！稻草人惊惶地看着秋天：你要它吧，我不把它捡回来它会死的，也许，它长大以后就像狗了。秋天无奈地看看蠢蠢的稻草人和他怀里可怜巴巴的麦子，终于叹着气说：先留下吧！像大户人家的少奶奶发了慈悲心，不情不愿地留一个小丫环。稻草人明显松了一口气，很巴结地帮忙给麦子洗澡，洗干净的麦子看上去特别小巧，白得几乎透明，眼睛是金黄的。秋天的心情忽然坏了起来，她不喜欢猫，麦子的眼睛让她觉得邪恶。稻草人却兴高采烈地喊：它是白的，麦子真漂亮、秋天抱抱！秋天没有伸手，转身端起一杯凉掉的茶。

同事很快知道秋天养了一只猫，下班后约她逛街泡酒吧，秋天总是说：不行，麦子一个人在家呢。大家笑她没出息，一只猫就把心拴住了，是让送猫的人拴住了吧？秋天不说话。稻草人喜欢她，她从一开始就知道。但她和他之间从来不曾亲密过，认识这么久，回想起来只是一起吃吃饭，然后他送她回家。仅有的一次看电影还是和很多朋友一起去的，在影院门口秋天想吃爆米花，稻草人看看表说来不及了，出来再吃。电影不好看，是一部恐怖片，秋天自始至终沉默着，黑暗中有个朋友递过来一袋爆米花，热烘烘的奶油味撞着鼻子，秋天鼻子一酸，小声说：谢谢，不要。后来和稻草人在一起的时候，她再也没有要过爆米花。静下心来想想，秋天觉得自己对稻草人的感情就像和麦子的相处一样：想要的是条狗，得到的却是猫，虽然喜欢不起来，但它毕竟是条命，除了养着，也想不出更好的办法安置它。

天气渐暖，秋天晚饭后会带上麦子出去散步，草地上猫猫狗狗们很多，忙着打架和谈恋爱，秋天拿本书坐在地上看，也不理会麦子。她曾经想过，也许这一页纸翻过去，天就黑了，回家的时候发现麦子和别的猫私奔，再也不会回来。她是该难过还是该庆幸呢？麦子从来没有给过秋天选择的机会，它总是在太阳掉下去的一瞬间出现，那么古怪的一只猫，白得几乎透明，紧跟着秋天回家，像一个女巫。

在网上，秋天认识了一个叫做女巫的人，女巫热衷于各种各样的预言。有天深夜，秋天问女巫：我该不该放弃像猫一样的爱情？女巫给她出了一道选择题，说测一测你对爱情的态度吧。屏幕上飞快打出一串字：炎炎夏日你喜欢用何种方式度过？ A. 到天气冷的国家；B. 吃冷饮；C. 待在有冷气的房间里；D. 到有水的地方；E. 到深山老林里避暑。秋天想了想：我要去有水的地方。女巫沉默了一会儿，打出一行字：爱情对你来说比生命还重要。秋天一惊，飞快地下线，像被人看穿了隐私。

麦子在家里游荡，无声无息的，自从它来了以后，阳台外面再也没有老鼠出没，却越发死寂，生命中所有好的坏的意外地都消失了，日子像余灰一样。秋天忽然开始悲伤，一个把爱情看得比生命还重要的女子，没有经历过激情、折磨、甜蜜、刻骨铭心、海誓山盟……没有惊心动魄的细节，似乎也没有被人爱过或爱过人的痕迹，就这样被滚滚红尘埋没了。她凶狠地盯着麦子，仿佛这些不如意都是它带来的。

稻草人不知道秋天在想什么，实际上他从没猜对过秋天的心思。这一次，秋天只是打电话来让他把麦子带走。她说，我不想要它了。很简单，没有讨价还价的余地。稻草人抱着麦子，他不明白秋天要做什么，感觉却非常不好。他靠墙站着，好一会儿才说：我喜欢麦子小的时候，那时候你对我很好，后来你就开始嫌弃我了。

秋天心口一痛，她想起自己生病住院，他只是打来一个电话问了句你好些了吗；认识他以来过了三个生日，从没有在生日那天收到过他的礼物；情人节他加完班两手空空来见她，说鲜花店都关门了；她的打印机要换墨盒，托他去买，已经过去了四个多月还没见他买来……秋天的眼泪不争气地跌下来，正是这些说不出任何大道理却在细枝末节处伤筋动骨的琐事一点一点杀死了她对他的好。只有过一次，他说，我会慢慢改的。说出的话还没有变成动作，生活中的琐事却接踵而至，秋天一想到要等他慢慢地改过半生或余生，只觉得害怕。

早些年看《半生缘》，叔惠说过这么一段话："我那个时候看见你的毛线衣后面有一个洞，遇见人的时候只能靠墙站着，心里很难过。于是想，以后一定要好好照顾你……”秋天记得很清楚，稻草人没有说过要好好照顾她。

麦子离开的第一个晚上，稻草人打电话来说它不肯吃东西。秋天说它喜欢猪肺和火腿肠，吃之前要用开水煮一下，如果你喂它米饭，只能是泰国香米。稻草人答应着，一个小时后他又打来电话，说麦子吃了一根火腿肠，但是它看上去病歪歪的，是不是想你了？秋天告诉稻草人：以后好好照顾麦子，我要去珠海了。语气淡淡的，好像只是去玩两天。这一刻，稻草人知道秋天是在告别，他客客气气地说再见，然后等秋天先挂掉电话。

秋天离开的那天，稻草人一大早就去了机场，带着麦子。他记得秋天说过最讨厌被人家缠着，因此丧失了走过去看着她眼睛的勇气，也许秋天能发现他，偷偷躲在候机厅柱子后面的一件黄风衣，但是没有。

他开始朝安检口跑，他摔了一跤，麦子被扔在地上……秋天已经消失了。稻草人看见秋天消失的时候才发现刚刚摔得很疼，疼得他那个时候才哭了出来。这一切，秋天永远不会知道。

秋天和稻草人应该是分手了吧。很多年之后，他们也许能再见面。秋天也许会问稻草人：“麦子还好吗？”明明不大喜欢它，为什么没有忘记呢？记忆总是帮我们收藏起一些谜底。

四年后的冬天，1 月 28 日开始下雪。秋天一出机场就愣了，她没想到回来遇见的第一个朋友竟是稻草人。“不是巧合。”稻草人说，“我在这儿等了你三天。我想让你看看麦子。”麦子依然白得通体透明，眼珠金黄。麦子穿着一件绣满黄玫瑰的衣服，秋天第一次发现麦子如此美丽。

秋天离开的第一年，稻草人打听不到她的任何音信，他失去了方向。他尝试着养一条狗，秋天喜欢狗，她一直想要一条狗。稻草人买回来一条纯白的小狗，黑鼻子，还叫它麦子。有一天麦子猫和麦子狗打了起来，猫不见了，狗也奄奄一息，稻草人只好把狗送给了一个兽医朋友。送走狗的那天，麦子猫又奇迹般的回来了。后来稻草人还养过乌龟、鸽子、蜥蜴，他把它们都叫麦子，但是能留下来陪他到最后的还是这只猫。“我总算明白了，麦子是一只猫，它永远不可能成为一条狗或者其他宠物，但它有自己的优点，比如说有洁癖，善于等待……像我一样。”

秋天看着稻草人，有点震惊，稻草人是那种耐老的男人，四年里，岁月仿佛没有经过他的身体，但经过了他的灵魂，他不一样了。

“我学会了好好照顾生命。”秋天走后，麦子生过七次病，有次医生都说它不行了，稻草人找出一大堆药喂它吃下去，然后抱着它给它揉了一夜肚子，麦子竟然活过来了。“都说猫有九条命，我相信麦子没那么容易死的，它要和我一起等你回来。”

不知不觉，秋天的眼泪掉了下来，随着时间的流逝，所有曾经惊世骇俗的爱情故事都模糊了，一只名叫麦子的猫却守在原地，提醒她竟然如此轻易地得到了一颗珍爱秋天的心。

稻草人轻轻揩去她尖下巴上的一颗泪珠，说：秋天抱抱！这一次，她飞快地伸出手抱起麦子。稻草人揉乱她一头长发:秋天抱抱稻草人！她欢笑着。相隔四年，他终于又能拥她入怀。他肩上落满她熟悉的味道，一点点松木的清香，是他从未改变的香水：狂爱。在这个怀抱里，秋天体会到久违的安全感。

有没有看到过？秋天走的时候，田地里只剩下一个稻草人，稻草人最爱秋天。他等在原地，等秋天来爱他，一直没有离开。最后，稻草人对秋天说：你来了，又曾经离开，是为了让我懂得，有一种爱情比生命更重要。

悬在春天路口的爱情秋千

佚名

面包店

那条街，有很多老槐树。夏日，浅白浅白的槐花，香满一条街。他们搬来时是冬天，槐树尚未露风情。

路西第五棵树旁，有一家面包店。玻璃橱窗干净透明，里面有对对情侣，坐在绿色秋千椅上，闲适地吃蛋糕，喝珍珠奶茶。

她每次走过，总爱问："你说，珍珠奶茶是什么味儿？"

他说："给你买一杯尝尝，好吗？又不是没那点钱。"

她拽他："那东西中看不中吃，不过糊弄恋爱中的小女孩而已。"坚决不让买。一杯奶茶 3 块钱。对刚毕业、倔强地不要家里一分钱的他们，3 块钱够给她买一只发卡，给他买双袜子了。

第八棵槐树后，有一个小院，院里最西边的平房，是他们的家。连饭桌都没有，菜摆地上，夹一口菜，要先弯一弯腰。这边弯腰，那边就笑："您太客气了，请慢用。"

洗碗时，他说："你跟我受苦了。"眼圈红红的。

她撇嘴嘘他，说他假。

他笑笑："不过相信我，以后我们会怀念这段日子的。"

一周后，她的工作先有了眉目。那是一家广告公司，在市中心最高的大厦里。

小鹂

那幢大厦好高。拿眼往外瞅，地上人车小如玩具。这可是新生活？人事经理开口说："你们幸运，赶上滑雪。"

周末，我背着包对咸菜说："我去滑雪了。"背挺得老直，趾高气扬像只小母鸡。

简单培训后，我全力俯冲。5 秒钟后，砰，雪橇滑出雪道，双脚插入雪堆。快得像演戏。组织者叫来一滑雪老手帮我。没想他站一旁，并不伸手，而是学我摔倒的姿势，也坐雪地上。他说："你要自己爬起来。"我忍住泪，照他的动作，调整双脚和雪橇的位置，双手用力将身体撑起，半蹲，站立。站起来冷眼看，他高我一头。

我平衡感差，一路趔趄。他跟了下来，看我摔看我起。这个冷血男人。

摔得惨不忍睹，哪里体会得到飞翔的快乐，更不愿多说一句。下山时他说一声："你必须学会自己爬起来，如果只你一人，谁来帮你？"我没理他。

第二天和初学者一同滑，也跌倒。然后，我就在同伴的诧异里，麻利地起身，整个过程不到两分钟。

同伴羡慕："沈洛的兵，果然厉害。"彼时，才知他是沈洛，公司的设计天才。这个人，就以那么冷冷的方式，让我体会到另一种暖。

晚上回家，咸菜在厨房，大声吆喝："上菜啦！"屋里的热气模糊了眼镜，我喊："咸菜，我会滑雪了！"

我想，总有一天，我会让她过上好日子。

咸菜

我喜欢小鹏，喜欢到为她下厨。从图书馆借来菜谱，一下下比照着做。西芹炒百合、糖醋排骨，还有她最爱吃的——它似蜜。可我怀疑，她只喜欢这道菜的名字而已。

她是个可爱的女孩，五音不全，唱歌常飞到孟加拉，反复只有一句歌词："我愿爱情它似蜜。"

她还喜欢叫我咸菜，第一次见面，她说："安贤才，腌咸菜？"说完就笑，露出一口细碎的牙。这个给我新名字的女孩，也给了我爱情。一毕业，我们就拿厚厚一摞简历，背包里塞满梦想，一起来首都找机会。穷且快乐。

她喜欢逛街，但只去小店。街边一元店里，她会蹲老半天，只是挑选几只发卡。连我都看得出，那些发卡很薄很脆，是劣质品，可小鹏戴到头上，会高兴地唱"它似蜜"。

我想，总有一天，我会让她过上好日子。

面包店

面包店打烊前，会把不新鲜的面包摆到门口，五折售卖。小鹏每次都去，买椰蓉提子吐司，可以做第二天的早餐。

小鹏坚决不让咸菜去，说："那里可都是老太太。"有一天，咸菜还是去了，就站在她旁边。

咸菜说："你还没给我讲你的新工作。"

小鹏刚要说什么，就见玻璃窗里的电视上，报道丹麦王储的恋爱事件。小鹏说："呀，王子！"两眼着了魔。

"是不是女孩都喜欢王子？"他饶有兴趣地问。

她想都没想："那当然，谁不喜欢童话！"

"你也是吗？"

她从屏幕上收回视线，扫一眼喝珍珠奶茶的女孩，然后，看看前面排队的老太太："我不过是刚出校园的小妹。"最后两个字，忽然低不可闻。

沈洛

小鹏让我想起一个人。

邻居葛家，院里大枣树间，吊了个秋千。我在院里写作业，听到笑声，然后就见飞上枣树尖儿的葛家小三。

小鹂很像她，短发，大眼睛，耳朵边别一只果绿色发卡。她滑雪摔倒的尖叫，和葛家小三一样，愉悦、光滑，像一根发亮的银线。

两周后分派岗位，小鹂来我的部门。她第一句是，我来报到。第二句是，那天滑雪，多谢你。自此，她排日程表，过滤电话，水一样渗入我的生活。透过玻璃看娴静的她，浮躁的心会一点点淡定从容。

葛家在我 14 岁那年搬走了。之前，我只来得及和葛家小三说一句话。我说："你好。"她说："我明天要搬家了。"我的少年情思就那么仓促地结束了。

老天厚爱，15 年后，小鹂来了。

小鹂

一晃到了春天。莫名地，我会忽然心跳。隔着玻璃墙，害怕看，又管不住双眼。他雪白衬衫，灰色裤子，头发整齐，右腕系一块黑色劳力士。

上午 10 点半，有上午茶，大家分享咖啡、茶和小点心。沈洛过来，用手指叩叩我的桌子："我知道有个地方的糕点好吃，明天带给你。"

第二天果真带来一盒糕点，好利来的。他问，你喜欢吃咸的还是甜的？我说甜的。他"哦"一声："那给你老婆饼，我吃老公饼。"

然后我心跳就加速了，像刚跑完四百米，及至接他手里递过来的咖啡时，手一晃，洒了些到裤子上。

又一番忙乱，他拿纸巾去擦，还不忘说："不急，马上就好。"我看着他，忽然愿意，愿意这么地久天长忙下去。

回家把衣服泡在盆里，竟发起呆来，连咸菜上菜都没发觉。

咸菜

小鹂这几日净发呆，胃口也差，吃几口就放筷子。她说工作有压力，我想，她是新人需要适应。

上午，老家有人来，捎来外婆的梅醋，盛在大肚玻璃瓶里。梅醋最能调胃口，想小鹂会喜欢。

下午面试，回来特意绕道去小鹂的办公楼。因为是想给她惊喜，所以不打电话，在马路对面等她，到黄昏。

黄昏，小鹂出来，我正要挥手，一辆车从地下停车场驶出，在她身边停住。她犹豫了一下，上了车。做白日梦时，我和小鹂最爱讨论车。

隔着玻璃，依然能看见那男人脸上的微笑，可以淹没任何一个女孩的微笑。

我坐公车回的家，小鹂已到家，边做饭边唱，我愿爱情它似蜜。见了我，她说："今天坐同事的车回家，所以早了。你怎么啦？"

我忽然眼酸，上去抱住她："我害怕看不见你。"

面包店

5月，槐花开了。咸菜也工作两个月了，早上一同去车站，小鹏往东，咸菜往西。只是挥手时，小鹂眼里的迷茫像雾气，愈来愈浓。咸菜的微笑里，则始终含着一丝痛。

雷打不动的，是晚上排队买面包。

5月14日，英俊的丹麦王储和平民女子唐纳森成婚。

新人接受主教祝福。新人交换戒指。屏幕画外音："唐纳森就像戴妃，她是那么与众不同。全世界都被这个童话故事陶醉了。"

咸菜插嘴："一结婚，灰姑娘就是王妃了。"

小鹂咬咬嘴唇，眼里滑过一丝失落。再看前面臃肿的队伍，忽然没了耐心："人太多，不排了。"一路上，没说一句话。咸菜想她生气了，为了他们窘迫的处境。

那之后，小鹂很少去面包店。之后的早餐，小鹂吃得很少，她抱歉地说："公司供应上午茶，有点心。"再后来，咸菜开始一人吃面包。一人时，那面包欺生，兀自多了些粗糙，吃几口，就硌得喉咙疼。

他咳嗽，拼命喝水。

小 鹂

我承认，我心里每天都在荡秋千。一忽儿到峰顶，一忽儿到谷底，也快乐也忧伤。这两个男人舍哪个，都不忍。

唯一的底线，是不同沈洛吃意义暧昧的晚餐，午餐除外。午间，他的借口是换换工作餐，我说服自己的理由，也是这个，工作餐而已，怕什么呢。

明知道，他那样的眼神。

我说："沈洛，谢谢你的珍珠奶茶。"

"这家店晚上供应菠萝蜜椰丝糕，也许你会喜欢。"

"哦，以后再说吧。"

他亲昵地拍拍我的手背。他的手，停留在我手背的时间，从最初的0.5秒，到3秒。

哪个女子不是一朵向阳花？我也有小虚荣。他温和高贵，和他，我不会卑微。那种因窘迫生活而生出的卑微，尤令女人心痛。我知道，咸菜和我，要过几年才可剔除卑微。

可是，天，我有多爱咸菜穿围裙的样子。这些天咸菜不说话，他不说话，我也知道他在等，等我说点什么。

问题游戏

某天的上午茶，同事闹着做游戏。裁一堆纸条，写上五花八门的问题，指到哪张，就回答哪个问题。不许说谎。小鹂第一次见识写字楼里的白领有多厉害。

沈洛看纸条："最遗憾的事？我曾经错过一个女孩，我们仅说过一句话，但我想了她15年。直到我遇到另一个人，再不可错过。"

小鹂本来还笑着，笑着，忽然就将笑冻在嘴角。

那一下午，小鹂在方案里打错了14个字。沈洛笑着问："是不是想吃咸菜了？这一段，你打了两遍咸菜。"又问："始终不答应跟我吃晚饭，今晚还没空吗？"

这次，她坚定地摇头："对不起。"

家里那人，那个穿花围裙、做好饭落寞地等她的人，一顿饭N次弯腰，N＋M次嬉笑，不可错过呀，连同那窘迫的、快乐的日子。

结局

晚7点，咸菜已做好饭，他诧异："你今天晚了。"她笑："我坐公车回来的。"他不知听清了没有，"哦"一声，拿出一瓶红酒："下个月，我们就不住这里了，我另找了房子。"

"什么？"小鹂有些茫然。

咸菜把酒斟满："我可能要换工作，在上海，还没敲定。走之前给你找了房子，一居，有阳光，我已预付半年租金。"

小鹂没有迎他递过来的红酒。

"我想，这是最好的，对你、对我。"

"我想这样你会开心点。"

"你怎么了？为什么哭？"

小鹂踢他一脚："就这么把我丢下吗？谁说的，要让我过好日子？我还等你，等你给我好日子。"

咸菜愣住："可是……"

"可是什么，我不是回来了嘛。"

也许，在春天的路口，谁都要做一次灵魂的俯卧撑，荡过那么一架爱情秋千。也许不止一次。下得秋千，你会往哪儿走？

我回来了，不想错过你，不想错过之后再去思念你。我要，我要和你在一起。

爱情的袖子有多长

胡雪林

我和毛琪在海口同一幢18层楼的滨海写字楼里打工，我在14层，她在第2层；她做广告，我做文秘。中午休息时，我们在10楼享用物业提供的5元盒饭，虽难吃无比，但单身如我们者还是趋之若鹜。

我和毛琪这一对“怨男旷女”就相识在10楼。那一天，脸上长着雀斑、比杨贵妃还丰满几分的她与一个“秀色可餐”的苗条女生坐在一起。不用说，我被那个“美眉”吸引住了。可是，她一脸冷傲让我不寒而栗，而旁边的毛琪却看似温暖可亲。我瞬间决定先接近毛琪，以她为跳板……

我站在毛琪对面，讨好地明知故问：“小姐，我可以坐这儿吗？”没想到她马上给予了热情的回应，手里的叉子上还带着饭粒，冲我咧嘴一笑说：“坐。”当我与毛琪开始相互盘问时，她旁边的姑娘却静如处子，偶尔抬头望我一眼，眼睛里却有一种天使般的羞涩的微笑，这更让我心猿意马。很快，我就弄清了她叫阮娜，是3层做翻译的。

借着毛琪弄得十分活跃的气氛，我开始了向阮娜大献殷勤。毛琪很快就觉察到了我的良苦用心，当阮娜离座去取饮料时，毛琪冲我一撇嘴，说：“你……怎么看上她了？你放心吧，我不会见死不救的。”

果然，没几天，她就向阮娜巧妙地转达了我的爱慕之情。而阮娜也不表示反对。

一个月后，我去青岛出差，就给阮娜精心挑选了一条珍珠手链。脑子里顺便想起了毛琪，不由得心生感激，顺便也给她买了一条。当然，她的要便宜一些。

送手链的那天，我觉得自己真是聪明得可以，当着毛琪的面给阮娜送手链，自然不会显山露水，又能将心意传送得到。毛琪试试自己的，又戴戴阮娜的，完了斜着眼睛看我，说：“我这个可能不值钱吧？”我不语，偷偷地高兴得不得了。心想，毛琪真是聪明，替我把什么话都说了。

谁知道阮姑娘戴了手链没到一个月，却突然失去了芳踪。开始我以为她出差了，七八天后仍没消息，我怀疑她生病了，终于忍不住去问毛琪——为了避嫌，毛琪现在已不和我坐一桌吃饭了。

“怎么，你不知道？她没有告诉你，她跟了个老外走了？”边吃饭边看一本时尚杂志的她眼睛瞪得老大，“我告诉你吧，那老外来找她做翻译，对她一见钟情，就天天送花到她办公室……”

毛琪看见我的脸马上变得像生了锈的青铜器一样，赶忙安慰我说：“别难过，你够有魅力的了，你不知道，有多少男士请她吃饭都被拒绝了。而且你再想，你输的可是老外呀，已经够不错的了。”一番话，听得我是酸甜苦辣，不知道该高兴还是该难过。但我发誓，再也不去10层那个伤心之地了。

我很快就发现了附近胡同里的一家韩国冷面馆味道不错，配上辣白菜，比盒饭好多了。胃撑饱了，心里好像也就没有像海水退潮后那么空荡荡的了。

一天早上，我在电梯里碰到了毛琪。她一惊一乍地问我："去哪儿吃饭了，怎么不去10楼了？还伤心呢？"我说："伤心什么呀，我在吃韩国冷面，价钱差不多，味道好很多，你说你是去还是不去？""当然去。"

下班后，她二话不说就跟着我来到了冷面馆。一口面到嘴，她就赞叹不已，还像发现新大陆似的说："那以后我天天就来这跟你吃冷面。"

第二天我才落座，她插着兜就真的进来了。我讽刺地说："你还真守信用。"她一晃脑袋，说："那当然，君子一言，驷马难追。"

就这样，我有了一个固定的"吃伴"。我俩每天中午像阴谋家似的碰头，一起吃饭，吃饭时一起骂骂各自的上司。渐渐地，我开始陪她逛商店，她开始陪我进游戏厅。终于有一天，她提出要去我办公室看一看。我说："好呀，回办公室还可以歇一歇。"上了14楼，她"哇"的一声就扑到了玻璃窗前，如饥似渴地看着外面的大海，好像一辈子没有见过似的。我吆喝她别那么夸张，她一转身，眼睛瞪得老大："我在二楼，先生，你别身在福中不知福了。"

听她这么一说，我也走到窗边。可别说，这平日视而不见的海景今天一看，果真特别的美丽：洁白的帆船、轻柔的海浪，还有我身边的毛琪，突然可爱了许多，连她鼻翼两侧的雀斑也可爱无比……

这时，一个同事进来拿东西，没心没肺地说："哟，小两口欣赏海景呢？"我撇嘴说了声："无聊。"可毛琪的脸却红了，而且越来越绯红，红得那些雀斑好像都要蹦出来了似的。她一动不动地还是看着窗外，我的脸不由自主地也红了起来。

真是莫名其妙，什么和什么呀，我就不信这个邪，好好的我们脸红什么？第二天我去吃冷面，报复似的不等毛琪来就开吃。吃完了，她还没来。走出面馆，我的心突然提了起来。我骂自己神经病，可脚却不听使唤，硬是去了二楼。

毛琪不在，办公室的小姑娘说她一早就出差去了。我问去哪儿？"北京。"对方盯着我的眼睛回答。我像做了贼一样心虚地退了出去。

一连几天，面吃得食不知味，我又想回到10楼吃盒饭。可里面欢声笑语的，又吵得我心发慌。我刚回到办公室，毛琪的电话就来了。

"嗨，"她在那头喊，"你的袖子有多长？"

"干吗？"我问，一头雾水。

"我要给你买件衬衣，问你袖子有多长？"

"买衬衣干什么？"我说。

"还你给我买手链的情。"她说，"衬衣打折呢，满大街都是。你可别想歪了，我就是图这儿便宜。"

我笑了，说问衬衣有问袖子的吗？我就不给你说。她半天不说话，估计脸又红得像水蜜桃儿。

毛琪回来时我去机场接她。我一手接行李，一手就环到了她的肩膀上。她还装腔作势地嚷嚷：“你干什么呀？”我用力搂了搂她的小蛮腰，说：“你不是问我袖子有多长吗？这可是你主动的。”

“什么什么呀！”她嘴里嘟囔着，脸上却乐得笑开了花。坐在巴士上，我突然想起一段“词”:“薄薄酒，胜黄汤;粗布衫，胜无裳;丑妻贱妾胜空房。”与我“同为天涯沦落人”的苏东坡都那样想得开，我一个打工仔又复何奢求？何况她不丑，只是有点“心宽体胖”……这样一想，我不禁释然，并第一次觉得海口真正的春天随着街头火红的木棉花呼啸而至了。

一杯大麦茶的等待

毛闽峰

一

小怡从北京第二外国语大学毕业三年。她在两个城市生活过——北京、上海。北京大而无当，上海华而不实，然而她还是喜欢繁华的城市。

她做过两份工作——外语导游及教师。这两份工作断断续续。教师是人家聘请的兼职，导游更像是公共走廊里的电灯一样时好时坏。她渐渐发现，在短时期内，一个人的付出与回报总是不成正比，但从长远的眼光来看，付出与回报还是大体相当的。

这条法则也适用于恋爱。小怡从初中开始早恋，但到目前为止只谈过两次恋爱。

初中时代的恋人已经结婚了。少年的时候，他像一匹野马，放肆而热烈地带给小怡初恋。但小怡全心投入的初恋只维持了五年，而后他突然人间蒸发，两人从此两地相隔。

第二任男朋友是个律师。现实的他做什么都有计划，购房计划、购车计划、晚餐预订……这个小心、善良的男人，最后分手的时候在她家门口站了一夜，他想用一夜的时间试试有没有挽回的可能。

小怡听完他的话笑了，她突然觉得自己有了回报，当年她对初恋男友的等待已经在他身上得到补偿。等待是人一生中唯一重要的事——然而结果似乎总是与设想相距遥远。

二

北京流行 SARS 的时候，小怡跑到上海的好朋友家住了半年。两人没日没夜地上网，其结果是，小怡真的病倒了，女朋友在网上交了一个男朋友。

SARS 结束后，小怡回到北京。女朋友因为新交了男朋友，跟到北京在小怡家中小住。女朋友的男朋友是蒙古人，清华大学土木工程专业毕业，帅是帅的，但是有点黑。女朋友喜欢在一间黑乎乎的关了灯的房间里逗他：“吉布，过来。笑一个，让我看看你的牙。”

他的牙是黑暗里唯一亮的东西。他叫吉布。

三

吉布没有做土木工程专业，而是在一家 IT 公司当程序员，每天加班到 9 点以后，所得薪水大大低于劳动价值。他是小怡见过的最为木讷的男人。

他把兴趣当成了职业，相信别人的所有话，不会买东西。他甚至听不懂诸如朦胧、缠绵之类的词语——他从小说蒙语，当年从内蒙古考到清华预科班，花了很大力气学习汉语。想不通聪慧多情的好朋友为什么会看上他，反正小怡不会选择这样的男朋友。

女朋友回上海之后，小怡搬家。吉布也跟着搬家。然而无知的他居然在北京城找不到住所，于是女朋友托小怡把他收留了。

“你把他收了吧！”女朋友在电话里说。

“我可不想照顾他。”

“你尽可以打发他做事，扫地洗衣，陪你聊天也行，他很听话。不过不许你吃他豆腐，他是我先发现的。”

几天之后，一脸严肃的他大清早摁小怡家的门铃，露出两排整齐的牙齿说：“你好。我搬过来了……”

四

那时候小怡正准备开始第三段恋情，追求者是一个房地产公司的经理。他的生命仿佛是为应酬而存在，打电话给他，十次有九次在陪客户娱乐。最后，他把仅剩的一点时间用来坐车到小怡家蹭饭吃。

假如没有吉布的存在，他也许早向小怡求婚了。在小怡家里吃饭的时候总是三个人。吉布狼吞虎咽地把自己那一份饭菜吃完，一动不动地坐在板凳上。除非小怡命令他去看电视或拿东西，否则不会离开餐桌。他瞪着眼睛听两人说话，或者埋头想自己的程序，一直等到小怡和经理把饭吃完，他马上开始笨手笨脚地收拾残羹冷炙。

经理先生的暗示或生气，对吉布来说简直是对牛弹琴。他好几次想留在小怡家中过夜，可是深夜的时候，吉布“咚咚”地敲小怡房门，热情地邀请经理和自己睡一张床。

熄灯之后，小怡总是偷偷躲在被窝里笑。

五

小怡比吉布本人更早知道失恋的消息。

女朋友的爸爸妈妈希望女儿嫁给一个台湾人，虽然台湾人比女朋友大十几岁，但手里有的是钱。喝喜酒的时候小怡没去上海，或者是因为心里有些忿忿不平。可怜的吉布，从流浪市场被人捡回来又被抛弃。

女朋友结婚那一段时间，吉布去海南出差。每天夜里，他都给小怡打电话，两人的通话短暂而简洁。吉布汇报自己一天的工作情况，然后听小怡说她一天做了什么。最后，吉布犹犹豫豫地问女朋友是否有打电话来找他。小怡回答：“没有。”

每天如此。

其实女朋友来过一次电话，两个女人絮絮叨叨讨论了半天关于幸福的话题。

女朋友问吉布去了哪儿。小怡说他陪女客户度假去了。小怡心想，他既然在她的幸福之外，那么从此他的幸福也与她无关。

一个多月后，吉布从海南回来，变得又黑又瘦。一进门，他咧着嘴从包里掏出一个椰壳小人送给小怡。小怡一看就知道那是一个普通粗糙的旅游纪念品，最多10块钱一个。吉布兴奋地说，他和摊主砍了半天价钱，最后花100元钱买了两个，一个寄给内蒙古的老妈，一个送给她。

他从此不再提起上海女朋友的事。

六

房地产经理终于从小怡的视野中消失，他像捕猎的狮子对突然见到的羊群失去耐心转而回家睡觉。小怡又恢复一个人的生活。有时会有人打电话来找她去授课或者导游，有时又一整个月不出门工作。

吉布每天准时上班，拖点下班，小怡好几次等他到十点才开饭。小怡敲着桌子嚷："把我饿坏了你赔得起吗？十点才下班，你居然还敢吃两碗饭？"

吉布嘿嘿地傻笑，大概是听懂了话里的多重涵义。

有一天，一个大学同学找小怡合伙开书店，说是北京周边极好的一处地方。拥有一家优雅的书店曾经是小怡的梦想之一，小怡很激动。她和同学每天都在外面忙到很晚。

小怡劝吉布准备搬家，因为房子就要到期了，到时候他一个人住划不来。可吉布决定哪怕是一个人住也不搬走。

"我不搬。"他说。

"不要不好意思，我可以帮你找一个更好的住所。"

吉布说："你现在不是挺好的嘛，为什么要去开书店？"

"我愿意！开书店可以赚钱，我的钱不够花。"

吉布说："你要多少钱？我可以给你。"

"你给多少？"

"我一个月赚7000块，给妈妈2000，自己留1000，剩下的可以给你。"他老实说。

"我才不要你的钱。"小怡红着脸小声地说。她知道他并不是在追求她，而她也没有勇气与信心接受他的坦诚。

说到底，他与她就像玻璃与水，无论怎么搅拌，始终融不到一起。他与她只是朋友，不是恋人。

七

因为种种原因，书店没有开成。转眼到了冬天。小怡最喜欢北京的冬天，外面刮着呜呜的风，而自己可以一个人躲在温暖的家里，看外语书，看影碟，听音乐，睡大觉。

还有就是可以喝大麦茶。

前不久朋友送了一包大麦茶，黑褐色的饱满的大麦粒在塑料袋里显得憨头憨脑。她把大麦茶装进玻璃茶罐，罐子里的麦粒便闪烁出丰收时节的光泽。

用开水冲泡后，大麦茶散发出一种类似粮食被烘烤的香气，介于茶叶与咖啡之间。小怡很喜欢这种香气，但吉布不喜欢。

“我要喝白开水，不喜欢喝茶。”少数民族帅哥吉布说。

“这不是茶。是大麦。”

他争辩说：“我从小就不喝茶。”

“我知道，这不是茶，是大麦——茶。过来，你喝一口尝尝。很香的。”小怡用手指头引诱着他。

“那，喝一口试试。只喝一口。”吉布战战兢兢地说，然后端起杯子。

小怡顺势把杯子一仰，吉布咕嘟咕嘟喝了好几口。“不像我想的那么难喝。”吉布道。然而从此再也无法骗他喝大麦茶了。

一个周末，两人在客厅看影碟。已经很晚了，但两人都没有睡意。她起身泡了一杯大麦茶。热腾腾的开水冲到玻璃杯中，大麦全浮到水面，可是过了一会儿，麦粒就一颗、两颗缓缓地沉到杯底。小怡用小指头轻轻地碰了碰杯子，麦粒沉下去一大片。

她兴趣盎然地看着，突然涌起一个奇怪的念头：假如吉布在所有的麦粒沉到杯底之前喝一口茶水，那么她将宣布自己爱上他；假如这个木头不按自己的意思办，她就命令他迅速搬家。

吉布当然不知道小怡的想法。他目光如炬地盯着电视画面，似乎完全忘记了周围的小怡。

可小怡没心思看屏幕。麦粒在缓缓落下，她用脚碰了碰吉布，吉布没有反应。她用力踢他一脚，吉布转头一笑，傻头傻脑地问：“干吗？”

“没什么。”小怡不屑地说。

影片结束，吉布伸伸懒腰，嘀咕一句困了，然后头也不回地回房睡觉。小怡恨不能用玻璃杯砸他的头，她生气地坐在沙发上思前想后，不知不觉地睡着了。

八

第二天醒来，她发现自己躺在床上，吉布正殷勤地拖地板呢——这个可怜的男人，他对自己将被驱逐的悲惨命运一无所知。然而他的一句话改变了她的想法。

他说：“昨晚口好渴。可开水都被你泡茶了。我把那一大杯大麦茶都喝了。嘿嘿，很解渴。”

世界上的等待大多如此——结局与当初的想象总不相同，幸好还不至于太坏。

木兰围场不见的小熊

于筱筑

三月。我要你来的时候你不来。现在我就这么一个要求了，你要不要来

许之至，我在校门口的超市看到你了。你在给一个女生买巧克力。那个女生真是漂亮啊。可是我不妒嫉她。我想起第一次参加竞技社跟你去暴走的时候，走了六个多小时，我说我想买雪糕。你很凶地和我说，不许去，去了就掉队了。

许之至，你说下午五点在学校的红树林旁边等我，可是你让我等了那么久，我觉得红色的落日都要把我照成灰烬了。

许之至，每次我说要你来的时候你都不来。现在我就这么一个要求了，你要不要来？

前面两句是我发给许之至的短信，后面一句才是我下定决心今天要和他说的话。我在男生宿舍楼下面堵住他。他的头发乱乱的，胳臂下夹着蓝色的滑板，一套白色的阿迪，这一造型有点儿像孙悟空。不过，我说的是《七龙珠》里帅帅的孙悟空。许之至把手里的新奇士橙塞给我。我看着他的眼睛说完我要说的话。我就这么一个要求了，许之至。

他瞪着我，那么远的事情啊。我摇摇他的手，他害羞地点头。现在还会害羞的男生，多可爱啊。

我一路往回走，一路吃着他给的橙。这橙多甜啊，甜到我心里都酸溜溜的。这孙悟空多好啊，他给我一个大橙子，他答应我的要求。他也应该有一点点喜欢我的啊。

七月。不要把我的小铜像弄丢了。我会生气的。你不说话的话，那就是你生气了

我在林荫路上晃荡。啦啦啦，小熊要回自己的家，啦啦啦。我把自己逗笑了，我看看表，怎么许之至还没路过呢。我想的时候，后面轰隆隆的马达声就响起来，他停在我身边对我叫，小熊，你怎么还不去上课啊。我想说，我在等你啊。可是我说，喔，我起来迟了，我要迟到了。他的眉头攒起来，说，你上来啊。我送你去上课。

我坐上他的车，我的裙子一褶一褶的。我看到他颈上黑黑的皮肤。我多想亲亲他的脖颈啊。这个我从三月喜欢到七月的男生，漂亮木讷的男生，这个第一个叫我小熊的男生。

我说，许之至，你脖子上的小铜像真漂亮，你送给我好不好。他沉默了好一会儿，说，好吧。在教学楼前下车的时候，他把脖子上的小铜像拿下来递给我。我踮起脚来勾住他的脖子在他脸上亲一下，你真好。

他又害羞了。他说，你不要把小铜像弄丢了。那是我的宝贝。弄丢了我会生气。我笑一笑。我知道，你不说话的时候，你就生气了。

可是许之至你不知道，你也是我的宝贝啊。

我转身上楼。啦啦啦，小熊要回自己的家，啦啦啦，谁家的宝贝听话啦。

十月。红树林真红啊。如果我从滑板上滑过小桥，或者你就会开口说喜欢

秋天来的时候，空气的味道都让人觉得寥落。学校最西边的那片红树林叶子都红了，叶子是心形的，那是什么树啊，有那样颜色的叶子，有着那样沉酽的悲伤。我挽着许之至的手走到红树林，我玩他的蓝色滑板，他蹲在小桥边看落日。

是的，我忘记告诉你了，我终于和许之至恋爱了。我叫熊妮妮。在这个寂寞的南大的秋天，我跟许之至表白了。我说，许之至你寂寞吗？他没有说话，傻傻看着我。当时他的手放在牛仔裤的裤兜里。我说，许之至，你不要害羞，你把手给我，我们一起去看红树林的落日。

后来，他拉着我的手，很轻很轻。他的手大而暖，手心的温度让我的心在这个潮湿的秋天澄净高远。我说，许之至，你要对我好。

可是他从来只是憨憨地望着我笑。就像此刻，他在小拱桥边望着我，笑容轻轻张扬，他害羞地说，小熊，你真可爱。落日的余晖勾勒出他好看的轮廓，我的视线模糊了。他这么好，我是如此没有安全感的女子，得到或得不到都让我如此患得患失。

我站在蓝色的滑板上，如果我从小拱桥的这一端滑到那一端，说不定他会开口说爱我。我用力地滑，天空多么蓝。他追上来抱住我。他的怀抱多么温暖，他说，小熊，我保护你。

一月。我答应你的事我都会做到。我要带你去看生命中最盛大的风景

放假的前一天我跑到宿舍楼下等许之至。我说，去年三月你答应过我一件事。他说，嗯，我记得的。我说，那我们去买票吧。

一月有雪凛冽。我把领子竖起来挡风，他就用大棉衣把我裹进怀里，我们去买两张到承德的硬座。回来的时候我在雪地里蹦起来，拉长了嗓子喊，噢，要去滑雪喽。他也跟我一起喊，噢——。

出校门的时候，我的孙悟空变成一只鸵鸟。他拉着我的箱子，背了一个我的大包，一只手还提着自己的小箱子。我身上空空的。可是走着走着他问我，小熊，你累吗？我说我不累。我真高兴，去木兰围场一直是我的梦想。那里有一棵很漂亮的愿望树。

我们坐 7 个小时的火车到承德。火车上我靠在许之至的腿上就睡着了。睡醒的时候，车已经到承德。

再转大巴，我们的目的地是围场县。承德真冷啊，我觉得自己快成冰块了，我呼出的气都是雪白的，地上的雪踩上去发出咯吱声。我叫，许之至，你冷吗？他笑一笑，我不冷。我黏到他身上，可是他怎么在发抖呢。这个从小生活在祖国最南边连落雪都没见过的男孩，现在要和我一起来看生命中最盛大的风景。这个男孩的手套是红色的。他的帽子围巾好漂亮。

去年三月的时候我就跟他说了，我们要去木兰围场滑雪。我等了一年了。

这是我们两个人的木兰围场。我们听到雪落下来的簌簌声

到木兰围场的时候是下午。有微弱的日光照耀在我们身上，我兴致盎然地换上衣服要去滑雪。许之至拉住我，天都这么晚了，我们明天再去吧。我推他，胆小鬼，我们不要走太远啊。他很安静地笑一笑，我拍拍他，乖喔。

然后我们一起踩上雪橇就走了。雪地真滑，我和许之至跑着闹着天就快黑了。我转过头要回去的时候，发现已经找不到来时的脚印。我急得快哭起来，许之至在背后抱住我，小熊你不要怕，我在你旁边。我看着他，他的眉毛在雪地里那么黑，他的脸白白的，可以看到皮肤下面的血管。他用红红的唇轻轻地吻我，小熊你不要怕，他们巡山的时候会找到我们的。我们现在往一个方向走。

这里真安静，可以听到雪落下来的簌簌声。四周是白茫茫一片，完全覆盖了我们的来时路。天彻底黑下来，我开始发抖，这么冷，我的骨头仿佛都冻僵了。我看到许之至的脸更白了，眉毛上落满雪花。他抱着我，说，小熊，我们找个背风的地方先躲起来吧。

我们找到一处背风的山崖。我紧紧地楼住他。我说，你冷吗？你从来没到过北方。他不说话，使劲摇头。我发现我的眼泪已经流不出来了。我只听到有很大的风，听到许之至一直在叫我，小熊，小熊，你千万不能睡啊。小熊，小熊。

谁在这风里雪里轻轻唱：啦啦啦，小熊要回自己的家，啦啦啦，谁家的宝贝听话啦。

二月。雪化了，小铜像不见了，我那么想念那片红树林的落日

我睁开眼睛就闻到来苏水的味道。我坐起来问医生，我的朋友呢。医生说，我们没有看到你的朋友，当时你一个人在雪地里。我的头一下子那么重。医生说，你要好好休息，你的手和脚都冻伤了。你怎么能跑到那么远的地方去呢？

我很安静地躺下来。许之至你说过要保护我的，可是你怎么不管我了呢。我用手摸自己的脖子，我的小铜像不见了。我的眼泪突然就涌了出来。我想起那轮很大很大的，在我们身后的落日。

四月。别让我看到转身时候你落寞的神情。我多么心疼。许之至，我们要好好地过

我在这个春天回到学校。

我听说许之至一直在找我。可是，我不想原谅他。他怎么可以在最关键的时刻丢掉我？他是个好人，他给了我温暖和爱。可是，我希望这份爱可以走得远，这爱可以层层叠叠地把我包裹起来，风雪交加也无法挣脱。

我一个人走过四月的林荫路，然后看到许之至。我以为我已经有足够的坚强，可是他一走来我就想哭。他还是那么好。他的头发变整齐了，他不再是我的孙悟空了。他轻轻地叫我，小熊。

我忍住眼泪。我的手仍旧放在口袋里。我转身就走。

他大步跑上来挡住我，小熊，小熊，你回来了。

他瘦了。许之至，这个世界有谁比我更爱你呢。可是我说，许，好好过自己的生活吧。

他的眼睛亮亮的。小熊，你把手给我，我们一起去看红树林的落日。

他望着我寂静地笑。然后我似乎看到了，雪地里树上的红手套，那时我在沉沉地睡。许之至望着我，一脸落寞。他在和我说，小熊，你一定要好好地坚强地过下去。我把小铜像拿走了，因为上面留有你的温度。或者我再不会在你身边，可是我希望你快乐。小熊，你是我的宝贝。

DV 里漫天的大雪，我看到许之至沾满雪花的眼角眉梢。他转身去找救援队。

我一下子哭起来。我突然就想起二月的木兰围场的医生说，幸好树上的红色手套救了你。我突然就想起漫天大雪里他把手放到我的心口，小熊，小熊，天知道我多么爱你。

布鲁塞尔松饼的天空

陈庆祐

天一亮，男孩就出门了。就着刚刚升起的太阳和煦的阳光，他要翻过一座山，走进女孩家。

秋天的大地镶着黄金色的冠冕，天高地阔，云淡风轻。

男孩会先经过一处小小的神社。他准备好一角钱，投进木箱，轻轻摇铃，唤醒神明；再轻轻击掌，说一个小小的愿望。

枫红色的霞光里，飞来一只鸽子，它拍了拍翅膀，在神殿的回廊里留下一叶羽毛。男孩笑了，捡起羽毛，夹进课本里。他知道，神明收到他的祈愿了。

走出神社，翻过山头，远远地，就可以看见山谷里女孩的家。露珠未干的清晨里，女孩家袅袅升起雾白的炊烟。

男孩继续走着。行过草原，涉过小溪，他在阳光还没照进的树林里，摘下早上刚开的白花来到女孩的家门口。

女孩洗完了碗盘，理好了衣裳，就准备背起书包上学去。

一打开门，阳光爬行的阶梯上，一束野花兀自开绽。没有收受人，没有寄出人，这束野花只是每天每天准时报到，像夜里未曾缺席的北极星光。有时，花束旁边还会有一小袋扎着蝴蝶结的褐色松饼——那是父亲每月从台北回来时带给男孩的礼物。

女孩衔了一朵笑容，把野花别在制服前的口袋上，并收好松饼袋子上的蝴蝶结。

上学的时候，女孩总在想，是谁送的花和松饼呢？那个人又长得什么模样？而她总不知道有人正跟着她的步伐，在离她不远的地方。

男孩远远地跟着女孩的脚步，远远地看护着他喜欢的身影。

他看着女孩单脚跳着跨过水稻田埂，看着女孩牵起好姐妹的手走过吊桥。女孩笑，他也痴痴地咧开了嘴角；女孩擦汗，他也感觉到无止无尽的溽热。

男孩看着女孩在雨天穿胶鞋踩水洼，看着女孩在冬天瑟缩地用围巾保暖。他只是远远地跟着，远远地看着。总要等女孩走进校门，走入教室，在自己的座位上坐下了，男孩才缓缓地走过女孩的窗口，进入隔壁的教室。

一直是这样的。男孩把心事说给神明听，却不敢告诉任何人，更没有勇气在女孩面前抬起头，说一句话。

男孩总在每一年的岁末向自己允诺，要在来年追赶上女孩的脚步，向她介绍自己。只是花开花谢，四季流转，这样的允诺成了一季候鸟，年年来，又年年走。

只有一次，那惟一的一次，女孩见到了男孩的面容。

那天，女孩穿了一件崭新的绿罗裙，搭了一班公车下山。车窗外，初开的流苏散落山头，像一场春天里的瑞雪。女孩傍着人群站立，低低地哼着一首不成调的歌曲。

突然，公车急转弯，女孩一个不小心摔了出去，就要跌向车前的玻璃……

蓦地，从人群里伸出一只手，替她稳住了脚步。

女孩抬头一望……

那是一个青涩的影子，微微地挡住了窗外泛白的光；那是一双灿然的眼眸，眨呀眨的满是疑惑；那是一只安定的臂膀，手心里浸着汗珠。

谢谢。女孩说。

对方猛然松开了手。

女孩突然记不起，曾在什么时候、什么地方，与他见过。

男孩就这样直盯盯地望着女孩的脸庞。

突来的急促鼓红了她的双颊，像一朵四月樱花。

她有没有受伤？怕不怕？我有没有捏痛她？男孩想问的话还有好多好多，却一句也没有说出口。

到站以后，女孩就下车了。她身上那未曾见过的裙袂飘呀飘，飘呀飘的，荡成一片连天芳草。男孩痴傻了。

男孩只记得，他握过了她的手。匆匆一握，又匆匆放手；但那双手交握过的温热，却成了男孩记忆里的暖炕，让思念不致寒凉。

这就是男孩最靠近女孩的时刻了。

多年以后，女孩远嫁他乡，在异国的街道上，用岁月编织自己的生活。当然，她早已清楚了那褐色小饼的名号：布鲁塞尔松饼。

偶尔，天清月明的时候，她会想起那束绽放着北极星光的野花；她会从床上起来，偷偷把门打开，想看看爬满月光的台阶上，有没有人会送她一束年少的鲜花。她的爱人不明白，总以为她爱梦游，于是任由她在无眠的夜里重温青春时的美梦。

她知道，她的深夜是山上的白天；却不知道，送花的人会不会跨过时空，来到她的面前。

下雪的时候，女孩会铲了门前的积雪做雪人，然后在雪人的手里插上一束野花。野花天天换，天天换，直到春来雪融为止。

男孩搬进这个社区，就注意到对街的屋前堆了雪人。让他好奇的是，雪人的手上怎么握了一束常新的花朵？

隆冬雪厚，男孩罩着一件风衣，在飞雪里返家。途中，经过了握花的雪人，男孩停下脚步，望了望它。

思绪快飞，来到年少时光，男孩记起自己曾经看过一个女孩围着起毛球的围巾，在山间行走。那女孩，现在又过得如何了呢？

男孩走近雪人，替它围上自己的围巾。

这样的冬夜，适合用记忆取暖，就把围巾留给需要的人吧。

女孩在夜里打开了门，今天，那个人还是没有送花。

女孩笑自己傻气，很多事情走远了，就不会回来了。看着漫天风雪，女孩知道，山上的日子也不会再回来了。

才想关上门，女孩却看见，雪人的身上围了一条围巾。

女孩冒着风雪，把围巾拿进屋里。她在想这是谁的围巾呢？那个人又长得什么模样？

男孩清晨出门前，找不到围巾保暖，才想起昨夜把围巾送给雪人了。

他顺手采了些暖房里的玫瑰，走向对街，却看见一个女孩也捧了一束花，准备放在雪人手上；而她的身上，就围了他的围巾。

你好。男孩说，我住在你们对面的街上。

女孩回头，望见男孩和手上的花朵，愣住了。

我一定在什么时候、什么地方，与他见过。

男孩痴傻了。有些事情被岁月改变了，有些事情却怎么也无法磨灭。

比如说，她鼓红了双颊，像一朵四月樱花。

男孩想说，我们来自邻近的村落，来自同一所学校，但他还是什么也没有说出口。

女孩笑了。她记得他，那个隔壁班的男孩每每在她面前讷讷不敢开口；她也还记得，在那回下山的公车上，他拉住了她的手。

看着男孩的脸，她突然明白了什么。

离开山上之前，她到神社祈求平安，看见树边有一畦新掘过的土。她一时兴起，信手拨开了泥土。不深的坑里，她捡到了两样东西。

一叶羽毛，和一张写了她名字的纸。

是你送我的花吗？女孩问。

嗯。男孩点了点头。

原来，神明都听见了男孩小小的祈愿。

爸爸。

男孩的女儿从对街跑过来，她看见自己的父亲白发苍苍地站在冷风中。

他们见面了，却不是在最美的时刻。

一块糖

楚晖

很久以前，她曾经看过一部电影，名字和情节早已忘记了，其中一个场景却一直清楚地印在脑海中：

爸爸妈妈和一儿一女牵着手坐在广场上晒着太阳。小商贩推着琳琅满目的商品从面前走过，爸爸妈妈对望了一眼，凑出身上所有的钱，买了一小块糖。爸爸小心翼翼地把糖分成了四块，分别放在大家的嘴巴里。大家笑眯眯地互相看着，品尝着这偶然的一点甘甜。

那一点点甜的滋味是无关贫富、无关境遇的。再贫穷的生活，也不能夺走生命里的一些小小幸福。因了那一家人满足的笑容，整部电影里流动着别样的温柔，尚在年幼的她却为此湿了眼睛。

后来恋爱了，男友极平凡。他们跟所有的恋人一样，约会，吃饭，看电影。他不爱说话，不浪漫，也没有承诺，渐渐地，她几乎怀疑他是不是还爱着她。

有一天，两个人吃完火锅后，走在街上。辣椒的滋味还留在嗓子里，又干又燥，让人难受。他突然从口袋里掏出一块口香糖，很自然地一分为二，把其中一半放到她的手中。

她怔住，暗暗地留心他的表情，他却依然沉默，跟平常一样为她披上了外衣。

忽然想起了多年以前的电影，想到了那一家人盈盈的笑脸。

原来爱到深处，便没有了虚华的表白，没有了复杂的言语。甜的滋味在舌尖上渐渐地融化，她分明感觉到了一种无声的关怀与爱意，一种细水长流的脉脉温情。

那半块糖，已经是她得到的最真实的承诺。

半年以后，他们结婚了。她嫁给他的理由是，在她把那半块口香糖放进嘴里的时候，就已经知道，自己可以尝到一生的幸福。

第四篇

陪着你
慢慢地变老

露天电影院

闲愁

父亲时常会向我提起我出生那天的事情。我提前两个月降生的那个晚上，正下着一场大雪。父亲对我说，那天可真冷。

我降临人世的那天是1974年2月7日，这一天是那个清瘦精干的小伙子变成一个父亲的日子，我有理由相信这一天对父亲而言刻骨铭心。

母亲在痛苦分娩的时候，父亲在露天电影场放映一场电影。1974年，我们这个工厂还是一个大山深处的“三线”厂。28岁的父亲是这个工厂工会的电影放映员。

在物质生活极其匮乏的70年代，在那个荒凉的大山深处，对于工厂的职工和附近山村的村民来说，能看到一场露天电影，无疑是一种极大的享受。

尽管那天晚上风急雪大，可是在那个山坳中的简易放映场里，还是坐满了黑压压的人群。人们鸦雀无声，专注地盯着电影银幕。我能感受到，那一双双闪烁在70年代深处的眼睛，是何其单纯明净而执著。

邻居匆忙地跑到放映机旁，父亲知道了母亲开始分娩的消息。在短暂的慌乱后，父亲继续从容地操纵着放映机。父亲知道，对于放映场的这两千多人来说，每个月放电影的这两个夜晚无疑就是节日。

父亲还知道，做什么都要善始善终，电影一旦开场，就要有结尾。父亲那一代人都是这样，无私、敬业、执著。那天放映的是一部喜剧，放映场上笑声不断，父亲内心忐忑不安。

电影快结束的时候，在整个放映场都流传着这样一个消息，放电影的这个小伙子要做父亲了。这个消息，为这部喜剧电影又平添了一丝喜庆气氛。

电影谢幕了，全场的观众都起立面向父亲鼓掌。这掌声是奖励给一个父亲的，也是奖励给一个敬业的年轻人的。父亲在掌声中飞快地向另外一个山头上自己的简易住房里跑去。

父亲飞快地跑在山间崎岖的小路上，远远地，他听到了一个婴儿清脆嘹亮的哭声。

在简陋昏暗的家里，父亲不无紧张地轻轻抱起了我，他抱起了一种幸福，也抱起了沉甸甸的责任。父亲和母亲饱含慈爱地看着我，在此后将近30年的岁月里，他们一直就这么慈爱地看着我。

父亲说，那天晚上，他和母亲都哭了，我也一直在哭。那个风雪之夜，充满了温暖和温馨。

因为我早产两个月，父母甚至什么都没准备好。那天晚上，父亲准备去朋友家借几身小孩衣服，再去附近山村里买些鸡蛋。当父亲打开门后，他看到门口有十几个篮子，有的放着鸡蛋，有的放着旧的小孩衣服，有的放着红糖，还有两只鸡。

这些装满了真情的篮子将永远存放在父亲的记忆里。存放在父亲记忆里的还有放映场上那一双双单纯明净而执著的眼睛。

父亲放映过很多很多电影，他播映了无数的喜怒哀乐和悲欢离合，他主导着那些夜晚里的欢喜和哀愁。曾经有一个女孩，在这时美丽而沉静，她就是我的母亲。

母亲在世的时候，有时候会半开玩笑地说，当时她嫁给父亲，纯粹是因为她爱看电影。在那个时代，能经常看免费的电影是很幸福很奢侈的一件事。我知道，多愁善感的母亲喜欢看电影。我还知道，她更喜欢放电影的父亲。

有一天晚上，在那个露天放映场，父亲放映了一部精彩的电影。因为电影太好看了，应观众要求，父亲连放了两遍。最后电影散场的时候，都已经是将近11点了。

那天母亲也在，当时母亲还是个带着学生气的美丽女孩，当时她和父亲正在恋爱，每个月她会从一个叫南阳的城市来到这个山沟里的“三线”厂看我父亲一次。

母亲还想再看一遍，于是父亲就又单独给母亲放映了一场电影。当时是初春，山坳里静悄悄的，只有父亲和母亲两个人，天空中的星星眨着眼睛，微风中带着春的气息。在70年代初的这个春夜，弥漫着一种经典的浪漫色彩。

在银幕的映衬下，母亲单纯明净的目光里洋溢着一种幸福和满足，她清脆的笑声不时响起。父亲看着母亲高兴，自己也很高兴。深夜的山坳有些清冷，父亲把带着补丁的外套脱下来轻轻披在了母亲身上。

母亲说，父亲把外套披在她身上的那一刻，她就决定要嫁给父亲。后来他们手牵着手，风风雨雨，坎坎坷坷，一起走了31年。

后来我们的工厂从山区搬到了城市，我的父亲从一个工会的电影放映员成为了工会主席。他不再需要放映露天电影，这个时代已经慢慢地淡忘了露天电影。但是他仍时常想起露天电影。

父亲是个念旧的人，他注定要怀念起很多事和很多人，包括我的母亲。2002年11月23日，我的母亲因为心脏病离开了我们。母亲走的时候，我和父亲紧紧抱住母亲已经冰冷的身体失声痛哭。29年前那个冬夜，我出生的时候，父亲、母亲和我也这样紧紧相拥而泣。

父亲现在已经赋闲在家了，现在我是父亲最大的寄托和骄傲，我现在是这个工厂最年轻的中层领导。我时刻记着父亲的话——做什么事，都要像放电影，要善始善终。

父亲57岁了，他在慢慢衰老，他时常陷入深深的回忆中，他的回忆一定有露天电影。

人生就像一场电影，有开幕落幕，有阴晴圆缺，有花开花落，有悲欢离合。

我的父亲告诉我，不管刮风还是下雨，不管有没有观众和掌声，既然已经开场，就要一直放映下去。

在我的文章里，我提到了父亲、母亲和露天电影，在我准备给这篇文章收尾的时候，我又哭了。

我看到 70 年代初的那个山坳了，我看到了那个简易的露天电影放映场了。

我看到银幕上正上演着一幕幕悲欢离合，我看到银幕下一双双单纯明净而执著的眼睛。

我还看到了正在专心操作放映机的父亲，看到了眼里洋溢着幸福的母亲。

八分钟约会

木每

很多女人在婚后发现自己嫁错了人，她也不例外。在结束自己的婚姻之前，她决定先为自己找一位如意郎君。

在又一次争吵之后，她摔门而去。在街上晃了整个下午，居然没人找她。这世间，女人做的最大错事就是嫁错人。她开始重新审视自己的婚姻，她想要的生活真的不是眼前这个样子。自怨自艾从来都不是聪慧女子的作为。于是，她拨通了电话，开始为自己安排新生活。

这是一个叫做“八分钟约会”的新式聚会方式，能在最短时间内认识最多的异性，快速有效地寻找自己的意中人。在进门的那一刻，她犹豫了一下，有些紧张。万一别人知道我的真实身份怎么办？一个有夫之妇来这里“相亲”，怎么说都不太对劲儿吧。

“每个人的个人信息都是保密的，大家看到的只是你的身份牌。”工作人员的一句话，打消了她的疑虑。填好登记表之后，她得到了一个号牌和一张标有 10 个号码的单子，那 10 个号码代表着来约会的 10 位男嘉宾。你对谁满意，就在号码后打钩。如果你满意的人也满意你，俱乐部就可以为你们牵线搭桥了。

她被带到了楼下酒吧，那里已经有一群别着号牌的男女在谈笑风生。目光聚了过来，她的心一下子跳得厉害。

真没出息，她在心里骂自己。这样的场面在结婚前，何曾怕过？当年觥筹交错的酒会、Party 上，不也笑靥如花、应对自如吗？她深吸了一口气，让自己镇定下来。

随着一声铃响，约会正式开始。

1 号坐在了她的面前。这是一个看起来很整洁的男人。衬衫的领子挺括、干净，黑色西装上也没有头屑，指甲修得圆润而修长。这让她很满意，她已经受够了“脏乱差”的老公，必须寻找一个干净整洁的男人。

健谈的 1 号很快就找到了话题，同她谈起他的大学生活。她听得出，他可能是位医生，而且业务水平不错，有事业心的男人，也是她想要的。

“喝点水吧。”1 号很善解人意地说，同时从口袋里掏出一包消毒纸巾递给她。尽管她看不出来光洁透亮的杯子有何必要再擦一遍，可还是礼貌地接了纸巾，象征性地抹了一下杯壁。偷眼看 1 号，他正认真仔细地擦他的手呢。见她看他，立即解释说，从医学的角度讲，细菌随处都有，要仔细消毒才行。手擦完了，他又抽出一张纸巾，仔细擦玻璃杯。细长的手指，很有艺术的美感。

尽管她热爱整洁，可没敢给1号打钩。因为一想到以后家里到处都是消毒水的味道，她就害怕。

接下来是2号。很不幸，她从他的牙缝里看到了绿菜叶。那一抹鲜艳的绿色，将她的谈话热情冲刷得一干二净。好在八分钟时间很短，东拉西扯地就将时间对付过去了。

3号看起来还不错，笑容爽朗，魅力十足。他给人的印象是稳健、成熟，很坦白地介绍自己，恰到好处地讲出一切她想知道的信息，只是在七分半钟的精彩演讲中，从来没有问过她的看法。她很想表达一下观点，可惜的是，一句话还没说完，时间就到了。

能对老公言听计从吗？不能。所以，优秀自信的3号她无福消受了。

4号是很浪漫的人，摊开手心将一个卡通钥匙扣放在她的面前，说很高兴认识你。她的心中为之一动，有过多长时间，老公没有送给她哪怕是钥匙扣这样的小礼物了？八分钟的时间里，她感受着4号的温情脉脉，在他说想要带着心爱的女孩儿去海边听涛声时，她差不多快要想象海边的美景了。

突然响声大作的铃声，无情地宣告时间的结束。变换座位的时候，她看见另外一个女孩子在摆弄手里的卡通钥匙扣。她长长地吐了口气，好在还没顾得往单子上画钩。

5号个子有些矮，尽管她不主张以貌取人，可新任老公总不能不如现任老公吧。至少，要在外表上说得过去。再怎么着，也应该越嫁越好才对呀！

“你的厨艺如何？”6号问。她瞟了他一眼，一个细致的上海男人。她一向对这种太过生活化的男人没什么好感，所以理直气壮地回答：我不喜欢买菜做饭。心说，家里的菜都是老公买，他都没要求我买菜做饭，你凭什么管我厨艺如何？

7号和6号是两个极端，男子气十足，给人很可靠很踏实的感觉。相信这样的男人，绝对可以为妻子遮风挡雨。她对7号的好感迅速增加。铃响了，7号有些不舍地起身离开，脚上那双许久未曾擦过的脏皮鞋带着满身风尘从她眼前掠过。她紧皱着眉头闭上了眼。

8号太在意细节，总是旁敲侧击地打听她的个人情况，而且自以为聪明，问些知道四方街在哪儿之类的弱智问题。她便懒得说话，直到时间在沉默中过去。

9号说他喜欢马尔克斯。她一下子兴奋起来，总算有人能跟我谈《百年孤独》了！她这个文学硕士总算遇到了知音，可9号的所谓喜欢不过是叶公好龙。是呀，人家来这里也不是上文学课的！

最后剩下了10号。她已经有些疲惫，看来，找一个令人满意的男人并不容易。

“你有些累了吧？”10号很有磁性的声音让她为之一振。这是一个无可挑剔的男人，至少给人的第一印象如此。可她看得出来，这个优秀的男人已经习惯于在女人当中进进出出。

这世界，谁也不比谁笨。

喧嚣散尽之后，她独自走向回家的路。对老公的怨恨在同10个男人约会之后，竟然减轻了不少。那个缺点多多的人，其实并没那么可恶。她突然明白，当她以挑剔的眼光评判10位男嘉宾时，参照标准只有一个：自己的老公。她所不能接受的他们的缺点，其实都是老公的优点——那些曾经吸引她的东西，在拥有之后，就视而不见。但它们却和自己有着千丝万缕的联系。即便只是一种习惯，也根植于心，想丢都丢不掉。

人必须看清楚自己的爱情。她在心里一声长叹。

维系婚姻的，不是你没有得到什么，而是你手里握着的那些东西。

结婚照上的笑容

陈明

我的行李箱里，每样东西都收拾得整整齐齐：为未来四天准备的外套，一双备用的鞋，手机充电器……把化妆包装进去之后，就一切准备停当了。

我是一名空中乘务员，每周有四天的时间在天上飞。经过科学而严格的培训，我的一切皆在有序管理之中。衣橱里我的那一半，都是按照衬衫、裙子和裤子分门别类，按颜色、长短和季节摆放得整整齐齐，连衣架都朝着同一个方向。

而我丈夫比尔的那一半衣橱呢？我一想起来就头疼。走进卫生间拿化妆包的时候，看见他放东西的那一侧台面简直“惨不忍睹”：维生素瓶子、除臭剂、摩丝等全扔在一起，湿毛巾揉成一团，连牙膏盖也没有盖上。

“天啊，他怎么就不能自己收拾一下！”我抱怨着，然后，抓起化妆包，赶紧退了出来。

也许爱是盲目的，或者，至少是“近视”的。我和比尔谈恋爱的时候，我曾注意到他的家不是很整洁。当时我想，他需要一个妻子随时督促他。

现在，我们结婚已经快一年了，他还是旧习不改。虽然我常常友好地提醒他，但他还是不能把东西归放到合适的位置——怪不得他常常要问我他的钥匙在哪里！

我拉上箱子的拉链，打算把箱子提到楼下。比尔在厨房里忙碌着。“吃点东西吧。”他说，“我在做煎鸡蛋。”好像我闻不到似的。

我向厨房里望望，看到装黄油和鸡蛋的纸盒还没有收拾，一卷纸巾扔在一边——表明它的主人曾想过要打扫一下，但是灶台上还是有星星点点的油渍。我知道等我回家后，我得把这些都擦干净。

“你怎么这么不爱整洁啊！”我忍不住说了出来。

比尔看起来很委屈。“什么？”他不明白我指的是什么。

我叹了口气：“我得走了。”我说，拍了拍他的脸颊，“我会给你打电话的。”

一整天都很忙。我一连飞了五趟航班，但是我的思绪却不时回到比尔的身边。为什么他就不能再爱整洁一些？难道我就该在将来的婚姻生活中不断地纠正他？那我不就成了唠叨婆？实际上，这些情况已经发生了。

在那天的最后一趟航班上，我遇见了一对老夫妇。他们正好坐在我的服务区。老太太很瘦弱，她丈夫扶着她坐下，把她的包放到头顶上的行李箱里。

“你冷不冷，亲爱的？”他问，“需要毛衣吗？”

她摇了摇头，用手拍了拍旁边的座位。

飞机起飞的时候，他们一直握着手。过了一会儿，我看到他们望着彼此的眼睛。那种神态很眼熟，以前我在哪里见过吗？

突然，我意识到，那是我和比尔在我们的结婚照里的眼神。就在那一天，我们共同宣誓，要互敬互爱，不管贫穷还是富有，不管健康还是疾病，都无法把我们分开……但如果是邋遢呢？在我们的誓言里没提到这个问题。

该为乘客倒饮料了。我走到老夫妇面前的时候，忍不住问道：

“请问，你们结婚多少年了？”

“这周就是五十周年了。”老先生微笑地看着我，骄傲地说。

“五十年！祝贺你们！”我说，“那你们是在旅行庆祝吧？”

“是呀，”他说，“和我最爱的姑娘一起度假呢！”

他太太笑得很灿烂。

我问：“你们幸福婚姻的秘密是什么？”

“在一起分享快乐。”她说，“绝对不要认为自己理所当然地拥有着对方。”

这次航班结束后，老太太的话在我耳际久久地徘徊。到了宾馆，我把衣服挂好，然后到一尘不染的卫生间洗脸。包装好的香皂放在洗手池边上，毛巾整齐地叠成一摞，装着洗发水和乳液的小瓶子放在一个小篮子里，标签都是向外的。没有垃圾，一切都在它们合适的位置上。但是，没有比尔，一切都像是空虚的。

我一整天都对着素不相识的人微笑，但那天早上，我却训斥了一个我生活中最重要的人。我感到事情有点儿不对劲。

比尔不是完人，但我是吗？我念念不忘他的邋遢，却忽略了他的善良、他在任何情况下都抱有的乐观、他的温柔体贴——这些是藏在他心里的美好品质，正是这些美好品质使我嫁给了他。

“上帝，”我祈祷着，“不要让我觉得比尔理所当然地属于我。帮助我向他表达我对他的爱——不论他有什么缺点，爱一个真实的他吧。”

我掏出手机，给比尔打电话。“我已经很想念你了。”我告诉他。

“我也想你，金姆。”他说，“在你到家之前，我要把房子收拾干净。”

“别操心那个”我说，“我只想和你在一起。”

四天的航行刚一结束，我就急急忙忙往家赶。比尔在门口迎接我。

“我有一个惊喜给你。”他说着领我走进厨房，“看！我把灶台和炉子都清洁过了，还拖了地板。你看，怎么样？”

我扫视着房间，他真的很卖力地干了活。“谢谢你，亲爱的。”我说。我又仔细地看了看，炉子的计时器上仍然有一点油渍，地板上也留下了一段拖把的污痕。他难道没有看到微波炉上的脏手印？

“你没有……”我忍不住开口了，但是，马上就打住了，“你没有想我吗？”我说。

“想你都想疯了！”他说。我狠狠地亲了他一大口。

“你根本不知道我有多想你！”我说。

尽管微波炉上还有脏手印，但是，我可以看到映在它上面的我们的笑容——充满了对彼此的爱恋，就像我们结婚照上的一样。

穿着袜子的椅子

悠悠的猫

那时的他，是个乡村小学教师，冰冷的屋子里，没有暖气，只有个很小很破的蜂窝煤炉子。他常常为学生批改作业到深夜，脚被冻得麻木。

那时的她，在乡下种地，心疼自己的男人，于是一针一线织毛袜子。他回来之后，她把他的脚抱在怀里，一点点替他暖着。他说，臭。她说，不嫌。

那时他们还年轻，不过30多岁，生活的艰辛被爱情的温暖照耀着，于是也不觉得多苦了。

他穿的袜子全是她亲手织的，因为买的袜子太薄，根本不抗冻。有了她织的袜子之后，他的冻疮慢慢好了，脚也不再冻了。

再后来，他们搬到了城里。他吃上了商品粮，她跟着来城里，当了清洁工，每天四点多起来去扫街。他说，跟着我，你一天的福都没有享过。而她说，好日子肯定在后面呢。

可好日子并没有在后面。

她早晨起得太早，出去扫街时让车撞了，一下子撞成了痴呆，基本上谁也不认识了，每天就知道傻吃傻喝。他抱着她，叫着她的名字，她傻傻地笑，根本认不出他了。

她总担心家里的煤气没有关，总是跑到厨房去关煤气，明明是关着的，她却要打开。他只好寸步不离地跟着她，她刚开，他就关上。

她还在不停地做另一件事情——她一直在织袜子，不停地织，各式各样、各种颜色的袜子。织好还不算，她还要给家里的椅子腿穿上，一边穿一边叫着他的名字，来，穿袜子，穿上就不冷了。

她穿，他脱。如此反复，20年。

20年，是的，整整20年。

穿过袜子的椅子腿，已经磨得光滑了。

儿子大学毕业留在了外地，她还在织袜子，他还在脱袜子。

左邻右舍都知道他们家的椅子穿袜子，有时她出去，有人和她开玩笑，又给椅子穿袜子了？她傻傻地笑着，穿了穿了，穿上就不冷了。

此时，他鬓已霜，她发如雪。60岁了，家里仍然一贫如洗，他拉着她的手散步，他唱年轻时候给她唱过的歌，她像婴儿一样看着他，嘿嘿地笑着，但她抓他的手抓得很紧很紧。

女人是安静地离去的。

他掏出钥匙开了门，看到她安静地倒在沙发上，手里还有一只没有织完的袜子。

安葬了女人之后，男人常常会发好长时间的呆，常常一个人整理这20年她拆拆织织的袜子。男人总是给椅子脱袜子，从来没有给椅子穿过袜子，那天午后，他拿出两双袜子，然后弯下腰给椅子穿上。

很不好穿。要先把椅子倒过来，然后一只只地套进去，还要和女人一样，把袜子抻平抻展。并且口中要念念有词，要叫着自己的名字，来，乖，来，穿上袜子就不冻脚了。

他，泪流满面。

面对着那些穿着袜子的椅子，他知道，那个疼他爱他的人去了，而这20年，他没有嫌烦，天天脱那些袜子；他也知道，那穿穿脱脱的20年，是他和她的爱情，刻骨铭心，一生不忘。

最动人的遗忘

鲁小莫

他们就像两片老到深秋的枫叶，周身都散发着迷人的光泽，他们的爱也同样迷人。

圣约翰先生是一位退休教师，62 岁那年，他被原先的学校聘回去，主要做一些内务管理工作。

许多人对学校的做法有些疑虑：身强力壮的教师多得是，何必用一位年逾花甲的老人呢？但很快，人们的疑虑被打消。圣约翰先生工作起来不比任何人差，他思维敏捷、口才极佳，书桌上总是有条不紊，经他保管的物品，打了标签，然后在记录本上做好标注。他常常提醒那些年轻人：“嗨，小伙子，上次借的书该还了。”他的记忆力也不错。

但很快有人发现了端倪。

圣约翰先生每天到办公室的第一件事，喝水，然后从公文包拿出一个小瓶子，倒出一把药，送进嘴里，仰起脖，用水送下。以前的老同事，都熟知他的这一习惯。可现在大家发现，他走进办公室后，常常先喝口水，然后给妻子打电话：“露娜，我的药忘在家里了，请帮我送过来。”

半小时后，露娜出现在办公室。她的表情有些愤怒，很不友好地把药递给他。他倒是不在意，看着妻子的脸，呵呵笑着说“谢谢”。露娜的面色有些蜡黄，头发也很干枯。

看着他吃完药，露娜转身走了，也不跟其他同事打招呼。于是有人打趣他：“下次可别忘了带药哦。”

还有一次，圣约翰给露娜打电话时还阳光明媚，可刚放下电话不到 10 分钟，天空就乌云密布，片刻哗哗下起雨来。圣约翰慌乱地看着窗外，不停地给家里打电话，却已无人接听。他慌忙打开壁柜取出一把伞，正要出门时，门却开了，露娜出现在办公室门口，浑身湿透。圣约翰像个做了错事的孩子一样，满脸羞愧地迎上去。露娜将药递给他的同时，几乎咆哮着说：“你这健忘鬼！”尽管露娜浑身湿透，但她仍像往常一样，看着圣约翰把药吃下去之后才走。

露娜走后，圣约翰在窗前静静地站了很久，同事们都以为，他是在懊恼自己的健忘，下一次他一定不会再忘记带药。

可是下一次，圣约翰先生依然我行我素。以至于大家慢慢都习惯了：上班后半小时，露娜出现在办公室。

有人嘀咕，圣约翰真是老了。也有人说，露娜愤怒也是应该的，谁让他总是那么健忘。还有人说，圣约翰的健忘其实是露娜惯出来的毛病，她完全可以不来送药，因为他工作起来并不健忘嘛！

知道真相是在两年后。两年后，圣约翰先生辞职，那时候，他的健忘症似乎好了很多，露娜很少出现在办公室，偶尔出现，也不像两年前那样，怒气冲冲，而是笑眯眯的，温和地跟大家打招呼。圣约翰先生拍着大家的肩膀，说着辞别的话，大家也嘱咐他：保重，别忘了按时吃药。他笑了，道出了“健忘”的原因。

原来，露娜在两年前患上严重的神经官能症：暴躁、易怒、自闭、厌世，甚至还自杀过两次。任凭他怎样精心照料、带她求医问药，都不见好转。无奈之下，他想出一个办法。

他找到校长，要求校长给他一份工作，打扫卫生或者做门卫都可以。校长鉴于他以前的表现，就让他做了一份内务管理工作。这样，他可以每天在离家以外的地方吃药。他有先天性心脏病和高血压，年轻时发作过几回，幸好有露娜的用心照顾才有惊无险。这么多年了，虽然他的病未再犯过，可一直是露娜的心事。他通过忘记带药的方式，让露娜走出家门，走在阳光下，利用她的爱，重新唤起她的责任心和对生命的热情。如今，露娜已经康复，他该回家和她一起安享晚年了。

圣约翰先生的话让大家一愣，继而，他们紧紧握住他的手，那是一双多么苍老的手啊！

如今，大家还常常看到，圣约翰先生和妻子一起在学校附近的小路上散步。那对相互搀扶、不离不弃的身影，多么像两片老到深秋的枫叶，周身都散发着迷人的光泽。

那一碗馄饨

佚名

这天，白云酒楼里来了两位客人，一男一女，40岁上下，穿着不俗，男的还拎着一个旅行包，看样子是一对出来旅游的夫妻。

服务员笑吟吟地送上菜单。男的接过菜单直接递给女的，说：“你点吧，想吃什么点什么。”女的连看也不看一眼，抬头对服务员说：“给我们来碗馄饨就行了！”

服务员一怔，哪有到白云酒楼吃馄饨的？再说，酒楼里也没有馄饨卖啊。她以为自己没听清楚，不安地望着那个女顾客。女人又把自己的话重复了一遍，旁边的男人这时候发话了：“吃什么馄饨，又不是没钱！”

女人摇摇头说：“我就是要吃馄饨！”男人愣了愣，看到服务员惊讶的目光，很难为情地说：“好吧。请给我们来两碗馄饨。”

“不！”女人赶紧补充道，“只要一碗！”男人又一怔，一碗怎么吃？女人看男人皱起了眉头，就说，“你不是答应的，一路上都听我的吗？”

男人不吭声了，抱着手靠在椅子上。旁边的服务员露出了一丝鄙夷的笑意，心想：这女人抠门抠到家了。上酒楼光吃馄饨不说，两个人还只要一碗。她冲女人撇了撇嘴：“对不起，我们这里没有馄饨卖，两位想吃还是到外面大排档去吧！”

女人一听，感到很意外，想了想才说：“怎么会没有馄饨卖呢？你是嫌生意小不愿做吧？”

这会儿，酒楼老板张先锋恰好经过，他听到女人的话，便冲服务员招招手，服务员走过去埋怨道：“老板，你看这两个人，上这儿只点馄饨吃，这不是存心捣乱吗？”

店老板微微一笑，冲她摆摆手。他也觉得很奇怪：看这对夫妻的打扮，应该不是吃不起饭的人，估计另有什么想法。不管怎样，生意上门，没有往外推的道理。

他小声吩咐服务员：“你到外面买一碗馄饨回来，多少钱买的，等会结账时多收一倍的钱！”说完他拉张椅子坐下，开始观察起这对奇怪的夫妻。

过了一会儿，服务员捧回一碗热气腾腾的馄饨，往女人面前一放，说：“请两位慢用。”

看到馄饨，女人的眼睛都亮了，她把脸凑到碗上面，深深地吸了一口气，然后，用汤匙轻轻搅拌着碗里的馄饨，好像舍不得吃，半天也不见送到嘴里。

男人瞪大眼睛看着女人，又扭头看看四周，感觉大家都在用奇怪的眼光盯着他们，顿感无地自容，恨恨地说道：“真搞不懂你在搞什么，千里迢迢跑来，就为了吃这碗馄饨？”

女人抬头说道：“我喜欢！”

男人一把拿起桌上的菜单："你爱吃就吃吧，我饿了一天了，要补补。"他便招手叫服务员过来，一气点了七八个名贵的菜。

女人不急不慢，等男人点完了菜，这才淡淡地对服务员说："你最好先问问他有没有钱，当心他吃'霸王餐'。"

没等服务员反应过来，男人就气红了脸："放屁！老子会吃'霸王餐'？老子会没钱？"他边说边往怀里摸去，突然"咦"的一声："我的钱包呢？"他索性站了起来，在身上又是拍又是捏，这一来竟然发现手机也失踪了。男人站着怔了半晌，最后将眼光投向对面的女人。

女人不慌不忙地说道："你别瞎忙活了，钱包和手机我昨晚都扔到河里了。"

男人一听，火了："你疯了！"女人好像没听见一样，继续缓慢地搅拌着碗里的馄饨。男人突然想起什么，拉开随身的旅行包，伸手在里面猛掏起来。

女人冷冷说了句："别找了，你的手表，还有我的戒指，咱们这次带出来所有值钱的东西，我都扔河里了。我身上还有五块钱，只够买这碗馄饨了！"

男人的脸"刷"地白了，一屁股坐下来，愤怒地瞪着女人："你真是疯了，你真是疯了！咱们身上没有钱，那么远的路怎么回去啊？"

女人却一脸平静，不温不火地说："你急什么？再怎么着，我们还有两条腿，走着走着就到家了。"

男人沉闷地哼了一声。女人继续说道："20年前，咱们身上一分钱也没有，不也照样回到家了吗？那时候的天，比现在还冷呢！"

男人听了这句，不由得瞪直了眼："你说、你说什么？"女人问："你真的不记得了？"男人茫然地摇摇头。

女人叹了口气："看来，这些年身上有了几个钱，你就真的把什么都忘了。二十年前，咱们第一次出远门做生意，没想到被人骗了个精光，连回家的路费都没了。经过这里的时候，你要了一碗馄饨给我吃，我知道，那时候你身上就剩下五毛钱了……"

男人听到这里，身子一震，打量了四周："这、这里……"女人说："对，就是这里，我永远也不会忘记的，那时它还是一间又小又破的馄饨店。"

男人默默地低下头，女人转头对在一旁发愣的服务员道："姑娘，请给我再拿只空碗来。"

服务员很快拿来了一只空碗，女人捧起面前的馄饨，拨了一大半到空碗里，轻轻推到男人面前："吃吧，吃完了我们一块走回家！"

男人盯着面前的半碗馄饨，很久才说了句："我不饿。"女人眼里闪动着泪光，喃喃自语："20年前，你也是这么说的！"说完，她盯着碗没有动汤匙，就这样静静地坐着。

男人说："你怎么还不吃？"女人又哽咽了："20年前，你也是这么问我的。我记得我当时回答你：'要吃就一块吃，要不吃就都不吃。'现在，还是这句话！"

男人默默无语，伸手拿起了汤匙。不知什么原因，拿着汤匙的手抖得厉害，舀了几次，馄饨都掉下来。最后，他终于将一个馄饨送到了嘴里，使劲一吞，整个都吞到了肚子里。当他舀第二个馄饨的时候，眼泪突然“吧嗒、吧嗒”往下掉。

女人见他吃了，脸上露出了笑容，也拿起汤匙开始吃。馄饨一进嘴，眼泪同时滴进了碗里。这对夫妻就这样和着眼泪把一碗馄饨分吃完了。

放下汤匙，男人抬头轻声问女人：“饱了么？”

女人摇了摇头。男人很着急，突然他好像想起了什么，弯腰脱下一只皮鞋，拉出鞋垫，手往里面摸，没想到居然摸出了五块钱。他怔了怔，不敢相信地瞪着手里的钱。

女人微笑地说道：“20年前，你骗我说只有五毛钱了，只能买一碗馄饨，其实呢，你还有五毛钱，就藏在鞋底里。我知道，你是想藏着那五毛钱，等我饿了的时候再拿出来。后来你被逼吃了一半馄饨，知道我一定不饱，就把钱拿出来再买了一碗！”顿了顿，她又说道，“还好你记得自己做过的事，这五块钱，我没白藏！”

男人把钱递给服务员：“给我们再来一碗馄饨。”服务员没有接钱，快步跑开了，不一会儿，捧回来满满一大碗馄饨。

男人往女人碗里倒了一大半：“吃吧，趁热！”

女人没有动，说：“吃完了，咱们就得走回家了，你可别怪我，我只是想在分手前再和你一起饿一回，苦一回！”

男人一声不吭，低头大口大口吞咽着，连汤带水，吃得干干净净。他放下碗催促女人道：“快吃吧，吃好了我们走回家！”

女人说：“你放心，我说话算话，回去就签字，钱我一分不要，你和哪个女人好，娶个十个八个，我也不会管你了……”

男人猛地大声喊了起来：“回去我就把那张离婚协议书烧了，还不行吗？”说完，他居然号啕大哭，“我错了，还不行吗？我脑袋抽筋了，还不行吗？”

女人面带笑容，平静地吃完了半碗馄饨，然后对服务员说：

“姑娘，结账吧。”

一直在旁观看的老板张先锋猛然惊醒，快步走了过来，挡住了女人的手，却从身上摸出了两张百元大钞递了过去：“既然你们回去就把离婚协议书烧了，为什么还要走路回家呢？”

男人和女人迟疑地看着店老板，店老板微笑道：“咱们都是老熟人了，你们20年前吃的馄饨，就是我卖的，那馄饨就是我老婆亲手做的！”说罢，他把钱硬塞到男人手中，头也不回地走了……

店老板回到办公室，从抽屉里取出那张早已拟好的离婚协议书，怔怔地看了半晌，喃喃自语地说：“看来，我的脑袋也抽筋了……”

分手时想想以前，那个陪你甘苦与共的人，一路走来，其实你们的故事并不短。时间慢慢过去，那些感动却一点一点封存。其实最疼你的人不是那个甜言蜜语哄你开心的人，也许就是在鞋底藏五元钱，在最后的时候把最后一点东西省着给你吃，却说不饿的人……

爱的90度姿势

艾小羊

当年，茶玫是女友中最被羡慕的一个。找了个对她百依百顺的男友，任她怎样颐指气使也只是笑笑，爱怜地看她，像看自己不懂事的小女儿。旁人都能看出，这个高高大大的男孩子永远低下头与茶玫说话只是因为爱她，不可能有第二个原因。茶玫却不以为然。“他呀，天生这副没用的脾气。”不是故作姿态，是真的不懂。

结婚后，茶玫依然经常地闹。她家在外地，闹得意犹未尽时，便来我家小住。絮絮念叨的都是些鸡毛蒜皮的小事，说不出谁对谁错。常常茶玫正与我哭天抹泪地讲，他先生的电话就打了过来。第二天早晨，他迫不及待来接茶玫，看着茶玫哭肿的眼睛，自己眼圈一红，像小学生做错了事那样低着头说：“对不起，我错了。”

这样的剧集演了几十次，男人的表情渐渐漠然。终于有一次，茶玫住到我家，晚上没有他的电话，清晨也没看到他的人影。僵持了足有一个星期，我陪茶玫回家。那个男人表情淡淡，茶玫也表情淡淡。我知道，总要有一个人先低头，要不，爱情就没了。未料到，两人就那么冷战了三个月，心平气和地分手了。

后来，茶玫经历过很多男人，却再未遇过那样肯为她低头的。她像祥林嫂似地念叨，冷战的那三个月，我才知道，原来他也是个脾气刚烈的男人呢！可为什么，过去，他就那么地软呢？

我怎么忍心告诉茶玫，软是因为爱，硬是因为心伤到极处，不想再爱。

恋爱时，很多女人像茶玫。也许不够自信，也许被太爱自己的男人宠坏了，她们虐人同时自虐，常为一点小事哭得死去活来昏天黑地，让他跪在脚下说一百次对不起。她们高高挑起的目光看到的是自己在对方心中的分量，并为此洋洋得意，怡然自得。

女人的爱情，与其说是爱别人不如说是爱自己。她们享受一个高高大大的男人在自己面前低头的感觉，越是明知自己错，越是要对方认错——你爱我，我就是你的主人。

不知是不是出于某种生物学规律，男人在爱一个女人时，会低头，女人爱一个男人时，会抬头。然而，就算爱到百分百吧，也总有累了的时候。那种是非不辨浑浑噩噩的“爱情”其实是一场风花雪月的化学反应，终要把它沉淀为可以天长地久的平淡如水的爱情。

“平淡的爱情由两颗寂寞的心组成，它们相互维护，相互安抚，相互致意。”“相互”是一个发人深思的词，它意味着你们彼此互为对方的镜子和榜样。每次低头，他都抱着满心的希望，指望你明白他的爱，并用同等分量的爱回馈于他。下一次，如果你低头，便是读懂了他上一次的低头，他会感激不尽，会心存缠绵。

爱情中的低头，绝不是因为错。真正的错与对，有什么重要呢？我爱你，所以才说我错了。这是男人的理论。

男人在一个不懂得低头的女人面前忍了一次、十次、百次，他所忍的，不是说我错了这句话，而是一腔爱意付出后的无以回报。终有那么一天，他认定自己爱上了一个不爱自己的女人，情伤而退。女人往往会在多年后的回忆中才明白低头之情重，看清自己当年得意洋洋把爱当算盘珠拨得啪啪响是多么愚蠢的行为。

爱，不是掠取和占领，而是经营，细心地、小心地从毛坯开始慢慢磨轻轻抚，做出你想要的形状，然后放入窑中，什么时候点火什么时候撤火都极有讲究。只有当土的习性与你的手法配合得天衣无缝，才能造出经得起沧桑的婚姻。

如果你愿意挥霍爱，就永远高昂着头，让他跪倒在你脚下吧，抛洒青春年少疯疯癫癫的激情，一个童话王国幻灭便开始另外一个童话王国，直到红颜褪却，再没有任何人跪倒在你的脚下。

如果你愿意享受爱，要懂得在风光无限地过足了被娇宠的戏瘾时，脱去水袖罗袍，走出快歌慢板，在适当的时候，低头，向他说对不起。在家常的小日子里，爱情行云流水般地在窗边走过，便是举案齐眉，你敬我一尺我敬你一丈。

低头并不是件快乐的事，之所以低头，无他，只因为爱你！

牵挂

虹影

对她而言，买车很是下了一番决心的。促使她义无反顾的是那个大雨滂沱的日子。到了儿子上二胡课的时间，雨还没有要停的意思，一贯守时的丈夫拉起儿子，带着雨具冲入雨中。站在楼上，看丈夫自己裹了雨衣，又将儿子裹上雨衣，再拿一片雨布裹住了二胡，看丈夫骑上摩托车，儿子坐在他身后，二胡横放在脚下，摆弄了半天才打着火，载着父子俩连同二胡的摩托车在风雨中摇摇晃晃穿行，泪水湿了她的眼，那一刻，她下了决心——买车！

于是就有了这辆别克凯越。

他上班较远，车自然归他使用，每天看着他开着自己的车载着儿子进进出出，她心中感到莫大的安慰。自从有了车，生活确实方便了许多。

“他和儿子再也不用因天气的原因而受苦了。”

她欣慰地想。

一阵愉悦过后，她却多了一分别样的忧郁和担心。

每天上班时，她跟在他身后叮嘱“路上慢点”，他一开始痛快地答应着，可每天如此，他就有一点不耐烦，有时头也不回就走了。听不到他的应声，她知道她的叮嘱改变不了什么，就有了一声叹息。

她能做的，就是在他车上的后视镜下挂上一个用红丝线系成的写有“平安”二字的中国结，从不迷信的她将从庙里请来的护身符也挂在了车里。他嫌土气，可她却执拗地一定要挂。他觉得她真是不可理喻。

他并不是一个善于社交的人，在这个城市里，她和儿子是他唯一的亲人。可男人在外，工作上的应酬自然少不了，喝上几杯也是难免，尽管他一直避免酒后驾车，可她仍不放心，于是，有饭局的时候，她的电话总会追来，喋喋不休地说着“别喝酒”或是“喝了酒千万别开车”之类的话。他接了，却是一脸的不耐烦。有时为了怕落个“惧内”的名声，干脆将手机一关了之，他感到她真是个啰嗦的女人，有车的日子，她觉得更累了——是心累。她的日常生活充满了不安、胆战心惊。每天，只要到了下班时间，她总会站在阳台上张望，干什么都没有心思。满肚子的担心，想打他手机问问怎么还不到家，又怕他正开着车，接电话不安全；不打吧，心里又确实放心不下。就这样六神无主地等着，直到那辆熟悉的车驶进院内，她一颗悬着的心才落了地，装着若无其事却又切切，工作起来总会忘了一切，迟归是常有的事，而她，什么也不说，不管他多晚回来，卧室里的那盏灯，永远为他亮着。

那个冬夜，十一点多了他还没回家。天空飘着雪花，后来雪越下越大，她的担心也越来越多，她总是往坏处想：担心万一路滑，他不小心；担心他的眼睛高度近视，又下着雪，影响视线；担心加完班，如果出去吃饭，不善周旋的他被人灌了酒。所有平时听来的酒后出事的例子，此刻都被她在脑海中过了个遍。越想心中越不安，明明知道出去也解决不了什么问题，可她还是穿上棉袄，来到大门口焦急地张望。

天真冷啊，那是这座城市百年不遇的大雪。站在路口，风夹着雪碎石屑般劈头盖脸打来，世界仿佛变成了白色的荒漠，飘落的雪花将她装扮成雪人，远看像一座雕塑。不一会儿工夫她的手脚都变得冰凉，心和身体一样冻得疼起来。

他终于回来了，是单位的车把他送回来的。

看着他下车，与司机以及车上的其他同事道别，她如释重负，泪水伴着雪花沾满两颊。她连忙闪到一边，她不愿让他的同事们看到风雪中的她，她怕别人误解了她的牵挂。下了车的他往里走着，一直到楼道口，身后传来的咳嗽声才使他发现披着一身雪花的她，他吃了一惊，连忙将她冻僵的手拉到胸前，一句话也说不出来。

绝不倒下

胡蝶

飞来横祸

一个美丽的春天，金色的阳光将塞内加尔的桑塔姆草原照耀得诗意无比，海伦娜和梅特森终于如愿以偿地在西部非洲这块神奇的地方举行他们期待已久的婚礼。来自芬兰的海伦娜和来自丹麦的梅特森相识于一次在瑞典召开的国际性环保大会，他们在那里一见钟情，很快爱得如胶似漆。这一次，海伦娜和梅特森随丹麦的一支环境保护小分队来到了塞内加尔的桑塔姆草原，准备拍摄一组濒临灭绝的野生动物的专辑；同时，两人还打算在这片美丽的草原上按照奇特的非洲风俗举行婚礼，让他俩的爱情更加具有浪漫多姿的色彩。

新婚的那天晚上，海伦娜和梅特森都兴奋得睡不着觉，他俩相拥坐在帐篷外，望着天上熠熠闪烁的繁星，感受着沁人心脾的草原花香，觉得自己是世界上最幸福的人。“多美的地方啊，也许我们应该在这里留下一些浪漫的纪念！”梅特森将海伦娜紧紧地搂在怀里说，“海伦娜，我们明天就去拍一卷新婚专辑，怎么样？”“好哇！”海伦娜觉得梅特森的想法真是棒极了，她高兴地跳了起来。

第二天，梅特森和海伦娜征得队长的同意后，就离开队伍，驾着一辆吉普车出发了，他们答应队长在黄昏前赶回环保队的大本营。梅特森坐在前面的驾驶室里，而海伦娜则坐在后座将手臂伸出车窗外尽情地拍摄。为了拍出一些特殊的画面，海伦娜要梅特森猛踩油门，把车速开到极限。

突然，一头正在和母鹿玩耍的幼鹿无意间跑到了吉普车前。“小心！”还没等海伦娜的惊呼声落地，只听得“轰隆”一声巨响，吉普车翻了个四脚朝天。原来因为右边站着幼鹿，梅特森只能向左猛打方向盘，但他没有想到左边齐腰深的草丛里竟藏着一块巨大的岩石。吉普车已被撞得严重变形，梅特森被卡在驾驶室里身负重伤，海伦娜则昏倒在后座上。

也不知昏迷了多久，一股刺鼻的汽油味将海伦娜驱醒。海伦娜挣扎着爬出吉普车，她看到梅特森俯身趴在已扭成一团麻花状的方向盘上，身下则有大摊的鲜血。“梅特森！”海伦娜哭喊着爱人的名字，但他似乎已经虚弱至极，只呻吟了一声就完全失去了知觉。海伦娜想要站起来，可当她轻轻一动，右小腿立刻传来了一阵钻心的疼痛。原来，海伦娜的右腿已经断了。她下意识地用手去摸，伤口正在流血，鲜血沾满了她的手掌。

面对突如其来的惨祸，海伦娜一下子失去了主张，她伤心地趴在地上痛哭起来。她现在倒不是担心自己的腿伤，而是担心梅特森的安危。浓烈的汽油味和因为短路引起的电线火花使海伦娜猛然意识到，她必须立刻将梅特森扶出危险之地。否则，随时可能爆炸的吉普车将令他俩粉身碎骨。想到这儿，海伦娜用手背抹去了脸上的泪水，拖着断腿努力地向梅特森爬去……

生死守候

海伦娜终于忍着疼痛爬到了梅特森的身边，她一寸一寸地把梅特森拖出车外，移到一个离吉普车约两百米远相对安全的位置停了下来。海伦娜将自己身上的衣服撕成一条一条的碎布，包扎好梅特森头上和自己腿上的伤口。做好了这一切，海伦娜才稍稍松了一口气。她想，如果队长发现他俩天黑后还没有回营地，一定会派人来寻找的。

不久，随着一声巨响，吉普车爆炸了，巨大的冲击波虽然没有直接伤及已离出事现场较远的海伦娜和梅特森，但却将梅特森已包扎好的伤口又震裂了，鲜血再次如泉水般涌出。海伦娜一边用碎布条紧紧地缠着梅特森的伤口，一边默默地向上帝祈祷着他俩能安然渡过这场可怕的劫难。

突然，几声尖锐的啸叫划破长空。海伦娜睁眼一看，不由吓得魂飞魄散：一群巨大的秃鹫像轰炸机一样正俯身向他俩猛冲过来！海伦娜知道，桑塔姆草原上的秃鹫展翅体长可达 3 米，体重可达 10 公斤，它们素有“草原清道夫”之称，上百只秃鹫能够在短短的几分钟内将一头死去的野牛啃啄得只剩下白森森的骨头。没容海伦娜细想，一只秃鹫已趴在了梅特森的腿上，狠狠地啄了他一口。还没等海伦娜反应过来，梅特森的胳膊又被另一只秃鹫啄了一口。随着鲜血的涌出，梅特森浑身痉挛了一下。那几只秃鹫像受到了惊吓似的呼啦啦一齐飞上了天空，更多的秃鹫则在半空中尖叫着盘旋。看见梅特森不再动弹，又有几只秃鹫俯冲下来，它们丑陋的秃头上一双可怕的眼睛直勾勾地盯着梅特森。准备再次发起疯狂的进攻。

海伦娜终于明白，原来这群秃鹫把梅特森当成了“尸体”了！秃鹫并不杀生，它们从不攻击活着的生物，只吃各种不幸死亡的动物尸体，梅特森的昏迷不醒使它们误以为他死了，而海伦娜却没有受到任何威胁。海伦娜一只手把梅特森搂在怀里，一只手不停地挥舞着，试图驱赶走这些讨厌的家伙。但狡猾的秃鹫只是后退了数步，站在草丛里用一种固执的眼光紧紧盯着梅特森。很快，一只等得不耐烦的秃鹫腾空而起，飞了过来，啄向梅特森的小腿。海伦娜朝它大声吆喝着，但它只闪避了一下又开始撕咬。“先锋者”的成功经验诱使更多的秃鹫加入到疯狂的抢食行列，它们一只接一只地俯冲下来……海伦娜见嘴喊不管用，忙用拳头和腿踢打着落在身边的秃鹫，但那条断腿的钻心的疼痛使她很快就失去了抵抗能力。

看见心爱的丈夫被秃鹫撕咬得遍体鳞伤，海伦娜伤心欲绝，她猛地扑在丈夫的身体上，秃鹫顿时受惊飞散。但它们并没有飞远，而是落在附近的草地上虎视眈眈盯着“猎物”,并时不时地蹿过来瞅空子啄上一两口,让海伦娜防不胜防。

在海伦娜体重的压迫下，梅特森全身的伤口都在加速渗血。海伦娜知道，如果再这样压着不放，丈夫的伤情将更加恶化，很可能因为流血过多或呼吸衰竭而死亡。她必须寻找别的办法使梅特森远离凶猛的秃鹫，然后等待大本营的救援。海伦娜一边驱逐着秃鹫，一边绞尽脑汁地思索着对策。

沐血同行

海伦娜终于意识到，因为秃鹫是不吃活物的，只有使梅特森站立起来行走，使秃鹫认为他是活着的。才有可能摆脱进一步的袭击。海伦娜轻轻地呼唤着梅特森的名字，但他丝毫没有反应。看到秃鹫群随时都可能大规模扑上来撕咬，心急如焚的海伦娜猛地扶着梅特森站起，然而她的右脚刚一接触地面就疼得哆嗦起来，她只好将全身的重心移到左腿上，右腿在草地上拖拽。海伦娜咬紧嘴唇，左手握住梅特森搭在她脖子上的胳膊，右臂扶住他的身体，一步一步地挪着。

因为自始至终处于昏迷状态，梅特森自身丝毫不能用力，这样一来，他的体重完全压在海伦娜的身上。海伦娜没走几步就瘫软在草地上，同时，海伦娜听到自己断骨的位置又传来一声脆响，剧痛几乎使她昏死过去。然而，海伦娜一倒下，梅特森又遭到了那些秃鹫无情地撕咬。海伦娜只得再次忍着疼痛站起来，扶着梅特森不停地往前走，秃鹫又“哗啦”一声散去，但它们紧紧跟着两人在低空盘旋，时刻寻找着下手的机会。

梅特森的身体实在太沉了。有一瞬间，精疲力竭的她甚至想到了放弃。她想起了他俩在星空下许下的山盟海誓，她顿时为自己脑海里掠过的放弃的念头而羞耻。“我绝不能倒下，绝不能失去心爱的丈夫！”望着在低空久久盘旋不肯散去的秃鹫群，海伦娜在心里一遍遍呼喊，“梅特森，请你以爱的名义给我力量吧！”

海伦娜深吸了一口气，扶着梅特森站起来，她每往前跨出一步，断骨处的伤口就不停地伴着剧痛向外冒血。绿色的草原上，随着两人的足迹所至，一串串鲜血点缀成行。海伦娜每一次倒下去，又艰难地站起来，就这么一次、两次、三次……

夕阳西下，海伦娜搀扶着昏迷不醒的梅特森，就这样在玫瑰色的落日余晖中沐血同行。终于，在天刚刚擦黑的时候，海伦娜隐隐约约地听到了远处传来汽车的轰鸣声……

两美元爱情

（美）埃波尔·菲尔兹 编

温暖明媚的春日午后，我在整理书架时偶然发现了夹在《圣经》中的那张残破的两美元。那一瞬间，阳光搅动空气与尘埃，卷起时光漩涡。多少年了，我曾有意寻找它，寻找它所承载的那段艰涩情怀，今日终于如愿。

在这残破的两美元上，镌刻着我父亲母亲一生的爱情。50多年前，父亲偶遇母亲便一见倾心。他们一个是家境贫寒的花匠之子，一个却是大庄园主的掌上明珠。这贫富悬殊的姻缘自然不被允许。终于等到母亲完成学业，年少气盛的父亲带着她离开故土，一走千里，去到遥远的北方小镇落下脚来。抵达的当天，父亲拿出仅剩的两美元对母亲说，这刚够一个人的回乡路费，如果你后悔了，随时可以离开。母亲接过那两美元，撕作两半，然后把其中一半交给父亲说，只有死亡才能把我们分开。

生活就这样缓缓展开长卷，幸好父亲年轻力壮，很快谋得营生支撑家庭；而母亲勤劳灵巧，时常找些缝补浆洗的活计贴补家用，日子虽然清贫，却也有相濡以沫的温暖贴心。两年后，我来到这世上，给这清贫的家庭再添一丝温馨。原以为幸福可以这样淡淡地延续下去，可不久后，战争爆发了。因为父亲一直在矿上开车，所以很快就被派到了前线跑运输。父亲离开的那段时间，母亲每天都抱着年幼的我站在村口翘首盼望，直到有一天父亲的身影终于出现，只是他的一只空袖管在晨风中轻轻飘荡。阳光灼眼，我们看不见他脸上的哀伤。

失去一只手臂的父亲是回来和母亲离婚的。他不在乎母亲的欣喜与柔情，只是希望她能尽快离开他，去重新组建家庭。母亲坚决不同意。于是父亲开始成天在家抽烟酗酒，甚至还时常责骂母亲。而母亲依然不愿离婚。终于有一天，父亲残忍地对母亲说，离婚其实为了要和别的女人在一起，有个善心的富家女爱慕他，愿意并且也能够养着他。于是母亲执意要去看看那个女人，她说如果真有这么个人，她就放父亲走。我永远都不会忘记母亲在见到那个女人时的悲伤，她眼里的神采黯然熄灭了。当天晚上，母亲把她保存的那半张美元还给了父亲，她说，你走吧。

之后，母亲带着我独自过活，并未如父亲所愿重组建家庭。在我长大成人的漫长岁月里，很多次，我与母亲遇见父亲。那个沉默而消瘦的男人总静静地注视着我们。但每一次，母亲都视而不见地离开，也许她的心里不再有父亲，她对那句爱情诺言早已死心。

某个飘着冷冷细雨的冬日黄昏，一位着黑衣的中年妇女敲开了我家大门，给我们讲述了一个漫长而隐忍的故事：她是父亲受伤时的责任护士，当年父亲曾回到军区医院找她，希望她能假扮他的情人，好让他的妻子死心，离婚再另嫁他人；他说他这一生虽深爱她却依然后悔当年带她离乡，致使她饱受贫穷，这使他心如刀绞。黑衣女人把一只小木匣交给母亲，说已按照父亲的遗愿，把他的骨灰带回家乡，撒到了当年第一次遇见母亲的那座山岗上，而这木匣，是他嘱咐一定要亲手交还你手中的。母亲打开木匣，里面是两半斑驳的纸币，其中一半上面有父亲的笔迹：我爱你，只有死亡才能将我们分开。母亲泪盈于睫，轻轻地说：“这一生只有一件事曾让我心如刀绞，就是我以为他真的不爱我了。”

3 年后，我带着母亲的骨灰回到她故乡的那座小山岗。父亲母亲终得团圆。

此刻淡金色的阳光洒落在那张陈旧的两美元上，母亲最后一次看它时曾用透明胶带把两片残币合到一起，修补好了。我小心翼翼地捏着一角，想对着阳光看看父亲写下的字迹，却意外发现纸币的那一面还有一行小字，我亲爱的母亲这样写道：我爱你，即使死亡也不能将我们分开。

父母的肖像画

暮秋　编译

以前，每逢圣诞节，我们这个大家庭的所有亲戚们都会到我父母的家里，共同欢庆圣诞节。父母家的每一间屋子都装饰得非常漂亮，每一间屋子都充满了欢乐，弥漫着节日的气氛。烤火鸡、南方烤火腿以及自制的面包的香味混合在一起，弥散在空气中，诱得人禁不住垂涎三尺。屋子里摆满了桌子和椅子，初学走路的小孩子、十几岁的青少年、我们这些父母和孩子们的爷爷奶奶团团围坐在桌旁，尽情地享受着圣诞节的欢乐。

可是今年，情况却和以前大不相同了。因为 11 月 26 日那天，父亲永远地离开了我们，因此，今年是没有父亲的第一个圣诞节。圣诞节那天，母亲竭力地装出一副欢乐的样子，极尽东道主的热情、亲切、和蔼和周到。但是，我知道这对她来说，真是太为难了。看着母亲那强颜欢笑的样子，突然，我感到心头一酸，喉咙也仿佛被什么东西堵住了似的，泪水迷了我的双眼。我不知道我是否应该把早就准备好的圣诞礼物送给她，也许，在这个父亲刚刚去世没有多久的圣诞节里，那件礼物已经不再适合送给母亲了。

早在几个月之前，我就为父母各自画了一幅肖像画，并且开始做最后的一番润饰。我打算把它们作为圣诞礼物送给他们。我想这一决定会让每一个人都大吃一惊的，因为他们都知道我从来没有学习过美术，甚至对绘画一点儿兴趣都没有，更没有尝试过认真地画上一幅画。但是，不可否认的是，确实有一种强烈的欲望在持续不断地驱使着我为父母画肖像画。这两幅肖像画看起来确实非常像我的父母，但是，对自己的绘画技能我仍旧一点儿自信都没有。

有一天，当我正在绘画的时候，突然，门铃响了起来，我不禁感到非常吃惊。于是，我立即把那些绘画材料藏了起来，然后，我才去打开房门。让我感到非常惊讶的是，父亲正一个人站在门外。以前，他每次都是和母亲一起来看望我的，还从没有一个人来过。他咧着嘴笑着说："我非常怀念我们每天早晨的谈话。你知道的，就是在你决定为了另一个男人离开我之前我们曾经拥有过的那些谈话！"

听了父亲的话，顿时，我想把我画的画拿出来给他看，但是，又想在圣诞节时给他一个惊喜。然而，我却觉得有某种力量在驱使着我与他一起来分享这难得的亲情。在他发誓要保守这个秘密之后，我仍旧坚持要他闭上眼睛，直到我把那两幅肖像画放在画架上。然后，我才说道："好了，爸爸！现在您可以睁开眼睛了！"

他睁开了眼睛，向我这里张望着。可能是眼睛有些花的缘故，他的脸上流露出一片茫然。他什么话也没有说，站起身，走近我，仔细地瞅着那两幅肖像画，然后，他又后退了几步，远远地凝视着画架。我竭力地抑制着剧烈跳动的心。最后，我看到他的眼睛里闪烁着激动的泪光。只听他喃喃地说："哦，我真是不敢相信。瞧那双眼睛，就像是真的一样，好像你到哪里它们也跟随你到哪里似的——还有，你看，你妈妈是多么美丽啊！我可以把它们装裱起来吗？"

听了父亲的回答，我简直是欣喜若狂，当下就高兴地表示第二天把它们拿到装裱店去装裱。几个星期很快就过去了。然而，就在11月份的一个晚上，电话铃突然响了起来，一股寒意迎面袭来，我不禁浑身一颤。当我拿起电话的时候，听筒里传来了医生的声音："亲爱的，我现在在急诊室里，你父亲得了中风，非常严重，但是，他现在还活着。"

爸爸一直昏迷了好几天。在他临终前一天，我到医院里去看他。我轻轻握着他的手，问道："您知道我是谁吗，爸爸？"

当他轻轻地说出"你是我亲爱的女儿"的时候，在场的每一个人都感到非常吃惊。第二天，爸爸就去世了，我和妈妈一下子陷入了无限的悲伤之中，好像所有的欢乐都从我们的生命中远去了似的。

后来，我突然想起了装裱店那两幅肖像画。感谢上帝，在我爸爸去世以前，他已经有机会看过了。当店主告诉我，我爸爸已经到过店里，并且已经付清了费用，还把它们当做礼物给包装好了的时候，我感到非常惊讶。在我们都沉浸在悲痛里的时候，我不再打算把肖像画送给妈妈。

即使今年我们家的一家之主永远地离开了我们，但是，圣诞节的时候，家里的每一个人仍旧聚集到了母亲的家里，并且努力地营造着一种欢乐祥和的氛围。但是，当我看着妈妈那悲伤的眼睛和没有一丝笑容的脸庞时，我决定把爸爸和我的礼物送给妈妈。当她剥去盒子上的包装纸时，我看到她有些心不在焉。打开了盒子，我发现那幅画上还附着一张小卡片。

妈妈看过那幅肖像画和那张卡片之后，她仿佛变了一个人，只见她像是坐在了弹簧上似的，立刻从椅子里跳起来，把卡片递给了我，并且让我的兄弟把这两幅肖像画挂在壁炉的上方。她后退了几步，抬起头仰着面孔看着这两幅肖像画，很久很久……然后，她迅速地转过头，双眼里盈满了晶莹的泪水，脸上也绽开着满足的微笑，她哽咽着说："我知道圣诞节这天老头子会和我们在一起的！"

我匆匆看了一眼那张卡片。只见在卡片上，爸爸用他那有些潦草的笔迹写道："老婆子——我们的女儿提醒了我为什么那么的幸福。我将永远注视你——永远爱你的老头子！"

和你抢巧克力的人

郭宇宽

所谓爱，就是开心时，你从他嘴边抢一块巧克力；当他躺在病床上，你却想把你觉得世界上最好吃的东西都塞到他嘴里

印象中，爷爷和奶奶是一对老小孩。按古人的说法，举案齐眉、相敬如宾方是恩爱夫妻。我就从没见过爷爷奶奶吃菜的时候像小说写的那样把最好吃的部分夹给对方，更没见过他们吃菜的时候彼此谦让过。小时候我曾固执地以为爷爷奶奶不恩爱……

爷爷是个懂礼貌但对饮食品味极为考究的人，如果一道菜不合他的口味，他绝不会表示一点不满意：非常礼貌地夹一点，作津津有味状。如果你劝他多吃一点，他会说：饱了。奶奶教训他："再吃一点，又剩那么多！"他甚至非常诚恳地拍拍肚子以示真的饱了。不过假如这时候有一道非常好吃的菜端上桌，爷爷立刻会伸出筷子。

当遇上特别好吃的东西他们甚至会当着我这个孙子的面抢着吃！并有理论支持："抢着吃有味道！"

一次，爷爷的老同学从美国寄来一盒巧克力，味道简直让人欲仙欲死。不过，巧克力盒子里整整齐齐十四种口味、造型的巧克力，每一种只有两块。这可是一个大难题，三个人怎么分呢，试着把它们切开来？几乎每块里面都有果仁甚至液体的馅儿，想分成规则的三份是不可能的！我们达成共识——每天下午品尝两种口味。糖果是小孩的专利，我自然有优先权，爷爷奶奶总不好意思抢我那份儿吧？但接下来围绕如何分剩下的两块，爷爷奶奶展开了一番互不相让的谈判。最后决定用一种"公平"方式来解决：一人一块，第一天奶奶有优先挑选权，第二天就由爷爷优先挑选，以此类推。

奶奶精心挑了一块自己最满意的，爷爷小心翼翼地咬了一口剩下的那一块，作出非常陶醉和心满意足的样子，奶奶立刻有后悔的表情，最后只好两个人交换互咬一口，还不忘相互抱怨："你咬了这么大一口！""我还没有咬到呢，宽宽，你爷爷是个小气鬼。"那个星期的每天下午，围绕巧克力，老头儿老太都会拌嘴半天……

后来我慢慢发现爷爷奶奶围绕食物的争执有时更像一种仪式，如同野蛮人如果面对丰盛的猎物就一定要围着火堆跳舞来感谢上天的恩赐；或者像下象棋，嘴里喊着"将军！"好像誓不两立，但其实彼此都很愉快。

上大学以后我回家很少了，在外书剑无成，转眼已经八年。四年前爷爷下雨天散步时不慎滑了一跤，摔断了股关节。因为年龄太大，装了人工关节，但有排

异反应，只得卧床。由于缺乏活动，加上年龄不饶人，原本非常健康的身体每况愈下，这期间几次生病爷爷都挺了过来。爷爷躺在床上，奶奶每顿都把饭菜端到床头，变着花样劝他多吃一点，还有各式各样的点心和零食。2002 年春节前，爷爷中风了，虽然抢救过来了，但身体状况更差了，有时候甚至不认识人。加上抵抗力弱引发了肺部感染，不时发低烧。只好住进医院全封闭的无菌特护病房，每天家属只有下午一个小时的探望时间，而且要穿上白大褂戴上口罩。医生说：97 岁的老人，这次估计出不来了。

寒假我每天陪奶奶去看爷爷并送饭，他经常处在昏睡的状态，喉咙被切开了，全身插满各种管子，连接着好几种仪器。偶尔醒来和我们打打招呼，接着又睡了过去。所有食物都要在家里用搅拌机打成糊状送到医院，护士按规定分量，隔两个小时用一根管子从喉咙灌下去。医生说：病人现在卧床其实消耗量不大，有一些营养和维生素我们会给他在输液的时候配进去，家属准备食物主要是一些基本的淀粉和蛋白质就可以了。这个道理其实谁都明白，像爷爷现在这样的状况，从喉咙里灌进去的是海参鱼翅，还是鸡蛋萝卜对他自己而言，已经没有什么好吃和不好吃的区别了，而且单从营养上来说，常规意义上价值昂贵的饮食未见得就比便宜的高出多少。

可奶奶还是总把最好的东西做给爷爷吃，老鳖、乌鱼天天不断，恨不得把满汉全席打成糊给爷爷喂下去。护士小姐都问：“就数你们家送的糊糊最香，里面都放了什么呀？”二姑从大连回来过年，带来了一些海鲜。我看见奶奶在里面拣来拣去，挑出最大的鲍鱼和对虾，要做粥给爷爷吃。奶奶说：“这都是他最喜欢吃的。”

忽然间，我明白了一个道理：你和谁一辈子在一起吃饭，是一件比什么都重要的事情。

所谓爱，就是开心时，你从他嘴边抢一块巧克力；当他躺在病床上，你却想把你觉得世界上最好吃的东西都塞到他嘴里。

第六朵水晶莲

小羽

我的妻子很美丽，且以能干贤惠著称。然而遗憾的是我不仅不是她的初恋情人，而且也不是她最爱的那一个人。

当年在南京读大学的时候，她曾经有过一段很痴情的初恋，她那个初恋情人是我的好友涛。涛是系里一个俊朗的男生，在大家眼里，他和她才是公认的郎才女貌的一对。可是相恋的第二年，涛被父母送到德国，因为那边不但有他的前程，还有个世交家的女孩在等他。

大概那场恋情铭心刻骨，所以和涛的分手曾让她痛苦了很长时间。作为一个最有资格的见证者，我目睹了她全部的柔肠寸断。起初我只是出于怜惜，想陪她度过生命里一段艰难的日子。而后自己却不知不觉地陷进去，深深爱上了那个始终没有摆脱旧爱的她。

因为知晓前情，所以从爱她的第一天就暗怀心事，交织着对她的宽容和忐忑，希望用等待的时间去换取感情的空间。一直犹豫到毕业，我已拿到返回北京老家的车票，才跑去跟她表白:“这个世界上除了涛，还有我也一样爱着你。如果你肯，我愿意留下来陪你一生。”

她看着我，不语，慢慢地，眼中泪光盈盈。我也不多话，当着她的面，很干脆地撕掉了车票。

之后不久，我向她求婚。好像是作为回报似的，她当着我的面，将从前关于涛的很多东西都逐一毁去，我想拦都拦不及。然后，她平静地说：“我真心真意想和你重新开始。”

她的态度没有丝毫敷衍，我也没有更多话，默默去替她清扫满地的杂碎，但是我心中并没有想象里的那种完美圆满的幸福感。因为自己心里很清楚，这一地的碎片并不是全部，她还保留着一样涛的礼物。

那是一朵小小的紫色水晶莲花，是涛送她的第一件礼物，我甚至还记得它不菲的价格。可她却天真地以为不跟我说，我就永远都不会知道。

我并不说破，不是不想，而是依旧怀着一种期待和担忧在等。想给她时间，也给自己时间。可在等什么呢？似乎自己并不清楚。

结婚四年，我们的日子过得平淡惬意。前后搬过三回家，从南京城的下关到营苑再到玄武湖边的小区。三搬当一烧，有意无意地扔掉很多东西。可那朵水晶莲，始终被她用一块丝绒包裹着，从旧房搬入新居。每一次安顿下来，她都会小心翼翼将它放在衣柜底层的角落。

说实话，我不是一个爱计较的小气男人，何况往开处想，自己本来就是感情的后来者。但她对那朵水晶莲花的痴爱，却叫我无法释然。

家里的衣服随季节变换，而每次走近衣柜，我都会情不自禁地用眼睛朝底层的那个抽屉瞟，不过绝对不去碰它，因为既怕触及她的心思，也怕触及自己的心思。

她去放衣服，有时也会莫名地愣怔起来。我从旁察言观色，自然看见她的恍惚神思。尽管那只是很短的时间，却真实地提醒我，藏在衣柜里的那朵水晶莲花，实际上已经成为婚姻里一个潜在的扣，结得不知该如何去解。

夏天的时候我买了车，是新款的雪铁龙，非常有金属感的银灰外观。恰好她也有一个月的休假，我们便开始商议开私家车出去旅行。

记得是她兴致勃勃到公司请假的那天，久违的涛却意外地将电话打到家里，跟我说："我现在回来探亲，想见一见你……你们。"

不知为什么，我居然没有半点犹豫地答应了，迅速得连自己都奇怪。后来掂量，大概因为一听出涛的声音，始终为那朵水晶莲悬起的心，反倒沉了下来，忽然觉得自己原来从开始就在等着这样一天的来临。

晚上她回来，我把消息透给她，当时刻意用一种含混的口气说："涛打算明天来看我们。"在我们认识的熟人里，至少有三个叫涛的人，可她的眼睛一下就瞪圆了，直直地站在我面前，神思却游得很远，看得出她立刻就意会到我说的是哪个涛。

也就是这种眼神，让我的心里有些酸涩，黯然地抱怨着想：过了这么久，也为你付出这么多，而你还是没有忘记啊。

半夜里，她摇醒我，其实我压根儿也没有睡着。在黑暗里，她说："明天我去公司办理休假期间的一些事情，你一个人接待涛好了。"

我沉默着，知道她是替我着想，怕我在意她和涛的过去。但是我伸手抚在她的手上，能感觉到她手心的凉。记得那年，涛委托我去跟她说分手的时候，她的手也这样冰凉过，是一种很凄凉的感觉。

那一刻，我几乎就要顺水推舟地答应她，可下意识里那朵水晶莲花在脑海里晃了晃。睡在自己身边的是个念旧的女人，更何况是一段付出过很多的旧情，绝不是不见面就可以了断的。于是，我用力握了一下她冰凉的手，轻轻地说："过了这么久，不要再想着去躲。"表面上话是说给她听，实际也是说给自己。因为我很明白，在她心里，对涛依旧是爱恨交加。不然，她如何会一直保存着那朵水晶莲花？

第二天，涛果然登门。人到而立之年，他还是风度翩翩的样子，并且德国生活越发培养出他优雅的气质和做派，我不得不暗自承认涛有绝对的吸引力。话聊过大半，我借口做饭去到厨房，刻意给涛和她留下空间。结婚以来，做饭已修炼成为我最拿手的强项，偏偏那顿饭，却做得从头到尾地心不在焉。

好在涛并非一个吃饭很讲究的人，加上心情良好，所以吃得乐陶陶，甚至留下了自己住梅花山饭店的房间电话，执意两天后回请我们夫妻。

送走涛，她半开玩笑地指出我厨艺的失手，然后挽住我，撒娇说："我们提前到明天出去旅行，好不好？"我摇了摇头。立刻，她有些不悦，道："其实我们不必为一个外人打乱全盘计划。"她把"外人"两个字说得很强调，我会意她的用心，但是傻子也看得出，她自己的心已经乱了。

过了两天，涛在饭店设宴回请，点的菜肴都是她喜爱的，甚至不时就着菜肴说起曾经的往事。看得出涛也怀旧，不然不会记忆如此深刻。

告辞的时候，涛非常殷勤地送她一样礼物，是一根细细的白金项链，上面缀着五朵小小的紫色水晶莲花，真正的天然紫水晶质地，价格昂贵，工艺精湛。加上她珍藏的那一朵，正好是他们分开的年限。

我站在她身后，和涛的目光有一个短暂的接触，顿时明白了涛的全部用意。这些水晶莲花，串成一个暗示，更是涛这次回来的目的——不妨设身处地来想，涛当初选择离开，应该有很多迫不得已的苦衷；如今一切稳定下来，再回头找寻，即便有些不择手段，也没有错到哪里去。

又是半夜，她轻轻下床，独自去贮藏间，从衣柜底层翻出那一朵水晶莲花，就着微弱的灯光，和另外的五朵相比。其实我也没有睡，悄悄尾随在她后边，清楚地目睹过这一切，然后黯然退了回去。

翌日，她告诉我："昨天晚上你去宾馆停车场的时候，涛约我一个人今天下午去喝茶。"我看了她一眼，她的眼睛里是一片茫然。本来是她的事情，却似乎在等我的决定。以我对她的了解，知道这个时候只要我稍微表示一下反对，她就绝不会去。

可是，我微笑着朝她点了点头，然后看看手表，努力用平静的语气对她说："你应该戴上他送的项链去见他。我还认识一个做工艺的朋友，也许能把你珍藏的那朵水晶莲花也镶上。"

她一下就愣怔了，眼睛又一次瞪得大大的，这是一种复杂的神情。沉默了几秒钟，她轻声问："你知道全部原因，对不对？"我笑着，叹了口气说："你不想想我曾经和涛的交情，那朵水晶莲花，是当年我陪他去新街口的金饰店里千挑万选出来的——因为你的姓名里有个莲字，而且你生日的幸运色是紫色。"

她的脸因为震惊和微怒而涨红："知道原因你居然还同意我去？"我说："有些事情不是可以用回避来解决的，所以涛选择送你项链，希望能找回当初舍弃的那朵水晶莲花。"她反问："可是你选择什么？选择视而不见？或者你从来就没有在乎过我？"

我听了，涩涩地笑道："正因为我非常在乎你，所以才把选择的自由给你。我宁愿失去你，也不希望看到一朵水晶莲花孤单地藏在衣柜角落，成为今生未尽前缘的遗憾。"

她凝视我，好像在看一个陌生人，但目光里充满着感动。良久，她转身去贮藏室，拿来那第六朵水晶莲花，和涛送的项链放在一起，提出要去那个朋友的工艺间。

我有些受伤的感觉，但忍着不动声色。可就在她伸手去拿项链的时候，她却贴着耳朵跟我说:“今天真高兴，结婚这么久，我终于知道自己拥有一个品格高贵、心胸豁达的丈夫。”

迅速扭过脸,我看着她。她双眼里流露出的不仅是缠绵,竟然还有尊敬和崇拜,那是一个真正放得下过去、对婚姻充满信任和骄傲的女人的眼神——在衣柜里藏了那么久的一个心结，原来是可以这么简单就解开的啊!

我没有说话，将那第六朵水晶莲放在妻子手心里，对她说："即使一切真的过去，它仍然可以和另外五朵镶在一起，作为一段美好记忆的珍藏！"

阳光透过窗户照在她脸上，她走过来，深情款款地挽住我，笑得明媚、灿烂。

梦中之屋

绿 云 编译

32 岁的家庭主妇萨拉正聚精会神地看着房地产广告，她被一行字吸引住了："这里有幽雅宁静的阳台，让您与绿色的大自然共同呼吸。"多美的环境啊！萨拉一直向往有一个这样的阳台，她按捺不住把广告从头至尾读了一遍："古屋出售。这里有 8 个宽敞的房间，两间浴室。清凉的树荫掩映着绿色的草坪，幽雅宁静的凉台，安谧而迷人。价格从优，可作让步。"后面是房地产经纪人西姆斯小姐的联系方式。

这套房子太理想了！她抬起头，凝望着丈夫。乔正坐在对面埋头看书。看到乔神色倦怠，萨拉忍不住一阵心疼。"我亲爱的乔，他实在是工作很辛苦啊。要不要和他说换房子的事情呢？"她心里默默念叨。

萨拉环视着这间宽大的起居室。这幢老宅从乔的祖上到这辈已经传了三代了。所有房间都很宽敞，这当然很好，可是那间巨大而不实用的厨房，常常成为她和乔之间争执的话题。还有那架木质楼梯，已经有陈腐的痕迹了，与房间的颜色不太协调。

每逢和乔谈及搬家的事，他就会把它称作"妙不可言的老房子"，眼里闪着依恋的光芒；而她则称它为"破房子"。

现在，萨拉想把这条广告念给丈夫听听，可他那瘦削的脸上泛起的倦容，使得她把到嘴边的话又咽了下去，改口说："我爱你，乔。"

"我也一样。"乔咕哝了一句，头也不抬地继续看他的小说。

萨拉叹了口气。有时她真想使劲摇晃他，让他吐出一些动听的甜言蜜语，但乔一直认为满口华丽辞藻的表白是愚蠢的。可萨拉生性温柔多情，渴望丈夫能给她缠绵悱恻的爱，让她享受一下这种幸福，哪怕只是偶尔为之。还有一件事，下个星期是她 33 岁的生日了，她甚至怀疑这个榆木脑袋的人是否还记得这个日子。

萨拉努力使自己从这种臆想中摆脱出来，重新研究广告。"可作让步"，这意味着是一桩可以谈成的好买卖。如果那所房子像广告上说的那样美好，而且价格公道的话，乔看了或许会……她被突如其来的兴奋攫住了。她想，明天要去看看那所房子。

第二天在房地产公司的办公室里，办事麻利的西姆斯小姐向她道歉说："这条广告被搞错了，"她说，"它本应该下星期才被允许刊登出来。但我可以带您去看看别的房子。"

萨拉情绪低落地跟着西姆斯小姐的步伐，她心里老是惦记着那栋"有幽雅宁静的阳台，让您与绿色的大自然共同呼吸"的房子。在一个新区，她看了 3 幢由设计师构思布局的“摩登之家”。房子还崭新漂亮，可房间似乎太窄了！她想，这些建筑师就知道一寸一寸地算计，好把这些方块都挤在一起。在一间所谓“大师手笔”的屋子里，她不由感叹道：“他真的是一个吝啬大师。”

“如果您感到这些都不满意，那么我带您去另一处。”西姆斯小姐说。这处新住宅区让萨拉更泄气了。一幢幢鳞次栉比的房屋紧挨在一起，稀松的树木佝偻着身子，房间的天花板低矮得给她一种强烈的压迫感。

萨拉扫兴极了，她准备离去。西姆斯小姐突然说：“我可以带您去看看您感兴趣的那座房子，不过，只能在外面看，因为房主的售屋广告下星期才允许刊出。”

“哦，太好了！”萨拉说。当她们驱车向城市另一方驶去时，萨拉的嘴巴慢慢地张大了，直到车开上一条宽宽的林荫路时，她才回过神来。车靠近路边，她坐直了身子。

“瞧，就是它！”西姆斯小姐说，“多么宽大，多么气派，不是吗？”

萨拉望着这座漂亮的红砖小楼，它前面有一片草坪和绿荫如盖的大榕树，一股说不出的滋味涌上萨拉的心头。

“您要是需要它的话，那位先生会在下个星期和您联系的。他说过了：可作让步！”

“不错，很漂亮。”萨拉喃喃地说，她缓缓地下了车，“多谢你，西姆斯小姐。我家住得离这里不远，我可以走回去。”

西姆斯小姐的车开走了，萨拉怅然若失地站在人行道上，慢慢走向这栋下个星期就可以出售的屋子。她迈步踏上门前那条熟悉的绕着牵牛花的走廊。拿出钥匙，打开房门。她静静地站在那里，环视着四周。

一种新奇之感如同电流般袭遍她的全身。在感受了那些“大师杰作”之后，她第一次关注着这栋房子的高大宽敞和空气畅通！她看到宽大的门厅，雅致怀旧的楼梯，起居室里可爱的木质窗户——从中望去，一幅树影婆娑、枝叶依依的景色映入眼帘。一切似乎都是以前没有见过的。

“安谧而迷人。”她想着广告上的用词，心里好像被一股暖流温柔地搅动着，眼中放出异样的神采。她缓缓地走上那座曾经感觉陈旧的楼梯，此刻她对它只有一种眷念的心情。

乔正坐在书房看书，神态宁静而祥和，书桌前的大窗户让充足的阳光洒在丈夫的身上，窗外是一株散发着幽幽香气的相思树。

“乔，我今天干了件蠢事，”萨拉不好意思地说，“我去应征出售自己房子的广告了。”

他一愣，默默地凝视着她，然后说道：“那广告应该在下星期登出来的，在你 33 岁生日那天！”

“经纪人已经道了歉，”她呵呵地笑了起来，“告诉我，广告里那个幽雅宁静的阳台在哪儿？”

他脸红了，说：“就是爱米丽房间外面的那个。”

萨拉吃了一惊，大叫起来：“你是说那个小木头平台？”

“是啊，它也算是一个阳台啊，虽然简陋了点，不过真的很幽静啊。我是想吸引买主。”他嗫嚅着，“我知道你十分讨厌这个破房子。”

“它不是破房子！”萨拉的喉头一阵刺痛，“它有很多地方让人依依难舍！”她颤声说，“那篇广告一定费了你很多心思。”

一阵突然的沉默，他们目光相遇了。乔嚅动着嘴唇：“我是想让你高兴。”

“可作让步。”萨拉想起这句广告词了！那个榆木脑袋的丈夫，他为了让她开心而卖掉祖传的房子，这是多么大的让步！院子里传来一阵孩子们的尖叫声，那里是他们尽情玩要的天堂。

萨拉走上前去搂住他的脖子，把脸颊和他的脸颊贴在一起，低语道：“我们不要卖这所可爱的房子好吗？乔，这里是我们的家，温馨而宁静。我从来没有像现在这样喜欢待在这里！亲爱的，我爱你！”

他把她紧紧地揽在怀里，低声说：“我也爱你，萨拉！”

多么完美啊！她躺在他的怀中，仿佛回到了10年前他们刚开始相恋的甜蜜时光。那天她看过的几所新式楼房和她的梦想大相径庭。如果她的“梦中之屋”是一个完美的蓝图，那么只有这栋老屋才能满足她的要求。她将重新拥有这片天地——嘎吱作响的楼梯，费时打扫的厨房，所有额外的家务，一切的一切。萨拉闭上眼睛，嘴角漾起一丝微笑。

绑匪，你在哪里

傅辕 编译

这天，威尔斯很高兴，他独自开发的又一个游戏软件顺利地通过了测试。他得马上回家，他要把这个好消息在第一时间里告诉妻子贝拉。

威尔斯欢快地吹着口哨，把车子开得飞快，快要到家时，他的心里突然生出一阵愧疚：为了这个软件，他将近一个月没有回家了。

两天前，贝拉打来电话："亲爱的，这么长时间你藏到哪里了？你要把这个家给忘了吗？"威尔斯听得出妻子的声音里有些哀怨，有些恳求，毕竟他们结婚刚刚两年啊。但当时正是软件开发的最后关头，自己怎么能走开呢？于是，威尔斯就在电话里带着歉意说："亲爱的小贝拉，请你理解我，还有两天我就能回到你的身边，好好地陪你了。"放下电话，威尔斯觉得自己的手在颤抖，眼睛里有些潮湿，是啊，他太爱小鸟般可人的贝拉了！

"吱溜——"车子在一栋豪华的别墅前停下，威尔斯跳下车，快步穿过一片花园，目光在阳台上飞来飞去，希望能见到贝拉的身影，但阳台上静悄悄的，只有花盆里的玫瑰在独自默默地开放。

威尔斯站在楼下大声喊叫："亲爱的，我回来了！"可阳台上一点动静也没有，贝拉不在家？威尔斯疑惑了，他又高喊了几遍，还是没人回应。威尔斯估计贝拉在生自己的气，就赶紧往楼上跑去，可是把楼上楼下都找遍了，就是不见贝拉的影子……突然，威尔斯看见客厅角落里的桌子上有一张纸条，他上前一看，纸条上写着一行触目惊心的字："先生，请准备足够的赎金到梅勒敦公园，不可报警！否则，你将永远见不到你的妻子！"

绑架！贝拉被人绑架了！惊慌失措之下，威尔斯想报警，但手刚颤抖地抓起话筒又马上缩了回去：不能报警，那样会永远失去贝拉，可恶的绑匪！千刀万剐的歹徒！人命关天，威尔斯不敢迟疑，他急匆匆地跑进银行取出家里所有的积蓄，然后就驱车奔向梅勒敦公园。

公园里很安静，一派安宁、祥和的景象：年轻的妈妈拉着刚学步的孩子，在绿地上耐心地来回走动；一对对情侣，偎依在绿树下窃窃私语……万分焦急和紧张的威尔斯无暇顾及这些，他四处张望，几乎找遍了公园的角角落落，也没看见要和他接头的人。这时，太阳已经西斜，湖边的长椅落满了夕阳的霞光，威尔斯心里一阵惆怅，这里是他和贝拉熟悉的地方，他们两人就是在这里邂逅和相爱的，可现在妻子被绑架了，生死未卜，想到这里，威尔斯心如刀绞……

威尔斯正在焦躁不安，忽见一个30多岁的男子朝这边走过来。那人走到威尔斯面前说："你就是威尔斯先生吧？"威尔斯还没来得及回答，那人就递过一张纸条说："这是一个陌生人托我交给你的。"说完，他就快步走了，威尔斯正要问个究竟，那人早已消失了。

威尔斯恶狠狠地骂了一句，急忙看那纸条，只见上面写道："先生，对不起，请到弗莱理电影院，买一张正在放映的门票，记住：10 排 2 号位。到时候会告诉你接头交易的地方。你的妻子现在很好，暂时不要为她担心。"

威尔斯心头顿时一阵抽搐：不好！绑匪太狡猾了，贝拉肯定凶多吉少！这样一想，威尔斯的两腿就直打颤，心中唯一的念头就是：不管怎么样，只要能见上贝拉一面，就是死也心甘情愿了！

威尔斯走上弗莱理电影院的台阶，泪水就断珠似地掉下来了：结婚前，他们常来这里，有一次他向贝拉承诺：等有钱了，就一定带她去纽巴克餐厅。纽巴克餐厅是有钱人聚会的地方，当时他还穷。后来威尔斯有钱了，可那时又太忙了，就把这事给忘了。

威尔斯噙着泪水走进去，找到 10 排 2 号，座位空着，整个一排的座位都空着，只有紧挨 2 号的座上坐着一个人，那人见有人过来查找座号，就站起来问威尔斯："先生，你的座位是 10 排 2 号吗？"

威尔斯心头一惊，见对方是一个很年轻的男孩子，就反问道："你在等人？"

男孩点了一下头，就从口袋里掏出一张纸条，说："先生，我等你很长时间了，是这样的，有个人要我把它交给你。"说着，他就把那张纸条递到威尔斯的手里。

威尔斯捏着纸条，再也忍耐不住心中的怒火，他一把抓住男孩的衣领，低沉地吼道："你这么点年纪就干这种勾当？快说，你们这帮绑匪到底要干什么？她现在在哪里？快说！"

男孩顿时吓住了，他使劲挣扎，挣脱开威尔斯的手，愤怒地说："先生，请你冷静，我只是受人委托在这里等候你的！"说完，那男孩就跑了。

威尔斯打开纸条，就见上面写道："先生，想见你的妻子吗？请带上足够的赎金到纽巴克餐厅！"

纽巴克餐厅？威尔斯被这张奇怪的纸条弄迷惑了：再胆大包天的绑匪也不会愚蠢到在那里进行交易啊！纽巴克餐厅的安保措施是超一流的，那里是餐饮界一颗璀璨的明珠，在全球都享有盛誉。威尔斯又看上几遍，才相信自己的眼睛没有看错。这到底怎么啦？他们究竟要干啥？或许这些绑匪认为越是危险的地方有时越安全，才把见面的地点安排在这里。

威尔斯满腹狐疑地走出电影院，一抬头，前面不远处就是灯火辉煌的纽巴克餐厅了。灯火里的纽巴克餐厅就像是一座灯光的森林，灯光里流淌出悦耳的旋律，花一般地一瓣一瓣飘过来，威尔斯混沌的头脑顿时清醒了许多。刹那间，他一拍脑袋，恍然大悟，他扬着手里的纸条，飞一般地向前跑去。

威尔斯跑进熙熙攘攘的纽巴克餐厅，眼睛急切地四下寻找。突然，他看见大厅柔和的灯光里，站着一位长发披肩、身穿墨绿色长裙的女人，身影是那么的熟悉，是她，是贝拉！

隔着恍惚的人影，威尔斯轻轻地走了过去……

偶然和必然

余小惠

如果说，在我人生三十几年的生活道路中有哪一个选择使我终身受益的话，那么，这个选择是十三年前的那一次：我选择了他做我的丈夫。可十三年前，我的同学和老师都为我的选择吃了一惊。关心我的同学说："你难道准备和一个随时有残废危险的人过一辈子？"

偶然——在人生中有时起着极其重要的作用。要不是听了李厚基先生那一堂十分精彩的《红楼梦》课，我就不会死乞白赖地从外语系转到中文系，也就不会遇见他。

1975 年，那时，下午的课常常被政治学习占领。一次，下午课是讨论"怎样看待张铁生的入学考试和'右倾'翻案风"。各组代表依次发言，大讲"工农兵学员上、管、改大学的伟大意义"、"张铁生的造反精神……"我心不在焉地听着，突然听见一个不入调的声音："凭劳动态度录取大学生，考'0'分上大学，当英雄，这是对知识的极不尊重，是对教育的嘲弄。我担心，这样下去，我国将一代不如一代，将来，会出现一批文盲"。此话一出，满堂皆惊，有的同学情不自禁地转脸看看在场的工宣队和系总支书记。有个同学立即站起身，措词激烈地列举大量事实，批判他，一顶顶帽子压过去。可他不动声色地听着，慢慢站起身，微笑着说："你说的那些事实我不清楚，请原谅我的孤陋寡闻。我只知道，我妹妹的高中二年级课本里才刚刚讲完二元一次方程……"

我们班的全部知青都是"文革"前的高中学生，自然都知道二元一次方程不过是初一的课程，班里一时间十分安静。

我第一次注意地看了看这个男生：穿一套洗白了的旧军装，剃一平头，虎头虎脑的，个子挺高。我仿佛以前从没见过他。同座告诉我，他叫孙力，父亲得了癌症，他老逃学去陪父亲，是个孝子。我不禁暗自为这个孝子捏了把汗。

过后，工宣队派人调查他的表现，我不知道为什么替他说了那么多好话。他碰上了好人，当时的系总支书记，竟没让他倒霉。

后来，关于孙力的一些传闻从喜欢在一块儿大侃神聊的知青堆中传来。什么带着一帮一中的兵团知青从蒙古包里"抢"走正在挨丈夫毒打流血只剩下一口气的"傻"扎根派北京女知青，并把她转移回京啦；什么万人大会上和团长辩论让凶神恶煞的团长哑口无言啦；什么骑马带着一帮兵团哥儿们到各个连队去给受气的知青"出气"啦……孙力在这些传闻中简直像个威风凛凛的"山寨大王"，讲义气，胆子大，可是老有那么点儿"野"劲儿，也有那么点神秘色彩。

毕业了，我们各奔东西。班上的尖子生和学生干部都分到机关和高等院校，他自然后分，分到家门口的一所中学去教书。

刚刚分配工作，同学们还十分热衷于串门，你来我往十分频繁。我发现，不知从什么时候起，他居然成了一部分女生的议论中心。我老是在同学中得到他的消息。他父亲去世了，几乎半班的同学都去看望他，可是我没去。矜持和骄傲阻止了我，潜在的因素是什么？怪他没来看我，还是……我没有想过。

有同学告诉我，某日他要来看我。

那天，阳光明媚，我洗了衣服，收拾好房间，不知为什么心情总有点紧张，一次次地去窗口看。终于，他来了，不是一个人而是一群人。我的无名火从心里涌起，理也不理他，给其他的人都削了水果，唯独不给他。他红了脸，尴尬地站起身，告辞了。一阵失落感擒住了我。两个多月来难得见的一面，只有两分钟。

后来，我才知道，他为了见我这一面，煞费苦心。先是和我要好的一个女生透点气，好让这个快嘴的女生捎信给我。又去找几个男生说去看某某人，一家家地看，一直看到离我家最近的一个同学家，才仿佛是刚想到似的提议“都走到这儿了，咱们顺便去看看……”如此“顺便”地看了我两分钟，为什么？

骄傲和自尊，同样阻止了他。多么愚笨的两个恋人。

如果不是那场几乎使他致命的大病，也许，我们两人内心的这点秘密，就永远地成为记忆。

他一夜之间，双腿由麻木到失去知觉，麻痹部位逐渐上移接近心脏。医生在接受他住院时，通知学校领导，他的生命难以维持一周。

我得知他住院的消息，是在他被诊断为脊髓癌的时候。我和一位同学急匆匆赶往医院，我发现自己的手脚冰凉，骑车的动作麻木而机械。他躺在病床上，脸色苍白，看见我，眼睛里露出难以掩饰的惊喜。

“没想到惊动了你。”他仍旧是过去那份诙谐的语气，微笑着，眼圈都发红。

“我刚刚知道……”我心痛得发抖。

“知道什么？知道我快死了？”他似乎恢复了平静，从容地说。

“不，不会的……”我想安慰他，又找不出合适的语言。

“甭安慰我，我全知道。我这人有灵感，从别人脸上能看出我的病情。”

“你害怕吗？”我嘴里竟冒出一句蠢话。

“怕什么？像我这样活着，拉屎拉尿靠别人伺候，活着不如死掉！”他有点激动，停了一下，静静地说：“我一生够本了，什么都经历过了……”

25 岁的人生不过刚刚开始，仅仅是兵团的传奇就算什么都经历过吗？不！你还要有许许多多的经历，我真想叫出来。但我一句话也说不出来。后来，我才知道，我原先知道的那些不过是他 25 年的一些皮毛，他有许多奇特、曲折的经历是别人难以想象的，是属于他自己的财富。

我们相爱了。我们谈过去、谈未来、谈人生，一切都那么合拍，那么协调，仿佛并没有死神的威胁。

与这不协调的是现实，略带残酷的现实。妈妈爸爸知道了，炸了窝，“你要吃一辈子苦！”舅舅介绍个驻外三秘，我拒绝：“他没下过乡。”妈妈介绍个老朋友之子，我拒绝：“他没思想。”

妈说我“鬼迷心窍”，我依旧我行我素。即使短暂，我们也有过真诚相爱，人生不会后悔。

他没有死，医院会诊确诊为脊髓蛛网膜炎，排除了癌。这对我们是个天大的喜事。他脸上的表情却“死”了，冷若冰霜。“以后，你不要来了，我不需要你。”下班后，我骑了五十分钟自行车，风尘仆仆地来看他，得到的是冷冰冰的语言，我真委屈。

“我的病比癌更糟，可能一辈子站不起来，我会毁了你。”这才是真情，他为了我。我哭了：“我会给你做把轮椅，推着你。”

一天，我刚进病房，病友的陪伴就慌忙告诉我，昨夜，他趁夜深人静，自己悄悄爬下床，用手撑着，想自己去上厕所，结果狼狈透了，跌在地上再也爬不起来，直到有人发现了他，身上都跌肿了。

大家同声斥责他，大夫、护士和我。

奇迹出现了，他的腿开始有了一点点知觉，医生认为这不过是局部缓解，整个病症并无改观，他却抓住了希望。

“你肯定会创造奇迹的！”我说。

奇迹出现了。半年后，当他甩开双拐，迈出第一步时，连主治大夫都大吃一惊。

他笑着说：“这也是爱情的奇迹，我总不能让你推一辈子轮椅呀！”

我们谁也忘不了那日日夜夜：我架扶着他，在楼道练走路，爬楼梯。为了治疗、诊断，他抽了七次脊髓，服用大量激素，他变得肥胖，脸上布满了疙瘩。

当我把已经会瘸着腿走路的他带回家里时，妈妈吃惊地对我说：“果真是见了鬼了，我说的一点不错，你是不是发痴呀？他怎么长得这个样子？”

我好像根本没注意到他变了形，也没觉得变了形的他有多么难看，恋爱中的人是看不清相貌的。

我们结了婚。蜜月是在地震棚中度过的。我们把一张大床垫子垫在一张架高的大床下，每天钻进地铺下睡觉。这时期，专业人员和业余人员的地震警报搞得人心惶惶，我们却置若罔闻，仿佛在安全岛里，有着充分的时间，谈不完的话。

我们谈到了曾有过的许许多多的感觉和误会。这种回忆从那时起便一直常常伴随着我们，成为我们实际上开始的艰难的生活车轮的润滑剂。它是甜蜜的，每当我们觉得生活很苦很累时，它便中和了生活的味道。它是灭火剂，每当我们因为上下牙的磕碰而发生战火时，它便来消防，使充满火药味的晚上瞬间便烟消云散，只要有人提起一句“想当初……”

新婚的头几年，我的日子从没有这样的艰难，哺乳，喂婴，生火，做饭，洗涮，缝被整衣，柴米油盐……这一切赶跑了一个年青女子的娇嫩和她所有的好脾气。从来快快乐乐的我变得暴躁，从不会干家务的我常常把一切弄得很糟很糟。

只有看到儿子那粉团团的小脸时才有一腔柔情。我把每天的二十四小时都给了儿子，但我却忽略了儿子的父亲。后来，他对我说："那一阵子，我都想和你离婚了。"

"真的？"我不相信地看着他胡子拉碴的脸。

"然后去当你的儿子。"

我笑了，他爱儿子，也嫉妒儿子，儿子占去了他妻子太多的爱。

生活是那样的使人疲惫。那会儿，我在工艺美院当着个"官"，这对我是个苦差事，我天生不是当官的料，便调了工作，到离家近的中医学院当"笔杆子"，这活儿倒颇对心思，但老写官样文章也让人厌烦。

不久，我开始爬格子，写小说，这总算在我的枯燥的工作之外为自己找到一件有兴趣的事。他是我每件作品的初审和终审，打腹稿时跟他讲，写过稿后给他看，他比我的责任编辑还挑剔，从来也没说过一句好话。

"你写一篇给我看看，老是说这不好那不好的。"我不服地说。

"写小说？"他不屑地瞧瞧我的小说稿，"那都是些干不成事儿的人才干的事。比如你啦，当'官'也当不好，开会又太无聊，只好写小说。"

"算了吧，你有什么事业？"

"当然有啦，比如'管厕所'啦。"他晃动着手中的钥匙。

我噗地笑出声来。"管厕所"这是个我们家的"典故"。他这人对工作有一种天生的热爱，不论是干什么工作，做什么事情。最乏味的事情，他能从中找出乐趣来；最低下的工作，他仍干得津津有味。常常晚上到很晚了，还跟我大侃他干的那些"很重要"的工作，总像是在干什么惊天动地的大事业。屁大的"官"儿，他能当成"皇上"模样。我常嘲笑他，又忍不住兴致勃勃地听他侃。一天最开心的，就是晚上听他"侃"一天的所做所为。

"管厕所"是他在病后上班不久后干的一件工作——管学校的迎外宾招待室兼外宾厕所(他们学校是市重点中学，常有外国人来访，因之必备给人专用的二室)。他干得挺认真，而且居然有声有色，后来让校长发现，"提拔"成了班主任，结果一个乱班成了校先进集体；又"提拔"成年级组长，年级组又成了先进；最后当团委书记，结果发明了演讲会，组织学生自我教育，居然推广到全国；他又当选为团市委委员，很快又调到团校当负责人。

我这次没笑多久。厄运突然降临到他头上。一封匿名信以见不得人的手段向他开刀了，而当时的市委书记竟做了批示。没有了工作，他就像没了魂儿。

这时，我正在写一部中篇，刚刚写了前三章。"干脆，你写小说吧。"我说。

"我从来不写这个。"

"你不是说干不成事儿的人才写吗？现在，你能干什么？等审查？写吧，写了就不闷了。"

他便接着写了下去，一写就上了瘾。人物鲜活地出来了，故事也愈加复杂。每天六七千字的速度，很快一部十三万字的小长篇脱稿了。当他的"政治审查"结束时，我们接到了出版社的信：小说已经三审通过，发稿。后来，我们又把它改成中篇《真诚》,发表后很快被《中篇小说选刊》选载,并接到了上百封读者来信。

匿名信使我们夫妇合作写小说开始了。

逆境是人的黏合剂。有了这年的厄运,我们的生活多了一道彩虹。过去,我写,他忙,像两条不搭界的轨道,而现在却是连接在一起的车厢。

他的“问题”被彻底澄清后,被派到天津《青年报》社当总编辑。不久,他又“旧病复发”,热恋他的工作了。他广泛的社会活动和参与精神为我们的创作提供了丰富的生活依据和创作灵感。他认为,文学不是生活的全部,只是热爱生活和创造生活的人才能创作出真正的文学作品。所以,他对生活,总是先投入,再描绘。在他那里,永远没有脱离大众、孤芳自赏的贵族情调和阴暗、畸形的心理。

我们后来又写了中篇、电影文学剧本和长篇小说,每一个新的构思出来后,我们为之兴奋;每一个人物诞生后,我们便与他同呼吸共命运。似乎,我们笔下的人物就生活在我们周围。常常我们用这些人物来打趣对方,而这些隐语只有我们两个人知道。生活中又多了些饶有兴趣的东西。

合作也常常不尽人意,两个人同样自以为是,同样的固执,审美感觉又不一样,因此“战争”常常伴随着我们每部合作作品的始终,而且互不相让,以至于儿子从梦中惊醒了说:“求求你们,别再写小说了,一写就打架。”

“能在一起打打架也是好的。”刚刚失去丈夫的妈妈说,话里有无限的沧桑。是的,当我们也都年过花甲,到了鬓发斑白的时候,“打打架”该是一种多么有滋味的回忆。

鱼香茄子的爱情味道

缎苏

爸爸不经常下厨，下厨必做一道菜——鱼香茄子。我不明白，妈妈为什么那么喜欢，每次都要吃个底朝天。

不过，爸爸做这道菜确实拿手。一整个的茄子不切开，把它蒸过，然后在炭火上烧熟，直到茄子皮焦黄焦黄的，煞是好看。接着，把茄子切成很多小块，但刀不能切到底，要保持茄子整个的形状放在盘子里。最后，把事先调好的汁，滚烫的，浇到茄子上。一眼看过去，红红绿绿间好像卧着一条美丽的鱼。不但好看，而且好吃，入口松软，唇齿留香，真还有鱼肉的味道。

我知道好吃，但绝对不会去学，爸爸做的时候我根本不想挨近看有什么秘诀。我甚至奇怪，为什么爸爸有心情做这样麻烦的菜。我是现代女性，信奉的是男女平等。我视做饭为洪水猛兽，宁肯不吃也不做。因为这些，我被大家怒斥为女权主义者，男友和我也经常因此闹点别扭。

那一天，我们又吵架了。起因就是做饭问题。我懒散地坐在沙发上看电视，他不停眨眼示意我去帮帮厨房里的妈妈。我故意视而不见。几个回合后，他忍无可忍，大声责备我："从没见过像你这么懒的人！"我也火冒三丈，一字一顿地回击他："现在你看见了。你后悔还来得及。我告诉你，我就是不做饭，现在不做，以后也不做！"

他正准备拂袖而去，被听到动静从厨房里出来的妈妈拉住。

妈妈让我们坐下，清清嗓子，给我们讲了关于鱼香茄子的故事。

那是20多年前，妈妈和爸爸刚刚结婚。妈妈是个很能干的女人，风风火火，不但工作上干得有声有色，而且家务事也样样来得，尤其烧得一手好菜。爸爸简直是过着衣来伸手饭来张口的少爷生活。所有人都羡慕爸爸，说娶到妈妈真是一生的福气。

有个周末，家里要来客，妈妈忙不过来，就叫爸爸帮忙递递菜、递递碗什么的。千呼万唤，爸爸却只应着不挪步，眼光都不肯从书本上移开一下。油锅"呼"一下着了火，妈妈又气又急，手忙脚乱间还把锅打翻了，结果烫伤了脚。

爸爸当时肠子都悔绿了。

妈妈卧床那些日子，突然变得很爱吃鱼。那时，生活水平那么低，吃鱼吃肉一般是过年过节才有的奢侈。妈妈的伤，其实已经花了很多钱，几个朋友那里都已经借遍。所以，给妈妈买过两次鱼以后，经济捉襟见肘的爸爸就只有愧疚和无奈了。

大约过了一个星期，爸爸在晚饭时间兴冲冲端了一盘菜放到妈妈面前。浇汁的鱼，满屋子的芳香。妈妈吃了一口，说不出是什么鱼，细细咀嚼，发现不是鱼肉，却有鱼的鲜香滋味。爸爸得意洋洋地笑："这叫鱼香茄子，味道好吧？"

原来，爸爸托朋友找了一个食堂大厨拜师学艺。人家本来不肯教的，但他好说歹说，大厨师感动了，才把这门绝活教给他。家常菜其实是很难做的，靠手艺。爸爸学了一个星期，才有点眉目。他像献宝一样，不停问妈妈："好吃吗？"还说，以后再不袖手旁观了，一定会帮妈妈一起做家务活。妈妈一边吃，一边掉眼泪。眼泪和着菜，全都是幸福的滋味。

故事讲完，妈妈擦擦眼角，轻叹一声："一晃，也吃了那么多年了。好像还有很多滋味呢。"刚下班进门的爸爸也语重心长地接口："为一个关心的人做饭，其实有时候就是一种乐趣。两个人在一起，本来就应该互相体谅和包容。"

他们相视着微笑。而男友也紧紧握住我的手，我抬头看他，他正冲我深情地看过来。我悄悄决定了，明天就开始向爸爸学艺，学这个他拿手的鱼香茄子。

爱的礼服

朱蕾

夏季里的大晴天，显得有些多余，不如冬季里的晴天让人觉得珍贵。我盯着窗外想。

太阳有气无力地挂在天上，被飘浮的云彩遮得忽明忽暗。北欧夏日的午后，不是太热，但有些透明。此时，挥不去的慵懒像爬山虎一般从墙角不声不响地蔓延开来。我就读的学校正在放暑假，利用这一个月的闲暇，我在一间男士礼服店打工。

对礼服店来说，夏季可是一个繁忙的季节。在寒冷的北欧，人们通常把婚礼安排在鲜花盛开的夏季。今天，来了几批选婚礼礼服的顾客后，店里就安静了下来。我靠在椅背上，捧着杯子，有些无聊地看起书来。

“叮咚”一声，挂在门上的风铃提醒我又来顾客了。我折好书角，向门外看去。只见一位老先生推着轮椅走了进来，轮椅上坐着一位年纪和他相仿的老太太，两人都是那种很精神的北欧老人。老先生戴了一顶渔夫帽，帽子上还别了一根羽毛，有点老顽童调皮的味道。轮椅上的老太太满头的银发梳理得很整齐，她穿了一条连衣裙，一个黑色天鹅绒的滚边小包静静地放在她的腿上。

我迎了上去，笑盈盈地问：“两位选礼服吗？”老先生捧着自己圆圆的啤酒肚说：“小姑娘，你看什么礼服能装得下我这半个世纪的啤酒肚？”我扑哧一声笑开了，接着说:“有，中号就行，大号的您这肚子还嫌小呢。”老先生爽朗地大笑起来，老太太在一旁打趣地说：“那你再多喝点啤酒，就可以穿大号的了。”我回过身去拿量尺，看着他们其乐融融的样子，脑海里闪过丈夫的影子，不知此时此刻他是否在想我。我量好尺寸后，问道:“您要参加哪种宴会？参加普通的婚礼，西服就行；六点以前的宴会要用大礼服；六点以后的宴会最好用无尾半正式晚礼服；参加博士毕业典礼要燕尾服；商务宴会的礼服可以随意一些，用晚间便礼服。”老先生把轮椅推到试衣镜旁，找了一个最好的角度让老太太看他试衣服。然后，他转身说：“是葬礼，我太太的葬礼。”我立即收起笑容，神色凝重地说：“对不起，对您失去太太我感到非常遗憾和难过。”他摆了摆手，一旁的老太太插嘴说：“还没死呢，我就是他的太太。”我有些尴尬地“哦”了一声，不知道该说些什么。我还从来没有遇到过这样的情况。我给两位老人各倒了一杯咖啡，老太太感激地接过了咖啡，把杯子送到嘴边。透过杯子里袅袅升腾的热气，她注视着老先生，嘴边有些怜惜的笑意，说：“这么多年，他就没自己买过合适的衣服。你跟他介绍了这么多种礼服，你问问他知不知道参加葬礼该穿哪一种。”老先生眼瞟着四周，又喝着咖啡笑着说：“我有一个最好的太太，这些从不用我操心。”我见气氛有些轻松了，手脚才自在起来。我转身去取一套中号的西服，听见老太太对老先生说：

“医生说最多还有几个月了，也该准备了。”我这才明白了大半。老先生接过话头说：“我看那个医生有点蠢，医生说的也不是都准。”这会儿，老太太倒笑了起来，说：“不管怎样，买好了我才安心，我可不想在天堂看到你穿着渔夫野营装参加我的葬礼。你还会光着脚，因为找不着袜子！”我转过身，被老太太描绘的情景逗笑了。老先生有些不好意思地笑着，我惊讶于老人对于离世的平静和坦然。老太太对我说：“就要黑色的西服配上白色的衬衣，再加上黑色的领带。”我心里赞同地想：老太太配的是标准的葬礼礼服。我配好衣服递给老先生，让他去更衣室试试。

见他拿着衣服进去了，老太太对我说：“我都七十多了，早晚要去天堂的。我就想把平常做的都给他安排好，怕到时候他一个人不习惯。”我心里一阵难过，不禁想起许多个早晨，在丈夫替我煎蛋、煮咖啡的同时，我在卧室里替他找合适的领带搭配衬衫。如果哪天我要离去了，我一定要把所有的衬衫领带都事先配好，他才不会一下子不顺手。我的鼻子酸酸的，又想，我是不忍也不能先离去的，他自己都不会打领带，甚至找不出成双的袜子来。我一定要竭尽所能，在人生的路上多陪他一程。

老先生穿好衣服走了出来，他挥动着手上的领带说：“谁能帮我系这个东西？”老太太摇摇头笑着说：“难道要我把所有的领带都打好吗？”她示意让她来系，老先生弯下腰，俯身在轮椅上，老太太有些颤抖但熟练地打好了领带。我走到一边，好让他们不受干扰，多一些私人空间。镜子里的老先生庄严肃穆，他握着老太太的手，征求着她的意见。老太太说：“挺好的，我喜欢，这西服倒让我想起我们结婚的礼服来。我们结婚时你系的是银色的领带，也是我选的。”老先生挺直了腰板，看了看镜子里的自己，又看了看镜子边的妻子，俯身抚着老太太的手，动情地说：“我看，我们这一路走得挺好的。”我心头一暖，羡慕地想，希望我和丈夫到他们这个年纪时，也能骄傲地对对方说一句：“我们这一路走得挺好的。”老太太招呼我过去，说：“这套就很好。”我示意老先生换下来。不一会儿，他又戴着他那顶渔夫帽，提着衣服出来了。我取过盒子，将所有的东西包好放了进去并交给老先生。他幽默地说：“我希望这套礼服永远派不上用场！”

付过钱后，老太太向我致谢：“上帝保佑你，我的孩子。”我替他们开了门，真诚地对老太太说：“祝您健康！”门上的风铃叮咚作响，铃声中老先生推着老太太出了门。我扶着门，看着他们的背影伴着轻声细语渐行渐远。心中不可抑制地涌起对这对老年伴侣的关爱。老了的只是年纪，不是爱情。

许多短小的片段接起了整个人生。可是很多时候，我们不懂得珍惜，认为所有的东西都是理所应当的，总是要到再没机会的时候才猛然惊醒。有人说“幸福被彻悟时，总是太晚而不堪温习了”。请在还不算太晚的时候，珍惜你的每一分钟。

下班回家的路上，我买了一瓶上好的红酒；回家后又做了几个丈夫最爱吃的菜，拿出那套平时从来舍不得用的昂贵餐具，布置好桌子，点上蜡烛等待那熟悉的脚步声从远到近地传来。也许他会惊讶，也许他会问：“我们今天庆祝什么？”我会回答他：“庆祝我们在一起的每一分钟。”

爱在正中间

青秋

那天，他回家晚了。到家时，发现就儿子一人在家，一问，原来她来过电话，说加班，要晚些回来。又问过儿子，才发现马上要到她回来的时间了，想到她平时晚上很少出门，他返身就出了家门。

可他不知道，他刚刚出去，她又打回来一个电话。

他骑着自行车上了马路，想了一下，拐上了左边的人行道。

之所以没走右边的人行道，他是怕如果走右边，而她正好回来的话，就有可能错过，就接不着她了。

一路上顶着熙熙攘攘的行人和自行车，他小心翼翼地骑到了她单位门口，却并没有看见她。她今晚没带手机，所以，他只好打她办公室的电话，而她办公室里的电话已经没人接了。接着，他又往家里打了个电话，可儿子说她还没回家。他就不安了，推了自行车赶紧往回走，一边走，一边紧张地四下里瞧。

忽然，透过马路上川流不息的车流，他看到马路另一边的人行道上，她正东张西望地推着自行车。

他立刻大喊她的名字。她听见了，惊喜地朝他挥着手，虽然马路上有很多的车辆经过，可她还是推着自行车，灵巧地横穿马路过来了！

到了他身边，她问："刚才你在哪里？"他回答："我在接你的路上。可你在哪里？"她说："我也在路上，可我没看见你。"

听了她的话，他皱着眉头，问："你为什么在马路那边？"她回答："你刚离开家我就打了电话给儿子，才知道你来接我了。为了让你容易看见我，回家时我没走右边，就走了左边，但又一直没看见你。我估摸着你今晚又喝了酒，可担心死我了！"

原来，有时候看似各行其道，其实，却总是相连。就像今晚，尽管在同一段路上，他和她走在了马路的两边，但谁又能说，他们不是走在爱的正中间呢？

第五篇

人格是最高的学位

面具

魏炜

海森是一个二流演员，他的经纪人辛诺给他介绍了一份工作，原来是大富翁费德诺聘请他去给父亲老费德诺演场戏。老费德诺病重住院了，费德诺先生本该在医院里陪着他，但费德诺先生很忙，根本挤不出那么多的时间。但他又怕这事传出去会败坏自己的形象，这时他就想到了和自己长得很像的海森。

海森想了想，就同意了。经过两天的练习，海森学得惟妙惟肖，再戴上根据费德诺先生的面貌特制的橡皮面具，简直就是费德诺先生了。他和费德诺先生签下了合同，正式演出了。

尽管如此，海森还是演得小心翼翼。第一次走进病房时，他给老费德诺送上一束鲜花后，就老老实实地坐到床边。老费德诺先生看到他到来，已是很高兴了，就开始絮絮叨叨地说起了他童年的趣事。海森不敢搭腔，只是在一边不时地应和一句，或是笑笑。但即使这样，老费德诺也已经很满足了，脸上一直带着幸福的微笑。两个小时的时间过得很快，海森看时间一到，就站起身来。老费德诺一把拉住了他的胳膊，乞怜地望着他："再陪我一会儿吧，我知道你很忙，但我真的想跟你再说说话呀。10分钟，只需要你10分钟。好吗？"海森看到老人眼睛里那份热切的期待和隐隐的凄楚，不忍拒绝，就又坐到床前，听他诉说着。老费德诺又说了10分钟，这才和他依依不舍地告别，并热切地要求他明天准时赶过来。海森点了点头，这才走出了老人的病房。

经纪人辛诺递给他一张支票，海森高兴地收起了支票，却见眼前站着一个年轻人，声称是《太阳快报》的记者，听闻费德诺先生放弃了很多生意，赶到医院来陪伴父亲，很是感动，特地来采访的。

海森不愧是一个演员，很快就酝酿出了情绪，来了一个现场表演。他诉说了自己对父亲的爱，诉说了父亲对自己的好，说到动情处，还流下了两滴眼泪，感动得记者眼圈儿都红了，又不失时机地给他拍了一张大特写。

第二天一早，海森还没睡醒，就接到了费德诺给他打来的电话。费德诺异常兴奋，说《太阳快报》登出了那篇专访，非常精彩，感动了很多人。一大早，就有很多人打电话对他表示敬意，还有几个合作伙伴要尽快跟他签订供货合同。他要提高付给海森的酬金，还要把合同期延长。

海森继续如约赶到医院，慢慢地他不仅听老费德诺先生说话，还给他讲了几个笑话。老费德诺笑得前仰后合，一再要他讲下去。海森发挥着他的表演才能，把那些看上去平淡无奇的笑话讲得绘声绘色，喜得老费德诺像个孩子一样兴奋地笑着。不知不觉，时间竟已超过了半个多小时。

这天下午，海森又像往常一样赶到医院。老费德诺的情绪很不好，他说已经感觉到了死亡的逼近。

海森去找主治医生询问病情。主治医生告诉他，他们刚从他的血液化验中发现了一种变异病毒，到现在为止还没有药物可以抑制它，它会要了老费德诺的命。

海森给费德诺先生打了电话，通报了老费德诺的病情，然后恳求他抽出一些时间到医院去陪陪老费德诺，这可是他生命的最后几天了。费德诺连连推辞：“我没有时间，真的没有时间，还希望你能多陪陪他，我可以支付给你更多的钱。”海森生气了：“费德诺先生，在你的眼里只有钱吗？他是你的父亲，他现在需要你。”费德诺也生气了：“不用你来教训我，我知道该怎么做。请你按照合同做，不然……”他话里的意思很明白。不合作的话，海森将面临巨额毁约赔款。

海森给气病了。

辛诺把他送到医院。医生对他进行了全面的检查。脸色变得凝重起来。海森开起了玩笑：“你不会说是在我的血液里化验出了变异的病毒吧？”医生点了点头。海森猛地一惊，愤怒地吼道：“费德诺，这个浑蛋，他骗了我！他是制药公司的老板，是赫赫有名的病理学专家，他一定猜到了老费德诺身体里的病毒有传染性。这个浑蛋，他让我替他得了病！”

骂了半天，海森才渐渐地平静下来。

第二天下午，又到了他该去陪伴老费德诺的时间。他本来已经恨透了费德诺，下定决心不再替他装下去了，但时间一到，他就再也坐不住了，还是悄悄溜出医院，换上了行头，戴上了面具，赶到了老费德诺所住的医院。老费德诺的神情更加委顿了，躺在病床上，有气无力地对他说：“你迟到了。我以为你不会来了。”海森笑了：“为什么不来？我听到了好几个笑话，一定要讲给你听呢。”老费德诺欣慰地望着他，点了点头，眼睛里竟闪烁着泪光。他一挥手，从门外进来两个年轻人，他们是老费德诺的律师。老费德诺诚恳地说：“先生，请告诉我你的名字。我已经立下了遗嘱，要把财产全都传给你。”

海森一愣：“你早就看出了我不是你的儿子？”

老费德诺点了点头，目光中满是辛酸：“儿子的一言一行、一颦一笑，都装在了我的脑子里。自打你一进门，我就看出你是假冒的了。但我很喜欢你，孩子。你给我带来了快乐，我的生活再也不枯燥，而是有滋有味了，我每天都在盼着你来呢，就连那个可怕的病毒，也被你的快乐赶跑了。我真要谢谢你啊，孩子。”海森更是惊得了：“你都好了？那这几天……”老费德诺得意地笑了：“那是我和医生合演的一出戏，就是要看看你对我的感情。你通过了考验，我的孩子。”

海森去揭他的面具。

老费德诺拦住了他：“别揭掉它，孩子。”

海森更是愣住了：“你都知道我是假冒的了，我还戴着它干什么呢？”

老费德诺痛苦地摇了摇头：“你就给我留下这最后的一点儿安慰吧！”

最富的时刻

佚名

杰克家是城里唯一没有汽车的人家。杰克父亲雷曼是个职员，整天在证券交易所那如同“囚笼”般的办公室里工作。假如杰克父亲不把一半工资以医药费的方式给比他们还穷的亲戚，那么他们的日子还过得去。事实上，他们也很穷。

杰克母亲常安慰家里人说：“一个人有骨气，就等于有了一大笔财富。在生活中怀着一线希望，也就等于有了一大笔精神财富。”

几星期后，一辆崭新的别克牌汽车在大街上那家最大的百货商店橱窗里展出了。这辆车已定在今夜（他们城市的市节）以抽彩的方式馈赠给得奖者。不管杰克有时多么想入非非，也从来没有想到过幸运女神会厚待他们这个在城里唯一没有汽车的人家。当扩音器里大声叫着杰克父亲的名字，明白无误地表示这辆彩车已属他们家所有时，杰克简直不敢相信这是事实。

父亲开着车缓缓驶过拥挤的人群。杰克几次想跳上车，同父亲一起享受这幸福的时刻，却都被父亲赶开了。最后一次，父亲甚至向杰克咆哮：“滚开，别待在这儿，让我清静清静！”

杰克无法理解父亲的感情。当杰克回家委屈地向母亲诉说的时候，母亲却似乎非常理解父亲。她安慰杰克说：“不要烦恼，你父亲正在思考一个道德问题，我们等着他找到适当的答案。”

“难道我们中彩得到汽车是不道德的吗？”杰克迷惑不解地问。

“汽车根本不属于我们，这就是问题的关键。”母亲回答杰克。

杰克歇斯底里地大叫：“哪有这样的事？汽车中彩明明是扩音器里宣布的。”

“过来，孩子。”母亲温柔地说。

桌上的台灯下放着两张彩票存根，上面的号码是348和349，中彩号码是348。

“你看这两张彩票有什么不同吗？”母亲问。

杰克看了好几遍，终于看到彩票的角落上有用铅笔写的淡淡的K字。

“这K字代表凯特立克。”母亲说。

“吉米·凯特立克，爸爸交易所的老板？”杰克有些不解。

“对。”母亲把事情一五一十地告诉杰克：

当初父亲对吉米说，他买彩券的时候可以代吉米买一张，吉米说：“为什么不可以呢？”老板说完就去干自己的事了，过后可能再也没有想到过这事。348那张是给凯特立克买的。现在可以看得出来那K字是用大拇指轻轻擦过，正好可以看得见淡淡的铅笔印。

对杰克来说，这是一目了然的事情。吉米·凯特立克是一个百万富翁，拥有十几辆汽车，他不会计较这辆彩车。

“汽车应该归爸爸！”杰克激动地说。

“你爸爸知道该怎么做的。”母亲平静地回答杰克。不久，他们听到父亲进门的脚步声，又听到他在拨电话号码，显然电话是打给凯特立克的。第二天下午，凯特立克的司机来到他们这儿，把别克牌汽车开走了，他们送给杰克父亲一盒雪茄。

直到杰克成年之后，杰克才有了一辆汽车。随着时间的流逝，杰克母亲的那句“一个人有骨气，就等于有了一大笔财富”的格言具有了新的含义。回顾以往的岁月，杰克现在才明白：说实话是我们最宝贵的东西，再也没有一样东西可以与它比拟，父亲打电话的时候，是他们家最富的时刻。

不灭的人性

感动

哥伦比亚卡拉科尔电视台推出了一档叫做《只说真话》的节目。根据节目规则，参赛者只需连续用“是”与“不是”诚实回答21道和自己有关的问题，就能获得5万美元的奖金。

这些问题虽然很简单，但却都会涉及到参赛者的生活隐私。比如“你是否曾对妻子不忠”、“你有没有试过偷老板的钱”、“你是否认为自己的为人比婆婆更好”。

在答题期间，电视台将通过一部测谎仪测试参加者是否在说谎。其工作原理是人在说谎时会不由自主地产生一定的心理压力，而这种心理压力又会引起一系列的生理反应，如心跳加快、血压升高、手掌出汗、体温微升、肌肉微颤、呼吸速度和容量略见异常等，由于这些生理反应是受人体植物神经系统控制的，所以人的主观意志很难改变，一旦测谎仪发现这种异常，就会发出鸣叫。而一旦参赛者有说谎迹象，他将立即被淘汰出局，从而与5万美元失之交臂。

节目推出后，前来参赛的人排起了长队，每个人都踌躇满志，认为回答这21个简单的问题简直是不费吹灰之力，但是电视台的一个举措令他们始料未及。

在比赛期间，电视台会把参赛者要回答问题中所有涉及到的当事人——参赛者的妻子或丈夫、女友、同事等都邀请到现场，作为观众坐在一旁观看答题。而参赛者拿到大奖的前提是不能说谎，这样，参赛者每回答一个问题，都是在揭开自己的伪装和面具，将平生最见不得人的隐私曝光在亲友和同事面前。一面是5万美金的诱惑，一面要将自己赤裸裸地展示在众人面前，这两者的取舍，将是对每位参赛者最大的人生考验。

这个奇特的节目吸引了全国的观众，每天人们坐在电视机前，期待着比赛的结果，看大奖会被谁捧走。但令观众们失望的是，参赛者们一个接一个地都栽倒在了这些简单的问题上。从《只说真话》节目开播以来，迄今为止没有一个人能顺利闯过21关获得大奖。

节目引起了人们的深思，对于普通人，5万美元奖金无异于是天上掉下来的大馅饼，为了它，参赛者本应不顾一切，如实回答所有问题。但事实上，没有一个人能做到。这多少让观众们有些遗憾，但这也应该令人欣慰。从某种意义上讲，这是一场对人性的测试。一直以来，在我们的意识里，金钱是一个天大的诱惑，人在金钱面前不堪一击，为了钱，人们都会不顾廉耻，放弃自己的人格，出卖别人，甚至是自己的灵魂。但这场测试却给了我们另一份答案：每个人的内心深处，都隐藏着比金钱更重要的东西，那应该是一点人性之光，虽然微弱却永远不灭。

无人中奖，宣告了金钱对于人性的失败，我们有理由相信，每一个人，都有能力去做好一个人。

不负

孙盛起

那是几年前的事。有位朋友过生日，事先发了许多帖子，约定他生日那天晚上在一家舞厅聚会。可是天公不作美，那天从黄昏起就下起了瓢泼大雨。约定的时间快到了，我没有丝毫的犹豫，打起了伞蹚着水匆匆去赴约。到了舞厅，只见里面空空荡荡，聚会的人除了我以外，一个也没来。我要了一杯啤酒独饮，坐等了几十分钟后，觉得确实不会有人来了，这才慢慢而安心地溜达回家。

第二天，遇到同样接到帖子的一位，他问："昨晚你到舞厅去了？"我点头，他奇怪："下那么大雨，你还去了？"我也奇怪："不是约好的吗？怎么能不去？"既然约好了，就要履约，我觉得这是再平常不过的事了。尽管我和过生日那位仁兄关系很一般，说是好友实在有些勉强，充其量属于有事才拉来凑数的那一类。我知道，我俩并不会因我的冒雨赴约而要好起来（现在我早已没有了他的消息）。我之所以那样做，仅仅是为了不负：不负于那张帖子，不负于他能想起我来——毕竟并不是每个人都能去凑数的。

让我突然想起这件几乎要忘却了的事情的，是我家楼下的一个西服店的裁缝。裁缝是个浙江小伙儿，因我每天都要打那店前路过，所以和他渐渐熟了，闲来总喜欢到他店里坐坐。有件事我早已看在眼里：每次西服挂完里子要封口时，他总要费力地把衣服里子从那开口处翻出，然后拿出一把小剪刀，仔仔细细地剪上面的线头。

有一天，我忍不住了，终于对他说："那些线头何必剪呢？把封口封住，一直到这件衣服穿旧扔掉也没人能看到里面。"他淡淡地一笑："别人看不到，我能看到，要是不剪，心里就老是不舒服。"他的话让我咀嚼良久，不知怎么就忽然想起几年前的那次赴约，于是恍然明白：他的心情和我那时一样，仅仅是为了不负——不负手艺，不负于心。其实他未尝不知，他剪那些即使不剪也永远不会有人看见的线头，既不会使西服挺括一分，也不会因此而招徕顾客（没过多久，他就因生意清淡而关门了），可是这样做了之后，他就心里踏实，就觉得可以坦然地面对顾客了。

这个世界上，能干出惊天动地的大事的人是很少的，也没有几件值得我们喊出"宁教我负天下人，休教天下人负我"的豪言壮语的事情，倒是不负——不负于友谊，不负于诺言，不负于责任，不负于爱以至生命，却是我等芸芸众生时刻要面对的，也完全能够做的到。这种不负和功利无关，即我们并未指望从中得到任何利益，它只关乎一个人的品行甚至仅仅是心境。抱着"不负"之心生活，未必能得到"不负"的回报，但这有一个天大的好处：能使自己活得无愧，活得心安理得。仅就心情而言，无愧该是一种至上的境界。

平生第一次打小报告

阎连科

20 多年前，我是那样地渴求上进，渴望生命中充满阳光，想在中学时期入团，想在考试中取得好的成绩，想让我心仪已久的那些学校演出队的女孩和我多说几句话，能对我微笑一下。也许，渴求上进，好好学习，争取入团的目的，本就不是为了自己的前程，而仅仅是为了让那些女孩对我刮目相看，觉得我是她们同学中不错的一个也就满足了，也就罢了。于是，在好好学习上是下了一些力气，而在天天向上方面，除了积极主动地打扫卫生，争取多擦一次黑板之外，往学校的试验田里挑粪种地，也是扮演不怕脏、不怕累的好角色。当然，在得到老师的表扬之后，也不会忘掉乘机把入团申请交到老师手里。可是，时隔不久之后，从同学中传来的消息说，入团的几个人中，不仅没我，而且有的还是几个我不甚喜欢的同学。之所以不甚喜欢，不是因为他们的学习没有我好，往试验田里挑粪没我多，而更为重要的，是他们的家境都比我好，穿戴也都比我时新，漂亮的女同学都像蜂蝶一样日日围着他们飞来舞去。

现在想来，已经无法形容我那时的痛苦，说世界暗无天日，也是丝毫不为过的。他们不仅成双结对地走在上学、放学的路上，而且又都有入团的希望；不仅都有入团的希望，还有彼此恩爱的人生可能，这哪能让一个充满妒忌心的少年容忍得了。

从学校回到家里，我彻夜未眠，写了一封检举信，揭发那些入团苗子们的诸种劣迹，比如某某上课不认真听讲，某某某下课不认真完成作业，考试时曾偷看同学卷子等等。还有谁谁谁，他家不是贫下中农，而是富农成分。如此这些，我上纲上线，引经据典，说共产主义青年团是中国共产党的后备军，团员是党员的种子库，说让这些人入团，无疑是给团旗抹黑，为党组织这座高楼大厦的根基中填塞废砖烂瓦。长此下去，有一天党会变色，国会变黑，大楼会坍塌。到那时，亡羊补牢，为时已晚，后悔莫及。在天亮时分，我把那封检举信再三看了，装入一个信封，早早来到学校，趁着校园安静，把那封信偷偷地塞进了校长的办公室。

随后的日子，一切仍是一切的样子，鸟还是那样地飞着，云还是那样地白着。

我庆幸什么也没有发生，遗憾什么也没有发生。可在刚刚平复了内心的不安之后，在一天的课间操时，校长却突然出现在了我的面前，盯着我看了半天，冷冷地对我说了两句话。

一句是："你就是阎连科？"

另一句是："管好自己，管别人干啥？"

说完这两句话，上课的铃声响了，他没有再看我一眼，就去了某个教室。可他那两句话，却是我平生在学校听到的最严厉的批评，也是最严肃的劝诫。之后不久，学校开了一个学生大会，宣布了一批新团员名单。在那批名单中，我处心积虑检举的三个同学，有两个在新团员的名单中间。接下来的日子，不知道为了什么，好像我所检举的几个同学，知道了我在校长那里对他们的恶行，连看我的目光，都是那样的不屑和睥睨，使我不得不在上学、放学的路上，远远地躲着他们，不得不把希望学校演出队的漂亮女生多看我一眼的奢念都及时、用力地掐死在头脑的萌芽状态。为了躲避那些目光，为了躲避学校压抑的环境，也为了解救那时我家境的贫寒，之后不久，我便辍学到几百里外打工挣钱去了。

随后，为了谋生，我又当兵到了部队。探家时听说我曾经揭发过的那两个同学终于结婚成家，结成百年之好。我羡慕他们，也很想去祝福他们。而且还听说因我找对象困难，他们夫妻曾跑前跑后，给我张罗女友，于是就更加觉得愧疚。到末了，终于去了一次他们家里，看他们似乎并不知道他们入团时曾经发生过的那段插曲，也就没有主动提起那桩我过往的丑行。

好在，愧疚已经过去，剩下的都是一些对美好的回忆。好在，那是我平生第一次去打了别人的报告，也是我这辈子最后一次去打别人的报告。

我为此感到欣慰。

知道回家的伞

左手

我是个的哥。几年前，我们这座百十万人口的中等城市，出租车像蚁洞里的蚂蚁，黑压压挤不动，我的生意非常糟糕。终于有一天，无奈的我只好在车屁股上贴了块“此车转让”的“大膏药”。可是，这“大膏药”在车屁股上背了几个月也无人问津，我的心凉透了。

没想到，就在我陷入困境的时候，一把雨伞竟给我带来了转机。

那是一个夏夜，我开着车慢腾腾地在大街上游荡。一个女人招手要车。她上了车，问我：“去丁香巷知道吗？”我点了点头，心想这女人很有意思，这屁大的小城还有哪个犄角旮旯儿没让的哥走过？我没有直接看她，凭着车厢里的气息能感觉到她应是那种白领女人。她要去的丁香巷是有钱人住的地方。

车开到半道，天忽然变了。几乎在瞬间，倾盆大雨直往下浇，到了丁香巷口，她付了钱后却因暴雨没法子下车。尴尬的局面出现了，她望着车窗外发愁，我望着她心焦。

不知为什么，我突然想到后备箱里有一把雨伞。于是，我打开车门跑到车后，从后备箱里把雨伞拿了过来。虽然时间不到一分钟，但是回到车里我已经成了只落汤鸡。我把伞递给她的一瞬间，她竟感动得有点结巴了。她说：“这、这，我，怎么和你联系？”我随手给了她一张名片。她接了名片一连说了几声谢谢，便开门急匆匆地走进了雨中。

透过车窗，我看着伞下她那苗条的身影，竟然产生了想和她在车里多待一会儿的欲望。

午夜，我拖着疲惫的身子回到家里，草草地吃了点东西就上床躺下了。虽然很累，躺下后我却怎么也睡不着。盘算一天的收入，扣除汽油费，其实没赚啥钱，如果再加上那把伞的损失，就更不值了。那伞是我新买的，现在就这么白白地送了别人，我真是个绝顶的“傻帽儿”。但转念一想，这把伞如今落到了一文静娴雅的女人手里，也怪有意思的，心理就稍稍平衡了些。

一天早上，我还没起床，妈妈拿着一把伞来到我床前，笑着对我说：“儿子真行啊，你的伞知道认家门了。”我莫名其妙，问：“伞？”妈妈说：“有眼力呀！俊，有礼貌，一看就是好闺女。”妈妈把伞放到床头柜上，笑呵呵地走了。我拿过伞一看，天啊，正是我的伞。

那个雨夜就像电影一样在我的脑海里一遍遍播放。丁香巷、女人、伞、大雨，一股脑儿地涌了出来。我想起了戴望舒的诗《雨巷》，想象着自己遇上了打着油纸伞走在雨巷里的丁香般的姑娘。那天上午我竟忘了出车，从书橱里翻出戴望舒的诗集，模仿《雨巷》写了一首诗《雨伞下的眼睛》：

朦胧的雨夜／她的脚步／轻轻，轻轻／银白色的灯下是那悠长／悠长的雨径／伞上颤抖的雨点，和着／心跳，雨水／打湿了她的眼睛……

暴雨咋就变成细雨了呢？雨伞回家了，是它把那个下着暴雨的夏夜变得这么美好。我每天驾着车在大街小巷中穿行，只要一停下来，她在雨中的身影就在我脑海里出现。有好几次我还不由自主地把车开到了丁香巷口停下来往巷子里张望。就在我渴望见到她的时候，她打来电话说要用我的车，我那个激动劲儿就别提了。她见到我后就笑着埋怨说："为了还伞，可把我给难住了。要不是电信局的朋友通过电话号码帮我查到你家的地址，说不定那伞就回不了家了。"我笑笑不知说什么好。

她开始经常用我的车，平均每周都有个一次两次。只要她电话叫我，不管有多大的事，我都会很快出现在她的面前。但每次见到她，我都不知该说什么，总是她问我答。事实上，我的生活已经不能没有她了。她的出现，让我的思想从困境里摆脱了出来。我甚至想，不能没有车，失去车就意味着失去她。

转眼到了第二年春天。在一个晴朗的早晨，我接到她的电话。她说要包我的车去郊外踏青。我连想都没想，一口应下了。那一刻，我真是热血沸腾。我精心地打扮了一番，冲下楼去，驾车直奔丁香巷。

车到巷口停下，眼前的情景使我惊呆了。她和一个男人带着一个漂亮的小女孩正等候在那里。男人英俊高大，一副斯文模样；小女孩有四五岁，像一个精致的芭比娃娃。我愣了好大会儿才缓过神儿来，慌忙下车打了个招呼，就帮着他们把一大堆东西往后备箱里放。

装完东西，听到她在介绍："这就是送我雨伞的那位师傅。这是我老公，这是我女儿。"她老公很友好地伸出手来，说："谢谢你对我们的帮助！"此刻，我的脑袋发涨，那些自己编织的梦一下子都飞走了。我不知道怎样把车开到了郊外。到了郊外后，我才一点点回到了现实中。

那天是她女儿的生日。我扮成摄影师的角色，把他们一家的欢乐都留在了相片上。

中午，我们在草地上铺上雨布野餐，他们为女儿切开生日蛋糕又赠送完礼物后，亲自到出租车的后备箱里把一个长条纸箱取出送到我面前。她说："这是我们全家送给你的礼物。"我愣住了。看着他们一点点把箱子打开，里面是十把精美的雨伞，每一把伞上都印着我的车牌号和手机号，广告词是：知道回家的伞。他们看着我呆愣的傻样儿都会心地笑了。她说："这是我的策划，伞会回家的。我们全家祝你好运！"

几年过去了，现在我的车上备了二十多把伞。这些伞从来没丢失损坏过一把。"知道回家的伞"都是我的回头客送回家的。你可以想象，我的生意有多红火。

谁是最可怜的人

大漠雪狼

我大学毕业后，由于刚好撞上自主择业的风头浪尖，家里又没有靠得住的“大人物”，工作成了老大难问题。再加上我性格比较内向，不善交际，说起话来笨嘴拙舌，所以参加过无数次人才交流会仍旧是一无所获。

买好去广州的火车票之后，口袋里只剩下100元钱，但我横下心要出去闯一闯。

南方确实有不少空缺的职位，可是在这个过分注重经验的地方，留给我的机会又实在少得可怜。我借住在一位高中同学那儿，每天忍气吞声地看别人脸色，自尊也和信心一样，被某种无形的东西践踏得体无完肤。

周末大型人才交流会的门票很贵，每次要20元钱。两个礼拜后，我的囊中只躺着几个在地铁站换来的坐公交车的硬币，而递出去的求职简历却是泥牛入海，杳无音讯。更没料到，早就把我看做一种累赘的同学，在没打任何招呼的情况下，去了同事家过夜。那天晚上，我蹲在出租屋门口，很不争气地流着眼泪，大热的天，我却感觉浑身都在战栗。

第二天，我知趣地收拾好简单的行李，离开了那间不知是让我感激还是让我伤心的小屋。同学假惺惺地问："工作找好了？”我强装欢颜地“嗯”了一声，并客气地说了一席感恩戴德的话。走下楼，泪水顷刻间便淌满了脸。我知道，接下来自己必须要面对的，是像乞丐一样露宿街头。

我先乘车到天河，然后步行穿过体育东路，打算先到广州火车东站待一段时间。谁知道去了后才弄明白，没有车票根本就进不了候车室。当时已是晚上10点多钟，像我这种没办暂住证走在大街上的人，随时都会被“大盖帽”抓走的。我只得拖着沉重的脚步向前面的地下通道走去。刚走了不到100米，一个衣着破烂的乞丐挡住了我的去路，他看上去约摸四十岁，少了只胳膊。我有些不耐烦地准备绕开，却听见他说:“先生，给点儿钱吧，我家上有老下有小，都指望着我…… “

我忿忿地盯着他，说："你很可怜吗？我比你还需要救济！“那时他手里还握着一把零零碎碎的小钞，应该比我兜里的几个硬币要有分量得多。

蜷缩在清冷的地下通道里，那是一种生不如死的感受。谁会想到，被誉为天之骄子的大学生，竟然沦落到乞丐都不如的惨境。在那个难以成眠的夜里，我一次又一次地对自己说：你才是世界上最可怜的人。

次日清晨，我舍不得吃早餐，坐车去了南方人才市场，听说每到星期四都有一场开放式人才洽谈会，有本科学历者不用买门票。这已经是最后的希望了，如果再不成，我唯一的选择便是逃票回老家。

由于是小规模的，到场的招聘单位就那么30来家，而且都是些小打小闹叫人雾里看花的“芝麻公司”。可我完全顾不了那么多了，先找个安身之处活下去才是硬道理。几经筛选，我挤到了一家主营热水器的公司台前，递上了自荐材料。我学的是贸易经济专业，跑业务应该对口。当然，最重要的是，招聘启事上写明了包吃包住，而且底薪不是责任底薪，也就是说暂时拿不到业务也不必担心饿肚子蹲桥底。

招聘者是个看上去慈眉善目的中年人，这让我突生博人同情的念头。他简要地问过几个老掉牙的问题之后，突然话锋一转：“能谈谈你选择我们公司的原因吗？”我草草地打了个腹稿，鼻子一酸，开始了声情并茂的表白。我说我觉得自己做销售肯定能行，但更多的却是和盘托出现今面临的困境。

他粗略地打量我一番，把我填好的求职表放进抽屉，叫我等通知。而我没有立即离去，磨蹭着问他能不能当场拍板。他不假思索地摇了摇头，眼神里满是疑惑。我说求你给个机会好不好，我现在真是没法生存下去了。当时我说话简直就带上了哭腔，稍有善心的人都会动容，但他没有，用手示意下一位应聘者……

出乎意料的是，第二天我竟接到了他打来的传呼。我用最后一块硬币回了电话，激动得拨错好几次号码。他没说什么，只是约我到公司见面。走到站牌下，我才记起连坐公共汽车的钱都没了。翻了翻刚到广州时买的那张地图，如获至宝地发现公司离我所在的地方并不远，走路也就十来分钟。

中午，所有员工都已下班休息，他把我叫进办公室：“首先我得明白地告诉你，今天并不是通知你来面试或上班的。”他的话如同一盆凉水，把我心头刚刚升起的希望之火浇灭了。咬牙切齿地憋了许久，我才开启双唇：“那你把我叫过来的意思是……”

“昨天你走了之后，我突然觉得你的确很可怜很可怜，但事实上不应该这样的。”他的语气同他的目光一样坚决，“你知道为什么吗？”在那一刹那，我的感觉就是他在有意侮辱我！见我默不做声，他又说：“如果你认为自己几天没吃饭就特可怜的话，我可以告诉你，非洲的很多孩子只能靠吃草根树皮度日，而且不少人已经饿死了，他们理应比你更可怜。”这时他已走到我跟前，手掌重重地压在我肩膀上，让我感到一种前所未有的窒息，全身的血液似乎无路可逃地在向各个方向突奔。

整整半个多小时，我就耷拉着头听他毫不客气地教训我。直到 12 点 50 分，他才提出带我到楼下的馆子里吃顿饭。谈话间，我知道他姓邓，前几年他下岗时也曾沉闷苦恼过好一阵子，后来应聘到这家公司，凭着自己的努力做到了人力资源部经理。他说他想帮我，但不能因此而录用我。

我对他已提不起丝毫的恨意，反倒有了几分感激。走的时候，他硬塞给我 500 块钱，并声明是借给我的。抓着那沓钱，我刚说了声谢谢，眼泪就不自觉地流了下来。我不明白堂堂男子汉为什么会这么容易掉泪。

“当你有能力把钱还给我的时候，我还想知道一个答案。”他用一种写满鼓励的眼神看着我，递上一张名片，接着说，“我想让你告诉我，这个世界上，什么样的人才是最可怜的人？”

继续在广州停留了几天，我发现涉世不深的我并不太适合这个现代化的大都市，于是就返回了长沙，应聘到一家杂志社跑广告。因为我从小就对文学有着近乎执拗的钟爱，在做好本职工作的同时，我抓住一切机会向社里的编辑学习，啃了一本又一本文学书籍，并尝试着拿起笔来写文章。就这样一步一个脚印，我从一个广告业务员，如愿以偿地成长为称职合格的编辑、记者。

如今，坐在高层写字楼里，看着窗外飘来荡去的云朵，我总会情不自禁地想到那位已经记不清相貌的邓先生。虽然钱早已还掉，但是他馈赠我的那笔无形的财富，却是再多金钱也偿还不起的。他让我深刻地感悟出人生的哲理：当你认为自己很可怜，应该得到别人的同情时，那么，很不幸，你就是这个世界上真正最可怜的人。这种抢先把自己打败，让自己安于困境，不懂得正视现实，只是一味地奢望同情的人，其实最不值得同情。

角落里的阳光

佚名

那是 1980 年 7 月 1 日，是的，我永远记得。我一个人驱车前往莫里菲斯镇，那里有我的一家超市，每个季度的第一个月的一号，我都要去那里召开一次员工会议。到的时候约是上午九点，我把车停在超市广场上后就匆忙赶往会议室。出来的时候已是下午两点。远远地看见有个人趴在我的车上，好像在使劲地涂画着什么。等我走近一看，却惊讶地发现是个黑黑的男孩正在用一块灰色抹布帮我擦车。超市有全套的自动洗车设备，况且我的车早上刚刚冲洗过。这个小男孩从哪冒出来的？出于好奇，我没有出声。汗水浸透了他灰白的牛仔裤，他使劲地翘起臀部，尽量不让身体接触车身。他穿一双破旧的布鞋，看得出是贫民窟的孩子。我轻轻地拍了一下他的肩膀，他“啊”的一声转过来，手上的抹布应声落下。一张黝黑成熟的脸，惊恐不已地看着我。我笑着向他伸出手说：“嗨，你好！我叫汤姆·特尔斯。”他迟疑了一会慢慢地伸出手：“您好，汤姆先生，我叫比尔·莱特。”看得出这是一个羞涩老实的男孩。我从口袋里抽出一百美元给他，可他慌忙摇头，低着头轻轻地说：“我在广场上等您四个小时，不是为了这个。”我越发诧异了，因为小家伙告诉我他喜欢我的车。小家伙挺有眼光的，竟然能在几百辆车中看中我的“保时捷”。“那么我带你去兜风怎么样？”我突然心血来潮。比尔边兴奋地往车里钻边问我：“真的吗，汤姆先生？”我想，有钱给予别人一点幸福真的很容易啊。发动引擎时，比尔又说话了：“您能把我送到家吗？就三英里不到的路程。”这个狡猾的比尔，他是想在同伴和家人面前炫耀吧？

15 分钟后，我顺着比尔的指引把车停在了一栋破旧的楼房前。车刚刚停稳，他就跳下车，一边跑一边对我说：“请您务必等 5 分钟！”我见他飞奔着跑向破旧的楼房。不一会儿比尔就出来了，背上背了一个小女孩，他的神态和步伐就像这辆豪华的轿车是他的一样骄傲神气。他背上的女孩的手臂和腿都可怕地萎缩了。我似乎明白了点什么，慌忙地为他们打开车门。比尔把小女孩放在车座上后告诉我：“其实她是我的姐姐，今年 17 岁，患了小儿麻痹症。”然而我听见比尔对他姐姐说：“记得上次我跟你提起的那种车吗？瞧，就是这种。弟弟有钱了一定买给你。”比尔的姐姐发出孩童般天真的笑声，我看见比尔双手叉腰，眼睛闪闪发光。原来他为我擦车，在太阳下等我四个小时又要我送他回家的理由，就是让他姐姐亲眼见识一下他将来要送给她的礼物的样子。比尔不问我车的价钱，也许他真不知道“保时捷”是富贵的象征，也许他自信将来会有这么大的能耐呢。是的，他那种因为可能给予别人而且因为能付出而满足的样子深深地感染了我！

后来我又鬼使神差地去了比尔的家，他的家比我想象的更为糟糕。姐弟俩和母亲相依为命。母亲在一家工厂做清洁工。比尔除了照顾姐姐外，每天还要去镇上的老人院做 5 小时的护理工作，他刚刚 16 岁。

离开的时候我再次把一百美元放在比尔残疾的姐姐手上，可比尔还是硬塞给了我："我们自己行。"我停下脚步仔细打量他：这是一个会有出息的小伙子，我保证。我跟超市的人事经理打电话，告诉他明天将有个很棒的小伙子到理货部报道。这次比尔没有拒绝，我比他自己更清楚他能胜任这项工作，况且会给他带来比原来工作高三倍的报酬。有本书上这样说："富有爱心和奉献精神的人，永远值得你和他交朋友。"

等我三个月后再去莫里菲斯镇的超市时，差不多每个员工都向我提起比尔。理货部的威廉说他能吃苦耐劳，活儿也干得漂亮；广告部的林达说比尔不时会有很奇妙的语言；服装部则称赞比尔理的货比任何人都整齐而有条理；甚至化妆部的人都说比尔永远有一张自信乐观的脸庞。

我给比尔提了职加了薪，谁都知道这是他应该得的。比尔没有感激我，只是兴奋地告诉我他姐姐的手已经灵活了些，他说他一看见我的车就觉得离梦想近了一步。这真的是一个与众不同的员工：贫穷却自信乐观，即使在最阴暗的街脚走路，也能时时发现阳光的温暖和灿烂。

他会成功的，是的，我深信。

卑微的善良

仲利民

一辆黑色奥迪车迅速地冲出医院大门，欲拐上人行道。瞬间，一位正在行走的老人被车撞倒在一边。车向后倒了一下，司机根本没有下车，只是向左打了一下方向盘，准备避开老人行驶。医院门口许多人都看到了，老人就是这辆车撞倒的。先是一位卖茶叶蛋的老奶奶挺身而出，拦住了车子。

被撞倒的老人在地上歇息了一会儿，自己站了起来，只是有些踉跄，身上沾满了泥土。司机仍然静静地坐在车里打着电话。这时，车的前面已经站着好多人了，卖报纸的老大爷，清洁工阿姨，修车的中年人。他们静静地站在车前，用一种坚定的目光盯着车子以及车里的人。

被撞倒的老人走过来，有人关心地问他伤得怎么样？他甩了甩胳膊，然后又用力扭转了一下腰身，没有什么大碍！他说得坦然。

这时，有人拨打了报警电话，有人劝老人去医院检查一下。这是车撞的，当时可能没有什么感觉，也许过了片刻就会感到难以承受。医院近在咫尺，还是彻底检查一下才放心。车里司机原来不可一世的模样消失了，却依然不肯下车带老人去医院检查。与车前站着的人相互僵持着。

最先站在车前拦车的卖茶叶蛋的老奶奶激动地说，她的老伴也是被一辆车撞倒的，当时他稍等了片刻，感觉没有大碍就让车走了。可是，就在他准备转身往回走时，却又猛地摔倒了，倒下就再也没有醒来。现在想想都后悔，要是他当时就去医院检查一下，说不定就可以挽回生命。

车前的人七嘴八舌地谈论着关于车祸的话题。交警也在片刻之后及时赶到，询问经过后，又勘查了现场，让闯祸的司机带着老人去医院检查身体。司机不情愿地嘟囔着，但在众人的目光逼视下仍然无奈地带着老人去了医院。医院门前暂时恢复了平静。

不一会儿，司机带着老人走出医院。值得庆幸的是，老人只是软组织受了些轻伤。见老人身体无妨，交警就撤离了现场。那司机像是松了口气。

那些摆摊的又回到自己的摊位前，斤斤计较地做着小生意。他们在赚着辛苦的零钱，茶叶蛋1元一个，报纸0.7元一份，修车的师傅挽起了衣袖正在用力扳一颗螺丝，清洁工阿姨扫去地上的垃圾，也扫去了刚才的痕迹。他们这群卑微的人，就像大海里的一滴水，散落在生活的各个角落里，各就各位，而有时，当他们的善良凝聚到一起，就是一股巨大的、不可忽视的力量。

四亿美元和一个灵魂

李家同

我在美国伯克莱念博士的时候，结识了一位美国好友约翰。他的太太非常和善，常邀单身汉的我到他家吃晚饭。有一天，我在一家旧货店见一个高高瘦瘦的瓷娃娃，低着头，一脸忧郁。我买下来作为礼物送给了约翰夫妇，他们大为高兴，告诉我这是西班牙 Liadro 娃娃，这家名牌公司的娃娃个个又高又瘦，也都带忧郁的表情。他们一直在想要有这么一个娃娃。

我们先后拿到博士学位后，各奔前程。约翰做感测器研究，毕业后不久就自己开了一家公司，用感测器做防盗器材。他很早就用电脑设计，生意越做越大，成为美国最大的保安系统公司的老板。由于中东问题，美国飞机好几次被恐怖分子劫持，约翰得到了大宗合同，替机场设计安全系统。这时，约翰的身家已达四亿美元。

有一年圣诞节，我去拜访他，才知道现在的汽车防盗系统几乎都是他们的产品。给我印象最深的是一种信号产生器，体积极小，孩子带了，父母永远可以知道他在哪里。我也发现美国很多监狱都由他们设计安全系统，以防止犯人逃跑。

那天大雾，约翰开车和我一起到他家去。那里是纽约州的天堂，全是有钱人住的地方。约翰的家拥有很大的庄园，没有围墙，但有三层红外线的保护，除非乘飞机，否则绝无可能闯入的。如果硬闯的话，不仅附近的警卫会知道，家里的挪威猎犬也会大举出动。

约翰的太太在门口等我，分外高兴。一进门，迎面而来的就是一个中国明朝的青花瓷花瓶，花瓶里插满了长茎的鲜花。后来才发现约翰夫妇爱上了明朝的青花瓷，连浴缸和洗脸盆都是从日本订做的仿制青花瓷。

这座豪宅，当然有极为复杂的安全系统。我发现，入夜以后，最好不要到处走动，连到厨房里拿杯水喝都不可能，必须打电话给约翰让他解除了系统，才可以去。

约翰唯一的女儿在哈佛念书，那一天要开车回来，到了六点，还没到家，他们夫妇都有点不安。原来这个女孩子厌恶有钱人的生活，开一部老爷车，也不肯带移动电话，他们担心她的老爷车会中途抛锚。

我们一直等到八点，才接到女孩子的电话，果真她的车子坏了，她现在在别人家里，要约翰去接她。

约翰要我一起去接他女儿。雪已经下得很大了，她女儿落脚的地方是一幢小房子，屋主是个年轻的男孩，一脸年轻人的稚气。他女儿告诉我们，车子坏了以后，她就去呼救，没想到家家户户都装了父亲公司设计的安全系统，使她完全无计可施。总算有一家门口有一个电话，但是屋主坦白地告诉她，屋主本人是一个弱女子，正在等她丈夫回来，不敢放她进去，因为她不知道会不会受骗。

他女儿说，当她被拒的时候，她相信家家户户都在放圣诞音乐。圣诞节应该是充满了爱与关怀的日子，可是她却被大家拒于门外。她最后找到了这座又破又旧的小房子，知道这座小房子是不会用安全系统的。果然，这位和气而友善的屋主接纳了她。年轻的男孩一面给我们热茶喝，一面发表他的一个奇特的看法。他说，家家户户都装了安全系统，耶稣会到哪里去降生呢？可怜的圣母玛利亚，可能连马槽都找不到。

约翰听了这些话，内心受到触动，他一再谢谢这位好心的年轻人，真诚地邀他一起吃晚饭，年轻人立刻答应了。我想起我年轻的时候，也是如此，从未拒绝过任何一顿晚饭邀约。

晚餐摆在一张长桌上，夫妻两人分坐长桌两端，一位脸上没有表情、穿制服的仆人来回送菜。每一道菜都很精美，每一种餐具都考究无比。可是，我想起当年在约翰家厨房吃饭的情形，我觉得当年的饭好吃多了。

约翰的女儿显得有点不自然，那位年轻人却是最快乐的人，有多少吃多少。吃完饭，已经十点了，约翰的女儿将年轻人送走了。

我却有一个疑问，那些可爱的娃娃到哪里去了？我不敢问，因为答案一定是很尴尬的。

第二天，约翰送我到机场。下了汽车，他无意碰到另一部汽车，立刻警铃大作。这又是他的杰作，我假装没在意，可是我看到他一脸不自然的表情。

他也无法送我去候机室，安全系统规定送客者该留步了。

一年以后，我忽然在《华尔街日报》上看到一则消息，约翰将他的公司和豪宅卖掉了，得了四亿多美金。他在记者会上宣布，他留下一个零头，用四亿美金成立一个慈善基金会，基金会的董事们全是社会上有头有脸的人。他相信他们会操作好的。

几天以后，约翰夫妇消失了，他的亲人替他们保密，他的女儿已和那个年轻人结了婚，到非洲去帮助穷人了。这位科技名人，从此失踪了。

可是，我坚信约翰会找我的，因为我们的友谊比较特别。后来我果真收到他的信了，他告诉我他现在住在英国一个偏远的乡下，那里没有一户人家用安全系统。他给了我他的电话和地址，可是他故意不给我门牌号码，他说我会找到的。

借着去英国开会的机会，我与约翰约好了去看他。我找到了那条小街，看到一幢像旧货店的房子，落地大玻璃窗台上放满了可爱的瓷娃娃。我想起约翰夫妇喜欢瓷娃娃，决定去买一个送给他们。没有想到当我抬起头来的时候，我看到约翰在里面，原来这是他们的家，他们的家完全对外开放，又放满了瓷娃娃。

约翰的家比以前的豪宅小得多了。据他说，这座小房子比当年佣人住的房子还小。他们已把中国明朝的青花瓷器捐给了纽约的一家博物馆。夫妇二人认为人类文明的结晶，应该由全人类所共享。

他们的后园对着一大片森林，他们面对的山谷由英国诗人协会所拥有，他们不会开发这片荒原的。英国人喜欢荒原，约翰夫妇也养成了在荒原中散步的习惯。

约翰告诉我为什么他最后决定放弃一切。他的公司得到了一个大合同：改善整个加州监狱的安全系统。他发现加州花在监狱上的钱比花在教育上的还多，而他呢？他越来越有钱,却越来越像住在一座监狱里面。美国人一向标榜社会的“自由和开放”，其实美国人却越来越将自己封闭起来，越来越使自己失去自由。

现在，约翰夫妇在附近的一家专科学校教书，约翰教线路设计，学生所设计出来的线路经常得奖。他捐了很多钱给这所学校，使这所学校有很好的图书馆和实验室，他太太在那里教英文。

约翰告诉我，他们两人的薪水就足以应付生活了，他们生活得很简单，平时骑自车上班，连汽油都用得很少。

当我们坐下来吃饭的时候，我才发现我的那个瓷娃娃放在桌子中间。他们当时念旧，舍不得丢掉那些瓷娃娃，可是替他们设计内部装潢的设计师不让他们摆设这些不值钱的东西。现在那些值钱的东西都不见了，不值钱的瓷娃娃又出现了。

我总算吃到了我当年常吃的晚饭，也重新感受到约翰夫妇家中的温暖。

在约翰送我去火车站的路上，他告诉我，他还有一些钱，他的女儿不会要他的这些钱，等他和太太都去世了，他的钱就全部捐出去了。

我说我好佩服他，因为他已经捐出他的全部所有。他神秘一笑，告诉我他仍有一样宝物，没有捐掉。我对此大为好奇，问他是什么，他用一张小纸写了下来，叫我等火车开了以后再看。

当我打开那张纸，看到纸上写的是“我的灵魂”。

谁多画了三道

形式

帮厨，是一种士兵独特的休闲方式。那年春天，我们差不多都爱上了厨房，觉得当个炊事兵真的不赖。

事情出在一件小事上。

帮厨的人多了，就有一个比较的问题，于是连长就让炊事班长统计帮厨次数。自然，帮厨次数最多的，就是连队本周的学雷锋标兵。

虽是一个小决定，连队的生活还是悄悄发生了不小的变化。

任何领域里都有干得最好的，即便是帮厨。

连队帮厨次数最多的，当数河北兵郑子明。据说入伍前他曾在村里红白喜事上掌过勺，只是由于训练成绩特别优秀，所以，未能分到炊事班。郑子明在厨房里不仅能够帮炊事员打杂，而且还炒得一手好菜，所以，他是炊事班最受欢迎的人。

我喜爱厨房，虽然只能做那种打杂择菜之类的活计，但并不影响我的进取心。因为连队要炊事班提供的是帮厨的次数，并不是帮厨的质量。所以，对于在数量上战胜郑子明，我还是有足够信心的。

一般来讲，除了训练之外，一天最多可以帮厨 3 次，一个星期满额就是 21 次，这些我是算得没错的。一般我们都达不到 21 次，可是我发现，到周末连队点名时，郑子明在帮厨的次数上，总是比我们要高两三次。想想我俩同时操课，同时休息，他没有理由多我们两三次的，于是我便留心观察他。

到周末，连长表扬的仍旧是他。

我有些明白了，原来，炊事班长有时手头忙的时候，他就把那本油腻腻的笔记本放在灶台上，让经常帮厨的人自己画上一道，算是他统计过了。

问题可能就出在自己画的一道上。因为没有监督机制的时候，人基本上是很难控制自己的行为的。谁敢说郑子明不会在自己的名字后画上两道或者是更多？闲时，我常常盯着灶台上的笔记本想。

终于，我以诚实劳动获得了炊事班长的认可，我有了用圆珠笔在自己的名字后画上一道的特权。

第一次，我不敢在自己名字后多画一道，不是不想，因为多画一道就意味着我比别人多付出了劳动。

第二次，我还是犹豫了。

第三次，我想了想，在自己的名字后多画了一道。自己做贼似的观察了一整天，结果——没事。

第四次，我又多画了一道，这次内心有些坦然了。

有一天又准备再在自己名字后画上一道时，我突然发现，我的帮厨次数已经超过了郑子明。但同时我又发现，我的帮厨次数实际上是不可能存在的，因为按一天 3 次帮厨这个理论数字看，我在 5 天之内最多帮 15 次，但我发现我的名字后已经画了 17 道。这真是件可怕的事情。我看着那本笔记本，一下子冷汗淋漓了。我想到自己这样做实际上是一种愚蠢，是用一种方法在向全连表明自己实际上有多么差劲。可是当我看到郑子明名字后的帮厨次数时，我这种后怕顿时显得微不足道了。因为，郑子明的后面，赫然画了 16 个道道。也就是说，他的帮厨次数实际上也已经超过了理论的帮厨次数！

这真是一个最伟大的发现。

我盯着笔记本，一种恶毒的快意袭上心头，于是我拿起圆珠笔，毫不犹豫地在郑子明的名字后面连画了三道。画完后我不由得对自己的聪明才智感到由衷地敬佩。你不是想当第一吗？好，我就成全你。我看着那几道暗笑。

果然，一切都随着我的意料发生了。

周末，郑子明的帮厨次数竟然达到了 25 次！这真是一个令人瞠目结舌的数字，就像有谁说一个月有 45 天一样。郑子明当然受到了连长的质疑，这种质疑是从本质上的质疑，也就是说，是郑子明的人生观、价值观上出了问题。连长说过，训练场上不行最多是国防中的次品，可是思想上出了问题就是一个危险品。作为“危险品”，郑子明自然也成了大家帮教的对象。

一个原本在连队里最出色的战士，就这样被突如其来的委屈击垮了。第二年选举班长时，郑子明在第一轮就淘汰出局。

那一年，我当上了班长，郑子明成了我的兵。可是，每次“教育”他时，我都觉得身体内部的力量在一点点地漏失，后来我才明白，这就是亏心的感觉。

我永远忘不了郑子明临退伍的那一天，他躺在床上，木然地看着天花板。当连长用委婉的口气告诉他要面对现实时，他咬着牙，内心巨大的疼痛使他的脸抽搐不止。他从床上坐起，像农夫一样背起背包，疯狂地飞奔着出了营门，仿佛是一匹受惊的马。

郑子明退伍后的某一日，炊事班长伤感地对我说，我对不起子明啊！子明是个好兵，他做的土豆炖牛肉味道没得说。只要他掌勺，那天咱连的士气就格外高。所以，为了帮助他在连长面前留下好印象，我就在他名字后多添两笔。可是谁能知道他的名字后面竟然会又多了三道呢？唉！这也怪他，人呀！

听了他的话，我的眼圈红了。炊事班长问我怎么了，由于怯懦或者别的原因，我没说出原委，只说沙子进了眼里。从那时起，我就明白，这事恐怕永远成为我生命中的沙粒了，它会长久地存留在我心灵深处，磨砺、提醒、告诫我：做一个正直的人，永远。

一只鸟飞落山坡

毛志成

新婚过后，一对小夫妻蜜月旅游，来到某山的某个有名景点，女的说："这个地方我来过，而且留下了难以磨灭的记忆。"男的说："我也是。"

于是两个人坐下来，决定每人谈一件有关此处的往事。

男的说他小时候很淘气，喜欢用弹弓打鸟。七八岁时，被父母带领到这里旅游，他见此山上的翠林中有一只炫丽得像火焰的黄鹂，在枝叶中时隐时现，于是便从衣袋里掏了弹弓。随后，他果真打中了那只鸟。可惜，那只受伤的鸟还是艰难地飞到山坡下。

这件事多么小！

而女方却很认真地频频追问此事发生在何年、何月、何日、何时。男的只将女方的认真询问看成一般性的好奇，没有深想。

但女方细问了那件事之后，随之说："但愿你讲的只是个随随便便的故事。如果你有兴趣，我可以为你续说下面的事。"

男的很高兴，连说："好！好！好！希望你发挥得像精彩小说，像传奇故事……"

女的说下去：那只美丽的鸟受了伤，艰难地往山下飞一阵、歇一阵。有一个看林人发现了，他为了这只受伤的鸟，匆匆地追在后面，想把它救回去，为它将伤医好。但在追到山旁的一个石崖时，他失神跌落在山涧里。幸亏被树的粗枝拦下，保了命。但那个看林人，后来不仅失去了一条腿，需要安装假肢，而且失去了一只眼睛。

男的说这个故事太平常，不精彩，随即打了哈欠。

多年过去了。一天，女方的身在远地的舅父来探亲，住在这对夫妇家里。舅父是一个残疾人，至少有一只眼是瞎的。

男的要陪这位舅父到城里转转。妻子说："千万不要让我舅舅累着，因为他的一条腿是假肢。"男的细一检查，果然。

他问："舅舅的眼、腿是怎么受伤的？"

舅父漫不经心地笑着说："小事一桩，不值一提！当年，无非是哪个小孩子淘气，用什么小石子……"

刚说到这里，妻子就拦下了，岔开了话题。

因为没有专门提到那只鸟，丈夫自然也就没想到其他的事。

舅父准备回老家，妻子问丈夫："舅舅由于当年受了伤，成了残疾人，生活自然很困难。我每月都给他寄一些生活费，你从来没有计较过。我很感谢你。"

丈夫说："什么话！你每月从工资中抽出一点钱，寄给别人，我认为一定有你的理由，何必要问！"

舅父也自然要说几句感谢话。男的连忙拦住，并为舅父准备了很多东西、钱。舅父坚辞不受，最后还是推脱不掉。

舅父临走时，外甥女故意问了舅舅几句："舅，假如当初你发现使你受伤的祸首是那男孩，你会怎么做？"

舅父仍是大度地笑着说："小孩子嘛，淘气无罪！何况又与我自己的受伤之间没有必然关系……"

舅父回家了。

妻子从来不提往事，因为她怕那样的事一经披露，有可能加重丈夫的负罪感。何况，丈夫确实无辜。

两年后，妻子出差，绕道探望了舅父。她出于不使舅父"受冤枉罪"的目的，将当年往事的内情披露了。舅父只是又一次笑着说："哈哈哈……可信，可信。我看得出这小子是聪明孩子，小时候一定格外淘气……"

外甥女说，她打算把这件事的内情告诉丈夫。

"你要细说那件事，我不饶你！"舅父真的生气了，"无法挽回的事何必反复絮絮叨叨！有瘾呀？哼！"

就在这时，邮件通知单来了。舅父打开一看，通知单上写的是一只价格昂贵的假肢。舅父叹口气说："这孩子很有心。当初他反复端详我的假肢，原来是为了这个呀！"

外甥女走时，舅父一再叮嘱："记住！让好人烦心的事，烂在肚子里一辈子也不能说！答应我！"

外甥女点了点头。

圣洁的报酬

佚名

那年七月份，我作为联合国义工服务组织（UNV）的一员，去南非做了半年的义工。

现如今，南非经济发展很迅速，富人增多的同时，穷人们的日子却越来越不好过了。大批的贫民拥挤在市区的贫民窟中，有些人为了省钱，甚至两三天才能吃上一顿饭。根据官方最新公布的数字，南非目前仍有450万无业游民，其中有350万人几乎已经失去了继续寻找工作的信心。

七月的中国，正值盛夏，但远在南半球的南非却正处于一年之中最寒冷的季节。我们的任务就是，尽量帮助那些滞留在首都比勒陀利亚的来自姆普马兰加省的贫民（尤其是小孩），给这些居无定所，在瑟瑟寒风中艰难求生的穷人捐衣捐物，帮助他们度过一年当中最难熬的日子。

我们这一组一共6个人，分别来自中国、英国、法国和新西兰。其中留着一捋粗壮红胡子的英国人马丁已经在这里做了三年，是我们这群人中资格最老的一个。

第一次执行任务是马丁带我们去的。那一天，我们到批发市场去买衣物、被子、玉米粉和饼干，细细地挑好货物以后，本以为结账就可以走人了，可我们站在门口等了十多分钟也不见马丁出来。当我们重新返回店里的时候，发现马丁还在那和一个看上去相当狡猾的黑人批发商耐心地砍价呢，分铢必争。

购置完物品，我们开着日本人捐助的三辆丰田工具车，直奔郊外一个叫利比利亚的废旧农场。

说实话，尽管到之前我有相当的心理准备，但目睹到眼前的一切时，还是吃惊不小。在这个废弃的农场上，到处是贫民自己用铁皮和木板搭建的简易住房，四壁透风，杂乱无章。更糟糕的是这么大一片贫民窟，我竟然没有看到一根电线和一根自来水管，半封冻状态的污水肆意横流，让人无处下脚。

可能听到外边有动静，最先冲出来的就是那些可爱的孩子们。衣衫褴褛的他们在寒风上瑟瑟发着抖，瞪着单纯的大眼，盯着我们，揣测着来意。

望着这些可怜的孩子，我迫不及待从车上拿出衣物就朝他们走去。

“刘，你在做什么？”马丁突然大声我问。我扭头看到他正瞪着我，眼睛里是一股掩藏不住的火气。

“快点把东西送给他们啊，这些孩子急需。”我解释说。

“把东西放下！”马丁冲到我跟前，涨红着脸，近乎粗鲁地夺下了我手里的衣帽。我莫名其妙地望着他，一时不明白他哪来的脾气。旁边的法国人雷诺上前拉开了我说：“刘，不是这样的，你不能这样就把捐赠送出去……”

余怒未消的马丁面对围上来的孩子们，立刻变成一副温和的笑脸，柔声问道：“孩子们，愿意帮我们做点事情吗？”

那些可爱的小孩们怯生生地咧着嘴笑，露出一口洁白的牙齿。其中一个被他的同伴恶作剧似的推了出来。

“非常好，”马丁鼓励着说，“如果你能帮我们把车上的东西搬下来的话，我想，你会得到酬劳的。”

在同伴的怂恿下那个小家伙真走过去，接住了新西兰人菲思从车上递下的一小袋玉米粉。

“好极了，”马丁夸张而富有感染力地叫着，“小家伙，谢谢你的帮助，这是你应得的劳动报酬。”他把一身棉衣和一小桶饼干递给了那个小孩。小孩愉快地接过这些劳动所得，兴奋得两眼放光。

“小家伙们，你们看到了，车上东西很多，有谁愿意继续帮助我们呢？”马丁半蹲在这些孩子们面前，亲切地问。

孩子们尖叫一声一拥而上，嬉笑中很快帮我们把东西全从工具车上卸了下来，理所当然地，每个人都得到了一套棉服和一份玉米粉或者饼干。

这时，闻讯赶来的其他孩子瞅见已经没有任何事情可以做的时候，眼里不由得显出失望和对得到“酬劳”同伴的妒忌。马丁挥着手，很兴奋的样子，大声叫着：“孩子们，排好队，我知道你们的歌声很甜美，为什么不给我们唱首歌呢？当然，你们也会得到理所应当的酬谢。”

那些孩子们受到了鼓舞，一边拍手一边舞动起来，歌声随后响起。他们唱得非常认真，唱完之后果然也得到了一份礼品。

整个下午，在马丁的策划之下，我们热热闹闹地把所有的物品按计划发给了孩子们。当我们离开时，这些孩子们恋恋不舍地跟出好远。

在回去的车上，马丁主动跟我道歉说：“刘，我下午的态度不好，请你原谅。但你知道吗？我们不能让孩子们觉得这些东西是他们理所应当得到的，这样会培养他们不劳而获的惰性。他们本来就生活在一个很糟糕的环境中，我们就更应该从小培养他们正确的劳动观念和积极的人生态度，这样才能帮助他们树立起改变生活状况的信心。而且，人生来是平等的，如果我们居高临下地进行施舍、捐赠，会让孩子们的自尊心受挫，长大后会留下心理疾病的隐患啊……刘，没有什么比孩子们健康成长更重要的了。”

那一天，马丁的所作所为给我上了生动的一课，他让我懂得，炫耀的爱心是一柄砍平人理想的风刀，它不但会拧干弱者奋发的信念，还让他们在阳光下赤裸裸地展示血迹斑斑的伤口。这种帮助是残忍的，有损人尊严的。而如何割断弱者旁逸斜出的自卑情绪并帮助他们提炼和坚持做人的高贵操守，则是施予者必须学会的高妙技巧。

滴水之恩

唐敏

紫红色的天空渐渐变得暗黑，我握着桑木棍，孤单地走在村路上。

来时搭的是一辆热热闹闹的赶集的班车，到乡场便去寻找据说矗立在附近田野中的“字库”古塔。

第一次到这个金黄菜花亦开亦败的陌生乡间，绕过好些小桥流水人家，才找到了青麦田里残存的白色石塔。再弯弯绕绕寻回先前下车的小街时，墟场早已散尽了。

街角凉粉摊前头裹苗帕的老妇人的回答更叫我失望：“班车一点过就没有了，要是你早些到，还可以搭摆摊的货车。”我知道那种货车，拖拉机的拖斗上堆满货包，人坐在高高的包垛上，一不小心便会被甩下车来。

现在，便是那样的车，我也情愿冒险搭乘了，然而，这会儿，什么车也没有了。

“在那里住一晚，明早再搭班车走嘛。”老妇人指指对面一家写着“迎宾旅馆”的木楼对我说。

但我无论如何也得赶回去，明早还得上班呢。

走三十多里路是没有问题的，只是我根本不认得返回的路径。老妇人指点我沿这条乡路一直朝东走，别走岔路就可以走回去了。

“小心哟，这个季节山里有蛇。”她顺手砍下一截桑木枝给我。

雷声从远处沉沉压过来，闪电在天边耀眼地勾勒……

我一边走一边看有没有经过的车可搭。

一辆卡车嘶吼着爬上山坡。我在路边挥手，司机不知是怕麻烦还是没看见，从我身边“呼”地开了过去。

山下沟坳里，几户人家的窗格透出昏黄的灯光来。雷声越滚越近，大雨说不准什么时候就会瓢泼而下。我只得加紧步子，快快地走在窄路中央，担心蛇会蓦然从路边草丛间钻出。

终于又有一辆小拖车开来了，这次被我拦在了路中央。

车停下来，我跑到驾驶室窗下。

没想到，司机竟会是那个人。

去年夏天在山区小镇见习期间，有一天将散集，在街上闲逛时看见了他。

当时，他衣衫不整地斜靠在土墙根下，胡须很长、头发蓬乱，无神地半翕着眼。人们在他身边窃议着，却不愿多事，怕帮助这样一个来路不明的人会惹来意想不到的麻烦。

这个潦倒的人并没有在面前放一只乞讨钱币的碗，但我确信，他一定是又渴又饿了。几步之外有个茶水摊，还卖着白糕，我去买了一杯水、一块糕递给他。

他无神的眼并没有因我的热心而闪亮，他甚至不抬眼看一看，自顾自吞食起来。

“快散集了，要去哪里，你也该去了。”我规劝了那个流浪汉一句，便走开了。

已过了几个月，眼前这个人虽然整洁而精神，我还是认出了是他。

“去马山吗？”我焦灼地问。

“去马山？”他迟疑了一会儿，让我上车。

道着谢坐进驾驶室。小拖车颠簸着，他燃着的烟头，红红的亮点忽明忽灭。

“你是马山人？”他问。

“不是，我在那儿见习。”

他有点失望：“我倒曾遇到过一个马山人呢，那真是个好人。”

“你去过马山？”

“去过。”

话题断了，黑暗中，他似乎笑了笑。

四周静静的，只有雨点叩窗的脆响。他忽然说：“说起来那次去马山，怪难为情的。那时我赌输了，输得精光，被撵出来，流落到马山，有个人给我水喝，给我吃的，可惜我不认得她，要不，真得好好谢她。”

“就为了那个人送你一点水一点吃的吗？”

他不屑地看我一眼，深深吸口气：“你不懂，我那时候心灰意冷，没脸回家，她劝我：‘快散集了，要去哪里，你也该去了。’我听了她的劝告，回家了。唉，我真的说不出的感谢她，要不是她那一杯水、一块糕、一句话，我现在还不晓得会怎样呢。”

他没有认出我来。我心中有掩饰不住的喜悦，想不到那件小事会对他帮助那样大。

我决定不提看见他潦倒情形的就是我，每个人都有尊严，我要让他拥有一份完整的助人的快乐和自豪。

“我也很感谢你，要不是搭上你的车，这会儿我还在山路上挨雨淋呢！”

他听了果然高兴：“其实你也不用谢我，要谢该谢那个给我水喝的人。那次之后，我才晓得，人有时候是多么需要旁人帮一把。”

“马山到了！”他刹住车。

我道着谢，请他下来喝杯热茶休息一会儿，他一边倒车一边说：“我还得赶回去运货呢——本来，我的车是不到马山的。再见！”

没想到，爱心热心这枚风信子这样快就传来我身边。

夜色中，雨滴在地上，溅出了大朵大朵亮丽的水花……

乡村教师

岳勇

临近大学毕业的那段日子，同学们都为毕业后能留在城里能有份好工作忙开了，惟有娟子按兵不动，如无事人一般。

我们同宿舍的几个姐妹都劝她出去活动活动，争取能在城里留下来。哪知娟子却笑笑说："我要回乡下去。"

我们都吃了一惊。娟子的老家我们结伴去游玩过一次，在大巴山最深处，汽车在 20 里以外就进不去了，村里人住的全是茅草屋。我们当时都笑着调侃说那儿是全中国最贫瘠的地方。而现在，娟子却轻描淡写地放弃了这次改变命运跳出农门的良机，要重新回到那穷山沟，我们都替她惋惜。

这时，娟子一本正经地给我们说了一个故事。

10 年前，大巴山深处有一所学校。整个学校只有一间茅草搭成的教室，只有一个班级，也只有一个老师。班上有 13 名学生，那位乡村老师将他们从一年级教起，一直教到六年级。然而，就在小学快毕业的时候，不幸的事发生了。

有个放牛娃在山上玩火，不小心把茅屋教室给引燃了。等大家发现时，大火已经快封住了教室门。

教室里的 13 名乡下娃子都乱了套，但那位乡村教师却比以往任何时候都镇静。他一面叫孩子们不要慌张，一面将被大火围困的孩子们一个个往外背。大火已将窄窄的木门完全封住，老师的衣服、头发和胡子全都烧焦了。但他并没有放弃。到最后，教室里只剩下两名女同学。

老师再一次冲进火海，那两名女同学正坐在教室里哇哇大哭。老师看了她俩一眼，最后咬咬牙，背起其中一个就往外冲。

烧得通红的门框"呼"地一声砸下，将老师砸了一个踉跄，但他最后还是背着那个女孩从大火中爬了出来。

他把那个女孩背到安全地带，然后又急急地冲进了早已变成火海的教室。就在这时，"轰"地一声，教室烧塌了。老师和最后那名学生再也没有出来……

讲完这个故事，娟子眼圈都红了。

我们都猜了出来："最后救出来的那名女同学就是你，是么？"

"是的。"娟子含泪点点头，"但你们知道最后那位被老师留在教室里再也没有背出来的同学是谁么？"我们都摇摇头。娟子说："是老师的女儿呀！"

说完这句话，娟子再也忍不住哭了起来。我们的眼圈也都红了。

最后，我们宿舍有三个姐妹跟着娟子去她老家做了一名乡村教师。我是其中一个。

青城山下的男孩

曹桂玫

我从青城山下来，急急地往停车场走去。爬了半天的山，有点儿累了，我想快点坐到车上歇歇。突然我发现，不知什么时候我身后跟了个孩子，是个男孩，七八岁的模样，脏兮兮的脸上抹得一道一道的。看样子他是跟了我一阵子了，只是我忙着赶路，没注意身后有这么个小尾巴。我发现他的时候，他正哭咧咧地冲着我叨唠着什么。见我注意到他，他用眼睛盯着我又不出声了。我问他："你跟着我干吗？"他怯生生地把攥着的小手张开了，手心里是一条项链："你买了吧。"那是种最廉价的项链；一条白铁链下面吊着个玻璃珠，完全是哄小孩玩的那种。我忍不住笑了，对他说："我不买，我不戴这玩意儿。"可他仍旧一步不落地跟着我。我心里有数：别看他一直哭咧咧的，但他并没有眼泪。装的，我心想，这种孩子我见过，小奸巨滑的，离他远点儿。

到了车跟前，我回过身，冲着他随便往远处一指说："你去那边看看吧，也许有人会买。"说完，我踏进了车门。那孩子一下子就哭了，这回他是真哭了，是那种又委屈又绝望的哭，仿佛那道车门关闭了他全部的希望。他一边哭一边说："你买了吧，我上学还没有学费呢！""上学？"我的心一下子就软了。于是我又走下车，从他手里拿过那串项链："几块钱？"我问他。"3 元。"唉，不就是 3 块钱吗？给他吧。我一边掏钱一边对他说："你真会做买卖。谁教你的？"那孩子没说话，只是用手不停地抹眼泪。旁边一个卖根雕的小伙子和一个老婆婆说：他爹妈都不在了，他是跟着奶奶过。原来是这样，难怪这么大点儿就出来奔波。我心里有点不平静。我打开钱包，没零钱，只有一张 10 元，一张 50 元的。就犹豫了一下，然后抽出那张 50 元的递给他。他睁大了眼睛有点不知所措地望着我。我拉过他的手，轻轻地对他说："拿着吧，好好学习。"那个老婆婆催促他说："快谢谢阿姨，告诉阿姨，再来青城山，到你家去玩。"他接过钱，只是低着头，一句感谢的话也没说。突然，他转身跑了，越跑越远。我忽然觉得我是不是太轻率了，这么简单就把钱掏给人家了。

上了车，我一直望着他跑过的那条小路。突然我发现，那条小路的尽头又出现了他的身影，越来越近，他是跑着向这儿奔来的，这次他手里拎着个塑料袋，圆鼓鼓的。我心想：糟了，不知他又要向我推销什么。我赶紧对司机说："快关门，别让他上来。"他没上车，而是径直地跑到我座椅的窗下，仰起小脸，气喘吁吁地把那个塑料袋举给我，隔着薄膜我看清了，是栗子，这种栗子是青城山特有的品种，个不大，尖尖的，5 块钱一斤。我以为他又向我兜售，就忙摆手对他说不要，但那孩子说是送给我的，说着，他还用他那小黑手抓出一把给我看。

我心头一热，一种复杂的感情在我心底升腾起来，我又走下车，来到他面前。只见他那小花脸抹得更脏了，头发里湿漉漉的都是汗，我蹲下来，心里有点儿不是滋味：“阿姨不要，阿姨回北京太远，拿不动。”他像是没听见我的话一样，只是一个劲儿地说：“拿着嘛，拿着嘛。”我只好捧了一把。见我装到兜里，他高兴地冲着我做了一个鬼脸，然后咧着嘴笑了。这是我第一次见到他笑，天真、顽皮，但愿他能永远笑下去。

一张床垫

星竹

美国人汤姆搬家时，准备换一张新的床垫。汤姆去了一家名为“蓝森林”的家具店买床垫。汤姆买的床垫出自美国最知名的家具厂“美像厂”。床垫的质量与价格都是美国一流的，在社会上很有声誉。

汤姆买床垫的那天，按规定先向家具店交付了200美元的订金。交完钱后，他便高高兴兴地回家了。谁也没有想到的是，汤姆那天出了大事。他在回家的路上遇到了不幸：路边的一辆煤气车突然发生爆炸，汤姆的车子被炸翻了。他被送到医院时，已经人事不省。几天后，他仍然没有脱离危险。

而这时已经到了家具店给汤姆送床垫的日子。当家具店把床垫送到汤姆的家里时，开门的人却是一副不知所措的样子。他说他从来没有订过什么床垫。对送床垫一事，他感到莫名其妙。送货人对照订单上的地址，发现一点儿没有错，就是这个小区,就是这个门牌。但房子的主人坚持说送错了,说他对于此事一无所知，还说这里根本没有一个叫汤姆的人。

事情让人百思不得其解。送货员只好将床垫拉回了店里。他想，如果是什么地方出了差错，那个叫汤姆的人一定会回来找的，他毕竟已经交付了200美元的订金。

殊不知，这时的汤姆已经被医院诊断为植物人。他的家人也不知道汤姆已经预订了一张床垫。“蓝森林”家具店是一家严守合同、为顾客着想的老店。他们不但没有因为这张床垫无人来取而感到捡了个便宜，反而陷入了困境。他们在店门口张贴了广告，又在当地的报纸上发布了消息，寻找汤姆，并希望知情者能提供有关汤姆的线索，好让他将床垫领走。

汤姆的处境使他的家人根本没有时间看什么报纸。他的邻居们更没想到，遭遇了不幸的汤姆，在这之前还订购了一张床垫。事实上，这已经成了一桩悬案。

然而家具店和生产床垫的厂家都坚持一定要等汤姆来领床垫，这是关乎信誉和诚实的问题，做生意怎么能不讲诚信呢？多年来，无论是商家还是厂家，都一直信守着自己的经营承诺——急顾客所急，想顾客所想。但事实是，汤姆却不能来领床垫了。一切如石沉大海。汤姆订购的床垫放在家具店里一年了，依然没有人来认领。汤姆的床垫在店里放置两年了……还是那个老样子。又过了两年，厂家已经不再生产这种床垫了，汤姆还是没有来。这期间商店和厂家为这张床垫又交换过几次意见。双方商定还是留下这张床垫。虽然事实上也许不可能有人来认领这张床垫，但道义上，他们仍然选择了信守诺言，因为他们是美国知名的厂家和商店。

就这样，这张没有人来认领的床垫被店家挪来挪去，虽然很占地方，却没有人说什么，也没有人对这种看似愚蠢的做法提出任何异议。信守诺言和诚信有时确实会呈现出愚和拙的一面。

这期间，家具店换过两次老板。接任时，前任都要领着接任者走到这张奇特的床垫前，说明几年前发生的事情。接任者也像他们的前任一样，信守诺言。每隔一段时间，他们就会照样拿出一支粗笔，把床垫上那几个已经模糊了的大字再描上一遍：“订购人，汤姆。”他们不仅耐心地等待汤姆，而且把这件事作为信守合同的一种义务让自己履行。“蓝森林”家具店的做法，笨拙得让人感动。

谁也没想到，七年之后，奇迹发生了——植物人汤姆苏醒了。汤姆的苏醒是作为医学界的一个奇迹被媒体争相报道的。电视、报纸上都登出了有关汤姆起死回生的消息。这时的汤姆已经不记得从前的事了，毕竟已经过去了七年。但离他最近的一件事他还是想起来了，那就是七年前，他是在订购床垫回来的路上出了事的。

家具店老板得知这一消息后十分惊讶，急忙派人去医院找汤姆。原来，七年前汤姆把订货单上的地址写错了，把一区写成了七区。一区和七区相差了五里路，怪不得床垫永远送不到汤姆家里。

七年之后，家具店终于把汤姆订购的床垫送到了汤姆的家。店家是作为汤姆康复回家后的一个礼物，将床垫送去的。这件事在全美引起了强烈的震动。床垫厂商和家具店的信誉让人十分感动，他们默默地坚持了七年。整个过程平凡得让人流泪。汤姆回家的那天，许多市民跑到街上，他们一定要抬一抬、摸一摸这张神奇的床垫。人们说，汤姆的苏醒肯定与这张床垫有关。他们不但认为汤姆的苏醒是一个奇迹，同时也认为，家具店七年来对汤姆的深情召唤功不可没，是上苍不肯放走汤姆，一定要让他睡一睡这张床垫！

就连美国当时的总统里根，看了报道，也激动地跑到一家新闻中心大加赞扬，他肯定地说：“真诚，一定会感动上帝！”

最后三分钟的高贵

筠筠 编译

阿普达是英国伯明翰南部山区的旅游观光小镇，保留了维多利亚时期的很多特色，至今仍使用马车代步。艾迪是镇上一家出售特色草帽的小工艺店的老板。半年前，艾迪和邻近的迪克鲁斯镇上的姑娘苏菲相爱了，可镇上大法官的儿子洛克也看上了苏菲，发誓非她不娶。

几天前，苏菲告诉艾迪，她父母对洛克家的背景很满意，但在听说苏菲爱上了卖草帽的艾迪后非常生气，并且打电话给远在伯明翰当医生的苏菲的哥哥博格，要他回家阻止妹妹。另外，博格也打算近期回家给父亲做一个手术，切除父亲额头上的良性肿瘤。“百合节”要到了，按照习俗，镇上的男孩都会在这天到心爱的女孩家送上一份价值不菲的礼物，借此表明心迹。苏菲抽泣着要艾迪想办法，送一份能够打动她父母的厚礼。

艾迪咬咬牙，取出了全部积蓄，共6000英镑，但他想来想去不知买什么，于是就把这些钱都放在他母亲留下来的一个梳妆匣子里，他想都带给苏菲，让她自己用这些钱去挑选礼物。

“百合节”这天早晨突降暴雨，艾迪急匆匆起床。阿普达和迪克鲁斯两镇相隔几十公里，山路崎岖不平，马车是唯一的交通工具。马车夫亨特驾着车来到了艾迪家门前。半小时后，马车来到镇中心，艾迪远远看见洛克站在路边，洛克也要去苏菲家送礼。

“亨特，给我把画搬上去，千万小心，光那个檀香木框就抵得上你十几辆马车！”洛克大声嚷嚷着跳上了车，“嘿，这不是艾迪吗！你不会也是要到苏菲家去吧？准备了什么厚礼啊？”听着洛克的揶揄，艾迪没接腔，他很是自卑。

瓢泼大雨让马车速度愈加慢了，以前只要三四个小时的路程，他们走了七八个小时还没到，现在离迪克鲁斯镇还有好几里山路呢！此时大雨滂沱，天色渐渐暗了下来。马车在过一条岔道口时，一个浑身湿透的中年男子拦在前面，他提着一只便携式手术箱，“对不起，能让我搭乘一段吗？我去前面的迪克鲁斯镇。”这个中年男子告诉他们，他坐的马车在半路坏了，他只好徒步前行了十几公里路。

“快上来吧！”艾迪忙招呼这名男子坐下，他得知男子叫博格。洛克不满地哼了一声：“小心些，别弄坏了我的画！你可赔不起！”

道路越来越泥泞，突然马停下来不走了，它可能累坏了。洛克气急败坏地猛踹马屁股，马受到惊吓，飞快地向前冲去。前方正是一个斜坡，还没等他们回过神来，马车就向路旁倾覆，他们滚进了数英尺深的坡底。

一阵眩晕过后，艾迪睁开了眼睛，四周一片昏暗，洛克和博格也躺在附近的泥泞里呻吟，不过他们还可以站起来。但艾迪突然发现亨特半天没有爬起来。“噢，上帝，他腿上流了好多血！”在艾迪点燃的打火机的光芒里，洛克惊恐地指着亨特右大腿下的一汪鲜血叫道。

“让我看看。”博格蹲下身察看伤情。亨特已经昏迷，鲜血从他的大腿股动脉汩汩流出，一根尖树枝刺穿了他的大腿。“动脉破裂了，他失血过多，必须立即缝合动脉止血！”博格果断地说，接着他又以医生的口吻命令艾迪和洛克道：“去把我的手术箱找来！”

博格接过艾迪从泥泞中找到的手术箱，取出手术刀和缝合伤口用的针线，然后和艾迪合力将亨特抬到一块突出的崖壁下。

就在博格准备开始手术时，他发现天色实在是太暗了，让他看不清楚亨特伤口的准确位置，“快点燃打火机。”博格急切地说。衣物都被雨水打湿了，无法点燃，艾迪只好一直摁着打火机。借着微弱的光芒，博格开始给亨特实施手术。然而，打火机油就快消耗光了，火光越来越微弱。“我还需要三分钟，你们身上还有什么可以用来照明吗？”博格心急如焚地问。

“对了，年轻人，你的画用塑料布包着，应该可以点燃的。”听到博格问起了自己，洛克开始支支吾吾：“这……下着雨……要是打开就毁了，那可是幅名画，值很多钱。”

这时，艾迪突然想到了匣子里的6000英镑，他赶紧将它找出来，还好，钞票并没有被打湿。“快缝合伤口！”艾迪迅速点燃了一张张钞票，微弱的火光映着他有些苍白的脸。

三分钟过去了，6000英镑烧成灰烬，手术也终于完成了，艾迪和博格都瘫软在泥地上。“小伙子，你身上怎么带着这么多现金？”博格忍不住发问了。“那是我准备给心爱的苏菲买礼物的，现在，我可一无所有了！”

“苏菲？”博格轻轻念道，很快地他拍了拍艾迪的肩，“放心吧，好小伙子，这个女孩会属于你的！”这时，远处传来了马车声，原来苏菲的家人得知博格今天要回来，却迟迟没到后，派人来接他了。

当洛克知道来的人就是苏菲的家人，并且得悉博格就是苏菲的哥哥时，赶忙殷勤地问这问那。但是，博格只冷冷地看了他一眼，然后他微笑着对艾迪说：“小伙子，我的妹妹需要与高贵的人共度一生。三分钟里，你失去了6000英镑，却赢得了真正的高贵！”

半年后，苏菲成了艾迪的新娘。

电梯工布鲁斯

（美）约翰·西里尔

一位每天乘火车上下班的朋友告诉我，在纽约曼哈顿第 181 街的中转站，有一部电梯将人们从这里送到 12 层楼下的地铁站，开电梯的工人布鲁斯·里弗若值得一写，“这一段路程在布鲁斯的手下变得让人向往和怀念。”他补充说。

于是在一个星期二的下午，我决定亲自前去看个究竟。被拥挤的人流推动着缓缓向电梯站移动时，我打量着粘着口香糖的地面，老旧的、被人们涂鸦弄脏了的墙壁。“这不是一个让人心旷神怡的工作场所。”我想。

电梯的门慢慢打开了，人们蜂拥而入，我也被人流带了进去。

我眨了眨眼，简直不相信自己的眼睛。

映入眼帘的，首先是贴在墙上的照片和画、数十张快照……黑人的、白人的、亚洲人的等等；另外，还有仔细从杂志上剪下来的漂亮的黑白混血爵士音乐家的照片、风景照等等。

再就是花瓶里的鲜花，角落里悬挂的盆栽植物，从 CD 机里放出的音乐——舒缓的、柔和的曲调回荡在空气中。最令我惊讶的是，人们对那位高大的坐在操作板前穿着大都会交通公司制服的电梯工的态度，他们都热情地向他打着招呼：“嗨，布鲁斯，周末过得好吗？”“你那个孙子怎么样了？”

我注意到一个乘客把两罐西红柿酱放在了角落边的箱子里。门关上了，我瞥了一眼箱子，发现里面堆满了罐头食品，贴在箱子上的一张纸条上写着：“请帮助我们资助穷人。”旁边的一位女士告诉我说：“布鲁斯每个月都为穷人募集上千磅的食品，我们都愿意帮助他。”

电梯向楼下驶去，整个行程不到一分钟，但是这点时间也足够让布鲁斯祝愿他的乘客度过值得骄傲的一天。门开了，人们鱼贯而出，奔向地铁站。这个电梯给我留下了深刻的印象，我决定采访布鲁斯。

“那些墙上的照片都是谁？”当电梯再次上满乘客向上驶去的时候，我问布鲁斯。“我的乘客。”他为他们拍下快照，每月定期换上新的。他指着另一部分照片说，“那是我的家人，我的儿子、孙子。”

我邀请布鲁斯在工间休息时到街上的咖啡店小坐一会儿，他同意了。等待他的时候，我注意到来这里乘电梯的人不仅和布鲁斯很熟，而且他们之间还互相打着招呼。在和布鲁斯一起到两个街区外的咖啡店的路上，我注意到有 14 个行人和他打过招呼。

布鲁斯告诉我，他家住在皇后区，每天要乘一个半小时的车到曼哈顿来上班。

布鲁斯从 1982 年开始在大都会交通公司工作，当时他是一位清洁工人。“我很喜欢那份工作，当一天结束后，我可以看见由于我的劳动，为大家创造出了一个和先前完全不同的环境。”但是，1985 年的一次中风，使他不得不离开心爱的工作。“我病好之后，公司把我调来开电梯，这样，我可以不必举重物了。”

“问题是那时我自己感到厌倦，这样上上下下，被固定在日常生活的轨道里。他们几乎不互相看看，更不用说微笑了。”布鲁斯说，“我不知道一个普通的电梯工人究竟能做什么，才能使这份工作在我的手上有所不同。”

一天下午，他讲了一个笑话，一位女士微笑了。也许这些人心里都有幽默的火花，只是需要激发罢了。布鲁斯想。

第二天，他在电梯里贴了一幅画，是一些排列在碗柜里的盘子。他喜欢它们的排列样式。

“画的什么？”一位乘客问道。

“一些盘子而已。”

“还真好看。”

当布鲁斯把他家人的照片贴上去后，乘客们便问起他们来。他又从家里带来鲜花和植物。后来，是他的 CD 机里放出的音乐，使人们开始了相互间的交谈。“那是路易斯·艾姆斯通唱的，不是吗？”“嘿，我小的时候常听到那首歌。”“来一点儿都克·爱林顿唱的歌怎么样？”

很快，布鲁斯的电梯间成了城里最新的爵士乐俱乐部。

布鲁斯逐渐发现，他起初想着为别人做的事，倒使他自己也发生了变化。他又开始热爱起自己的工作来，并从中获得了乐趣。

直到有一天，当他来上班时，发现电梯间被打扫一空。墙上没有了照片；角落里没有了募捐箱。另一位电梯工告诉布鲁斯，公司总裁正在地铁站的站台上做关于改进服务质量的讲演。“工头不想让老板看见你电梯间里的那些东西。他们说那样做不规范。”

布鲁斯带着一颗沉重的心开始了工作。乘客们从地铁站出来，一进入他的电梯间便七嘴八舌地议论开了。“发生什么事了？”“那些东西呢？”

布鲁斯把总裁来这里的事给大伙儿说了，人们点点头，他们也都看见站台上有一大帮记者正围着一个人，听说他就是该公司的大老板。

电梯到了街上一层时，大多数人留了下来，其中一个代表大家说：“布鲁斯，把我们再送下去吧。”

30 秒钟以后，人们从电梯里出来，径直走到了公司总裁的身边。他们告诉总裁，乘坐布鲁斯的电梯是他们来往路上最愉快的一站，他们不想这里有任何改变。

那天，在布鲁斯快下班的时候，每一张照片、每一盆植物、每一样东西都原封不动地回到了电梯间。布鲁斯的电梯间再次成了他和他的乘客的乐园。

布鲁斯喝干了杯中的啤酒，瞥了一眼手表，“我得回去工作了。”我们一起向电梯站走去。

“有些人说：‘感谢上帝，终于到了星期五。’因为他们迫切地盼着周末。”布鲁斯一边走一边说，“我吗？我说：‘感谢您，上帝，终于到了星期一。’因为我又可以开始工作了。”

一个人的真正资本

清风慕竹

来自湖南宁远一个偏远山区的黄正文，是广州一家普通民办学校的老师，他有一个梦想，就是要建一个教育网站，引进电影、动漫和游戏，让学生可以像看电影一样来看课文；像看 DVD 一样来听特级老师讲课；像看动画片一样进行重难点复习，像玩游戏一样做作业。寓教于乐，老师轻松，学生快乐，那该多好啊。

他知道这个梦想与现实的距离，因为这需要非常巨大的投入，以他的想象，最少得 500 万。对于他这样一个每月仅 2000 多元工资的人来说，实现这个梦想恐怕是一生也无法完成的任务。

虽然距离遥远，但并不意味着不能走近它。黄正文在课余时间，真的做了一个网站，把他的相片、课件、习题，所有的教学成果都放在了网站上，然后碰到人就告诉人家这个网址，希望有空时去看一下。

有一天，一个叫陈焕光的学生家长请客，他是一个做纺织机械的老板。边吃边聊间，黄正文又习惯性地向主人推荐起了他的网站，并谈起了自己的梦想。他的目的其实很简单，就是想让更多的人访问他的网站，增加点人气。可是说者无意，听者有心，陈焕光问他："这需要多少投资呢？""500 万元吧。"

陈焕光点了点头，没再说什么。

黄正文当然也没往心里去，可是没有想到，时间不长，陈焕光却主动找上门来，说，"我给你 500 万，你来做吧。"

真是"天上掉下个林妹妹"，黄正文有点蒙了，最后他听清了，500 万元的投资，赚了共享收益，赔了一分钱不用他还。这还有什么可说的？黄正文辞掉了学校的工作，面向全国招聘特级、高级教师和网络技术人员，和他们同吃同住，开始没日没夜地进行研发。半年后，公司仅仅开发出初中部分的产品后，500 万元的投资就全部花光了。

当初黄正文以为 500 万元就能搞出来了，现在实际一运作才知道，做网络就像一个无底洞，钱不断地投进去，连点响声都听不到。黄正文陷入了尴尬的境地，往下做吧，没钱什么也做不了；不做吧，当初跟陈老板夸下了海口，可怎么跟人家交代。

陈焕光看出了黄正文的难处，不仅毫无责怪之意，反而安慰他说："你安心做你的吧，钱的事我来想办法。"

陈焕光说到做到，他从朋友那儿引进了 3000 万元投资，又变卖了从事纺织机械行业几十年在企业的所有股份，回笼了 5000 万元资金，全部投入进来。他对黄正文说："现在我把我的全部家产都交给你了，你就看着办吧。"

有了强大的资金支持，黄正文再也没有了后顾之忧。2007年3月，历经5年艰辛，一个涵盖中小学全部课程内容的数字化教育资源网站终于打造成功了。6月，黄正文开始把他的三学苑网络教学产品推向市场，半年时间内销售额超过1000万元。2008年受全球金融危机的影响，在中小企业普遍遭遇市场困难的时候，他们的产品却卖得红红火火，销售额翻了几十倍，生意做得顺风顺水，其火爆程度大大超出了他们的想象。

有人很佩服陈焕光的眼光，就问他，当初怎么敢把500万元交给一个谋面没几天的毛头小伙子呢?

陈焕光笑笑说："我可不是没有原则瞎投的，投资之前我是做了一番认真考察的。最初见面时，他说起他的梦想，我觉得前景非常好，但不了解黄老师是怎样一个人，所以吃完饭后我就试探他说，去洗洗脚吧。黄老师一听脸就红了，结结巴巴地说：'我不会洗脚，从来没去过那种地方。'他说的是真的，我就觉得他是一个非常淳朴的人，一个很踏实的人，一个做事很认真的人。

"初步的印象不错，但这显然还不够。后来我又提了一个要求，就是让黄老师带我到他老家去看一看，我想知道他在家乡那边为人怎么样，想看他对父母、对亲人好不好。如果一个人连对父母、对兄弟都不好，肯定是不能一起做事的。那天我很早就起来了，看到黄老师的父母已经把家里打扫得非常干净，东西摆放得也很整齐，我感觉他们一家人做事都是很有条理的。黄老师也早起来了，帮助父母收拾屋子，没有因为远道回家而睡懒觉。从他的父母那里，我听说黄老师还为他们在县城里买了一套房子，这让我非常意外。因为他只是一个老师，收入并不高，参加工作时间又不长，还没有真正赚到钱就给父母买房子，这是很少有的。

"结果证明，黄老师是一个值得信任的人，把钱交给他是让人放心的。回来后我就下了决心，第二天就把钱打到他的账户上了。"

有人还是不解，追问他说："后来你卖掉所有企业的股份，把5000万元的全部家当都押在这样一个人身上，是不是太冒险了？"

陈焕光说："做风险投资究竟投的是什么？第一是投入，第二是投入，第三还是投入。做的这个东西我可以不懂，但我懂人，我知道黄老师的人品值这个钱。"

在这样一个纷扰的世界上，许多人都在为创业的资本发愁，其实一个人真正的资本并不是创意，也不是金钱，而是人品。

第六篇

幸运会敲谁的门

没有钓住的鱼

佚名

韦蒂尼对自己首次钓鱼的情景，至今依然历历在日，仿佛刚刚发生在昨天一般。

记得那是初秋时节的一天，和煦的阳光静静地照耀着树林，特洛尔带韦蒂尼去钓鱼。多年的垂钓经历使特洛尔深知何处小鱼最多，他特意将韦蒂尼安排在最有利的位置上。

韦蒂尼模仿别人钓鱼的样子，甩出钓鱼线，眼巴巴地等候鱼儿前来吃食。好一阵子什么动静也没有，韦蒂尼不免有些失望。

“再试试看。”特洛尔鼓励他道。忽然诱饵消失得无影无踪了。“这回好啦，”韦蒂尼暗忖，“总算来了一条鱼！”韦蒂尼赶紧猛地一拉鱼竿，岂料扯出的却是一团水草……

韦蒂尼一次又一次地挥动发酸的手臂，把钓线抛扔出去，但提出水面时却总是空空如也。韦蒂尼望着特洛尔，脸上露出恳求的神色。“再试一遍，”特洛尔若无其事地说，“钓鱼人得有耐心才行。”

突然间，好像有什么东西在拽韦蒂尼的钓线，一下子将它拖入了深水之中。韦蒂尼连忙往上一拉鱼竿，立刻看到一条逗人喜爱的小鱼在朗朗的阳光下活蹦乱跳。“特洛尔！”韦蒂尼掉转头，欣喜若狂地喊道，“我钓住了一条！”

“还没有哩！”特洛尔慢条斯理地说。他的话音未落，只见那条惊恐万状的小鱼鳞光一闪，便箭一般地射向了河心。钓线上的鱼不见了。韦蒂尼功亏一篑，眼看快到手的捕获物又失去了。

韦蒂尼感到分外伤心，满脸沮丧地一屁股坐在草滩上。特洛尔重新替韦蒂尼安上诱饵，又把鱼竿塞到韦蒂尼手里，叫他再碰一碰运气。

“记住，小家伙，”他微笑着、意味深长地说，“在鱼儿尚未被拽上岸之前，千万别吹嘘你钓住了鱼。我不止一次看见大人们在很多场合下都像你这样，结果干了蠢事。事情未办成之前就自吹自擂，一点儿用也没有；纵然办成了也无须自夸，这不是明摆着的吗？”

打这之后。每当韦蒂尼听到人们为一件尚未办成的事情而自我吹嘘时；就情不自禁地回想起小河边垂钓的那一幕，回忆起特洛尔那一句格言警语般的忠告：“在鱼儿尚未被拽上岸之前，千万别吹嘘你钓住了鱼。”

有许多事毁于即将成功的一瞬间，那是因为我们没能持之以恒，让虚荣心占据了我们的大脑。很多时候，我们功败垂成，越临近成功时越马虎不得。很多时候，我们刚准备松口气，煮熟的鸭子却张开了翅膀。生活有太多诸如此类的事，努力把事情干到收尾的时候，不要因自己一时的疏忽而毁掉全局。

一夜能走多远

付体昌

那年我高考落榜，心情十分糟糕。我想跟随村里的建筑队出去打工，多挣点钱给父母，或许那样能弥补我对他们的愧疚。父亲说，等把地里农活儿忙完再做打算吧。

那时候麦子已经收完，母亲却病倒了，我家还有一块地没种上苞米。夜里落了一场透地雨，正是种苞米的良机。第二天中午地面不再泥泞，我和父亲出发了。

种子盛在塑料桶里，父亲刨坑我点种子，每个坑两粒种子，农历五月毒辣辣的阳光似乎要把昨夜的雨水全部收回，地面热得像蒸笼，我汗流浃背，父亲也直喘粗气。太阳落山的时候我已经筋疲力尽，口干舌燥。我们还有四垄地没种完，种子却用光了。

我如释重负地对父亲说，正好天黑了，咱们收工明天再带种子来吧。父亲没说话，把锄头藏在地头的麦秸垛里，我们回家了。

回到家，我喝了水，舒服地躺在炕上想美美地睡一觉，却看见父亲又在弄苞米种子。我问不是明天才下种么，现在准备有何用？父亲笑着说，这块地今晚必须种完，否则将来歉收。我觉得很不可思议，不就差一宿吗？父亲说我们打个盹，一宿就过去了，但是种下去的种子不睡觉啊，同块地的苞米晚种一宿，产量差别可就大了。

见我半信半疑，父亲指指屋檐下挂的苞米说，你看吧，这些和铁丝囤里的都是这块地的收成，前后就差一天。我拿起檐下的苞米穗与囤里的比了一下，短三厘米左右！我又拿了几个比较，无一例外，檐下的苞米个头普遍偏小！

原来，去年这片地还没播种完，突然下了场雨，无法干活，地北头这五垄比其他地块晚种了一天。我被这个事实惊呆了。父亲说，大片地玉米同时吐蕊秀穗时，晚种的这几垄还未吐蕊，错过了最好的授粉期，所以收成差了许多。没想到，短短一天结果差别竟如此明显。

我恍然大悟，一个黑夜、一个白天对于我们人类只算一个片刻，但是对于生命周期只有 70 多天的苞米，的确是一个不短的时间。我们看似漫长的人生不也像一粒种子般短暂吗？刚开始就落后别人一步，如不努力追赶，到后来就像檐下的苞米一样。那天傍晚，我和父亲又回到田里，把那片地全部种完，回到家时已经满天星斗……

那年秋天我没有外出打工，选择了复读。经过一年的努力，第二年我考上了一所不错的大学。一晃 12 年过去了，我有了稳定的工作，而与我一样落榜外出打工的几个同学，如今还辗转在烈日下的工地上辛苦地劳作，经常为讨要工钱而苦恼。我不得不承认，我们已经有了不小的差距。

那些装满了理想与希望的种子，短短一夜间，已经吸足了水分，早已迈开了“人生”的脚步，一旦错过，机会永不再来。

不是为了生气而种兰花

褚海刚

余暇闲翻书，读到一篇精妙文章，讲的是唐代著名禅师慧宗的故事。慧宗禅师酷爱兰花，有一次，他要外出弘法讲经，临行前吩咐弟子们看护好他精心培育的数十盆兰花。

弟子们深知禅师爱兰，因此非常细心地待弄兰花。但一天深夜，狂风大作，暴雨如注，弟子们偏偏在这天晚上将兰花遗忘在户外。第二天清晨，弟子们出门看时，只见眼前一片狼藉，破碎的花盆，倒塌的花架，还有被连根拔起的兰花。几天后慧宗禅师返回寺院，众弟子忐忑不安地上前迎候，准备领受师傅的责罚。

得知原委，慧宗禅师泰然自若，神态平静而祥和，他宽慰弟子们说："当初，我不是为了生气而种兰花的。"

读到这句话，我反复念了好几遍，细细揣摩一番，顿觉眼前一亮，心中豁然开朗。

就是这么一句平淡的话，在场的弟子们听后，如醍醐灌顶，大彻大悟，对师傅更加尊敬佩服了。

"我不是为了生气而种兰花的。"这看似平淡的一句话，却透着精深的佛门玄机，蕴含着人生的大智慧。依此，我们可以说：

我们不是为了生气而工作的；

我们不是为了生气而读书的；

我们不是为了生气而与人交往的；

我们又何尝是为了生气而生活的……

生活在这个世界上，谁不想快快乐乐？人们的人生观不同，对快乐的理解和追求也不同。有人以奋斗为乐，有人以挑战为乐，有人以安逸为乐……其实，快乐更多的时候是一种心境，"得意淡然，失意泰然"则是快乐的一种高境界。然而生活中有些人之所以常常感受不到快乐，其原因就在于他们过分地追求欲望的满足，时常心为物役，对物质追求患得患失。特别是欲望得不到满足、希望遭到破灭、心爱的东西受到损毁时，就感到悲观、失望、气恼。这些情绪，不知使他们失去了多少快乐和幸福。

人们常说：人生不如意事十之八九。有得便有失，有苦也有乐。著名书法家于佑任饱经沧桑沉浮，却始终保持快乐自安的心态，常有人问他健康长寿的秘诀，他总是指着墙上的一副对联笑答。上联是：不思八九；下联是：常想一二；横批：如意。其意不言自明：有所想而不过于奢望。

生活中的好多事我们无法预料，当困难、不幸突然而至时，与其哀伤、逃避，还不如在心田栽棵快乐的兰花，用坚韧与豁达去化解心中的烦恼。心中有了快乐的兰花，幸福就会与你相伴。

迪斯尼的作品被撕碎之后

王 飙

迪斯尼在上学的时候，就对绘画和描写冒险生涯的小说特别地入迷，并很快就读完了马克·吐温的《汤姆·索亚历险记》等探险小说。一次，老师布置了绘画作业，小迪斯尼就充分地发挥自己的想象力，把一盆的花朵都画成了人脸，把叶子画成人手，并且每朵花都以各自表情来表现着自己的个性。按说这对孩子来说应该是一件非常值得肯定的事，然而，无知的老师根本就不理解孩子心灵中的那个美妙的世界，竟然认为小迪斯尼这是胡闹，说："花儿就是花儿，怎么能会有人形？不会画画，就不要乱画！"并当众把他的作品撕得粉碎。小迪斯尼辩解说："在我的心里，这些花儿确实是有生命的啊，有时我能听到风中的花朵在向我问好。"老师感到非常的气愤，就把小迪斯尼拎到讲台上狠狠地毒打一顿，并告诫他说："以后再乱画，比这打得还要狠。"

值得庆幸的是，老师的这顿毒打并没有改变他"乱画的毛病"，他一直都在努力地追求着成为一个漫画家的梦想。

第一次世界大战美国参战后，迪斯尼不顾父母的反对，报名当了一名志愿兵，在军中做了一名汽车驾驶员。闲暇的时候，他就创作一些漫画作品寄给国内的一些幽默杂志，他的作品竟然无一例外地都被退了回来，理由就是作品太平庸，作者缺乏才气和灵性。

战争结束后，迪斯尼拒绝了父亲要他到自己有些股份的冷冻厂工作的要求，他要去实现他童年时就立誓实现的画家梦。他来到了堪萨斯市，他拿着自己的作品四处求职，经过一次又一次的碰壁之后，终于在一家广告公司找到了一份工作。然而，他只干了一个月就被辞退了，理由仍是非常缺乏绘画能力。

1923年10月，迪斯尼终于和哥哥罗伊，在好莱坞一家房地产公司后院的一个废弃的仓库里，正式成立了属于自己的迪斯尼兄弟公司，不久，公司就更名为"沃尔特·迪斯尼公司"。虽然历尽了坎坷，但他创造的米老鼠和唐老鸭几年后便享誉全世界，并为他获得了27项奥斯卡金像奖，使他成为世界上获得该奖最多的人。他死后，《纽约时报》刊登的讣告这样写道："沃尔特·迪斯尼开始时几乎一无所有，仅有的就是一点绘画才能，与所有人的想象相吻合的天赋想象力，以及百折不挠一定要成功的决心，最后他成了好莱坞最优秀的创业者和全世界最成功的漫画大师……"

岁月是公正的，正是绘画的能力、天赋的想象力和百折不挠的意志，支撑起了他生命的辉煌。然而，那想象力却被认为是胡闹而招来了毒打，绘画的能力竟一再被人们否认。幸运的是沃尔特·迪斯尼并没有因他人的评价而否定自己，而是沿着自己的梦想之路坚定地走了下去……

丢脸之后

吴苾雯

每个星期，易民都要去一家会计师事务所上两天班。他像那些上班族一样，一大早就起来，匆匆赶到车站去挤公共汽车。

易民是在读研究生，学的是会计专业，他上班的地方在亚运村附近。这种半工半读的生活，他是从研二上学期开始的。

易民的本科是在东北一所大学念的，学的也是会计专业。毕业那年，易民本打算找份工作，可是心里却有点虚，因为他觉得学了 4 年，虽然书也读了不少，考试成绩也都说得过去，但对这门专业似乎还是雾里看花，懵懵懂懂。

易民对自己缺少自信还因为，在大三外出实习时，他和他的同学着实丢了一回脸。易民的实习单位是当地一家大型企业，跟他同去的还有两名同学。他们 3 个人被安排在厂财务处实习。开始时，他们只帮忙做一些抄写报表之类的事，照葫芦画瓢，只要字迹端正就行。一个月很快就过去了，他们仍在干着这些简单劳动，心里就渐渐不平起来。一天，他们找到财务处长，很客气地说："能不能让我们做做账，我们想锻炼锻炼。"财务处长说："好啊，厂里最近有几笔账进出，就交给你们处理吧。"处长给他们拿来一摞报表。

可是真正动起手来，他们却傻了眼。虽然读了不少书，但他们却从没真刀真枪地干过，对账目流程实际上不甚了解。这些知识，老师虽然在课堂上都讲过，但都是在黑板上演习，当时都记住了，考试也考过了，可动起手来，却不知从何处下手。

三人面面相觑，活儿是自己要来的，海口已经夸下了，只有硬着头皮干了。三人努力地按书本上教给他们的知识，好不容易将这批账做完了。第二天，处长拿着他们做的账，面色难看地走到他们面前说："你们这做的是什么账？怎么会犯这些常识性错误？"最后，他疑惑地看着他们问："你们真是学会计专业的吗？"

三人羞愧得无地自容。从那以后，别说处长，就连财务处那几个听说连大专都没上的会计、出纳也对他们一脸的不屑。

后来的两个月，他们仍干着抄抄报表一类简单的活，却再不敢有半句怨言。

三个月后，他们灰溜溜地回到了学校。大学期间，这次唯一的实习，他们实际上所获甚少。易民觉得，如果就这样出去就业，即使有单位聘用他，他心里也会发虚。再说，本科生的就业形势远不如研究生，如果想找到一份满意的工作，还是应该去考研。而且他认为，研究生教育是培养研究性专业人才，在将来的领域会有更大的发展。

易民决定报考北京的一所学校。他认为，北京是中国教育、文化的中心，是专家学者云集的地方，思想一定更活跃，学术氛围一定更浓厚，视野也一定更开阔。经过几个月的拼搏，易民终于如愿以偿地考进了北京一所大学，开始了他的研究生生活。

可是进校没多久，易民就失望了。研究生的课程与本科生的课程并没有大的差别，没有应该有的梯度；老师还是那样照本宣科地满堂灌；学生还是那样记笔记背笔记、考笔记。让易民失望的还有带他的导师。导师上课时，要么是先吹嘘一通最近有哪家哪家公司请他做顾问，他最近又会见了中国经济界或金融界某某名人，或与某某名人一起共进晚餐；要么就是一上来就讲一些经济界或金融界的轶闻趣事，博得满堂笑声。往往讲完这类“课”，一堂课就过去了一多半，接下来的时间，基本上是念教材。

按培养计划规定，在校期间，易民他们必须有两篇论文在公开出版的学术刊物上发表，否则不能拿到学位。研一下学期，易民想写一篇论文，确定题目之前，他很想得到导师的指导。可是他几次打电话给导师，导师都说没空。

一天，易民拿着论文提纲终于在教学楼里堵住了导师。导师将他的提纲草草看了看后说：“你要注意两点，论文的角度要巧妙，不要嚼别人嚼过的馍；所引用的资料要新，要去网上找。”说着，导师将提纲塞进他手里匆匆地走了。

易民愣愣地站在原地，想想导师说的那两点意见，是没错，是很有道理;但是，那两点意见是放之四海而皆准的真理，说了等于没说，因为他并没有就易民的论文提纲提出任何意见和看法。

易民很失望，也很苦恼。他觉得如果这样学下去，到毕业时，除了一张研究生文凭，除了装了一脑袋死知识，很难有能在社会立住脚的真本事。读了研究生，他不但没有成为研究型人才，出去后，恐怕连一般的会计、出纳的事都做不了。

易民从即将毕业的师兄师姐们口里得知，他们中有不少人一直悄悄在外面兼职，以锻炼自己的能力，也为将来就业积累资本，因为用人单位一般都比较看重大学生的社会实践经历。

一位师兄告诉他说：“如果你去中关村找工作，那里的老板不会问你的成绩怎么样，而会问你会干什么，以成绩论英雄的时代已经过去了。”师兄还告诉他说：“大学已越来越成为一种光环，但是，如果你没有真本事，那个光环很快就会破灭，很快就会消失。”

师兄的一席话，如醍醐灌顶。易民觉得，与其在学校死啃书本，学一些没有多大用处的死知识，还不如走出校园，在实践中学习。

在师兄的介绍下，易民去了这家会计师事务所。

开始，易民是以实习的身份去的。去了后，也就是跑跑腿、打打杂、接听一下电话什么的，虽然如此，易民却从中学到了不少东西。这是一家业务量比较大的会计师事务所，每天，工作纷繁复杂，在这里工作不但需要娴熟的业务，更需要有与各种类型客户打交道的能力。这种能力是在学校学不到的。

在那里工作了一段时间后，易民无比惊讶地发现，他们正在学习的一些知识其实已经过时，已经被淘汰，而一些已为社会运用的新知识却迟迟未能进入大学教材，他们不但没学过，有的甚至没听说过。易民还发现，书本知识只能给人以营养，却不能给人以能力。读了一年多研究生课程，他仍只有本科生的眼界、本科生的水平，更别说能力。

3个月后，易民结束了“实习”期，成了这家会计师事务所的一名“准职员”。他说，他现在每周用30%的精力去学习他不得不学习的课程，为的是那张文凭，但他却用70%的精力去学习和培养自己的能力。他还悄悄告诉我，除了去会计师事务所上班，他偶尔还去给成人大专班讲课。从研二开始，他就经济独立了，不但没找父母要钱，存折上还有了5位数的存款。

门为谁开

程炜

跟儿子聊天时，儿子说他的一个朋友在谷歌得到了一份工作。说这话的时候，他一脸的崇拜，我这个听的人也一脸的崇拜。我们一致认为，如果说微软改变了我们思维的话，谷歌其实正在不知不觉中改变我们周围的世界。所以我们俩都比较崇拜谷歌。

他的同学是这样得到谷歌工作的。

偶然有一天，他在大学校园的广告栏里看到一张小小的广告。上面什么也没写，只写着“www.”，然后是个很怪的数学符号。他觉得很有意思，就把这个网址记在了脑子里。回家上网的时候，他顺便点进去看一看。还是没有什么内容，就是一道未解的数学题。他觉得很有意思，决定把这道题解出来。这题并不容易，花了他半小时。等他解出题目以后，突然弹出了一个表格，请他填写。

谷歌的门就这样向他打开了。

听完这个故事，我的心里除了崇拜还是崇拜。想出这一招的人实在是太狡猾了！

在花花绿绿的广告栏里注意到一张不起眼的广告——说明这个人对他周围世界的新鲜事物很留意。

把这个网址记在脑子里——说明这个人过目不忘。

回到家，上网时还记得点进去看一看——说明这个人很有好奇心。

看到一道没头没脑的数学题，决定要解答——说明他喜欢动脑筋。

最后把题解答出来了——说明他智商也不低。

不看简历，不看学历，不招聘，不海选，一分钱不花，谷歌就找到了它理想中的员工。这就是谷歌。

于是我分析自己有没有成为谷歌员工的可能。

第一点，我有希望。我这个人对广告比较留意，特别是这种与众不同的东西。

第二点，我可以蒙混过关。在我觉得很难记住，手头又不带纸笔的时候，我会把重要的东西记在手机里。谷歌的人当然不会知道，暂且把我归入过目不忘的那类人里面。

第三点，我还能侥幸做到。收完邮件，看完博客以后，我会顺便点进去看一眼。

第四点，我大眼瞪小眼。估计这种题目我这样一个学文科的人连看也看不懂。谷歌的大门就这样“砰”地一声把我关在外面了，而我一无所知。

然后我下网，临睡以前告诫自己，以后看见这样的东西再不上当了。

于是，我继续是芸芸众生里的一个。被微软、被谷歌的“小东西们”牵着鼻子满地走。

结论：生活中很多和我们擦肩而过的机会注定就不属于我。

我为什么能成功

陈怡乐

2002年我刚毕业时，工作处境很差，每月只拿800元。经历一段时间的煎熬后，我调整了自己，不计任何回报地工作。不过3年，我就做到了实质上的销售经理，年薪四五十万。28岁时，我辞职创办了自己的公司，也算小有成就吧。我把我的成功经验写出来与大家分享。

要懂得蛰伏

公司那年准备提拔一个销售部经理，90%的人都认为应该是我，之前我已经是销售部经理助理，但是后来领导从别的部门调了一个从来没有做过销售的老资格来坐了这个位置。当时听到这个消息，我很难受，第一个反应就是走人。

那天晚上，我很郁闷地跟老婆说了这个事情。她说，你26岁实际上就已经完成了人家38岁才能完成的事情，你为什么还不知足呢？

我坚持了下来，并且全力配合我的新领导，跟她建立了很好的个人关系。许多人都觉得我应该抵触她才是，把业绩做砸点，让领导知道谁才是真正能干的人。但是，我却不这么觉得，要让一个人认同你，就需要拿出实际行动。其实同在一个公司，谁做得多，谁做得少，谁能干，谁不能干，领导都看在眼里。许多时候，领导的安排要顾及的东西很多，他不安排你，总有他的原因，我们要做的就是继续完善我们自己，等待我们自己的机会，这可以认为是蛰伏。

之后，我跟新领导合作得很愉快，她后来在晋升前跟我谈过一次话。她说，过来后，最怕我会不配合她，她说她对销售这块真的是什么都不懂，如果我不配合，肯定做不好事情。我笑着说，我从来没有计较过这些，如果不是领导把我从几百个人里面选中，然后悉心栽培我，我怎么可能有今天呢？领导后来可能从她嘴里知道我说的这句话，给我发了个消息说，这辈子没有交几个朋友，我算其中一个。

不要有功利心

其实"不要有功利心"这点在现在的大学生中最缺乏。

一个有功利心的人往往会很浮躁，浮躁的人往往等不起，如同挖井一般，这里挖挖，那里挖挖，最后到哪里也挖不出水。工作也是一样，好不容易工作了两年，因为等不了，就又换个地方，又要重新开始。一个人要做的事情是不断地积累、积累、再积累，积累够了，自然就有你兑现价值的一天。我们要做的首先是沉住气，学会等待，其次是要抓住机会。有很多时候我们需要等待，需要耐得住寂寞，等待属于你的那一刻。

没有功利心，还表现在做事情上不急功近利，许多人领导在的时候，拼命表现，领导不在的时候就什么都不管。这些人往往会被领导一时看重，但是因为没有民意表示，所以会很难为大家所接受。

现在很多领导，尤其是业务型的领导，他需要你给他的是建议，而太有功利心的会导致人在考虑问题的时候很短视，只重视个人利益、短期利益，无法形成太长期的看法，最终也很难有所成就。

要肯干

以我的经验，自己为什么比同期进公司的人更成功一点儿，就是因为我比别人叫得动。领导一个电话，我无论几点，都会在第一时间赶到。领导要处理的事情很多，也需要有人帮助他，叫得多了，他也就顾及了你，总会想办法报答一下你，如果你能力再稍微优秀点儿，自然就是你的了。

我自己做了领导后感觉也很深刻，如果叫一个人去做点什么事情，一次不行，两次不行的话，基本上，我再也不会去叫他做事情了。而事实上，如果当一个人被人看“死”，尤其是被领导看“死”的话，他基本上就没有前途了，至少在我这里是这样的。

要谦卑

我不希望自己的部下是个趾高气扬、狐假虎威的人，这样的人目中无人，损害他自己的利益同时，还会把领导利益也给一起损害了，让人觉得他的领导是个不会用人的人。位置越高，你可能得罪的人就越多，什么事情都会成为把柄。你可以在业务上大胆设想，但是在做人上，千万要谦卑，而且越谦卑，越显示你的气度，越能形成你的个人魅力。那些一旦新官上任，就开始意气风发、趾高气扬地发表各种论调的人，很难会有长期的可持续性。

许多大学生来面试的时候，我问问题，他们都会觉得自信满满，觉得自己这个可以干，那个可以干，其实我倒真的很希望要几个说自己不行的人。为什么？其实，大学生问问自己，你们真能干这个干那个吗？大学只是给我们一种开阔的眼界，让你认识到更为广阔的天地。所以在面试的时候，说自己什么都可以做的人，往往会让我觉得很虚无，至少是不谦虚的。

应届毕业生太过老练和咄咄逼人，未必是什么好事情，至少是对我而言。其实大学生最大的优势在于他是一张白纸。大凡领导其实都很喜欢选择一个和自己性格脾气对路的人，然后慢慢雕琢一个跟自己思想基本一致的人，而这个过程，只有白纸才可以实现。

再坚持一下

党保国

老亨利是让周围人羡慕的人物，他是一家大公司的老板，每年利润就有上百万。但他年过七十仍不愿意在豪宅里享清福，却每天都到公司来巡视。

老头挺古怪，有时会悄悄溜到某个办公室门前，将耳朵贴在门缝上，甚至会突然将门推开，弄得里边的人十分尴尬，他却哈哈大笑。老亨利对员工很和善，从不发脾气，看见有人工作没做好，他就会用手拔出含在嘴里的大雪茄，说："伙计，没关系，别灰心，再坚持一下，准能成功。"说完还拍拍对方的肩膀。他这种做法很得人心，全公司上下都十分卖劲地工作，谁也不偷懒，这样财源又滚滚流入老亨利的腰包。

一天，新产品开发部经理马克向老亨利汇报："董事长，这次试验又失败了，我看就别搞了，都第 23 次了。"马克皱着眉头，削瘦的脸上神情十分沮丧。办公室里温暖如春，各种装饰品闪闪发光，米黄色的地板一尘不染。看到这些，马克就想起自己经常停暖气的公寓，什么时候自己也能拥有这样的房子？再瞧瞧歪靠在皮椅上的董事长，脑门被阳光照得泛着亮光，手里还摆弄着一把小梳子。这老头有什么本事成为这么大家业的主人？马克心里暗想。一阵困意袭来，他忍不住打了个哈欠。在房间的那边，戴维·老亨利唯一的孙子正坐在安乐椅上，翻弄着一本彩色画报。老亨利十分宠爱戴维，可令他头疼的是，戴维什么都喜欢，唯独不喜欢学习，为这，老头费了不少心思。

"年轻人，别着急，坐下。"老亨利指了指椅子。"有时候事情就是这样，你屡干屡败，眼看没有希望了，但坚持一下，没准就能成功。"老亨利将一只雪茄塞进他的嘴里。

"董事长，我真没办法了，您是不是换个人。"马克的声音有些沙哑。

"马克，你听我说，我让你搞，就相信你能搞成功。来，我给你讲个故事。"老亨利吸了一口雪茄，缕缕青烟在他脸旁袅袅上升，他眯着眼睛开始讲起来：

我也是个苦孩子，从小没受过教育，但我不甘心，一直在努力，终于在我 31 岁那年，发明了一种新型节能灯，这在当时可是个不小的轰动。但我是个穷光蛋，要进一步完善还需要一大笔资金。我好不容易说服了一个私人银行家，他答应给我投资。可我这个新型节能灯一投放市场，其他灯就会没销路了。所以有人暗中千方百计阻挠我成功。但我不管，我有我的理想。但谁也没想到，就在我与银行家签约的时候，我突然得了胆囊症，住进了医院，大夫说必须做手术，不然有危险。那些灯厂的老板知道我得病的消息就在报纸上大造舆论，说我得的是绝症，骗取银行的钱来治病。这样一来，那位银行家也半信半疑，不准备投资了。更严重的是，有一家机构也正在加紧研制这种节能灯，如果他们抢在我前头，我就完蛋了！当时我躺在病床上万分焦急，没有办法，只能铤而走险，先不做手术。仍如期与那位银行家见面。

见面前，我让大夫给我打麻药。在我的办公室见面时，我忍住疼痛，装作没事似的，和银行家拍肩握手，谈笑风生，但时间一长，麻药劲过去了，我的肚子像刀割一样疼，后背的衬衣都让汗水湿透了。可我咬紧牙关，继续和银行家周旋，我心里只剩下一个念头：再坚持一下，成功与失败就在能不能挺住这一会儿。病痛终于在我强大的意志力面前低头了。自始至终，在银行家面前，我一点破绽也没漏，完全取得了他的信任，最后我们终于签了约。我送他到电梯门口，脸上还带着微笑、举手向他告别。电梯门刚一关上，我就“扑通”一下倒在地上，失去了知觉。隔壁的医生早就准备好了，他们冲过来，用担架将我抬走。后来据医生说，当时我的胆囊已经积脓，相当危险！知道内情的人无不佩服我这种精神。我呢，就靠着这次成功一步步走到现在。

老亨利一口气将故事讲完，他的头靠在皮椅上，手指夹着仍在冒烟的半截雪茄，闭起了双眼，仿佛沉浸在对往日的回忆中。这时屋里静极了，只有墙上大挂钟的“嗒嗒”声。戴维不知什么时候凑过来，歪着头聚精会神地听着。马克确实被老亨利的故事感动了。他望着董事长那油光发亮的前额，眼框里闪动着晶莹的泪花，感到万分羞愧。唉，和董事长相比，自己这点困难算什么。从董事长身上他看到了一种精神，而这精神就是创造财富的真谛！董事长无愧于这个庞大公司的主人，无愧于这间高大宽敞、摆放着高级硬木家具房屋的拥有者。

“董事长，您刚才讲的太动人了，从您身上我真的体会到了再坚持一下的精神，我回去重新设计，不成功，誓不罢休！”马克挺着胸，攥着拳，脸涨得通红，说话的声音都有些颤抖了。

这时，在一旁的戴维突然从沙发上一跃而起，跑到爷爷的办公桌前，专心致志地写起字来。老亨利看到孙子今天破天荒地拿起笔写字，心里乐开了花。他微笑着对马克说：“您看，现在我孙子也知道努力了。他考艺校总差几分，显然我那‘再坚持一下’的思想也感染了他。”

“爷爷，我听了您的故事特受启发。”戴维抬起头认真地说。“我给班里的珍妮已写了 103 封信，但她一封也没给我回。我都灰心了，可您那‘再坚持一下’的精神鼓励了我，我在写第 104 封信，希望这次能够成功。”

把生命当做一个土豆

游宇明

一位美国人最初靠养猪为生，第二次世界大战爆发后，他偶然得到一个消息：前线作战部队需要大量的脱水蔬菜。他立即向银行贷款，买下了当时美国最大的两家蔬菜脱水工厂，专门生产供部队用的脱水土豆。

过了两年，纽约一位化学师研制出冻炸土豆条，买下脱水蔬菜工厂的美国人认定这是一种很有潜力的军需产品，果断地买断了化学师的生产技术，大量生产炸土豆条，果然一炮打响。

然而，炸土豆条的工艺也有缺点，每个土豆只能利用一半，其他的都被当做废料扔掉了，浪费惊人。那位美国人在剩余的土豆里拌入谷物用来作牲口的饲料，饲养了前线十五万匹军马。前线部队有数以百万计的车辆，每天消耗的汽油非常可观，他又抓住这一良机，用土豆来制造以酒精为基础的燃料添加剂，效果非常好。

与此同时，那位美国人用土豆加工过程中所产生的含糖量丰富的废水灌溉当时的农田，把土豆喂养战马所产生的马粪收集起来，作为沼气发电厂的材料。整个二战中，他的土豆系列产值超过了10亿美元，利润超过了6亿美元。他就是被称为“土豆富翁”的J.R. 辛普洛特。

对于一个小小的土豆，辛普洛特开发到了极致。正是这种决不浪费的理念，极大地托举了辛普洛特的事业。

人有时其实就像一颗土豆，有的能力像土豆心可以做大一点的用途，有的能力像土豆皮只能干相对较小的事情。我们应该充分开发、利用它们，把每一种主要的能力都化成人生实实在在的成就，让生命在多个方向实现突破。

把生命当成一个土豆，充分利用它的每一项潜能，人生才会有所超越，我们拥有的天空才会越来越广阔。

爱因斯坦的镜子

佚名

爱因斯坦小的时候是个十分贪玩的孩子。他的母亲常常为此忧心忡忡，母亲的再三告诫对他来讲如同耳边风。直到 16 岁的那年秋天，一天上午，父亲将正要去河边钓鱼的爱因斯坦拦住，并给他讲了一个故事，正是这个故事改变了爱因斯坦的一生。

故事是这样的。“昨天，”爱因斯坦的父亲说，“我和咱们的邻居杰克大叔去清扫南边工厂的一个大烟囱。那烟囱只有踩着里边的钢筋踏梯才能上去。你杰克大叔在前面，我在后面；我们抓着扶手，一阶一阶地终于爬上去了。下来时，你杰克大叔依旧走在前面，我还是跟在他的后面。后来，钻出烟囱，我们发现了一个奇怪的事情：你杰克大叔的后背、脸上全都被烟囱里的烟灰蹭黑了，而我身上竟连一点烟灰也没有。”

爱因斯坦的父亲继续微笑着说：“我看见你杰克大叔的模样，心想我肯定和他一样，脸脏得像个小丑，于是我就到附近的小河里去洗了又洗。而你杰克大叔呢，他看见我钻出烟囱时干干净净的，就以为他也和我一样干净呢，于是就只草草洗了洗手就大模大样上街了。结果，街上的人都笑痛了肚子，还以为你杰克大叔是个疯子呢。”

爱因斯坦听罢，忍不住和父母一起大笑起来。父母笑完了，郑重地对他说：“其实，别人谁也不能做你的镜子，只有自己才是自己的镜子。拿别人做镜子，白痴或许会把自己照成天才的。”

爱因斯坦听了，顿时满脸愧色。

从此，爱因斯坦离开了那群顽皮的孩子们。他时时用自己做镜子来审视映照自己，终于映照出了他生命的熠熠光辉。

勇敢者得厚礼

李浅予

晚清著名经学家、史学家和金石学家张澍，由于性格刚直，在官场上处处受人排挤，于是他决定弃官回家，将主要精力投入到研究学问上。

一天，他和一位朋友到感应寺游玩。两人一路谈笑，不觉已走到寺院深处，这时张澍突然看到眼前有一个四面被人用砖泥砌封得严严实实的亭子。这个亭子为什么要砌封起来呢？

寺里的和尚告诉张澍，这是一个被诅咒的亭子，封在这里已有几百年了。当地流传着这样一种说法：凡是打开封砖的人，都会遭到可怕的报应，所以几百年来，没人敢靠近这亭子一步，而里面究竟藏着什么，现在已没人知道了。

张澍天生胆大，对民间所谓的报应一说向来不以为然，他向和尚提出要找人来打开砌封看个究竟，还对天发誓说，开封后如有灾祸，全由他一人承担，绝不连累别人。在张澍的一再恳求下，和尚总算答应了。

随着封砖被一点点凿开，一块高大的黑色石碑显露出来。碑身呈半圆形，四周刻着忍冬花纹，碑文的正面，密密麻麻地刻满了工整的楷体字。这些乍看上去好像全都认识的文字，仔细看却没有一个认得。

这究竟是文字还是什么特殊的符号呢？

张澍立刻叫人把亭子四周的封砖全部拆除，当然传说中的天灾报应并没有应验，但是接下来所发生的事，却给这位学者带来了更大的震撼。

石碑的另一面刻着汉字，与同类石碑相比并没有什么特别之处。然而，再往下看，一行小字立即引起了张澍的极大兴趣，建碑的年款一行赫然写着："天民安五年岁次甲戌十五日戊子建"。张澍知道"天民安"是西夏年号，他由此断定，碑上那些奇怪的文字竟是已"死亡"了几百年之久的西夏文字。

这块石碑就是现在被称做"天下绝碑"的《重修凉州护国寺感应塔碑》（即"西夏碑"），它的发现不仅拉开了西夏学研究的序幕，而且还让一个"被遗忘的王朝"——曾经辉煌一时的西夏，由此拂去历史的尘埃，渐渐在世人的面前清晰起来。

张澍是自西夏文消亡后第一个识别出它的学者，他把这一重要发现记在《书西夏天民安碑后》一文中，于1837年收入《养素堂文集》中刊出，他也因此成为乾嘉时期西北史地与西北文化研究的领军人物。

这是上天馈赠给勇敢者的礼物，对于一个学者来说，难道还有比这更珍贵的礼物吗？

幸运会敲谁的门

阿朱

1878年6月6日，一个名叫威廉·江恩的男孩子出生在美国得克萨斯州路芙根市的一个爱尔兰家庭。由于江恩的父母是爱尔兰籍移民，家里没有一丝的积蓄，加之当时美国经济不景气，江恩的母亲常常为一日三餐发愁。

少年时代的江恩只读了几年书便早早辍学了，他不得不像大人一样，为了生计奔波。江恩在火车上卖报纸、送电报，贩卖明信片、食品、小饰物等东西，赚取微薄的收入，以贴补家用。与所有报童们不同的是，江恩放报纸的大背包里时刻都装着书，空闲的时候，当别的报童们纷纷去听火车上卖唱的歌手们唱歌或跑到街上玩耍时，江恩便悄悄地躲到车站的角落里读书。

在读书的过程中，江恩意识到，自然法则是驱动这个世界的动力。

江恩的家乡盛产棉花，在对棉花过去十几年的价格波动作了分析总结后，1902年，24岁的江恩第一次入市买卖棉花期货，便小赚了一笔，之后他又做了几笔交易，几乎笔笔都赚。

棉花期货上的成功坚定了江恩投资资本市场的信心。不久，江恩到俄克拉荷马去当经纪人。当别的经纪人都将主要精力放在寻找客户以提高自己的佣金收入时，江恩却把美国证券市场有史以来的记录收集起来，一头扎进了数字堆里，在那些杂乱无章的数据中寻找着规律性的东西。

当时做经纪人的收入是很可观的，每到夜晚，江恩的许多同事便出入高级酒店、呼男唤女，而由于没有客户得不到佣金，江恩只能穿着寒酸的衣服躲在狭小的地下室里独自钻研着。同事们笑他迂腐，笑他找不到客户，还暗地里给他起了个外号叫“路芙根的大笨蛋”。

江恩并不理会这些，依然我行我素。他用几年的时间去学习自然法则和金融市场的关系，不分日夜地在大英图书馆研究金融市场在过往一百年里的历史。

1908年，江恩30岁，移居纽约，成立了自己的经纪业务。同年8月8日，江恩发展了他最重要的市场趋势预测法：“控制时间因素。”

经过多次准确预测后，江恩声名大噪。

许多人对江恩一次次对证券市场的准确定位颇为不解，更有一些人坚持认为这个年轻人根本没有那么大的本事，他的成功只不过是传媒在事实的基础上大肆渲染的结果。

为证明自己报道的真实性，1909年10月，记者对江恩进行了一次实地访问。在杂志社人员和几位公证人员的监督下，江恩在10月份的25个市场交易日中共进行286次买卖，结果，264次获利，22次损失，获利率竟高达92.3%。这一结果一见诸报端，立即在美国金融界引起轩然大波，人们惊呼，这个年轻人简直太幸运了！

以后的几年里，江恩在华尔街共赚取了5000多万美元的利润，创造了美国金融市场白手起家的神话。不仅如此，他潜心研究得出的“波浪理论”还被译成十几种文字，作为世界金融领域从业人员必备的专业知识而被广为传播。

许多时候，人们总会用“幸运”来形容一个企业家或是某个人的崛起与成功，还有一些人会经常抱怨自己时运不济，对生活和事业中的“不公平”产生困惑与不满。事实上，幸运的得来靠的是一个人艰苦卓绝的努力与永不放弃的执著。

幸运不会去敲一个懒汉的门，这是一条毋庸置疑的真理。

五美分的音乐

朱汇芥

到美国已经三个月了，我的工作还是没有着落。正在读博士的丈夫用他的奖学金为我付完第一学期的学费之后就所剩无几了，他学业繁重的程度也让打工的希望成了泡影。其实以我在国内的工作经验和良好的英文，找一份文员的工作并不是难事，但是，每每在最后一关的时候，老板就会很客气地告诉我：“很抱歉，杰西卡，我们不能录用你，因为留学生打工是非法的。”然后一个能力明显不如我的美国人或日本人会被留下。

我的住所在地铁站的附近，每天晚上丈夫去做实验的时候，我就会一个人去地铁入口处转悠，那里很热闹，也很复杂，可以看到美国的世相百态。慢慢地，我注意到一个拉大提琴的老人，他看上去至少有60岁了，但是精神很好，琴声听起来也很专业，不像一般的街头艺人。经常有很多人围在他身边，为他喝彩，但他只是很投入地拉琴，一心沉醉在自己的音乐中，仿佛从来没有在意过扔到帽子里的钱币。

我没有太多的钱，别人把一个一个的美元往下扔的时候，我最多只能拿出5个美分。但是，我相信，我比周围的大多数人都能听懂他的琴声，因为，他演奏的最多的是《东方红》。终于有一天我按捺不住好奇，一曲终了，人群散去以后，我走到他的身边，和他攀谈起来。他似乎很高兴有人和他说话，尤其是在知道我是一个中国人之后。

“你知道吗？我年轻的时候曾经随乐团访问过中国，《东方红》的曲子就是那时候学会的，它蕴涵着一种神奇而伟大的力量。”他告诉我他叫雷斯·布朗，还问我叫什么名字，在哪里工作，我如实地一一讲给他听，他祝福我早日找到一份合适的工作。当我说到北京的某一个地方时，他很兴奋地说他也在那里住过，我们努力地回忆我们可能共同知道的一些周围的建筑物，我们聊得非常投机，直到天色越来越晚，双方都意识到了继续留在这个地方的危险性，我们才互道晚安离开。

后来，每次我过去，他都干脆收起手中的提琴，专心同我讲话，我也总是和平常一样，在最后一曲结束后扔下5个美分，也算是对他劳动的尊重吧。

但是，我的工作依然没有任何结果，我们的日子越来越艰难，眼看丈夫的身体状况一天比一天差，我的情绪也日渐低落。虽然我还是同以前一样地和布朗先生聊天，并且尽量做出高兴的样子，但他还是觉察出了什么。有一天我正准备离开的时候，他叫住了我。

“杰西卡，告诉我究竟发生了什么事？”

我终于忍不住告诉了他我的困境，他安慰我说：“我很难过，杰西卡，但你一定要相信上帝，一切苦难都会过去的，上帝祝福你，孩子。”

终于到了必须作出抉择的时候了，第二学期的开学已经迫在眉睫，现在，要么中断学业，要么沿街乞讨。但是，我不能丢中国人的脸，丈夫的地球物理的博士是一定要读下去的，那么，只有我离开了。想着这么多年节衣缩食就为这一天，却刚刚待了半年就要分开了，我的泪就不争气地掉了下来。丈夫只劝了我几句，就跟着哭了起来。

哭过以后，什么也改变不了，丈夫要去上课了，我简单收拾了一下，看看天色已晚，不禁想起布朗先生和他的提琴，下意识地就向那个地铁口走去。这一次，我破例没有跟他打招呼，只是躲在人群中间。一曲终了，我匆匆扔下一个5美分的硬币，便转身走了出去。再见了，我的朋友布朗；再见了，我的加州，我的美国。

走出没多远，背后响起一阵急促的脚步声，随着我步子的加快，他的步伐也越来越快。听说这附近很乱，没想到在我临走前一天被撞上了。难道真是祸不单行吗？想到这里，也不知哪来的勇气，我突然转过身去，准备大叫一声“救命”，毕竟周围还有些路人的。谁知道还没等我开口，一个和我同样气喘吁吁的男人冒出一句：

“请问，您是杰西卡吗？”

“是的，但是……”

“我叫恰克·布朗，我想知道，您现在是否已经找到工作，如果没有，您愿意来MSC公司做事吗？”

什么？我简直怀疑自己的耳朵，直到接过他递来的名片，上面赫然印着：恰克·布朗，董事长，MSC公司。是的，这是真的，我找到工作了，我可以留下来，继续我的学业，同我的丈夫生活在一起了。多么好啊！

“雷斯·布朗是我的父亲，父亲给我讲了您和他成为朋友的故事。是的，谈话让他非常的快乐，作为他的儿子，我已经很久没有看到他有这么开心了。当我知道您所遭遇的困境时，就想尽力地帮助您。我今天已经在那里等了很久了，直到您的出现。”

我已经兴奋得说不出话来，只是不停地重复着一句：“谢谢您，布朗先生！谢谢您，布朗先生！”

我相信那位老人是位天使，他的音乐使我感动过，并让我赢得了渡过难关的机会。

我证明自己成功了

佚名

当我看到中学英语老师退给我的作文时，泪水刺痛了我的双眼。文章顶头潦草地写着一个大大的“F”，纸上空白的地方满是红笔字，写的是：懒惰。如果你不更加努力，你永远都不会成功。

努力有什么用？我绝望了。我笨！我一直努力想跟上班里的其他同学。一年级的时候，字母在我眼里就像波浪形的曲线。班上同学叫我笨蛋，我的脸羞得直发烧。

“班上只有我连字母都不认得！”我对妈妈哭诉道。“我会帮助你的。”她答应我。

我每天和她坐在一起学习，但是对我来说，cat 看上去就像 cta，而 red 就像 reb。我感到灰心丧气，就回到自己的房间画画，在纸上画满了房子、餐馆和办公室。

“我长大了以后要开自己的商店。”我指着画对妈妈说。“太好了！”她说，“但是你得先学会阅读。”

三年级时，我被诊断出患有诵读困难症——一种使大脑不能辨认书面符号的病。我就读的学校没有适合我的特殊课程，于是妈妈带我到一个学习中心去接受阅读训练。但我学习还是很吃力。中学时，我因为学习实在跟不上而感到非常尴尬，当全班同学轮流朗读时，我通常要求免读。试卷发下来的时候，我总是反过面来放，这样谁也看不见那上面的评语：要更加努力。

可我是在努力呀！我想，我就是个失败者吧！

但不知怎的，我还是勉强学了下来。毕业的时候我父母亲高兴得不行，而我却很害怕。现在怎么办呢？我不知道。我阅读不好，不能做办公室的工作。求职当服务员的时候，我都没敢填申请表。我连 hamburger 这个词都不会拼！我惊慌失措。

“我永远都找不到工作！”事后我向妈妈哭诉。“别只想自己不能做的事，”她安慰我说，“想想你能做什么。”

但是我能做什么呢？我不知道。突然，我想起小时候画的画，以及我想拥有自己商店的梦想。我想，卖东西不需要阅读吧。“多好的主意啊！”妈妈说。她一直想自己做点兼职的生意，给高尔夫俱乐部的人提供午餐。“我来准备饭，你可以去卖！”她建议说。

我感到很兴奋。第 2 天，我们的三明治 1 个小时就卖光了，我欢欣鼓舞。我太喜欢销售了，于是，后来几年我又做了些别的生意。22 岁时，我看见一个商店代销二手花式家具，我并不擅长装饰，但这事却拨动了我的心弦。

我想，大家都需要家具，而且许多人都想买便宜货。于是开一家我自己的二手家具店的想法在我脑子里盘旋。我向祖母借了 2000 美元，租了一家小店。在随后的几个星期，我粉刷屋子，将家具搬了进去。在妈妈的帮助下，我写了广告，还给商店画了个招牌。

我知道，事情真要成功了！然而，就在我将营业的牌子挂上窗户的时候，过去对自己的怀疑一下子涌上心头。我想，我糊弄谁呀？我没有商学学位……我不能像别人那样阅读……我只不过是个失败者！

但我又想，如果我连试都不试一下，我永远也不会知道自己能不能成功。那天下午，一位女士走进了我的商店。这是我的第 1 位顾客！我两手直发抖。我该做些什么呢？

“我真喜欢你的这家店。”她一边随意观看着一边说。

我骄傲得忘记了紧张，开始领着她参观起来。她买了东西之后——1 个价值 25 美元的镜子——我感叹道：这么容易啊！在经历了多年的挫折之后，我终于知道自己擅长什么了。

渐渐地，我的生意越做越好，很快我就将钱还给了祖母。“我为你骄傲。”她满脸笑容。

但是谁也不像我那样为自己感到如此的骄傲。

实现了一个梦想，就意味着打开了无数个可能成功的大门。

不久后我搬到了一个大些的店铺，又过了几年，我开了一家分店——然后又是一家。

随着一级一级的台阶往上走，我的自信心也越来越强。我也许在阅读书面文字时需要帮助，但我发现自己有很强的商业意识。我能知道一家商店应该是什么样子，广告应该说些什么。我还能一眼看出什么家具是优质的。

“你怎么知道该做什么？”有人曾经问道。

我微笑着回答说：“我们大家都有各自的才能，而我的才能就是销售。”

如今，我管理着 7 家分店，5 家特许经销店，我有 187 名雇员，销售额达 1500 万美元。我仍然在不断努力提高阅读能力，而且绝不放弃把力所能及之事做到最好。我的努力让我认识到，我们大家不可能都擅长同一样东西。虽然我永远不可能达到我老师的期望，但根据我自己的条件，我成功了。

这就是我参加国际诵读困难联合会工作的原因。我到学校去告诉孩子们，不管他们面临着怎样的挑战，他们仍然可以追求自己的梦想。

有一天，一个学生送给我一张卡片，上面写着：亲爱的特里，你让我充满了信心，我希望长大后能像你一样。

喜悦的泪水充满了我的双眼。我笑了，这就是我的“A”。

一位糕点师的梦想

欢颜

这是下午4点的非洲。纳米比亚埃托沙国家公园里，一些动物们在水塘边饮过今天的水，正心满意足地离去。他站在空旷的野地里，等待着也许将在一个小时以后来喝水的长颈鹿。非洲的太阳不会对这个中国男人有半点客气，他钻进车里像是被蒸烤，走到车外又会被曝晒。可是当太阳还有10分钟就要接近地平线，当整个天空变成深玫瑰色的时候，他看见3只长颈鹿在太阳最后的光晕里缓步走来。调镜头，按快门，这一刻，他不记得自己就在前一秒钟几乎被晒晕。

第一次见到相机是在他上初中的时候，同学的父亲正在擦拭一台老式海鸥相机，它深棕色的皮壳裹着一个神秘的内里，令他着迷。高中没毕业，他不顾家里反对去一家摄影公司当学徒。22岁这年，他拥有了属于自己的第一台照相机。他记得它的价格是1700元，那是他第一个“恋人”。

但是，他知道，他不能靠着一台相机吃饭，在20世纪90年代，生存与更好地生存比精神需求来得更迫切也更实在。在更现实的世界中，他把相机暂且包起来，选择了一个与生存、与吃饭靠得最近的职业：糕点师。

他用了7年的时间将一间蛋糕店发展为一个投资1.5亿元的大型食品加工厂。在一切进入平稳之后，他重新拿起相机回归摄影。和身家亿万的富豪比起来，那才是他的“光荣与梦想”。

他出生入死，深入危险地带无人区，去捕捉动物的美丽。他在镜头里与金钱豹对视，他在雪山之巅仰望飞鸟，他知道乞力马扎罗大象的哀愁，他和奔跑而来的斑马不期而遇。

在连续9次进入非洲之后，他终于知道了几点与长颈鹿“约会”，几点可以拍到角马的“演出”。他也终于知道，那是比创业更惊险刺激的行程，心总像被奶油裹着，安稳而甜蜜。可是在周围堆满奶油蜜糖的店与厂里，他从未有过这样的感受。

他的照片被挂在北京地铁里，那些姿态轻盈眼神静谧的动物在非洲炫目的色彩中与都市里的人默默相望，有一种蛋糕一样的柔美气息与梦幻气质。

驻非某大使与夫人在地铁里看到它们，把他的作品推荐到了联合国环境规划署。2006年6月5日，联合国环境规划署为他举办了个人影展，作为在内罗毕举办的世界环境日系列纪念活动的主题活动之一。

2006年初，他宣布让出总经理职位，把自己的身份彻底从糕点师改为摄影师。先生存再追梦，他用迂回的方式接近理想，却走出一条以迂取直的通途。

他叫罗红，今年39岁，他的这家食品厂名字叫好利来。

与帕瓦罗蒂同台歌唱

聂茂

一个惊人的打赌

从18岁一直到现在，马克都是做环卫清洁工。他为自己找到一份满意的工作而庆幸。他认为他找到了世界上最好的一份工作。具体是做什么呢？他跟着一辆收运垃圾的大卡车，将人家沿途放在路边的垃圾袋一一收进大卡车中。每天走着不同的街区，看着不同的风景，马克感觉自己很幸福。

马克虽然没有唱歌的天赋，但却常常歌声不断。同事中有一个叫罗宾的就打趣他，说："喂，马克，你天天那么高兴，天天在练唱歌，那样子，好像将来有机会跟帕瓦罗蒂同台演唱似的。"

马克不知道大名鼎鼎的帕瓦罗蒂是世界上最著名的男高音歌唱家，还以为是讲新西兰的一个并不出名的毛利男歌手呢。因此，他也不以为然地回答道："跟帕瓦罗蒂同台演唱又有什么了不起？我的歌声还可以压住他的呢。"

罗宾是个帕瓦罗蒂迷，对一代歌王崇拜得无以复加。因此，当马克这么轻巧地回答他的嘲笑时，他强烈地感觉到马克的"轻薄"，同时，也觉得马克简直玷污了他心目中的英雄偶像。于是，罗宾用挑战般的口吻对马克说："好啊，你要是能跟帕瓦罗蒂同台演唱，我就给你100美元！"

罗宾主动将要求降低，不要求马克的歌声"压住"帕瓦罗蒂，只要马克能有勇气上台同他演唱就行。因为，他觉得自己的歌声比马克强过一百倍，可他没有胆量上台与英雄偶像竞技。100美元等于200多一点新西兰币，也相当于马克三四天的薪水了，这可不是一个小数目。因此，马克一听也来劲了："行啊，如果我没做到，那我就给你100美元。我一定要赢得你的钱！"

不知天高地厚的马克跟罗宾打赌的时候还不知道帕瓦罗蒂是何方高人，但他当天兴高采烈地回到家，跟家人说起自己的事儿时，一家人都被马克的打赌惊呆了。父母一致说："你疯了不是吗？明天赶快去跟罗宾赔礼道歉，收回你们的打赌；否则，你就乖乖地将100美元主动早早地交给罗宾。"马克被迎面泼了一盆冷水，才知道自己有些孟浪了。接着，几个兄弟姐妹你一言我一语地说起帕瓦罗蒂，一件件、一桩桩，都是惊天动地的故事。小妹妹还将一盘讲述帕瓦罗蒂的成长史、并由帕瓦罗蒂自己主演的片子拿给马克看。马克这才了解帕瓦罗蒂是何方高人。

第二天，马克去上班时，害怕与罗宾见面。但是，几天过后，当马克在路上不期与罗宾相遇时，罗宾只字不提帕瓦罗蒂的事。马克虽然乐得清静，可心里一直惦记着。他也不像以前那样在上班时乱吼乱唱了，但他常常偷偷地躲在一个山上去练歌。由于没人指点，与其说是练歌，不如说是练肺活量。他本来是模仿帕瓦罗蒂的美声唱法演唱一些歌剧片断，但因为唱得太差，几乎跟驴叫马吼差不多。

马克跟罗宾打赌的事发生在他担任环卫工人的第二年。随着时间的推移，罗宾再没有跟马克再提帕瓦罗蒂的事，仿佛他已经忘记了。第三年，罗宾干脆去了澳大利亚，并且同马克失去了联系。

那是没门儿的事

三年一晃而过。有一天，马克突然从报纸上获悉帕瓦罗蒂将来悉尼献歌，这个消息让他振奋。虽然他一直期待着帕瓦罗蒂能够来奥克兰开演唱会，但现在看来，这个愿望一时难以实现。从报纸上得知，帕瓦罗蒂太忙了，他的演出日程已经排到了2008年北京奥运会。看样子，如果不抓住在悉尼的这个机会，他一辈子都休想见帕瓦罗蒂一面，更不用说跟他同台演出了。

马克毅然决然地请了三天假，飞到了悉尼。他一下飞机，来不及去宾馆订房，就直奔演唱会组委会而去。负责接待的人认真听了马克的来意后，十分抱歉地告诉马克，说："马克先生，恕我直言，你的要求几乎是叫一个大胖子扯着自己的头发去登月球——没有一丁点一丁点的希望！"

马克固执地站在那里。那人又说："如果你要买票，我可以让你买前排的票。"但他又加重一句："你想同大师同台演唱，那是没门儿的事儿。世界上有多少混混儿想跟大师同台演唱啊。它意味着什么，你知道吗？"

那人回头看时，马克已经不见了。他只好同情地笑了笑，并且摇了摇头，觉得这世界上患神经病的人还真不少。

马克的确不知道与帕瓦罗蒂同台演唱意味着什么。他压根儿没有想过电视转播率、知名度，甚至金钱——要说金钱，他想到的也只是与罗宾打赌的那100美元。

也不知马克在外面想了些什么，等了多久。反正，他又一次站到了演唱会组委会门前。这一回接待他的是一个妇女，马克又一次将自己同罗宾打赌的事跟这个妇女说了。这位妇女比先前那位先生富有同情心。但她仍然表示很为难。

"我很体谅你的焦急和渴望。"这位女士说："不过，我真的很为难。时间太紧了，即使人家大师愿意让你同他一起演唱，你们也没有任何机会排练。你的牌子砸了没关系，大师的牌子砸了我们可担不起啊。"

"不会有那么严重吧。"马克笨头笨脑地说，"只要让我同台演唱就可以了，我不拿话筒也行。这样，我的歌声就不会传得太远。"

女士沉吟了一会儿，马克最后请求道："至少，请你跟大师说说我的事吧。说不定大师会成全我的。"

马克想：这是我最后的努力了。如果还不行，我也没办法了。如果不能同帕瓦罗蒂同台演唱，我就赶快回去上班，他的演唱我在电视里照样可以看、可以听。

马克离开前获得了那位女士的电话号码，她告诉他明天打电话来问问吧。

谁知第二天清早，马克被旅馆女服务员急促的敲门声惊醒："马克先生，有电话找你！"

马克很奇怪，谁会打电话到这里来呢？突然，他意识到了，昨天他入住旅馆后，立即打电话去给那位女士，但是没人接，马克留了言，将自己的联系电话告诉了对方，以便万一有什么急事可以找到他。

这么早打电话来，一定是好消息。难道尊敬的帕瓦罗蒂先生真的要成全他？马克想到这里，裤子都来不及系好就一气冲了出去。

果然，那位女士在电话里告诉马克，帕瓦罗蒂被他的真情打动了，破天荒同意了与他同台演唱。马克听完电话后，抱着那个女服务员大声说："我成功了！我要与帕瓦罗蒂同台演唱了！"

你是值得的

在悉尼歌剧院金色大厅里，面对黑压压的人群，面对全世界至少有数亿人在观看这台盛大晚会的热情观众，马克，这个22岁的新西兰的环卫工人，为了一个执著的信念，同帕瓦罗蒂一同演唱了《我的太阳》。虽然他的歌声不美，甚至有些难听，可他唱得极其认真，唱得汗流浃背。台下的观众掌声雷动！将晚会意外地推向了高潮。

演唱结束后，帕瓦罗蒂握着马克的手，有些感动地说："小伙子，你辛苦了。"

澳洲电视台最美丽的女主持人梅丽玛请马克向观众讲讲跟大师同台演唱的感受。人们的眼睛紧紧地盯着马克，以为他一定会感谢帕瓦罗蒂给了他这个机会，或者其他一类的感激话。然而不是，马克用有点带哭的声调说："我发现跟大师同台演唱，比我捡垃圾袋难多了！对我而言，我还是觉得当环卫工人最快乐！"

掌声，经久不息的掌声，几乎要将金色大厅的房顶掀翻。帕瓦罗蒂本来走进了幕后，听到马克的话，他又特地走出去，握着马克的手，说："我很高兴能与你同台演唱！"

就在这时，一个人突然冲上台去，手中举着100美元，大声说："马克！你是值得的！"

警察正要上前拦阻这个鲁莽的人，马克却大声说："罗宾！——"两人紧紧地抱在一起，硬铮铮的好汉也流下了激动的泪水。

这时，帕瓦罗蒂走向主持人，接过她的话筒，讲述了马克同他演唱的缘由。暴风雨般的掌声再次响了起来，观众纷纷起立，为一份平凡中的伟大表示由衷的敬意。

前方不只有罗马

刘密

麦瑞·格丽13岁的时候，想要做一名出色的医生。

那年的圣诞节，在床头挂上袜子的时候，她许下的心愿，是拥有一套完整的人体骨骼模型。后来，那副被处理过的骨架，被父亲带了回来。但它不能塞进床头的袜子，只能摆在家里的储物室中。

这副模型是用金属的挂钩来把人体的骨骼组装起来的。麦瑞只用了两周的时间，就可以把它完全拆卸，然后组装的毫无瑕疵。

她总是喜欢在手里攥一块白骨揣摩的习惯，让她失去了不少的朋友。毕竟在孩子们当中，没有几个人会喜欢这种阴森森的东西。她的绰号“怪人”不胫而走。

在被霍普金斯医学院录取时，虽然没有实际坐诊经验，但就对疾病的深入研究来说，麦瑞或许并不次于一些在医学院学习了四年的学生。

她的特殊，让霍普金斯医学院决定破例，提前允许一个新生跟随着教授们研究课题，到医学院的附属医院去坐诊，学习实际诊断的技术与经验。

霍普金斯的副校长说：“为什么不呢？既然她已经为到“罗马”付出了那么多努力，我们不妨让她的速度更快一点。

在一次医院的手术中，身为助手的麦瑞发现自己竟然晕血。当看到医师的手术刀割出剖口，鲜血涌出的时候，她的四肢冰冷，头晕目眩，没有听清医师说什么就昏了过去。

尽管难过，麦瑞却认为自己不能就这样止步。为了洗刷耻辱，弥补缺陷，她开始私下里在实验室解剖青蛙、豚鼠。她为自己佩戴了墨镜，想通过看不到殷红色的鲜血来缓解自己的紧张。可惜还是失败了，一闻到血腥的味道，她也会出现晕血的症状。

学校建议麦瑞专修内科，那里不需要与鲜血和手术接触。可大家都忽略了一点，内科的病号也有咳血等症状。在查房的时候再次晕倒，让麦瑞无法继续自己的前途。她心灰意冷，休学回到家中，常常在卧室里一呆就是一天，甚至想要自杀。

最疼爱麦瑞的祖母很是焦虑，她决定找麦瑞好好谈一谈。

那天下午，她拿着自己精心从《国家地理》上找出的图片，来到了麦瑞的卧室。她一张张地把那些美丽的风景展示给麦瑞看。

麦瑞不理解祖母想向自己表达什么。祖母在她看完最后一张图片后，用年迈的手抚摸着她金色的头发，柔声说道：“孩子，这个世界上不仅仅只有‘罗马’。只要你愿意，你完全可以达到同样美丽，甚至更加美丽的地方。”

看着祖母满是温暖的目光，麦瑞忽然哭了起来。

眼泪，冲走了她之前关于理想的所有憧憬，无论什么原因，当自己与目标不得不擦肩而过，或者永远无法重合的时候，她知道，强求只能是自取其辱。而方向不对，最好的方法就是毅然决然地放弃，然后重新开始。

麦瑞·格丽重新选择了一所大学。毕业后，她在报纸上看到了关于风靡世界的芭比娃娃的讨论。那些粉丝说，芭比的身体实在是太僵硬了，能活动的关节不多，眼睛不够大，与之前人家希望她越来越像真人的期望相差甚远。

麦瑞想起了组成人体的那些骨骼，想起了自己以前所积累的知识。

她顺利进入 Mixko 公司，并且完成了芭比娃娃征服世界之旅的重要一步——发明了骨瓷环，她赋予了芭比娃娃更宽大的额头和更大的眼睛，让芭比更接近真实的人体。

麦瑞无法想象，那个曾经固执的自己如果坚持下去，现在会是什么样子，或者一事无成，或者遥遥地幻想着自己的罗马而永远无法到达。其实祖母的比喻虽然直白，却无比正确。世界上不仅仅只有一个罗马那么美丽，而前方，更不仅仅只有罗马一个目标。

不将就的人生

梅雪

她天性愚笨，而我自小聪明。我们在同一个学校读书，年年期末，我捧着大堆的奖状奖品雄赳赳气昂昂地在前面走，她耷拉着脑袋在后面跟。她比我小两岁，却一直在我身后的暗影里黯然成长。

她考高中时，家里经济上已有些吃紧，她偏偏又没能考中。母亲很平淡地对她说，没考上就没考上吧，女孩子家识些字已不错。就为这一句话，她躲在自己的屋里哭了整整一个晚上。第 2 天，面对她肿得桃子似的眼睛，母亲的心又软了：你实在想去读书，我们砸锅卖铁也供你！

她选了自己的长项，学音乐。拜师，短短的一节课就是几十块钱。可她还是执意找了学校最好的老师，她说，那样她能学得快一些。高中 3 年，她在音乐上的进步令所有的人都吃惊。高考那年，她还是落榜了，因为文化课。再次参加高考，她仍然被远远地隔在了自己心仪已久的大学门外。那年，她勉强上了一所市级的普通院校。

母亲常常在私下里满足地对我讲：那么笨的一个孩子，能走到这一步已很不容易了。那时，我们也偷偷地为她规划未来：毕业后，在中学做名音乐教师，平平稳稳过一生。临近毕业，没管她同意不同意，我私下里替她在镇中学找到了一份合适的职位。可她到底还是没去。她的理由很简单，不想把一生就那么交付了，她说自己还年轻，想去考研，那样选择的余地会大很多。我们姐俩头一次发生了争吵。考研不是一条容易的路，况且我们家的条件也不允许。我告诉她可以工作后慢慢来，她反击我：你倒是工作了，还有时间、有精力去为你曾经的理想奋斗吗？我无言以对。

再次见到她时，她人整整瘦了十几斤。她说，姐，我每天只能睡四五个小时的觉，其余时间都用来攻读英语。她拿到省城音乐学院研究生录取通知书时，我们那个小村几乎沸腾了，除了羡慕，乡亲们更多的是惊奇：不是说他们家二丫头成绩一直不怎么样的吗，怎么就考上了呢？

研究生毕业，她很顺利地进了省城一家很不错的单位。只有一点是遗憾的，多年的求学生涯，她把自己拖进了大龄女的行列，工作后，她的婚姻大事被提上了全家人的生活日程。可我们急我们的，她仍旧悠闲自在，亲朋好友为她看好的人选，她也去看，却从不点头。母亲急了，见着她就唠叨：差不离就行了，别把自己拖老了。她白了母亲一眼：你以为这是挑衣服呀，不合适再换换。母亲被气得无言。

她在30岁那年，风风光光把自己嫁了。对方是一个高大帅气的大男孩。第1次，她像个害羞的小女生，躲在我的屋里同我讲悄悄话，说，那么多年，她总算遇到了一个让她心满意足的男子。我说她：“你呀，从小就犟，从来不懂得将就。”“将就？为什么一定要将就呢，事情没有去做之前，就先告诉自己将就着过，那就不用做了，更不用想会有什么好结果了。”

我怔住。将就的人生并不是最快乐的。当年读大学，选了一个自己不太喜欢的专业，我将就了；毕业后，进了一家专业不对口的单位，我将就了……妹妹却与我相反，在她不将就的人生里，她收获的是更多的快乐与幸福。

做一朵孤芳自赏的花

变 媖

刚参加工作的那两年，我遭遇了人生当中最灰暗的一段时间。

首先，是发年度奖时，只给了我很少的一部分，而我是全行完成存款任务最多的一个。

另一件事就是我费了几个月的时间写的一篇论文，引起了不小的轰动，行里决定拿这篇论文到北京参赛，但是因为一些别的原因，竟然被压在行里。

就在我心情极度沮丧的时候，男朋友又离开了我。

一次次的失意与打击，让我几乎崩溃。我一度想离开这个令我失望的单位和伤心的城市。

一次偶然的机会，我得到了一个外派的名额，去济南培训3个月。于是，几乎是有些悲壮地，我一个人踏上了开往济南的列车。

原以为这次济南之行能将心中的苦闷消散一下，然而几天的新鲜感过后，所剩下的，就是无休止的寂寞与无聊。尤其是在1个月以后同事打电话告诉我行里竞争上岗，如果我不是在外培训，那么我这个行里唯一的一个研究生，至少能竞争到一个主任的位置。同事的电话，让我异常不是滋味。我不知道命运为什么接二连三地跟我开这样的玩笑。

那天，我没参加培训，一个人在大街上闲逛。已经是深秋了，所到之处，都是萧条的景色。不知走了多久，又累又饿。看到前面有几个卖小吃的，就在一处卖胡辣汤的小摊子前坐了下来。

其实并不是我特别钟爱胡辣汤，主要是因为那个卖胡辣汤的女主人有些与众不同。

那个女子40岁左右，头发染成浅褐色，直直地垂下来，脸上的妆容很精致，淡淡的唇彩在太阳底下显得生动而璀璨，耳朵上正戴着MP3的耳机在听音乐。她穿了很好看的裙子和小皮靴，在另外几个不修边幅的小摊主中间，显得有些鹤立鸡群。看到我，她很优雅地冲我笑，然后问我是不是想要一碗胡辣汤。

我有些木讷地点点头，接过汤，慢慢地喝了起来。因为没有其他客人，那个女子就有一句没一句地跟我聊天。她说话时总是微笑，眼神也充满关爱。这样聊了一会儿，我的心情也慢慢地好了起来。我说："你一定很幸福吧。"

她一笑，说："你怎么知道？"

我说："你那么开心，还打扮得这么漂亮，你丈夫一定对你很好，很欣赏你。"

女子又笑了："我去年刚离婚，自己带一个十多岁的儿子过日子，哪里还有丈夫欣赏我？"

"可是你看上去很快乐。"

"是啊，一开始我也过过一段灰头土脸的日子，因为刚离婚，我就下岗了。想想自己被老公抛弃，又没了收入，这可怎么活啊，于是整天以泪洗面，邋邋遢遢的，仅几个月，人看上去就像老了好几岁。有一天，我到一个朋友家串门，朋友不在家，我就在门口等她。她家屋后是一小块空地，平时也没有人打理，长满了杂草。可是在那片杂草当中，却有一朵黄色的小花正开得起劲。那是一朵黄色的小雏菊，一种生命力非常顽强的花，在没有人关注，也没有人欣赏的情况下，它就那么独自怒放着。于是我想到了一个词：孤芳自赏。它是在开给自己看啊。那一刻，我猛然醒悟。失去工作，失去爱情，我还有尊严啊，我的生活没有人欣赏，我完全可以自己欣赏啊！我回到家，到商场买了几身合适的衣服，把以前不用的化妆品都找了出来。看着镜中的自己，我仿佛看到了一个全新的自我。我开了一个这样的小买卖，每天打扮得漂漂亮亮的，心情好了，对顾客笑脸相迎，生意自然也好。现在，我靠自己卖胡辣汤挣的钱，维持我和儿子的生活，绰绰有余。"

我仔细地品味着女子的话。"做一朵孤芳自赏的花"，这句话就像一缕和煦的春风，拂过我心中那愤愤不平的冰凌。我把碗递给那女子，真诚地对她说了声"谢谢"，然后迈开轻松的步子，回到了住处。

我心平气和地分析了一下这一段时间里遭遇的不愉快：年终奖虽然没有全部兑现，但是在领导的心中，早就肯定了我的能力；至于那篇论文，也许是行里要照顾一下老同志，而我还这么年轻，有的是机会；男朋友和我分手，也许是我不够可爱，也许是我不够温柔，而这样的不温柔不可爱，在别人眼里或许便是个性与气质。想到这里，我的心里豁然开朗。

培训结束回到行里后，我不再怨天尤人，而是脚踏实地地做人、做事。我仍很努力地完成存款任务，仍不断地写一些建设性的文章。我真诚地做一些让自己欣赏的事情，不再计较得失，我宠辱不惊地做着一朵孤芳自赏的花。

半年以后，行长找我谈话，竟然要升我做客户部经理！原来，我所有的努力都没有白费，我所有的成绩都是有目共睹的，我的才华，没有被埋没！不久，一个优秀的男孩向我表达了爱慕。

我能有今天，真要感谢那个卖胡辣汤的女子。她让我学会了自己欣赏自己，让我坦然地面对逆境，直视心中的失落与失衡，孤芳自赏，傲然自爱，于是，便成就了现在的我。

第二百零一次叩门

阿 健

那年我没考上大学，将那张谁都不会正眼瞧一下的高中毕业证书塞到箱底，便和那些陆陆续续的下岗者，一道加入了满大街找工作的大军。

年纪轻轻，又无一技之长的我，在一次次求职碰壁后，心情黯然地翻遍能搭上一点边儿的亲属网，也没有找到一个可以助我一臂之力的人。看来，我注定要承受太多的冷落和失败了。

屡次碰壁之后，一家保险公司的经理同意我做一名业务员，虽说没有固定薪水，报酬是按承揽的业务额提成，但我还是很高兴，毕竟找到了一份可以尝试的工作。不管它有多苦多难，我别无选择，我太需要一份工作了，太需要证明我已经长大了。

于是，我怀揣着宣传单和协议书，开始了上上下下马不停蹄的“扫楼”日子。

上岗第一天，我跑了整整一个上午，跑了62家单位和私宅，没谈成一份业务。拖着沉甸甸的双腿从大街上走过，我的眼泪都快要流出来了。看到那些穿着漂亮，从我眼前走过的同龄人，更有一种说不出的伤感。

我忍住了泪水，轻轻地告诉自己——再去试试，估计叩到一百个门的时候，总会碰到一份欣喜吧？

下午，我选择了一个自认为很有希望的居民小区，开始从一楼往七楼“扫”，一次次满怀希望地叩门，一次次地赔着笑脸说明来意，却一次次地遭遇拒绝。我的热情一而再、再而三地遭受打击，我的嘴唇都被咬破了，当叩开第一百家居民的房门时，迎接我的是一屋搓麻将的人一连串十分不满的“快走，别来打扰我们”的呵斥。

歇息了一会儿，我给自己又订了一个计划——再走50家，若还是揽不到一位投保人，就甩手不干了。

主意已定，我又鼓起勇气，开始耐心地去叩门，热情地去推介，但除了失败还是失败。夜幕降临时，我又叩了42个门，最后依然是满怀失望地朝家走去。

第二天，我显然没有最初那份热切的期望了。叩完8个门，我一脸沮丧地坐在一栋楼前的花坛边，把那一张张花花绿绿的宣传单抱在怀里，想着怎么回去跟那位经理交差（我的身份证还押在他那里呢）。

这时，不远处正在玩弹子的一对祖孙吸引了我的目光。只见那个小男孩一次次地弹击前面的弹子，但总是偏差那么一点点，祖父在一旁耐心地鼓励道：“就差一点儿了，再试一次就击中了，再试一次。”小男孩满头大汗地坚持着，一次次充满自信地弹击着……

那情景让我怦然心动，我知道自己该怎么做了。就在我刚刚站起身来的时候，身后便响起小男孩愉快的欢呼声：“击中了，击中了，击中了。”

但我没那位小男孩那么幸运，迎接我的还是失望，一百九十一、一百九十二、一百九十三……越往下数，我的脚步越沉重，大概我命中注定不该吃这碗饭吧，我开始怀疑自己的选择和能力。

来到最后一个门洞的五楼，第二百次叩门，我收到的依然是深深的失望。扶着楼梯，我大口地喘息着，心想就此回头，去他的“保险业务员”，我这辈子再也不干这苦差事了。

然而，顺着楼梯，我看到六楼微启的门，脚竟不由自主地往上挪去。而这一次轻轻的叩门，不仅叩到了打工以来的第一次成功，也叩出了此后一连串的成功。当那位家庭主妇同意为儿子加投一份人身保险时（她的儿子已在学校办理了一份人身保险），我欣喜得竟然泪眼模糊了。

虽说这笔小小的业务，我只能拿到十五块钱的提成，但它给我的鼓舞却是无法估量的。我知道了：如果在第二百次那一瞬间，我放弃了继续努力，那所有的失败都将一钱不值，而坚持下来，所有的努力都将重新计算价值。

此后，我又遭遇了无数次的失败，但我从未灰心，而是一次次地从头再来，最终我谈成了一笔笔可观的业务，得到了很高的报酬，成了本地保险界的“知名人士”。

一天，当我坐在一家保险公司的部门经理的位置上，为几个初遇挫折的年轻人打气时，我由衷地鼓励他们：“记住，别轻易地放弃叩门，成功会在你下一次叩门的时候，微笑着迎接你的。”

比艺术更珍贵的

陈亦权

贾米森是澳大利亚墨尔本市一家著名画廊的负责人。去年10月的一天，他收到了一封奇怪的快递，快递里面是十几幅抽象派画作和一封没有署名的信件，信上说："尊敬的贾米森先生，我的祖父临终前说他有一部份美国乡村画家安德烈的作品，从未公示于众，这些是我最近无意中从祖父的阁楼里找到的，不知究意是不是安德烈的作品，请您鉴定。"

"真是太神奇了，我从来没见到过这么富有艺术感的画作！"贾米森对画作进行仔细鉴别后无比惊叹地说。之后，他又邀请了几位画家一起来鉴赏，大家都被深深打动，而且一致认为这是安德烈的作品，并且深信无疑！

贾米森于是决定在今年1月举办一个安德烈画展，并对画作进行拍卖。他在艺术杂志上刊登了整版的宣传广告，还邀请了电视台的人来采访。

就在拍卖会的前一天，发生了一件令人意想不到的事。一名30来岁的妇女抱着小女儿来到画廊找到贾米森，她满面惭愧："请您原谅我跟您开的玩笑！那些画是我寄给您的，其实这并不是什么安德烈的作品，而是出自一个不足两周岁的孩子的手——是她画的！"她指着怀里的孩子说。

原来，这位母亲叫卡拉什尼科娃，是本市的一位居民，她怀里的女儿埃丽塔还不到两周岁。埃丽塔平时特别喜欢在纸上胡乱涂画。一天，卡拉什尼科娃觉得那些画看上去很像抽象派的画，便突发奇想将女儿的这些"画作"邮寄给贾米森鉴定，而她的目的只有一个，就是看看自己的"感觉"到底准不准！

"什么？你是说这些画是她的'杰作'？"贾米森顿时有一种五雷轰顶的感觉。

"是的，先生！这确实是我女儿乱涂的，我在电视里看到这个事情后，才发觉事情的严重性！我不得不如实相告，尽管我知道你会对此生气万分！"卡拉什尼科娃低着头说。

"这下完了！"贾米森一下子瘫坐在椅子上，他的一世英名恐怕就要栽在这次的失误上了。但是事已至此，他随后对卡拉什尼科娃说，"你先回去吧！谢谢你能及时坦诚相告！这事是我自己造成的，我自己会应付！"

卡拉什尼科娃离开以后，贾米森立刻来到电视台，对媒体公开了事情的真相，但是他决定不取消这次展览和拍卖。"我对此很抱歉，但我说过的话又不能不做到！只是，我必须要先坦诚承认自己的错误！"贾米森对着摄像镜头既羞愧又坦然地说。

贾米森对媒体承认了自己的失误，而且还在画廊门口贴了一张显眼的海报："判断失误！此次展出和拍卖的'画作'其实完全出自于一名两周岁都还不到的小孩子之手，但是展览和拍卖照样进行！"

然而，在展览和拍卖的这天，让人意想不到的事情再次发生了——来观看展览和参加竞拍的人特别多，而拍出的最高价格竟然达到了10000美元！一名记者采访了几位买画作的顾客，问他们为什么要买一个孩子涂鸦的“作品”。几乎每一位顾客都说：“我买的并不仅仅是画，最主要的是，从这里面我看到了人的真诚，有那孩子的母亲及时知错的真诚，有贾米森敢于承认错误的勇气和真诚，而这些，实际上比任何艺术作品都更富有价值！”

第七篇

乘着苦难的翅膀飞翔

命运出错，我不能错

翟宇宏

每个人的一生都可能会有一两次、甚至更多次痛彻心肺的失去，但只要咬咬牙挺过去，前面又会是一方有希望的天。

作为一名护士，我见惯了人生的长久与短暂、生离与死别。而我所在的特殊岗位——急诊室，更使我体验到人的生命是多么得宝贵而又脆弱。就在去年 9 月的一天，我又目睹了一幕人间惨剧：一名 17 岁的品学兼优的男孩子，因为高考之前的两三天突患重感冒、高烧不退，影响了自己的考试成绩，榜上无名，产生了轻生的念头。

他趁家中无人之际，从四楼的窗口跳了下去……经过抢救，命是保住了，但布满荆棘的灌木丛刺穿了他的双眼，他的余生从此将在永远的黑暗中度过。曾经是英俊活泼的翩翩少年，刹那间却成为一个令人怜悯的盲人，这是让他无论如何也接受不了的事实。几天来，他一言不发，粒米未进。我知道，寻死的念头一直未曾从他的脑海中除去。

望着他年轻而憔悴的脸，我给他讲了这样一个故事：

6 年前的一个雨夜，22 岁的我经历了人生的第一次真正的痛：我那同龄的好友躺在急救室里，在死亡边缘挣扎，两三个医生护士忙着为她输液、洗胃。刺鼻的农药气味弥漫了整个急救室，我真不知道平时连吃羊肉都嫌膻味重的她是怎样把那一大瓶农药喝下去的。我只知道，她和心爱的丈夫刚刚结婚，还未过完“蜜月”……他们俩满心喜悦地走在街上，她有些口渴，想吃一个奶油冰淇淋，丈夫笑着穿过马路去买。可万万没想到的是，当丈夫高兴地举着奶油冰淇淋向她摇动并往回走的时候，丈夫只顾看她了，却不料从马路那边飞驶来一辆大货车。瞬间，丈夫就被轧在车轮底下……鲜血和脑浆流了一地，丈夫的手里还紧紧攥着那个变了模样的冰淇淋……当时她惊恐地呆住了，等她明白过来发生了什么事情时，她立即昏厥了过去……她真的是失去了活下去的所有希望和勇气，感到万分的愧悔和内疚。她走进一家农资商店，买了一瓶农药，趁家中无人之际，一口气喝了下去……

然而，就在九个月后的一天，我和这个好友恰巧又在医院相见。她是来生孩子的，她刚刚有了一个可爱的儿子。回想起九个月前的那一幕，我们俩眼里含着泪，互相握着手，默默无语，感慨万千……良久，好友才说出一句话：幸亏我没有死去，后来我才知道我的身体里已经有了他的孩子，为了他，我也要活下去……

人的确是很脆弱的动物，有时候一些突发的遭遇，就会使我们看似坚固的心理防线如同孩童的积木般轰然坍塌。

而命运又是如此无常，经常会在某个不知名的弯道为你设置种种障碍。面对这种障碍，有的人倒下了，从此一蹶不振；有的人退缩了，当一天和尚撞一天钟；而真正的勇者却咬咬牙，发动起自身全部的潜力去抗击、去拼搏。他们坚信：命运出错，我不能错！

也许，从你身边经过的每一个人都有一个鲜为人知的有悲有喜的故事。因为生命的本质如同一棵渐渐长大的小草，生存和长大是它的迫切需要，而要生存、要长大，就难免会遇到风风雨雨、磕磕绊绊。人总是在不断得到的过程中，又不断地失去，这就是美丽而残酷的人生。每个人的一生都可能会有一两次、甚至更多次痛彻心肺的失去，但只要咬咬牙挺过去，前面又会是一方有希望的天……

听我说完这一番话，男孩久久不语。他双眼紧闭，但眼皮不停地跳动，显然，他的心也在怦怦跳动……

转眼之间到了新年，无数温馨的祝福令我感觉到拥有友谊的春天是多么美好。其中的一张贺卡是火红火红的颜色，打开来看，一行盲文映入眼帘。这是我有生以来第一次见到盲文。在盲文下方，那个 17 岁的男孩，不，应该是 18 岁了，他用歪歪扭扭却坚定有力的笔迹写下了一句话，字迹重叠，几乎令人无法辨认，但我还是很快、很准确地将它认了出来——

命运出错，我不能错！

挺过脆弱的关口

卡玛

那一年，我刚来北京，租住在西郊一座嘈杂的四合院里。

我在一家礼品公司上班，具体工作是抱着厚厚一本黄页电话本给各个单位打电话："请问你们这里需要礼品吗？"

一天到晚打电话打得我口干舌燥，耳朵痛头也痛，换来的报酬不过是每月底薪600元加提成。600元，除去每月240元的房租和车费、饭费，实在是剩不下什么了。

物质生活上的苦，没什么大不了，真正让我受不了的是内心的孤寂和无助——这城市茫茫，我是谁？我的道路在何方？我的未来在哪里？

那会儿，我总是做一个同样的梦，梦见自己正在参加数学考试，看看这道题不会，看看那道题还不会……又急又慌，总是一身冷汗地惊醒过来，往往还没有回过神儿，就听见房东的儿子在敲我的窗子："晴川，起床了吗？上班了！"房东的儿子姓王，在家排行老二，人们都叫他"王二"。王二在派出所工作，每天骑着一辆白色大摩托车去上班。一天，他突然对我说："晴川，你上班的地方是不是在翠微路？正好和我同路，我可以顺便带你。"一听有顺风车可以坐，自然高兴。可是我慢慢发现事情并不是这样简单——首先，王二的单位和我上班的地方是相反方向；其次，他每天变着花样儿给我买早点，再悄悄放进我的包里；还有就是他看我时，那温情脉脉的眼神……

我并不愚钝，知道当一个男孩子这样待你，肯定是对你有些意思的，可是这丝毫不能让我高兴——两情才能相悦，单方面的爱，总不能令两个人快乐。

我干了3个月，一笔业务也没谈成，没等老板开口，我先将自己给炒了。那一年北京的夏天持续高温，我顶着大太阳在偌大的城市里四处奔波着找工作。

钱越来越少，我开始琢磨可以向谁借钱，想到了勇。勇是我在礼品公司的同事，平日里对我很是殷勤。我打电话给勇，他一听是我果然很高兴，可是等我婉转说出借钱的目的后，他嗫嚅起来，结结巴巴地顾左右而言他……看着别人这般为难我更加不好意思，赶紧说："没关系的。"

我又想到了莉。莉是我刚来北京找工作时认识的朋友，也算患难之交。我向莉一说，她的爽快让我喜出望外："明天晚上你来我家拿钱吧！我等你！"第二天晚上我准时来到莉的家，敲门，她却不在。我等了一会儿，她也没回来，我连忙逃似的离开了……

我独自走在华灯初上的街头，像一个无家可归的游魂，那么多的楼房，那么多扇亮着灯光的窗子啊，为什么就没有一扇是属于我的呢？

晚上8点多了，回家的公交车还是挤得吓人，我拼命挤上去又被更为拼命的人挤下来，索性一屁股坐在马路牙子上，眼睛里面一阵阵发热，却哭不出来。

我想到了王二。是的，他是一个好人，然而我心里那么清楚地明白：这个人，不是我想要的，我不可能爱上他。可是我也知道，如果我和他好，最起码可以不用再为生存发愁——这对于当时的我是多么的重要！

那一天我回到家已快10点了，王二站在院门口等我，一见我就说："怎么这么晚才回来？今天是你的生日呢！我给你买了一个大蛋糕！"今天是我的生日吗？我自己早已忘记了。

邻居们都在兴高采烈地等我，院子当中的石桌上放着蛋糕、啤酒、烤羊肉串，还有西瓜。都是些萍水相逢的人，但是平日里我们相处得不错。大家一起为我唱生日快乐歌，一张张亲切的笑脸，还有那歌声，让我的心变得柔软，脆弱乘虚而来。我很想哭，却只能大杯大杯地灌啤酒，以堵住喉头涌上来的一阵又一阵的哽咽……

王二一直默默地注视着我，替我喝掉大家敬来的酒，借着酒意我也看着他，我想：什么理想，什么爱情，那都是些太过虚幻的童话吧？而眼前的这个人，这个人待我的好，是真实的可以握住的，我为什么不能接受他呢？

吃蛋糕时，大家纷纷将奶油往我的脸上、身上乱涂，我疯笑着，去房间里洗脸。王二不知什么时候跟了进来，关切地问："你没事儿吧？"我抬起脸，看着镜子中的自己，而他就站在我的身后，我只要往后轻轻一靠，就会落在一个真实的、温暖的怀抱中……

我闭上眼睛，感觉自己的身体正在慢慢往后靠，感觉到王二的手臂伸了过来，就在他要环抱住我的那一瞬间，我大叫起来："不要！"这声音如此尖锐，几乎将自己吓了一跳。我睁开眼睛，发现自己好端端地站着，而王二一脸的诧异："怎么了？"哦，刚才，那是我的幻觉吗？我迅速笑了："没什么，我们去喝酒吧！"

第二天，我将自己的寻呼机卖了100块钱，就靠这100块钱，我生活了将近一个月，并最终找到了一份工作。

在来北京6年之后的今天，我在这个城市拥有了我想要的一切：一份自己喜欢的工作、一份平实幸福的爱情、一种富有精神内涵的生活。常常，我会想起那个生日的夜晚，当初究竟是什么力量，支撑着我走过那个脆弱的关口？我想那力量，一定是来源于我内心深处对于自我、对于生活不肯妥协的要求；如果那个晚上，我倒在了那个我并不爱的人的怀里，结果会是怎样？我想我会成为他的妻子，过上一种衣食无忧的生活，然后在那种生活里我却一天天枯萎……

我们每一个人，以血肉之躯辗转在这纷纷扰扰变幻莫测的世上，总会遭遇许多脆弱的时刻，在那些脆弱的关口，咬咬牙，一定要挺住，并且坚信：所有我们想要的东西，总会在某一个不期然的时刻与我们相逢。到那时，你会惊喜地欢呼："是的！我要的就是这个，就在这里啊！"

然后，请上前将它牢牢抓住——你有这个资格。

穷人的幸福

（韩）柳时和

在印度旅行期间，当地朋友的许多话都给我留下了深刻印象。

还没死

在孟买参拜克里须纳姆鲁替圣者时，我雇了一辆三轮车。车夫一路超速前进，任我怎么劝阻也不听，终于翻了车，人仰马翻摔到路旁的泥淖地上。我气得对车夫大吼："因为你，我差点没死掉！"没想到车夫回答说："只是差点没死掉而已，既然都没死，干吗生这么大的气？对根本还没有发生的事情愤怒，是自寻烦恼，何必让自己这样难过呢！"

泪水与彩虹

"眼睛中没有泪水的话，他的灵魂也不会有彩虹。"在旧德里与遇到的年轻车夫谈到人生的苦痛时，他说。

每天都是第一次

在瓦拉纳西，毗湿奴宾馆是最受自助旅行者欢迎的旅馆。因此，脑筋动得快的印度人，便在距此宾馆约200米外的角落，开了一家毗湿奴旅舍，同时与三轮车夫串通，若拉客来便给回扣。很多第一次到印度旅行的人，不明就里以为自己是到了旅游手册上所介绍的毗湿奴宾馆。

一次，我在深夜抵达了瓦拉纳西，被三轮车夫当成"菜鸟"，拉到毗湿奴旅舍。我指责车夫，并说自己来过好多次瓦拉纳西。谁知三轮车夫回答说："虽然你以为自己来过很多次，但是我是第一次来。因为每天早上我都重生，所以每天都是第一次来这里。一切对我来说都是新的。"

放下

"放下的愈多，得到的愈多。"在加尔各答，一个乞丐看我犹豫不决，无法决定要丢下多少钱时，对我这样说。

扒手的说辞

在往阿拉哈巴得的三等车厢中，一看就知道是扒手的印度人，看着我双手抱着行李的模样及满脸的警惕，对我说："虽然不知道你行李里装的是什么，但我希望你不要紧张。被自己拥有的物品牵累着无法心安，怎么能在这宗教的国度里旅行呢！"由于我丝毫不松懈，他更加好奇，忍不住又问："到底行李里装的是什么？"

眼睛与口

"用眼睛看比从口中说话，能表达出更多。"当我问印度人为什么老是看着对方的眼睛时，他们给我的答复。

从行李背包开始要学的

在新德里北部往阿姆利则长达 8 小时车程的二等车厢里，我和一位耆那教的老人东谈西聊，忽然老人说人应该向自然或所有的一切事物学习，从风那儿学到执著，从大海那儿学到视野宽阔，从火车学到……他滔滔不绝地发表自己的主张。

"那么，从鞋子可以学到什么？"印度人原来是不穿鞋的，所以我问。

"我们要学习的是任何愚昧的发明一出来，很快就会扩散到全世界。"老人说。

"那么，从我的行李背包可以学到什么？"我又问。

"行李背包里如果有吃的，要学习拿出来与众人分享。"老人说。

竹子和芦草

"看看竹子的节吧，它以一定的间距支撑着竹子往上伸展，生活中如果没有规律的冥想，就像是没有节的芦草一样，随时都会倒塌。"在北印度里希凯西市，一位修行者如是说。

最长的距离

在里希凯西江边和一位斯洼米谈天。他说从南印度的特利班度隆，搭了 100 小时的火车才抵达里希凯西。我听了非常讶异，他能走这么长距离的旅程。他回答说："有比这还要长的距离，世界上最长的距离，是从人的头到胸前的心，不到 30 厘米的地方。有人从头到心，足足走了一辈子。"

生活还是毁灭由你选择

孙盛起

约翰尼·卡许是六七十年代风靡欧美流行歌坛的超级巨星。

在卡许还是个孩子的时候，心中就怀有一个梦想：做个受世人仰慕的歌手。高中毕业后，他参军离开了家乡，不久被派往德国驻军。在德国的一个军人商店里，卡许买到了自己有生以来的第一把吉他。他利用业余时间刻苦练琴和唱歌，并自学谱曲，开始为实现自己的理想而奋斗。

服役期满后，卡许回到美国，奔走于各唱片公司和电台。可是，没有一家唱片公司肯为他灌制唱片，就连电台音乐节目广播员的职位他也没能得到。他只能靠挨家挨户推销各种生活用品来维持生计。然而，遭遇的挫折和生活的窘迫不仅没有泯灭他心中的梦想，反而越发激励他努力提高自己的演唱技巧。他坚信，自己独特的演唱风格终有一天会被世人接受。

不久，他结识了几个志同道合的人，组织了一个小型歌唱组。在城市的街道、教堂前的石台上、乡村小镇的酒吧前，他们为歌迷们做巡回演出，足迹遍布半个美国。终于，一家唱片公司独具慧眼，为他灌制了第一张唱片。这张唱片立刻在欧美歌坛引起轰动，各大电视台也纷纷邀他演出，约翰尼·卡许因此一举成名。

无休止的演出，天天被狂热的歌迷所包围，掌声、签名和自己的一切都暴露给世人，这些虽然是每个歌手梦寐以求的荣誉，但也是巨大的压力。几年下来，卡许被拖垮了，晚上需服安眠药才能入睡，白天更要吃些兴奋剂才能维持全天的精神状态。

渐渐地，他恶习缠身，酗酒和服用各种镇静或兴奋性药片成瘾，以至于后来他每天必须吞服 100 多片药才能使自己勉强站在舞台上。由于他服用的都是限量药品，药店有时会限制他购买，为了获取那些药片，他竟然常常失去控制，破门闯入药店进行抢夺。

他的劣行不仅使他很快失去了观众，更使他成了监狱里的常客。

一天早晨，当卡许再一次从佐治亚州的一所监狱刑满出狱时，典狱长——一位他以前的忠实歌迷对他说："约翰尼·卡许，我今天要把你的钱和麻醉药都还给你，因为你比别人更明白你能充分自由地选择自己想干的事。看，这就是你的钱和药片，你现在就把这些药片扔掉吧，否则，你就去麻醉自己。生活还是毁灭，你选择吧！"

卡许回到老家纳什维利，找到他的私人医生，表示自己要戒掉药瘾。医生不太相信他，告诉他："戒药瘾比找上帝还难。"

可是卡许决心选择生活，重新找回自己心中的上帝。他把自己锁在卧室里闭门不出，开始以非凡的毅力戒除毒瘾，为此他忍受了巨大的痛苦。他失眠烦躁，坐卧不宁，时常感到身体里像是有许多玻璃球在膨胀，突然一声爆响，他的五脏六腑就扎满了玻璃碎片，他甚至能清楚地看到身体上有无数小孔在汩汩流血！然而，他的毅力和信念顽强地支撑着他，使他最终摆脱掉麻醉药的诱惑而听从于心中梦想的召唤，一步一步艰难地从毁灭的边缘爬了回来。

9 个星期以后，可怕的玻璃球不再在身体里出现，卡许又逐渐恢复了以前的神采。又经过几个月的努力，他满怀自信地重返歌坛引吭高歌，再一次成为被人仰慕的超级巨星。

后来他说："人生在紧要处就那么几步，左边是生活，右边是毁灭，看你怎样选择。"

压不垮的埃尔默

杨红

很多健康幸福的人，每天生活在“天随时随地都要塌下来”的忧患中不能自拔。那也是生活，但相比埃尔默而言，则显得愚蠢和虚妄。

埃尔默是和我们同住一个小区的一位老年朋友，认识他是因为先生车子的一次“疑难杂症”。那时，先生有一辆柴油工具车三天两头闹罢工，而且屡修不好。我们的美国老爸莱瑞说：有困难找埃尔默呀。原来，小区里藏着一位能人叫埃尔默，他曾是一位飞机工程师，后来做了航空机械杂志的经理。实践与理论兼备的他，退休后的最大乐趣之一，是用修飞机的本事修汽车，四处为邻居们排忧解难。

一辆状似大坦克的米黄色别克车停在我家院前。埃尔默健步走下。我注意到车里还坐着一位着装鲜艳、卷发一丝不乱、戴着个时髦大墨镜的老太太。她就是埃尔默的夫人玛丽莲安。我请她屋里坐，玛丽莲安笑着摇摇头，举了举手中正织着的一件大披肩。后来，莱瑞告诉我：埃尔默出去帮人家修车时，玛丽莲安永远坐在车里，目光不离埃尔默，一边织着毛衣一边陪伴着他。

在加州灿烂的阳光下，埃尔默忙了一阵，把我们的车修好了。看着他们开着“大坦克”离开，那样子叫人想起一句中国话：秤不离砣，公不离婆。

某日，朋友告诉我：抽了一辈子烟的玛丽莲安在例行体检时，被诊断为肺癌晚期。没有任何征兆的她，被这一消息击蒙了。医生告诉她只有四个月的活头。我听后，揪心地难过。我不忍想象这一对日日相随的恩爱老夫妻的分离，我不忍想象埃尔默未来形单影只的样子。后来，我从莱瑞那儿听到了他们家其他的不幸：这对相依为命的老两口原有一儿一女，儿子前些年不幸车祸身亡，埃尔默又因病丧失了听力，现在只能借助于助听器才能勉强听到声音。

在一个黄昏，我和妹妹推开了埃尔默的家门。玛丽莲安躺在摇椅上，埃尔默与我们对坐。时间在静静地流淌，他们养的两条漂亮的长毛狗缓缓地在主人间穿行。面对一个被医学判了死刑的人，和一个眼睁睁看着自己心爱的人在分分秒秒地离去的埃尔默，我什么也说不出，那种感觉让我窒息。你看它，听力还不如我呢！埃尔默指着爱犬先打破了沉默。

它太老了，几乎什么都听不见了，不用再接受我的训导了。我看着这两位老人，他们脸上那种等待命运召唤的超脱与平静，让我感到有如进了教堂般的神圣。

四个月如期而至，玛丽莲安走了。我从国内回到美国，在熟悉的邻居中，我牵挂的人只有埃尔默。我无法想象他的孤独，甚至不敢单独与他相对，因为根本不知道如何才能安慰他。我和妹妹筹划了一个家庭晚会，请的多是小区里的老龄朋友，埃尔默是我们最想请的客人。

门铃响过，我们开门迎来的第一位客人就是埃尔默。妹妹激动地过去和他拥抱：埃尔默，你太帅了！只见眼前这位高高的绅士，上着一件深紫色的晚装衬衫，下配深蓝色长裤，灰白的头发梳得一丝不乱，哪里像一位 80 多岁的老人！我们悬着的心顿时放下了一些。

埃尔默告诉我们，他每天最重要的事情就是出门与人接触。他已下定决心，不让自己因为丧妻之痛而掉进抑郁症的深渊：我每周都去老年中心活动，找人聊天，虽然我的耳疾迫使我需要努力才能做一个好的倾听者。我现在还开始学习做饭，每个月请朋友来家里打一次桥牌，品尝我的速冻手艺。我还准备开着我的大房车和人结伴周游美国……

埃尔默与来宾们融洽地交谈，他又恢复了幽默。我们深深地尊敬这个承受了生活重击的老人。晚会结束时，我和妹妹将埃尔默送到车边，并为他拉开车门。埃尔默握着我们的手，突然说了一句：这是玛丽莲安去世后，第一次有人为我拉车门，这种感觉真好……我们听后鼻子一酸。

没有任何苦难能够摧毁埃尔默的尊严和对生命的热爱。在后来的日子里，他依旧有求必应地四处为朋友们修车，衣着得体地来参加聚会。

乘着苦难的翅膀飞翔

李明博

我读高中三年级的时候，母亲作出了一个重要决定：搬到首尔照顾二哥。我和妹妹因为要读高中，只能暂时留在浦项。父母为了筹集在首尔的生活费，把房子和做买卖的用具都卖了，只给我和妹妹准备了一间很小的房间。我们俩一边读书，一边还要想办法养活自己。父母每个月寄来的伙食费根本不够我们吃饱，天天喝稀粥也很难维持一个月。妹妹实在饿得受不了，就央求我："哥哥，咱们哪怕前 10 天吃个饱，后 20 天饿肚子也行啊。"但我知道如果那样做，我们俩一定会饿死。我找来 30 个纸袋子，把一个月的粮食分成 30 份，一天就拿出一份，让妹妹去煮粥。直到现在，妹妹见到我还总是苦笑着说："哥哥当时真残酷，我差点离家出走。"

1959 年 12 月，18 岁的我和妹妹终于踏上了开往首尔的火车。一路上，我心里有种说不出的孤独与迷惘。离开艰难生活了 14 年的浦项，从今往后，陌生的首尔又将抛给我怎样的面貌呢？父母似乎还没有在首尔安定下来，贫穷开始纠缠不休。但是，我心里总还期待着首尔能有和浦项不一样的东西在等待着我。

父母在梨泰院的棚户区租了一间小屋子，每天到市场上卖蔬菜，和在浦项时没什么两样。我那时没本钱做买卖，倒是难得地清闲起来。我曾经坐着电车，从始发站坐到终点站，再从终点站坐到始发站。不知不觉间，我会走到东崇洞、安岩洞、新村这些大学街。看到穿着校服的大学生们来来往往，我的心里忍不住一阵难过。唉，连饭都吃不饱，跑来这里干什么？

有一天，我突然产生了一个奇怪的念头："中学时班主任曾经说过，高中毕业证比初中毕业证有用，那么，大学中途退学的话一定比高中毕业还强些吧。要不我就考一次试试。如果考取了大学不去上，不就算是大学中途退学了吗？"

在这个想法的鼓动下，我竟然真的着手准备考大学了。我报考了高丽大学商学院。考试日期迫在眉睫，我一边利用有限的时间拼命复习，一边还要到市场上帮父母干活。他们不拦着我参加考试，我已经很感激了。

离考试还有一个月时，我开始熬夜复习，用当时流行的安眠药来调节睡眠。但在临考试的前 3 天，我终于还是病倒了。考试那天，我勉强爬起来进了考场。不管考取与否，能够参加大学考试，我已经心满意足。

但是，我竟然考取了。

还没高兴多久，我就被迎面泼了一盆冷水。

"至少要上一个学期才能算大学中途退学啊，光是考试合格，没注册是没有用的。"

这下糟了。我去哪里找入学的费用呢？这可比考试难多了。就在我想放弃的时候，梨泰院市场的人们帮我安排了一个工作：凌晨清理垃圾。只要肯卖力地干活，交学费是没有问题的。

于是，每天天还未亮我就开始忙活起来，把装得满满的垃圾搬到推车上，经过三角地、解放村、普光洞的岔路口，再从美军营地的右侧绕过去，把垃圾倒在指定的空地上。每天我都要往返6次，上坡时累得气喘吁吁，下坡时更吃力，也更加危险。

本来只打算挣够第一学期的学费，没想到靠着这份卖苦力的工作，我顺利地读完了大学。

“凹点”心理

楠子

德国心理学家霍尔曼在成功心理学中提出过非常著名的“凹点”心理。由于这条心理学定律来源于高尔夫运动，又被人称做“高尔夫”特征心理。

高尔夫运动刚刚兴起时，只是对球的重量、体积作了相关的规定。各名赛手为了让自己的球显得美观且与众不同，设计了很多图案印或刻在表面，比如五角星、圆点，甚至是自己名字的缩写。奇怪的是，几乎所有的高尔夫球手都很喜欢用旧球，特别是有划痕的球。一些赛手甚至在新球上特意弄出并不美观的伤痕。原来，有伤痕的球比光滑的新球有着更优秀的飞行能力。

于是，根据空气动力学原理，科学家设计出了表面有凹点的高尔夫球。这些凹点，让高尔夫球的平稳性和距离性比光滑的球更有优势。从此，有凹点的高尔夫球成为比赛的统一用球。

在成功心理学中，霍尔曼指出：“有阅历的心灵，有着更持久的战斗力，因此也更容易达到个体所制定的目标。而所谓阅历，主要指经历的失败，以及这些失败在心理上所留下的痕迹。如同高尔夫球表面的凹点。虽然不美观，但的确有利于提高心理的承受力。”换句话说，霍尔曼的意思是，成功更青睐受到挫折的心灵。

在生活中，心理上的“凹点”有很多种。求职有过屡试屡败的经历是凹点，但个体往往得到一份人人羡慕的职位；考研过程中，刻苦学习甚至感到巨大的压力是“凹点”，但这样的人往往是最后的胜利者；甚至爱情，被女孩一次次拒绝的男孩往往最后得到这份爱情。那些失败、拒绝带着些许绝望的味道，一次次给心理上的冲击，带来的除了伤痛，还留下疤痕和凹点。然而正是这些经历风雨的心灵，有着超乎想象的持久力。它会让你到达遥远的目的地。

除了为自己得到这些“凹点”感到高兴外，我们更应该注意在失败袭来时，如何尽快地将自己从不快乐的漩涡中拔出来。和“凹点”心理配合的是爆发心理素质。

高尔夫球飞行的高度和距离，除了自身表面的凹点起到作用外，也离不开击球的那一瞬间。而影响这一瞬间的最主要因素是爆发力。爆发力越大，高尔夫球具有的能量也就越大。同理，我们经历挫折的心灵也需要一种爆发力。而这种爆发心理，往往取决于你的个人态度。越是态度明朗的人，越容易获得心理上的爆发力。

在我们面对失败时，请先调整自己的心态。通过心理暗示，明确自我的目标。如果可能，请大声地说出或者用笔列出这个目标，以及实现这个目标的原因。这些都有利于自我确定目标。

有了明确的目标，会很容易获得心理上的爆发力。相信你会如同一颗有着凹点的高尔夫球一样，飞向成功的目标。

先把帽子扔过墙

海天

我有一位朋友，早先的时候在一家效益不好的企业任职。后来，企业鼓励职工买断工龄，也就是厂方给一笔钱，从此与单位再无任何瓜葛。朋友不顾家人的反对，第一个站出来和厂方签了约。朋友放下手中握了七年的铁扳手，抹抹额头的汗，去了广东。那一年是 1995 年。

在深圳那个人生地不熟的城市，朋友信心十足地跑公司、商号，找老板毛遂自荐。一个月下来，竟然没有单位肯接收他这个高中学历的小伙子。眼看兜里的钱只剩下 100 元了，有一天，朋友看见报纸上刊出一条美文翻译公司招聘英语翻译的启事。朋友一直在坚持自学英语，阅读、写作都不成问题。于是，朋友兴冲冲地跑到美文公司。

笔试合格后，不想面试时，招聘的主管用英语问他："你的口语怎么样？我们这份工作时常要陪客户外出，只能读写不能听说将寸步难行。"朋友和大多数英语爱好者一样，由于环境的原因，学的是"哑巴"英语。直到那位主管放慢了速度反复说了三遍，朋友才弄懂了他的意思，遗憾的是朋友却无法用英语回答。主管的眉毛蹙紧了，正要喊"下一个"。朋友急了，结结巴巴地用奇特的"中英结合语"回答："对不起。的确，现在我的口语不行，但我保证一个月后，站在你面前的将是一个能说一口流利英语的我！"主管听多了这种话，挥挥手说："那么，你一个月后再来吧。"

为了争到这个极具诱惑力的工作，朋友决定豁出去了。他买了一辆旧自行车，跑到布吉镇，替人扛包、洗碗、在工地拎灰桶——只要给一碗热饭吃，他就会停下疲惫的脚步。打工的闲暇，他就会将复读机的耳机塞进耳朵，口里还念念有词。半个月后，朋友终于能大致听懂电台的英文节目了。这个时候，他身上的钱增至 300 元。朋友立即返回深圳，毫不痛惜地花掉了这笔钱，去了一家英语学校，利用一切机会不断地"听"，不断地"说"……

一个月后，朋友再次去了美文翻译公司。那位主管料不到朋友将他的一句搪塞之词当了真，更料不到朋友能在短短的一个月内突破英语听说关。面上浮出佩服之色的主管找到老总，给朋友求得补录的机会。现在，六年过去了，朋友已是一家大翻译公司的首席翻译了，月薪达到一万元钱。而家乡那家国营单位已经停产多年，朋友往日的同事们渴盼得到一笔钱"买断工龄"，然而单位却没有钱，只能开出空头支票。而且，广东的人才竞争比前几年更加激烈。同事们都羡慕朋友当初那一步走对了。

他们羡慕的只是朋友的成功，而不知道应该学习朋友一往无前的勇气。朋友的勇气来源于座右铭的激励：当你面对一堵很难攀越的高墙时，不妨先把帽子扔过墙去。每当遇到不可克服的困难，朋友想起这一句话，内心总是会涌起一股热乎乎的东西，决定不管三七二十一，先将自己的帽子丢过墙去再说。

将帽子丢过墙去，这就意味着你别无选择，为了找回帽子，你必须翻越这堵高墙，毫无退路可言！正是面临这无退路的境地，人才会集中精力奋勇向前，在当今社会激烈的竞争中争得属于自己的位置。不给自己留退路，从某种意义上讲，是给自己一个向梦想冲锋的机会。

卑微的力量

赵化南

东南沿海有一个靠近内陆的小岛，由于一直未受到台风的袭击，岛上巨树参天，灌木蓊郁，绿草如茵，景色非常迷人，是一个远近闻名的旅游胜地。可是不久前，一场罕见的台风，突然席卷了整个小岛。台风过后，人们惊讶地发现：那些参天大树有的已经被连根拔起，有的则被拦腰折断，甚至连小岛上那些用钢筋水泥建成的旅游设施，也被肆虐的台风弄得一片狼藉。但是，那些矮小的灌木和柔弱的小草，却安然无恙，依旧绿意葱茏，生机盎然。横扫千钧的台风，轻易地摧毁了那些高大挺拔的大树，却奈何不了那些卑微而弱小的灌木和小草。

在非洲大草原上，有一种叫吸血蝙蝠的小动物。这种动物虽然很小，却能使野马致死。吸血蝙蝠常常趴在野马腿上，用它那锋利的牙齿迅速咬破野马的腿，然后拼命用嘴吸血。无论野马怎样奔跑蹦跳，用蹄子踢也好，用身子撞也罢，都没有办法把吸血蝙蝠赶跑。因为它实在太小了，不像狮子、虎、狼之类的猛兽，野马可以用蹄子踢它，用身子撞它。结果，吸血蝙蝠以其细小的身体，站在野马的身上，落在野马的头上，游刃有余而又从容不迫地吸食马血，致使野马在暴怒和流血中无可奈何地死去。

传说中有一个力大无比的巨人，每天要吃掉一只羊，每三天要吃掉一头牛，而且稍不如意，就拔树毁屋，寨子里的百姓敢怒不敢言。后来，有一位僧人捉来一只小蚂蚁，小心翼翼地交给巨人，说："你虽然力大无比，却战胜不了这只小小的蚂蚁。"巨人听了觉得可笑，心想：我能一把推倒一棵大树，一脚踹翻一间房子，一拳砸扁一头大象，怎么可能战胜不了一只小小的蚂蚁呢？巨人双手接过蚂蚁就狠狠地往地上一摔，结果小蚂蚁不但毫发无损，而且还继续在地上欢快地爬来爬去。巨人恼羞成怒，又抬起他毛茸茸的大脚，对着小蚂蚁使劲地踩了起来，结果小蚂蚁又从他宽大的脚趾间爬了出来。巨人用尽了各种办法，直到把自己折腾得精疲力竭，却怎么也奈何不了这小小的蚂蚁。

小草、蝙蝠、蚂蚁，都是卑微的、弱小的生命，许多人甚至意识不到它们的存在。但是这些不值得一提的弱小生命，在一定的条件下，却显现出了一种巨大的力量，甚至能战胜比它们强大得多的台风、野马和巨人。远古时代，蜥蜴与恐龙属于同类，但后来恐龙灭亡了，蜥蜴却存活下来。其中一个重要原因是：恐龙肢体过于庞大，不便保护自己；蜥蜴小巧灵活，虽然纤弱，却便于隐藏自己，从而得以生存。可见，卑微、弱小，并不等于无能，可能还是一种优势。人们常常善于示威、示强，显示自己的强大，以"毫不示弱"标榜自己。殊不知，显示强大不一定强大，"毫不示弱"反而会使自己致命的"短处"暴露无遗。这种人尽管能得一时之利，却难以成为最终的成功者。卑微、弱小蕴藏着巨大的力量，"勇于示弱"也是一种人生智慧。

图坦卡蒙国王的青铜手镯

琥珀儿　编译

每当暮霭四起，谢波尔总会独自到蒙德莱特小镇的公园散步。他头发蓬乱，面容憔悴，一身破旧的牛仔，全身上下唯一的亮点也许就是手腕上那只青铜手镯了。手镯是谢波尔在淤泥里拾到的，他很喜欢上面镂刻的美丽图案，还有他不认识的古朴的象形文字。暮色中，蒙德莱特小镇万家灯火，谢波尔更孤独了。他很想走进酒吧和人们狂欢，或去串门，可他没这个勇气。谢波尔在孤儿院里长大，每天负责打扫街道，和垃圾为伍……这一切都导致了他的自卑。

谢波尔除了每天很早起床清扫街道外，白天都呆在屋里看书，等到夜幕降临时，再到小镇公园散步。夜色里，他才有种安全感。最近每次去公园，谢波尔都看到一个老人坐在长椅上。一天黄昏，当谢波尔又一次从老人面前走过时，老人突然对他说："小伙子，你怎么每天都一个人散步？你不喜欢和朋友一起出去玩吗？"

一抹忧伤顿时浮现在谢波尔的脸上："我没朋友！没人愿意跟我这样的人交朋友。"老人并不诧异，依旧和蔼地看着他，眼光是那样柔和。谢波尔突然有了一种倾诉欲，他一脸愁苦地讲起了自己的种种不幸。老人耐心地听完了谢波尔的牢骚后说："我知道了，你认为自己是个可怜的穷鬼，对不对？可是，你可以通过奋斗去获取财富啊！""上帝从来就不偏爱我。"谢波尔摇摇头。突然，老人指着他的青铜手镯问："这是哪儿来的啊？能给我看看吗？"谢波尔告诉老人，说这是捡的。老人接过手镯，在路灯下仔细地鉴赏起来。老人拿着手镯的手在发抖："小伙子，你知道这只青铜手镯的价值吗？"

谢波尔茫然地摇头，老人继续说："小伙子，你拥有如此巨大的财富，竟还说自己穷！""我拥有巨大的财富？"谢波尔更迷惑了。老人说："我是古董商人，我知道这只手镯来自古埃及，是3300多年前古埃及的图坦卡蒙国王新婚时送给妻子安克姗娜门的礼物。国王英年早逝，安克姗娜门非常悲伤，把青铜手镯埋进了他的墓穴，以示自己终身陪伴。但几乎所有的历史学家和考古学家都认为那不过是个传说，直到后来图坦卡蒙的金字塔被发现，在墓穴里找到那只手镯。可是有一天，陈列在埃及国家博物馆的青铜手镯却被盗走，从此下落不明……直到被你幸运地拾到。"

谢波尔看着老人的眼神，觉得他不像在开玩笑。老人接着说："小伙子，这只手镯按如今的行情，至少也值100多万英镑！不过，两年后，伦敦将有个古埃及的文物拍卖会。到那时，这只手镯应该是如今价格的两三倍。"那夜，谢波尔兴奋得失眠了，他决定等到拍卖会举行，再变卖那只手镯。认识到自己很富有的谢波尔突然发觉生活其实是那样美好，他想："我以前怎么就没发现呢？"此后，每天早晨清扫完大街，看着人们快乐地走在整洁的街道上，他会无比幸福；碰见别人，他不再像以前那样低头哈腰，而是和他们微笑着打招呼……

谢波尔在小镇上的朋友渐渐地多起来，他还在业余时间写起了侦探小说。一年后，当他拿着小说稿去找出版商时，没有谁愿意冒风险出版这个无名小辈的小说。只有一个出版商说，如果谢波尔愿意自费的话，他可以考虑。谢波尔拿出了全部积蓄，又顺利地找朋友借了一些钱，他根本就不担心会因小说卖不出去而倾家荡产，因为他知道哪怕山穷水尽，自己还有一只价值昂贵的青铜手镯。

几个月后，谢波尔的侦探小说出版了。出乎所有人意料，这本小说非常畅销，仅仅半年就再版了3次，版税丰厚。谢波尔一夜之间成了畅销书作家。

两年过去了，谢波尔不再是当年那个地位卑微的清洁工，他成了蒙德莱特小镇的名人。这时，谢波尔又想起那个老人来，他在想，为什么古埃及文物拍卖会还没举行呢？

一天，夜幕降临时，谢波尔再次去了公园，他又看见了那个坐在长椅上的老人。谢波尔微笑着走到老人面前，向他问好，然后谈起了自己的疑惑，问老人伦敦的那个拍卖会是不是取消了。老人看着谢波尔笑容灿烂的脸和考究光鲜的衣着，意味深长地说："年轻的作家先生，让我告诉你真相吧，你那只青铜手镯至多值20英镑，那个爱情故事也是假的。"谢波尔愣住了："为什么你要骗我？"

老人笑了："你当时心情那么糟，我如果不说它价值连城，你还会充满希望吗？贫穷有时会使人失去勇气，如果你意识到自己原来还拥有很多珍贵的东西，就不会再恐惧和绝望，会很从容地去发掘自己的智慧与潜能……"

谢波尔恍然大悟：每个人的心中其实都有一笔价值连城的财富。那就是永不屈服厄运的自信和锲而不舍的奋斗精神，如果把它们充分地发掘和利用起来，就会给自己带来意想不到的快乐回报。那只青铜手镯依然戴在谢波尔的手腕上，他觉得这是自己人生中最宝贵也最有意义的藏品。

为失败买保险

施以诺

有只狐狸惊慌失措地跑进一个村落，喘得上气不接下气，四肢发软，好不狼狈。一只枝头上的鹦鹉看了，便问道："狐狸先生，您这是怎么了啊？"狐狸一脸惨淡，气喘吁吁地说："后……后面有一大群猎犬在追我！"

鹦鹉听了心急地大叫："哎呀！那你赶快到村口那位薛大婶家里躲一躲吧。她人最好，一定会收留你的。"狐狸一听："薛大婶？不行，前两天我偷了她鸡舍的鸡，她不会收留我的。"

鹦鹉想了想，又说："没关系，石樵夫的家离这里也不远，你赶快跑去他那儿躲起来呀！"狐狸却说："石樵夫？也不行，几天前我趁他上山砍柴时，偷吃了他女儿养的金丝雀，他们一家正痛恨我呢！"

鹦鹉又说："那么，你去投靠庄大夫吧，他是这村里唯一的医生，非常有爱心，一定不忍心看你被抓的。"狐狸尴尬地说："那个庄大夫吗？上次我到他家里，把他存的肉片给吃得一干二净，还把他院子里种的郁金香给踩烂了！我没脸再回去找他。"

鹦鹉无奈地问："难道这个村里都没有你可以信赖的人了吗？"狐狸回答："没有，我平时常得罪他们啊！"

鹦鹉摇摇头，说："唉，那么我也救不了你了。"最后，这只平日里耀武扬威的狐狸，就这么被猎犬给抓住了。

没有人一生可以永远一帆风顺，没有人可以保证自己永远高枕无忧。就像故事中的狐狸，平日再风光，再得意，有一天也可能面临种种失败与危机。当你失败时，你有朋友可以扶你一把吗？你身旁的人是会热心地伸出援手，抑或冷漠地袖手旁观呢？

做人，是在为自己的失败买保险。你平时怎样待人，将决定你失意时别人怎样待你。你失意时别人怎样待你，也决定了你的失败能东山再起还是一败涂地。

当然，你不必做一个是非不分、四处迎合的老好人，但下回当你情绪中的"我"准备大发雷霆，刁难他人时，不妨给自己踩个刹车，别把话讲死，别把事做绝了！否则下回当你有求于人时，你将变成那只求助无门的可怜的狐狸。

我没有鞋，他却没有脚

（美）戴尔·卡耐基

我认识爱波特已经有几年了。那次，他告诉我一个动人的故事，我永远不会忘记。

他说："我总是爱烦恼。但是在 1934 年春天，我在威培城西道菲街散步的时候，目睹了一件事，使我的一切烦恼烟消云散。此事发生于十秒钟内。我在这十秒钟里，学到的东西比从前十年的还要多。那时我在威培城开了一间杂货店，已经两年，我不但把所有储蓄都亏掉了，而且还负债累累，要七年之久才能还清。一个星期六，我的杂货店关门了。我正向银行贷款，准备回堪萨斯再找工作。我走起路来像一个受过严重打击的人，已经失去了一切信念和斗志。可是，我突然瞧见一个没有腿的人迎面而来，他坐在一个木制的装有轮子的可以旋转滑走的盘上，两只手各撑一根木棒，沿街推进。我碰见他时，他刚刚过了马路，走了几尺路，向人行道移过去，我们的视线刚好相遇了。他微笑着，向我打了个招呼。"早，先生，天气很好，不是吗？"他很有精神地说。我停住脚步望着他，这时，我感觉到我是多么的富有呀，我有两条腿，我可以走。我觉得自怜是多么可耻。我对自己说：他没有腿都能快乐、高兴和自信，我有腿，当然也可以。我感到我的胸怀因此开阔起来。我本来只想向银行借一百元，但是，我现在有勇气向它借二百元了。我本来想到堪萨斯城试着找一份工作，但是，现在我自信地宣布我想到堪萨斯城获得工作。最后我钱也借到了，工作也找到了。"

后来，我把下面的字贴在我的浴室镜子上，每天早晨刮脸的时候我都读一遍：

"我忧郁，因为我没有鞋。

直到上街遇见一个人，他没有脚！"

有一次，我问力铿柏克，他和他的同伴坐在木筏上漂流了二十一天，绝望地迷失于太平洋中，他得到的最大的教训是什么？他说："从那次经验中，我得到最大的教训是：只要你有淡水你就去喝，只要你有食物你就去吃，决不再埋怨任何东西。"

史密斯极其简洁地说出了人类的大智慧。他说："人生的目的只有两件事：第一，得到你想要的；第二，得到之后就去享受它。但是只有最聪明的人才能做到第二点。"

走过泥泞

吴淑珍

至今还清晰地记得手握高考成绩通知单时那种撕心裂肺的感觉，被巨大的失败击倒的我已是欲哭无泪，只知道那一刻脑海中满是无尽的茫然。这是真的吗？这怎么会是真的？恍惚如在梦中的我怎么也面对不了严酷的高考现实：一向被老师和同学公认的优秀生落榜了。祈求着出现奇迹的我又一次展开了那一张早被揉皱的成绩单：那刺眼的分数依然在“大放光彩”。

一心追求名牌大学的我又怎情愿去念一个当初被老师和同学嗤之以鼻的无名学校？即使我为了逃避现实选择了无奈，老师的惋惜和父母慈爱的劝勉也让我心有不忍啊！

于是，我别无选择地念了“高四”。

经过无数次的思想斗争，被击得信心全无的我终于捡回了一些失落的自信。我每天早早地起床，早锻炼之后便迅速到教室，重新拾起那些陪自己度过三载严寒与酷暑的课本，专心致志起来。可以说，刚进复读班时，我的心情还是比较平静的，那时的我有一个非常执著的愿望：扎扎实实地学下去，争取高考取得佳绩。

或许是自己太在意分数，或许是一向有些好强的我太看重每一次考试，一心追求高分的我容不得自己偶尔几次的分数偏低。当面对着那几张让我兴趣全无的试卷时，无形的忧郁、莫名的焦躁铺天盖地地向我逼来。那一刻，我分明感觉得到自己的学习热情在慢慢减退。我害怕出现这样的低热度现象，无数次在内心激励自己，积极一点，快乐一点，然而这些给过我好多次帮助的自我暗示也完全失效了。

接下来的一两个月里，我完全掉进了失意的深渊，平日的生活再也激不起一点波澜，生活中真真实实的快乐已远我而去了。当我试着伸手去抓些什么时，结果只是徒然，只是泪眼模糊地面对着空空的双手。

我害怕艰辛的付出又一次付诸东流，我不忍再次面对历经沧桑的父母试图掩饰眼中的失望安慰我的伤心一幕……梦魇般的两个月里，我一直处在一种极度低落的状态里，同学们的好心劝勉也无济于事。上课时，我往往是眼睛死死地盯着黑板，脑海中却一片空白。我甚至想到丢掉无望的学业跟随那些万般无奈才外出打工的女孩漂泊，那种强烈的愿望几乎是渗进了我的骨子里，挥之不去。可是我又痛苦地发觉这是不可能的，我怎能向父母提及此事，难道我还想再一次刺伤他们早已伤痕累累的善良的爱女之心？

三月会考快到了。同学们都在紧张地复习备考。惟有我，惟有我有如此“闲情逸致”自怜自艾。当我整夜整夜地难以入眠时，身心俱疲的我写了一封长长的信给班主任谢老师——一位让我此生感激不尽的恩人，倾诉了我所有的忧郁。谢老师当晚就找我谈了话，他如同亲兄长般给我谈起前几届的一个女生，她像我一样——复读，忧郁。她像我一样当高考一天天逼近时，烦躁不安，最后向老师说出不想读书的想法。老师邀女孩出来谈心，告诉她人生总不免会有挫折，告诉她只要咬紧牙关，前面就会是一片艳阳高照的天空。告诉她足以受用一生的关于生活的灵丹妙药。女孩愁云密布的脸终于绽放了开心舒畅的笑容，那一个七月对她美丽无比。

“人生没有走不完的胡同拐不过的弯，只要你勇敢地向前走。”谢老师满怀期待地对我说，“你不会是一个经不起丁点儿挫折的女孩。不在乎结局怎样，只要你真的有过积极的付出。”老师朴实的话语奇迹般地给我再次注入了生命的活力，我心灵的顽石终于在那个美丽异常的夜晚轰然而开，顷刻间，久压在心头的忧郁烟消云散。

有了希望和信心的日子就是不一样，灿烂的阳光终于洒满我生命中的每一寸土地，我惊奇而又兴奋地发现，拥有快乐原来如此简单——只要你敢于打开心结。

快乐如风的我轻轻松松地走过五月、六月，奔向绿色的七月。

如今，我身处美丽的桂子山校园，快乐而充实。

那些经历——那些让我由脆弱爱哭变得不知何为忧郁、敢于冒着风雨迎头而上的经历，让我此生受用不尽。

人生更短的东西

孔 萁

10岁那年，我从牛背上摔了下来，落下了脚跛的后遗症。我不再和同学们一起玩耍，我怕看他们的目光，更怕他们在我背后交头接耳、嘻嘻哈哈。我用自己的冷漠和孤独去对抗他们的热情、同情或嘲笑。

直到上了初中一年级，我仍没有任何朋友，也很少和同学、老师说话，每天都静静地待在教室最后面的一个角落里发呆。

后半学期，一位姓邱的老头当了我的班主任。一天下午放学后，他叫住正要走出教室的我。“可以到我的办公室做客吗？”邱老师的脸上布满了真诚和慈祥。那一刻，我的泪水流了下来。自从上学起，还没有哪位老师对我这样微笑过——不含怜悯，没有嘲笑。

邱老师让我坐下，他用粉笔在地上画了一条直线。“你能用什么方法使它变短？”

我笑了，这有什么难的。我用手指在直线上抹了一下：“这不就短了吗！”

“还有其他方法吗？”邱老师仍然微笑着问我。

我又用手指狠狠地在一节线段上抹了一下：“老师，它更短了。”

“还有其他方法吗？”我摇了摇头。“你看，”邱老师拿起粉笔在三节线段的旁边又画了一条更长的直线，“它们是不是更短了一些。”邱老师指着两条线说。

我点了点头，诧异地望着他，我不知道今天这老头葫芦里卖的什么药。

“刚才的短线好比人的短处，长线呢，就好比人的长处。你只在短线上抹了几下，表面上，它变短了，可事实上它还继续存在，就像人的短处，无论怎样掩饰、分割，它仍是你的短处。人生有些事情不能轻易改变，但改变另外一些东西，就容易多了。”邱老师说着，又在线段的旁边画了一条更长的线，“你看，人的长处越长，他的短处不就更短了吗？”

我不禁震住了。“我通过别的老师和同学，包括你的父母了解到，其实你有许多别的同学没有的优点，你的书法、文章都写得不错。眼光放到你的长处上，你同样可以成功、快乐。”

从此以后，我不再为我的脚跛而自卑，我的性格逐渐热情开朗起来。

人生更短的不是你的缺陷和缺点，不要一味地掩饰、分割你的短处和不足。正视它，然后淋漓地发挥长处和优势，那么你的短处就会越来越短，成功也会越来越近。

两根沉木条

陈志宏

一位游客为了领略山间的野趣，一个人来到一片陌生的山林，左转右转迷失了方向。正当他一筹莫展的时候，迎面走来了一个挑山货的美丽少女。

少女嫣然一笑，问道："先生是从景点那边走迷失的吧？请跟我来吧，我带你抄小路往山下赶，那里有旅游公司的汽车等着你。"

游客跟着少女穿越丛林，阳光在林间映出千万道漂亮的光柱，晶莹的水汽在光柱里飘飘忽忽。正当他陶醉于这美妙的景致时，少女开口说话了："先生，前面一点就是我们这儿的鬼谷，是这片山林中最危险的路段，一不小心就会摔进万丈深渊。我们这儿的规矩是路过此地，一定要挑点或者扛点什么东西。"

游客惊问："这么危险的地方，再负重前行，那不是更危险吗？"

少女笑了，解释道："只有你意识到危险了，才会更加集中精力，那样反而会更安全。这儿发生过好几起坠谷事件，都是迷路的游客在毫无压力的情况下一不小心掉下去的。我们每天都挑东西来来去去，却从来没人出事。"

游客不禁冒出一身冷汗。没有办法，他只好接过少女递过来的两根沉沉的木条，扛在肩上，小心翼翼地走过这段"鬼谷"路。两根沉木条，在危险面前竟成了人们的"护身符"。

与此相类似的是香港启德机场，它就位于市中心，飞机掠过深水、坦步、九龙等闹市的时候，乘客能清楚地看见住家阳台上晒的衣服。就是这么一个被称作"世界上最危险的机场"，数十年直至关闭都没有出现过大灾难。探究其中的原因，有人说正是因为危险，所以全世界的飞行员都小心翼翼，不容许自己出一点差错，香港的启德机场因此才成为世界上最安全的机场之一。

危险固然可怕，但比危险更可怕的是人的麻痹大意。危险不一定制造灾难，但人的疏忽往往是灾难的渊源。

这正是"压力效应"——推而广之，人生中的很多时候，我们不也该在肩上压上两根"沉木条"，让它唤醒我们的斗志与韧性？

抚平心灵的伤疤

佚名

我静静地看着镜子里那有着一块伤疤的脸。他说得很对，不知什么原因，经过了这么多年，那个丑陋的小女孩已经变成了一个美丽的女人。

我躺在整形外科的椅子上，接受着医生的检查。医术高超的他，手指正轻轻地摩擦着我脸上的那块扭曲变形的肌肉。他的年龄比我长 15 岁，是一位非常有魅力的男人，单是他那一身男子汉的阳刚之气和那热情的凝视就几乎让人无法抗拒。

“呃，”他温和地问道，“你是模特吗？”模特？他是在开玩笑还是在嘲笑我？我注视着他那英俊的面庞，看是否能找到一丝嘲笑的痕迹。我知道绝对不会有人将我与模特混为一谈，因为我实在太丑了。我脸上的伤疤可以证明一切。“不，我当然不是模特。”我有些气愤，没好气地答道。

见我有些生气，这位整形外科医生把他的胳膊交叉着抱在胸前，以品评的眼光看着我，“你为什么这么在意这块伤疤呢？如果不是有什么职业上的需要一定要把它去掉不可的话，是什么原因让你到这里来的呢？”

听了他的话，猛然之间，那些我曾经熟识的男人们、那些痛苦的回忆又在我的眼前一幕幕闪回着。记得在一次由女孩邀请男孩跳舞的晚会上，我先后邀请了 8 个男孩，但都被一一拒绝了。从上大学时起，漠视我的男人几乎就可以排成队了……

这时，医生拉过一把转椅，紧挨着我坐了下来。“想听听我的看法吗？想知道我都看到了些什么吗？”他的目光深邃而又满含柔情，他的声音低沉而又充满温柔，“我看到的是一个美丽的女人。虽然并不完美，但却是一个美丽的女人。你知道劳伦·赫顿和伊丽莎白·泰勒吗？劳伦·赫顿的门牙之间有一个很大的缝隙，而伊丽莎白·泰勒的额头上则有一块很小的伤疤。”他顿了顿，递给了我一面小镜子，继续说，“我常常这样想，一个女人即使有这样或那样的缺憾又有什么妨碍呢，我相信她的缺憾只会使她的美丽变得更加不同寻常，因为它向我们证明了她是一个人！”他说话的样子几乎是在对我耳语了。

然后，他把转椅向后滑过去，并站了起来。“记住，一个女人真正的美来自于她的内心世界。相信我，这是我的职业告诉我的。”说完，他就离开了。

我静静地看着镜子里那有着一块伤疤的脸。他说得很对，不知什么原因，经过了这么多年，那个丑陋的小女孩已经变成了一个美丽的女人。从接受他治疗的那天开始，作为一个依靠在数百人面前发表演讲为生的女人，我已经多次听到人们对我说我是多么的美丽了。

当我改变了对自己的看法后，别人也跟着改变了对我的看法。虽然医生不能抚平我脸上的伤疤，但是，他却抚平了我心灵的伤疤。

总有一种力量让我们感动

杨国华

他是我的一位采访对象。报社搞了一个资助特困大学生的系列报道，安排我们去采访，学校便推荐了他。那天下午，当我们在那个贫困的山村找到他时，他正在地里干活。尽管只有二十岁，但晒得黝黑黝黑的，一握手生疼——他满手老茧。

许多人都跟在我们后面去他家，他是家里考上的第三个大学生，两个哥哥都还在大学里读着，今年他又考上了大学，但学费无论如何是拿不起了。

走着走着，一位抱着孩子的大嫂轻轻地拉住我，悄声说："他妹妹是捡的。有病，恶性肿瘤，怕是不行了。你们可千万别问，别给她说。"我觉得很纳闷，为什么不能说呢？

他的家里真的是家徒四壁，惟一的家用电器是房梁上悬着的不紧不慢的风扇。他的父亲告诉我们，那是因为小梅有病在家里打吊瓶怕她热才买的。小梅就是他的妹妹。我这才注意到坐在角落里那个腼腆的一脸愁容的小姑娘。

他的母亲边说边流泪，家里喂的两头猪因为没有院墙被贼药死了，本来那是给女儿看病的一线希望。现在孩子又考上了大学，上万元的学费哪里去借？愁都愁死了。

我试着跟小梅说话，问她怎么了？她怯怯地说肚子疼，两个月前在医院里做手术割出了两斤多重的肿瘤。家里没钱住院了，就出院在家里养着。哥哥们很疼她，大哥和二哥虽然上着大学，假期里都打工去了，连过年都没有回家。三哥今年又考上大学了，还要交钱。"不行就别给我看病了，省点钱给哥哥上大学吧。"她叹息道。

"别胡说！大学我不上了，我和大哥、二哥都不上了，也要给你看病！"他打断妹妹的话，把手轻轻地放在她的头上。

他告诉我，今年他填报的大学志愿都是医学院，他想等他大学毕业了，就可以给妹妹治病，能省很多的医疗费。但是，他不知道妹妹能不能等到那一天。他还说自己能不能上大学真的无所谓，就是不想失去妹妹。妹妹才十一岁，就受了那么多苦，小的时候就是爸爸妈妈捡的，小梅从小到大都生活在一个善意的谎言之中，没有人告诉她：她是父母捡来的，她心安理得地享受着父母和哥哥们给予的爱，享受着这个贫困家庭的快乐、痛苦、忧伤。如果是因为自己上大学而耽误了妹妹的病，他将永远无法原谅自己。上高中的时候，他在集市上看到一件粉红色的小褂非常适合妹妹穿，他就用生活费给妹妹买了，没有钱吃饭，别人吃饭的时候，他就在寝室里蒙头大睡，为的就是看到妹妹苍白的小脸泛着笑容。说到这儿，他哭了……

尽管如此，他们并没有我们想象的那么悲观。

他的父母说无论多难，都要让孩子上学，都是自己的孩子，手心手背都是娘的肉，孩子是他们的希望：哥哥们都好好地干着，因为治好妹妹的病是他们的希望；而妹妹的希望就是让哥哥们都上好大学，以后能替家里早日还上债……一家人都有希望，都在希望中温暖自己的生命历程。

小梅喜欢吃枣，家里就栽了一棵枣树，大家都说：等到枣树长大的时候，小梅的病就好了，家里也好了，不欠债了，哥哥们都娶上了媳妇……站在枣树下，我突然觉得有一种东西流下脸庞，本来极度贫困的家庭，为什么要把自己的所有给一个毫无血缘关系的孩子造一个生的希望？

这源于他们对生命的渴望，对生活的热爱，无论什么样的艰难都遮挡不了他们这种朴素的理想。

在这个世界上，总有一些东西让我们感动，总有一种情感让我们情不自禁。

七个铜板

凌山 编译

穷人也可以笑，这本来是神明注定的。

茅屋里不但可以听到呜咽和号哭，也可以听到由衷的笑声，甚至可以说，穷人在想哭的时候也是常常笑的。

我很熟悉那个世界。我父亲所属的苏斯家族的那一代经历过最悲惨的贫困。那时，我父亲在一家机器厂打零工。他不夸耀那个时代，别人也不，可是那时候的情景是真实的。

在我今后的生活中，我再也不会像在童年短短的岁月中笑得那样厉害了，这也是真实的。

没有了我那笑得那么甜蜜，终于笑到流眼泪，笑到咳嗽得几乎透不过气来的、红脸盘儿的、快活的母亲，我怎么会笑呢？

有一次，我俩花了整整一个下午来找七个铜板，就是她，也从来不曾像那一次笑得那么厉害。我们找寻那七个铜板，而且终于找到了。三个在缝衣机的抽屉里，一个在衣橱里……另外几个却是费了更大的劲才找出来的。

头三个铜板是我母亲一个人找到的。她希望在缝衣机的抽屉里再找到几个，因为她时常给人家做点针线活，赚来的钱总是放在那里面。在我看来，那个缝衣机抽屉是个无穷无尽的宝藏，只要伸手就能拿到钱。

因此，我非常奇怪地看着我母亲在抽屉里边搜寻，在针、线、顶针、剪子、扣子、碎布条等等中间摸索，又突然大惊小怪地叫了起来："它们都躲起来啦！"

"谁呀？"

"小铜板哪。"我母亲笑着说。她把抽屉拉了出来，"我的小乖乖，不管怎么样，我们得把这些小坏蛋找出来。呵，这些淘气的、淘气的小铜板！"

她蹲在地板上，把抽屉放下来，像是怕它们会飞掉。她又像人家用帽子扑蝴蝶似的突然把抽屉翻了个身。

看她那个样子，叫你不能不笑。

"它们就在这儿啦，在里头啦。"她咯咯地笑着说，不慌不忙地把抽屉搬起来，"假如只剩一个的话，那就应该在这儿。"

我蹲在地板上，注视着有没有晶亮的小铜板悄悄地爬出来。可是，那儿没有一样东西蠕动。事实上，我们也并不真的相信里面会有什么东西。

我们彼此望望，觉得这种儿戏可笑。

我碰了碰那个翻了身的抽屉。

"嘘！"我母亲警告我，"当心，会逃走的啊。你不晓得铜板是个多么灵活的动物，它会很快地跑掉，它差不多是滚着跑的。它滚得可快哪……”

我们笑得前仰后合。我们从经验中知道一个铜板多么容易滚走。

当我们平静下来的时候，我又伸出手去翻转抽屉。

“哦！”我母亲又叫起来。我吓得连忙把手缩回来，好像碰到一只火辣辣的炉子。

“当心，你这个小败家精！干吗急着把它放走呀！只有它藏在下面的时候，它才是属于我们的呢。让它在那儿多待一会儿吧！你瞧，我要洗衣服，得用肥皂，可是肥皂起码要花七个铜板才能买到，少一个就不行。我已经有三个了，还差四个。它们都在这小屋子里，它们逗留在这儿，但是它们不喜欢人去惊动。假如它们生了气，它们就一去不回了。当心，钱是很敏感的，你得很巧妙地对付它，要毕恭毕敬地。它像少妇一样容易气恼。你不是会唱迷人的曲儿吗？也许我们可以把它从它的蜗牛壳里逗出来呢。”

天晓得我们在这唠叨不休的谈话中间笑得多起劲。不过那的确是非常好笑的。

“铜板叔叔快出来，你的房子着火啦！”我一面说，一面就把它的房子翻过来。

下面是各种各样的破烂儿，就是没有钱。

我母亲噘着嘴在乱翻，但是毫无结果。

“多可惜呀，”她说道，“我们没有桌子。假如把它倒在桌面上，我们就可以做得更隆重了，并且我们一定会从下面找到一些什么的。”

我把那堆破烂儿抓在一起，放回抽屉里。这时我母亲正在寻思。她绞尽脑汁地想她是不是曾经把钱放在别的什么地方，但是她什么也想不出来。

不过，我的心里倒动了一个念头。

“亲爱的妈妈，我知道一个地方有一个铜板。”

“在哪儿，我的孩子？我们快把它找出来吧，别让它像雪一般融掉。”

“玻璃橱里，在那个抽屉里。”

“哦，你这倒霉孩子，亏了你早先没有说出来！不然，这时一定不在那里了。”

我们站起来，走到早已没有玻璃的玻璃橱前，还好，我们在它的抽屉里找到了那个铜板，我知道它一定是在那里的。这三天来，我一直准备把它偷走，就是不敢。假如我敢偷的话，我一定拿它买了糖啦。

“得，我们已经有四个铜板了。打起精神来吧，我的小宝贝，我们已经找到一大半了，再有三个就够了。我们既然花了一个钟头找到了这一个，到下午喝茶的时候，我们就可以找到那三个了。尽管那样，在天黑以前我还可以洗不少衣服呢。快点儿吧，也许其余的抽屉里都有一个铜板呢。”

每个抽屉里要都有一个就好了！那就真的了不起！这个老橱柜在它年轻的时候曾经收藏过很多东西。但是，在我们家里，这个可怜的家伙却不曾放过很多东西；难怪它变得那么破烂，生了虫，到处是窟窿了。

我母亲对每一个抽屉都唠叨一番。

“这一个抽屉豪华过一阵！那一个从来没有过东西！这一个呢，永远是靠借债度日的！唉，你这缺德的、可怜的叫化子，你连一个铜板也没有吗？这一个不会有什么东西了，因为它在守护我们的穷神。假如现在不给我一点东西，你就永远别想有一点东西了，这是我唯一的一次向你要东西！瞧，这一个最多！”她笑着叫道，拉出那个连底也没有了的最下一层的抽屉。

她把它套在我的脖子上，于是我们坐在地板上，放声大笑。

“别笑了，”她突然说道，“我们马上就有钱了。我就要从你爸爸的衣服里找出一些来。”

墙上有些钉子，上面挂着衣服。你说怪不怪，我母亲把手伸进头一个口袋，就马上摸到了一个铜板。

她简直不相信自己的眼睛了。

“瞧，”她叫道，“我们找着了！我们已经有多少啦？简直数不过来了！一——二——三——四——五，五个！再有两个就够了。两个铜板算什么？算不了什么。既然有了五个，另外两个没有疑问就要出现的。”

她非常热心地搜寻那些衣袋，可是，天哪，什么结果也没有。她一个也找不出来了。就连最有趣的笑话也没法把另外两个铜板逗出来了。

由于兴奋和辛苦，母亲的两颊已经泛起两朵红晕。再不能让她干下去了，因为这样会叫她马上害病的。这当然是一件例外的工作，谁也不能禁止谁找钱哪。

下午喝茶的时候到来了，又过去了，夜不久就要来临。父亲明天需要一件衬衫，可是我们没法洗，单是井水是洗不掉油污的。

这时，我母亲拍了拍前额。

“哦，我有多么傻！我就不曾看看我自己的衣袋！既然想起来了，我就去看看吧。”

她去看了一下，你相信吗，她真在那里找着了一个铜板，第六个。

我们都兴奋起来，现在只缺一个了。

“把你的衣袋也给我看看，说不定那儿也有一个！”

我的衣袋！我可以给她看的，里边什么也没有。

到了晚上，我们有了六个铜板，可是我们真的好像一个也没有一样。那个犹太人不肯放账，邻居们又像我们一样穷，也不能向人家讨一个铜板啊！

除了打心坎上笑我们自己的不幸以外，再也没有别的办法了。

这时，一个叫化子走了进来。他用歌唱的调子发出一阵悠长的哀叹。我母亲笑得几乎昏过去了。

“算了吧，我的好人，”她说道，“我在这儿糟蹋了一下午，因为需要一个铜板，少了它就买不到半磅肥皂。”

那个叫化子，一个脸色温和的老头，瞪着眼睛看着她。

“一个铜板？”他问道。

“是的。”

“我可以给你一个。”

“这还了得，接受一个叫化子的布施！”

“不要紧，我的姑娘。我不会短少这一个铜板的。我短少的是一铲子土，有了这，就万事大吉了。”

他把一个铜板放在我的手里，然后满怀着感恩的心情蹒跚地走开去了。

“好吧，感谢上帝，”我母亲说道，“再没有……”

她停了一会儿，然后大大发出一阵笑声。

“钱来得正是时候！今天再也洗不成衣服了。天黑了，我连灯油也没有！”

她笑得透不过气来。这是一种可怕的、致命的窒息。她弯着腰把脸埋在手掌里，我去扶她的时候，一种热乎乎的东西流过我的手。

那是泪，是我母亲的泪，是她宝贵的、圣洁的泪。我的母亲呀，就连穷人中间也很少有人像她那样会笑的。

面对不幸的姿态

涵子

女友海群去巴尔的摩参加一个年会，和海群同住一个旅馆房间的还有一位吕贝卡，她是个年轻漂亮的女人。每天太阳一升起，她就梳妆整齐，和常人一样开会，做笔记，谈笑风生。但是夜幕一降临，她便谢绝一切晚会、电影和夜宵，退回自己的房间。她打开背包，排出十几只药瓶来，然后像刷牙洗脸一般自如熟练，一瓶接一瓶地吃下去。吞完药，洗漱完毕，八点半准时关灯睡觉。

吕贝卡得的是红斑狼疮，如果不是坚持吃药、早睡，她撑不到第二个阳光灿烂的日子。不过海群和她相识了好几年，常常忘了她身患重疾，因为吕贝卡很少提起她的疾病，平时工作学习起来，和常人没有两样。这次与她同室，海群问道："你平时看起来好精神呀！"已经在黑暗中躺下的吕贝卡平淡地说："一天下来还是有些累。"

吕贝卡大学学的是社会心理学，毕业后工作了几年，又回到康奈尔大学读生物统计硕士。海群说，身患顽症的吕贝卡读书太艰辛了，但毕竟还是一步一步地坚持完成了学业。

记起刚到美国时，我曾在一家小店做售货员。一个坐轮椅的社区大学教师是小店的常客。他不计较我的"破英语"，买东西会和我聊几句，耐心向我介绍美国的情况。他每次来买东西，我都会立即奔过去为他开门，然后尾随其后，随时准备助他一臂之力。好几次，他谢了我以后，坚持自己行动。一次我看他想要货架上的罐头，便立即拿了递给他，不料他摆摆手，自己撑着从轮椅上站起来，又去拿了一个。他恳切地对我说："你不用老想着帮我。我自己买东西好多年了，有时只是行动慢些，并不是不能。"经他一说，不好意思的倒是我了。

长久以来，在小说、电影、电视里看到身残的不幸者，多是凄惨可怜的形象。瘫痪在床的男人，无论以前多么叱咤风云，最后总是在自卑、暴躁和反复无常中，折磨完别人，折磨完自己，受尽千辛万苦，才撒手离去；得了白血病的美女，谈过一场轰轰烈烈的恋爱，多半也是在疾病的庞大阴影下，哭哭泣泣地挨近坟墓。

可在美国生活十年，我却亲眼见识了不少不幸却不凄惨的人物。

一个十分聪慧的女孩子，酷爱体育活动，不幸得了一种奇怪的骨风症，活动久了就会双腿关节红肿。有时疼痛剧烈，她会立即跪倒在地，寸步难行。据说这病发作起来身心俱裂，还可能导致瘫痪。她和吕贝卡一样，每天必须吞食一大把药片，但这个女孩子很少一脸愁容，也不见她声张诉说，偶尔提起不能打排球的遗憾，也只像是不能吃冰糖葫芦似的。

如果说他们的不幸会给人一种震撼，那恰是来自于他们面对不幸的姿态。他们不向人诉苦，不期望人们有所照应和谦让，不强调自己与苦难拼搏的艰难与坚强，而以残疾之躯行自力更生之举为自豪。从他们的不言之中，我看到了一颗颗坚韧之心。一个身体比较孱弱、朋友不多的美国小伙子对我说过这么一段话：“这几年我最大的进步是，生病时，可以独自待在黄昏渐暗的屋子里而不黯然神伤……一个人只有有勇气面对自己，才能有勇气面对人生。”在他看来，即使遭遇苦难，亲情、友谊和社会声援，也只能当作一种额外的补偿。真正可以依赖的，惟有自己的坚韧之心。有了这样的信念，你就再也不怕失去什么了。

第八篇

幸福就是平常心

心田上的百合花开

林清玄

在一个偏僻遥远的山谷里，有一个高达数十尺的断崖。不知道什么时候，断崖边上长出了一株小小的百合。百合刚刚诞生的时候，长得和杂草一模一样。但是，它心里知道自己并不是一株野草。在它的内心深处，有一个顽强的念头：“我是一株百合，而不是一株野草。唯一能证明我是百合的方法，那就是开出美丽的花朵。”

有了这个念头，百合努力地吸收水分和阳光，深深地扎根，直直地挺着胸膛。终于在一个春天的清晨，百合的顶部结出第一个花苞。百合的心里很高兴，附近的杂草却很不屑，它们在私底下嘲笑着百合。偶尔也有飞过的蜂蝶鸟雀，它们也会劝百合不用那么努力开花：“在这断崖边上，纵然开出世界上最美的花，也不会有人来欣赏呀！”百合说：“我要开花，是因为我知道自己有美丽的花；我要开花，是为了完成作为一株花的庄严使命；我要开花，是由于自己喜欢以花来证明自己的存在。不管有没有人欣赏，不管你们怎么看我，我都要开花！”

在野草和蜂蝶的鄙夷下，野百合努力地释放内心的能量。有一天，它终于开花了，它那灵性的白和秀挺的风姿，成为断崖上最美丽的风景。这时候，野草和蜂蝶再也不敢嘲笑它了。

百合花一朵一朵地盛开着，花朵上每天都有晶莹的水珠，野草们以为那是昨夜露水，只有百合自己知道，那是极深沉的欢喜所结的泪滴。年年春天，野百合努力地开花、结籽。它的种子随着风，落在山谷、草原和悬崖边上，到处都开满洁白的野百合。

几十年以后，即使远在百里外的人，也从城市，从乡村，千里迢迢赶来欣赏百合开花。许多孩童跪下来，闻嗅百合花的芬芳;许多情侣互相拥抱，许下了“百年好合”的誓言;无数的人看到这从未见过的美,感动得落泪。那里,被人称为“百合谷地”。

不管别人怎么欣赏，满山的百合花都记着第一株百合的教导：我们要全心全意默默地开花，以花来证明自己的存在。

阳光，是一种语言

雷抒雁

早晨，阳光以一种最明亮、最透彻的语言和树叶攀谈。绿色的叶子，立即兴奋得颤抖，通体透亮，像是一页页黄金锻打的箔片，炫耀在枝头。而当阳光微笑着与草地上的鲜花对语，花朵便立即昂起头来，那些蜷缩在一起的忧郁的花瓣，也迅即伸展开来，像一个个恭听教诲的耳朵。

晴朗的日子，走在街上，你不会留意阳光。普照的阳光，有时像是在对大众演讲的平庸演说家，让人昏昏欲睡，到处是燥热的嘈杂。

阳光动听的声音，响在暗夜之后的日出，严寒之后的春天，以及黑夜到来前的黄昏。这些时刻，阳光会以动情的语言向你诉说重逢的喜悦、友情的温暖和哪怕是因十分短暂的离别而产生的愁绪。

倘若是雨后的斜阳，彩虹将尽情展示阳光语言的才华与美丽。赤、橙、黄、绿、青、蓝、紫，从远处的山根，腾空而起，瞬间飞起一道彩虹桥，使你的整个身心从地面立刻飞上天空。现实的郁闷，会被一种浪漫的想象所消解。阳光的语言，此刻充满禅机，让你理解天雨花，石点头；让你平凡生活的狭窄，变成一片无边无垠的开阔；让你枯寂日子的单调，变得丰富多彩。

可这一切，只是一种语言。你不可以将那金黄的叶子当成黄金；江河之上，那些在粼波里晃动的金箔也非真实；你更不要去攀援那七彩的虹桥，那是阳光的话语展示给你的不可琢磨的意境。瞬间，一切都会不复存在。可是，这一切又都不是空虚的，它们在你的心中留下切切实实的图画，在你的血管里推涌起波澜壮阔的浪潮，在你耳边轰响着长留不息的呼喊，使你不能不相信阳光的力量和它真实的存在。

和阳光对话，感受光明、温暖、向上、力量。即使不用铜号和鼙鼓，即使是喁喁私语，那声音里也没有卑琐和阴暗，没有湿淋淋的、怯懦者的哀伤。

你得像一个辛勤的淘金者，从闪动在白杨翻转的叶子上的光点里把握阳光的语言节奏；你得像一个朴实的农夫，把手指插进松软的泥土里，感知阳光温暖的语言力度。如果你是阳光的朋友，就会有一副红润健康的面孔和一窗明亮清朗的心境。

阳光，是一种语言，一种可以听懂的语言。

一朵花的快乐

李威　编译

那天，我正在我家的邮箱前取信，老远就看见邻家的小姑娘简爱正好从校车上下来，蹦蹦跳跳地朝家里跑去。

当她走到我身边的时候，她停下脚步，然后笑逐颜开地对我说道："您猜怎么样？下个星期我们班将要在学校演出一场戏剧呢！里面有一个像神仙一般的公主，她有一头闪亮的长发，一套粉红色的长裙，漂亮极了。不仅如此，她还长着一对漂亮的翅膀，手里还拿着一根金光闪闪的魔杖呢！"

说到这儿，这个年仅 7 岁的可爱的小姑娘又高兴地蹦来蹦去，她那天使般的脸庞也因为喜悦而倍显生气勃勃。

少顷，她又气喘吁吁地宣布道："我也出演了一个角色！我们演的是一出音乐剧，在剧中，我们都要唱歌的！"

"哇！像神仙一样的公主！"我惊叫道。看着眼前这个天真可爱的小姑娘，听着她那稚嫩的话语，我的心不禁猛地一颤，我知道，我内心深处的某种东西已经被她深深地触动了。

简爱紧抿着嘴唇，微笑着使劲点了点头："嗯，是的，一个神仙一般的公主。"

说到这儿，简爱模仿起她想象中的那位神仙公主的样子来。她首先旋转起来，然后，她用双手轻轻地滑过身上，就好像是滑过她想象中的那件粉红色长裙似的；接着，她又用双手轻轻地抚摸着她的肩膀，就好像是在抚摸她肩膀上的那对看不见的翅膀似的。做完之后，她就立刻转过身，蹦蹦跳跳地向家中跑去，她一边跑一边还快乐地唱着歌，尽管她唱得都跑调了。

在接下来的那个星期里，有一天，当我又一次站在我家的邮箱前取信的时候，我注意到简爱的妈妈杰德正站在校车站上等待着女儿。不大一会儿，校车来了，简爱兴高采烈地跳下车来，经过我家门口的时候，她们看到了我。

于是，简爱便转过身来，蹦蹦跳跳地向我这边走过来。"您猜猜怎么样！"她笑容满面地对我说道，"今天，我们班的音乐剧举行了一次预演了！"看她那欣喜若狂的样子，我理所当然地认为她一定是得到了她梦寐以求的角色。

"哦，那你扮演的一定是那位漂亮的公主了！"我高兴地说。

"不是，我扮演的是一朵花儿！"简爱摇着头纠正我道，"他们选我扮演一朵花儿！"

看着她那天真而又严肃的样子，我感到非常有趣，但是我却极力地掩饰着，生怕自己会笑出声来。"一朵花儿？"我故作惊讶地问道。

"是的！"她笑着向我解释道，"到时候，我的头上要戴上紫色的花瓣，身上要穿上绿色的紧身衣和紧身裤。”说到这儿，她不禁开始模仿起头上戴着花瓣的样子来，那神情就好像是几天前她为我模仿头上戴着神仙公主的冠冕时一样。

“哦，真是棒极了！”我向她表示祝贺道。由于我知道她是多么渴望能在剧中表演歌唱，于是，我就问道：“那么，在剧中你唱的是什么歌呢？”

听我这么一问，她不禁睁大了眼睛，天真无邪地注视着我，答道：“哦，在我们这出戏里面，花儿一定要保持安静。”说到这儿，她轻轻地把她小小的手指竖在嘴巴前面，做出保持安静的动作。

当她蹦蹦跳跳地跑进她家的车道的时候，她的妈妈把目光从我的身上转移到了她的身上，然后苦笑着摇了摇头，说道：“她总是会做些令我感到惊奇的事情。您瞧，她们班上几乎每个孩子所扮演的角色都有台词说，或者有歌唱，只有我们简爱选择了扮演一朵默默无闻的花儿。可是，她还照样那么高兴！”

“哦，这也许就是孩子看世界的方法吧！”我感慨地答道，“他们对世界的认同度是多么得宽广，他们的接受能力又是多么得强啊！”

“是的，这真是令人可喜的事情。”杰德赞同地点点头道，“记得有这样一个典故，说是同样半杯水，悲观的人说还有半杯是空的，而乐观的人却说还好有半杯水呢。简爱就是领悟了这种看问题的诀窍。每当我感到沮丧感到气馁的时候，我只要和这个快乐的小精灵待上一会儿，思想就会立刻豁然开朗。”

“那么她快乐的源泉是什么呢？”我问道，“在过去的这些年里，我一直在关注着她，我发现她总是那么乐观，就好像她总是在‘赢’似的。任何一种结局对她而言都好像是胜利。您认为是什么原因造成这一切的呢？”

“她就是这样的。”杰德答道，“不过，有一件事不知道您还记不记得？现在看来，那天晚上您带我去商会参加的那个招待会对我来说真是意义重大啊，它让我领悟到了许多。”

听她这么一说，我顿时想起来了。那是四年前我第一次见到杰德不久以后发生的事。那时，她们一家刚搬到我们这个地方，与我成了邻居。为了表达对她的友好，我带她去参加了一个在商会举办的招待会。按照规则，在招待会上，我们每个人都要向别人介绍自己，介绍自己的所从事的工作以及自己在工作中所处的职位。

“我是第一世纪银行的行长。”这时，人群中有一位看上去非常高贵的绅士首先说道。

“哦，真是太了不起了。”其他人纷纷啧啧称赞道。很显然，他给人们留下了深刻的印象。

接着，一位衣着潇洒的年轻人说道：“我是边缘电脑公司的总裁。”于是，人群中又一次响起了啧啧称赞声。

当所有人的目光都投向我身上的时候，我自我介绍道：“我是大学研究生院的教授，还是教育和职业发展公司的总裁，我们公司是一家全国性的咨询公司。”

“哦，真是不错。”大家纷纷赞道。

当我说完之后，正好就轮到杰德最后一个做自我介绍了。这时，大家纷纷把目光转向她，并冲她点了点头，示意该她说了。

为了参加这次聚会，杰德穿了一身漂亮的鲜红色丝绸套装。“我的工作就是待在家里专职照顾我的女儿。”她介绍道。

还没等杰德继续往下说，那位电脑公司的总裁便不屑地嘟囔了一句：“哦，原来只是个家庭主妇。”说完，他很老练很巧妙地侧过身去，背对着杰德，和站在他左边的那位银行行长聊了起来。

当自我介绍结束之后，人们便开始自由选择自己感兴趣或者认为值得进一步交谈和询问的对象。最后，原来的那一大群人分成了三个小组，然后，大家就开始互相交流起来。当然，只有杰德除外。

“你瞧，”杰德回忆着那天的情景，然后坦言道，“在人们的眼里，成为一名总裁的重要性很显然要比成为一名，用那个男人的话说就是‘只是个家庭主妇’强许多许多。他们所关心的只是‘总裁’和‘家庭主妇’的身份与地位的问题，而对于一个家庭主妇在家照顾小孩所付出的辛劳却全然不感兴趣。

“不过，说实在的，那次的招待会对我来说真是一次很好的经历，因为那个人对我明显的排斥刺痛了我，而且有时候还会让我反思一下，一年前我放弃名利双收的职位去做全职家庭主妇的决定是否正确。我深知帮助简爱形成这样一种观念很重要，那就是让她明白不管别人怎么看，她所做的事情都是很重要的。

“我要让她明白，生活中她既有被选为扮演仙女一样的公主的时候，也有像今天这样扮演一朵默默无闻的小花的时候。我希望她无论在哪种情况下都快快乐乐。虽然我非常希望简爱将来也能够成为一位总裁，但是，我并不希望她把这个用作衡量自己是否快乐的尺度。”

的确如此。在扮演一朵默默无闻的小花中寻找快乐，发现潜力，比因为没有扮演成光彩照人的唱歌的公主而感到失望要更加有意义！

烘焙心情

（新加坡）尤今

隔壁住了一户爱尔兰籍的夫妻，一住 13 年。两年前移居澳洲，临走之际，我"敝帚自珍"地在家里做了几道菜，为他们饯行。

酒酣耳热之际，夫妻俩忽然以半开玩笑的口吻说道："这番远去，最怀念你家两样东西，我们担心，少了它们，可能短期内睡不着觉。"

受宠若惊，忙问是啥。双眸笑意闪烁的珍妮慢条斯理地说道："约翰很习惯在你电脑打印机发出的那种富有节奏的声音里入睡；我呢，常常在蛋糕飘出的香味里进入梦乡。"顿了顿，说："不过，有时，也挺懊恼的，夜半被那诱人的香味侵袭，醒来之后，只闻其香，不见其形，怔怔忡忡，数多少只绵羊都不管用，有时真恨不得遣那绵羊去你家把蛋糕衔过来哪！"

听懂了话中之话，哈哈大笑之余，从善如流，次日，立刻将家中 24 针的古老打印机换成操作无声的激光机；但是，夜半烘焙蛋糕的老习惯却改不掉，老实说，也不想改。

说是烘蛋糕，其实，烘焙的是心情。

有时，心情发霉，百事无心。

坐立难安之际，索性撇下多如蝼蚁的琐事，一头栽进厨房，专心一致地烘蛋糕。烘出一个好蛋糕，绝对不是一加一等于二那般的直截了当。把各种配料准确无误地秤好备妥，像攀爬高峰那般的小心、像校对文稿那样的细心、像教导孩子那般的耐心，翻搅、调弄、拌和，最后，满怀爱心地送进烘炉。个性全无的面糊，白着一张令人生厌的面孔，静静地等待热气的蹂躏。随着面糊的日益膨胀，那种让人口舌生津的香气，像泛滥的洪水，在夜半无人私语时，放肆地流满了天和地。这时，背上的重压、心里的焦躁，全都像被扎了一针的气球，慢慢地退了。烘好后，橘子蛋糕澄亮如金、香兰蛋糕翠绿似玉、香蕉蛋糕状如满月、乳酪蛋糕貌似丝绸。凌晨时分坐在桌边大快朵颐的我，好似一个苦尽甘来、事业有成的富翁，大口大口地吃着时，觉得这样实实在在的人生真是快乐，刚才究竟为了什么事烦恼，竟不复记忆了。

许多时候，心情发亮，我便抱着"独乐乐不如众乐乐"的心态，烘焙各式蛋糕，分送亲戚、朋友、邻居、同事。她们脸上的笑意，是我心情永远的釉彩。

吃过蛋糕后，有人戏谑地劝我改行。哇，想到日后我家门口或将有人排起长龙抢购每天新鲜出炉而"限量烘焙"的蛋糕，但觉前景灿烂，兀自微笑。

切开忧郁的洋葱

毕淑敏

忧郁是一只近在咫尺的洋葱，散发着独特而辛辣的味道，剥开它粘连的鳞片时，我们会泪流满面。

我们都认识忧郁。每一个人，在一生的某个时刻，都曾和忧郁狭路相逢。

自然界的风花雪月，人生的悲欢离合，从宋玉的悲秋之赋到绿肥红瘦的喟叹，从游子的枯藤老树昏鸦，到弱女的耿耿秋灯凄凉，忧郁如同一只老狗，忠实而疲倦地追着人们的脚后跟，挥之不去。

随着现代社会的发达，忧郁更成了传染的通病。“忧郁症”已经如同感冒病毒一般，在都市悄悄蔓延流行。

忧郁像雾，难以形容。它是一种情感的陷落，是一种低潮感觉状态。它的症状虽多，但灰色是统一的韵调。冷漠，丧失兴趣，缺乏胃口，退缩，嗜睡，无法集中注意力，对自己不满，缺乏自信……不敢爱，不敢说，不敢愤怒，不敢决策……每一片落叶都敲碎心房，每一声鸟啼都溅起泪滴，每一束眼光都蕴满孤独，每一个脚步都狐疑不定……

一个女大学生的信中，说她就要被无尽的忧郁淹没了，因为自己是杀人凶手。那个被杀的人就是她的妈妈。她说自己从 3 岁起双手就沾满了母亲的鲜血，因为在那一天，妈妈为了给她买一支过生日的糖葫芦，横穿马路，倒在车轮下……

“为此，我怎能不忧郁？忧郁将伴我一生！”信的结尾处如此写着，每一个字，都被水洇得像风中摇曳的蓝菊。

说来，这女孩子的忧郁，还属于忧郁中比较谈得清的那种，因为源于客观，因重要人物的失落而引起，在某种程度上，使我们不得不面对的痛苦反应。但更有那说不清道不明的忧郁，像蚕一样噬咬着我们的心，并用重重叠叠的愁丝，将我们裹得筋骨蜷缩。

忧郁这种负面情绪的源头，是个体对于失落的反应。

由于丧失，所以我们忧郁；由于无法失而复得，所以我们忧郁；由于从此成为永诀，所以我们忧郁；由于生命的一去不返，所以我们忧郁。

从这种意义上讲，忧郁几乎是人类这种渺小的动物，面对宇宙苍穹时，与生俱来的恐惧，所以我们无法从根本上消除忧郁。

我相信凡有人类生存的日子，我们就要和忧郁为朋，虽然我们不喜欢，但我们必须学会与忧郁共舞。

失落引发忧郁。当我们分析忧郁的时候，首先面对的是失落。细细想来，失落似可分为不同性质的两大类。一是目前发生的真实与外在的失落，可以被我们确认并加以处理的。比如失去父母，失去朋友，失去恋人，失去金钱，失去股票，失去名声，失去房产，失去自信等等，惨虽惨矣，好歹失在明处，有目共睹。二是源自自我发展的早期便被剥夺，或严重的失望经验，导致内在的深刻失落感觉。这话说起来很拗口，其实就是失在暗地，失得糊涂，失得迷惘，失在生命入口段的混沌处。你确信无疑地丢失了，却不知遗落在哪一地驿站？

这可怕的第二种失落，常常是潜意识的，表明在我们的儿童期，有着不同程度的缺憾和损失。因为我们未曾得到醇厚的爱，或因这爱的偏颇，使我们的内心发展受阻。因为幼小，我们无法辨析周围复杂的社会，导致丧失了对他人的信任，并在失望中开始攻击自己。

在这种凄楚中长大的孩子，常常自我谴责与轻贱，认为自己不可爱，无价值，难以形成完整高尚的尊严感。

过度的被保护和溺爱，也是一种失落。这种孩子失落的是独立与思考，他们只有满足的经验，却丧失了被要求负责的勇气，丧失了学会接受考验和失败的能力，丧失了容纳失望的胸怀。一句话，他们在百般呵护下，残障了自我的成长性和控制力的发展。他们的脑海深处永远藏着一个软骨的啼哭的婴孩，因为愤怒自己的无力并把这种无能感储入内心，因而导致无以名状的忧郁。

人的一生，必须忍受种种失落。就算你早年未曾失父、失母、失学、失恋，就算你一帆风顺平步青云，你也必得遭遇青春逝去韶华不再的岁月流淌，你也必得纳入体力下降记忆衰退的健康轨道，你也必有红颜易老退休离职的那一天，你也必得遵循生老病死新陈代谢的铁律。到那一刻，你是否有足够的弹性，抵御忧郁？

记忆中双手沾满血迹的女大学生，你把那串猩红的糖葫芦永远抛掉吧，你的每一道指纹都是洁白的，你无罪。母亲在天国向你微笑。

不要嘲笑忧郁，忧郁是一种面对失落的正常。不要否认我们的忧郁，忧郁会使我们成长。不要长久被忧郁围困，忧郁会使我们萎缩。不要被忧郁吓倒，摆脱了忧郁的我们，会变得更加柔韧刚强。

赎回儿时的梦想

刘燕敏

2002 年 11 月 28 日，是美国特有的节日——感恩节。在这个节日到来的前三天，芝加哥市一位名叫赛尼·史密斯的中年男子向当地法院递交了一份诉状，要求赎回自己去埃及旅行的梦想。这样的诉求在美国社会，应该说十分普通。然而，不知是因为它涉及的内容不同一般，还是别的什么原因，总之，该案在美国社会引起了轩然大波，以至于到目前为止，仍是新闻部门追逐的热点。

这起案子的案情十分简单。它发生在 40 年前，当时赛尼·史密斯 6 岁，在威灵顿小学读一年级。有一天，品行课老师玛丽·安小姐让他们各说出一个自己的梦想。全班 24 名同学都非常踊跃，尤其是赛尼，他一口气说出两个：一个是拥有自己的一头小母牛；另一个是去埃及旅行一次。可是当玛丽·安小姐问到一个名叫杰米的男孩时，不知为什么，他竟一下子没了梦想。为了让杰米也拥有一个自己的梦想，她建议杰米向同学购买一个。于是，在玛丽·安小姐的见证下，杰米就用三美分向拥有两个梦想的赛尼买了一个。由于赛尼当时太想拥有一头自己的小母牛了，他就让出第二个梦想——去埃及旅行一次。

40 年过去了，赛尼·史密斯已人到中年，并且在商界小有成就。40 年来，他去过很多地方——瑞典、丹麦、希腊、沙特、中国、日本，然而他从来没有涉足过埃及。难道他没想过去埃及吗？想过。据他说，从他卖掉去埃及的梦想之后，他就从来没忘记过这个梦想。然而，作为一个虔诚的基督徒和一个诚信的商人，他不能去埃及，因为他把这一行为连同那一个梦一起卖掉了。

2002 年感恩节前夕，他和妻子打算到非洲旅行一次，在设计旅行线路时，妻子把埃及的金字塔作为其中的一个观光项目。赛尼·史密斯再也忍不住了，他决定赎回那个梦想，因为他觉得只有那样，他才能坦然地踏上那片土地。

赛尼·史密斯能赎回那个梦想吗？他没有赎回那个梦想。因为经联邦法院审定，那个梦想价值 3000 万美元，赛尼·史密斯要赎回去，就必须倾家荡产。其中的缘由，我们从杰米的答辩状中，也许可略知一二。

杰米是这样说的：在我接到史密斯先生的律师送达的副本时，我正在打点行装，准备全家一起去埃及。这好像是我一口回绝史密斯先生要求赎回那个梦想的理由。其实，真正的理由不是我们正准备去埃及，而是这个梦想的价值。现在各位都非常清楚，小时候我是个穷孩子，穷到以至于不敢有自己的梦想。然而，自从我在玛丽小姐的鼓励下，用三美分从史密斯先生那儿购买了一个梦想之后，我彻底地变了，变得富有了。我不再淘气，不再散漫，不再浪费自己的光阴，我的学习有了很大的进步；我之所以能考上华盛顿大学，我想完全得益于这个梦想，因为我想去埃及。我之所以能认识我美丽贤慧的妻子，我想也是得益于这个梦想。她是一个对埃及文明着迷的人，如果我不是购买了那个梦想，我们绝不会在图书馆里相遇，更不会有一段浪漫迷人的恋爱时光，也不会有现在像我们这样幸福的一对。我的儿子现在在斯坦福大学读书，我想也是得益于这个梦想。因为从小我就告诉他，我有一个梦想，那就是去埃及，如果你能获得好的成绩，我就带你去那个美丽的地方。我想他就是在埃及的召唤下，走入斯坦福大学的。现在我在芝加哥拥有六家超市，总价值 2500 万美元左右。我想如果我没有那个去埃及旅行的梦想，我是绝不会拥有这些财富的。尊敬的法官和陪审团的各位女士们、先生们，我想假如这个梦想是属于你们的，你们一定会认为这个梦想已融于了你们的生命之中，已经和你们的生活、你们的命运紧密相连，密不可分；一定会认为，这个梦想就是你们的无价之宝。

赎回一个卖掉的梦想，要花 3000 万美元。在我们看来也许没有必要，或者说根本就不值得。然而，据《芝加哥电讯报》报道，前不久，赛尼 · 史密斯已经上诉到联邦法院，说哪怕花三个亿，把官司打到自己的曾孙那一代，也要赎回自己儿时的那个梦想。

优秀是不是一种罪

李青海

中国有13亿人，但知道我李青海的就没几个了。

可自从我的歌《盛会》在北京音乐台播出，并且在大运会举办之际被听众推上了榜首，我的名声似乎一下子大了起来。在廊坊一直默默无闻的我，在短短一个月内，名声可以说是与日俱增。先是县电台的专访，然后是市电台的。可每一个采访者见到我之后，第一句话就是：你就是李青海？我回答他们的也总是一句话：是的，我就是李青海。他们之所以这样问，也许是他们找到我，费了太多的力气。就说市电台的采访者吧，他们得知我是京东香河的老师，便趋车来到了香河，直接到县城一中去找我，可一打听一中根本没我这个人。某些听过我名字的人告诉他们我是城北一个小镇蒋辛屯的，他们又驱车来到蒋辛屯，一打听，这里正好有一所国办重点中学，而且学校有音乐特长班，一想，这下没错了，我一定是那儿的了。可到那儿一问看门的老大爷，说没我这个人。老大爷告诉他们说，没准我是蒋辛屯乡办中学的，他们就又到了乡中，正好碰到我曾经教过的一个学生，才打听到原来我是蒋辛屯镇下边一所小学的音乐教师。

是的，我就是一名普通的乡村小学音乐教师。可我对音乐的热爱，一点儿不比贝多芬低。在以前我这样说，一定会有许多人笑死，即使是现在也会有许多人笑我的无知，笑我的年少轻狂。我现在已经不怕别人笑了，自从我8年前第一次和音乐老师说要报考北京一师音乐专业开始，别人的笑，我听得太多了。第一次和老师说我要报考音乐专业，音乐老师听了竟然愣住了，然后就开始笑，直到笑得他肚子疼得受不了。我当时被老师笑得手足无措，呆呆地发愣。以致他后来竟然没有给我报名。当我从学校骑了20多里路赶到县教育局时，已是考试的最后一天。报名老师问我为什么学校没有给我报名，我说是老师把我忘记了。

后来，我考上一师，连中学的校长都觉得是个天大的奇迹。在一师那三年，我的专业成绩从开始的全班倒数第一，到后来的正数第一，只有我自己才知道这其中的辛酸。为了能听北京音乐学院教授每周80块钱一节的课，我后来连咸菜都吃不上，只能吃干馒头。毕业后，本想留在北京发展，可我知道那一定是非常艰苦的。我不是害怕艰苦，如果我只是孤家寡人，那怎样都可以，可我还有父母、小妹，他们都需要我的照顾。

虽然我回到镇里一个小学教书，可我对音乐的痴迷，从来都没有放弃。我周围的人，都笑我轻狂，都笑我心比天高，艺比纸薄。每当早晨他们看到我，都会说：昨晚又写什么好歌了？那语气、那表情、那种不屑与嘲笑，在这一句普通的中国话里，表现得淋漓尽致。而我只是微微地一笑。因为我知道语言是无力的。

我把我自己写的歌，弹给我的学生听，吹给我的学生听，唱给我的学生听，他们高兴，我也高兴。在他们没有被污染的眼睛里，那种因我的旋律而来的那种喜悦，我看了，心里有一种不可言说的满足。我的好友国义常跟我说：你的歌应该去北京录下来，或者做成光碟。我说自己没钱，他就说可以帮我一些。我知道，他也没钱。他一个摆地摊卖书的，能有多少钱。可是在我去北京录制我自己的《盛会》时，他拽着我的衣袖，让我等他一会儿，然后他跑到那些蹬三轮、开出租的那里借来一些纸币，几块钱一张的都有，胡乱地塞给我说：我知道这帮不上什么忙，可穷家富路嘛。在北京录歌的那段日子，我最后穷得兜里连回家的车票钱几乎都没有了。音乐台主持人采访我时，我真想对着话筒大哭一场。可我没有，我还是清晰地回答了她提的每一个问题。我不能让那些支持我的听众失望，我不能让我的学生失望。我是一个男子汉，不是港台片里经常说的“男生”。

我的好友国义，没有听到我的《盛会》。

国义死了，是自杀死的。当我听到这个消息时，并不觉得惊讶。因为他已不止一次和我说过他已经受不了，他已经受不了人们看他时的那种目光，那种好奇、怪异的目光。就因为他喜欢《易经》，人们就说他是“半仙儿”；就因为他读《金刚经》，人们就说他是神经病；就因为他明白“人在桥上走，桥流水不流”的深一层含义，人们就说他是疯魔。如果他不死，人们就觉得不正常，只有他死了，人们才觉得那么天经地义。那些日子我总是睡不着，就独自在小学的宿舍里吹笛子和萨克斯，一直到很晚，很晚。那些日子我也写不出一首旋律，脑子里总是一片空白。我实在受不了，便到北京的地铁口和地下通道弹琴，用我的心情换取路人兜里的钱。晚上便到树村一个朋友那儿喝酒。一头长发的他，看到我来了，就很高兴，因为他又可以饱饱地吃上一顿了。他 1.8 米多，却瘦得只有 100 斤出头，这是长期的营养不良造成的。他租了间 4 平方米的地下室，而且是地下三层，旁边还有一条臭名昭著的下水道。可他在那儿一住就是 8 年。我问他不苦吗，他说，苦什么，只要我唱歌，就快乐。树村那么多歌手，有多少能搞出名堂？他们不也很快乐吗？一个人只要是能做自己想做的事，那他不快乐都不成了。

我的朋友提醒了我，对于一个歌手来讲，只要有歌唱，还有什么比这更重要呢。在母亲的眼里，我总是个不务正业的人，在那些女孩子的眼里，我就是一个有点神经质的人，一见面她们总能被我的外表强烈吸引，接触后也觉得我很善良。可一打听我深夜两点还在吹笛子，就吓跑了。

所以有时我莫名其妙地想，优秀是不是一种罪？

或者我是不是真的很笨，否则我怎么连一个小学的教员都当不好呢，从一个小学又被发配到一个最边远的小学。难怪李白说：古来圣贤皆寂寞，惟有饮者留其名。他不做圣人，而只做一个快乐的饮者。李白以酒为乐，而我也只能以乐为乐了。

23 岁是怎样的一种年龄，有的人还在念书，有的人却已工作多年，有的已经死去，而我呢，23 岁，一个小学教师，一直默默无闻地写着自己的歌，唱着自己的梦。

伤疤情结

谢宗玉

初二时，班上有个同学，叫小江。小江的鼻子不知咋搞的，上面有明显的斑痕，估计是小时候受过伤，或被狗咬过，或被猫抓过。因斑痕呈瓣状，有点像猫鼻。大家就给了他个诨号，叫“猫鼻子”。叫的人也不觉得是侮辱，应的人也不觉得是被侮辱。久而久之，他的真名好像被人忘了。

有一天，我们和“猫鼻子”在江边散步。两名“吃吃”笑着的少女迎面而来，因为美丽，就不免有些傲气的样子。那时我还是浑小子一个，看了她们一眼，又继续说自己的话，可身边四五个男孩像突然哑了，竟没有一个接腔。刚才还像群闹鼠，这会儿因为两名少女的经过，都不说话了。我感到莫名其妙。特别是小江，他本来走在路中间，少女应该与他擦身而过，可他一下子就踱到路边了，还用手掩着鼻子，把脸扭到一边，装着吐口水的样子。我突然知道，原来他挺在乎自己有缺陷的长相。

我再叫他“猫鼻子”，他答应得挺勉强的。我是第一个感觉出来的，从此我就叫他真名了，但其他人仍叫他诨号。终于有一天他怒不可遏，大打出手，与一个叫他诨号的人干了起来。那人不单叫他“猫鼻子”，还明显带有奚落的成分。他就再也忍不住自己压抑好久的情绪了。

有了这一架后，再没有人当面叫他的诨号了。他似乎松了一口气。可那是十四五岁的年龄，动不动就会闹翻，而一闹翻，别人必会骂他“猫鼻子”。这时再听，自然就更刺耳了。每每这时，他必满脸紫红，眼睛里放出仇恨的光芒。他追着人打，一副恨不得要置人于死地的样子。但追不上，他就绝望地哭，换成一副恨不得自己死了算了的样子，让人心惊胆寒。

我正庆幸之际，突然发现自己身上也有伤疤，在耳朵根子后。记得那是初二下学期要结束的时候，是毛桃初长成的夏季。有天夜里醒来，我突然发现裤衩里滑腻腻地湿了一片。我不知道是怎么回事，心里又羞又怕。第二天，当班上一个女生向我投来一束漫不经心的目光时，我就像被电击了般怔了半响。我脸红耳赤，转身跑到寝室，偷偷拿着别人的小镜子，前前后后，左左右右，把自己的那张脸看了至少十几分钟。这时我就发现耳根后那条伤疤了。红红的有半条手指宽，半根手指长，不声不响地伏在耳根后。我的脑子当即“嗡”的一声，呈糨糊状了。我马上怀疑那女生漫不经心的目光不是因为喜欢，而是因为厌恶。她在看我的伤疤？天啊，我怎么也会同小江一样啊？我叫小江“猫鼻子”，可人家背地里又叫我什么呢？想到这里，我的全身都寒得发颤……整整一个上午，我待在寝室都没出来。

下午我也没心思上课，早早收拾书本，将课桌上锁，回家去了。看到村庄的时候，我心里突然有股无名怒火在蹿。找到母亲，我恶声恶气地对她说：“我耳后的伤疤是怎么来的！”母亲从没见我这个样子，呆了一下，然后柔声问我：“怎么了？”我一副哭腔，喊道：“我不去念书了！”母亲有些生气了，说：“你怎么了啊？你以为是为我读书啊？”我不言语了，两行泪从眼睛里肆意滑落。母亲的声音又低下来了，她说：“你看你这孩子……”

然后我才知道伤疤原来是我四岁时与堂姐打架，被堂姐拿火棍烧的。烂了好长一段时间，后来伤痛好了，我也就忘了疤。如果不是因为情窦初开，我也许永远发现不了那个伤疤。

而既是情窦初开的年岁，却让我突然发现这个伤疤，这又是多么得残忍啊。开始的那段日子，我真有说不出的忧伤和绝望。我恨我父母，恨他们没有保护好我；更恨我堂姐，我恨不得拿刀杀死她才好。如果按照这个思路，写个短篇小说，那一定引人入胜。

没人的时候，我就对着镜子，侧着头，死劲儿地搓那个伤疤，好像这样能把伤疤搓走似的。可伤疤哪能搓得走啊，搓久了，我把半边脖子都搓红了，这样一看，伤疤倒像更长更宽了。我气急败坏，把镜子都砸碎了。后来我就怕照镜子了。我跟人把课桌换到教室最右边，这样上课的时候就只有墙壁能看见我耳后的伤疤。再后来我也与小江一样，特怕碰见女生，怕与女生说话。但初三时，我莫名其妙居然不可救药地爱上了班上的一个女生。那女生笑得特甜，她在教室里说什么话时，老爱看着我，我就怀疑她对我有意思，然后我就对她爱得一塌糊涂，可又不敢表示，只是人变得越发自卑和纤敏。

高中时学鲁迅的《阿 Q 正传》，当老师读到阿 Q 因为头上的癞子而怕别人说亮说光时，别的同学哄堂大笑，只有我，霎时满脸通红。我还算不错，背着这么一条“沉重的伤疤”，居然也能同别人一样考上了大学，而小江就没有我幸运。他的伤疤比我的明显得多，他大概被自己的伤疤“压垮”了。

大学时，谈恋爱，我老爱走在女朋友的右边。如果哪一回，女朋友走在我的右边了，我耳根后的伤疤总痒痒地有种火燎的感觉。好像女友的目光是火，在烧它。后来结婚了，我似乎放了好大的心。有一回躺在床上，我终于忍不住自己提起这个伤疤来。我对妻子说:“我的那个伤疤是不是好难看？”妻子漫不经心,问:“哪儿啊？”我说:“就是耳根下那个呀。”妻子“哦”了一声，说:“让我看看，我可从没注意呢。”我听了真是哭笑不得。我哀哀地叹了一口气，然后把年少时伤疤带给我的痛苦全告诉了妻子。妻子没心没肺地“呵呵”笑个不停。笑到一半，她突然想起了什么，就停住了，然后凑到我的脸前，说:“你发现没有？我的眉角也有一条伤疤，读中学时，我也自卑过好长一段时间呢。”我爬起来，仔细看了看妻子光洁的额头。天，她所谓的伤疤几乎要戴显微镜才能找到。她居然也说为它在意了好长一段时间！

然后我就想，是不是每个人在成长的过程中，都要经历一段“伤疤情结”？而其本质的原因，是我们对异性开始有了最初的关注。噫，这也许是少年维特烦恼中的一种吧。

二十六岁后，我有个笔名叫玉疤子。这倒没有什么自谑的成分，不知为何，我感觉这名字挺温馨的。

动听的花园

张岚

在美国密西根州州立公园里，有一间非常特殊的教堂，这间教堂里没有十字架，只有一个祭坛。光线从窗户上方透进来，祭坛上有这样一段祷告词："请你尊敬生命，请你重新用嗅觉、听觉去发现生命，去发现光，发现影子，发现云、水、风声、水声……"

那年夏天，我的耳疾又重犯了。清晨醒来，耳畔"嗡嗡"作响。捂住耳朵，响声还在；跑到另外一间屋里，响声依旧。冷汗渗满全身。为我诊治的大夫曾告诫：这种耳疾，反复后治愈的难度更大。

窗外浓阴匝地。北京六月的阳光丝丝缕缕投射下来，闪烁着迷人的光彩。勤劳的小贩们已码好整齐的小菜，叫起早市的吆喝。我看见晶莹的水珠在新鲜的菜蔬上滚动，看见小贩们亮开了喉咙，却听不清熟悉的叫卖声。我的耳边，只有嘈杂的、连绵不断的耳鸣。

治疗的过程漫长而辛苦。每日要往返医院和家中，接受打针、吃药、输液、吸氧。按照西医理论，这种病是过度紧张与劳累，引发耳间血管痉挛所致，给药的目的为扩充血管，吸收更多氧气，以改善微循环。两三个疗程下来，病况时好时坏，人却因为扩血管的原因，变得浮肿、乏力，没有一点精神。

盛夏不可抗拒地来临了。热浪使人烦躁不安。妈妈劝我："听听音乐吧。"我说："不想听，进到我耳朵里，调子都跑没了。"

"出去走走呢？""不想走，没力气。""那你看看窗外吧。"

我倚到窗边，发现楼群间的空地上堆了许多水泥、石灰、砖头和石材。几个长衣长裤的民工正在石材上敲打什么。

"他们在做什么？"我好奇地问。

"你才注意吗？"妈妈吃惊地说，"好些天了。要修建一座花园。这些民工在石材上凿出花样，再砌起来，天天叮叮当当，吵死了。"

"我听不见。"我无奈地应着。

这以后，我经常不由自主地倚在窗边，看民工们劳作。他们先把几块长形的石料雕出图腾的图案，竖起来当做小小花园的入口；又把几套弧形的石凳打凿出美丽的花样，配在几张圆圆的石桌边；再敲出三五块石板，低低地一搭，随意一放，便成为舒适清凉的长儿。不久，吊车运来一些仿欧式黑色生铁作雕花扶手的黄木靠椅，和毛玻璃做成的日本式路灯。一个精致、小巧、融合中西风格的楼群间花园渐渐现出它的风貌。

民工们开始最后一项工作：他们用水泥砌出花坛，待水泥干后，每人一把锤子和凿子，骑在花坛上，随意地乱敲起来。一个流火般的中午，我俯坐窗前，突然地，耳边传来“叮叮当当”的响声，那么清晰，那么清脆，连绵不断，在寂静的午后，仿佛大大小小的玉珠滚落玉盘。我简直不敢相信自己的耳朵，仿佛一下子，从嘈杂的世界里回转过来，耳边只有一片静谧和这清清爽爽的“叮当”声。我甚至不敢变动体位，害怕稍微的移动，便丧失了这美妙的音乐。这样静静地坐了好一会儿，微微地起了一阵小风，白杨树的片片叶子碰撞在一起，发出“哗哗”的声响，仿佛几十只小手互相拍着，轻轻歌唱。我的心禁不住一阵狂喜，我可以听见凿石花的声音了，我可以听见风吹过树叶的响声了！这声音，曾经于我是那样的普通与熟悉，以至于当做生活的必然，从来没有细细地品味过。如今，在我部分地丧失听力又恢复以后，我才发现，世界上有这么多美妙无比的声音，融合在一起，共同构成我们神奇的生命，就像一个盲而复明的人，更能体察出花的鲜艳、草的嫩绿、阳光的灿烂。

虽然我的耳疾又反复了几次，但每一次重新跌回到耳鸣的世界时，我不再沮丧，因为我曾听见过“叮当”的凿石花的声音和杨树的欢笑声。在盛大的夏季，风是不常有的，那么我就期待着“叮当”声更清晰，更持久。邻居们都在抱怨，这声音打搅了他们因燥热而发狂的神经。只有我，每当清楚地听到这“叮当”声，便把它当做一种美妙的享受，一个重返健康世界的愉悦的信息。

花园终于造完了。这时人们才发现，那些水泥上敲出来的毫无规律的小坑坑，远远望去，连成模糊的一片，仿佛那花坛是用古典的大理石砌出来的一般。

那花园于我，是在动听的声音中建立起来的。我有时不禁默默地祷念着：“请你尊敬生命，请你重新用嗅觉、听觉去发现生命，去发现光，发现影子，发现云、水、风声、水声……”

丑女孩

溟濛

我永远忘不了那一天——大学开学的第一天，宿舍里的一位女生一边整理床铺一边用甜得近乎童音的声音问我：“阿姨，你送的是谁？”天啊，她竟把我当成了送学生的家长！我涨红了脸，像一个吃多了辣椒的孩子哼哼哈哈地说：“哦，不，不……”话未说完眼里早就浮上了一层水雾，那是一种近乎心碎的无地自容。

我不知该不该向老天讨回公道，我不仅长得丑，还偏巧一场病毁掉了我的眉毛、睫毛，连头发也稀疏得只能勉强盖住头皮。更让我伤心的是，我年纪轻轻，额头、眼角处却布满了骇人的皱纹。一声“阿姨”就像一把刀，轻易戳破了因为高分考上大学而勉强包在我心上的一层极薄的自信。

深夜躲进自己的小帐子里，我尽情地哭。我仿佛看到无限湿重的空气布满我所出现的每一片空间。未来、青春、爱情，所有这些女孩子值得骄傲和喜欢幻想的东西，只会让我自卑、孤独和伤感。我渴望别人的理解和关怀，渴望有人越过我毫无光彩的脸真诚地感受我火热的内心。

这一切终于不可置信地实现了——一个天使般的男孩子用灿烂的微笑在我少女的花园里洒满珍珠般的光芒。

数学系召开第一次全系会议，会上宣布了系里录取成绩的前三名。我没想到自己居然是第二名，心里不觉涌动着一股惊喜的安慰。可是这一点可怜的骄傲却被大家的目光从敬佩迅速转为惊讶而扫除了。

我低着头，比挨批评还难受。散会后为了避开别人的眼光，我故意留在后面，准备只有我一个人时再走。

突然一个声音叫住了我，我回头看见是“第一名”。他笑起来很文雅，让人不能不感到亲切。但我还是故意问了一下：“你是谁？”他的嘴角浮起一抹更浓的微笑：“我是九七计算机专业的乔阳。”我的心一沉，他和我是一个班。在学习上我一向独占鳌头，现在明明地多出了一个竞争者，我心里不觉生出一股敌意。他仿佛对我的“巨变”毫无察觉，仍旧和颜悦色地问：“你呢，你也是九七的？”我若有所思地“嗯”了一声。这“嗯”里全部是胜过他的决心。

在班里我很怕跟人接触，而坐在我前排的乔阳一下课就转过头来问东问西，常常弄得我窘迫不安。我不知是因为我不能给他骄傲女孩的感觉才使他坦然自若地跟我接近，还是因为他想借此“侦探”我的学习状况。总之，我不太相信他的善意，我的长相决定了我没有这么宽容的心。

一次自习课上，我又拿出了心爱的《红楼梦》。不是没看过，而是因为总看不够。乔阳转过来，他很随意地从我手里拿过书，然后笑起来：“这么唬人，我看你都伤感成林妹妹了。”“我？林妹妹？你开什么玩笑？”羞愤的眼泪直往外涌，他竟这样戏弄我！我知道自己丑，可他也不能含沙射影地说我东施效颦呀。乔阳吓得手足无措，面带尴尬，不住地说："对不起。"我伏在臂弯里，久久不肯抬头。

说实在的，与乔阳的频频接触虽使我窘迫，但并不反感，尤其想到那么出色的男孩单单喜欢跟我接触，心里便有一点小小的骄傲和虚荣。可我没料到他根本就不尊重我。我发誓不再理他。

此后，乔阳频频转头，但一看见我阴沉的脸便欲言又止。有一次他转过头来无声地想拿我桌上的一本书看一看，我一把摁住，满脸愠怒。他毫不介意也不放弃，无奈我只得松手。乔阳送回的书里多了一封厚厚的信："溟濛，系里第一次开会，我就佩服你，一个女孩能考出那么好的成绩，需要付出多少汗水，拥有多少坚强！可是我从你脸上没有读到一丝应有的自豪，也从那一刻起我就想做你的朋友，一个真正意义上的朋友。不管别人怎么看你，怎么待你，你在我心里总是和谐而美好的。请你不要让自卑的海浪将你重重包围，抛开一切顾虑，相信自己的能力……"一时间，我的眼泪恣意流淌。从来没有人对我说过这样的话，从来没有人给过我这么大的鼓励和安慰。

期中考试我稳拿第一，乔阳不得不屈居第二，这使我在扬眉吐气之际略有不忍，但乔阳却大度地微笑着冲我竖起了大拇指。一段干戈就这样轻易地化作了玉帛。此后，我和乔阳一起下棋，一起讨论问题，一起嘀咕某某老师的讨厌，因为我们都是俗人。可这些简简单单的俗事里也隐含着危险——我不知不觉地喜欢上了他，并期望整天跟他在一起。强烈的感情和内心的无望时时噬咬着我的坚强，脆弱的我甚至听到一首伤感的歌都要泪流满面。有一次，我梦见乔阳不知为何打了我一个巴掌，我哭着用刀划开了手腕，汩汩的鲜血染红了我的梦。我惊悸得满身冒冷汗，我想我这样的丑八怪喜欢他连老天也会在冥冥中惩罚我。有时，我又天真地想我可以为他去整容，只要他肯等我。于是，我开始积攒每一笔稿费，可现实还是彻底地把我从想入非非中击醒了。

一次，去收发室取信，隔着密密匝匝的长青藤，我听到乔阳和他的老乡在谈话。依稀有一句"溟濛"让我立刻支起了耳朵。我终于明白他的老乡是想确证一下他是否在跟我谈恋爱，又想明白他为什么偏偏选择丑陋的我。乔阳的话一句句落在了我等待判决的心里："我和她只是好朋友，她人很好，她需要友谊，对她来说一份真正的友谊比爱情更重要。我想帮助她，让她有信心发挥自己的聪明才智，期中考试我故意做错题就是想让她考第一，让她有一份战胜自卑的力量……"我难过得几乎要哭出声了，可我心里却是感动的、温暖的。

年终我和乔阳被评为"优秀三好学生"，两人的奖学金加起来足有两千元。我和他在一家饭店美餐了一顿。餐间有位卖花小姐经过，看看我看看乔阳，似乎在一刹那被我们之间的关系搞昏了头。但为了生意她还是试了一试："先生，给小姐买一束花吧。"这个"小姐"说得迟迟疑疑，但我快乐的心情已不再计较它。乔阳付给她五元钱，挑了一枝含苞待放的玫瑰微笑着递给了我。伸手接花时，我的手因激动而微微颤抖。这是一枝与爱情无关的玫瑰，却是我生命里最初也是最珍贵的一首友情绝唱。

有些时间是用来浪费的

陶粲明

小时候，老师就告诉我们，时间多么宝贵，说一寸光阴一寸金，寸金难买寸光阴。小小的人儿，哪里能明了？只觉得一年是那样的难到头，穿新衣，狂吃狂喝半夜不睡没人管的春节等待得漫长而焦急，大人们的感叹“又一年了”对于急着长大的我们，简直就是天书上的文字。

现在为了让孩子们真正理解“时间”的有限，小学课本里新入选了台湾作家林清玄的《和时间赛跑》，讲一个小孩子，在外祖母死去后，一点一点地明白人死了就再也不会回来了，所有时间里的事物，都永远不会回来了。“光阴似箭，日月如梭”让小小孩子的心里有了浅浅的悲伤。从此后就不断地和时间赛跑，并告诉我们：假若你一直和时间比赛，就可以成功。

如何可以将一分钟当一分钟用，甚至一分钟掰作两分钟用？谁不想成功呢？

考心理咨询师资格证那会儿，上课的年轻教授二十出头的样子，已在攻读博士后。听说他最拿手的是关于“时间管理”的研究，我们一帮学员就请他谈谈时间管理。他笑，说你们都知道的，就是一生当两世来用，就是在最短的时间里获得最大的利益，就是三年的恋爱用三个月完成还包括奉子成婚。我们全瞪大眼睛一愣一愣的：天，三个月奉子成婚？“子”从哪儿来呀？老师脸红了，说是开玩笑，就是为了让我们明白，时间管理就是用有限的时间做无限的事，每天有计划，人生有目标。

可，生活真的是由我们看不见听不到的时间一分一秒构成的吗？它不是某个午后，几个知己有一句没一句，一杯又一杯的绿茶吗？它不是那本对工作对事业发展毫无帮助，也得不到一点经济效益的克丽斯蒂娜的侦破小说吗？它不是约三五朋友坐着火车一路摇到古城凤凰，看山看水看风土人情的日日夜夜吗？

记得那个著名的笑话里，在海滩上悠闲地晒太阳的乞丐和发现离生命终点不远了才来晒太阳的富豪，他们晒的不是一样的太阳吗？终于有人幡然醒悟，宁可要低薪休闲，也不追求高薪忙死了。

真的，生命不长，但，有些时间，就是用来浪费的。

每次去看八十岁的外婆，她总要把自己的一生絮絮叨叨地从童年那一章开讲。每一句话我都能背下来了，仍乖乖坐着细细听着，从白天到黑夜。我知道，这些时间，我无法收费。

朋友来了，就带他们去民俗文化村玩，都去过七八回了，还是去。那些陪人的时间，就像我因为喜欢而给自己添置的一件又一件新的衣裙，太多了，自然是穿不烂的，也许明年就过时了，可，我满足于我买它们那一刻的快乐。所以，浪费得心甘情愿。

有时我坐在窗前，半天半天地发呆，什么也不想，什么也不做，看着日头从东到西，听着水龙头滴滴答答的响，好像时间的河在缓缓地流。在发呆的时候，我才能确认自己思考过。

当然，我也会用别人喝咖啡的时间来敲字，也会用别人看电视的时间来读书，也会计划三十岁时要给自己买辆车买一颗够大的钻石，但，我也确信，有些时间是用来浪费的，就像有些钱是用来乱花的，有些爱情是用来放弃的，有些人，是为了相遇之后再别离的。

窗台上的眺望者

张曼娟

我的朋友怀疑自己得了忧郁症。那是在一段阴雨绵绵的天气之后，她抱怨吃不下也睡不着，她说忽然觉得浑身的气力都消失了，她找不到继续活下去的理由。这是很奇怪的，其实，并没有特别令人沮丧的事发生，她刚刚减肥成功；换了一辆宾士车；在经济实在不景气的时候，还在大陆开设分公司，但，她还是觉得生活里没什么让人雀跃的事。她甚至自嘲地说，自己或许是更年期症候群吧。我听了真是提心吊胆，因为我的年龄和她差不多，而我还觉得自己处于“后后青春期”，正满心期待地等着日本的“无印良品”进驻台湾。

我的朋友说，她不明白为什么自己总是提不起劲；她也不明白为什么我总是兴高采烈。于是，她决定要和我一起共度一天，形影不离，看看我的生活里到底有什么配方。那一天，她准时开着车来到我家楼下，要送我去工作，我要求她把宾士停妥，我们坐一段计程车，再转换捷运。她面有难色：“开车不是很方便吗？我们要去的地方也很容易找到停车位。”我告诉她，不是停车位的问题，而是与不认识的人相处的机会，不该轻易放过。

我们遇见一位喜欢做体操的计程车司机，他一看我们这些上班族缺乏锻炼，马上在等红灯的时候介绍我们五式三招，一边配合着口诀，我的朋友惊异地看着我和司机的互动，勉为其难地转了转脖子。她很久没搭计程车，不知道司机们是这样的多才多艺。

坐在捷运上，我们遇见一群幼儿园小朋友，他们开心地在车厢里唱起英文歌来，虽然发音不是很标准，可是，当他们唱完之后，大家还是给他们鼓掌了。一个女生还站起来拉拉裙子向大家致意，周遭响起欢快的笑声，我看见我的朋友脸上松弛的线条。

下车之后，我走进了一家7-11，在冰柜里挑选一袋森永牛奶糖冰淇淋，掰开来与朋友坐在小公园里，分而食之。浓醇的冰淇淋放进嘴里，朋友喟叹地说：“好久没吃到牛奶糖的滋味了。”我们说起小时候多么爱吃牛奶糖，牛奶糖刚放进嘴里很坚硬，软化之后很粘牙。那时候我常治蛀牙，医师为我的烂牙做牙套，而我每次一吃牛奶糖，牙套就粘掉了。朋友说他们班有一个男生家里是开文具店的，很爱吃牛奶糖，他的父母不准小孩子吃糖，男生就用铅笔跟我的朋友换牛奶糖，反正他家是开文具店的，取之不尽、用之不竭。那时候，我的朋友觉得男生是全天下最富有的人，男生却羡慕我的朋友可以自由地吃牛奶糖。

吃完冰淇淋，我们穿越地下道，有一个金发外国男人正在拉手风琴，他的面前放着一只很可爱的咖啡杯，里面盛着铜板，好像演奏完这首曲子，他将钱倾出来就可以买一杯咖啡喝的样子。我们在他面前停下来，他注视着我们，开始唱情歌，虽然听不懂，却从他的眼神中理解了。我和朋友轻轻地将铜板放进杯子里，慢慢走开。朋友告诉我，她想起去年的欧洲旅行，在一个陌生的城市地下道，因为迷路微微烦躁，忽然，她听见从海洋波涛中流泻而出的声音，每一声都准确地拨在她的心弦上。她循声而往，看见一个男人正在演奏竖琴，那样华贵的乐音，在简陋的、阴暗的地下道回荡，被音符碰触的地方，都闪闪发亮了。如同一种神奇的指引，她找到了正确的方向继续她的旅程。

天黑之后我和朋友回到我家，她在浴室窗台上，看见一整排小小的瓶瓶罐罐，那是来自世界各地的旅馆里的沐浴精和洗发乳。“原来你搜集这个。”她发现新大陆的表情。我并不搜集，我只是在现实生活中感到疲惫或是沮丧的时候，就用其中一种洗头沐浴，于是，那一次旅程中的星光与飞鸟，海岸与瀑布，行旅中惊喜的发现和留恋的伴侣气味，都回来了。

总是怀着好奇心，总是储存着每一个美好的记忆，让自己有足够的光源，烛照着困顿晦暗的时刻。就像是排在窗台上的那些眺望者，望向未来可能的幸福。

只要给我一扇小小窗，如果连窗也没有，我还有想象。

初夏的雪花

陈正平

初入夏，天空爽朗明净，枝头抽长出绿叶，山野里另一个使人惊艳的主角——油桐花，也随之满山遍野地点染了。它们已经在蓄势作一次完美的演出，只等待初夏的风吹起，就要用洁白的舞衣，欢喜的心情，飘撒一地雪白的惊艳。

驱车登山野，随山势高低起伏盘旋回绕，桃竹苗地区的山林，正是油桐花的故乡。平日在山林中，只有一片的苍绿郁郁，谁也无法明确地分辨出何者是油桐花；但大自然是奇妙的彩妆大师，早已调制好颜料，只有等待初夏的时令一到，就在满山遍野的树顶上，一朵朵、一团团地涂着涂着，让山林换上了亮丽雪白的衣装。

抬头仰望那一团谜一样的白，像是林间成群结队而来的小精灵，互相展现风情万种的裙衣。风的交响曲在山野吹奏起，徐缓地、轻盈地演奏着初夏动人的乐章，而它们便尽情地舞动生命，交融飞雪的山野，多么令人心醉神往。

在环山的道路上，我们不断遇见美丽雪白的惊叹号。远观绿白交衬，颜色清新舒爽，但是总觉得距离有点远，于是便往更深的山林行去，希望能更亲近这动人的飞雪。沿着蜿蜒崎岖的山路，果真让我们找到一棵较低矮的油桐花。这是与花最近距离的相逢，它们尽情怒放，毫不保留，而努力璀璨过，便会翩然落下……

花就在我们眼前落了满地，这雪随风飘下，翻飞旋转，犹如白色的小竹蜻蜓，小巧可爱。一朵、两朵、三朵……风一来一起绽放齐飞，我的心中不由得浮上了“飘逸”二字。啊！身在油桐树下，被飘落下的花打到，那是一种美，幸福就围绕在我们身旁。

我缓缓地拾起飘落在手中的花仔细端详，五片花瓣英挺盛放，护卫着娇羞少女般的花蕊，有些带着黄蕊，有些带着红蕊，黄红交映，洁白陪衬。每一朵都是初夏美丽的使者。而一旦花落满地，功成身退，以洁白铺满地上，令人车践踏然后扁平，与泥土和道路合而为一，便是它生命终了的完成。从点染初夏的天空，到随风起舞的飞扬旋转，而后落地为花瓣雪，一切都是自然的运作。生命的奥妙，植物完成自己的使命，我辈之人也只是这繁华的过客罢了。不过该璀璨亮丽、盛放展现，活出自己的精彩生命时，你能缺席退缩吗？

初夏的飞雪落在我们眼眸的深处，惊喜赞叹之余，我们对于大自然、对于生命，有了更深一层的体悟与敬畏……

还好

文苇

我的薪水减了，还好，物价没有上涨，支出也没有增加。

我的钱包手机被偷了，还好，我的证件和我的爱情还在。

我的女友下周结婚，还好，我不打算独身，所以还有收回礼金的机会。

我患了重感冒，还好，我的其他器官还健康。

我的鞋跟儿在回家的半道掉了，还好，我不是去上班，而是回家。

我的乡下远房亲戚唤着我的小名来公司找我，还好，我的小名不叫“狗娃”。

我借出去的钱收不回了，还好，对方只是借了我一个月的薪水，而不是一年的。

我没有女友长得漂亮，还好，我的性格比她开朗。

我的心情最近低落，还好，像天气一样，雨后必是天晴。

我的身材不算苗条，还好，我的男友不是好细腰的楚王型的。

我的父母没看过《爱的教育》，还好，他们一样爱孩子并把孩子养得挺茁壮。

我的饭桌不够丰盛，还好，我有良好的胃口来提升这些饭菜的滋味。

我的男友不够帅，还好，他有善良风趣的灵魂。

我的衣饰不够名牌，还好，我一样能把它们穿出青春。

我的储蓄不够丰实，还好，旅游地为富人们准备了酒店的同时，也为穷人准备了小旅馆。

我的烹饪手艺不够精湛，还好，朋友们总是比较捧场（因为我总是比正常开饭时间晚一个钟头请他们举筷）。

电影院和酒吧的票又涨价了，还好，有书和碟的夜晚同样美好。

我的邻居晚上喝醉回来就大声吼卡拉OK，还好，他喝醉的次数不会太多，而且他的太太不上夜班。

被一个脾气极坏的男客户骂了一顿，还好，他不是我上司或者爱人。

我的朋友不算太多，还好，他们都很可爱，并为我留出了属于自己的时间。

我的房子不够大，嫁妆不够多，还好，我还有年轻和希望。

生命的空隙

佚名

很多的时候，我们需要给自己的生命留下一点空隙，就像两车之间的安全距离——一点缓冲的余地，可以随时调整自己，进退有据。

生活的空间，须借清理挪减而留出；心灵的空间，则经思考开悟而扩展。打桥牌时，我们手中所握有的这副牌不论好坏，都要把它打到淋漓尽致；人生亦然，重要的不是发生了什么事，而是我们处理它的方法和态度。假如我们转身面向阳光，就不可能陷身在阴影里。

当我们拿花送给别人时，首先闻到花香的是我们自己；当我们抓起泥巴想抛向别人时，首先弄脏的也是我们自己的手。一句温暖的话，就像往别人身上洒香水，自己也会沾到两三滴。因此，要时时心存好意，脚走好路，身行好事。

光明使我们看见许多东西，也使我们看不见许多东西。假如没有黑夜，我们便看不到闪亮的星辰。因此，即使是曾经一度使我们难以承受的痛苦磨难，也不会是完全没有价值的。它可使我们的意志更坚定，思想、人格更成熟。因此，当困难与挫折到来，应平静地面对、乐观地处理。

不要在人我是非中彼此摩擦。有些话语称起来不重，但稍一不慎，便会重重地压到别人心上；同时，也要训练自己，不要轻易被别人的话扎伤。

你不能决定生命的长度，但你可以扩展它的宽度；你不能改变天生的容貌，但你可以时时展现笑容；你不能企望控制他人，但你可以好好掌握自己；你不能全然预知明天，但你可以充分利用今天；你不能要求事事顺利，但你可以做到事事尽心。

在生活中，一定要让自己豁达些，因为豁达的自己才不至于钻入牛角尖，也才能乐观进取。还要开朗些，因为开朗的自己才有可能把快乐带给别人，让生活中的气氛显得更加愉悦。

心里如要常常保持快乐，就必须不把人与人之间的琐事当成是非。有些人常常在烦恼，就仅仅为别人一句无心的话，他却有意地接受，并堆积在心中。

一个人的快乐，不是因为他拥有的多，而是因为他计较的少。多是负担，是另一种失去；少非不足，是另一种有余；舍弃也不一定是失去，而是另一种更宽阔的拥有。

美好的生活应该是时时拥有一颗轻松自在的心，不管外在的世界如何变化，自己都能有一片清静的天地。清静不在热闹繁杂中，更不在一颗索求太多的心中，放下挂碍、开阔心胸，心里自然清静无忧。

喜悦能让心灵保持明亮，并且保持着一种确实而永恒的宁静。我们的心念意境，如能时常保持清明开朗，则展现于周遭的环境，都是美好而良善的。

心是花园

王启国　编译

不久前，我和索菲去乡下拜访一位朋友，住在一个漂亮的小木屋里。屋外种着果树，盛开着鲜花，草地上还有几只山羊。小屋门上用鲜艳的字体，行云流水般地写着：

心是花园，思想为种，
既可繁花似锦，也可杂草丛生。

虽然不太明白这首小诗，但我们决心要努力观察自己的思想，把在自己“心的花园”里种下的东西看清楚。这其实有些困难。渐渐地，我们开始注意到在心中反复一闪而过的是哪种思想。

当发现大多数“思想的种子”都是负面的，想到也许日后会长成一片片刺人的荨麻，我们变得烦恼不已！慢慢地，我们发现，生活中遇到的许多问题与困难，正是源于我们不断在心中种下的怀疑、害怕和忧虑的种子。

这确实是一件很伤神的事情，但随着时间的推移我们会历练得愈加从容。当我们越来越认清这些负面思想时，我们就能说：“不！我不会把这棵草种在我心中的花园。”

我们会有意识地去选择种一些更好的东西，结果令人十分满意。有意识地耕作心灵花园时，生活中由此发生的改变也会令人吃惊。障碍不见了，阻隔坍塌了，你曾经认为是不可能或遥不可及的东西突然出现在我们的视野里。

无论在心灵花园中种下什么样的思想之种，随后就会在生活中体验到它给我们带来的一切。

每一个花园都处在不断变化之中。仅种下一粒幸福的种子，随即便抛在脑后是不行的。孱弱的秧苗很快就会被杂草吞噬。那些害怕、怀疑与忧虑的杂草一长出来，就要将它们拔除并丢弃。爱、幸福与宁静都是会传染的。那些不断在心灵花园里种下这些种子的人们，也正把爱、幸福与宁静播到别人的心田里。请记住：

心是花园，思想为种，
既可繁花似锦，也能杂草丛生。

所以问问自己，你准备在绚丽的心灵花园里种些什么呢？愿爱和幸福充满你的心灵花园。

最年轻的一天

张丽钧

母亲总鼓励我穿红戴绿。她曾饶有兴味地指着一件让我看看都觉得怪不好意思的衣服鼓动我说："买下来吧！你穿上准好看！"她的声音是那么大，手指坚定不移地指向那件衣服。一时间，我觉得整个商场的人都把惊讶的目光投向了我们。我怀着比在大庭广众之下穿上了那件极不适合我的艳服还要羞辱的心，拖着母亲快速离开，然后有些气恼地对她说："我都多大了！那么艳的衣服，我怎么能穿得出去？"可是母亲却不以为然。她高声教训我道："今天，就是你从今往后最年轻的一天。你再也过不着昨天了。明天的你就比今天老了。后天呢，你又比明天老了——你还不赶紧趁着最年轻的一天穿点儿漂亮衣裳！"

从今往后最年轻的一天？好奇怪的说法啊！但仔细想想，可不是吗，每个人都在过着他（她）从今往后最年轻的一天。昨天比今天光鲜，只是昨天已然逝去。那些花一般的笑影，跌进时光流淌的河里，永远不肯再回来照耀我们此时黯淡的心境。昨天的美丽羁绊着我们的手脚，恍惚中，竟以为可以等，以为在明天的某一方光影里可以镶嵌进一轮迷失于昨天的太阳……其实，怎么可能呢？开弓的箭永不可能回头。而那呼啸着向前的，正是箭一般的光阴啊！

想起那个名叫胡达·克鲁斯的老太婆，在七十岁的生日宴会上，她突然发现了自己正在享受着余生中最年轻的一天。她问自己：究竟，我还可以再去做点什么呢？在这样的自问中，她惶恐地发现，自己的人生有一个很大的空白——她居然未曾尝试过冒险登山！她于是毅然拖着自己在别人看来已是老朽的身体去亲近高山险峰。此后的二十五年间，她一直在拼死填补着自己的人生空白。终于。在九十五岁那年，她登上了日本的富士山，打破了攀登富士山的最高年龄纪录。

我有点怕，怕自己笨拙的手抓不牢从今往后最年轻的一天。

在这最年轻的一天里，我希望自己微笑着面对镜子里的那个影像，欣赏她，悦纳她，不挑剔她眉宇间岁月的印痕；我希望自己在可以表达爱的日子里，细腻温婉地向所爱的人传达爱的信息，语言动听，动作轻柔；我希望自己永不熄灭攀登灵魂巅峰的热望，见贤思齐，见不贤而内自省；学习根须，静默但热烈地去拥抱地心那轮看不见的太阳；我希望自己保持孩童般神圣的好奇心，将大自然引为爱侣，永不减损端详一朵花时内心的无比悸动与无限怜惜；我希望自己保持敏感——对善意、对真情、对文字、对艺术，不因阅尽了人间春色就无视春色，爱着、感动着，朝前走。

母亲，感谢你提醒我今天是我最年轻的一天。我下定决心在这最年轻的一天里穿起艳丽的衣裳，当然，更要以艳丽的心情去做事、去生活。我，要捧给带我来到这世界上的人一个艳丽的人生。

将悲悯化作责任

张慕一

在走川藏路的时候，我们途经一个叫良多的小乡镇，并在那里停歇下来。我们住在大路旁一个藏民用碎石盖起的“小旅店”里。说是旅店，实际上就是民房，房子的后头便是马棚，有几匹壮实的马在安静地立着，四下里弥散着一股清淡的马的味道，旅社的大门口，便是稀静的街市。大门的两旁有一些藏民用手臂挽着一些藏饰在卖，他们非常的安静，像是害怕打乱这宁静的土地，连叫卖声都没有。这时，一个背着小孩手挽着首饰的男孩吸引了我的目光——确切地说，应该是他背上背着的那个小孩吸引了我的目光。那个孩子有一双极大极水灵的眼睛，头不停地扭转张望着，像是一只机警的鹤，又像是在帮忙寻找顾客。最后，小孩子那清澈的目光与我的目光交会时，忽然盯住了我，我仿佛是受了某种亲切的召唤一般，微笑着走了过去。

接着，那个男孩注意到了我，微笑着和我打招呼，并用生硬的汉语问我是不是想买个藏饰。我点点头回应着，手忍不住伸出去抚摸他背上小孩子的脸蛋。轻轻抚摸那孩子的脸时，孩子就缩起头细声笑了起来……

“你的弟弟好可爱啊！”我对男孩说。

男孩羞涩地低了低头，脸上两抹高原红越发显得红了起来……

接着，我开始问男孩：“你弟弟几岁了？”

“两岁半了。”

我一边与他攀谈，一边看他手臂上的首饰。最后，我看上了一个藏银的戒指，顺手戴在指尖，觉得再适合不过了。于是，我付了钱，准备离开。我抬头离开时，猛然看见他肩背上的那双大大的眼睛居然还在凝视着我。我忍不住又捏了捏小孩的红脸蛋——“你弟弟真可爱啊！”

这时，小孩忽然躲开了，然后伏在男孩的耳边甜甜地叫了一声：“阿爸……”

我顿时惊诧了，简直有点不相信我的耳朵。这时，小孩又冲男孩叫了一声：“阿爸……”

我终于听到男孩回应了一声：“嗯！”

我的目光在“大男孩”和“小男孩”身上来回打量，“大男孩”的整个脸都红透了，令他那抹高原红都显得不那么明显起来。

我问男孩：“这是你的儿子吗？”

男孩回答到：“是的。”

“那你多大了？”

“19……”

我更加惊讶起来：“你……19 岁……儿子就两岁半了？”

男孩笑了笑，回顾了一眼他的儿子，然后对我说：“他是我从山里捡回来的。”

这时，我想我的眼中肯定泛起了更大的好奇，令男孩不自觉地讲了下去……

“……前年，我去山里打柴，傍晚回家的时候，经过在山路旁边的一个人家时，听到房子里不停地传出一阵阵嘶哑的婴儿的哭声，显然孩子一定哭了很久了。于是，我就叫了几声，结果都没有回应，只是孩子一直哭着。我犹豫了一下，就推门进去了。接着，我一眼就看到了小男孩，他躺在炕上虚弱地哭着，好像饿了很久了。我给他喂了点水，心想，他家的大人怎么这么晚还不回家啊？而后，我就转身出去找他的家人了。在门前的一条小路上，我看到了一排脚印，于是，我就循着脚印走下去。一路上，我不停地喊着，但是始终没有回应……走着走着，我忽然看到地上满是暗红的鲜血，我的心顿时一个抽搐。再往前几步，我看到了倒在地上的两只木桶，我再往前，就看到远处，一群狼围在一起，分食着自己的”猎物”……我忽然明白了怎么回事，我不敢再待下去了，于是回到房子抱着孩子下山了……”

“后来呢？”我有些迫不及待起来。

“后来，我就带他回到了家。向乡亲们一打听，才知道这孩子是一个老人带的孤儿，可是，孩子连最后的一个亲人也给狼吃了……”

“然后，你就收养了他？”

“是的，我收养了他。由于我的阿爸早就过世了，于是，我认他做“儿子”了！”

“可是，你还这么小，才 19 岁，连婚都没有结，怎么就愿意收养一个陌生的孩子呢？”

“为什么不愿意？他可是我第一个发现的！既然是我第一个发现了他，那我就应该把他养大！如果我都不管他，那谁管他呢？”

他的话音落下，我的心激动得战栗起来。原来，这个男孩，不，是这个 19 岁的男人，只因为是自己第一个发现这个可怜的孩子，就马上勇敢地、坚决到不假思索地承担起了这抚养的责任。

原来，在他澄净而坚毅的心里，他已然把自己眼前的悲悯化成了一种神圣的责任，并不惜为其操劳一生！

这是多么圣洁而博大的爱啊！你、我、他，这凡尘俗世间的人，有多少人，又见识过多少悲情之事，然而，又有几人能将眼前的悲悯顿时化作自己神圣的责任呢？

蚕豆花的眼睛

黑白

在老家，毛豆总是寸步不离地纠缠着我。

她是一个穿开裆裤的孩子，两片通红的小屁股露在外面，像两片小脸蛋。她总是赤着一双脚，看见泥巴地上有一汪小水洼，先把它当成玻璃镜子，左照右照，照着自己脏乌乌的脸，仿佛不相信水塘中的那个人就是她自己。她做鬼脸、吐口水乃至大叫，她要把水中的那个人千呼万唤叫出来。可是，那个人就是不肯出来。她失望透顶，用脚丫子去踩水，水花四溅，弄得她满头满身都是，可她却开心地对着我笑。

我发现她总是用一些过激的行为引起我注意。她的妈妈，还有我的母亲都异口同声地大声喝斥她，让她不要踩水，可她根本不听，只顾开心地踩水。我母亲突然改口说：舒天爸爸讲故事了。这一招果然击中她的要害，她飞跑过来，乖乖听话地依在我膝旁。只有故事才能让她安静下来。

我笑笑地看着她，给她讲了一个关于蚕豆的故事。我说青豆子是个心胸狭窄的小女孩，她一见别人倒霉就要幸灾乐祸地大笑。有一天，她看到青蛙一个猛子扎到荷叶上，就一直笑，终于笑破了肚皮。幸亏边上有一个小裁缝，赶紧用针线给她缝上。从此，每一粒豆子圆鼓鼓的肚皮上都有一条难看的疤痕。毛豆果然听得入了神，问我：你说的是什么豆？我说：是蚕豆。她就要带着我去看蚕豆是不是真的这样。

我们牵着手来到篱笆外，麦苗返青，菜花如金，豌豆已经结荚了，蚕豆花却还在开着，结果我们没有找到一粒蚕豆。我提议摘点豌豆回家做汤吃，她犹豫地说，这豆是大牛家的，让人看见不好吧？我说没有人看见。我们蹲到豌豆地里，刚刚摘了几颗，她一下跳到田埂上。我不知何故，她说：你看，那边蚕豆花像眼睛一样盯着我们，什么都逃不脱它的眼睛，看得我心里害怕。我一看，可不是，每一朵藏在叶片下的蚕豆花都像一双双小的眼睛，滴溜溜地乱转，眼白发青，好像还一眨一眨的，似乎在说：你们偷人家豆儿，我全看见啦。

我们只好放弃做贼的打算。往家走的时候毛豆尿急，快憋不住了。我说，你穿的是开档裤，要尿你就尿呗。她却像大人似的走到蚕豆地深处，刚刚蹲下却又像兔子一样跑出来。她说蚕豆花眼睛总是一眨不眨地盯着我，我怎么能尿得出来？那么多的小眼睛呀，我恨不得用树叶把它们一个个全堵上。

这是三天前发生的事，也是我几年来过得最愉快的一个下午——我觉得自己心里盛满了诗歌、美丽和爱。我想，世上最干净的人就是那些害怕蚕豆花眼睛的孩子。和他们在一起，我情不自禁地想做一个童话诗人，像泰戈尔、冰心。

要300万还是要快乐

佚名

在有趣和无聊之间选择

去年春天，我度过23岁生日，作出了一个人们都不能理解的决定。因为那天我放弃了我的橄榄球选手头盔和300万美金的支票，离开了美国国家橄榄球大联盟，回到了家乡做自己喜欢的事情。我的教练布朗·帕克怎么也理解不了我的决定，不断地问我："到底为什么，你这样做？"

在大学里我是最有战斗力的队员，打了无数场全国大学生比赛，表现尚佳，因此我受到了NFL的注意。我猜如果换成别人，他们一定会欣喜若狂，但我不。几个月以来，我一直在痛苦中挣扎，不停地问自己：是否还要打球。可当我想找人倾诉时，他们每个人却装听不见，没人能理解我的内心感受，只有妈妈和几个好朋友关心我的感觉。

在高中时我就喜欢橄榄球，甚至希望能参加职业联队，戴上头盔和垫肩，到赛场上厮杀一番。我依然记得我第一次听到解说员提到了我的名字："挡住了对方进攻的就是里奇·威廉姆斯。"那时，我感到自己就像个英雄。

我更喜欢队员间、队员和教练间互相关心、互相尊重的感情，我们相处得就像一家人一样。虽然我从未想过要进NFL，但我也梦想着能成为我们校队中的主力，还有就是将来能拥有自己的体育馆。

大学却改变了一切。我和新队员间的关系紧张，我也不欣赏他们的行为——酗酒、光顾各种舞会和泡女孩子。因此，我成了个孤独的人。虽然有成千上万的球迷的欢呼呐喊，但我感到的只有压力，我想我准是有了心理问题。这就是为什么我在每次比赛前都要去看心理医生的原因，那是为了让自己冷静下来。但我的身体依然会禁不住发抖。整个赛季的每一场比赛下来，我的左踝到膝盖都很疼，如果我不用热水泡，整个身体就像要爆裂一样。

除了身体上的不适，最难受的还是比赛带给我的压力。开始的时候，我作为防守队员，但一年之后，教练把我放到进攻的位置："那才是适合你的位置。"

事实表明教练是对的，我的出色表现吸引了NFL的目光。但我真的不喜欢进攻的位置，我依然喜欢站在防守的位置，不顾一切地把对方扑倒在地，那才是运动的乐趣。对于现在的我来说，橄榄球不再是一种有趣的运动，而退化成了无聊的职业。

在别人的梦想和自己的梦想之间选择

爸爸知道了NFL有意招募我的消息后，几乎每周都给我打电话。当我参加全明星赛时，他竟然大老远地从家乡赶来观战，并找人来对我进行评价。比赛前一晚，我不得不穿着睡衣站在许多人面前，接受他们所有人的评价。他们围着我，记下我身体的各个细节，给我照相，那情形就像我是遭绑架刚刚被救回来的幸存者一样，整个屋子里恐怕就差一个拍卖商了。

当我向爸爸提出我要退出校队时，他阻止我道："不，孩子，"他双眼盯着我说，"不要再想这种事。你球打得多好！"我听从了他。

这些年来，每当赛前我都会向上帝祈祷，祈求上帝引导我按着他的意愿前行。但现在，祈祷却变成了："上帝，如果你还让我比赛，那么就请给我参赛的心情。否则，就让我退出比赛吧。"

不少的球队经理给我打电话，邀请我加入，电话里一天至少有 8 个留言，但我却假装没听到它们。我越来越出名，我却越来越迷失了自己。我的心情越来越糟，甚至把火撒到了女朋友身上。每次见面后，我不愿送她回家，甚至不再和她交谈。我总是没情绪地躺在床上，眼睛呆呆地看天花板。

最后，我打电话给我的教练布朗先生，对他讲我要退出的心情，但他不理解我的心事，总在电话另一头扔给我一句话："里奇，不能放弃，你必须改变你那愚蠢的主意。"

那天晚上，我躺在床上睡不着，思来想去。我听说过一些职业队员的丑闻：吸毒、殴打妻子。我怕自己也会变成这样。当然，钱也是很吸引人的，但它真值得让我牺牲我的健康、隐私和自尊吗？我真的能接受一份我不喜欢的工作，并生活在一片谎言中吗？我已经有了自己的车，而且我也快要大学毕业了。我还可以和好朋友一起烤肉，如果我愿意的话，我可以在寒冷的天气中只穿件背心，我根本不需要什么 300 万美金。

我需要的是勇气。在赛场上我看起来很有勇气，但我真正缺少的是选择自己生活道路的勇气。因为我害怕令教练、爸爸失望。特别是爸爸。"我爱你，里奇。"在电话里他总是对我这么说，这让我更是放不下。我总是睡不着觉，往往坐到凌晨两点才睡下。我考虑了许久，最终我下定了决心。我一直为了取悦别人而活，我讨厌虚伪的生活。

现在，我的生活又恢复了正常。我每周要工作 5 天，我喜欢同好朋友约会，我还为自己描绘了未来的生活：做一个有能力的、真诚的教练。

我爸爸依然认为我放弃这份工作很傻，我的一些朋友还有很多陌生的人都这么想，但是职业球员不是适合每一个人的。无论我在橄榄球方面有多大的才能，我都不会快乐幸福。在追求别人的梦想的过程中，你是得不到快乐和幸福的。你必须选择自己的梦。

幸福的选择

陈明

在那萧条的30年代，我们这里的日子过得很艰辛。但是，由于母亲精打细算，我们家仍然充满温馨，孩子们几乎感觉不到日子的困苦。我家的饭桌上，常有肉汤、土豆、玉米饼或牛奶，有时还有母亲在自家菜园里种的蔬菜瓜果——绿色的菜豆荚、红色的甜菜和黄色的腌黄瓜等。如果暴风雨没有将植物毁掉，我们还可以到山上去采来李子，母亲会做出甜滋滋的李子果酱。

说到穿的，我们家姐妹5个，每人都有两三件换洗衣服，它们大部分是我们的表姐妹穿过的旧衣服，母亲将它们改一改，给我们穿上。但是，作为孩子，我们还是最喜欢母亲扯来新布，亲手在缝纫机上为我们缝制新衣服。它们是那么精致、漂亮、合身。每一年圣诞节，我都渴望着能早日穿上妈妈为我做的新衣，到学校去参加联欢晚会。

记得我10岁那年的圣诞节前，班上要组织一次活动，由抽签来决定我们每个人与谁交换礼物。我抽到了海伦。她是一名新来的同学，她家住在一间被人遗弃了的破房子里。她家不像我们养着一只奶牛和一大群鸡，还有一个菜园子。她家什么都没有，而且，她也没有母亲为她做衣服。

海伦每天都穿着同一件棕色的上装上学，甚至在星期天，她到教堂去时，也还是那件衣服。邻居们议论说，海伦的父亲非常懒惰，而且酗酒成性。有的人家不愿意自己的孩子和海伦一起玩，但是母亲却说："海伦要是愿意，她可以随时到我们家来玩。她那么懂事，又有礼貌，还很勤快。"放学后，海伦和我一起上我们家来玩，她吃到母亲亲手做出的饭菜时，显得多么高兴啊！她珍惜地、一小口、一小口地喝着肉汤，吃着妈妈做的烤面包，那神情就像是在参加一次丰盛的宴会。

12月的一天，我对母亲说："咱们也给海伦做一件圣诞节穿的新衣服，好不好？"妈妈同意了，但是，我可以从她的神情看出，我们家也实在拿不出多做一件新衣的钱来。她已提前将我和几个姐妹的新衣缝好，只是还没有钉上扣子。

"妈妈，您一定会想法办到的。"我固执地说。我爱幻想一些不可能的好事有朝一日会降临到我们的头上，比如做梦会梦到我们的牧场上空出现一道彩虹，它引导我们找到了一罐金子啦，或是爸爸在我们家的地下开发出石油啦，等等……

妈妈拥抱着我，"孩子，我相信一定会有办法的。"她说。

那天夜里上床前，我向上帝祈祷，希望能为海伦找到一件新衣服。我不愿意看到在学校的圣诞联欢会上，我们大家都有新衣穿，海伦却仍然穿着她那件棕色的上装。

第2天早上，母亲将我叫到厨房。"我有一个主意，"她说，"你和海伦个头差不多，如果你把那件红色的新上装送给海伦，我可以把伊莎表姐给的那件方格旧上装改一下给你穿。”我的心一下收紧了：“把我的新衣送给海伦？”我还没来得及回答，妈妈赶紧说：“我这就去改那件方格旧上装，你可以把它送给海伦，让她过圣诞节时，也能有一件换洗衣服。”我松了一口气，上学去了。

在学校举行圣诞联欢晚会的那天下午，海伦和我一起回到家里。我们干完了该做的家务活，早早地收拾停当。我们互换了礼物，海伦打开我送她的礼物包，发现了一顶小帽子，她的大眼睛顿时明亮了起来。我的妹妹们换好了衣服，海伦对她们的新衣啧啧称赞，不带一丝妒忌。这时，母亲在另一间房里叫我，她已完成了红色新上装和方格旧上装的缝纫，正在做最后的熨烫。

母亲拿出了两件衣服，我向红上装伸出手去。这时，我想起了母亲为我做的所有衣服，她亲手为我们烹饪的可口饭菜，她似乎随时知道我们的心思。“海伦甚至连妈妈都没有，”我想，“没有人为她种植新鲜蔬菜，也没有人为她做香甜的李子果酱。”我转念拿起了方格上装，“把红上装送给海伦吧，我想看她穿上它。”“你想好啦？”“是的，完全想好了。”海伦进来时，母亲将红上装递给她。海伦的脸上现出惊讶的神情。她激动地拥抱了母亲，然后退后几步，似乎怕弄脏了仍在母亲手里的新衣服。最后，她终于慢慢地接过了新衣，举在自己面前：“谢谢您！谢谢您！谢谢——”她转向我：“我真幸福！”我也感到非常幸福。不久，海伦家搬走了，我从此没有再见到过她。尽管母亲后来还给我做了不少新衣服，但对我来说，那件方格上装却成了我的最爱。它时常提醒我，我是多么幸运，有着那么一位慈爱的母亲。她终身为我们操劳，默默地奉献。其中最大的奉献就是，她的言传身教使我懂得了：令我们感到更大幸福的事，不是得到，而是给予……在别人需要时，给予我们力所能及的帮助。

怎样的一生才不后悔

刘燕敏

汉德·泰莱是纽约曼哈顿区的一位神父，他经常被问一些稀奇古怪的问题。这些问题大多是一些报社不好回答，转到他这儿来的。前不久，他又收到这方面的一封信，问怎样度过自己的一生才不后悔？

从前转来的信大多是宗教方面的，问的都是上帝的事。这一次，突然把天上的问题转到地上，泰莱神父感到很为难。

那天，教区医院里一位病人生命垂危，请他过去主持临终前的忏悔。在他说过“仁慈的主，请宽恕您的孩子”之后，听到了这样一段话：“仁慈的上帝！我喜欢唱歌，音乐是我的生命，我的愿望是唱遍美国。作为一名黑人，我实现了这个愿望，我没有什么要忏悔的。现在我只想说，感谢您，您让我愉快地度过了一生，并让我用歌声养活了我的六个孩子。现在，我的生命就要结束了，但死而无憾。仁慈的神父，现在我只想请您转告我的孩子，让他们做自己喜欢做的事吧，他们的父亲是会为他们骄傲的。”

一个流浪歌手，临终时能说出这样的话，让泰莱神父感到非常吃惊，因为这名黑人歌手的所有家当，就是一把吉他。他的工作是每到一处，把头上的帽子放在地上，开始唱歌。四十年来，他在地铁里唱，在大广场上唱，在任何一个能放下一顶帽子的地方唱。他如痴如醉，用他苍凉的西部歌曲，感染他的听众，从而换取那份他应得的报酬。

泰莱神父听完他的临终忏悔回到住处，心情没有像以往那么沉重，因为这一次他没有听到“请仁慈的主宽恕我吧！儿时的梦想我没能去实现……”

黑人的话让他心里有一种轻松感，这种轻松感，让他想起五年前曾主持过的一次临终忏悔。那是位富翁，住在里士本区，他的忏悔竟然和黑人的差不多。他对神父说，倘若我不是被某种乐趣所吸引，倘若不是我纯粹出于我个人的意愿，而是受别的什么支配，我想我就会一事无成。我喜欢赛车，我从小研究它们、改进它们、经营它们，一辈子都没离开过它们。这种爱好与工作难分、闲暇与兴趣结合的生活，让我非常满意，并且从中还赚了大笔的钱，我没有什么要忏悔的。我只想告诉我的儿子，照着自己的梦想去生活吧，那就是身在天堂。

白天的经历和对富翁的回忆，使泰莱神父当晚就给报社回了一封信。他写道，怎样度过自己的一生才不留下后悔呢？我想也许做到两条就够了。第一条：做自己喜欢做的事。第二条：想办法从中赚钱。

《纽约时报》接到这封信，感到非常新鲜，立即把它登了出去。后来，这两条就成了美国人公认的最不后悔的活法。